64
史上最凶惡綁架撕票事件

橫山秀夫／著
緋華璃／譯

以故事，將警察恢復成人——橫山秀夫的《64》

曲辰

先想像這樣一個畫面——

許多年輕的臉孔，堅毅的橫身在建築物前面，為了抗拒接下來一切要施加的不正義的力量，他們手勾著手，緊挨著彼此，希望成為一個巨大的障礙。而在怪手出動之前，警察變成了工蟻，緩慢、堅決地將阻礙排除，他們一個個拆卸著抗議者的手腳，直到鬆動就拔除出人群，清空後，該破壞的還是被破壞了。

為了避免失焦，我不打算為這個畫面下任何與現實對應的註腳，只是有次看到新聞中抗議群眾與警察劇烈的扭打，在當下極度支持抗議群眾的立場時，我忽然好奇起一件事情：

那些警察，在想些什麼？

我的意思是，站在歷史的轉捩點，我們總是可以看見類似的圖像，警察們作為公權力的象徵，以自己的身體與時代的潮流相牴觸，當反叛的那些人們成為主流，警察於是休息，等待與下一波潮流碰撞的時刻到來。但是，難道警察總是服膺於他們所隸屬的權力，而從未質疑過自己為何會在這裡嗎？

特別是，如果我們把警察視為正義的代表，而他們在這種時刻總在阻擋正義女神對世人露出微笑，那警察究竟是以怎樣的姿態出現在現代社會裡的？

我並不試圖要說明所謂「平庸之惡」，而是要用這個例子來說明，警察，與其說他們是一個一個的人，不如說他們具備的組織性質更為強烈。我們總想像他們為政府的延伸，宛如手或腳，上面傳達什麼指令，手腳就做出什麼動作。

顯然不是這樣的，在手腳的內部，還有更多的對抗與互動存在。

而這些，橫山秀夫都看到了。

1957年出生的他，擔任了十二年的地方記者，之後以《羅蘋計畫》（1991）出道，以《影子的季節》（1998）這部小說引起日本推理文壇注目。他將過去常人所看不到的「警界的內部」暴露出來，每個人在其中鬥爭、攏盪，行有餘力才追求那些我們所關心的「正義」，與眾不同的視角將他推向日本警察小說的王者位置，也因此造成他自身作家生涯的危機。

走紅後各界稿約不斷，橫山長年過著一天睡不到三小時的生活，2003年終於因為心肌梗塞而倒下，這時，也剛好傳來他在前一年出版的《半自白》入圍直木賞的消息。不過就像是不打算讓他好好休養一樣，隨即發生直木賞評審委員對其小說發表「缺乏真實性」的評語，而讓記者出身的他覺得被羞辱了，憤而發表「直木賞訣別宣言」，決定從此不再與直木賞有任何瓜葛。

這騷動乍看很快就落幕，橫山秀夫卻因此有了貧血、胃潰瘍、十二指腸潰瘍等毛病，精神更陷入了非常嚴重的憂鬱階段，一直走不出來，卻又勉強出了幾本書，在2005年的《震度0》出版後，陷入一蹶不振的境地，沉潛了四年打算以《64》作為復出作時，又發生了嚴重的身心症狀。「當時我的腦袋機能非常低落，連主角的名字想不起來……每天晚上面對著電腦，卻連一行字都寫不出來」，橫山秀夫在某次的訪談這麼說，後來，《64》卻成了他篇幅最長，企圖心也最宏大的一部長篇作品。

這本小說充滿了各種可能發生在警察身上的衝突，除了個人與組織的鬥爭外，警察廳與縣警之間的齟齬、警察這個工作與家庭的拉鋸、甚至警察與記者的攻防戰，全都具體而微的出現在主角身上。故事以一種緻密的質地展開，開場主角三上與妻子去確認一具屍體是否是他們女兒的片段，不明寫悲傷卻能讀出夫妻倆沉重的身影，橫山一點篇幅都不浪費，精巧的佈置了一個壓抑卻又吸引人的開場，讓我讀到胃彷彿沉著個鉛塊，卻又無法把書放下。

在推理小說的評論傳統中，不爆雷是最基本的美德，而面對如此一本恢宏又精細的小說，多做任何說明都會傷害讀者的閱讀樂趣。但我仍忍不住想對書名多做一點說明，書名《64》意指昭和64年，雖然這一年才過七天就改元為平成，但還是發生了一樁女童的綁架案，到了十四年後依然沒有偵破，於是主角以及一干警察必須與綿延十幾年的時間對抗，找出真相。

聽來熱血，卻在時間的磨折下沁著哀戚的意味，這樣的對抗形式與警察和組織的關係恰為對位，於是橫山秀夫展現了我們所以為的組織下的寂寞與哀愁，也恢復了警察作為一個人的可能。

「小說富於意義，並不是因為它時常稍帶教誨，向我們描繪了某人的命運，而是因為此人的命運借助烈燄而燃盡，給予我們從自身命運中無法獲得的溫暖。」這是班雅明說的話，橫山秀夫所做到的，也不過如此而已。

譯序

緋華璃

身為一個翻譯，最開心的事莫過於能夠翻譯到自己喜歡的作者的作品吧！因此，身為橫山秀夫老師的忠實讀者，當我得知自己有機會可以翻譯他的大作時，興奮得簡直要飛上天了。更何況《64》還是繼《震度0》以來，相隔七年的最新長篇力作，再也沒有比這更令人感到光榮的事了。

橫山老師的作品向來具有「一筆入魂」的美譽，因為他總是能夠一針見血地直指人性最幽微的黑暗與醜惡，赤裸裸地寫出埋藏在衣冠楚楚的假面底下，不為人知、也實在是不能拿出來見人的那一面。

案件在橫山老師的作品中從來不是重點，只是用來推動書中各個派系的人馬進行心理角力的觸媒。本書名為《64》，指的是發生在昭和六十四年（西元一九八九年）的一樁女童綁架撕票命案。該案在書中雖然已經是過去式，卻猶如陰魂不散的亡靈般，深刻地影響著書中每一個人物的命運，引發了各種蝴蝶效應。

橫山老師之所以能在後起之秀如雨後春筍般不斷掘起的日本推理小說文壇占有誰都無法取代的一席之地，主要還是因為他對於人性的冷眼觀察、精準描寫至今尚無人能出其右。他不會為了增加戲劇性而去描寫走偏鋒的社會邊緣人格，他筆下的小人物永遠是那麼地有血有肉而真實，就像你性格中的自我，就像我性格中的私心、就像身邊路人甲乙丙丁的冷漠疏離、獨善其身。也因此他的作品中往往沒有大奸大惡的壞人，有的只是庸庸碌碌地在自己的工作崗位上掙扎著想要出人頭地，為了保護摯愛的家人、或者是保護自己得來不易的身分地位，人性中難以避免的自私、貪婪、狡詐、算計……

而這些自私、貪婪、狡詐、算計，本來就是潛藏在你我心靈最深處的弱點，會在不同的時空背景下，因為不同的誘因而露出其殘忍的獠牙。但是當主角身為警察的時候，原本不具什麼殺傷力的獠牙，卻因為公權力的加持而變得威力強大且面目猙獰。沒有人是故意使壞的，因為人類的劣根性原本就深植於每個人心中。也因為沒有人故意使壞，而是人性原本就壞，所以也不會有任何罪惡感，自私得理所當然，常常讓擁有全知觀點的讀者看得咬牙切齒。

如同書中沒有絕對十惡不赦的壞人一般，同樣也沒有充滿主角威能的人物。本書的主角三上義信只是個渺小如你我的平常人，雖然他有他的信念，但也不得不向嚴苛的現實低頭、做出妥協。他心裡有一把尺，但是這把尺上的刻度卻是時常在變動著，就像道德良知永遠都在跟現實利益拔河一樣。

剛拿到這本書的時候，我也被其浩大的篇幅給嚇了一跳，不過仔細看下來，橫山老師顯然是嘔心瀝血地在鋪陳，六百多頁的原文居然沒幾天就看完了。

《影子的季節》《動機》的艷驚四座奠定了橫山老師身為短篇小說家的地位，但是他的長篇同樣精彩。尤其本書增加了對夫妻之情、親子之愛、同僚之誼的描寫，讓作品具有更多面向的深度與張力。

然而，就如同橫山老師的書中從來沒有英雄一般，也不必期待能在他的作品裡看到酣暢淋漓、令人大呼過癮的痛快結局。雖然最後總算是在人性的幽谷中看到了一絲微光，但終究還是讓人掩卷長嘆，久久不能釋懷。

光明永遠伴隨著最深沉的黑暗——這就是橫山作品的醍醐味，願與你共享。

64 組織圖

- **警察本部**
  - 本部長　辻內欣司
  - **警務部**
    - 部長　赤間
    - **警務課**
      - 課長　白田
      - *旗下二渡真治調查官有「地下人事部長」之稱
    - **秘書課**
      - 課長　石井
      - *直屬於本部長
      - **廣報室團隊**
        - 廣報官　三上義信
          - 諏訪股長
          - 藏前主任
          - 女警美雲
    - **監察課**
      - 課長　生駒
    - **會計課**
    - **教養課**
  - **刑事部**
    - 部長　荒木田
    - **參事官**
      - 松岡勝俊
    - **搜查一課**
      - 課長　松岡勝俊
      - *地下刑事部長
    - **搜查二課**
      - 課長　落合
      - *特考組背景
    - **鑑識課**
    - **生活安全課**
    - **機動隊**
    - **地域課**
    - **交通規制課**
    - **汽車警隊**

- **自宅班**
  - 幸田一樹
  - 漆原
    - *現為Q署署長
  - 柿沼
  - 日吉浩一郎

1

雪花在暮色中隨風飛舞。

拖著沉重腳步下了計程車，身穿警用夾克的鑑識課員早已在警局大門口等候。在他們的催促下進入警局內，穿過值班員警的勤務室，沿著昏暗的走廊往前走，最後再從裡面的後門進到員工用的停車場。

停屍間靜靜地座落在警局的最角落。那是一棟沒有窗戶的簡陋小屋。抽風機發出低沉的運轉聲，彷彿在告訴大家：「內有屍體」。鑑識課員把門打開，隨即退到門邊，只留下一個「我在這裡等你們」的眼神示意。

連默禱都忘了。

三上義信把門推開，鉸鏈發出聲響，甲酚的味道直衝眼鼻而來。手肘一帶可以感覺到美那子的指尖正隔著大衣的布料緊抓著自己。

刺眼的燈光從天花板上直射下來，及腰的驗屍台上鋪著藍色的塑膠布，從塑膠布上可以看出一個覆蓋著白布的人體隆起物，身形比成人還要小一點，但也絕對不會讓人聯想到小孩子，這種半大不小的隆起形狀讓三上倒退了幾步。

——亞由美。

三上趕緊把這三個字吞回去。要是在這裡喊出女兒的名字，那具屍體似乎就真的會變成女兒的遺體。

把白布掀開。

頭髮……額頭……緊閉的雙眼……鼻子……嘴唇……下巴……。死亡少女的蒼白容顏呈現在眼前。

凍結的空氣瞬間恢復流動，美那子的額頭抵在三上的肩口，原本緊抓著三上手肘的五根手指正慢慢放鬆。

三上抬頭望著天花板，從腹部的深處慢慢吐出一口氣。根本不需要確認身體的特徵。從D縣搭新幹線和計程車趕來，一共花了四個小時，遺體的身分確認作業卻只花了短短的幾秒鐘就結束了。

年輕女孩投水自殺——三上在接到這樣的聯絡之後飛奔而來。據說是中午過後在附近的沼澤發現該名少女，栗子色的髮絲裡還殘留著濕氣。年約十五、六歲，或者再稍微大一點。因為距離死亡的時間沒有很久，所以臉還沒有開始浮腫，從臉頰到下巴的細緻輪廓及帶點孩子氣的嘴角看來，都還完好無缺地保留著生前的樣子。

腦海中浮現出一個諷刺的念頭。亞由美夢寐以求的，或許正是少女這種柔弱姣好的容貌也說不定。

即使在已經過了三個月的此時此刻，他還是沒辦法冷靜地回想當時的一切。二樓的小孩房間裡發出了宛如要把地板踏破的巨大聲響。鏡子碎了一地。亞由美蹲在昏暗的房間角落，用拳頭搥打、撓破、抓花了自己的臉。我不要這張臉！我想死……。

三上對著少女的遺體雙手合十。

這個女孩也有父母吧！也許是今天半夜、也許是明天，無論如何她的至親早晚必須在這個地方面對這個事實。

「出去吧！」

他的聲音有點沙啞，彷彿有什麼乾澀的東西正黏在自己的聲帶上。

美那子還是一臉茫然的樣子，完全沒有半點反應。睜得大大的眼睛，看起來就像是缺乏意志與感情的玻璃球。這並不是第一次，這三個月來已經是第二次看到跟亞由美同樣年紀的少女遺體了。

外頭開始飄起夾著雪花的雨絲。

在昏暗的停車場裡，有三個人影正呵出白色的氣息。

「呃，不管怎麼說，真是太好了……」

皮膚白皙、看起來心地很善良的署長一面遞出名片，一面露出複雜的笑意。明明不是上班時間，卻還是穿著制服。就連一旁的刑事課長和組長也都穿著制服。肯定是考慮到萬一遺體真的是三上的女兒，這麼穿比較不會失禮。

三上深深地一鞠躬。

「謝謝你們特地通知我。」

「千萬別這麼說。」

署長省下「大家同樣都是幹警察的」這句話，轉而面向署廳舍的方向，說：「進去裡頭暖一下身子吧！」

穿著大衣的背後被輕輕地推了一下。視線一轉，對上美那子若有所求的目光。眼神透露出她想早點離開這裡。三上也有同樣的想法。

「感謝你的好意，但新幹線的時間快要來不及了，我們這就告辭了。」

「何必這麼趕呢？今晚就住下來吧！我已經替二位安排好住宿了。」
「你的好意我心領了，但是明天還要上班，非回去不可。」
聽到『上班』二字，署長看了一眼手裡的名片。
——D縣警察本部警務部秘書課調查官〈廣報官〉警視　三上義信——
署長輕輕地嘆了一口氣，抬起頭來說道：
「要應付那些記者真是辛苦你了。」
「嗯，還好……」
三上不置可否地回答。
腦海中浮現出當他離開廣報室的時候，那些記者們挑釁的表情。當時正為了警方聲明的內容而吵得不可開交，突然就接到發現溺斃屍體的電話。當他一言不發地離席時，那群不知道三上家裡發生什麼事的記者幾乎要暴動了。話還沒講完吧！你打算逃走嗎？廣報官……。
「你當廣報官已經很久了嗎？」
署長臉上露出同情的神色。他負責的單位是由副署長或次長對外發言，但是在規模比較小的地方警署，通常都是署長親自站在第一線面對記者。
「今年春天才剛上任，不過年輕的時候也有稍微接觸到這方面的工作。」
「一直待在警務部嗎？」
「沒有，我之前一直都是待在二課的刑事單位。」
就連這個時候，也還是有些無法言說的自負湧上心頭。
署長模稜兩可地點頭。看來這個縣警也沒有出過來自刑事單位的廣報官吧！
「對調查比較了解的話，記者也多少比較願意聽你說話吧！」
「要是能這樣就好了。」
「事實上，我們也很傷腦筋呢！總是有記者喜歡捕風捉影地寫些有的沒的。」

噘起嘴來抱怨的署長把臉轉向車庫的方向，把手舉起來。當三上看見署長的黑頭車車燈亮起時，內心慌張了起來。加上原本應該在一旁待命的計程車已不見蹤影。雖然背後再次被輕推了一下，但這個時候如果還堅持要叫計程車的話，等於是把當地縣警的好意丟在地上踩，這讓三上躊躇不已。

前往車站的馬路十分陰暗。

「你看，就是這個沼澤。」

當右手邊車窗外的夜色變得更加深沉時，坐在副駕駛座上的署長迫不及待地開口。

「網路真是令人頭痛的發明呢！有人吃飽沒事幹地列出一張『十大最佳自殺新地標』的清單，這個沼澤就是其中之一，還取了『誓約的沼澤』這種莫名其妙的名字。」

「誓約的沼澤？」

「因為這個沼澤從某個角度看來是心形的，所以就盛傳可以在來世修成正果之類的鬼話。今天這個女孩已經是第四個了。之前甚至還有人特地從東京跑來自殺，結果報紙上捕風捉影地亂寫一氣，後來甚至連電視台都跑來採訪。」

「那還真是傷腦筋呢！」

「一點也沒錯。就連一般人的自殺都能寫成一篇報導，這個世界是怎麼了？如果有時間的話，真希望能向三上先生請教一些對付記者的訣竅。」

彷彿是害怕沉默一般，署長一直滔滔不絕。不過話題始終引不起其他人的興趣。雖然很感謝他的費心，但是三上的回答總是有一搭沒一搭的。

搞錯人了。那具屍體不是亞由美。但是胸悶的感覺卻跟來的時候一模一樣。因為他知道自己一直在祈禱，祈禱那具屍體不是自己家的孩子，祈禱那具屍體一定要是別人家的孩子。身旁的美那子一動也不動。偶爾碰到的肩膀感覺上比平常更弱不禁風。

車子在十字路口轉彎，正前方出現了炫目的新幹線車站。站前廣場非常大，中間散布著好幾座紀念碑。人影稀稀落落。以前就有耳聞這是個無視乘客人數、基於政治考量所興建的蚊子車站。

「署長，請不要下車，以免被雨淋濕。」三上趕緊說道。

後座的車門才開到一半，但前座的署長已經搶先一步下了車，臉色還有些泛紅。

「因為身高及痣的位置很接近，所以想說有這個可能……結果卻是不正確的資訊，害你們白跑一趟，真的很抱歉。」

「別這麼說……」

三上覺得過意不去，手被用力地一把握住。

「不要想太多，令千金一定還活著。有二十六萬名夥伴正二十四小時進行地毯式搜索，一定會找到。」

三上深深地一鞠躬，目送署長的車離去。

美那子的脖子被冰冷的雨水打濕，拖著失魂落魄的身子往車站裡走去。車站前派出所的燈光映入眼簾。一名看起來像是喝醉了的老人坐在馬路上，正在甩開年輕巡查[1]的手。

二十六萬名夥伴。

署長的話並沒有誇張。亞由美的大頭照早已傳遍全國大大小小的警察設施，舉凡轄區內的警察局、派出所、駐在所[2]……等，素未謀面的同事們全都不分晝夜、地毯式地搜索跟「自家人的女兒」相關的消息。警察一家。再也沒有比這個更可靠的了。他沒有一天不心存感激，每天都認為自己身為這個強大組織的一員是件幸運的事，然而……。

三上吸入一口冰冷的空氣。

他以前從來沒有想過，緊抓著組織不放這件事，居然會成為自己的弱點。

服從……。

有時候他也會覺得血液沸騰。

但這件事絕對不能告訴美那子。為了找出失蹤的獨生女，為了能再用這雙手擁抱活生生的她，為人父母沒有什麼

1：日本警察的階級之一，為組織中最基層的階級。

2：日本警察的設施之一，位於郊外或離島等偏遠地區，功能跟派出所一樣。不同於派出所是由多名員警輪值，駐在所通常只有一名員警，所以也兼員工宿舍。

是不能忍耐的。

新幹線的月台開始廣播。

車上有一堆空位，三上讓美那子坐在窗邊，小聲地說：

「署長不是也說了？沒事的，亞由美一定還活著。」

「………」

「很快就會找到的，不用擔心。」

「……嗯。」

「她不是有打過電話回來嗎？那孩子其實是想要回家的。所以再忍耐一下，不用多久她就會突然回來。」

美那子還是那副魂不守舍的樣子，幽暗的車窗映照出她端正但憔悴了許多的側臉，想來是沒有心思化妝和上美容院。然而，這樣卻反而突顯出她天生麗質的自然之美。要是讓美那子知道這一點，她會怎麼想呢？

三上的臉也映照在窗戶上，兩隻眼睛緊盯著亞由美的幻影。

她大聲叫罵著自己遺傳了父親的醜陋長相。

對於母親的美麗，她是如何地深惡痛絕。

三上把視線從窗戶上移開。

這只是暫時的狀況。類似出痲疹的症狀。總有一天她會清醒過來。就跟小時候不小心犯了錯的時候一樣，吐吐舌頭回家來。那孩子不可能真的憎恨父母、故意讓父母難過。

車廂搖晃著。

美那子靠著三上的肩膀。不規則的呼吸既不是睡著時的呼息，也不是喘息。

三上也閉上眼睛。

即便閉上眼睛，車窗上那對美女與野獸般的夫婦還是烙印在他的眼瞼深處，揮之不去。

2

D縣的平原地帶從早上就颳著強勁的北風。

前方的交通號誌雖然已經是綠燈，但是塞在路上的車子還是遲遲無法前進。三上放開抓住方向盤的手，點起一根菸。又有一棟高樓大廈開始蓋了，山的稜線正逐漸從擋風玻璃的視野內消失。

五十八萬戶、一百八十二萬人……腦海中還留有早報上看過的人口普查數據。這個縣有將近三分之一的人口都在這個D市裡居住或工作。雖然經過一番奮鬥，終於得以跟周圍的市町村合併，加速了地方版的一極集中化[3]，但是理應最先進行的大眾運輸工具的整備卻還處於毫無進展的狀態。電車及巴士的班次少到不行，非常地不方便，所以馬路上總是塞滿了車子。

——起碼動一下嘛！

三上喃喃自語地說道。今天已經是十二月五日了，早上的塞車比往常更為嚴重。廣播裡傳來『現在時刻，八點』的報時，前方也已經可以看到縣警本部的五層樓建築。心裡忽然湧起一種不可思議的感覺，覺得早已看慣的縣警本部的無機質外牆給人一種親切感，難道是因為去了北國半天的緣故嗎？

根本不需要大老遠跑這一趟。經過一夜的沉澱，他終於回過神來。比一般人還怕冷的亞由美根本不可能往北方走，更不可能跳進冷入骨髓的沼澤裡。所以這趟路打從一開始就註定是白跑一趟。

前方已經空出了好幾輛車身的距離，三上連忙把香菸捻熄，踩下油門。

看樣子不至於遲到了。三上把車子停在員工停車場，往本廳舍的方向加快了腳步，同時習慣性地以眼角餘光檢查記者專用的停車場，然後不自覺地停下腳步。平常這個時間總是空蕩蕩的停車場，今天卻停滿了車子。也就是說各家報社跑警察線的記者全都到齊了。三上一下子還以為發生什麼重大事件，但是仔細想想，應該是昨天的續集。他們正摩拳擦掌地等待三上的出現。

3：意指日本的政治、經濟、文化、人口以及社會資源和活動過度集中於一地及其周邊城市的問題。

——一大早就充滿鬥志嗎？

三上從本廳舍的正面玄關進入，沿著走廊走不到十步就是廣報室。當他推開門時，三張表情生硬的臉孔同時抬起。分別是坐在靠著牆壁擺放的辦公桌前的諏訪股長和藏前主任，以及靠近門邊的女警美雲。因為房間相當狹小，所以早上總是壓低了聲音打招呼。春天的時候雖然把跟隔壁資料室之間的牆壁打掉，讓空間變大了點，但是每當記者們全部擠進來時，還是跟整修前沒兩樣，很難有立足之地。

三上是在做好心理準備的情況下進門的，但是辦公室裡卻不見記者的身影。他感覺自己揮棒落空地走到靠窗的位置坐下。還沒開口詢問諏訪就來到了面前，露出他從未見過的奇怪表情。

「廣報官，那個……昨天……」

三上滿腦子都記掛著要問他記者的動向，所以一下子反應不過來。昨天深夜有打電話向直屬上司石井秘書課長報告過身分確認的結果，所以他以為辦公室裡的同事都已經知道了。

「認錯人了。害你們為我擔心，真不好意思。」

屋子裡的氣氛一下子緩和了許多，諏訪和藏前都露出鬆了一口氣的表情，看了看對方；美雲則是彷彿這才回魂似地站起來，從櫃子裡拿出三上的茶杯。

「諏訪，人都到齊了嗎？」

三上用下巴指著牆壁的方向。隔壁就是記者室。基本上大家都稱其為「記者俱樂部」，這也是常駐在此的十三家報社的親睦團體的正確名稱。

諏訪的臉色再次蒙上一層陰影。

「所有報社都出動了。他們揚言要對廣報官展開公審。我想應該再過不久就會殺過來了。」

展開公審……三上的胸口一熱。

「先跟您報告一下，關於昨天的中途離席，已經告訴他們是因為廣報官的親戚病危。」

三上想了一下，隨即點頭表示了解。

諏訪是一個很懂得臨機應變的廣報人。警務部土生土長的警部補[4]，在廣報室任職已經有三年的時間。在擔任巡查部長的時代也有兩年在籍的時間，所以很了解時下記者的生態。雖然有時候一些小聰明的舉動會讓人覺得不太愉快，但是能毫無破綻地將真心話與場面話巧妙融合，並藉此攏絡記者的手段著實讓人佩服。在第二次分發到廣報室任職的時候，伺候記者的技巧變得更純熟，因此諏訪在警務部裡可以說是行情看漲。

同樣是再次回鍋，三上在廣報室裡的工作卻不是一帆風順。他已經四十六歲了，這次的異動讓他時隔二十年再次回到廣報室。在今年春天以前，他一直都是搜查二課的第二把交椅，再之前則是智慧犯搜查組的班長，長年在瀆職及違反選罷法的事件搜查現場進行指揮調度的工作。

三上離開座位，走到放在辦公桌旁邊的白板前。『D縣警公告‧平成十四年十二月五日（四）』——檢查要給記者的聲明用紙是廣報官早上要做的第一件事。發生在縣內十九個轄區內的事件、事故的梗概，無時無刻都會透過電話及傳真機傳送到廣報室。最近因為電腦普及的關係，也開始改用電子郵件。室員會將事件、事故的內容整理在規定的用紙上，以磁鐵固定張貼在這裡和記者室的白板上。同時也會聯絡位於縣廳內的「電視記者會」。這原本是警方為了簡化採訪所採取的舉措，沒想到所謂的「警方聲明」卻往往在警察與記者之間造成嫌隙。

三上看了一眼掛在牆上的時鐘，已經超過八點半了，記者們都在做什麼呢？

「可以給我一點時間嗎？」藏前來到三上的辦公桌前。瘦竹竿的體型與他的名字一點都不相襯[5]，聲音也一向細如蚊蚋。

「是關於那個圍標事件。」

「嗯，已經問出來了嗎？」

「這個嘛……」

藏前吞吞吐吐。

「怎麼了？專務[6]還是堅不吐實嗎？」

4：日本警察等級之一，位居警部之下、巡查部長之上。負責擔任警察實務與現場監督的工作。

5：藏前在江戶時代是指糧倉的所在地。

「我不知道。」

「不知道？」

三上忍不住瞪了藏前一眼。

搜查二課在五天前檢舉了跟縣立美術館的建案有關的圍標事件，對業界有實力的六家建設公司展開了強制搜查，逮捕了八位高級幹部，然而二課的野心還不止於此。他們的目標其實是在檯面下操控著投標作業的當地承包商八角建設。根據三上聽到的內部情報顯示，二課連日來都偷偷地把八角建設的專務請來局裡喝咖啡。如果能夠一舉破獲「幕後黑手」，肯定會成為地方報的大新聞。二課的事件嫌犯常常會拖到半夜才認罪，或者是刻意把發出拘票的行為壓到半夜執行。換句話說，考慮到記者發表會的時間可能會跟各家報社的截稿時間撞在一起，為了避免這樣的情況造成混亂，他才會指示藏前要事先掌握住二課的動向。

「就連有沒有把專務請來局裡都不知道嗎？」

藏前一逕低著頭。

「我剛才有試著請教二課的副手……」

三上終於聽懂問題所在，他們似乎是被當成間諜了。

「我明白了，接下來由我來跟進。」

看著藏前垂頭喪氣的背影，三上重重地嘆了一口氣。

以前，藏前曾經在轄區的刑事二課擔任過內勤的工作，所以他才會要他利用以前的門路來探聽消息，但這顯然是自己太天真了。至今仍有很多刑警固執地認定，一旦把消息透露給廣報室，就等於是告訴了記者。如此一來，就會成為組織與媒體談條件的籌碼。

就連三上也不例外。當他還是基層刑警的時候，也認為廣報室的存在非常可議。或許也曾經倣效過嘴巴不饒人的前輩，罵過「記者的爪牙」、「警務部的走狗」、「升遷考試的自習室」之類的難聽話。事實上，那種一目瞭然的結黨營私的關係也令人敬而遠之。為了奉承記者，每天都夜夜笙歌。即使出現在案發現場，也像是旁觀者似地只顧著跟記者聊天，汗都不用流一滴。也難怪三上無法將他們視為組織的一員。

因此，在他刑警當到第三年，突然接獲前往廣報室的調職令時，著實消沉了好一陣子，還鑽牛角尖地認定自己已經被蓋上了「差勁刑警」的烙印。因為是以自暴自棄的心情接下了新工作，所以他也有自己身為「差勁廣報人」的自覺。但就在他還來不及搞清楚如何應付記者，才過了一年就又被調回刑事部。重新歸隊的喜悅自不待言，但他還是無法接受這純粹是人事室亂搞，害他在刑事單位的歷練整整空白了一年的時間。這讓他對組織漸漸有了不信任的感覺。比不信任的感覺更深刻的是深植心裡的恐懼。他比誰都害怕「下一次的人事異動」，因此不顧一切地埋首於工作中，彷彿後面有惡鬼在追一樣。就算已經過了五年、十年，每當人事異動的季節一到，他總是惶惶不可終日。完全不讓吃喝玩樂或偷懶怠惰的誘惑有一點可乘之機，這為三上帶來實際的成績，說是恐懼鞭策著他埋頭苦幹也不為過。當三上還在搜查一課的時候，從偷竊案件負責到強盜案件、再到特殊犯案件，得到的獎勵無數。然而，他身為一個刑警的能力真正開花結果的時代，卻是在他調到搜查二課之後。一樣負責智慧型的犯罪，在沒有本部、轄區之分的刑事單位的一隅建立起屬於自己的地盤。

儘管如此，他還是不敢說自己是「道地的刑警」，就算他想忘記，身邊的人也不讓他忘記。每當報紙上出現不可以見光的調查機密時，上司和同事的視線都會不自然地避開三上。即使想要以被害妄想來自處也不容易。就像「女巫狩獵」一般，有一隻看不見的手正朝他伸了過來，這種令人渾身戰慄的可怕感覺，沒有經歷過的人是絕對無法體會。不管他的工作表現令上司接受過多少次表揚、即使他已經從警部補晉升到警部，也從來沒有人把三上拉進尋找洩密犯人的狩獵陣營裡。就這層意義來說，他在廣報室工作過的資歷就跟「前科」一樣。

我要你去當廣報官。今年春天，當赤間警務部長私底下告訴他人事異動的結果時，變得一片空白的腦子裡也閃過了前科二字。赤間滔滔不絕地說明調派的理由：

〈最近的媒體既不是為了大我，也沒有自己的定見，只是為了貶低警察的權威就妄自議論警方的失策，實在是讓人看不下去。都是因為以前太過於放縱，才會讓他們如此囂張。所以必須要有像你這種面無表情、有本事鎮得住記者們的冷面廣報官才行〉

6：相當於常任董事。

根本是狗屁不通的廢話。警察本來就是以「男子氣概」為賣點的硬漢集團。如果只是要一個冷面的鐵漢，刑事部裡裡外外多到數不清。突然把滿腦子只想著要何如運用刑事訟訴法的警部從熟悉的工作崗位剔除，再丟到跟警察本來的職務毫不相干的領域，讓他去當組織防衛的看門狗，這種安排在人事上究竟有何好處可言？赤間倒是一副「拔擢」的口吻，說什麼廣報官是警部無法搆到的調查官級職位。這項非正式的人事通知雖然確保他會升上警視，但是假使三上繼續留在刑事部，再過個兩三年也還是會自然晉升，所以這齣搞錯對象的榮升鬧劇就像是硬把胡蘿蔔掛在他的脖子上一樣，只會讓人感到不快。

他認為是「前科」對人選造成了影響。當一個職位出現好幾個候選者的時候，為了保險起見，通常都是以過去有相關工作經驗的人來擔任，這是警界人事的常態。因此對於三上來說，有問題的並不是選擇自己出任廣報官的警務部，而是同意把自己交出去的刑事部到底在盤算什麼。他鼓起勇氣在深夜時分造訪荒木田刑事部長的官邸，卻只得到「這件事已經決定了」的答案。就跟二十年前一樣。他覺得自己的工作能力遭到徹底的忽略。身為一個刑警走過的漫長歲月，讓他的沮喪與失望更加深刻。

兩年後就能回到刑事部。他用這句話把所有的情緒打包裝箱，前往廣報室任職。他還沒有放棄，也不想再犯下因為自暴自棄而白白浪費歲月的愚蠢錯誤。畢竟，長年認真工作所鍛鍊出來的腦袋和身體，都不允許他對上頭交代的課題敷衍了事。

改革廣報室。他深知這是自己最應該要先面對的工作。

他在二十年前看到的廣報現場總是充滿了偽善的氣氛。完全沒有清楚的願景和策略，只是一味地被要求必須跟記者打好關係。也因此個個都把姿態放得很低，抹去警官原有的架勢，裝成很理解報導這項工作，一肩攬下媒體因為不滿警察組織的封閉而有的那些無的放矢。對世人打著「廣報廣聽」的名號，但「廣聽」只不過是努力地裝出一副理解者的嘴臉，負責對記者夾槍帶棍的話點頭稱是，提供自以為是輿論代言者的記者們一個釋放壓力的管道罷了。「我們不過是消波塊而已」。當時的廣報官曾經如此自嘲，言之下意是指取悅媒體、建立虛與委蛇的關係、讓媒體批判警方的矛頭不會那麼尖銳就是他們全部的工作。

的確，廣報的歷史尚淺，所以應付記者的技巧未臻純熟也是事實。但是說到真正的原因，還是因為地方警察尚未習慣「情報要由廣報室統一對外發言」這種警察廳[7]強加給下面的制度。負責偵辦案件的是以刑事部為首的警界「前線部門」，但是發表業績的場面卻是由警務部來指揮調度，也難怪他們會覺得這種形式是在剝奪前線的權限。在這之前，刑事部都是靠部長或課長的判斷直接控制報導的方向，對於底下某些一線刑警對記者透露一些自己的辦案功勞常常是採取睜一隻眼、閉一隻眼的態度，原本在刑事部裡並沒有宛如「女巫狩獵」般的肅殺之氣。

「廣報制度是黑船。」據說第一任廣報官曾經很感慨地說過這句話。如果把刑事部比喻成幕末[8]，那廣報制度就是黑船[9]了。雖然剛開始導入的時候，刑事部毫不掩飾對警務部的深惡痛絕，但是後來偃兵息鼓，慢慢地接受了管理部門的新制度。不對，或許是有意地融入其中也說不定。從此，刑事部是由一群不計利害得失的人聚集起來的時代終於畫下句點，開始出現一狗票缺乏現場經驗、腦中只有管理二字的上級幹部，他們把新導入的廣報制度當成代罪羔羊，巧妙地利用了這原本是要防止情報從處於放牛吃草狀態的現場洩漏出去的制度。只要想通這一點，那麼一切就瞭然於心了。

事實上，現場變得高深莫測。總括來說，刑警們開始對值夜班的記者們三緘其口，「去問廣報的人」就像流行語一樣地蔓延開來，就連刑事部的辦公室也開始瀰漫著一股互相牽制以防止消息外洩的氣氛。這股晦暗不明的氣氛逐漸轉化成忿忿不平，彷彿是要洩憤般地矛頭全都指向廣報室。拒絕提供任何有真憑實據的搜查情報，不僅如此，一旦報上出現獨家新聞，就把責任全部推到廣報室頭上。互相怨恨與猜忌更是助長了彼此的仇視。廣報室是警務部秘書課的直轄單位，看在其他人眼中，廣報室等於是本部長的眼線，彼此沆瀣一氣、蛇鼠一窩，也因此總是受到其他單位冷淡又帶刺的視線攻擊。

總之，廣報室背負著不幸的身世。明明是為了統一情報所設置的窗口，但是得到的情報量及其速度卻跟「離島」差不多。願意採取合作態度的只有想要宣導交通安全施政效果的交通部而已。就連記者們也沒有把廣報室放在眼裡。

7：日本負責統籌各地警察組織的中央行政單位。

8：日本歷史上由德川幕府所統治的江戶時代末期。

9：江戶時代末期，強迫日本開放門戶的美國海軍船隊。

當他們看穿廣報室並不是訊息集中的窗口，只是負責處理記者會前置作業的部署之後，態度就愈發不屑。另一方面，二樓的警務部長室只會提出要收服記者的這種無理要求。從早到晚持續在警務部長室與記者室、刑事部與記者室的夾縫中掙扎，結果廣報室終於變成一個充滿消耗、疲弊、嘆息的房間。

經過二十年，上述的結構本質依舊沒有改變。雖然也培養出幾個像諏訪這種廣報的專業人才，但是通往「上級」、「現場」、「媒體」的三條路依舊處於青苔滿布、此路不通的狀態。當然，D縣警本身也有問題，其他縣警的廣報部門在這十年之間，幾乎都已經從「室」升格為「課」了。一方面或許是受到幹部職浮濫的壓力，中小型規模的縣警的確是陸續改變政策，拚命地想要追上大規模縣警的腳步，讓廣報成為名符其實的菁英路線。就跟個人的升遷一樣，廣報室一旦升格，講出來的話就會比較有力量，跟前線部門的關係也會產生變化，情報的交流變得更加活絡，為了保持利害關係的平衡，槍口還會一致對外。如今，策略性地將事件的家宅搜索之類的情報透露給媒體知道的廣報系統已經逐漸成為主流了。

然而，廣報單位在D縣警裡卻還處於「室」的層級，別說是升格了，就連擴充編制的風聲都沒聽過。歷代的警務部長都對組織改革採取非常消極的態度，四年前似乎曾經有一次在本廳[10]的指示下提出升格的方案，但是卻被赤間的前一任警務部長大黑給做掉了。不知是吃過什麼樣的虧，據說大黑極度忌憚仗勢著媒體的力量，在組織內擴張勢力範圍的廣報人出現，一口咬定等到他們跟記者勾結上就麻煩了。赤間亦以人手不足為由，承襲著維持現狀的方針。架空權力、矮化地位。D縣警廣報室的歷史只消這八個壓抑性的字眼就可以交代完畢了。

三上決定換個角度想，自己是為了終結這段黑暗歷史才成為廣報官。因此，當務之急就是要完成廣報室「自治」這個再理所當然不過的目標。他第一個採取的行動，就是槓上刑事部。他確信如果要應付記者，只有貨真價實的調查情資才是唯一有利的武器，所以他需要有足以作為談判籌碼的調查情資。在三上所描繪的廣報改革願景中，只要能武裝起來與記者對峙，建立起互相牽制的「成人關係」，來自警務部長室的干涉也會自然而然地縮小，可以擺脫三方碰壁的現狀。

刑事部認為自己是第一線的霸主，自然不是省油的燈。三上長期任職的搜查二課暫且不提，搜查一課的口風之緊，簡直到了令人讚嘆的地步。於是三上便以搜查一課為主軸，每天去各個課室拜訪，從跟幹部的閒談當中摸索調查的進度。即使是下班時間，也會透過人脈去向身為調查主力的刑警打聽，鎖定對方不用當差的假日，直接帶著禮物殺進對方的宿舍。收起旁門左道的伎倆，開誠布公地跟對方談，試圖以為了對抗記者必須要有情報的理由來說服對方。然而，在他的內心深處其實還藏著另一句真心話，那就是他已經預見到兩年後當他再度回到刑事部的時候，肯定會被當成「累犯」。三上下定決心，在他任職廣報官的期間，絕不能讓刑事部的人認為自己是外人。不管好的壞的，都要不斷地把廣報室的想法傳達給他們知道，這也是為了回到刑事部必須要做的準備。

持續跑了兩、三個月的刑事部，雖然沒能得到什麼值得一提的收獲，但卻開始出現他計謀中的那些成效。可能是三上那種一點都不像廣報官的行為觸動了記者們的天線，給予他們不小的刺激。風向開始轉變，從他們的眼神裡就可以看出變化的預兆。對這些人來說，三上這位廣報官身分特殊，雖然「現址」是廣報室，但「戶籍」是搜查二課，說不定過幾年就會回到刑事部官居要職。從三上就任之初，他們就抱著一種敬而遠之、靜觀其變的態度。對記者來說，刑事部才是收集情報的「最重要地區」，這點至今仍沒有改變。三上頻繁地造訪刑事部，讓他們意識到刑事部和廣報室之間的「密切」關係，於是藉故來套交情的記者變多了。這是在沒有表現出歡迎的態度下所引起的第一個現象。

三上利用這個機會，採取將記者們的想像力像吹氣球一樣吹大的策略，將手中有限的情報運用到極致。他讓記者們嗅到目前正在調查的事件，利用話中有話和細微的表情變化，分別給予每家報社暗示。藉由吊足他們的胃口來提高向心力，向他們強調過去為他們所輕忽的廣報官的存在，但是又避免關係太近。對前來廣報室打發時間的記者，他向來不苟言笑以製造出緊張感。當他們輕率地批評警方或抱怨的時候，他便義正辭嚴地駁回。另一方面，如果是正當的主張就會耐心地傾聽，在交涉的時候也都沒有時間限制地奉陪到底。絕不奉承，但是只要他能夠理解認同，他也願意做出一定的讓步。一切都很順利，不但消除了記者占有絕對優勢的不平等關係，而且記者們對於這件事情本身似乎也沒有什麼不滿。媒體希望能夠盡可能地挖出最多的情報，警方希望媒體只寫對組織有利的報導。即使彼此的立場敵對、關係如同諜對諜，但只要能在面對面的那一瞬間，各自釋出哪怕只有一點點的信賴，就能找到雙方都能接受的平衡點。三上就是抱持著這樣的信念，展開他的記者策略。

10：即警視廳，由警察廳直接監督、管理，實際處理各項警察業務，如辦案。

問題就出在警務部長室。明明跟記者室的關係獲得改善以後，來自警務部長室的干涉應該會少很多才對，沒想到事情卻出乎三上的預料。赤間對三上經營廣報室的方針非常不以為然，每件事都有辦法雞蛋裡挑骨頭。他大罵以讓步的方式取得折衷的交涉是失敗主義，每天到刑事部報到也被他數落成是不乾不脆的行為。這真是太不可理喻了。赤間想要一個「冷面」的廣報官，應該也有考慮到三上的「戶籍效果」才對。而三上的確將這個效果發揮到極致，並且也做出成果來了。那他到底還有什麼不滿呢？三上鼓起勇氣追問赤間的真正用意，並且強調廣報室之所以要握有情報，是為了作為外交的籌碼，但是赤間的回答讓他不敢相信自己的耳朵。

〈得了吧！一旦讓你握有情報，就有走漏風聲給記者知道的風險，如果你什麼都不知道的話，就什麼也不會說了，不是嗎？〉

三上呆住了。原來赤間要的是一個「冷面的稻草人」，什麼都不要做，什麼都不要想。只要用他那張撲克臉去瞪著記者就好了。赤間等於是在告訴他，他要的不是應付記者，而是如何支配記者。赤間內心的曲折遠遠超過三上的想像，他是真的很討厭媒體。

儘管如此，三上也不能就此退讓。如果在這裡順了赤間的意，廣報室就會退回到二十年前的狀態。他希望能讓好不容易一切就緒的改革繼續往前進，就這樣付諸東流實在太可惜了。就連他自己也被這股決心嚇到了，他認為這是因為自己親身體認到外面世界之故，他看到了在刑事時代不曾留意過的風景。警察和普羅大眾之間隔著一堵異常高聳的牆，只有廣報室是唯一一扇對外開放的「窗口」。姑且不論媒體的偏頗及自以為是，一旦警方主動關閉窗口，警察組織就會完全喪失它的社會性。

更何況，他的刑事魂也不允許他這麼做。如果唯唯諾諾地繼續扮演著警務部稻草人的角色，也就意味著他的戶籍將會被抹殺。他還沒有笨到去跟握有人事權的人槓上，要是被貶到深山裡的轄區，別說要回刑事部，就連在組織裡，也很有可能一下子就變成過去的人。然而，只要稍微改變一下看事情的角度，自己的身分地位就不一樣了。等事態改變，回到老巢的可能開始帶有一點真實性的時候，衝撞縣警第二把交椅的警務部長的英雄事蹟，肯定可以為他洗刷掉「累犯」的罪名。

三上步步為營地與赤間過招。比以前更認真地扮演好一個知所進退的部下，壓抑自己的情緒，只想著如何達到最終的目的。他擺出一張通情達理的臉來聽赤間說話，只有在面對無論如何都不能接受的指示命令時，才會說聲「請恕我直言……」以提出反對意見。至於該有的記者對策，他仍會提供消息，然後繼續沉默地推動廣報改革。這完全是一種如履薄冰的感覺。就連脈搏也感受得到赤間的憤怒。儘管如此，三上還是重複著那句老話「請恕我直言……」。現在回想起來，也許是因為走的是險棋，情緒才會如此昂揚，才能始終直視著赤間的注視，就這麼堅持了半年。感覺上就像是兩軍對壘，雖然不算贏，但也絕對沒有輸，直到……。

亞由美的離家出走讓整個局面急轉直下。

菸灰落在辦公桌上，他又抽起第二根菸。

三上望著牆壁上的時鐘。藏前有點陰沉的側臉出現在視野的一角。二課拒絕提供情報，莫非他已不再神通廣大？藏前背後還有三上這號人物。至少前線部門應該都會賣他一個面子才對。

是因為他不再去刑事部的各個課室露臉，就連與記者的攻防也都遵照赤間的指示嗎……？

走廊上忽然騷動了起來。

來了。諏訪和藏前互相交換一個眼神，然後記者們就連門也不敲地闖了進來。

3

廣報室裡瞬間擠滿了記者。

朝日、每日、讀賣、東京、產經、東洋、當地的D日報、全縣時報、D電視台、FM縣民廣播……。而且每個人臉上都充滿了肅殺之氣。看來面對記者的法力消失，所以竟然還有人露骨地瞪著三上。大部分都是二十多歲的記者，那種可以不顧顏面地把情緒赤裸裸呈現出來的年少輕狂，在這種時候特別讓人覺得可恨。共同通信和時事通信的記者比其他人慢了一步，也進入了廣報室。雖然身體有一半被擠到走廊，但NHK的記者也在人牆後頭伸長了脖子。加入D縣警記者俱樂部的十三家媒體全都到齊了。

「開始吧！」

記者群中發出飽含責難的聲音，站在最前面的兩位東洋新聞的記者朝三上逼近。像這種時候，會由俱樂部這個月擔任幹事的報社負責主持會議。

「廣報官，首先請你好好說明一下昨天中途離席的事。」

穿著休閒外套的手嶋開了第一槍。『東洋新聞副組長，H大畢業，二十六歲，思想背景不明，辦事認真，有能幹記者症候群』。三上的記事本裡是這樣寫的。

「親戚病危的這件事，諏訪股長已經說明過了。可是也不能因為這樣就拋下開到一半的會議，一聲不吭地跑掉吧！而且之後就再也聯絡不上，你分明是沒有把記者俱樂部放在眼裡嘛……」

「抱歉。」

三上打斷他。他既不願想起中途離席的原因，也不想被人逼問這件事。

手嶋看了身旁的秋川一眼，秋川本人則是抱著胳膊，擺出一本正經的表情。『東洋新聞組長，K大畢業，二十九歲，左傾"，個性死纏爛打，記者俱樂部的老大哥』。這個男人一向都把咬人的工作交給部下，自己則端著一副高高在上的架子。

「這是道歉的意思嗎？」

「是的。」

手嶋又看了一眼秋川的臉色，然後轉身面向其他記者，徵求其他人的意見：「各位……」

這件事就到此為止，快進入正題——在這樣無言的催促下，手嶋點點頭，將手裡的影印紙攤開在三上的辦公桌上。

《關於發生在大糸市內的重大車禍》

三上不用細看也知道，那是昨天貼給記者看的聲明文影本。有個開車不看路的家庭主婦撞到一名老人，害老人全身都受到嚴重的挫傷。事件本身是一起平凡的交通意外，但是火種就潛藏在聲明文的內容裡。

「那麼我再問你一次，為什麼不肯公布加害者的主婦姓名？應該要公布她的真實姓名吧！」

三上把十指交疊，無畏地迎向手嶋尖銳的視線。
「如同我昨天說明過的一樣，那位主婦已經懷孕八個月了。撞了人之後已經很不知所措了，要是再看到自己的名字出現在報紙上，不知道會因為打擊而發生什麼事，所以才以匿名的方式公布。」
「這根本就稱不上是什麼說明！地址也只有『大糸市內』，門牌號碼全都祕而不宣。光是三十二歲的主婦A這樣，根本無法確認是不是真的有這號人物。」
「正因為是實際存在的人物，才要考慮到對胎兒的影響。這樣有什麼不對？」
這個反問聽在記者們耳裡似乎顯得妄自尊大，廣報室裡起了一陣騷動，手嶋更是面有慍色。
「為什麼警方要考慮到這麼多？未免也太體貼了。」
「因為主婦並沒有被逮捕，是老人自己擅自穿過沒有斑馬線的馬路，而且還喝醉了。」
「但主婦也沒有注意看前面不是嗎？這可是一起把人撞到重傷的車禍喔！那個名叫銘川的老人，到現在都還沒有恢復意識。」
三上用眼角餘光望向秋川，他打算讓手嶋鬧到什麼地步呢？
「廣報官，請你回答。就結果的嚴重性來說，此事不容輕忽，當然要追究主婦的責任才行。」
三上把視線轉向對他緊咬不放的手嶋。
「所以就要在報紙上公布她的名字，讓全民公審嗎？」
「話、話不是這麼說！我可沒有這個意思。我要說的是，警方基於自己的判斷，隱瞞她的名字和地址是件很奇怪的事。要不要把她的真實姓名寫出來，應該是我們評估過公理正義之後才下的判斷。」
「為什麼就不能由警方來判斷呢？」
「因為這會讓事情的因果關係變得曖昧。要是警方公布的事件或事故還有後續發展或者是內容有錯的話，在不知道當事人的名字和地址的情況下，我們想要求證也無從求證起不是嗎？再說了，如果本部一直採取匿名發表的話，難

11：傾向左派（又稱左翼），指的是支持改變傳統社會秩序，創造更為平等的財富和基本權利分配，通常是指社會主義。

保轄區上呈的報告不會有所隱瞞。說得再極端一點，難保不會有人利用匿名這個護身符發表歪曲事實的公告，或者是用來隱瞞一些對警方不利的事實。」

「你說什麼？」

「所以問題在於……」

手長腳長的山科從旁邊冒了出來。『全縣時報臨時代理組長，F大畢業，二十八歲，議員秘書的三男，見人說人話，見鬼說鬼話……』。

「像這樣拚死命地掩護，難免讓人覺得事有蹊蹺！會讓人覺得會不會因為是什麼大人物的女兒，所以才不肯公布她的姓名；或者是因為被害人是個酒鬼，就對主婦比較寬容之類的。」

「少胡說八道！」

三上忍不住大聲起來。山科有點退縮，但廣報室裡卻一下子沸騰了起來。

是你在胡說八道吧！就是因為你什麼事情都遮遮掩掩的，才會啟人疑竇吧！之前的孕婦有享受過匿名的待遇嗎？沒有吧？那就好好地說清楚講明白啊！

三上任憑他們愛怎麼罵就怎麼罵，因為只要一開口，肯定也不會是什麼好話。

「我說三上先生……」

秋川終於開金口了。他慢條斯理地把胳膊鬆開的姿態，充滿「壓軸好戲要上演」的自我表現欲。

「其實是因為警方擔心萬一因為名字公諸於世，導致孕婦或胎兒有個什麼三長兩短的話，公布姓名的警方會受到輿論的圍剿對吧？」

「並不是。是因為在某些情況下，即使是加害者，也有不必見諸報端的權利。」

「不必見諸報端的權利？」

秋川冷笑了一聲。

「你該不會是要跟我討論加害者的人權吧？」

「正是。」

廣報室裡再度掀起一陣騷動。
夠了！少在那邊裝清高了！踐踏人權不是警方的拿手好戲嗎？人權二字從警方口中說出來真是笑死人了！
「為什麼你們要這麼激動呢？匿名報導已經是目前的趨勢了吧！最近就連報紙或電視也經常採取匿名報導的方式不是嗎？警方只是在公布的時候選擇了匿名的方式，為什麼要被你們批評成這樣呢？」
所以才說你們憑什麼啊！警方可沒有這麼做的權限！搞了半天你們還是不懂什麼是新聞自由！匿名發表的行為嚴重地損害了國民知的權利！
「你就把名字說出來嘛！廣報官。如果那名孕婦的身體狀況真的不好的話，我們也不會真的把她寫出來啊！」
山科又插進來想當和事佬了。
「結果不是都一樣嗎？就算你不肯公布其姓名，我們這邊如果有必要的話還是會進行採訪，調查出她的名字和地址。我想那名孕婦應該也不希望我們直接跑去採訪她吧！」
只有連基本的採訪都做不好的記者，才會說出這種鬼話。所以他才成不了大器，都已經跑了六年的警察線，卻還是連一篇像樣的報導也寫不出來，活像是一隻浸泡在廣報制度溫水裡的青蛙。
然而，在這個房間裡，究竟有多少人是打從心底對山科的盤算嗤之以鼻呢？大家全都浸泡在同一鍋溫水裡，差別只在於有人已經浸到頸部以下，有人才浸到下半身而已。另一方面，這群年輕人的上司也同時嚴格地要求他們不能讓警方專斷獨行，無論是哪一家報社，都有在廣報制度還沒有實施的時代跟警方硬碰硬，自以為是日本武士的幹部。這些人非常看不慣一線記者的廣報依存症，三令五申地要求自己手下的人絕不能被警方馴服。這個觀念透過現場的編輯，日日夜夜地灌輸到年輕記者的腦海裡。也因此在這個匿名問題上打死不能退讓，上頭還在等著他們的「戰果」，絕不允許空手而回。「新聞從業人員的使命感」到底存不存在，原本就很令人存疑，他們要的或許只是讓警方屈服、公布姓名的這個事實而已。
「廣報官，你就老實說吧！」
見秋川又恢復抱著胳膊的姿勢，手嶋馬上咄咄逼人地追問，額頭上冒出閃著油光的汗水。
「你到底願不願意公布主婦的名字？」

「不願意。」

三上毫不猶豫地回答。手嶋的眼珠子都快掉下來了。

「為什麼？」

「因為那名主婦好像哭著哀求事故組的員警，求員警不要告訴媒體。」

「等一下！幹嘛把我們說得跟壞蛋一樣啊！」

「因為她就是這麼害怕被登在報紙上啊！」

「這根本是在轉移焦點，太卑鄙了吧！」

「隨便你怎麼說，總之主婦的姓名不會公開。這是D縣警決定好的事。」

廣報室裡突然變得靜悄悄。三上做好心理準備，準備接受寧靜之後的暴風雨，然而……。

「三上先生，你變了。」

秋川改變攻勢，雙手撐在辦公桌上，正色地湊近三上的臉。

「我們曾經對你寄予厚望！因為你跟之前的船木先生不一樣，雖然不會看我們的臉色做事，但卻是敢於跟上頭據理力爭。所以你剛調來這裡的時候，我們真的很驚訝！可是你卻變節了，變得只會被牽著鼻子走，把縣警的方針硬塞給我們，這是為什麼？」

三上沉默不語。他注視著天花板，不讓對方察覺到自己的動搖。

秋川接著說：

「廣報室是窗口——這句話是你說的吧？如果身為窗口的廣報官也跟其他警察一樣向組織靠攏的話，那可就傷腦筋了。如果都沒有人願意側耳傾聽外界的聲音，擁有向組織提出反對意見的覺悟和客觀性的話，不管經過多久，警方永遠都是沒有窗口的黑盒子。難道這樣也無所謂嗎？」

「窗口還是有的，只是沒有你們想像的那麼大就是了。」

那一瞬間，秋川臉上閃過一絲失望的表情。直到這個當下，他才發現三上講的是真心話，既非諷刺，也不是責難。

重新看向三上的秋川眼睛突然一亮。

「趁這個機會，請容我再多問一句。」

「什麼事？」

「關於匿名問題，你個人的想法是什麼？」

「和個人或組織無關，我的答案只有一個。」

「那是你的真心話嗎？」

三上再度沉默不語，秋川也是。兩個人都用眼神試探著對方。五秒……十秒……感覺經過了好久好久的時間。

秋川意味深長地點了點頭。

「我明白你的意思了。」

秋川把身後的記者們看過一遍後，再把臉轉向三上：

「那麼，我代表整個記者俱樂部對D縣警而非廣報官提出要求，請公布這名主婦的真實姓名。」

這我已經回答過了——三上以眼神示意。

秋川又點了點頭。

「也就是說，D縣警完全不信任我們，認為只要公布真實姓名我們就一定會報導出來，是這個意思沒錯吧？」

完全是發出最後通牒的語氣。

秋川轉身，背對三上。其他的記者們也一一轉身，魚貫地走出廣報室。事情不會這麼簡單就結束。狹小的廣報室裡依然飄動著一股浮躁不安的空氣。

4

——這算是威脅嗎？

三上重重地吐了一口氣，把記者們留在桌上的聲明文影本揉成一團，扔進垃圾桶裡。感覺這次的事情跟以前的糾紛有明顯的不同。他還是第一次看到如此殺氣騰騰的記者，拳拳到肉、毫不留情。這愈發令他感到生氣。又沒有鬧出人命，只不過是車禍而已。如果沒有扯上匿名問題，那群人根本就不屑理會，最近這類車禍的話題性小到就連地方報紙會不會刊登出來都還是個問題。

廣報室的人口密度終於恢復到正常的指數。諏訪的視線落在報紙上，臉上的表情似乎有什麼話想說，但是卻看也不看三上一眼。藏前和美雲正在為截稿在即的《廣報守護您》撰寫稿子。大家都在等三上冷靜下來。不對，或許是在揣度三上的心思也說不定，因為他們也都聽到秋川那句話了。

〈三上先生，你變了〉

三上點燃一根菸，才抽了兩口就將其捻熄，一口喝乾已經冷掉的茶。

終於有人說出來了。早在今天以前他就已經有預感，遲早會讓他們失望的。一切又回到原點。這種感覺讓他覺得非常苦悶，還是就連這種感覺本身也是他的自負呢？或許一切都只是海市蜃樓。他們的交情根本沒好到打壞關係就會大驚小怪的地步。曾經贏得的信賴一吹就散。如果被問起在廣報改革的過程中，是否已經不再對記者過敏，三上肯定也無法馬上回答吧！

如今就連運氣也不站在他這邊。匿名問題是非常棘手的問題，聽說全國各地的警察無不為此傷透了腦筋。偏偏在他的影響力變得薄弱的時候遇上這個事件，實在是太不走運了。「菊西華子」，主婦的名字就躺在辦公桌的抽屜裡。轄區傳真過來的報告上清清楚楚地寫著她的名字，但是才不到三十分鐘，就接到副署長打來的電話：「不好意思，那個人是孕婦，所以請不要公布她的姓名……」

三上把諏訪叫到辦公桌前。

「你怎麼看？」

諏訪的眉頭皺了起來。

「大家都很激動呢！」

「是我的錯嗎？」

「不是。基本上，你的處理已經很好了，因為在匿名問題上爭贏或辯輸都不會有好結果。」

「什麼意思？」

「要是完全跟記者撕破臉的話，等於是眼睜睜地看著自己把宣傳的媒體丟到水溝裡。但是如果對他們的要求言聽計從的話，理應為調查機構的警方就成了普通的公家機關。再加上最近關於人權和個人資料保護法的議題吵得沸沸揚揚，要是所有的案件都以真實姓名來發表的話，提出抗議的當事人肯定會增加，輿論對於我們的批評也會愈來愈苛刻。既然兩邊不是人，目前除了保持『兩造意見沒有交集，但還是會繼續努力』的狀態以外，暫時沒有更好的解決方法。儘管沒有得到戰果，但是只要繼續攻擊警方的廣報單位，記者的面子也可以勉強保住。」

諏訪滔滔不絕。看來是心中有話，不吐不快啊！

三上沒辦法同意地回嘴。

「哪來的兩造意見沒有交集？根本是決裂了好嗎？你不覺得已經完全無法挽回了嗎？」

「我倒是認為還有修復的餘地。他們之所以會那麼激動，是因為對我們有所期待。失望愈大，反彈也就愈大吧！」

諏訪說得乾脆，聽在三上耳裡卻覺得分外諷刺。原來他那一臉有話要說的樣子，就是要說這個啊！

〈如果表現出真心理解的態度，就會讓對方牽著鼻子走，所以只要裝出理解的樣子就行了〉

這是諏訪在入夏之前以專業的角度給三上的建議。不難看出他對大力改革廣報室的廣報官是有些疑惑的。話雖如此，但是諏訪似乎也不甘於做個前人口中的「消波塊」。他曾經在喝酒的時候抓著藏前滔滔不絕地講述他個人的意見，當然其中有一半是故意講給三上聽的。

〈你知道嗎？上頭試圖把媒體變成工具已經是一種類似本能的執著了。這也沒錯啦。因為我們要是被當成幫媒體跑腿打雜的小弟就完蛋了。和媒體打交道絕不能欠缺考慮。要動腦筋、擬訂策略，分別使出糖果和鞭子，才能隨心所欲地控制媒體，讓他們淨寫一些「警察的正義」，讓「警察的正義」深植於世人心中，這才是應付記者的精髓〉

他的想法跟赤間警務部長很接近，差別在於不是只有「鞭子」，連「糖果」也用上這一點。那是顆藏了方法與技術，以及作為一名廣報人的尊嚴的糖果……。

三上把身體靠在椅背上。

諏訪跑去接電話的背影看起來十分輕盈，整個人神采奕奕。三上的腦海裡浮現出不懷好意的評斷。自從三上來了以後，廣報室對於諏訪來說好似成了一個難以發揮實力的環境。他可能會覺得這個從刑事部升上來的外行廣報官威脅到他的存在吧。

——既然如此，那我就讓你見識一下我的本事。

三上決定換個角度想。不能因為困在變節的愧疚感裡，就把眼前的問題放著不管。方法姑且不論，但廣報室一旦放棄擬訂記者對策，就等於刑警放棄了對事件的調查。

「可以給我一點時間嗎？」

講完電話的諏訪和藏前同時站了起來，美雲則是按兵不動，因為她不知道自己是不是也有被叫到。

三上用手示意美雲不必起身，把諏訪和藏前叫到跟前。

「去安撫隔壁一下，順便調查一下態度真正強硬的是哪幾家報社。」

「是。」

諏訪果然變得很有精神。他不等三上再做出其他的指示，就以一副包在我身上的氣勢抓起椅子上的西裝走出廣報室。藏前跟在他背後，但步伐顯得遲疑了許多。

三上轉動一下脖子，比起不安，更多的是期待。

記者室是個特殊的空間。競爭同業擠在同一個空間裡互相牽制彼此的動作，但同時又會衍生出宛如職場同事般的同儕意識。如果對手是警方的話，這種同儕意識就會使他們槍口一致對外。就像剛才那樣，堅若磐石的態度，就連警察看了也自嘆弗如。不過話雖如此，但畢竟背後出錢的老大不同，每家報社都有他們的社訓和社風，因此也不是每個人嘴巴講的都跟心裡想的一樣。

想著想著，全縣時報的山科就出現了。態度跟十五分鐘前有著一百八十度的大改變，兩隻眼睛骨溜溜地轉著，正在試探三上的心情好壞。

「有什麼事？」

三上的語氣似乎使他放了心，只見山科堆著滿臉的笑容走過來。

「我說廣報官啊……你的態度還是稍微再放軟一點比較好喔！剛才那樣實在不太好。」

「什麼東西不太好？」

「大家都快要氣炸了不是嗎？」

「還不是因為你在那邊火上加油？」

「真是的，虧我剛才還幫你解危，這種話你怎麼說得出口？」

這個人唯恐跟警方之間的距離變遠。看來三上之前使的手段還是在像山科這種沒有能力的記者身上發揮了作用。

「隔壁怎麼樣了？」

三上試探性地詢問。只見山科故意壓低了聲音。

「我不是說實在不太好嗎？東洋氣得跳腳，每日的宇津木和朝日的……」

可惜他的話還沒說完，面前的警用電話就響起來了。三上拿起話筒。

〈到部長室來一下〉

是石井秘書課長打來的。儘管不帶感情，聲音卻透露出幾分得意。

腦海中浮現出赤間部長的臉，心裡同時掠過一絲不祥的預感。能讓石井感到高興的事，對三上來說通常都不是什麼好事。

「部長叫你？」

「嗯。」

就在三上站起來的時候，發現有張名片大小的便條紙掉在辦公桌的桌腳後面，上頭是美雲的字。三上避開山科迅速瞄了一眼。

『AM7：45，警務課的二渡調查官來電』

同期的二渡真治。三上的嘴角下意識地繃緊。

三上看了美雲一眼，但是並沒有叫她過來就把紙條給揉掉了。二渡應該也知道自己有意避著他，還打電話來做什麼？是工作上的聯絡嗎？還是聽說他昨天去認屍的事，認為基於同期之誼必須說點什麼？

山科還在旁邊看著呢！

「晚一點再聽你說。」

這句話正合山科的意，只見他眉飛色舞地點頭，亦步亦趨地跟在正要離開的三上後頭。

就在兩人來到走廊的時候。

「廣報官……」

「什麼事？」

「昨天真的是因為親戚病危？」

三上緩緩地轉過頭看著山科，山科則是低著頭眉眼上揚地回看他。

「沒錯。有什麼問題嗎？」

「沒有……」

山科吞吞吐吐了起來。

「因為我聽到了不同的說法……」

——這傢伙！

三上假裝沒聽見，順著走廊往前走。山科自以為很熟地拍拍他的肩膀，走進隔壁的記者室。從逐漸闔上的門縫裡，可以看見好幾個記者正臉色難看地交頭接耳。

5

如果不是午休時間，在二樓的走廊上很難遇到其他人。會計課、教養課、監察課……每個課室的門都緊閉著，無法窺見裡頭的樣子。周圍十分安靜，只有三上的腳步聲在打過蠟的走廊上響著。

「警務課」——褪色門牌上的文字總讓人覺得有些緊張。

三上推開門，對坐在正面後方的白田警務課長默默地行了個禮後，一面往前走，一面用眼角餘光掃向靠窗的調查官座位。

不見二渡的人影，桌上的檯燈沒有開，文件也沒有擺出來。如果不是休假，或許是在北廳舍二樓的「人事室」裡。最近盛傳明年春天的人事異動作業已經開始進行了。幹部人事的藍圖是由二渡負責規劃。自從他從石井秘書課長的口中得知這個事實以後，胸口就一直感到鬱悶。自己的調職到底是怎麼一回事？這項前所未聞的回鍋異動，真的是赤間警務部長的主意嗎？

三上穿過警務課的樓層，敲了敲部長室的門。「請進。」門的那頭傳來石井的聲音，跟電話裡一樣，比平常高了一個八度。

「打擾了。」

三上踩在厚實的地毯上。

赤間怡然自得地靠在沙發上，用手指頭摩挲著突出的下顎。金絲邊眼鏡。直條紋的手工訂製西裝。從斜眼射出的冰冷視線。一般的菜鳥警察對特考組[12]的刻板印象不外乎如此，而他這種特考組的外貌至今也沒有改變。才四十一歲，比三上還要小五歲。而在赤間旁邊一臉畏畏縮縮、阿諛奉承的神情，頭髮稀疏、年約五十的男人就是石井。後者正揮手招他過去。

不等三上就座，赤間劈頭就說：

「昨天真是辛苦你了。」

語氣輕鬆得就像是夏日傍晚剛下完一場驟雨。

「沒有。反而是我的私事耽誤到公事，真對不起。」

12：通過一級國家公務員的考試，為警察廳所任用的超級菁英分子。準特考組則是通過二級國家公務員的考試，在職級上較特考組低一階。還有高中或大學畢業之後，通過地方警察普考進入警界的普通警察，一般員警皆屬於後者。

「沒事的，坐下吧！當地警署怎麼樣？有好好地幫忙嗎？」

「有的，包括署長在內，大家都很幫忙。」

「那就好，我也會替你好好謝謝他們。」

宛如保護者的語氣聽在耳裡格外不舒服。

三個月前，他在走投無路的情況下請赤間幫忙，向他坦承女兒前一天離家出走的事，希望他能出動縣內各警署幫忙搜尋，而不只是最近的轄區。當時赤間在他面前做出令人難以置信的行動。他在三上帶來的協尋請求書影本上多加了一筆，還把石井叫來，命令他傳真給本廳，收件人為生活安全局、刑事局、甚至還有長官官房[13]。赤間寫完之後，對三上說：「放心吧！今天之內，從北海道到沖繩都會展開特別搜查。」

他永遠也忘不了赤間當時得意的表情，而且他很快就明白，那不只是因為得以展現出本廳特考組實力的優越感而已，那表情還包含對結果的期待。透過金絲邊眼鏡，赤間凝視著三上。心想，一直拒絕服從的地方警視，這次終於要栽在他手裡了，他可不會放過這個機會。三上心頭一震，這才明白對方已經掌握住自己的弱點。然而，身為一個擔心女兒安危的父親，這時候還有什麼話好說呢？

「謝謝你，我不會忘記這份恩情的。」三上低下頭去，低得比桌子、比膝蓋還要低……。

「問題是，這已經是第二次了吧？每次都要親自跑一趟也太辛苦了吧！」

赤間今天也是將話題繞在亞由美的事情上。

「我之前也說過，你乾脆就把令千金的個人資料交給轄區吧！不只是大頭照和身體特徵，還有指紋或牙齒的病歷，線索其實很多不是嗎？」

用不著他說，自己也想過這個問題。每次一接到聯絡，掀開白布看到死者臉部的瞬間，就跟嚴刑烤打沒什麼兩樣，美那子的精神也已經瀕臨崩潰邊緣了。儘管如此，他還是遲遲不能下定決心。指紋、掌紋、齒型、牙齒的治療痕跡……這些在確認死者身分的時候的確是很有力的資訊，但是一旦交出這些資料，就等於是要找女兒的屍體，他完全無法接受這一點。

「這件事請讓我再考慮一下。」

「要就要快一點，這樣也比較不會有所損失。」

——損失什麼？

理性拚命壓抑住即將爆發的怒氣。這是挑釁。赤間正在試探他服從的底限。

三上重新轉換情緒說道：

「部長，你找我來有什麼事？」

頓時，赤間的目光裡不再有好奇的神色。

「其實是……」

石井代替赤間發聲，看得出來他已經忍很久了。

「長官要來視察了。」

三上的反應慢了半拍，因為這件事情完全出乎他的意料之外。

「長官視察……？」

「剛才突然接到通知，說是下個禮拜的今天，害我們也手忙腳亂呢！不過，已經好幾年沒有長官來視察了。」

三上注視著石井，覺得喜形於色的石井實在很丟臉。是因為特考組的赤間在這裡，所以這種感覺特別強烈嗎？警察廳長官[14]是站在二十六萬名警察金字塔頂點的男人。對於地方的警察來說，可以說是遙不可及的存在。但那又怎麼樣？不過就是長官來視察，有必要高興成這樣嗎？三上這時終於摸透石井這個男人。就像鄉下長大的年輕人一提到大都市就會雙眼發亮一樣，石井對於警察廳始終抱著純粹的憧憬與敬畏的心態。

「要來視察什麼？」

三上切換至工作的模式詢問。既然把身為廣報官的自己找來，那肯定是宣傳色彩十分強烈的視察。

13：即警察廳長官官房，負責協助警察廳長管理警察廳內的事務。

14：為日本警察廳警察官之首長，服從國家公安委員會之管理，負責警察廳的廳務統籌、所部級職員的任免，以及警察廳事務跟都道府縣警察的指揮監督。

「是64啦！」

赤間回答了他的問題。

三上訝異地看著赤間，只見赤間的眼角流露出意味深長的笑意。

64——這是十四年前「翔子小妹妹綁架撕票事件」的代號。那是在D縣警的轄區內發生的第一起綁架案。綁匪巧妙地搶走了二千萬圓的贖金，而被拐走的七歲小女孩被發現的時候，已經成了一具慘不忍睹的屍體。事情直到現在都還沒有露出破案的曙光，也不知道綁匪是什麼人。當時三上隸屬於搜查一課的特殊犯搜查股，也以「近距離追尾班」一員的身分跟在女童父親的車子後面，前往交付贖金的地點……。

令人痛恨的記憶被喚醒固然帶來了不小的衝擊，但是從身為特考組、同時也是偵查門外漢的赤間口中聽到這個只有在刑事部內私下流傳的事件代號，更是令他嚇了一大跳。難道這個大家口中的「調查魔」、「數據男」，在就任一年半的時間內，已經把收集情資的人脈也安插到刑事部裡了嗎？

可是……。

這個問題隨即被別的疑問取代。

64是D縣警史上最凶惡的事件，這點無庸置疑。即便拉高到警察廳的層級，也依然被認定為名列前茅的重大未偵破刑案。然而案發至今已經過了十四年，事件本身早已經風化為塵土也是不可否認的事實。當初召集了兩百名員警所成立的特別搜查本部，一路縮編下來，目前在籍的調查人員也只剩下不到二十五人。雖然還沒有把特搜本部的招牌拆下來，但是在刑事部內的名稱也已經降格成「專從班」了。距離公訴的追訴期只剩下一年又幾個月。街頭巷尾已經沒有人在討論這個案子，聽說也早就不再有市民提供線索。就連媒體也頂多一年才會想起這件事一次，然後配合事件發生的日期刊登一篇小到不能再小的報導而已。為什麼事到如今，這種已經長滿青苔的案件還會成為長官視察的對象呢？是想向世人宣告會在追訴期截止之前盡最大的努力嗎？

「視察的目的是什麼？」

被三上這麼一問，赤間的笑意更濃了。

「當然是要激勵負責的調查人員和對內外的宣傳啊！順便表示一下重大刑案一定會偵破的決心。」

「問題是，都已經是十四年前的案件了。其實是意識到追訴期的視察對吧？」

「從宣傳效果這點來看，我想沒有比陳年的案件更好的了。而且這次的視察似乎是長官自己提出來的，與其說是對國民，還不如說是對內部的宣傳。」

對內宣傳。最後這句話讓三上恍然大悟。

——原來是東京那邊的問題。

恐怕是這樣沒錯。從去年開始警察廳的高層人事就有很多動作，為了壓制蔚為主流的警備局，相隔四代之久才讓出身自刑事局的田邊出任長官。田邊還高調地揚言要重建刑事警察組織。沒想到才過了半年，今年七月田邊就因為急性高血壓的關係，毫無預警地撒手人寰。接他位子的是警備局出身的小塚次官，雖說是合情合理的人事安排，但是因為決定得過於倉促，反而讓田邊的死帶了幾分悲劇的味道。看在原本就習慣同情弱者的現場警察眼裡，難保不會讓他們有警備局是利用田邊猝死的機會重新奪回長官寶座的感覺。簡單來說，視察就是小塚的表態，是用來強調自己會繼承田邊的遺志，絕不會輕忽刑事警察……。

「接下來是具體的視察行程。」

石井拿出紙條，三上也連忙把記事本拿出來。

「雖然還沒有完全定案，呃……長官會在中午搭車前來。跟本部長共進午餐以後，馬上就會去佐田町的屍體遺棄現場視察，在那裡獻花和上香……然後回到中央署，激勵搜查本部，之後再去被害人家裡慰問，在那裡再上一次香……最後在從被害人家門口走到座車的這段距離接受記者的訪問……大概是這樣的行程安排。」

三上停下抄寫的動作。

「以突擊採訪的方式舉行記者會嗎？」

突擊採訪指的是受訪者站著，或者是邊走邊回答包圍在四周的記者的問題所進行的採訪方式。

「嗯，沒錯，長官官房是這麼說的。說是比起在會議室裡公式化地召開記者會，這麼做看起來會比較有行動力。」

腦海中閃過記者們苛責的表情，三上的心整個沉到谷底。

「照片呢？要在棄屍現場拍嗎？」

「不是，在被害人的家裡拍。」

「要讓記者進入被害人的家裡嗎？」

「空間不夠大嗎？」

「不是那方面的問題……」

「長官在佛壇前雙手合十，被害人的家屬在他身後……長官似乎是希望電視或報紙能夠呈現出這樣的構圖。」

警察組織的最高負責人向家屬承諾一定會偵破案件的畫面的確讓人印象深刻。

「沒有多少時間了，你這兩天就要取得家屬的同意。」

赤間從旁插話，語氣又變回一貫的命令口吻。

三上不置可否地點頭。

「怎麼了？有什麼問題嗎？」

「沒有……」

家屬想必不會拒絕長官的慰問，但是要他去被害人家裡提出這個要求，他還是不大樂意。案發當時，他根本沒有跟被害人的父母說上幾句話。跟被害人的父母有深入接觸的主要都是「自宅班」的成員。後來又經過調動，在事件發生的三個月以後，三上就被調到搜查二課，跟64不再有任何關係。

「……我明白了。總而言之，我會先去探探專從班那群人的口風，詢問家屬最近的狀況。」

三上字斟句酌地回答。結果，赤間老大不高興地皺起了眉頭。

「沒有這個必要吧！你不是也認識被害人的家屬嗎？不要透過刑事部，直接去跟家屬交涉。」

「嗯……？」

「因為這是警務的工作。一旦跟刑事部扯上關係，肯定會變得複雜吧？等到一切就緒，再由我告訴刑事部長。在那之前都要在暗地裡進行。」

——暗地裡？

三上猜不出赤間真正的用意。要他跳過刑事部處理這件事？想也知道那樣肯定會讓事情變得更加不可收拾。這可不是什麼其他案件，而是64啊！

「還有，關於媒體那邊……」

赤間不管他，繼續說道。

「你可能是第一次遇到這種狀況，所以我就先告訴你。雖然形式上是非正式的突擊採訪，但是也不能因為這樣就什麼限制都沒有，由著那些記者隨便採訪長官。還是要做好相當於議會備詢的流程安排，隨便讓記者發問，害長官一下子答不上來的事情絕對不能發生。首先要要求記者俱樂部事先把要問的問題寫成書面呈報上來。當天的發問時間只有十分鐘左右，發問者也只限幹事報社的記者。一定要堅決地讓記者俱樂部知道，當天絕對不能提出任何不合規矩的問題。明白了嗎？」

三上的視線落在記事本上。的確，事先跟記者俱樂部取得協議是一定要的，但是以眼下的狀況來說，有辦法跟他們平心靜氣地好好談嗎？

「聽說記者今天好像大鬧了一場呢！」

三上的不安馬上就被赤間看穿了。不對，是有人第一時間就把廣報室裡的騷動向赤間報告了。

「實際上是什麼樣的狀況？」

「為了匿名問題鬧得相當不愉快。」

「由他們去鬧好了。絕對不能讓步喔！只要稍微給他們一點顏色，他們就會得寸進尺地開起染房來。所以你一定要撐住。說到底，消息還是我們給的，他們只能老老實實地接受。一定要讓他們明白這一點。」

赤間一派輕鬆地提出這強人所難的要求。

三上還是不能理解，為什麼赤間會採取這麼強硬的態度。就算他再怎麼討厭媒體，以他那顆來自本廳的官僚腦袋，不管他願不願意，應該還是希望能有效率地應付記者才對。然而他卻完全無視於少了「糖果」的作用之後所帶來的損失。還是說，他壓根兒就沒有想過要衡量利弊得失？

感覺上好像並非如此，但是赤間的話已經說完了，似乎想到要找什麼東西而在上衣的口袋裡摸來摸去。

三上瞄了一下石井。他正用紅筆在紙條上寫字，看起來一副愉悅的樣子。這讓三上的心情比進入部長室前更加惡劣好幾倍。不祥的預感果然沒錯。

「那我就先出去了。」

三上闔上記事本，站了起來。或許是從這一連串的動作中嗅到他只是表面上服從，當他正要離開部長室的時候，赤間又補上一句話。

「不過長得跟你還真像啊！你一定寵得不得了吧！」

三上停下腳步，戒慎恐懼地回頭。

赤間手裡拿著協尋用的側拍相片。

長得跟你還真像……。

三上至今不曾說過亞由美離家出走的始末，但現在卻像是被人甩了一巴掌。那一瞬間，三上面無表情的假面出現了裂痕。

赤間似乎很滿意的樣子。

「關於指紋和牙齒就醫記錄的事，你再跟尊夫人討論一下吧！我也希望盡我最大的能力幫你們。」

抵抗的意志力只持續了幾秒鐘。

「……謝謝。」

三上深深地一鞠躬。他隱約覺得體內有好幾個地方都血脈賁張。

6

「中午看來是回不去了。」

〈沒關係，你不用管我〉

「午飯怎麼辦？」
〈不要緊，我吃早上的剩飯就好了〉
「去篠崎超市買點東西回來吧！」
〈………〉
「開車去吧！來回不過就是十五分鐘。」
〈可是早餐還有剩……〉
「那就叫草月庵的蕎麥麵吧！」
〈………〉
「就這麼辦吧！」
〈……好〉
「嗯，那今天就先這樣，不過妳還是要稍微出去走走……」
〈老公……〉
美那子想掛電話了。她一如往常地發出無聲的請求。因為深怕當亞由美想要打電話回家的時候，家裡的電話卻在通話中。都已經把電話換成最新型的了，也申請了插撥的功能，還加入了去年才剛推廣到地方的來電顯示服務，但美那子還是無法完全放心，一直叨唸著「不怕一萬，只怕萬一」。
「好啦好啦！我掛電話了。一定要吃點蕎麥麵或其他有營養的東西喔！知道嗎？」
〈我會的〉
三上掛斷手機，走出城址公園的四角涼亭。既不能在廣報室裡打這種電話，也不想在本部的腹地裡偷偷摸摸地講電話，所以他便走到距離本部只有幾分鐘的這裡。
北風吹得愈發強勁，三上將西裝的領子像大衣一樣地立起來，三步併成兩步地走回本部。耳邊一直迴盪著美那子了無生氣的嗓音，絕不能兩個人一起倒下。自從亞由美離家出走以後，美那子就再也沒有辦法好好待在家裡。為了打聽亞由美的消息而使出渾身解數，不是拿著照片在附近四處打聽，就是只要有一點點線索就到處跑去問人，足跡甚至還延伸到東京和神奈川。然而，一個月前的無聲電話卻讓她從此再也不肯踏出家門一步。

無聲電話並非只打了一次，而是同一天裡打了三次。亞由美在猶豫。這種想法無邊無際地在美那子的腦海裡膨脹。從此以後，她整天把自己關在家裡等電話。跟她說這樣會把身體搞壞，她聽不進去。換成最新型的電話也沒有用，她的生活整個改變了。日常用品用郵購方式購買，晚餐的食材則是請宅配業者送來，第二天早上和中午就以剩菜草草打發。不對，要是沒有三上盯著她，她中午根本什麼都不會吃。

在靠近本部的超級市場買兩個便當，利用午休時間回家成了三上每日必做的功課。光就這一點來看的話，不當刑警還真是因禍得福了，晚上也可以比較早回家。一旦發生重大的事件，雖然得搶先在記者前面趕到現場，但還是跟刑警不一樣，不需要沒日沒夜地睡在轄區的道場裡。晚上基本上都還是能回家，可以陪在美那子的身邊。

話雖如此，對於美那子來說，自己的陪伴到底能起多大作用，三上並沒有把握。不管是利用午休時間回去的時候、還是早點下班回家的日子，都曾經試著建議由他來等電話，要美那子出去買點東西。但美那子點頭歸點頭，卻絕對不會踏出家門一步。那股頑強的意志，跟離家出走以前把自己關在房間裡的亞由美如出一轍。如果說隨著足不出戶的時間變長，亞由美的心被侵蝕得更嚴重，那麼，美那子是不是也會走上同一條路呢？外面的世界充滿了刺激。有陽光、有四季、有人與人之間的交流。就算有承受著撕心裂肺的不安與痛苦，但只要遇上一瞬間的發現，就足以將痛苦忘得一乾二淨。如果目的不是為了去確認死者的身分，三上其實很樂意跟美那子一起去北國走走。

可是……。

他完全能夠體會美那子對電話異常執著的心情。亞由美離家出走已經兩個月了，對於一點線索也沒有、墜入絕望深淵的夫妻倆而言，那通電話可以說是露出一線曙光的瞬間。

那天傍晚，D縣北部下著非常猛烈的豪雨。廣報室不斷接到土石流的通報，所以三上回家晚了，以至於三通電話裡前兩通都是美那子接的。第一通是在晚上八點過後打來。當美那子回答：「這是三上家。」的瞬間，電話就掛斷了。第二通剛好是在九點半的時候。美那子說電話一響起，她就直覺是亞由美打來的。所以這次她沒有報上姓名，只是用力把話筒貼在耳朵上。千萬不能著急，要是太急切的話，那孩子就會想要逃開。只要耐心地等待，她就會主動開始說話了。美那子屏息以待。五秒……十秒……。可是對方還是一句話也不說。美那子終於受不了而喊出亞由美的名字，結果電話馬上就被掛斷了。

當美那子打電話到三上的手機時，顯然已經方寸大亂。三上馬上趕回家，祈禱電話能夠再度響起。就在快要午夜十二點的時候，電話終於響了，三上搶下話筒。靜默無聲。脈膊頓時加速跳動，三上試著開口：「亞由美嗎？是亞由美吧！」可是沒有回答。他突然激動起來：「亞由美！妳現在人在哪裡？回來吧！什麼都不用擔心，現在就回來吧！」這之後三上什麼都不記得了。只記得一直喊亞由美的名字，直到對方掛上電話。

三上整個人都虛脫了，暫時呆立在電話旁，一動也不能動。他事後回想，才意識到當時的自己既不是警官也不是刑警，只是一個父親。就連要仔細聆聽背景聲音的最基本步驟也忘了。他沒有買手機給亞由美，所以應該是從公用電話打來的。通話中似乎還有聽到細微的雜音，到底是亞由美的呼吸、還是大都市的噪音、抑或是其他的聲音呢？他拚命想要回想起來，卻還是力有未逮。在渾沌不清、就連記憶也稱不上的記憶裡，只留下一絲具有強弱起伏的連續聲響，還有不斷膨脹的想像。車水馬龍的深夜街道。馬路旁的電話亭。亞由美蹲在裡頭的身影⋯⋯。

一定是亞由美。

三上喃喃自語。他的步調完全被打亂了，不知不覺地用力握緊拳頭。

如果不是亞由美的話，有誰會連續打三次無聲電話過來？還有電話簿又該怎麼說？三上並沒有住在宿舍裡。因為和美那子結婚以後，為了照顧體弱多病的父母，他就搬回老家了。當時的電話號碼是以父親的名義刊登在電話薄裡，後來母親因病去世，在發生那個64事件之後沒多久，父親也因為肺炎惡化而去世了。成為一家之主的三上遵循警察的習慣，辦好不再把號碼登錄在電話簿上的手續。從此以後，家裡的電話號碼便不再出現在每年都會更新的電話簿裡了。根據刑警的經驗來說，愉快犯[15]的無聲電話或猥褻電話多半都是利用電話簿。換句話說，跟一般把號碼登錄在電話簿上的家庭比起來，三上家接到惡作劇電話的可能性低之又低。

隨便亂按的一組數字剛好是三上家的電話號碼。因為是女人接電話，所以就連續打了兩三次。這樣的偶然也不能說完全沒有。話說回來，如果是組織裡的人，知道他家電話號碼的人要多少有多少，畢竟他工作了二十八年。對三上

15：泛指藉由犯罪行為來造成社會大眾的恐慌，然後暗中觀察受害者的反應並引以為樂的人。

懷恨在心的人，隨便想也可以想出兩三個來。問題是，把這些可能性羅列出來到底有什麼意義呢？那是亞由美打回來的電話。除了如此相信、如此告訴自己以外，夫妻倆沒有任何辦法證明自己的女兒還活著。亞由美打電話回來了，她至少好端端地活了兩個月。既然如此，在過了三個月的現在，她也一定還活著。這就是他們全部的想法。

三上從後門進入本部的腹地。

這一個月來，他一直都在思考，三次的猶豫……。亞由美到底想說什麼呢？還是她其實沒有什麼想說的，只是想聽父母的聲音？她打了兩次電話，兩次都是美那子接的，所以她又打了第三次，因為她也想聽聽三上的聲音。

他有時候也會以為亞由美是有話想跟自己說，而不是美那子。打到第三次終於換三上接聽，她雖然有話想說，但最後還是說不出口。

她想要告訴三上，卻只能在心裡對自己說。對不起，我其實這樣就好了……。

突然，三上感到一陣暈眩，就在他從側門進入本廳舍的那一剎那。不會吧？心知不妙的時候，已經眼前一黑失去了平衡感。蹲下！大腦發出指令，可是雙手卻不死心地尋找支撐，好不容易摸到冷冰冰的牆壁，便靠著牆壁咬緊牙撐住。沒多久，視野終於慢慢恢復清晰。光線……螢光燈……灰色的牆壁……。

當他看見鑲嵌在那面牆壁上的全身鏡時嚇了一跳。鏡子裡映照出自己喘著氣的身影，往上吊的眼睛、蒜頭鼻、凸出來的顴骨，讓人聯想到一塊光禿禿的岩石。背後傳來高八度的笑聲，他馬上覺得是有人在嘲笑他。

兩個交通課的女警拿著安全教室使用的腹語術人偶當玩具邊走邊笑，當她們的身影從鏡中閃過時，三上正對著鏡中的自己看得出神。

7

三上在洗手間洗了把臉，手心的油汗多到幾乎可以把水彈開。

沒有看鏡子地把臉擦乾後，回到廣報室。諏訪股長和藏前主任正坐在沙發上交頭接耳。明明叫他們潛入記者室打探各家報社的動靜，卻見兩個人都回到廣報室。這是怎麼一回事？

「隔壁怎麼樣了？」

三上的聲音不由得大了起來。剛才的神采奕奕就像是假的一樣，諏訪露出非常心虛的表情站起來，藏前則是縮起身子走向自己的辦公桌。

諏訪的聲音小得像蚊子叫。

「抱歉，被趕出來了。」

「被趕出來了？」

「真是慚愧。」

三上受到相當大的衝擊。他承認記者室的確有其享有治外法權的一面，但是硬要說的話，記者室只不過是警方為了方便接受採訪而借給各家報社使用的房間，哪有把身為房東的警察趕出來的道理。

「氣氛真的那麼火爆嗎？」

「感覺的確不太尋常。」

「起火點果然還是東洋嗎？」

「是的，而且還拚命地煽動其他報社。」

腦海中浮現出秋川的臉。

〈D縣警完全不信任我們……是這個意思沒錯吧？〉

真是刺耳的一句話。

「不能想想辦法嗎？」

「嗯……。當然我們也有試著滅火，但是可能不會馬上見效就是了。」

一句話說得吞吞吐吐，一點也不莊重。看樣子即便是諏訪，這次也不知該如何是好了。

三上回到自己的座位上，點燃一根菸，從口袋裡拿出記事本。

「長官要來了。」

「欸……？」

諏訪瞪大了眼睛，藏前和美雲也都停下手邊的工作，看著三上。

「來視察，說是要去翔子小妹妹命案的現場及去拜訪家屬。」

「什麼時候？」

「下禮拜的今天。」

「下禮拜！」

諏訪不自覺地叫出聲，過了一會兒才吐出一口氣接著說：

「未免也太會挑時間了……」

「總之你先去告訴隔壁。」

三上邊說邊翻開記事本，讓諏訪抄下長官的視察行程。

「突擊採訪的時間只有十分鐘，最多也只能提出三到四個問題吧？」

「差不多。」

「怎麼讓那群人決定要提出什麼問題呢？」

「正常的做法是讓各家報社列出自己想問的問題，然後再由幹事報社負責整合。不過，我想每家報社想問的問題應該都大同小異吧！」

三上微微點頭。

「你去問他們什麼時候可以交出問題內容。」

「這個嘛……」

諏訪沒有答腔。這也難怪，他剛剛才被趕出記者室。

「你去告訴他們，最晚要在下禮拜一以前交出來，上頭說想看一下問題的內容。」

「好的，我盡力而為。」

雖然表情有些勉強，不過諏訪還是朝他點了兩三次頭。

——船到橋頭自然直。

三上盡可能讓自己保持樂觀。長官視察未偵破的綁架案件，這對於任何一家報社來說，應該都具有充分的新聞價值。他們一定會樂於配合，「匿名問題」也能暫時休兵……希望事情真能這樣發展下去。

正要回座的諏訪突然又回過頭來，若有所思地問道。

「可是啊廣報官，為什麼現在還要來進行64的視察呢？」

縱使衝擊沒有赤間提起時那麼大，但「64」這兩個字還是在他胸中激起漣漪。

「好像是要作秀給刑事警察看。」

三上敷衍地說完後便離開座位。

案發至今過了十四年，所以已經不再是只有參與過調查的人才知道的代號了吧！話雖如此，但是在這麼短的時間內就從兩個調查的門外漢口中聽到這個重大刑案的代號，還是無可避免地喚起了他的戒心。剛才在部長室也閃過這個念頭。赤間完全洞悉廣報室裡的一舉一動，從三上走馬上任的那天開始，一直持續到現在。

三上避開諏訪的視線說道：

「那麼隔壁那班人就拜託你搞定了，我出去一下。」

「上哪去？」

「被害人的家。得去安排一下慰問的流程。」

三上看了藏前一眼。

「你可以外出嗎？」

他很少把部下當司機使喚，只是今天總覺得頭暈目眩。不只是今天而已，最近這兩個禮拜常常突然感到暈眩。

「不好意思，我接下來要去採訪鐵警隊[16]的統一輔導作業。」

在誠惶誠恐的藏前對面，美雲彷彿是要強調自己的存在感似地伸長了脖子。

16：全名為鐵路警察隊，意指日本的鐵路公安組織。

妳就不用了。三上把已經衝到嘴邊的話給吞了回去。美雲對於工作的熱忱可比藏前高了好幾倍，再加上她原本是交通課的女警，就連小巴士的駕駛也難不倒她。

外頭吹著漫天的風沙。

一出本部的玄關，美雲馬上把手遮在額頭上，逆著風走向停車場。不到一分鐘，廣報官專用車隨即映入眼簾，美雲大膽地轉動方向盤，把車子打橫地停在玄關前上下車的地方。

「妳知道地方嗎？」

三上邊問邊坐進副駕駛座。

「知道。」

美雲一面問答，一面發動車子前進。

美雲肯定沒有想到三上會有此一問吧！只要是D縣警的人，沒有人不知道「翔子小妹妹命案」的被害人住所。然而美雲的年輕卻讓三上的感覺變得遲鈍。因為她才剛滿二十三歲，亦即事件發生當時她才九歲，跟被殺害的少女根本差不了幾歲。如今他正坐著美雲開的車前往被害人的家。也就是說，在那之後只有時間毫不留情地流逝。

離開本部之後，先繞去煎餅店買好伴手禮。國道十分暢通，從跟縣道交會的路口右轉，再往前走一段距離，高樓大廈陸續消失，馬路兩旁的商店也變得愈來愈少。再過不久，就要抵達合併之前的舊森川町地區了。

「廣報官……」

美雲看著前方說道。

「嗯？什麼事？」

「還好……不是令千金……」

她指的是昨天的事。

「一定會找到的……一定會！」

美雲開始哽咽，眼眶也紅紅的。

像這種時候，三上總是不曉得該怎麼回答才好。

求求你們不要多管閒事……這才是他的真心話。警察職員及其家人的祕密是受到高度的保護，但這只有對外面的人管用，在組織內部可是轉眼間就傳遍了。同事們總是出其不意地跑來問他亞由美的消息。他們沒有惡意、他們也是關心自己。但是不管再怎麼提醒自己，他還是無法心無介蒂地感謝他們的關心。暫且不提赤間，跟赤間沒什麼兩樣的人也不在少數。而且明明沒有很熟，卻在看到三上時露出一臉凝重的表情，悄悄地靠過來。還有人想利用這個機會修復跟三上的關係，或只是露骨地想要賣三上一個人情。愈是這樣的人，愈會說出一副出自真心的安慰話，然後以心滿意足的表情等著三上低頭說出感謝話語。他開始討厭人、害怕人，覺得自己已經受夠了，但是……。

「謝謝。」

三上說道。這個坐在旁邊的年輕女警是他可以信任的極少數人之一，這點他從來沒有懷疑過。

「別這麼說……」

美雲羞紅了臉，把背脊打直。

這個女孩的個性太正直了，老實到有時候會讓人替她擔心。在選擇女警這個職業的時候，她就懷抱高人一等的勤勉與潔癖，讓三上覺得美雲是特別的。明明生在這個不管是道德還是性別、人情全都失去準則的時代，她卻完全沒有沾染到世俗的塵埃，就連容貌也長得眉清目秀、楚楚動人，總覺得她跟年輕時的美那子有點神似。無庸置疑地很多單身警官都對她著迷，就連在記者室裡也有不少人妄想運氣好的話要把美雲帶回東京。據諏訪所說，東洋的秋川也是其中之一。三上之所以沒有派美雲去應付記者，最大的原因就在這裡。

前面是一片散落著民宅的田園風景。這裡是D市的西邊，再過去一點就是跟鄰村接壤的河流邊緣。率先映入眼簾的是體積龐大、讓人連想到體育館的漬物[17]工廠，接著是蓋在同一塊基地上有著瓦片屋頂的純日式住宅。

雨宮漬物——因為直接把醃漬好的茄子或小黃瓜裝在小型木桶裡販賣的點子大受歡迎而急速成長。三番五次受到媒體的報導與吹捧，若是從結果來看，恐怕就是因為風評太好才讓綁匪找上了雨宮家也說不定。

三上指示美雲把車子停在離雨宮家有一小段距離的空地上。

17：醃漬食品。

了。

「在這裡等我。」

他認為讓美雲出現在雨宮家是件殘酷的事。如果沒有發生那個案子，雨宮翔子現在應該也已經跟美雲差不多年紀了。

三上下了車，踩在當時還未鋪上柏油的小徑上。

一定要把犯人繩之以法……。

他想起當年踏進這個家門時，曾經湧現過的強烈念頭。在那之後已經過了十四年，沒想到竟然會為了組織的宣傳而再次踏進那道門……。

光是這樣就已經讓他的心情夠複雜了，不想眼前還閃過亞由美的身影，讓他實在無法把跟痛失愛女的家屬面談這件事當成單純的公事。

三上整理一下西裝的前襟，可是卻沒有馬上按下門鈴，而是直盯著「雨宮」的門牌。

8

剛打開的暖風扇發出轟隆轟隆的聲響，開始送出暖風。

「好久不見了。」

三上婉拒座墊，把雙手撐在榻榻米上，保持著低頭的姿勢，同時將煎餅的盒子推出去。

雨宮芳男只是微微地點頭。

三上被帶到起居室，雖然牆壁似乎有點暗沉褪色，但是家具和布置全都是十四年前的模樣。然而，雨宮的容貌卻凌駕這十四年的歲月，產生了劇烈的變化，看起來一點也不像只有五十四歲。恣意生長的白髮、土黃色毫無光澤的臉，雙頰病態地凹陷，額頭和眼尾布滿無數彷彿是用利刃刻出來的皺紋。臉上布滿著悲哀與苦惱。這是一張女兒慘遭殺害的父親的臉，除此之外沒有其他更貼切的形容詞了。

隔壁就是佛堂。紙門敞開著，設置在正前方的氣派佛壇讓人無從避開視線。上頭擺著照片，是被害人翔子，還有雨宮的妻子……。雨宮敏子是什麼時候去世的？他都不知道。

我來上香……三上找不到說出這句話的時機。坐在矮桌對面的雨宮一副失魂落魄的樣子，他的視線雖然落在三上的胸口一帶，但是凹陷的眼珠卻像是在注視著其他什麼東西似地顯得很不踏實。

再也承受不住令人窒息的沉默，三上拿出名片。他曾經在腦中的某個角落描繪重逢的畫面，期待雨宮主動叫他的名字，期待雨宮露出懷念的表情。同時也有點畏縮，他現在已經不是刑警而是廣報官了，要讓雨宮知道這件事的罪惡感也同時在內心發酵，以至於錯失了遞出名片的時機。

「還沒有向您報告，我現在在這個單位。」

完全得不到任何反應。

雨宮的右手放在矮桌上，乾癟的手背和手指全都爬滿了皺紋。食指的指甲前端已經裂開，包含皮膚在內整個發黑，宛如一顆大血泡，而且指尖還彷彿痙攣發作似地不停顫抖，最終還是沒有拿起三上放在矮桌上的名片。

喪失社交能力、看破紅塵。雨宮看起來已經進入這種領域，或許也沒有在工作了。聽說事件發生以後，他就把雨宮漬物的經營完全交給他的堂兄弟了。

「雨宮先生。」

有件事情非問不可。

「尊夫人是何時……？」

雨宮茫然地望向佛壇，盯著看了好一會兒，然後才慢慢地把臉轉回來，眼眸裡有一小簇幽微的光。

「……六年前因為中風倒下……終於在去年……」

「這樣啊……」

冰凍已久的感情終於開始融化了。儘管察覺到這一點，三上的腦子還是無法切換成工作的模式。

「明明還這麼年輕……」

「就是啊……而且什麼都還沒有搞清楚……」

還沒有看到綁匪的臉就死了……或許是又想起妻子的遺憾，雨宮眨了眨茫然無神的眼睛。

心很痛。當然，光靠三上一個人並無法改變任何事情，而且他也只有參與最初的調查而已，要說對案情涉入很深也不是這麼回事，然而他還是感到難辭其咎，還是覺得有所虧欠。只要是D縣警的人，沒有人不這樣想的。「翔子小妹妹綁架撕票事件」，每次聽到這事件的名稱，內心都會湧起一股歉疚的感覺。

昭和六十四年一月五日的那一天……。

「我去要壓歲錢。」中午過後，留下這句話就離開家門的雨宮翔子，在前往附近親戚家的途中，忽然消失了蹤影。兩個小時後，一通要求贖金的恐嚇電話打到雨宮家裡。那是沒有特殊口音，稍微有點沙啞，三十多歲到四十多歲之間男人的聲音。內容是綁架勒贖的一貫用語：「你的女兒在我手上，明天中午以前準備好兩千萬的現金，要是報警的話，你女兒就沒命了。」電話是雨宮接的，雖然他懇求對方：「讓我聽聽女兒的聲音！」但是電話卻被對方掛斷了。

躊躇再三的結果，雨宮在傍晚六點的時候報了警。然後在四十五分鐘以後，本部搜查一課派出的四名「自宅班」便悄悄地潛入了雨宮家。幾乎同一時間，NTT[18]的D分店也傳來報告，說是已經安排好負責逆向探測的人員了。然而就差那麼一步，綁匪在那之前就打了第二通電話：「把錢全部換成舊鈔，裝進丸越百貨[19]裡販賣的最大的行李箱裡，明天一個人拿到指定的地點。」要是當時能把綁匪的聲音錄下來的話、要是逆向探測來得及的話……這是所有參與過調查的人都曾經混合著嘆息掛在嘴邊的話。

晚上八點，D中央署成立了特別搜查本部，然後又過了三十分鐘，三上被指名擔任「近距離追尾班」的副班長，為了商討第二天交付贖金的相關細節也進入了雨宮家。當時自宅班的成員正在問雨宮夫婦一些問題：「有沒有聽過綁匪的聲音？」「最近有沒有發生什麼可疑的事？」「有沒有招誰怨恨？」「離職員工中有沒有人經濟上發生困難？」夫婦倆驚恐的臉上沒有半點血色，只是不住地搖頭。

然後是無比漫長的一夜。沒有任何人闔眼，所有人都盯著電話。雨宮始終保持著正襟危坐的姿勢。然而直到天色發白，第三通電話都沒有響起。敏子在廚房裡捏飯糰，已經捏了多到吃不完的數量，卻還是繼續煮飯、繼續六神無主地捏著飯糰，看起來簡直像是一種祈禱的儀式。然而……。

上天並沒有聽見她的祈禱。

事情發生在昭和六十四年，只是才過七天這一年就落幕了。雖然這一年被平成的大合唱搶去了風頭[20]，但它確實存在過。綁匪在昭和的最後一年綁架了一名七歲女孩並將其殺害，然後混跡到平成的時代裡。「64」是立誓的符碼，這個案件並不是平成元年的案件，一定要把綁匪拖回昭和六十四年的時空……。

三上低頭偷偷望向佛壇，照片中的敏子滿臉笑容，年輕得令人不敢置信。應該是在過著平穩的每一天，做夢也想不到會發生綁架案的時候拍的吧！那種無憂無慮的笑容，絕對不可能出現在獨生女被奪走的母親臉上。

雨宮始終不發一語，甚至不問三上來訪的理由。眼神所流露出的情感愈來愈稀薄，一顆心顯然不在這裡……。

三上清了清喉嚨，事到如今，只好硬著頭皮上了。總不能還沒有表明來意，就讓雨宮又縮回他自己的世界裡。

「雨宮先生……我今天來是有件事情想要通知您。」

想要拜託你——應該這麼說才對吧？察覺到雨宮表情裡的變化，三上連忙把話接下去。

「其實是下個禮拜，我們警方的最高幹部想來府上拜訪。是警察廳的長官，名叫小塚。距離案發當時雖然已經過了很長的時間，不過站在警方的立場，無時無刻都想要破案。因此，為了提高偵辦人員的士氣，長官決定親自到現場視察，結束之後想要來這裡為翔子小妹妹上柱香……」

快要不能呼吸了。每說出一句話，胸口就會多累積一股悶氣。

雨宮垂下眼睛，失望之情溢於言表。這也難怪，在距離案發當時過了十四年的現在，有哪個家屬在聽到長官信誓旦旦地說要破案時會真的相信。那是警察自家的問題、是作秀。雨宮可能早就已經看穿警方的意圖也說不定。

但三上也只能繼續硬著頭皮往下說：

「不可否認這個案子已經停擺很久了，正因為如此才有這次的視察。只要這次的長官視察能夠大規模地被寫成報

18：全名為日本電信電話株式會社，為日本最大的電信業者。

19：日本的百貨公司。

20：昭和六十四年即西元一九八九年，同年的一月七日昭和天皇病逝，翌日起改年號為平成。

導，就有可能再挖出新的線索。」
過了好一會兒，雨宮才深深地低下頭。
「謝謝你們的好意。」
語氣十分平靜。
三上鬆了一口氣，卸下心中大石的放心與攏絡雨宮的心虛各占一半。結果還是讓家屬受到警方的擺布。對於家屬來說，除非警方將歹徒繩之以法，否則沒有任何辦法可以消除他們心中的怨氣。如今三上也能體會這種心情了。他也是因為遇上女兒的離家出走，才會讓他對於安排此次警方宣傳的流程盡講些空泛的廢話。
三上拿出記事本，翻到在部長室記下重點的那一頁。
「視察預定在十二號，也就是下星期四舉行……」
三上話說到一半，耳邊傳來雨宮不是很清楚的聲音。
三上不解地側著頭。
但是我拒絕……雨宮似乎是這麼說的。
「雨宮先生……？」
「謝謝你們的好意，但是這件事請恕我拒絕，沒必要讓大人物特地跑這一趟。」
沒必要……？
長官視察被拒絕了，三上有些傻眼。雨宮雖然看似魂不守舍，但是他的語氣卻十分堅決。
「雨宮先生，為什麼？」
「沒有什麼特別的理由。」
三上吞了一口口水，直覺告訴他這裡頭一定有什麼問題。
「是我們的態度有什麼不周到的地方嗎？」
「不是……」
「那究竟是為什麼？」

雨宮沉默不語，看都不看三上一眼。

「就如同我先前向您報告過的，或許能挖出新的線索也說不定。」

「……」

「說起我們的長官，也就是警界的最高指揮官，我想媒體一定會大幅報導，電視台也會製作成新聞，可以讓更多人看到。」

「謝謝你們的好意……」

「可是雨宮先生，您難道要眼睜睜地看著可以得到線索的機會溜走嗎……」

三上察覺到自己的聲音大了起來，不由得閉上嘴巴。這種事是不能勉強的，既然家屬都說不要了，也只能就此作罷不是嗎？只是把家屬家從視察路線中剔除而已，並不會減損視察本身的意義。也許宣傳效果會差一點，但是只要長官拜訪了現場和專從班，不管是對外還是對內都還是很像一回事，只不過……。

腦海中閃過赤間的臉。要是告訴他慰問遭拒的話，那個男人會出現什麼樣的反應呢？

太陽穴感覺到血脈的跳動，宛如秒針一般，在這段沉默的空白裡，一下一下地刻劃著時間的流逝。

「我還會再來打擾的。」

雨宮沒說什麼，只是把手撐在榻榻米上站了起來，微微點頭示意後就走進屋子裡了。

——為什麼要拒絕？

三上對仍擺在桌上的名片和伴手禮一瞥，硬是支起坐到麻痺的雙腿，起身離去。

9

他才離開本部一會兒時間，記者室就有動作了。

『現在召開俱樂部總會，閒雜人等一律禁止進入』

記者室的門把上掛著這麼一張厚紙板。

諏訪待在廣報室裡。

「那是怎麼回事？」

三上用下巴指了指外面，諏訪面無笑容地站起來回話。

「他們在討論匿名那件事，似乎要以書面對我們提出抗議。」

三上忍不住低啐一聲。以書面抗議，這還是三上就任廣報官以來第一次聽說的事。

「視察的事怎麼樣了？告訴他們了嗎？」

「說是說了，他們說會在總會上把這件事提出來討論，搞不好是打算在我們的流程安排上找麻煩。」

三上用力坐到椅子上。打開新買的香菸包裝。事情的走向比他想像的還要糟糕。不僅慰問被雨宮芳男拒絕了，記者們的動靜也變得愈來愈古怪。長官親自來視察，還是因為64那個案子，他還以為各家報社都會咬住這個誘餌。

在雨宮家轉速整個變慢的腦筋瞬間恢復成原來的速度，三上盯著桌曆上的一點。「十二日（四）」。他得在那之前說服雨宮，並且搞定記者才行。

「那，今晚找他們去喝酒好了。」

諏訪故作輕鬆地說。那種不看場合的輕佻，反而讓廣報室裡的氣氛變得更加沉重。明明已經擺脫「三上廣報」的束縛，緩過一口氣來了，沒想到這麼快就又感到束手無策。若照這樣發展下去，前路可就一片黑暗了。

雖說已經進化成廣報人，但諏訪的本性其實是善於玩弄權術的人，有時候還是會使出一些老套的手段。像是成天混在記者室裡，從閒聊中打探出各家報社的想法及動向；或是把自己塑造成好相處的形象，無論是下象棋、圍棋、打麻將或其他遊戲，全都奉陪到底；又或是頻繁地跟記者到處去喝酒，故意在記者面前貶低一兩個傲慢的警察幹部，以爭取認同感。他就是一面沿用這種老土的手法，一面運用不落俗套的話術和外交手腕，把對手拉進自己的步調裡，誘導已經變成諏訪擁護者的記者再變成警察擁護者。畢業自都內的大學，也能對東京的事或研討會的話題侃侃而談。再加上年紀比年輕的記者們稍長一點，還同時扮演著老大哥的角色。他把這些優勢當成武器成功地打進記者室裡，直接站在第一線去感受他們的性情變化，然後配合這些變化逐漸塑造出一個新的廣報人形象。然而……。

沒有人能夠保證，現在在隔壁召開俱樂部總會的年輕記者們可以完全符合諏訪所描繪的「年輕記者」形象。記者並不是變年輕了，而是變了樣。這是三上隔了二十年重新和記者室接觸的印象。可能也受到女性記者增加的影響，他們從不會做出有損「記者顏面」的事，認真工作、潔身自愛的程度簡直令人匪夷所思。不喜歡一起出去喝酒，就算喝了酒也不會酒後亂性，不願把時間浪費在下象棋或圍棋上，更不要說在記者室裡跟警察打麻將了。甚至還有人明明設籍於記者俱樂部中，享受各式各樣的好處，卻義正詞嚴地談論著記者俱樂部制度是警察與記者勾結的溫床。

是因為這樣的緣故嗎？他們對廣報室提出的要求總是十分苛刻，只要認為自己有理就一個勁兒地窮追猛打，完全不會手軟。只要意見稍微與他們相左，就開始雞蛋裡挑骨頭，扯著喉嚨主張自己的正當性，性急地要求結果。說得好聽一點是很有個性，說得難聽一點則是恣意妄為、完全不懂得通融。再加上他們受到社會上多元化的浪頭影響，即使年齡相仿，每個人的氣質也都不同，無法一概而論。這點常常讓總是以記者室的「平均值」來控制場面的諏訪感到困惑不已。沒想到陷阱就藏在他身為廣報人建構起來要特別注意的地方，他對年輕記者的印象與現狀產生了齟齬。「如果外交手段行不通的話，就只能談條件了」，不久前才從諏訪口中講出的這句話，或許正是因為他在那個漩渦裡待久了，才會產生這種焦慮也說不定。

「廣報官，都在這裡了。」

美雲抱著一疊剪貼簿走過來。三上愣了一下才想起來，在回程的車子上，他有拜託美雲幫忙找跟「翔子小妹妹命案」有關的新聞報導剪報。

三上把菸捻熄。記者對策只能等對方出招，但是說服雨宮芳男卻刻不容緩。不只是基於義務，他也想知道雨宮心裡在想什麼。首先是要解除他的疑惑，這樣才有辦法說服雨宮。

為什麼雨宮會拒絕長官慰問呢？

是因為對事件的記憶變模糊了？

不可能。身為一個女兒慘遭殺害的父親，在不知道兇手是誰的情況下，是絕對死不瞑目的。

還是對警方失望了？

多少有一點吧！雖然傾注了龐大的時間與人力，但是以結果論來說，D縣警並沒有為雨宮逮捕到兇手。

難道是怨恨警方？

不能排除這個可能性。當時縣警調查了高達七千人的品行操守，其中也包含雨宮的親戚在內。尤其是雨宮的親弟弟雨宮賢二更是被視為涉嫌重大，連著好幾天受到嚴格的偵訊……。

三上翻開剪貼簿。

雨宮翔子，森川西小學一年級。照片上天真無邪的樣子，說是幼稚園學童也沒有人會懷疑。穿著很漂亮的和服，綁起來的頭髮上繫有粉紅色的髮飾，櫻桃小口還擦了淡淡的口紅。這是在案發的一個半月前，為了慶祝七五三節[21]，在鎮上的照相館所拍的照片。當時因為正和雨宮芳男為了亡父的遺產繼承問題鬧得不太愉快，所以雨宮賢二並沒有出席那場為翔子慶祝的聚會，而是在為錢四處奔走。他所經營的機車行因為資金周轉不過來，已經向高利貸借了將近一千萬圓。

特搜本部會把懷疑的目光指向賢二，也是再自然不過的判斷。案發當天的一月五日，翔子吃完午飯後一個人出門，她的目的地正是向西走大約五百公尺的賢二家。翔子根本不可能知道什麼遺產繼承的糾紛，她只是想要一組兒童用的化妝品，但是每年都會給她壓歲錢的賢二叔叔今年卻沒有出現。雖然受到母親敏子的制止，但她只是一笑置之，並沒有聽進去。周圍雖然是一片田園地帶，但是翔子走的路卻是沿著防風林，有很多死角。還有同年級的男生在翔子家和賢二家剛好正中央的地方目擊到她的身影，但那是最後一次。之後，再也沒有人看到過活著的翔子。

後來經過司法解剖[22]，在翔子的胃裡發現中午吃的雜煮[23]，而且幾乎都還未消化，證實她是在出門沒多久就慘遭殺害了。當時賢二的妻子回娘家省親，所以只有他一個人在家。雖然他聲稱翔子沒有來、他根本沒有看到翔子，可是也沒有人在附近看到可疑分子或可疑車輛，所以有很長的一段時間賢二都被視為是頭號嫌疑犯。儘管雨宮一口咬定恐嚇電話裡的聲音不是弟弟的聲音，還是無法排除賢二涉案的可能性。搜查本部裡盛傳著綁匪不只一人的說法，至於賢二完全清白的可能性則由始至終都沒有被列入考慮，恐怕至今還是有一些調查人員認為賢二就是主謀。

只不過，這一切僅止於他的想像。

三上知道的只是十四年來持續進行調查的一小部分。在那之後有哪些人浮出調查的水面？又是怎樣排除了嫌疑？目前還剩下多少個嫌犯？他完全不清楚具體的狀況，更別說要去揣測雨宮對於把懷疑的矛頭鎖定在親弟弟身上的警方到底抱持著什麼樣的感情了，這無異是瞎子摸象。

三上繼續翻閱著剪貼簿上的新聞。

裡頭並沒有關於賢二的報導。因為他的偵訊和調查是由強行犯搜查股[24]的固定幾個人負責，保密工夫做得滴水不漏，絲毫沒有走漏消息給媒體，所以見諸報端的只有案發經過而已，不只是跟嫌犯有關的一切，就連調查的核心部分也一個字都沒有提到。顯然是配合最重大的事件，發布了最嚴密的封口令。另一方面，相較於事件的重大性，報導的總量卻極端地少，則是因為版面都被「昭和天皇駕崩」的報導和新聞特輯搶走了。不管怎麼樣，報導中潛藏著突破雨宮心防的線索可謂少之又少。

三上離開座位。因為從剛才腦海中就一直浮現出前同事的臉。

「我出去一下。」

諏訪抬起頭來。

「去哪裡？」

「去辦一點私事。如果隔壁有什麼風吹草動的話再打手機給我。」

諏取用力點頭，臉上是自以為了解的表情——跟令千金有關吧！〈一旦跟刑事部扯上關係，肯定會變得複雜吧！〉〈在那之前都要在暗地裡進行〉

他要去打破這個禁忌，所以要是讓赤間知道他要去什麼地方會很麻煩。

美雲的腦海中可能也閃過亞由美的事吧！臉上露出迷惑的表情，不知道三上需不需要她幫忙開車。三上用手勢告訴她沒這個必要，把剪貼簿夾在腋下出去了。

21：日本節日。家裡有三歲、五歲、七歲小孩的家庭會在十一月十五日帶小孩去神社參拜，感謝神明保佑並祈求小孩能健康成長。

22：主要是查明刑事案件屍體之死因所進行的解剖程序。另有行政解剖，是以查明非刑事案件屍體之死因為主。

23：日本人過年時吃的一種加了肉和菜下去煮的年糕湯。

24：即重案組，專門處理凶殺案等與暴力案件相關的單位，隸屬於刑事課之下。

才剛踏到走廊上，諏訪馬上形跡可疑地追了上來。

「不好意思，還有一件事。」

「什麼事？」

「今晚約了東洋的秋川喝酒……」

原本已經很低沉的聲音變得更低沉。

「可以讓美雲也一起去嗎？」

諏訪的眼神是認真的，甚至還透露著幾分無助，否則他那寬大的腮幫子應該會繃緊才對。

「你跟藏前兩個人去就好了。」

諏訪垂下眼皮，嘴角浮現出一抹若有似無的微笑，既是自嘲也是對三上的反彈。

10

三上開著自己的車離開本部。

他要去找跟自己同期進入警界的望月。在64的初期調查中，他跟三上一樣都被分派到近距離追尾班，是執掌「追二」的男人。他後來繼續留在特搜本部內，以身為多重債務者搜查班的一員繼續追查本案。三年前因為父親生病，他便借這個機會辭去了警察的工作，回去繼承家裡的果園。這是在地方很常見的「個人因素」。雖然保密的義務並不會因為辭職而解除，不過可以透露的事情應該會比還在當差的時候多一點吧！

情緒有一點起伏。一方面是因為在廣報室裡閱讀了太多「翔子小妹妹」的報導，另一方面則是因為這條街上殘留著太多64的痕跡。車子經過葵町十字路口，視線自然而然地投向書店旁的藍色招牌『葵咖啡』。一切都跟十四年前一模一樣。在交付贖金的過程中，那家咖啡廳曾經是整個追擊劇的起點。

一月五日，三上在雨宮家度過了一個不眠的夜晚。綁匪在六日下午四點後打了第三通電話來。出乎所有人的意料之外，響起的並不是雨宮家裡的電話，而是位於漬物工廠一隅的辦公室裡的電話。綁匪自稱「佐藤」，巧妙地突破逆向探測與錄音的包圍網，問說社長在嗎？早就被告知社長今天一天都會待在家裡的女性職員不疑有他地回答社長今天不會來上班。綁匪說他有要事想請她轉告社長，請女職員拿紙筆記下來。「請把約定好的東西拿到葵町的『葵咖啡』，時間是下午四點半……」。

沒有特殊口音，稍微有點沙啞，三十多歲到四十多歲之間的男人聲音——據研判跟雨宮前一天聽到的應該是同一個人的聲音。三十二歲的女職員吉田素子只是剛好接到那通電話，沒想到之後就被迫聽了好幾百個嫌犯的聲音。

當時的素子完全不知情，她打電話到社長家轉告了這句話。雨宮夫婦本來就已經六神無主，就連當時在場的調查人員也都慌了手腳。因為距離綁匪指定的時間只剩二十分鐘。雖然已經準備好兩千萬的現金和大型行李箱，也裝好追蹤用的微型發信器，還在雨宮的上衣領子裡安裝了別針型麥克風，充分地練習過要如何覆誦綁匪在電話裡講的話。然而，時間卻不夠用。因為從雨宮家到葵町的『葵咖啡』，再怎麼快開車也得花上三十分鐘。

雨宮邁著錯亂的腳步離開家門，把行李箱塞進自用車的後車廂裡，以飛快的速度往市內的方向奔馳。負責指揮「近距離追尾班」的松岡勝俊躲在他的車上，身上用布蓋著躺在後座狹小的地板上，以便可以隨時跳起來應付所有的突發狀況。追尾班的其他四名成員分乘兩輛車，保持十公尺左右的距離緊跟著雨宮的車。三上坐在「追一」的副駕駛座上。因為雨宮的別針型麥克風所發出的電波十分微弱，在林立著高樓大廈的街上，只有在數十公尺的範圍內才有可能收得到訊號。所以三上的任務便是從旁就近收聽雨宮覆誦的綁匪指示內容，然後使用車載無線電話一一地向特搜本部報告。

雨宮於四點三十六分抵達『葵咖啡』，晚了六分鐘。他衝進店裡。當時咖啡廳老闆手裡正拿著粉紅色的話筒，左右張望地喊著雨宮的名字。「我就是。」雨宮以嘶啞的聲音回答，並接過話筒。在距離他幾公尺的地方，和刑警假扮成情侶的美那子就坐在靠窗的座位上。當時凡是跟警察結婚的離職女警均接獲特別召集，成為「兩人一組」的成員，一大清早就聚集在縣警本部的會議室裡。一旦得知交付贖金的地點，就立即與扮演丈夫的刑警一同出動，在雨宮到達的幾分鐘前進到店裡。不過美那子以眼角餘光捕捉雨宮身影的時間連十秒鐘都不到，因為雨宮一聽完電話就馬上衝出去了。

果不其然，綁匪拖著雨宮到處跑，不斷地指定下一家店和時間，讓雨宮像隻無頭蒼蠅似地開車亂繞。先要他沿著國道往北開，從『四季冰果店』到『好手氣麻將館』，接著從『櫻桃純喫茶』穿過與八杉市的交界，在前方大約一公里的紅綠燈右轉，進入市道旁的『愛愛美髮沙龍』，然後從市道左轉，再度沿著縣道北上，來到從八杉市進入大里村時馬上就會看到的『故鄉蔬菜直賣所』，再繼續往前開五公里左右的地方，有一間『大里燒的店』和『宮坂民藝品』。這一帶已經進入深山裡了，就連會車的空間都沒有，一路上坡的村道沿著雙子川蜿蜒前進，太陽快下山了，時間已經過了下午六點。

近距離追尾班的其中之一「追二」收到停止尾隨的命令，途中從國道及縣道會合的「邀擊班」等五輛車也收到同樣的命令。畢竟雨宮翔子還生死未卜，也不知道綁匪到底有幾個人，在這種情況下讓七、八輛車同時出現在平常幾乎不會有什麼車經過的山間村道上，絕對不是什麼明智之舉。

於是改由負責用無線電轉述綁匪要求的三上的「追一」單獨尾隨，把與前車的距離拉得更開，為了不讓自己的頭被看到，坐在副駕駛座的三上把座椅放倒。在顛簸的路上開了好長一段路，最後的指定地點是靠近縣境根雪山的『釣魚宿．一休』。雨宮已經筋疲力盡了，拖著蹣跚的腳步走到旅館的電話旁，話筒的那頭傳來綁匪的指示：

「在大約五百公尺的前方，有一座橋對吧！那座橋的其中一盞水銀燈上纏著塑膠繩。把行李箱從那裡丟下去，如果你不想女兒沒命的話，就要在五分鐘以內完成……」

直到這一刻，綁匪指定要用大型行李箱裝贖金的企圖終於明朗了。綁匪打算把行李箱當成「船」來使用，因此必須要有確實的浮力才行。

雨宮從旅館的停車場裡把車子轉了一百八十度的大彎，折回綁匪指示的「琴平橋」。在這個人煙罕至的地方，這座橋顯然是過於氣派了。面對下游的右手邊的水銀燈上果然纏著塑膠繩，雨宮毫不猶豫地把行李箱扔進七公尺下的雙子川。因為重力加速度的關係，行李箱一度沉入水中，不過立刻就浮了起來，開始慢慢往下游的方向流去，不消幾秒就消失於視線範圍之內。深山裡的晚上七點多，一旦超出水銀燈的光照範圍即為一片漆黑，就連哪邊是河、哪邊是岸、哪邊是天空都分辨不出來。

綁匪將交付贖金的地點從「點」延長為「線」，而且這條長達十幾公里的線還是在黑暗中，一路延伸到位於下游的堰堤。

特搜本部連忙在雙子川的兩岸投入大量的警力。綁匪肯定就躲在某個角落。然而，這時還不知道雨宮翔子的安危，所以既不能開燈也不能使用手電筒，更不能讓警車和調查人員的陣仗驚擾到河岸上的村道。只好把調查人員集中在大里村南部的下游地區，從那裡悄悄地沿著岸邊北上。在伸手不見五指的黑暗中，大家僅憑直覺進行聊勝於無的搜索。

據說當時在特搜本部內也有人抱持著樂觀的心態。因為綁匪也跟警方一樣不能大張旗鼓地使用照明設備，這麼一來不就找不到也回收不了漂流在黑暗中的行李箱了嗎？同時，警方對機械也很有信心。安裝在行李箱裡的發信器一直順利地運作著。設置在搜查指揮車上的接收器畫面中也浮現出清晰的綠色光點，光點正緩慢地向南移動中。

這時誰也沒有注意到一個盲點。

在抛下行李箱的琴平橋下游，僅僅三百公尺距離的右岸有一處稱之為「龍穴」的岩石區。那是個寬約三公尺的水中洞窟，這一帶只要是從右岸被水沖來的東西都會被吸進這個洞穴裡。當地的居民當然不用說，在划獨木舟或急流泛舟的玩家間都知道這裡是很有名的危險區域。

綁匪之所以要求從右側的水銀燈扔下行李箱，目的就在這裡。事實上，後來特搜本部以同樣的條件進行實驗，發現行李箱十次有九次都被吸進「龍穴」裡。綁匪只要守在洞穴前，等行李箱被吸進來後將行李箱打撈起來，迅速搶走裡面的錢後再把行李箱扔回河裡即可。據說當時的發信器還沒有精密到可以將那麼短的時間判讀為「停止不動」。

贖金到手後，綁匪離開河邊，先進到山裡再從附近的村子離開，也有可能翻山越嶺逃到鄰縣去了。順著河水繼續往下游漂流的空行李箱，給了綁匪充分的逃逸時間。當那個行李箱從大里村穿過八杉市，被D市北部的漁網勾住而終於不再漂流的時候，已經是七日的凌晨了。縱使到了這個節骨眼，縣警還是不敢出手。只要綁匪現身來收回贖金的可能性還在，警方就只能在離得遠遠的地方用望遠鏡持續監視。不眠不休的追擊劇一演演了將近二十個小時，直到中午過後漁網的主人突然出現，把行李箱打撈起來為止。包括三上在內，很多調查人員都是過了中午才知道「昭和天皇駕崩」的新聞。

最後，事情以最糟的結果畫下了句點。距離行李箱被打撈起來又過了三天，一月十日，在D市佐田町的廢車棄置場發現了雨宮翔子的屍體。因為野狗吠得太厲害，所以回收業者就把已經生鏽的轎車行李廂打開來看，結果看到慘絕人寰的畫面。雨宮翔子的雙手被晾衣繩反綁在背後，眼睛和嘴巴都貼上了封箱膠帶，脖子上還有疑似被繩子勒緊過的暗紫色勒痕。

平成就這麼充滿屈辱地拉開了序幕。除了對兇手深惡痛絕以外，彷彿昭和的落日也被一起奪走的感覺始終拂之不去，讓人甚至沒有勇氣正視「平成」這個年號。出現在電視螢光幕上的昭和天皇送葬隊伍，象徵著參與64初期調查的所有人的消沉。

三上把方向盤往右打。

轉進市道，再往前開一段距離，就可以看到『愛愛美髮沙龍』的招牌。

腦海裡閃過雨宮的臉。那一天，在那座琴平橋上，浮現在水銀燈的燈光下，褪盡了血色的臉。當時他還沒有絕望，臉上還有所期待。那張臉拚命在告訴自己「我已經把贖金丟下去了，這麼一來女兒就能回家了」。

跟白天看到的雨宮判若兩人。

如今雨宮的臉上再也沒有任何期待，什麼也不相信了。

雨宮被奪走的不只是感覺和信念，而是活生生的、視若珍寶的可愛女兒。雨宮只是在失去了女兒的世界裡漂流，無關昭和、也無關平成。

三上加快了車速。

亞由美還活著。在農村與新興住宅區錯落的風景前方，塑膠帆布搭成的巨大溫室正反射著陽光，閃閃發亮。雨宮的存在感覺起來已經變得好遙遠了。

11

三上把車子停在沒有鋪上柏油的馬路旁。

簡陋的辦公室裡還有販賣花草的地方，對面則是四間相連的帆布溫室。這是三上第三次來這裡，前兩次是為了捧場來買花，不過都是在任職於搜查二課的時候，所以算算已經有將近一年沒來過了。

看見望月了，他正推著積滿肥料袋的推車，準備進到溫室裡。咖啡色的夾克是舶來品，也是他還在當刑警時的註冊商標，下半身則是工作褲和長靴，看樣子他已經完全適應這樣的生活了。

「望月……」

三上從背後叫他，而他似乎一聽就知道是誰，回過頭來的圓臉上已堆滿了笑容。

「莫非是太陽要打西邊出來了？」

「哪兒的話，我也是很忙的。」

外面雖然颳著狂風，但溫室裡就像春天一樣暖和，而且長條形的空間面積大得嚇人，無數的花苗就像用來說明遠近法的圖片般映入眼簾，甚為壯觀，而且全都長出了花蕾，只是還沒開，所以三上也不知道有哪些花。

「敢情今天是要開同學會嗎？」

望月沒好氣地諷刺他，一邊把用來代替椅子的木箱放到三上腳邊。

「別挖苦我了，我是真的很忙，沒有騙你。」

「哼……忙廣報嗎？」

望月還是跟刑警時代一樣，毫不掩飾他對警務部的輕蔑與厭惡。

「美那子還好嗎？」

「嗯，還是老樣子。」

「可惡！還是那麼漂亮嗎？」

望月是真的很不甘心，他也曾經是被美那子迷得神魂顛倒的眾多警官中的一人。

「亞由美呢？上高中了吧！」

「是啊……」

望月似乎還不知道亞由美的事。三上覺得應該要讓他知道比較好，不過今天來找他並不是為了這件事。

三上站起來，推開木箱。
「事實上，今天我因為64的關係去了雨宮家一趟。」
望月看著三上的眼睛。
「我就知道。」
……你知道？
三上正想要反問，卻被望月搶先一步把話接下去：
「去幹嘛？」
「工作上的事。」
「工作上的什麼事？」
「廣報上的事。警察廳的大人物說要去上香，所以我只好去交涉了。」
望月露出訝異的表情。
「上香也能算是工作嗎？」
「就是這麼回事。既然吃了公家飯，就有很多不得不做的事。」
「所以呢？你去了之後發生什麼事了？」
「沒三兩下就被雨宮打發掉了，說是不需要勞煩大人物走這一趟。」
三上簡短地交代一下在雨宮家發生的事。望月憂心地聽著。
「他說什麼都不肯答應，看起來對警方已經沒有任何期待，甚至還可以感受到對警方的憤怒。」
最後這句話帶了點試探的成分，但望月只是微微頷首，說了句：「是喔？」
「他是什麼時候變成那樣的？」
「你問我，我也不曉得……。不過他的確是一年比一年變得更加沉默。」
「我們和雨宮之間有發生過什麼不愉快的事嗎？」
或許是因為聽到「我們」這兩個字，望月笑了出來。

「喂！我早就已經辭職不幹了。」
「所以我才來找你啊！透露一點沒關係吧！」
即使特搜本部縮編為專從班，與64有關的調查情報還是保密到家。
「是不是對調查賢二的事還懷恨在心？」
「不可能吧！雨宮非常討厭他弟弟。」
「因為遺產的關係對吧？實際上究竟是怎麼一回事呢？」
「自從機車行搞不起來之後，賢二那傢伙就一直吵，說如果要他放棄繼承，就得給他雨宮漬物的專務職位做為交換。」
「雨宮肯定不答應吧！」
「那當然，要是讓那種吊兒郎當的人進公司，公司肯定會被搞垮吧！」
三上用力地點頭。
「也就是說，賢二的事並不構成雨宮對縣警懷恨在心的理由囉？」
「不會，那傢伙是自作自受。」
「賢二的嫌疑洗清了嗎？」
「嗯……事到如今，也只能說他是清白的了。不過他跟黑道分子有往來也是事實，所以縣警應該也是一直努力到最後一刻才放棄的吧！」
望月又恢復成現役刑警的口吻了。
三上輕輕地嘆了一口氣。
「問題是，在那之後已經過了十四年，調查實際上到底進行到哪裡了呢？」
望月冷笑一聲。
「這我就不知道了。不過，現在應該也還陷在無底沼澤裡吧！畢竟一開始就糟透了。」
無底沼澤……這個陰森森的形容詞當他在二課的時候也略有所聞。

簡而言之，專從班的手上至今仍有龐大的「灰色」名單，但是也僅止於此，無法再往前一步。因為在最初的調查階段被事件的重大程度所迷惑而撒下太大的網，可疑名單上的調查對象居然多達七千人。只有上百名的調查人員要負責過濾這七千人，可以分配給每一個調查對象的時間少得可憐，在尚未釐清調查對象是否涉案的情況下，必須調查的對象便一個接著一個地出現。再加上調查人員的能力也良莠不齊，轄區的刑警中原本就有能力很明顯跟不上其他人的人，從深山裡趕來的「支援組」裡頭甚至還混著根本沒有調查經驗的交通課人員。隨著日子一天天過去，自行杜撰的調查和內容空泛的報告書愈來愈多，當上頭的人終於發現情況不妙的時候已經太遲了。回頭看，還保留在「灰色」名單上的調查對象宛如淤泥般地沉澱下來。就算想再回頭調查他們，但是距離案發當時已經過了那麼久，絕對不是一件容易的事，更不要說調查人員的人數還在逐年遞減當中。

「案發當時，尾坂部先生還在呢！」

望月的聲音夾雜著感嘆。

三上也跟著點頭表示同意。

「就是說啊……」

尾坂部道夫是聲名赫赫的名將，可以跟最基層的人以心傳心；詳實而縝密的指揮調度手法，就連三上也崇拜不已。他在八年前退休，最後只當到刑事部長，令人惋惜。D縣警最不走運的地方，就是在發生綁架案的那一年，尾坂部被調到警察廳刑事局去了。只要是刑警，沒有人不為此感到遺憾。要是尾坂部是當時的刑事部長或搜查一課長的話，肯定可以將綁匪逮捕歸案。他那有實戰成績背書的「不敗神話」，至今仍為眾人所津津樂道。

不只是64這個案子，尾坂部退休以後，警務部出身的藤村接下他的位置，從此刑事部的執行力便大不如前。五年前，尾坂部的愛將大舘章三就任刑事部長的時候，刑事部曾經一度恢復以前的聲勢，但是大舘也只當了一年的刑事部長就退休，後來一直到現任的荒木田，D縣警的刑事部長說是「毫無作為」也不為過。想要重建刑事部，只能把希望放在四年後或五年後，現任參事官兼搜查一課長的松岡勝俊升任為部長以後了。這個男人就是在64的初期調查階段，躲在雨宮所駕駛的車子後座底下的人。當時他是搜查一課強行犯搜查股的頭頭。

一旦松岡當上部長，我就出頭天了。腦海中閃過這個露骨的念頭，令三上感到有點不太舒服。眼前就有必須解決的問題，哪有辦法等到四年後或五年後。

「如果不是因為弟弟賢二的關係，為什麼雨宮會這麼討厭我們？」

望月的反應一向遲鈍，他試探性地看著三上的眼睛，過了一會兒才說：

「你不是早就知道了嗎？」

三上被他的指控嚇到。

「知道什麼？」

望月沒有回答這個問題，反而回到原本的話題。

「不是有個名叫吉田的女職員嗎？如果說雨宮有什麼放不下的人，比起自己的弟弟，還比較有可能是這個女人。」

吉田素子——在辦公室裡接到第三通恐嚇電話的女人。

話題被岔開了，不過望月爆的料也的確成功地引起三上的興趣。

「有什麼好放心不下的？」

「當時素子正在和賢二交往。以現在的說法來說，就是兩個人都在搞外遇。因此，她也被視為有共犯的可能而受到嚴厲的逼供。」

這還是第一次聽到，但是……。

「為什麼這會引起雨宮的不滿？她不是他討厭的賢二的女人嗎？」

「雨宮並不知道這兩個人的關係。素子的父母很早就去世，算是吃過很多苦的女人。雨宮基於鄰居的情分，讓她在自己的公司上班，對她百般照顧。然而卻因為受到沒日沒夜的偵訊，害她變得很神經質，結果把工作也辭掉了。如果說雨宮對我們有什麼怨恨的話，大概是因為這個原因吧！」

「這是什麼時候發生的事？」

「你離開二課之後沒多久。」

「喂！你是說雨宮從那麼久以前就已經不甩我們了？」

三上大吃一驚，而望月卻只是看著空中的一點。

「呃……倒也不是一下子就這樣，比較像是漸行漸遠的感覺。這種事很常見吧！隨著時間過去，不管是憤怒還是怨恨都會變得愈來愈膨脹。」

「這倒是。」

「但最大的癥結還是在始終破不了案這一點吧！」

說到底，最後還是歸結到這一點上嗎？對無能的警察感到失望，以至於開始感到厭煩……。

如果是這樣的話，那要讓長官去他家慰問的確是很難實現的計畫也說不定。不管警方表現出再多的誠意，也必須要有相當的時間和過程，才能消除經年累月的不信任感。但是長官視察就在一個禮拜以後，扣掉花在跟記者俱樂部交涉的時間，可以用來說服雨宮的時間所剩無幾。

三上把目光轉向望月，剛才沒來得及問的問題終於脫口而出。

「剛才那是什麼意思？」

「什麼什麼意思？」

「少裝蒜了！你剛才說過我早就知道雨宮討厭我們的理由之類的話吧！」

「你才不要再裝神弄鬼了。」

望月的語氣非常不客氣。三上直到此時此刻才發現，望月已經非常不高興了。

「什麼意思？」

「意思就是要你說出來我這裡的真正理由。不過是警察聽要去上香的小事，應該不至於把你搞得這麼手忙腳亂吧！」

望月什麼都不了解。

三上氣歪了臉。要他跟當過刑警的人說明安排長官視察一事有多重要，就等於是要他承認自己已經完全被高層馴養了。

望月把臉湊過來問：

「你也是來問什麼幸田手札的吧？」

三上一下子反應不過來。

幸田手札？

你也是？

望月隨即就自己把答案說出來了。

「因為我把二渡打發走了，所以這次就換你來套我的話，我有說錯嗎？」

三上瞪大了眼睛。

那些自己以為望月只是講來挖苦他的話，如今全都有了另一層意義。「莫非是太陽要打西邊出來了？」「敢情今天是要開同學會嗎？」「我就知道。」……原來二渡真治已經來過了。

他來做什麼？「幸田手札」又是什麼？

幸田這個名字讓他想到一個人，64「自宅班」的幸田一樹。

「喂！回答我啊！你們兩個鬼鬼祟祟地在調查64的什麼事？你不是很討厭二渡嗎？現在是怎麼了？因為去了警務部，所以兩個警務同事的感情就變好了嗎？」

「等一下！」

三上有點頭緒了，他問：

「幸田手札是什麼東西？」

「我怎麼會知道！」

「是指已經辭職的幸田留下的手札對吧？」

沒錯，幸田一樹已經辭職了，在64的半年後。三上終於搞懂了。

「幸田為什麼要辭職？」

「表面上的理由跟我一樣，真正的理由誰知道。」

個人因素。這句足以涵蓋一切的用語，讓人有許多不好的聯想。

「他現在在幹嘛？」
「下落不明了。」
「下落不明……？」
「沒有人知道那傢伙現在的行蹤。」
「二渡也不知道嗎？」
「大概吧！不然也不用來向我打聽了。」
「你口中的幸田手札，確定是已經辭職的幸田寫的沒錯吧？」
「我不是說我根本不知道什麼幸田手札嗎！」
「但是二渡知道，對吧？」
可能是在對話中發現三上真的一無所知，望月的眼裡不再有戾氣，但還是目不轉睛地盯著三上看。
「你真的不是為了二渡那件事來的？」
「這還用說嗎！」
三上沒好氣地說。
他的腦筋迅速地轉動著。他懷疑是赤間的兩面手法。為了讓長官視察的流程安排可以完美地搞定，除了三上，他也派出二渡去收集用來說服雨宮的材料。
——等一下！
這樣未免準備得太周到了，簡直像是一開始就知道雨宮會拒絕長官慰問所採取的行動不是嗎？
「二渡什麼時候來的？」
望月一臉尷尬地搔了搔頭。
「中午以前啦！打過電話之後就馬上來了。」
中午以前……。剛好是三上去雨宮家的時間。果然早了點。但如果不是兩面手法的話，會是什麼呢？
三上想了一下，另一個疑問又馬上冒出來。

「幸田手札這句話是二渡主動講出來的嗎？」

「沒錯。他問我知不知道在誰那裡，所以我就告訴他，我既不知道在誰那裡，也不知道什麼幸田手札，聽都沒聽過。」

「你是真的不知道嗎？」

「喂！三上。」

「然後二渡接受了嗎？」

「大概吧！至少他乖乖地回去了，還露出了不好意思打擾到我工作的表情。」

「你就這樣讓他回去了嗎？」

「什麼意思？」

「你沒有問他幸田手札是什麼嗎？」

「我當然問啦！但是想也知道，一點回應也沒有。警務和監察永遠都只會問別人問題，但是自己卻什麼都不回答，也不會露出任何蛛絲馬跡。」

三上胡亂地點了點頭，感情的天平大幅度地傾向刑事部，那是一種近似嫉妒及憤怒的情緒。這件事肯定跟64有關。二渡居然大搖大擺地闖進搜查的聖域裡。那個坐在警務部的井底窺天的男人，居然知道就連三上和望月也不知道的「幸田手札」這種鬼東西……。

口袋裡的手機發出震動。三上咂了咂嘴望向液晶螢幕，從廣報室打來的。

〈廣報官，你可以回來嗎？〉

從諏訪刻意壓低的聲音可以感覺到出事了。

「怎麼了？」

〈隔壁通知我們，說是要向本部長提出抗議文〉

12

三上連忙趕回本部。

才一推開廣報室的門，就停下了腳步。東洋的秋川正坐在沙發上。不曉得在跟美雲聊些什麼，射向三上的眼神還是跟早上一樣犀利。

三上也坐到沙發上，不甘示弱地直視正前方的秋川，並想好了要說的第一句話。

「你還真是會給我找麻煩呢！」

「還不是因為你們的應對太糟了。」

秋川的反應十分沉著冷靜。即使是在一對一的情況下，秋川這個男人也不會對警方諂媚，更何況美雲還在同一個空間裡。

美雲宛如洋娃娃般正面無表情地處理著《廣報守護您》的排版。很明顯是為了不讓秋川得寸進尺，而擺出完全不把他放在眼裡的態度。諏訪則剛好相反，他雖然也跟美雲一樣頂著一張什麼都不知道的臉，但那是為了不讓秋川察覺到廣報室的動搖，故意將秋川的到訪視為再平常不過的風景。

三上也採取跟諏訪類似的態度，聲音四平八穩、語氣從容不迫。

「可是再怎麼樣，突然就說要向本部長提出抗議也太亂來了吧！」

「我也不是完全不給你們機會。只要在明天傍晚以前公布那名主婦的名字，我們就會撤回抗議。」

「這簡直是威脅嘛！」

「話別說得那麼難聽。誰叫你們死都不肯透露，我們也是迫不得已才這麼做。」

「警察也是有不能讓步的時候。」

「我們也是。這是俱樂部全體成員的意見，所以也不會讓步。」

「要交給誰？」

「什麼東西交給誰？」

「抗議文啦！」

「當然是直接交到本部長手上啊！」

額頭上冒出冷汗。這傢伙是真的想直搗D縣警的黃龍嗎？

三上拿出香菸、點火，正式進入談判的態勢。

「不能降格以求嗎？」

「什麼意思？」

「把抗議文的收受人改成我或秘書課長的名字。」

諏訪在剛才的電話裡有先向他報告。D縣警過去從來沒有記者俱樂部對課長級以上的人提出抗議文的記錄。「我想放眼全國，也沒有向本部長提出抗議的前例。」諏訪的語氣堅定。

秋川露出一抹淺淺的笑意。

「三上先生，你是在拜託我嗎？」

「沒錯。」

「可是看起來一點也不像耶。」

「如果我向你磕頭，你就會答應嗎？」

「不會耶，畢竟這是大家開會決定好的事。」

三上在桌角握緊了拳頭。

「那就先交給我保管吧！」

「交給你保管？你是說要我把打算交給本部長的抗議文交給三上先生保管嗎？」

見三上點頭，秋川又笑了一下。

「那不就沒有任何意義了？你一定會直接處理掉，絕不會交給本部長。」

「怎麼會沒有意義呢？肯定有吧！」

不管交給誰，都會留下對本部長提出抗議的事實。

秋川毫不猶豫地一口拒絕。

「不要再玩那套政治的把戲了。只要公布主婦的名字不就好了？這不是很簡單嗎？」

眼角餘光瞄到諏訪正在摩挲下巴。臉上是鎖定目標的表情——要把折衷點落在「交給廣報官保管」上。

「請在明天四點以前回答。根據你們的回答，我們會再度召開俱樂部總會。」

因為秋川已經擺出謝謝再聯絡的樣子，三上趕緊請他留步。

「長官視察的事進行得怎麼樣了？要提出來的問題準備好了嗎？」

「那個等匿名這件事處理好之後再來討論也不遲。」

「沒時間了。」

秋川得意地一笑。露出再次抓到把柄的表情。

「先不管那個。回到早上的話題，你真的不肯告訴我嗎？」

「告訴你什麼？」

「三上先生變了的理由。我們這邊沒有人能夠解開這個謎。」

「把精神花在這種事情上好嗎？」

三上反射性地回嘴。

秋川愣了一下。

「這種事……？」

「因為你是幹事，所以匿名的事非你處理不可，但是也不要忘了你的本業。美術館的圍標案尚未告一段落吧！」

秋川的表情一瞬間變得嚴肅起來。

搜查二課的調查已經漸入佳境，各大媒體的採訪攻防也變得愈來愈白熱化。截至目前為止，讀賣和朝日已經各自挖到一條還不錯的新聞。東洋落居下風的下風，再這樣下去的話肯定會一敗塗地。

「那方面當然也有在跟進。」

秋川不耐煩地回應，但絲毫沒有示弱的意思。

「你該不會是生病了吧？」

「此話怎講？」

「你是不是哪裡不舒服，所以才改變做事的方針。」

三上拚命忍住想要揍他一拳的衝動。

「就像你看到的這樣，我健康得很。」

「我明白了。既然如此，那我們也可以沒有任何顧忌地放手去做了。」

秋川悄悄地看了美雲一眼，走出廣報室。諏訪馬上站起來，以眼神向三上致意之後轉身追了出去。他要約秋川去『Amigo』。那是警務部相關人士常去的小酒館。

三上一時半刻站不起來。

不只是對秋川的憤怒而已，喉頭還殘留著苦澀的餘味。

你要是太過分的話，小心以後內線消息沒你的份——他那句話說穿了就是這個意思。他居然跨過那條線，利用「戶籍效果」放出類似恫嚇的狠話。

——那又怎麼樣。

他的心緒又開始動搖。

難道只能被壓著打嗎？是對方先出言恐嚇的不是嗎？事實上，目前的狀況對廣報室可以說是極端地不利。向本部長提出抗議文這招太狠了，完全戳到地方警察的痛處。不僅如此，在今後的交涉過程中，「長官視察」可能也會變成對方手中的籌碼。他們可能會故意把整合問題內容的期限一拖再拖，一直拖到視察前夕也不把問題交出來。如果他們真的使出這一招的話，別說是廣報室，就連整個秘書課也都會被逼入絕境。

三上重重地嘆了一口氣。

如果是在三個月以前，他才不會老往壞處想。但是在失去記者的信賴之後，看到他們一副想把自己生吞活剝的嘴臉，他對記者們的信任也就蕩然無存了。群眾心理是很可怕的東西。在關緊房門的記者室內互相煽風點火的結果，一旦變成牢不可破的的群體意志後，就再也沒轍了。

——如果真那麼想要的話，就把名字給你們好了。

腦海中如泡沫般浮現出自暴自棄的想法，讓三上陷入了沉思。如果事情真的鬧到難以收拾的地步，就乾脆公布菊西華子的名字讓騷動平息下來，或許也是一個可行的方法。這並不會造成實質的傷害。記者只是要逼警方說出主婦的名字而已。而且三上早就再三強調過，她是個孕婦，而且精神狀態非常糟。記者們對「弱者」二字總是會出現過度的反應，所以真的會把她的名字寫出來嗎？就算真的寫出來了，只要拖到明天再公布，就是「三天前的舊聞」。他不認為事到如今，還會有報社願意刊登這則報導。

當然，這還牽涉到面子問題。一旦推翻之前不公布姓名的方針，等於是D縣警承認自己的錯誤。一旦開了這個先例就必須做好心理準備，以後對於公布真實姓名的要求只會變本加厲。但是如果在這裡舉白旗投降，讓事情演變成本部長被記者們團團圍住的結果，那縣警的面子才真的是沒地方放。不僅如此，要是連長官視察的行程也受到波及的話，可就不是面子掛不掛得住的問題了。

赤間肯定不會容許他接受記者俱樂部的要求，做出最大的讓步。但果真如此嗎？兩害相權取其輕，只要放到天平上衡量，就會知道匿名問題只是一件小事。對於設籍警察廳的赤間而言，應該死守的是本部長的安寧、長官視察的成功。只要能讓他理解這兩件事目前都處於危機之中，他也只能點頭。只要在前面再加上一句「要是無法順利攏絡秋川……」的暗示就行了。不管怎麼說，都得趁事情還沒有演變到不可收拾的地步之前，先讓赤間做好心理準備才行。眼下已經沒有時間揣摩他的心思，只能軟硬兼施，走一步算一步了。

「我去樓上一下。」

三上一站起來，美雲便神色慌張地上前。

「廣報官……」

「請讓我去Amigo。」

美雲的臉色泛紅，認真的眼神看上去似乎有幾分生氣的味道。

腦中一陣暈眩。是諏訪對她說了些什麼嗎？還是不忍心見三上被逼入絕境，想要伸出援手呢？

「別說了。」

三上無力地丟下這句話，加快腳步走出廣報室。但是走沒幾步就停下來，回頭望著廣報室的門。

別說了……？

三上快步回到廣報室。

「不許去。以後也都不准去。」

他嚴格地對愁眉深鎖的美雲下令。語氣之強硬，就連自己也嚇了一跳。

儘管如此，毒液也已經傳遍全身了。他居然有一瞬間對美雲的「美色」抱有期待，三上想，這樣的一瞬間肯定會讓他後悔好久好久吧！

13

窗外的天色已經暗下來了。

即使同樣都是上二樓，但是去警務課要走另一座樓梯。紅地毯從廳舍的玄關一路延伸到這座樓梯，上了二樓往右轉，再一路延伸到相鄰的秘書課和公安委員室前。

三上推開秘書課的門，與坐在最外面的戶田愛子四目相交。石井不在課長的座位上。

「課長呢？」

「在接待室裡。」

三上看了一眼右手邊牆壁上的門。課員口中的「接待室」指的是密談時所使用的「秘書課別室」。

「我等他。」

三上踩著地毯，走到位於秘書課正中央的沙發坐下。材質和坐起來的感覺都跟廣報室的沙發不同。沙發周圍還適當地配置著可以阻擋外來視線的觀葉植物盆栽，只要選對角度就可以不用跟任何一個課員的視線對上。

很安靜。雖然秘書課本來就這麼安靜，但是這麼安靜反而令他坐立不安。他的視線自然而然地瞥向辦公室的左後方。兩扇木紋十分鮮艷的對開大門是本部長室的入口，「在室」的燈是亮著的。課員跟往常一樣，繃緊神經工作著。不過就算是「不在」的燈號，他們也很少會放鬆偷懶。副課長、主任，乃至於一般職員全都恭敬有禮、無懈可擊，跟縣廳的秘書課員比起來也絲毫不遜色。

格格不入的感覺莫此為甚。雖然辦公室不在一起，但三上也是秘書課的一員。從警察廳迎來本部長，保護他、然後再把他「毫髮無傷」地送回東京，可以說是秘書課上下唯一且絕對的任務。

戶田端茶過來。

「還要很久嗎？」

三上小聲地問，戶田搖頭表示不知。

「不過課長已經進去很久了。」

「裡面還有誰？」

「二渡調查官。」

直到戶田離開之前，三上都處於停止呼吸的狀態。

慢慢吐出的氣息中帶著熱度。這已經是今天第二次與二渡近距離擦身而過，要再說是偶然才真的是自欺欺人。他是為了長官視察或是跟64有關的事而來找石井——應該要這麼想才自然。

三上凝視著別室的門，彷彿能透過那扇門看見一道瘦削的背影，宛如用美工刀刻劃出來的深邃輪廓。銳利而且充滿知性的雙眼……。

不對，烙印在視網膜上的是另一雙眼睛。

遙遠的夏日，一面用雙手獻上毛巾，一面盯著三上的那雙眼神雖然歷歷在目卻難以形容。

他們是同一所高中、同一個年級，甚至還是同一個劍道社的社員。在三年級的最後一場縣大賽上，三上是團體賽的主將，二渡則是候補。他的劍道並不厲害，加上運氣不佳，碰到的同學和學弟盡是從鎮上的劍道場裡出來的精銳。第一場，三上使出得意的「擊胴」，一舉擊敗對手學校的主將。當他滿身大汗、意氣風發地回到休息室的走廊上，卻找不到一年級學弟應該要事先準備好的毛巾。原來是啦啦隊的巴士遲到，所以學弟們全都跑去幫忙卸行李了。三上不耐煩地四下張望，發現二渡就在他的視線所及之處。他已經完全想不起當時發生什麼事了，大概是自己用眼神示意二渡「把毛巾拿過來」吧！

二渡馬上起身，從後面繞過觀眾席，不一會兒便提著冰桶回來，從裡頭拿出毛巾無聲地遞給三上，而且還依照劍道社的規矩，擺出以雙手奉上的姿勢。但是他的態度一點也不顯得卑屈。二渡兩眼直視三上，眼神透著古怪，沒有光采，也沒有任何意志和感情，看起來就只是兩個黑洞。十七歲的二渡克制住自己，扼殺了自己的意志和感情，就連內心深處肯定正澎湃洶湧的屈辱、憤怒、不甘心也全都被他收斂得一乾二淨。

幾個月後，三上在劍道社畢業學長的推薦下報考警校。當他在考場看到二渡的身影時，整個人愣住了。「我覺得當公務員也不錯。」從他口中問出來的就只有這一句話而已。直到現在，他還是想不通二渡為什麼會選擇走上當警察的路。劍道社是社會的縮影，在如果不把同伴比下去就無法成為選手的肅殺之氣中，三上從來沒有把加入社團後才第一次握竹刀的二渡放在眼裡。二渡是真的很努力，練習從來沒有缺席過，也不曾聽他抱怨過半句，至少不是會在背後扯別人後腿的人。但那或許只是表面印象也說不定，總之記憶十分模糊，能想起來的也只有「嗯。」「是的。」「沒錯。」這種單調至極的答腔而已。在身心都很狂野的高中時代，自己從未關心過這個沉默又一點也不有趣的萬年板凳選手，兩人之間也沒有發生過任何可以讓人感受到和對方一起度過青春歲月的戲劇化事件。雖然在同一所學校、同一個社團裡度過了三年的時光，但是三上卻一點也不了解二渡這個人。

三上以第三名的成績從警校畢業。當他得知第一名是二渡的時候，所受到的衝擊令他永生難忘。不過，接下來還有更令他驚訝的事。二渡一關又一關地考過升格考試，一下子就平步青雲。隸屬於警務部門，特別精通人事，四十歲就升任為警視，創下D縣警最年輕升任警視的紀錄，而且這個紀錄至今尚無人能破。從此以後，二渡連續七年都坐鎮在組織營運的核心，穩坐警務課調查官的寶座。也因此，「王牌」的名聲不脛而走。再加上深受特考組的器重，據說就連幹部人事的草案也交由他一個人全權處理，使他成為歷代警務部長的心腹。如今，二渡身為「地下人事部長」，已經是不可侵犯的存在了。

還不是警務養的狗。三上已經養成每當二渡出現在自己的視線範圍內就如此貶低他的習慣。不是不服氣，而是刑警的自負與排他的意識讓他這麼說。當時，他已經離開那個爭奪領章上星星數量的部署，在繩之以法的惡棍人數有多少就有多少發言權、極為簡單明瞭的世界裡找到一片天。即使「前科」不會消失，他也交出成績來克服了。永遠被需要，永遠回應別人的期待。自己已經站在二渡的「人事魔掌」無法觸及的地方。他從來沒有懷疑過這個現實，直到……。

或許他根本是被擺了一道。

他盡量不讓自己去想這個問題，因為只要一想就會開始疑心生暗鬼。這會讓自己連廣報官這個安身立命的場所也沒了，並失去心靈的平靜。因為不想事情演變成這樣，所以三上一直不去正視這個問題。

「三上廣報官」真的是赤間一個人決定的人事嗎……？

剛好是去年的這個時候，傳出三上即將要調到警察廳刑事局的消息。有力、幾乎已定案……像這樣的耳語不絕於耳。然而，最後答案揭曉時卻不是那麼一回事。變成是同期的前島泰雄升任為警視，前往東京。依照慣例，前往警察廳的人就是將來的部長候選人。三上等於是在上車的前一刻，才被沒收車票、被取消出人頭地的資格。如果只是這樣的話，他還可以逞強地說他才不想去警察廳那種地方呢！他曾經為不怎麼失望的自己感到驕傲。但是，接下來由赤間告訴他的人事異動卻讓三上感到毛骨悚然。當時，腦海中掠過的不只是「前科」二字而已，還一瞬間看到了那年夏天，那兩個沒有光芒也沒有感情的黑洞。

長達二十八年的警界生涯，他始終認為人事是「神的旨意」。這也是他用來趕走前科陰影的自我催眠術。這是他第一次在這項人事裡感受到「人」的運作。如果只是要強化應付記者的策略，讓前島來當廣報官也可以。他和三上一樣，都是從刑事部一路爬上來的人。由於在強行犯搜查股的資歷也很久，若單從「戶籍效果」上來看，他甚至比三上更鎮得住場面，所以不禁讓人懷疑裡頭有鬼。二渡和前島的關係一向很好，再加上他們在警察學校的宿舍裡曾經是室友，到現在可能都還有超越警務與刑事的深交……。

有動靜了。三上把視線瞥向別室的門。只見門被推開，二渡和石井並肩走了出來。

視線馬上就交會了。

「喔！」

二渡先打了聲招呼。菁英分子的風貌如今是愈磨愈亮了。當初那個即使對砍一百次，一百次都可以把他打得落花流水的軟弱候補社員已經不存在了。

三上反倒有點擔心自己能否發出一如往常的聲音。

「聽說你早上有打電話給我？」

二渡微微點頭。

「課長剛才已經告訴我了。」

言下之意是那通電話的確是打來問亞由美的事。是基於同期的情誼嗎？還是對於警務課調查官的職務來說是必須進行的確認呢？

太好了！二渡繼續用眼神示意，然而並沒有化成語言就快步離開秘書課。乍看之下還以為是在海外到處飛的商務人士。三上雖然很想衝上前去問他為什麼要插手64一案？幸田手札是什麼？但是卻一步也跨不出去。知道電話是打來問亞由美的事之後，他的氣勢就被削弱了。不對，是被迫看見彼此之間的戰力懸殊，所以退縮了。這裡是警務部的土俵[25]，以馬馬虎虎的心情進行衝撞根本就連相撲都稱不上。

「過來坐，三上老弟。」

回到別室的石井伸手招呼他過去。

「二渡來幹嘛？」

三上邊問邊坐到沙發上。

「哦哦，是為了改建廳舍那件事啦！因為明年夏天就要動工了，所以差不多得開始找暫時棲身的地方了。到時候要分散開來是勢在必行，但這麼一來，就得先決定要把大頭放在哪裡，畢竟有本部長的地方才是D縣警的所在地嘛！」

石井是個不會說謊的男人。如果剛才是在跟二渡密談有關64的事，現在絕對沒有辦法像這樣對答如流。也就是說，這事是赤間跳過石井直接對二渡下的命令囉！以他們的性格來說，的確是這樣比較自然。

25：日本相撲力士比賽的場地。

「我正想打電話給你呢！被害人的家屬怎麼說？達成共識了嗎？」

被石井這麼一問，三上終於回到現實。

醜媳婦總是要見公婆的。三上坐直身體並壓低音量說：

「這件事我明天會再繼續跟進，不過俱樂部那邊比較棘手。」

「怎麼說？」

石井的眼中浮現出畏怯的神色。

「就是那個匿名問題，他們說要對本部長提出抗議文。」

「對本部長！」

石井的臉色一下子變得鐵青。

「這是在開玩笑吧？」

「不是……」

「別開玩笑了！絕對不行！絕對不能讓他們這麼做！」

「俱樂部總會已經決定了。」

「別為難我了。什麼抗議文嘛！這萬萬不能收，你一定要想辦法擺平。」

看起來就像是要不到東西的孩子。石井一副就要哭出來的樣子。

「只要公布主婦的真實姓名，他們就會收手——對方是這麼說的。」

「那、那也不可能，部長是不會答應的。」

「總比讓他們把抗議文交給本部長好吧！搞不好還會影響到長官視察。」

「話是這麼說沒錯，但是決定不公布姓名的人就是部長自己。」

部長決定的？車禍是在Y署轄區內發生的，所以三上一直以為是Y署決定不公布姓名。

「坂庭先生打電話來請示，然後部長就決定不公布姓名了。」

原來如此，原來是這麼回事。

Y署長坂庭是石井的前任，一直到今年春天以前他都擔任著秘書課長的工作。只要是本部的人，沒有人不認識他。因為甘於讓赤間使喚，極盡逢迎拍馬之能事，所以不只是榮升，還是以「跳級」的方式空降到一百三十人規模的Y警署當署長。換句話說，坂庭不敢自己以署長的身分下判斷，認為事先向上級報告是最好的自我保護之道，所以才來請示赤間。

如果是這樣的話，那事情的確難辦了。赤間一旦決定的事，可不是底下的人說兩句話就可以改變的。就算是要他兩害相權取其輕，也可能會有犯上的危險。

既然如此，三上只好提出他剛剛在來這裡的路上想到的折衷方案。

「那如果不要寫成聲明文，以非正式發表的方式把名字告訴記者們呢？」

這是我個人在自言自語……這是以前刑警要告訴記者消息時常用的慣用句。

三上表態是自己在自言自語，然後把菊西華子的名字以口頭的方式告訴記者。雖然是迂迴的手法，但至少不是「屈服」，還可以勉強算在「方便行事」的範圍內。既可以保住組織的面子，也因為是他的自言自語，所以不會留下白紙黑字的證據，也不會成為日後的可循之例……。

「我個人認為是個好主意，但不知道部長會怎麼說？」

石井輕輕地嘆了一口氣。

「總之你先試著幫我跟部長說說看。」

「我會盡力而為，不過今天因為有客人從東京來，所以部長出去了。俱樂部那邊給的回答期限是什麼時候？」

「明天下午四點。」

「了解。今天晚上或明天一大早我就會跟部長說，不過不知道結果會怎樣，所以你一定要好好地壓住俱樂部那邊喔！就算真的演變成提出抗議的局面，也一定要由你或我這邊擋下來喔！」

石井的額頭上冒出豆大的汗珠。

「真的拜託你了，我們家這位可不是普通人。」

縱然石井這麼說，但浮現在腦海中本部長的形象卻很模糊。他當然知道本部長不是「普通人」。辻內欣司，四十四歲，比三上還小兩歲。在擔任過警察廳的會計課長以後，被調到D縣警。順利的話，明年春天就會回去當人事課長。不光是警方，所有的組織都一樣。只要掌握住人和錢，就能爬上高位。辻內目前被視為是同期中最接近警察廳長官寶座的人。

如果這個長官候選人被出社會不久的年輕記者包圍住，還讓記者們把抗議文一把塞進他懷裡的話……太難看了，絕對不能讓這種事發生。

「有什麼好笑的？」

三上嚇了一跳，抬起頭來。眼前的石井不滿地噘著嘴。

「什麼？」

「你剛剛在笑吧！」

他才沒有笑。

「你給我認真一點。要是你不好好做的話，後果可是會很嚴重。」

三上敷衍地點個頭，離開別室。「在室」的燈還亮著。

一直到走廊上，他才反應過來。

太難看了，絕對不能讓這種事發生——他笑的是當真這麼認為的自己。

石井那德性跟Y署長坂庭根本是同一個模子印出來。把靈魂賣給辻內和赤間，做著明年或後年就能榮升的美夢，一面避重就輕地處理每天的公務，害怕的從來不是失敗而是被上頭判定為失敗的失敗。三上笑的是和這傢伙坐在同一張沙發上，以同樣思維謀求解決之道的自己。

三上走在陰森森的走廊上。

警務部的人、秘書課的一員——自己的確是這麼想的。他已經在管理部門待了半年以上，正如同皮膚會吸收肉眼看不見的分子一樣，體內的細胞早就已經不知不覺地吸入了管理部門的空氣。不應該是這樣的，自己是真的想要改革廣報課。他曾經對自己發誓，這兩年一定要有所作為。那麼，這股無力感又是怎麼來的？這比要在不存在著殺人犯和貪官污吏的世界裡把殺人犯和貪官污吏繩之以法還要耗費體力、還要磨損精神，到頭來只是白白消耗自己而已。

三上不寒而慄。二渡已經在這裡待了二十八年。當三上還是刑警，貪婪地用肺呼吸的那段漫長時間裡，二渡卻在這個對內封閉的世界，日以繼夜、不眠不休地持續用皮膚呼吸。那會衍生出什麼？又葬送掉什麼？助長了什麼呢？光是想像就令他毛骨悚然。那個在高中時代的正式比賽中不曾揮舞過竹刀的男人，他那單薄的胸膛底下，究竟構築著什麼樣的原理呢？

同族的怪物……。

自己也差不多要變成同類了。曾幾何時，他已經穿上警務的制服，一面說這只是一時的、只要想脫掉隨時都可以脫掉，一面繼續把手伸進袖子裡。沒有人能夠保證，最後會不會變成與自己的意志無關，只是機械式地穿上那一件又一件的制服。最後讓衣服也變成是皮膚的一部分，這輩子再也擺脫不掉。

心裡充滿想要吶喊的衝動。

腦海中浮現出一張臉。像這種時候，腦海中肯定會浮現出亞由美微笑的臉。那抹溫柔的微笑可以說是安定內心的裝置，它始終在腦海中浮游著，直到三上冷靜下來。

14

入夜之後是徹骨的寒冷。

回到家已經是晚上八點多。三上在玄關外四下張望，卻沒有看見草月庵的空碗。即便追問，也只會得到「因為只有一碗，對方不送」的藉口。

晚餐是湯豆腐和馬鈴薯燉肉。真好吃啊！沒想到宅配的食材也能做出這麼美味的料理。啊！還是妳調味調得好的關係……。

最近這種話已經可以像倒水似地脫口而出了。三上做夢也想不到，自己竟然可以用這樣的語氣講出這樣的話。如果能把傾注的熱情與時間量化，當刑警的時候自不待言，即使在被調到廣報室以後，「家」也只不過是他警察人生的附屬品罷了。

「洗澡水已經放好了。」

「哦好。」

三上偷偷看著美那子正在收拾餐具的側臉。還算平靜，看起來十分正常。不過，才昨天的事，她應該還沒有忘記那死去少女的容貌。正如三上的所作所為，美那子為了不讓丈夫操心，也努力裝出平常的樣子。

「今天啊，我去見了翔子小妹妹的父親。」

三上對著美那子正在洗碗的背影說。

「……欸？」

美那子關上水龍頭，回頭露出驚愕的表情。

「你去見了雨宮先生？為什麼？」

「因為警察廳的大人物說想去慰問他，我只好去拜託他。」

三上以前絕對不會這麼做，但現在為了把沉默的時間填滿，他開始會把一些工作上的事告訴美那子。更何況，對美那子來說，64也不只是印成鉛字或口耳相傳的案件。她曾經在「兩人一組B」裡扮演妻子的角色，在『葵咖啡』裡負責監視，親眼目睹過雨宮芳男衝進去的樣子。

廚房不再傳來聲音。美那子解開圍裙回到客廳，把腳伸進暖被桌裡。

「她父母，現在怎麼樣了？」

「雨宮太太去年去世了。」

「是嗎……真可憐……」

「真的是！都還不知道兇手是誰呢！」

我們還算好。腦海中浮現出這樣的念頭。

「雨宮先生肯定很難過吧！」

或許是又想起雨宮那天的表情，美那子以望向遠方的眼神低喃著。

「真的老了很多。」

「我想也是。」

「就是說啊！」

「是不是再也抓不到兇手了？」

經美那子認真一問，三上嘀咕了一聲。耳邊還迴盪著望月說過的話。

「調查似乎已經陷入無底沼澤。」

美那子輕輕地咬住下唇。

「可是，那個綁匪是本縣的人對吧？」

「我想是的。」

三上不住地點頭。

不僅是案發現場，從綁匪指定的九家店，再到扔下贖金的地點、棄屍現場，全都是在D縣境內。而且綁匪對店名、地點及路線十分熟悉，具有很強的地緣關係。這一點讓綁匪就住在縣內的說法變得牢不可破。

「犯人應該不只一個，對吧？」

「嗯，如果以正常的角度來想的話。」

因為行動電話在當時尚未普及，綁匪最後指定雨宮前往的『釣魚宿・一休』位在深山裡，其後綁匪又打電話到『釣魚宿・一休』，要求雨宮把行李箱從「琴平橋」扔下去，然後在下游的「龍穴」搶走贖金。琴平橋距離龍穴只有三百公尺，假設綁匪是在打電話到『釣魚宿・一休』之後的幾分鐘內移動到龍穴守候，附近既沒有民宅也沒有公共電話，那麼除了打電話給雨宮的人之外，還必須要有負責搶走贖金的共犯——這是特搜本部一致的看法。雖然大方向沒錯，但是對於「犯人不只一個」等於「對等的共犯關係」這個說法，其接受程度倒是因人而異。如果是成人綁架成人的案件還有話說，但是要想像一起鎖定七歲小女孩的綁架撕票案是在「謀議」的情況下進行，即使是幹了那麼多年刑警的三上也會覺得全身寒毛倒豎。如果犯人不只一個，應該也是主謀與幫兇的關係。而且主謀還具有壓倒性的力量，可以控制幫兇。

「或許從單獨犯案的方向來思考比較好也說不定。」

「怎麼說？」

「因為刑警的思考邏輯都是這樣的。畜牲只會有一隻，不太能想像畜牲不只一隻的情況。」

美那子認真思索了起來。

無論是單獨犯案還是不只一人犯案，這都是在極為縝密的計畫下進行的犯案，而且手法極為殘忍，比畜牲還不如……。

美那子又提出一個問題：

「兇手連河道上的岩石和洞穴都知道……。針對獨木舟和急流泛舟的調查也都沒有進展嗎？」

「那方面的調查到現在也還在進行吧！不過妳還記得嗎？那個洞穴其實有很多人知道呢！」

這是後來才知道的事。原來在這件事發生的半個月前，D日報的休閒版曾經做過以〈『龍穴』之謎〉為主題的一大版特別報導。

「可是……」

美那子的情緒顯得十分亢奮。

「就算是看見地方報才想到那個方法，也還是本縣人所為吧？都已經那麼仔細地調查過了，卻還是沒有辦法找出真兇嗎？」

「說的倒是容易……」

五十八萬戶，一百八十二萬人。今天在早報上看到的數字還烙印在腦海裡。從都市流入的人口正好可以跟從山地外移的人口互相抵銷，這是這塊土地的特色，所以十四年前的人口數跟現在並沒有什麼太大的差別。就算把調查的對象鎖定在「三十多歲到四十多歲的男人」，數量也不會少於三十萬人吧！

相反地，跟嫌犯有關的線索則可以說是少之又少。如果雨宮賢二真是清白的，那麼雨宮翔子就是在從自己家到賢二家的那條路上被抓走。然而，「地毯式搜尋班」已經重複過無數次的地毯式搜索，卻還是無法找到任何可疑人物或車輛的目擊情報。如同白天看到的那樣，那一帶是分布著民宅的田園地帶，原本就很少有人會經過，再加上一月五日這一天，非專業農家的男人已經回到公司或農會的工作崗位上，開始恢復正常的生活，女人則是都在家裡收拾過年後的善後工作，所以這個日期也增加了調查上的難度。

案發現場只留下三樣東西。一是纏繞在「琴平橋」水銀燈上的塑膠繩、二是貼在翔子臉上的封箱膠帶、三是用來綁她的雙手的晾衣繩。這三樣東西全都是全國各地都可以買得到的日用品，想要以回溯銷售管道的方式向上調查是不可能的事。再加上「龍穴」附近全都是光禿禿的岩盤，周圍的山上則覆蓋著一整面的山毛櫸枯葉，連原本在調查上被寄予厚望的腳印都採集不到。

剩下的只有「綁匪的聲音」。問題是，因為沒有把恐嚇電話錄下來，所以只能仰賴接過綁匪電話的人的耳朵記憶。這些人包括雨宮芳男和辦公室的吉田素子，以及在交付贖金的移動過程中，在各家店裡把電話接給雨宮的老闆和員工共九人。沒有任何一個警察聽過綁匪的聲音，就連「自宅班」的成員也不例外。第二通恐嚇電話打來的時候還沒來得及準備就緒，第三通恐嚇電話則是打到沒有提防到的辦公室裡，由素子接到。至於綁匪利用的那些店家的電話，根本也來不及應變。九家店裡只有美那子去的『葵咖啡』來得及先做安排，但儘管如此，也沒有時間在電話上動手腳。而且，在可能有共犯在店內的情況下輕舉妄動也只會打草驚蛇而已。

聽說在事件發生後大約兩年的時間裡，經常把雨宮等十一人聚集起來，頻繁地要他們「認聲音」而不是「認人」。品性不良的人、欠下一屁股債務的人、有前科的人、愛划獨木舟的人、從大里村來的人、雨宮漬物的離職員工，甚至還包括翔子唸的森川西小學的相關人士、跟那九家店有往來的業者及常客、經民眾舉報「形跡可疑」的人物等等。先由各搜查班把「沒有嫌疑」的人剔除，再錄下其餘的人在電話裡的聲音，然後反覆播放給那十一個人指認。絕大部分的錄音都是在徵得本人同意的前提下進行，但是似乎也有少部分是以與竊聽無異的手段，把電話裡的聲音錄下來。

沒有特殊口音，稍微有點沙啞，三十多歲到四十多歲之間的男人。據說雨宮曾斬釘截鐵地說，如果聽到同樣的聲音一定會知道。素子和其他人也都曾經自信滿滿地說一定聽得出來。然而，十四年過去了，特搜本部卻從未傳出過「找到兇手了！」的捷報。

「要是連電話的聲音也沒指望的話，那就真的難辦了。」

話一說出口，三上就在心裡暗叫不妙。「電話」在他們家是最忌諱的名詞。屋子裡的氣氛一變，美那子回了一句「希望能夠抓到真兇……」之後就轉頭看向茶几上的電話。

今晚電話依舊沒有響起。

美那子就寢之後，屋子裡異常安靜。三上把胸部以下全部埋進暖被桌底下，長長地嘆了一口氣，打開電視機。和美那子在一起的時候，他無法安心看電視。他深怕電視裡不知道什麼時候會冒出離家出走、失蹤、無聲電話、自殺……這些字眼，將美那子的心敲碎。

或許亞由美也是電視的受害者。他有時會這麼想。綜藝節目、談話節目、廣告……全都口徑一致地強調外表的重要。認為這個時代什麼都不重要，只要長得漂亮就好處多多，可以被異性所愛、前途一片光明、可以毫無道理地快樂生存……講得跟真的一樣。

三上忍不住想把責任推給電視機。亞由美被那個虛假的世界洗腦了，被空泛又低俗的資訊搞得無所適從，搞得失去了自我……。

小學時曾經是那麼活潑的孩子，賽跑和游泳都很厲害，讀書成績也還不錯，而且還很黏三上。或許是美那子平常的灌輸有功吧！她對身為刑警的父親總是投以充滿尊敬的目光。

一切是從上了國中以後開始改變的。不對，在六年級的時候就已經有徵兆了。亞由美開始討厭拍照、會把教育參觀日的通知單扔進便利商店的垃圾桶裡、拒絕跟三上一起出門、也拒絕跟美那子坐在一起。他認為是亞由美敏感地察覺到周圍的人想說卻沒有說出口的話，或者是有人真的說了。

妳長得跟妳爸一模一樣呢！

要是能長得像妳媽就好了。

國中的畢業紀念冊拍照那天，亞由美缺席了。後來是把亞由美自己一個人拍的大頭照貼在讓人覺得很可愛的全班合照的框框外。只見亞由美緊抿著嘴唇，頭低低的。「不好意思，已經好說歹說了，她就是不肯把頭抬起來。」三上還接到級任老師一聽就知道是藉口的電話。

高中是以推甄的方式入學。這時三上還很樂觀，認為只要上了高中就會好轉，亞由美會變得懂事。另一方面，當時正值他接獲宛如晴天霹靂的內部調動，的確也沒有餘力注意女兒的成長。

大約是在亞由美上高中的半個多月後，她開始不去學校、也不出門，成天把自己關在二樓的房間裡。問她理由她也不說，要是硬逼她去上學，她就會像孩子似的哭鬧。白天躺在床上，把頭埋在被子裡，半夜則完全不睡覺，直到天色開始泛白才上床，過著日夜顛倒的生活。自己一個人關在房間裡吃飯，也曾出現過脫軌的行為。即使偶爾下樓，也不肯讓父母看到她的臉。出現時總是面向牆壁，把脖子向右轉到不能再轉，慢吞吞地沿著走廊和起居室的邊緣走路。過了好一陣子以後，他才知道那是因為亞由美一直覺得自己右邊的臉特別地醜。

美那子擔心得不得了。一開始還能藏起不安的表情，盡可能若無其事地面對亞由美，但是當亞由美開始閉門不出的時候，她也撐不住了。連哄帶騙地把亞由美弄出門，自己開車帶她去市內的教育諮詢中心。她還買了口罩給不敢面對外界的亞由美，讓她睡在後座，然後再開一個小時的車去拜訪諮詢中心介紹的諮商師。

當心理諮商進行到第六次的時候，亞由美總算打破沉默，一面放聲大哭一面吐露痛苦的心聲。因為長得醜，所以被大家恥笑；因為覺得太丟臉，所以不敢去學校；就連走在路上也不敢，死都不想去親戚家。她想破壞這張臉、丟掉這張臉。在談話的過程中，亞由美變得愈來愈激動，搥胸頓足，雙拳不停地敲打在桌子上。

身體畸形性疾患[26]……。

三上完全無法接受這個聽起來就很畸形的診斷結果。當他看到諮詢過程的錄影帶時，雖然也覺得毛骨悚然，但還是不願意接受亞由美的精神狀態是因為「心病」的關係。任誰都曾在青春期煩惱過自己的外貌，亞由美只是反應強了一點罷了！的確，畢竟遺傳到三上的染色體，她沒有可愛的容顏讓周圍的人吹捧，但是也絕對沒有到「醜」的地步。這點有眼睛的人都看得出來，亞由美的臉長得十分普通，就是個到處都可以看到的普通女孩。

諮商師的說法是，就是因為這樣才會說她患了心病，並再三強調重點在於接受與肯定，要他們接受女兒本來的樣子，肯定她是一個獨立的個體。這不是廢話嗎？三上怒氣不打一處來，諮商師說什麼他都聽不進去。當著非親非故的諮商師面前，用盡了所有惡毒的詞彙來批評父親外表的女兒也令他感到怒不可遏。沮喪與不痛快的感覺與日俱增，使

26：堅信自己外表醜陋，而且堅持別人也如此看待自己的心理疾病。

他再也不想跟亞由美說話。

另一方面，只對諮商師敞開心房的亞由美，也毫不掩飾地說出對美那子的嫉妒與敵意。或許是覺得再也沒有必要隱藏自己的感情，亞由美對美那子說的最後一句話是「不要用那種表情看我」。從此之後，亞由美再也沒有跟美那子說過話，偶爾望向美那子的眼神裡甚至還帶著憎惡。美那子感到不知所措、動輒得咎。她那捧著餐盤、提心吊膽地敲亞由美房門的樣子看起來實在太可憐了。三上甚至還看過她失魂落魄地坐在鏡子前，不是在化妝，而是在詛咒自己的臉。三上氣忿難平，如果不是諮商師說亞由美生病了，他才不會放任她那麼久。

然後是那一天，八月的最後一個禮拜。

一直把自己關在房間裡的亞由美突然出現在客廳。一樣是對著牆壁說：「我要去整形，幫我把存的壓歲錢全部領出來。因為還要父母同意，所以請幫我蓋章。」三上問她：「妳打算整哪裡？」他知道自己的聲音正顫抖著。亞由美淡淡地回答：「全部。我要去割雙眼皮，讓鼻子變小一點，再把臉頰和下巴的骨頭削一削……」

這句話聽在三上耳裡，等於是她不打算再做自己的女兒了。三上用力甩開緊緊抓住自己手臂的美那子，一巴掌甩在亞由美的臉上。亞由美面對著牆壁嘶吼，那是他聽都沒有聽過的女人叫聲。

你倒好了！男人就算再醜也無所謂！

三上氣瘋了，連亞由美有病的事都忘了，改用拳頭揍她。亞由美衝上樓，逃回自己的房間，從裡面把門鎖上。「別管她！」三上站在一樓衝著追上去的美那子怒吼。幾分鐘後，正上方傳來大力跺腳的聲音，接著是有東西碎裂的聲音。因為都不是尋常的聲音，三上連忙衝上二樓，把門踢開，衝進亞由美的房間。冷不防，腳底一陣劇痛，只見被砸得粉碎的鏡子碎片散落一地。亞由美正蹲在陰暗房間的角落裡，用拳頭搥打、撓抓自己的臉。討厭！討厭！討厭！我不要這張臉！我想死！死了算了！死了最好！

三上不敢靠近，也不敢叫她，深怕一做些什麼，亞由美也會像鏡子一樣碎成片片。

他花了一整夜的時間跟美那子討論。對現在的亞由美來說，父母都是敵人。三上也認真考慮過是否要送她去住院。除了求助於諮商師外別無他法，於是便打電話給諮商師。「我明天會過去，在那之前先讓她一個人靜一靜……」

就在諮商師進行家庭訪問的那天傍晚，亞由美的身影從家裡消失了。什麼也沒說，一張紙條也沒留下。「她已經冷靜下來了，先默默觀察一陣子再說。」或許是從專家的口中感受到一絲救贖的曙光吧！從前一天晚上就沒闔過眼的美那子在客廳裡打起盹來，亞由美便是乘隙跑了出去。房間的垃圾桶裡還有剛拆封的口罩空袋。她只帶走一個行李袋，身上的錢也只有原先放在音樂盒裡的一萬圓紙鈔和零錢。騎出去的腳踏車四天後在D車站附近的路邊被找到了。

雖說大眾運輸網還不是很完整，但D車站畢竟是縣內最大的車站。除了JR以外還有兩條私鐵路線在此停靠，另外還有開往六個方向的路線巴士從車站前的巴士總站發車。話說回來，當時並不是夏季感冒流行的季節，所以戴口罩的少女應該非常醒目。或許會有人看見，至少站務人員應該會有印象才對。但是讓他們失望的是，只要試著在尖鋒時段混入車站就會知道，人潮穿過自動驗票口的速度快得令人根本來不及反應，等電車或巴士的人也大多把視線放在手邊的雜誌或行動電話上。亞由美避開了所有人的視線，也不存在於車站前派出所執勤員警的記憶裡。有可能她只是把腳踏車丟在路邊，人並沒有進車站就消聲匿跡了也說不定。

三上質問諮商師：「你憑什麼說亞由美已經冷靜下來了？」他沒有辦法控制自己的情緒。他之所以會留下亞由美和美那子而在下午回警局上班，就是因為聽了諮商師的建議：「盡量跟平常一樣，以免刺激到她。」聽信諮商師的話，讓家裡放空城的結果就是這樣。諮商師不但沒有露出半點歉意，還分析給他們聽：「因為亞由美說不會再讓父母擔心了，我才會認為沒有問題。但那其實是打算離家出走的暗示吧！」

三上可不認為那只是單純離家出走的暗示。腦海中閃過好幾種不同的解釋。那是故意讓大人失去戒心、那是跟父母的訣別、自殺的暗示。不會的，亞由美不可能自殺！應該只是為了讓大人失去戒心。她認為只要說不會再讓父母擔心，就會放鬆對她的監視。亞由美並不是臨時起意衝出家門，而是有冷靜地思考過。她把換洗衣服和錢包也一併帶走就是最好的證據。

然而……。

我想死！死了算了！死了最好！

特殊失蹤人口。赤間的「特別的搜尋」指的就是這種人。被捲入事件或事故的可能性很高，或者是有自毀、自殺傾向的人。他對於把亞由美視為這種對象沒有半點異議。因為他知道，即便是「自家人的孩子」，一旦完全排除自殺的可能性就只是名義上的搜查而已。如今當地的轄區全都不辭辛勞地幫忙搜索，不只是派出所，就連刑事課和生活安全課也都撥出人力來幫忙。儘管如此，還是沒有得到任何有力的線索。過了大約一個月後，有人建議他乾脆公開協尋算了。但是被他婉拒了。因為他認為對於亞由美來說，再也沒有比自己的大頭照暴露在路上行人的目光下更可怕、更像地獄了。

電視畫面裡的歡樂刺痛了他的眼睛。

五、六個年紀跟亞由美相仿的女孩穿著有穿等於沒穿的衣服正在載歌載舞。每個女孩都想要突顯自己，個個盯著攝影機，希望觀眾眼中只有自己。

如果只是單純的離家出走……。

如果能夠確信她只是因為想要吸引男人注目的眼光而吵著要整形，因為被反對就把父母痛罵一頓後奪門而出，但是再怎麼樣也不會跑去自殺的話，就算是青春期的女兒，比起擔心，更多的情緒應該是生氣。十六歲縱使再不成熟，也已經不是小孩了，怎麼可以這樣踐踏父母親的尊嚴。女兒總有一天要離開家，勢同水火的親子關係在這世上可多了，殺死父母或殺死子女的案例，我看到都不想再看了……。三上只能用這種夾帶著氣話的說詞，對自己和美那子自欺欺人一番。

美那子又是怎麼想的呢？

怎麼看不願意正視女兒生病的三上？

怎麼看這個只能對陷入痛苦深淵的寶貝女兒舉雙手投降的丈夫？

美那子並沒有責怪諮商師，也沒有責怪不小心睡著的自己，她只是像被什麼東西附身似地尋找著亞由美。以前什麼事都會跟三上商量之後才決定的美那子，在那一刻變了。即使跟她說話，她也不會附和；明明面對面交談，眼神卻刻意避開。簡直就像是只有她一個人在找亞由美似的。發現車站和交友關係皆已無望後便購入大量的女性雜誌，然後開始一一打電話給在雜誌上刊登廣告的整形外科和美容診所。「有沒有一個戴口罩、拿著紅色旅行袋的女孩子來過？如果有的話請務必跟我聯絡。」如果電話裡講不清楚的話，她就直接找上門拜託。東京、埼玉、神奈川、千葉……美那子幾乎每天都要出遠門。要是沒有接到那通無聲電話的話，說不定就連沒有牌照的密醫也會成為她低頭懇求的對象。

其實也可以去求赤間。區區一萬塊根本不能幹什麼，如果沒有父母的同意，亞由美根本進不了整形外科的大門。儘管如此，這仍是少得可憐的線索之一。與其要用齒型或指紋來找屍體，還不如先從美容整形的這條線下手，或許才是想找到活著的亞由美最應該採取的手段。可是三上卻沒有這麼做。女兒痛恨父母生給她的那張臉。唯獨這件事，他不想讓任何人知道。一旦被別人知道，會讓人覺得這家人未免也太可憐了。他也想守住女兒的尊嚴，所以暗自發誓，不管是亞由美得了心病這件事，還是心病讓亞由美說出的那些話，全都不會流出這個家門一步。但是……。

美那子又是怎麼想的呢？

夫婦之間瀰漫著一股一觸即發的緊張感。一面在意著對方，一面卻硬是裝作視而不見。失去以後才發現，亞由美的存在填補了夫婦關係裡曖昧不明的部分，並化為堅固的橋樑維繫著夫婦倆的感情，給兩人同樣的目的，讓兩人互相體貼、竭盡所能避免關係出現裂痕。

但那又能持續到什麼時候呢？

午夜十二點。三上用遙控器關上電視後從暖被桌爬出來。他抓起電話的子機，關掉房間裡的燈，走在黑暗的走廊上。

雨宮芳男滿是皺紋的臉……。雨宮翔子綁著髮帶、天真無邪的臉……。原本只是身為刑警偶然碰上的案件之一。直到亞由美離家出走以前，他從來都不曾認真想像過失去孩子的父親是什麼心情。

三上躡手躡腳地走進房間。把子機放在枕頭旁邊後鑽進被窩裡。用腳尖去摸索小型電暖器，接著將其勾到小腿的地方。

美那子翻了個身。

三上的目光瞥向旁邊的被窩，另一個他解不開的謎題就躺在那裡面。每當他想起憎恨著父母長相的亞由美，總是無法不去思考那個以前恐怕每個人心裡都會產生的疑問。

美那子為什麼會選擇三上？

他本來以為自己知道答案，但是現在卻不確定了。三上凝視著黑暗，一面聽著秒針的聲音，一面探索夫婦的起點。

15

做好今天又是忙亂一天的心理準備後，三上離開家門。

一進入廣報室，三上先看了看美雲。她的酒量奇差。前一天晚上要是喝了酒，臉上的浮腫肯定藏不住。所以一眼就可以看出她沒有去應酬，同時他也預料到走向自己辦公桌的諏訪要報告什麼了。

「失敗了。」

諏訪以粗啞的聲音說道。看樣子他昨晚應該唱了不少歌，也相當大聲地講了不少話。藏前站在他旁邊，臉色也好看不到哪裡去。眼裡充滿血絲，浮腫的眼瞼硬生生地把眼睛給蓋掉一半。

「沒有任何希望嗎？」

被三上這麼一問，諏訪恨恨地吐出充滿酒臭味的氣息說：

「他始終堅持要向本部長提出直接抗議，不願意把抗議文交給廣報官保管。他們家的總編姓梓，是個從社會部升上來、精明幹練的男人，似乎給了秋川很大的壓力。」

講到最後已經不是報告，而是「爆料」的口吻了。看樣子秋川也是夾心餅乾。

三上愈來愈傾向以「自言自語」的方式來透露主婦的名字。但是負責向赤間請示的石井還沒有傳來任何消息。

「東洋就先這樣。你們在傍晚之前先分別刺探一下其他報社的口風，問他們能不能交由廣報官保管，如果不行的話，不妨把底限退到交給秘書課長保管。」

在還無法看出赤間態度的情況下，就必須先繼續攏絡記者。只要有幾家報社的態度開始軟化，或許就可以從後面包圍前線，逼東洋就範也說不定。

記者俱樂部是個瞬息萬變的集團，會因為每家報社記者之間的角力關係及意圖錯綜複雜地互相影響著，並產生各式各樣的變化。報社策略和記者本身的想法有所出入也不是什麼稀奇的事，所以在一件事情上常常會有不同的解讀。

就算朝日、每日、東洋全都口徑一致地站在批判警方的角度，但因為報社記者的性情都不一樣，所以還是有可能建立起比其他家報社更友好的關係。產經雖然是「親警察」的報社，但是裡頭也有人跳槽到意識形態完全不合的朝日。再加上有的報社只有一個人加入記者俱樂部，有的報社卻有三、四個人進來，所以不能因為是同一家報社的人，就將其視為一個整體。比方說，東洋的秋川就是充分體現報社方針的男人，但是原本報考了所有叫得出名字的報社，最後卻只考上東洋副組長的手嶋，到底是不是真心認同自家報社左傾的方針就是一個問號。因此，發生像這次這樣的問題時，就很難解讀會產生什麼樣的化學反應。能預測的頂多是準會員的FM縣民廣播這類的媒體了。事實上，因為FM縣民廣播是由D縣全額出資的媒體，原本就不可能違抗任何一個冠有公家機關之名的單位。那麼，剩下的十二家，諏訪可以攻下幾家呢？

三上掏出口袋裡的記事本翻了翻。

『梓幹雄——東洋新聞D分局編輯部主管。T大畢業，四十六歲，爽朗，愛吹噓，喜歡警察。』

記憶裡浮現出一張額頭狹窄、膚色黝黑的臉。他曾經代表因感冒不克出席的分局長出現在D縣警和各大媒體每個月都會固定舉行一次的幹部座談會上。

可以試著跟他接觸看看。三上將這件事情記在心裡，然後把手伸向電話並打給秘書課長。眼下的狀況已經沒辦法靜靜地等對方主動聯絡了，記者俱樂部提出的回答期限是下午四點，而且雨宮芳男的事也必須趕緊想辦法解決才行。

電話是戶田愛子接的，說石井去了警務部長室。

三上請她轉告石井，回來以後打個電話給他，然後把話筒放回原處。但心情始終冷靜不下來，於是他離開座位，走向牆邊的白板，檢查貼在上頭的聲明文。昨晚到今晨一共發生三起車禍，也逮捕了燒掉廚房的小鬼和吃霸王餐的男人，看樣子D縣昨天過了一個平靜的夜晚。當他轉身的時候，廣報官座位上的電話也正好響了起來，三上小跑步回到座位，把電話接了起來。

〈三上老弟，請你去部長室一趟〉

石井只說了這句話就把電話給掛了。語氣十分凝重。不是『來部長室一趟』，而是『去部長室一趟』，也就是要他直接去問赤間結果的意思。

三分鐘後，三上敲開了警務部長室的房門，裡頭只有赤間一個人。他雖然從辦公桌移動到沙發，卻沒有讓三上坐下。

「你對記者的管理實在做得很差勁，為什麼會任由事情演變成這樣呢？」

一開始就以極尖銳的語氣說道。要是直接問他對於記者要向本部長提出抗議文一事的結論，可能會被罵得狗血淋頭吧！可是……。

「我是按照你的指示，拒絕記者對匿名問題的要求，沒想到他們的態度比我想像中還要強硬。我也試過攏絡的手段，但是對方好像積怨已久了，根本沒辦法好好溝通。」

三上站著回答。赤間依舊沒有要讓他坐下的意思。這是對他的懲罰，並不是不小心忘記。

「藉口就免了，那只會浪費時間。」

三上一把火上來，他才沒有時間聽赤間那些諷刺和說教的廢話。

「對方說，只要交出主婦的真實姓名，他們就會撤銷抗議。」

「這個石井已經告訴過我了，還有你那自言自語的極盡討好計畫。」

——你說我極盡討好？

三上瞪視著赤間。

「這是文件上和報紙版面上都不會留下痕跡的交易，對主婦並不會造成實質傷害。」

「我反對。」

赤間冷淡地一口拒絕，而且還以意味深長的眼神望著三上。

「不管發生什麼事都不能公布主婦的名字。」

他語帶玄機，讓三上聯想到以前偵訊過的老手詐欺犯。心裡明明藏著好幾樁犯罪事實，想要講出來向警方炫耀一番，但是又覺得告訴底下的刑警是有失身價的事。

三上試著刺探他。

「我聽說這次的匿名發表是部長的判斷？」

「沒錯，Y署的坂庭來找我商量，於是我就做出這樣的決定。」

「可以請你再考慮一下嗎？否則真的擺不平那群記者們。再加上長官視察的日期也迫在眉睫，就當這次只是緊急避難措施……」

「你怎麼講不聽？別老想著依賴那個笨方法，再給我想想別的辦法。」

赤間的態度沒有他講的話那麼苛刻。三上的心中再次浮現出詐欺犯的兩難心理。肯定有什麼內幕，這事跟坂庭那個完全不值得信任的男人扯上關係，也增強他心中不祥的預感。

「部長……除了孕婦這點以外，還有什麼是不能公布姓名的理由嗎？」

「當然有。」

赤間非常乾脆地承認，似乎早就在等三上提出這個問題。

「因為匿名發表正好趕上了這個時間點。」

趕上了這個時間點……？

「你知道中央正在審議個人資料保護法和人權保護法吧？」

「知道。」

他常常聽記者提起「這是用來箝制媒體的惡法」、「不可原諒」……云云。

「媒體雖然百般刁難，不過這也算是他們自作自受、咎由自取。案件愈大，媒體一窩蜂的瘋狂採訪就會對被害人造成更大的傷害。但另一方面，如果是跟自家報社有關的事件，不是避而不談就是輕描淡寫地帶過。像這樣的鼠輩卻老是擺出一副正義使者的嘴臉對我們大肆批判，簡直可以說是厚顏無恥到了極點。」

赤間停下來擦了一下護唇膏，然後接著往下說。

「這兩個法案遲早都會通過。接下來就是匿名發表的問題。我們事先已經布好暗樁，在政府內部成立一個跟犯罪被害者對策有關的研討會，鼓吹要不要公布被害人的姓名應該交由警方來判斷。雖說目前僅限於被害人的姓名，但是只要國會通過，掌握了決定權之後，匿名發表要怎麼擴大解釋都可以。這麼一來，從頭到尾、由始至終，在所有要向記者報告的場合裡，主導權都在我們警方手上。」

三上終於聽懂了，為什麼赤間態度會如此強硬的理由。

匿名問題的對應完全是本廳的主意。不對，搞不好是赤間個人的主意。從他那得意洋洋的口吻聽來，或許「成立研討會」、「國會通過」等策略，打從一開始就是赤間為回本廳鋪路所提出的腹案。

儘管已經看透赤間不可能收回成命，但三上還是不能釋懷。他不認為「自言自語」有違背本廳的方針。因為對於警察組織來說，為了行使職務，所有非正式、非公開的便宜行事全都等於「不曾存在的事實」。

「既然懂了就下去吧！」

「只有這樣嗎？」

三上忍不住問道。

赤間似乎愣了一下，不過藏在眼鏡後方的雙眼立刻流露出好奇眼神。

「什麼意思？」

「我是指不公開主婦姓名的理由。」

三上這次是站在刑警的立場來提問。那種詐欺犯的戒心還未解除，赤間肯定隱瞞了什麼沒說。

「你想知道嗎？那我就告訴你。」

赤間笑著說。

「實話就是，那個孕婦是加藤卓藏先生的女兒。」

三上全身瞬間緊繃。

加藤卓藏是『國王水泥』的會長，也是今年繼續連任的D縣警公安委員……。

「這是他的要求嗎？」

三上掩不住憤怒地說道。

「並不是，這是我們的一種體貼。」

赤間一臉若無其事的樣子。

說的也是，地方的公安委員只不過是裝飾品罷了。只是每個月固定跟本部長吃一頓飯，聊些瑣事的閒差，對於警察行政並沒有任何影響力。只不過，在組織圖裡可不是這樣的存在。整個縣警本部都在由三個委員所組成的公安委員會的指揮監督下運作，所以才要酌情處理。不對，是藉由惺惺作態的匿名發表來賣對方一個人情，要在D縣財經界首屈一指的大老心中烙下至死都不會消失的親警察派的烙印。

「她女兒懷孕的確是事實，坂庭也希望能不要公布她的姓名，而且又是重傷的車禍，要是讓對方逮到機會藉題發揮的話也很難辦，所以就採取匿名的措施，這樣你聽懂了嗎？」

三上沒有辦法回答他。當驚訝的情緒平復之後，換成憤怒與不信任感在胸口翻攪。菊西華子是公安委員的女兒，為什麼沒有人告訴廣報官這件事？

「我不是早就說過了嗎？」

赤間露出一臉的不耐。

「因為你是要直接與記者交涉的人，如果讓你知道內情的話，難保你不會在表情或態度上露出馬腳。什麼都不知道的話，不是比較能夠坦然地面對記者嗎？」

三上感覺自己掉入谷底，一時半刻不知該作何反應。什麼都不知道的話……坦然地……。就算知道，三上在記者面前也能表現得很坦然，反而是在什麼都不知道的情況下，才會說出更多沒有轉圜餘地的話。

〈為什麼你們要這麼激動呢？匿名報導已經是目前的趨勢了吧！〉

〈因為她就是這麼害怕被登在報紙上啊！〉

當山科問他是不是什麼重要人物的女兒時，還被他不由分說地罵了回去。

結果自己被耍了還不自知。

三上低下頭，有一股本質與憤怒相同的羞恥強烈地湧上心頭，臉和身體全都開始發燙。

硬要說的話，他才不願意在什麼都不知道的情況下跟記者吵得臉紅脖子粗。說穿了，他的任務只不過是站在警方的立場上把事情交代清楚。但是，他又不願意自己只是當個赤間的傳聲筒。他是在思考過縣警的顧慮也有幾分道理在，或許不該把孕婦的處置完全交到媒體手上，才會絞盡腦汁、據理力爭，想盡辦法要讓這場劍拔弩張的紛爭能夠兩全其美地收場，結果呢……。

縣警根本一點道理也沒有，一點也沒有。

三上閉上眼睛。

赤間說得沒錯，他以前的確有說過同樣的話。〈如果你什麼都不知道的話，就什麼也不會說了，不是嗎？〉是忘了這句話的自己太愚蠢，因為這也不是這一兩天才開始的事。赤間打從一開始就只把三上當作傀儡不是嗎？

「話說回來，家屬那邊打點得怎麼樣了？」

三上答不上來。雖然睜開眼睛，但是卻不願意把視線轉到赤間身上。是心裡那股自覺阻止他這麼做的。

大腦並不需要跟手腳商量。想要動手的時候就對手發出「給我動」的訊息，想要動腳的時候就對腳發出「給我動」的訊息，這對赤間來說是理所當然的事。不光是這起車禍，他為什麼命令他不要跟刑事部接觸，直接去被害人家打點一切？他要二渡做什麼？他從來不讓手腳知道他的用意，只是自顧自地發出訊息而已。

「到底怎樣了？好好回答。」

三上始終保持沉默。就算是手腳也是有神經、有生命。

冷不防，赤間從沙發裡伸長上半身，宛如相撲選手般雙手在三上面前擊掌。

「看我這邊。」

三上瞪著他。

自我防衛機制反射性地開始運作，但是成效不彰。因為亞由美的臉若隱若現地浮現在眼前，一下子就讓他的憤怒消失得無影無蹤。

赤間慢條斯理地打量著三上的反應，然後露出一抹輕蔑的笑容。

「怕你誤會，所以我醜話先說在前頭。聽好了，你可不要以為被廣報室趕出去的話，就可以回到刑事部了。」

三上聽得怒不可遏，腦海中瞬間閃過辭呈上的文字。我受夠了！到此為止，讓一切結束吧！要他跪下來舔這個名為菁英分子、實為虐待狂的鞋子，門都沒有！

他把亞由美的臉拋到九霄雲外。但是，下一個瞬間，他又看見另一張臉。

那是美那子的臉，悲悲切切、毫無光彩，眼眸裡隱含著無限的哀求。

大腦彷彿被重重地敲了一記，眼前飄起了細雪。白色的布、死亡少女蒼白的容顏、署長白皙的臉……一幕幕宛如走馬燈般飄落在他的視網膜上。

美那子還在指望那二十六萬名弟兄，把最後的一線希望都寄託在他們的眼睛和耳朵上……。

遠處傳來說話聲。

「家屬那邊打點得怎麼樣了？」

「……」

「我在問你話，還不趕快回答。」

赤間的聲音愈來愈靠近，靠得太近了。

三上抬起頭來，雙唇顫抖地回答：

「目前正在交涉當中……」

說完，整個身體像消了氣的皮球。

「動作快一點，一定要在禮拜一之前向官房報告。然後我再告訴你一件事，被加藤委員的女兒撞到的那個老人，一個小時前已經去世了。如果記者沒有問起的話，就不需要主動提起。我已經吩咐過Y署的坂庭，你也跟著照辦。」

赤間站了起來。明明應該是比三上矮十公分的視線，卻高高在上地俯視著三上。

16

廣報室的窗外並沒有風景可看。

貼著廳舍興建的資料倉庫的牆壁遮住了視線。三上靠在自己的椅背上，若有所思地盯著那道因為生鏽而變成咖啡色的牆壁。當然不是在發呆。在他有生之年，可能都不會有用來發呆的奢侈時間吧！

重傷車禍變成死亡車禍了。以前只有被害人在車禍發生的二十四小時以內往生的案例才算是死亡車禍。這是警方的小聰明，目的在讓死者的人數看起來少一點。但是在被媒體抨擊後，現在就連超過二十四小時的死亡案例也都列為死亡車禍了。

隱瞞加害人是公安委員女兒的事實、隱瞞被害人已經往生的事實。這簡直可以說是「從頭到尾、由始至終」都是警方所編寫的劇本。

背後傳來聲響，三上回頭一看，美雲正把重新泡好的茶放在他的辦公桌上。而在她身後，有個手裡拿著相機正要走出廣報室的瘦削身影。

「你要上哪兒去？」

藏前嚇了一跳，停下腳步，轉身走過來回答。

「交流公園。今天有樂隊舉行小型演奏會，我去拍照。」

罵人的話忍不住衝口而出。

「那個交給美雲去就好了！我不是叫你去搞定隔壁嗎？一家也好、兩家也行，總之先搞定幾家再說！」

藏前面無表情地直立不動。三上把視線轉開，因為他在藏前身上看到自己的影子，跟自己一模一樣、分毫不差的影子。

藏前把相機交給美雲，走出廣報室。美雲把相機掛在肩膀上，也跟在他後面走了出去。

三上打完一通電話，喝口茶潤潤喉之後也快步離開廣報室。

外頭的景色看起來不太一樣了。

或許是因為自己的決心不同了吧！因為他已經有所覺悟，就算是當一條狗也沒關係，但是要當就要徹底當好警務部的狗。既然已經明白自己沒有辭職這個選項，那麼工作的內容是什麼都無所謂了，他所能做的只有默默地執行，默默地做出成果、默默地結案，如此而已。

這並不是悲觀。因為在這之前他不也是這樣一路走過來嗎？他曾經把殺死三個女人，還把內臟掏出來的殺人魔送上刑場。曾經讓用收賄貪污而來的錢養了一堆情婦的市長在偵訊室裡下跪。曾經緊盯著智商一百六的詐欺犯眼睛長達二十二天，最後贏了那場心理戰。三上在刑事部經歷過的險惡場面和他一步一腳印所累積下來的成果，即使放到平平凡凡、朝九晚五的管理部門應該也不會太差。只要能夠成為一隻兇猛的警務犬就行了。只要能夠咬住困境、咬住警務部，有朝一日再咬破赤間的喉嚨就行了。

三上穿過走廊，一面看著自己的手錶。已經過了上午十點，距離記者俱樂部給的回答期限剩下不到六個小時。頭腦冷靜地運轉著。

不能公布孕婦的名字，也不能使用「自言自語」的伎倆。既然如此，就等於三上得在下午四點前往記者室，告訴他們這個結果。屆時記者們必定群情激憤，一起衝進本部長室，把抗議文甩到辻內面前。如果不先想點辦法的話，誓必會發生「不可以發生的事」。

要在堅持不公布姓名的前提下軟著陸的方法只有一個，那就是讓記者俱樂部那邊吞下把抗議文「寄放在」三上或石井這邊的提案，讓抗議文永遠沉睡在警務部的保險箱裡。

按照秋川的說法，俱樂部那邊決定等聽完三上的回答之後，再次召開總會。關鍵就在這裡。雖然沒有人能保證會產生什麼化學變化，但是諏訪應該能夠找出「可以攻陷的對手」。只要事前的工作打點得夠徹底，屆時再讓某一家報社提出「這次的風波就止於把抗議交給廣報官就好了」的建議，那麼原本屬於穩健派的記者應該就會有人贊成「交給廣報官」的決定吧！

問題在於一口咬定要直接向本部長提出抗議的強硬派。現階段，強硬派可以說是壓倒性地勝過穩健派。人數是關鍵。如果不從強硬派裡攻下幾家報社的話，就算要採多數決也絕對沒有勝算。

——需要一些材料。

三上爬樓梯上到五樓。整個五樓都是刑事部的地盤。四處瀰漫著跟二樓截然不同的氣氛，感覺就像是回到了老巢。

搜查第二課……。三上推開被熏黑的門。

糸川一男抬起頭來。他的次席辦公桌在今年春天以前還是三上的座位。至於地方警察的搜查二課長寶座，則一向都是年輕特考組的「指定席」。三上剛才從廣報室打來的電話已經確認過落合課長不在座位上了。要是他在的話，肯定會因為特考組的淵源，馬上將三上前來的消息上報給赤間知道。

三上催促糸川移駕到隔壁的辦公室，然後再進到最後面的偵訊室，把門關上。

「昨天真是謝謝你了。」

三上把折疊椅拉開來說道。

「咦？什麼事？」

「你不是好生地照顧了我們家藏前一番嗎？」

「呃……我絕沒有那個意思。」

「你不是說沒有給狗吃的飼料嗎？」

糸川眼裡閃過一絲畏怯的神色。

糸川比三上小四歲，當三上還是智慧犯搜查一組的班長時，糸川在三上底下當了三年的差。他是個很有能力的男人。帳簿類是他的強項。在商職學的簿記算是派上用場了。

等糸川在對面的椅子上坐定，三上便把兩隻手撐在桌上，十指交叉。在同樣是刑警的人面前講話，不需要拐彎抹角。

「美術館的圍標案進行得怎麼樣了？」

「欸？嗯……還算順利。」

「聽說截至目前已經抓到八個人了？」

「是的。」

「今天也把專務找來了嗎？」

「這個嘛……」

糸川想裝傻帶過。

三上誇張地露出願聞其詳的表情。對縣內最大的建設公司——八角建設專務的偵訊已經開始了。前天把這個情報洩漏給三上的不是別人，正是眼前的糸川。

三上的語氣不由得強硬了起來。

「你們把八角的專務找來了對吧？」
「啊！呃……我想是有請他來吧！」
……我想是有請他來？
這是什麼不乾不脆的態度，有沒有請對方來約談，身為二課第二把交椅的糸川不可能不知道。
三上改口詢問。
「記者那邊怎麼樣了？已經有人發現查到這裡了嗎？」
「不，我想還沒有。」
既然如此，那這個情報就有利用價值了。三上不動聲色地繼續說道：
「還好他們有點混！」
「因為現在每家報社都還在追祖川那條線。」
「我想也是。」
祖川建設是由縣議員的胞弟擔任董事長的大型建設公司，因此官商勾結、跟黑道掛勾的負面傳聞始終不斷。這次是看祖川不順眼的八角故意不讓祖川介入，所以祖川在這次的圍標事件中是清白的。但是在剛開始調查的時候，二課也曾經懷疑過祖川，再加上一心想要「掩護八角」的落合課長一直沒有明確指出祖川是清白的，所以也讓記者們緊咬著這條線不放。
「那麼，大概什麼時候會對專務發出拘票呢？」
三上若無其事地把話題拉回。
「這我就不知道了。」
「大概就好了。今天或明天？還是下禮拜呢？」
「你要我怎麼說呢……」
糸川露出苦惱的表情。太不像他了。以前三上天天來刑事部報到的時候，只要面對面促膝長談，就算是再不可告人的內幕，他都會不情不願地全盤托出。

「是有人叫你不要告訴廣報嗎？」

「不是只針對廣報……」

糸川說到一半便噤口不言，露出「說溜嘴了」的表情。

三上緊盯著糸川逐漸漲紅的臉。他可以想像如果是刑事部同事的話，接下來應該會這樣說——

不是只針對廣報，是絕對不能讓警務的人知道……。

警務指的是警務部，包括直屬於本部長的秘書課、專門處理醜聞的監察課、負責人事權的警務課。仔細想想，如果有什麼事不能讓管理部門的中樞知道，那麼不是在調查圍標案的時候犯了什麼錯，就是刑事部內被下了封口令。

「有誰出了什麼亂子嗎？」

「沒這回事，調查進行得很順利。」

糸川連忙否認。

「那就是封口令囉？為什麼？」

「我也不知道啊！不過好像不是因為事件本身的關係。」

「不是因為事件的關係，那是為什麼？」

「總而言之，就是不管被問到什麼問題，都不能向警務透露任何事，就這樣。」

任何事？三上懷疑自己是不是聽錯了？

「喂！這到底是怎麼一回事？」

「我是真的不知道啊！」

「連我也不能說嗎？」

三上厲聲問道，但是從糸川的眼裡既看不出他在扯謊，也看不到有任何敷衍的企圖。

「我還想知道理由呢！不如你直接去問部長吧！」

也就是說，這是部長的命令。看樣子是荒木田下令不准向警務透露任何事，甚至還不讓部下知道理由。這種上對下的高壓方式，簡直就跟赤間一模一樣。

「所以你就把藏前打發走了？」

「請別這麼想，倒是你，我只不過是給了藏前一根軟釘子碰，有必要勞你大駕嗎？就算廣報再怎麼缺乏情報，也不用對圍標的事問得這麼仔細吧！」

出乎意料地守備機會從天而降。

「我是為了安排記者會的流程。」

「只有這樣嗎？」

「不然還有什麼？」

三上無意欺騙，只不過在他發現刑事部搞的小動作以後，實話就說不出口了。

「那沒我的事了吧？我接下來還有個會要開。」

糸川藉這個機會把話題告一個段落，剛好又有電話找他，便乘機離開偵訊室。

三上若有所思地緩腳下樓。

還是有收獲的。

雖然無法問出預計要逮捕的日期，但也得知各家報社都還沒有追到八角建設的專務這條線。「對專務展開偵訊」的材料可以充分運用在跟記者的談判上。

然而，這一點小小的成就感並沒有持續太久，糸川那句莫名其妙的話一直在腦海中迴盪。

〈總而言之，就是不管被問到什麼問題，都不能向警務透露任何事，就這樣〉

這句話透露出一個玄機。這不只是單純的封口令，而是把警務部完全排除在外。

腦海中再度浮現赤間昨天講的那句話：

〈不要透過刑事部，直接去跟家屬交涉〉〈因為這是警務的工作，一旦跟刑事部扯上關係，肯定會變得複雜吧！〉〈等到一切就緒，再由我告訴刑事部長。在那之前都要在暗地裡進行〉

警務部和刑事部之間到底發生什麼事了？

全國各地的警務部和刑事部之間的關係大抵都是這麼回事吧！保持一定的距離，表面上對彼此視而不見，暗地裡則搶著說對方的壞話。這種相處模式儼然已經成為一種義務了。當然，還不至於到「對立」的地步，更不可能「反目」。畢竟同樣都是警察，正因為雙方互不搭理，也就不太可能發生實際的衝突。

D縣警也是如此。就三上所知，目前警務部和刑事部之間並沒有存在著特別的火種。問題是……。

赤間和糸川說的話。就像硬幣的正反兩面一樣，那種奇妙的一致性真的只是單純的偶然嗎？

三上冷不防全身寒毛倒豎。

因為腦海中閃過一張臉，一張可以把偶然變成必然的臉。

是二渡。因為警務部的王牌採取了令人費解的舉動。他正在調查64的事，正打算把刑事部最大的恥辱重新挖出來。這背後果然有什麼玄機。火種不是二課的圍標案，而是一課的64……。

三上站在樓梯間，一步也跨不出去。

樓上是刑事部，樓下是警務部。他覺得，自己現在站的地方，其實就代表了自己現在所處的立場。

17

回答期限已經迫在眉睫了。

「東洋、朝日、每日、共同——這四家眼看是沒望了。他們鐵了心就是要向本部長提出抗議，勸都勸不聽。」

坐在廣報室的沙發上，三上、諏訪、藏前三個人正在開小組會議。

「有哪幾家願意接受交給我保管的提議？」

被三上這麼一問，原本看著筆記本的諏訪抬起頭來。

「全縣時報、D電視台、FM縣民廣播這三家同意了。我找不到D日報的富野，不過應該是百分之九十九沒問題。」

四家地方媒體。這對於諏訪來說，根本不費吹灰之力吧！只要讓這四家媒體的其中一家提出抗議文的「寄放案」就行了。不，最好是由這四家共同提案。

「讀賣和產經呢？」

「讀賣的動向現在還看不太出來。雖然他們也提出了強烈的抗議，但是如果東洋太出風頭的話，也可能會想要倒打東洋一把。產經則是說，如果是交給警務部長的話，也不是不能考慮。」

「剩下的三間呢？」

「啊！是的。」

回答的是藏前。可能是剛才被三上破口大罵之後還心有餘悸，顯得有些畏縮。

「我看看，ＮＨＫ和時事通信、還有東京新聞都說要再看看……雖然他們也反對匿名發表，不過倒是感覺不出來他們對提出抗議文有什麼特別的堅持，我想最後應該會採用多數派的意見吧！」

三上點燃一根菸。

他在腦海中計算著票數。「直接對本部長提出抗議文」和「交給廣報官保管」各有四家媒體，「持保留態度」則有三家，「交給部長」和「態度不明」各有一家。

真是微妙的數字。

「有辦法讓產經再退一步，變成交給秘書課長保管嗎？」

「不太容易呢！因為這麼一來，在其他報社面前面子就掛不住了。」

三上點頭，把臉轉向藏前。

「試著再對ＮＨＫ、時事、東京再施加一點壓力看看。不妨在談話中透露出圍標案最近會再向上延燒，賣他們一個恩情。」

「我明白了。」

三上再把臉轉回諏訪的方向。

「你去把每日攻下來，可以不經意地透露二課已經盯上八角建設了。」

「好的，不過以現在的狀況來看，我認為要拉攏讀賣或許比較容易。」

「但讀賣已經搶先大家一步了。」

諏訪頷首表示同意。讀賣和朝日對這次的圍標案件已經寫過獨家專訪了，目前最需要情報的是每日和東洋。

「那麼，也可以暫時不去管朝日囉？」

「可以。因為一個弄不好的話，可能還會造成反效果。」

「說的也是。」

諏訪附議，不過眉頭馬上就皺了起來。

「那東洋呢？一樣先放著不管嗎？」

「不，我現在就去拜會他們的總編輯。」

只要能夠軟化東洋的態度，一切就簡單多了。除了秋川本身的存在感以外，東洋是這個月記者俱樂部的幹事報社這點也不容忽視。只要東洋的態度轉變為「交給廣報官保管」，ＮＨＫ和時事等其他媒體似乎就會轉投贊成票。話雖如此，但是現在和秋川的關係鬧得那麼僵，他也不是那種把紅蘿蔔掛在他的鼻子上，他就會飛撲過來的性格。如果想要在所剩無幾的時間內一舉逆轉局勢，就只能說服秋川的上司、期待上意下達的效果了。

「還有……」

三上壓低聲音，不想讓美雲聽見。

「那個發生車禍的老人已經去世了。千萬要把這個真相壓下來。在隔壁開完俱樂部總會以前，千萬別讓他們發現。」

驚詫之餘，兩人無言地點點頭。

三上看了一眼牆上的時鐘，已經過了十一點。

「分頭行動吧！」

兩人行了一個注目禮之後站起來，三上也站了起來，以拳頭輕輕地碰了碰正要離開沙發的藏前背後。

「拜託你了。」

剛才真不該對你大吼。這是三上想說的話。藏前轉過頭來，泛紅的臉上掠過一絲安心的神色。就連美雲也跟著打起精神。本來一個人彎腰駝背地縮在角落的辦公桌前打電腦，這時突然站起來，以輕快的腳步走到窗邊，把窗戶打開，讓外面的空氣灌進來。在這個總是四個人面面相覷、既狹窄又密閉的小房間裡，只要有一點點的爭執或誤會就會呈現缺氧狀態。

三上回到自己的座位上，打電話到東洋新聞的D分局。運氣很好，是他要找的梓幹雄親自接的電話。雖然以前有在媒體懇談會上交換過名片，但這還是第一次和對方說上話。三上表示有點事情想要與他商量，問他願不願意共進午餐，梓二話不說地答應了。「喜歡警察」。在媒體懇談會上的印象原封不動地表現在談話中，讓三上鬆了一口氣。

三上一打完電話就把美雲也支開，現在辦公室裡只剩下自己一個人。

因為他突然想起一件事。

他要去見報社的總編輯，用案情的內幕收買對方，阻止記者們對本部長提出抗議……。

三上再度拿起電話。雖然早上出門時已經說過今天中午不能回去，但還是打了一通電話回家。

「今天一定要叫草月庵的蕎麥麵來吃喔！叫兩份也沒關係，其中一份叫大碗的，晚飯的時候再煮一下，我回去以後吃，知道嗎？」

三上自顧自地說完，在美那子掛電話前就先把話筒放回去了。

美雲拿著水壺回來。

「廣報官，你不要緊吧？」

被美雲沒頭沒腦地這麼一問，三上愣了一下。

「怎麼了？」

「你的臉色非常難看。」

「沒事。」

或許是因為三上回答得很不耐煩，美雲沉默了一會後窺探著三上的反應。

「廣報官。」

「什麼事？」

「有什麼是我可以幫忙的嗎？」

她的語氣有些激昂。

「妳已經做得夠多了。」

「請讓我也加入記者對策。」

三上不敢直視美雲的眼睛，用後腳跟踢了一下地板，讓椅子轉過半圈，背對她說：

「妳就不用了。幫我個忙，別再增加我的困擾了。」

18

雖然覺得還有點早，不過三上十一點半就開車從本部出發了。

梓指定的見面地點在距離東洋分局很近的西餐廳。

「啊！這裡這裡。」

梓已經先到了，正坐在窗邊看報。他跟三上同齡，都是四十六歲。或許因為時值冬天吧！之前見面的時候看起來很慓悍、黝黑的臉，如今看來卻好似被病魔纏身一般憔悴。

「不好意思，我來遲了。」

三上微微地點頭致意，在他對面的椅子上坐下。

「沒有，是我太早到了。因為在分局總是有很多雜事要忙，還好接到三上先生的電話，讓我可以偷溜出來透透氣。」

面對面仔細一看，梓還是很有精神的樣子，而且感覺比以前更隨和了些。

「久仰大名了，三上先生。聽說你在還是二課班長的時代，曾經檢舉過三個瀆職的長官。」

「那是很久以前的事了。」

「你也有在一課待過對吧？」

「對，我在一課和二課的時間差不多。」

「翔子小妹妹命案的時候呢？」

「當時我剛好在一課的特殊犯搜查股裡。」

「啊！說到特殊犯搜查股，總是讓人覺得非常厲害呢！再怎麼說，綁架畢竟是很特殊的案件，我在東京的時候也常常被這類事件整得暈頭轉向。」

梓利用以前當過警視廳記者領頭羊的經歷，表面上在談一些失敗的例子，其實是在炫耀自己的當年勇。三上一直沒有機會說出自己的來意，直到跟梓一起用完咖哩飯、餐後的咖啡也送上來的時候，梓終於挑明了問：

「你找我想必是為了要我們撤銷向本部長的抗議吧！」

三上把剛送到嘴邊的咖啡杯放回桌面上。梓這個問題來得唐突，害他差點把咖啡打翻了。

三上僵硬地把手伸到西裝前交握。

「沒錯，我就是來拜託你這件事。可以改以交給我保管的方式讓這場風波平息嗎？」

「嗯，我也覺得直接找上本部長似乎做得太過火了，不過也得顧及到現場那些人的心情，而且廣報那邊的確也有刺激到各家報社不是嗎？」

「這點我承認，不過當事人畢竟是孕婦，不能不考慮到這一點。」

「我明白你的意思，可是……」

梓針對匿名問題開始發表高論，雖然他說得一副在情在理的樣子，但是內容跟年輕記者掛在嘴上的那些根本大同小異。三上一面點頭稱是，一面偷看手錶。已經下午一點多了，距離回答期限只剩下不到三個小時。

「梓先生。」

三上硬是把談話拉回正題。

「你對警方這麼了解，肯定知道對本部長提出抗議是多麼嚴重的一件事。並不是說我們不能接受抗議，只是比照其他縣警的前例，再怎麼樣也應該先透過秘書課或總務課才是道理不是嗎？」

「嗯，話是這麼說沒錯啦！」

有搞頭！三上心想。這個從社會部升上來的總編輯給了秋川很大的壓力。他猜想諏訪打聽到的這個消息是秋川為了讓人請自己喝酒的手段。因為眼前這個男人既不頑固，也不偏激。還是……讓三上有這種感覺正是這個曾經在東京混出名堂的記者的本事呢？

三上繼續說道。

「也不是說匿名問題不重要，只不過，要是縣警和俱樂部因為這件事撕破臉的話，對彼此也都不是好事吧？所以這裡想借助梓先生的力量……拜託你了！」

三上特別著重在最後那句「拜託你了」。

梓若有所思地說道：

「我懂你的意思。既然你都特地找上我了，我會跟秋川說說看。只不過，正如我剛才說過的那樣，也得顧及到現場那些人的心情才行，而且也不知道秋川聽我說了之後會怎麼想……。畢竟這等於是你越過他直接找我談了。」

三上不露聲色地點點頭。內心其實是有點幸災樂禍。這次輪到秋川嚐嚐自己也曾經遭受過的被越級報告的屈辱了。

感覺此行真正的目的就這樣不了了之。

「不管怎麼說，我都沒有辦法給你任何保證，就算事情有變也不要埋怨我啊！」

梓為自己留了一條退路，把手伸向桌上的帳單。

但是帳單被三上的手給按住了。

梓笑著說：

「萬萬不可，怎麼可以讓警視請客呢？要是我不能達成你的期待，不就變成讓人討厭的白吃白喝了嗎？」

「梓先生，請你坐下。」

「咦……？」

——聽我說！

三上用眼神示意，然後壓低了聲音說：

「請你告訴秋川，專心去追圍標案。」

梓微側著頭，凝視著三上。這個曾經做到警視廳記者統帥的男人，已經察覺到三上接下來要說的是哪方面的話了。

不過這個情報應該會超出他的期待。

「過去這幾天，八角建設的專務一直被找來任意約談，快的話應該這幾天逮捕令就會下來了吧！」

梓停止眨眼，臉上的肌肉時而繃緊、時而放鬆。不管是新人還是老手，在拿到獨家新聞的瞬間，所有記者都是同樣的表情。

來吃午飯的客人已經散得差不多了。在回歸平靜的店內，三上確信這個交易已經成立了。

19

四點整，三上推開記者室的大門。諏訪、藏前、美雲等三人也跟在他背後魚貫而入。

記者已經全部到齊了。

聲勢十分浩大，乍看之下超過三十人。所有在俱樂部名冊上叫得出名字的記者幾乎全部到齊了。在公共空間正中央的沙發上坐著七、八個人，有些人則是從各家報社的專用空間裡把椅子拉過來坐，但因為空間沒有大到可以容納所有人的座位，所以還有很多記者是站著的。美雲正拿著筆一一點名。已經沒有昨天那種殺氣騰騰的氣氛了，每張臉上都寫著「先聽聽看你們怎麼回答再說」的表情。

三上的正前方是全縣時報的山科，雖然保持沉默，但臉上的表情甚是討好。或許是不想讓其他報社看到自己那張諂媚的臉，所以才選擇坐在最前面吧！

東洋的秋川和他的副手手嶋一起抱著胳膊站在沙發後面。還是跟平常一樣，態度十分冷靜。但是他的心裡面在想什麼呢？總編輯梓跟他說了什麼？他又是以什麼樣的心情參加這場會議呢？

每日的組長宇津木看起來一臉心平氣和的樣子。諏訪的懷柔工作奏效了嗎？NHK的袰岩和時事通信的梁瀨肩並肩地站在最後面。如同藏前的報告，這顯然是為了靜觀其變而選擇的位置。

「各社都到齊了嗎？」

諏訪發出第一聲。

「呃……那麼，接下來就針對昨天記者俱樂部所提出的要求，希望警方公布發生在Y署轄區內的重大車禍肇事者姓名一事，由廣報官代表回答。」

三上往前跨出一步，瞬間眼前閃過一道強光，是朝日的高木圓按下的快門。

「喂！高木小姐，不要這樣好嗎？又不是在開記者會。」

諏訪用「俱樂部用語」提出了抗議，只見高木馬上用高八度的音調反擊。

「這是媒體欄要用的啦！我們打算做一個匿名問題的特別報導。」

「那請從後頭往前拍！不要把我們的臉拍出來啊！有匿名問題的又不是只有我們而已。」

諏訪打完圓場，把臉轉向三上，用眼神示意他「可以開始了」。

三上清了清喉嚨，看了看事先準備好的文件。

「那麼就由我來回答——關於這件事，由於肇事的那名主婦現在身懷六甲，恕警方不能公布其姓名。」

或許是意料中的答案，記者們可以說是一點反應也沒有。

三上繼續往下唸。

「只不過，今後如果再發生同樣的問題，屆時一定會跟貴俱樂部開誠布公地討論……以上。」

最後一段是用來消毒的。這是三上想出來的說詞，十五分鐘前才得到石井秘書課長的許可。

秋川用力點頭，開口說道：

「我們已經很清楚D縣警的想法，接下來換我們召開俱樂部總會來商討對策，請你們離開。」

回到廣報室之後的時間過得異常緩慢。

牆壁上的時鐘控制了整間辦公室的氣氛。三上坐在沙發上，對面是因為擔心結果而從二樓下來的石井。諏訪、藏前、美雲等三人也都一副心神不寧的樣子，雖然都坐在各自的辦公桌前打電腦或寫東西，但是每隔幾分鐘就抬頭望向牆壁。

四點十五分……二十分……。

還刻意用橡膠製的門擋讓辦公室的門留下五公分左右的空隙，好讓記者一旦退到走廊上就能馬上聽到腳步聲。能做的都已經做了。

在召開俱樂部總會之前，諏訪私底下接觸了當地的四家報社，事先向他們透露了用來消毒的那句話。希望能利用事先疏通的方式力挽狂瀾，連「這份恩情日後定當奉還」的話都講出來了，希望他們能一起提出「將抗議文交給秘書課長保管」的共同提案。總算是得到全縣時報的山科承諾，另外三家據說也都心不甘情不願地答應了。如果是共同提案的話，強硬派也不能當作沒看見，還是得放進正式的議題裡。

「好慢！不會有事吧？」

石井打破沉默，一副忍受不了沉默的表情。

三上無言頷首。

肯定會吵翻天吧！那群豺狼虎豹才不會輕易地讓共同提案通過。強硬派肯定會堅持到底，主張應該要直接把抗議文交給本部長。恐怕光用講的討論不出一個結果來，必須以表決的方式來決定。俱樂部的成員一共有十三家報社，只要有七家舉手贊成「交給秘書課長保管」就行了。

還是有勝算的。除了當地四家報社的鐵票以外，應該還有每日一票。想必產經也不會亂來。最後還是會基於同情心和同理心，願意從「交給警務部長保管」退一步，變成「交給秘書課長保管」。這麼一來就有六票了。朝日和共同或許會把強硬的意見貫徹到底吧！東洋則是會大事化小、小事化無地選擇默認或棄權。這麼一來風向就改變了。NHK、時事、東京這些觀望派也會因為撈不到好處而繳械，只要三家的其中一家嘆口氣說「這次就算了吧！」就能達成過半數的七票門檻。不對，在那種一面倒的氛圍下，三家都倒戈的機率還比較大。順利的話，就連讀賣也會贊成，那就大獲全勝了……這是三上所描繪的勝利藍圖。

但是再怎麼說都太久了，結論早就應該要出來了。

三上的焦慮並不亞於石井。腦海中閃過不如人意的結果，而且隨著時間一分一秒地過去，更是疑心生暗鬼，愈來愈不安。諏訪真的有攻下每日的宇津木嗎？真的有搞定地方上的四家報社嗎？藏前有確實地把圍標案的餌散布出去嗎？不對，搞不好是自己的失策，搞不好擊潰秋川的策略其實是白忙一場……。

這不太可能，梓的確在西餐廳裡吞下他餵食的最高級圍標案情報誘餌。

〈那我就心存感激地收下了〉

秋川應該不敢違抗上級的命令，雖然他在外面算得上是個有頭有臉的記者，甚至走路有風、說話大聲，但畢竟還是組織裡的齒輪，沒有道理違背上頭的命令。或許在別家記者面前不能積極地贊成「交給秘書課長保管」，但是也不至於再高聲叫囂著要向本部長抗議。

結果還是卡在朝日和共同嗎？還是跟秋川不對盤的讀賣的牛山呢？當發現秋川的態度轉向接受「交給秘書課長保管」，就硬是要唱反調、投反對票嗎？

時間來到了四點半。

這份寂靜已令人難以忍受。

四點三十五分……四十分……。

五個人一起望向門口。有腳步聲。而且不是一、兩個人的。

三上率先衝出辦公室。

已經有十幾個記者來到走廊上，而且還不斷地有記者湧出來，一群人如潮水般正往樓梯的方向擠去。秋川的臉夾雜在其中，看見三上，撥開人群走了過來。這個動作宛如暗號般，其他的記者們全都停止聊天，一起看著三上。

三上凝視著秋川的雙眼。

……結論是什麼？

秋川面無表情地宣布：

「我們接下來要親手把抗議文提交給本部長。」

三上整個人僵在原地。背後傳來倒抽一口氣的聲音。

失敗了……。

他感覺全身虛脫無力。花了一天半天好不容易堆好的沙堡，輕輕一踢就被摧毀得看不見原來的形跡。

秋川倏地把臉湊過來，在三上耳邊悄聲說道：

「梓因為把肝臟搞壞了，下禮拜就會回東京，聽說從你那裡收到了臨別贈禮，還特別交代我一定要向你說聲謝謝。」

秋川以皮笑肉不笑的表情漸行漸遠。

三上錯愕地瞪大了眼睛。

被擺了一道。那我就心存感激地收下了。臨別贈禮。梓打從一開始就決定要「白吃白喝」了。

記者們往樓梯的方向蜂湧前進，秋川的背影也逐漸消失在人群中。

等一下！

三上想要喝止他們，卻連聲音都發不出來。

眼前一黑，膝蓋一軟，整個人搖搖欲墜。感覺腹部有一股支撐的力量，在半空中亂揮的手抓到美雲的肩膀。

「廣報官，你沒事吧？」

「沒事……」

「先坐下來再說！」

美雲的聲音聽起來好遙遠。腦袋天旋地轉。為了趕走眼前的黑暗，三上用手心揉了揉眼睛。

喂！喂！喂！有個宛如壞掉的留聲機的叫聲。是石井。他正試圖追上那些記者。

「不要這樣！不要這麼多人一起去！」

諏訪破口大罵，但是馬上就被罵回來。

「有什麼辦法！這是全體一致的看法。」

三上下意識地撥開美雲的手。

——一致通過？怎麼可能！

三上以前屈的姿勢東倒西歪地往前走。瞪大終於捕捉到光線的眼睛，踩著蹣跚的腳步，拚命地追趕記者們的背影。美雲想要上前攙扶，卻被他一再推開。

走到樓梯口，抓住擋在前面的記者的衣服，用力推開，再抓住下一個記者的衣服。抬頭往上看，是一片黑壓壓的人牆，帶頭的一群人已經走到二樓的走廊上了。

——怎麼可以讓你們過去！

三上追過每日的宇津木，再追上全縣時報的山科。

「廣、廣報官……」

三上一把抓住那張想要解釋的臉，把他推到一邊，再推開下一個記者、再下一個。閃開、閃開、閃開……。

總算來到二樓的走廊，只見帶頭的幾個人已經闖進秘書課了。跑快一點，再快一點……。三上使出吃奶的力氣追過那些人，連滾帶爬地跌進秘書課裡。這時已經有五、六個記者進到秘書室，「在室」的燈號同時映入眼簾，本部長還在裡面。

幾個課員立即做出反應，在本部長室門前站成一道人牆。在那一瞬間，原本西裝革履、態度溫和，看起來很有氣質的男課員們全都變回了警官。耳邊傳來什麼東西打破的聲音，不小心把咖啡杯從桌子上打落的戶田愛子呆立原地。

三上擠進課員和記者之間，眼前是秋川的臉，在他背後還有二十幾個記者形成的後盾。

要是被對方的氣勢嚇住，那麼一切就結束了。三上把雙手張開，伸長到極限，擋在門口。乾涸的唾液黏在喉嚨上，害他一時半刻說不出話來，只能用嘴巴呼吸。而當他正努力站穩腳步、瞪著正前方時，卻感覺到視野的一角有著異物感。

二渡正坐在秘書室正中央的沙發上，用他那雙扼殺了所有的情緒、宛如兩個黑洞的眼睛注視著這邊。但那只是一瞬間的事。二渡馬上移開視線站起來，轉身背對他，鑽過記者形成的人牆走向門口，無聲無息地消失在走廊上。

遠離是非之地……。

「三上先生。」
三上回過神來，重新轉向正面。
「請讓開。」
秋川冷靜地說道，手裡還拿著一張對折的紙。是抗議文。
「你一個人進去就好。」
三上壓低聲音回答。
秋川以挑釁的眼神瞪視著三上。
「既然是全體一致通過的結果，當然是大家一起進去。」
「誰叫D縣警完全不值得信任！」
秋川身旁的手嶋高聲咆哮著。
「要是派俱樂部的代表去抗議的話，天曉得那個代表會不會受到報復！」
「別那麼大聲！」
背後的門彷彿隨時都會打開似的，三上整個背脊發涼。
「總之只能派代表進去，不然拉倒。」
一大群記者吵得幾乎要把屋頂給掀了。
「這是什麼話！這麼大的房間、這麼厚的地毯，全都是用納稅人的錢買的不是嗎？沒有什麼地方是我們進不去的！」
「閉嘴！這裡可是行政區域！沒有得到許可的話，誰也不許進去！」
三上用比記者還要大的音量反嗆回去。
「不要管他，我們進去！」
不知道是誰下的指令，記者群開始有了動作。被夾在中間的秋川在推擠中撞進三上的懷裡。
「住手！」

三上伸出雙手往前推。背後同時被好幾隻手推著，諏訪和秘書課正在他背後用力地施加著壓力。秋川也處於同樣的狀態。三上和秋川幾乎是身不由己地互相推擠，臉頰跟臉頰貼在一起，彼此的臉都快要被壓扁了。

「回去！」

「讓開！」

秋川面目猙獰、眼露兇光，彎曲的手肘緊緊地鎖住三上的脖子。三上想要抓住他的手腕、把他的手扯開，但是卻撲了個空，而且不知順勢抓到什麼別的東西。

唰！耳邊響起討人厭的聲音。

三上的手裡抓著一張白紙。

秋川的手裡也是。

抗議文被撕成兩半。

屋子裡所有的騷動都靜止下來了。

背後的壓力頓時減弱、消失。秋川那邊也一樣。

三上以眼神示意。

我不是故意的。

但是他說不出口。這結果終究只能交給秋川和在場的二十多位記者去判斷。

「不是的。」十分微弱的聲音，是石井發出來的聲音。「這是不可抗之力。」還是石井的聲音。

秋川茫然地看著自己手中殘存的半張抗議文，然後把視線轉到三上身上，不慌不忙地把抗議文粗暴地揉成一團，扔在地毯上。

飽含威脅意味的聲音響徹整間辦公室。

「我等從今以後不會再和D縣警合作，並拒絕採訪下個禮拜的長官視察。」

20

切換成靜音的電視裡正播放著新聞，宣告一天的落幕。

三上躺在自家的客廳裡，心不在焉地盯著畫面。美那子剛剛去休息了，兩人之間幾乎沒有對話。挫敗的感覺、屈辱的感覺、想要報復的情緒、悔恨的情緒。雖然在回家的車上已經想盡辦法消化了，但還是帶了一些處理不了的情緒回家。

大腦至今還覺得麻麻的。

秋川的爆炸性發言直接成為記者俱樂部所有人的意見。在那場騷動之後又開了臨時總會，正式決定「拒絕採訪長官視察」。這害得石井在赤間面前下跪，赤間也以過去不曾有過的激動態度將三上貶得一文不值。

〈你到底在搞什麼？有你這麼無能的廣報官，只能說是D縣警的不幸了〉

然而，他還是沒有解除三上廣報官的職務。因為單就結果來說，三上的行動的確是阻止了記者們對本部長提出直接抗議。因此抗議文被撕破一事也被視為是三上臨機應變的判斷，而非不可抗力的突發狀況。記者們看來是「野蠻」的行為，在縣警內部卻得到「臨機應變」的評價，三上的過失也因此減輕了幾分。

……真是奇妙的職場環境啊！

三上忍不住這麼想。

不光是抗議文的事，還有當時辻內本部長為什麼都沒有走出來關心一下呢？中間只隔了一扇薄薄的門板，他不可能聽不見外面的騷動，也不可能是因為膽小而躲在辦公桌底下。那麼恐怕是打從一開始就決定不予理會。不看、不聽、不管小房間外面發生的事。一臉與我無關的表情，認為那反正是鄉下警察微不足道的爭端。為什麼？因為本部長室並不只是D縣警本部的一間辦公室，那裡既是「東京」，也是「警察廳」的領地。

地方警察的任務就是要好好地培養出這種「雲上人」。只提供聽起來會讓人心情愉悅的情報，至於不好的消息絕不能洩漏半句。一定要把任期內的本部長伺候得服服貼貼。經常讓本部長室保持在無菌狀態下，不用告知地方警察的現狀與無奈，讓他如同溫室裡的花朵般度日，然後再把向企業團體搜括而來的昂貴臨別賀禮塞進他的口袋裡送回東京。在聽到離職記者會上「感受到職員與縣民的溫暖，不過不失地結束任期」這千篇一律的台詞後放下心中的大石，並且還來不及喘息就開始四處奔走收集下一任本部長的性格及興趣。

三上點起一根菸。

自己也被迫扮演著這樣的角色。不對，是他自己自願接下這種任務。絞盡腦汁只為了保護雲上人，先在檯面下對媒體搞些小動作，最後終於親自上台演出全武行。覺得自己已經一腳踏入進退維谷的窘境，成了名符其實的警務部走狗，還主動召告天下：「我是本部長的看門狗，請多多指教」。如今也只能乖乖接受這個事實了。然而赤間卻動不動就來踩他兩下，記者們也全部瞧不起他，再這樣向下沉淪的話，他就真的只是一隻喪家犬了。

二渡的臉烙印在視網膜上。

當他看到三上被年輕的記者們逼得走投無路的時候，心裡在想什麼呢？是在嘲笑他的窩囊？還是同情他的處境？抑或是視為人事考核的一項評分標準，寫進腦海中的記事本裡呢？

二渡從那場騷動中逃開了。是擔心自己受到波及嗎？還是認為那反正不關自己的事，所以才離開呢？不管答案是哪一個，瞬間嗅出城門失火的味道，為免殃及池魚，速速避開乃是警務的處世之道吧！然而……。

總有一天會遇到的，三上和二渡現在正站在同一張棋盤上。64、幸田手札……經由這些危險的火種，不管他們願不願意，總有一天是要正面衝突的。而且那還是一場不公平的戰役。哪有棋局是這樣下的？局勢根本是在三上毫不知情的狀況下逕自發展著。不僅如此，就連二渡是敵是友他都不知道，但還是得跟他交手，而且他有非常強烈的預感，那將會是一場激烈的戰役。

三上看了一眼牆上的月曆。

赤間下了幾道命令，一是這個週末就當是「冷卻期間」，不要再跟記者接觸；二是繼續去說服雨宮芳男；三是下週一九號要召開媒體懇談會，由三上親自說明這場風波的來龍去脈。

這事鬧得太大，就連赤間也不得不搬出息事寧人的論調。媒體懇談會通常是在月中舉行，出席的皆為加盟記者俱樂部的十三家媒體的編輯局長、分局長等級的人物。這次刻意在騷動中提前舉行，就是為了先向各家媒體的幹部打聲招呼，以免一線記者的憤慨直接演變成報社的憤慨，讓事情愈發不可收拾。問題是，這麼做真的能平息眾怒嗎？因為三上獲准可以做的範圍只有到「說明」，既不能「解釋」、也不會「道歉」。
三上將還沒有抽完的菸捻熄。
必須在媒體懇談會上挨子彈這點是無話可說，但是還要再去說服雨宮則令他心情沉重。他總覺得不管再去多少次，也不可能讓對方接受長官的慰問。他不知道該對他說些什麼，也不想耍弄手段挖洞讓雨宮跳。另一方面，他對雨宮內心世界的關心不但沒有減少，反而愈發強烈了。雨宮為什麼要拒絕長官慰問呢？為什麼要跟警方保持距離呢？他總認為只要能搞清楚這一點，就能順理成章地讓雨宮接受慰問。事前從「專從班」那邊下點工夫、收集一些情報，應該還在正攻法的範圍內吧？如果是專從班的刑警，應該會知道雨宮心態的轉變和現在的心情吧！比較令人在意的是荒木田部長下達的封口令，還有二渡的動向……。
無論如何，一切都只能等明天再說了。
三上爬出暖被桌、換上睡衣，躡手躡腳地來到走廊上，進入洗手間。
把水龍頭轉開一點點，用涓滴細流靜靜地洗了把臉，疲勞困頓的臉色映在鏡子裡，真是有夠難看。他不知道已經想過幾百遍了。但是既不能丟掉、也無法改變，只好四十六年都頂著這張臉。額頭和眼睛下方的皺紋變得更深，臉頰的肌肉也開始鬆弛。再過三年或五年，應該就不會有人說自己跟亞由美像是從同一個模子刻出來的吧！
——亞由美還活著。
正因為還活著，所以才會找不到。她只是躲起來而已。因為躲起來不想被人找到，所以才找不到。這是捉迷藏、躲貓貓。亞由美小時候最常玩的遊戲。當他不用值班的時候，一回到家，亞由美就會像隻小狗似地撲到他懷裡……。
三上猛然回頭。
好像有什麼聲音。
他把水龍頭旋緊，側耳傾聽。
這次確實聽到玄關的門鈴聲。
已經快要十二點了。身體先於思考，三上從洗手間飛奔而出。心臟跳得好快。抓住正從臥房裡探出頭的美那子的肩膀，把她推回房裡後迅速穿過走廊。打開玄關的燈，赤著腳踩在三和土的地面，滿懷希望地拉開玄關的拉門。冷空氣、落葉、男人的鞋子……。

全縣時報的山科正站在門外。

「晚安。」

三上轉頭面向走廊，或許是從他的表情明白了一切，美那子穿著白色睡袍的身影迅速消失在臥房裡。

把臉轉回山科的方向，雖然還是忍不住瞪了他一眼，但不可思議的是，心裡並沒有半點憤怒的情緒。因為山科的鼻子紅通通的。他豎起大衣的領子並正搓揉著雙手取暖。

「進來吧！」

三上邀請他進入玄關，隨即把寒風擋在門外。

「今天真的很抱歉。」

山科深深地低頭致歉，然後開始快速地解釋起傍晚俱樂部總會上發生的一切。據他的說法是被秋川擺了一道。

「那傢伙打從一開始就先聲奪人，說是廣報用了卑劣的手段，對各家報社進行分化的動作。要是俱樂部此時此刻不能團結一致的話，等於是中了廣報的計。然後每日的宇津木也開始跟他一個鼻孔出氣，這麼一來就沒有人敢提出要把抗議文交給誰保管了。而且連當地報社也氣到不行。這也難怪，因為我們已經決定要站在廣報這邊了，沒想到廣報卻在私底下跟那群強硬派的人搞些小動作。」

三上默不作聲地聽他解釋，這下子他總算是明白了。當他聽到「一致通過」的結果時，不僅感到驚訝又憤怒，甚至還有些無力感。原來如此，如果其中有這些曲折，的確是有可能產生「一致通過」的結果。關鍵就在於三上對東洋的策略失算了。他所採取的是先攻下總編輯，企圖以上制下的策略，但這樣反而對秋川造成不必要的刺激。不僅讓對方平白賺到一個圍標情報，還讓對方發動最嚴重的報復，掀出廣報室在檯面下動的手腳，導致各家報社陷入疑心生暗鬼的狀態。就連在諏訪那邊嚐到甜頭的每日的宇津木也亂了陣腳。要是沒有處理好的話，自己可能會在俱樂部內遭到孤立，就是這種恐懼感讓他倒戈的吧！

「真有一套。」

「秋川嗎？」

「沒想到我這麼惹人厭。」

這已經不是扣錯一個鈕釦的問題了。他實在沒有辦法控制自己不去想。如果引起這場風波的匿名問題發生在三個月前的話，他會怎麼處理呢？

在回家的車上，他也認真地思考過這個問題。匿名問題應該還有別條路可走。無關面子，也不是交易的工具，而是三上致力於廣報改革的試金石。如果是三個月前，他肯定會賭一把，賭「試著去相信」就算公布孕婦的真實姓名，記者們也不會報導出來。這是個機會，可以觀察一旦直來直往地面對記者室他們會有什麼反應。老實說，他也不知道自己是不是真能做出公布真實姓名的判斷。但那的確是雙方之間壁壘最不分明的時期。握手不是一個人就能辦到的行為，一定要有人先把手伸出去才行。如此一來，「窗」外的景色是不是就能有所改變？

「別這麼說，我想秋川的問題並不是因為討厭廣報官或是想要攻擊廣報室。」

山科以一臉知曉內情的表情說道。

「他的目標是更上面的人，那群走路有風的特考組。簡而言之，就是東大[27]情結啦！所以才會咆哮著要直接向本部長抗議。其實只是為了給特考組一點顏色看看。該說是希望能跟對方平起平坐呢？還是希望對方把他放在眼裡呢？」

「K大已經很優秀了不是嗎？」

「哈哈！這是我們這種平民百姓的想法。之前有一次跟他去喝酒，他喝醉的時候不小心說了出來，說他父母都是東大畢業的，所以他從小到大都是以東大為唯一目標，落榜的時候真的有想要去自殺。」

因為是山科說的話，所以三上半信半疑。這時，他突然壓低聲音。

「話說回來，是真的嗎……？」

「你是指哪件事？」

「我是說，分化各家報社的指控是真的嗎？」

27：東京大學，日本最高學府。絕大部分的特考組都是畢業於東大。

原來山科並不是來解釋什麼，而是來打聽這個的。他的直覺告訴他，如果真的有挑撥離間這件事，那肯定是利用辦案的情報進行懷柔工作。換句話說，三上手中肯定握有什麼值錢的內幕，而且別家報社可能已經知道這個內幕了。

「坐下再說。」

兩個人坐在冰冷的門邊。

三上覺得自己今晚有點能夠體會喪家犬的心情，沒有採訪能力的記者只能像這樣三更半夜去拜訪廣報的人。因為不管在刑事部的公家宿舍徘徊再久都挖不到消息，只好抱著最後一絲希望去按廣報的門鈴，說不定廣報願意透露什麼消息。但廣報室正是為了提供統一的消息給各大媒體才成立的部門，所以私相授受根本是不被允許的行為。山科內心肯定也很掙扎，因為出現在這裡就等於承認自己是連跟刑警的關係都搞不好的二流、三流記者。但他還是來了。挖不到新聞的記者，其心境跟賣不出車子的汽車銷售員、連一張保單也簽不下來的保險業務員是一模一樣的。

或許還是覺得問心有愧吧，山科並沒有單刀直入地提問。

「前縣警之花已經就寢了嗎？」

「嗯。」

「亞由美呢？」

「也睡了。」

剛進全縣時報的時候，山科就常常出現在這個家裡。他那天生的輕薄勁，常常逗得美那子和當時還不用任何人操心的亞由美哈哈大笑。直到對「前科」耿耿於懷的三上命令美那子不准讓記者進門以前，三上經常洗完澡就發現山科坐在客廳裡。

就連三上自己也覺得不可思議。雖然對記者過敏是「前科」的併發症，但是當三上還是刑警的時候，也曾經每天晚上都在玄關前應付半夜來敲門的記者。那是一股稱不上是同儕意識，也稱不上是孽緣的感情。雖然立場不同，但是大家都在追逐同一個事件，拚命的點也都大同小異。更何況，刑警的工作必須透過媒體的報導才能得到社會的評價。只要是當過刑警的人，一定能體會看到自己解決的案子被登在報紙上的愉悅，也一定幹過把那些新聞報導做成剪報這檔事。再加上三上在當刑警的時候，上頭的老警察還會把「連記者都不敢靠近的刑警還早得很」的話掛在嘴邊，所以三上的記者過敏還沒有演變成討厭記者的地步。

他從來沒有想到，記者的存在居然會變成一種威脅。一味地指責他、攻擊他、將他逼入絕境，似乎要讓他連警察都當不成。真是自作自受，誰叫他先把伸出去的手縮回來。但就算自己有錯，有必要把他攻擊得體無完膚嗎？這二十八年來，他從來沒有做過對不起那些記者前輩的事，他們卻連一點情面也不顧。這些背叛者、這些恩將仇報的傢伙。湧上心頭的全是這種近似恨意的情緒。

問題是，旁邊的山科又是怎麼想的呢？他還是跟以前一樣，光會耍嘴皮子，卻連一點情報也挖不出來。只因為他們家能幹的紀者組長音部在兩個月前跳槽到讀賣去了，明明沒有能力的他突然要接下這個重責大任，說起來也有值得同情的地方。

東洋應該會在明天的早報上登出八角建設的專務被約談這則報導吧！這是因為強硬地主張要對本部長提出直接抗議而賺到的獨家新聞。另一方面，給三上面子而吞下「交給廣報官保管」的山科，看到東洋的獨家新聞時應該會掉眼淚吧！

三上從鼻子裡吐出一口氣。

還趕得上截稿期限嗎？正當話到嘴邊的時候，山科先喃喃自語地說了：

「沒看到亞由美的鞋子呢！」

三上頓時愣住了。

山科看著地上繼續說：

「我想我們也可以提供各式各樣的協助喔！畢竟是地方報，到處都有眼線。」

沒有抑揚頓挫的語調傳達出好幾層用意。

山科把臉轉過來。

喪家犬露出了彷彿隨時都會折斷的尖細獠牙。

21

封口令看來是玩真的。

早上，三上打電話給跟自己同期、目前隸屬於「專從班」的草野。雖然沒有很要好，但至少也是見了面可以並肩喝罐咖啡的交情。他才說出「關於雨宮芳男，有點事情想問你」，草野馬上就慌慌張張地說要出門，然後就把電話掛了。

刑警只要不用值班，固定都在禮拜六放假。三上一通電話一通電話地逮人，總算是找到四個跟他還算有一點交情的人，但是四個人都推說有事要忙、沒空見他。從他們的語氣可以很明顯地聽出是上面的人要求他們閉緊嘴巴。打到第五個阿久澤的時候，三上才報上自己的名字，對方就急著道歉：「不好意思，我什麼也不能說，請不要怪我。」當他親耳聽見對方那種混雜著畏怯的語氣，終於不得不承認，若不是刑事部上下一致的意思，就是他們對警務部具有敵意或恨意。

鐵幕——腦海中浮現出老掉牙的兩個字。昨天當他在搜查二課聽糸川講的時候還半信半疑，如今已是鐵證如山。荒木田刑事部長下達的封口令不只是針對二課，就連一課的基層也都收到了。

刑事部這麼仇視警務部的理由是什麼？假設是二渡的調查行動惹毛荒木田好了，但原因真的只有那樣嗎？沒有其他背後原因嗎？話說回來，他連事情的緣由都不清楚。二渡為什麼現在還要去查64這個案子？是因為刑事部有人心懷不滿，把「幸田手札」的情報洩漏給警務，為了阻止情報繼續外流，所以才下達封口令……是這樣的因果關係嗎？他認為這跟長官視察也脫不了關係，因為視察的目的是64，所以就埋下了火種。雖然想像出很多可能性，但是每條線都延伸不出去。這也難怪，眼下的狀況就像是隨著謠傳在追查犯人一樣，手邊的線索可以說是少得可憐。

三上甩甩頭，朝信箱走去。換作是平常，他早上起床的第一件事應該是先看早報，今天則先打了電話。把八份報紙全都瀏覽過一遍。果不其然，東洋和全縣時報的社會版都出現了聳動的標題。

『八角建設專務被約談』

『罪證一旦確鑿就會收押禁見』

一股罪惡感在胸口蔓延。不管理由是什麼，這兩家的獨家新聞都是從廣報室放出去的，是從三上自己的嘴巴講出去的。除此之外也有一股如鯁在喉的不快。秋川得意洋洋的笑容。趕在早報的截稿期限前飛奔離去的山科背影。對這兩個人來說，今天肯定是個神清氣爽的早晨。

廣報室的命運又將如何呢？

其他失了先機的記者肯定會氣得咬牙切齒。東洋也就算了，對於二課的案件幾乎完全使不上力的全縣時報居然也能在同一時間發出獨家，無疑是讓人跌破眼鏡，甚至懷疑到廣報室頭上，認為這是廣報室為了分化所動的手腳也說不定。還是會把懷疑的矛頭指向東洋呢？認為東洋一面在總會上掀廣報室的底，強調分化作業的存在，促使各家報社群情激憤、團結一致，另一方面卻又厚顏無恥地偷跑，背叛俱樂部的其他成員。肯定會有記者這麼想，然後所有人吵成一團。如果能因此導致各家報社自亂陣腳，結果自然是好的，但是也有可能事與願違。畢竟捕風捉影的話誰也不敢亂說，如果沒有真憑實據，就只是不肯認輸而已。但就算露出馬腳，只要三上堅不吐實，真相就永遠只有天知地知，最後只能不了了之。表面上，十三家記者俱樂部的成員還是會維持合作的關係，但私底下暗潮洶湧的猜疑與焦躁卻會衍生出新的憤怒，就過去的經驗來說，這些憤怒的矛頭最後還是會指向廣報室。

三上嘆了一口氣，闔上報紙。

得讓諏訪去刺探一下敵情。部長下令的「冷卻期間」只有針對三上一個人，為了研擬下禮拜應付記者的對策，也得知道這個獨家新聞所帶來的影響才行。

「你今天也要出去嗎？」

當他開始換衣服的時候，背後傳來美那子的聲音。

「嗯，吃點東西就出去。」

「不在家休息嗎？我看你好像很累的樣子。」

「不用擔心，我睡得很飽。就像防颱工作那樣，大人物要來以前的準備工作總是讓人忙翻天。」

為了不讓美那子操心，三上笑著把這個話題帶過。腦子裡想的還是如何撬開封口令的銅牆鐵壁。為了打開雨宮的心門，必須向專從班打聽他的情報。但是當他打了五通電話以後，他已經理解到這不是一件容易的事了。門路和交情全都派不上用場。要是像阿久澤那樣採取低聲下氣的哀兵政策，他也只能舉雙手投降。當務之急不是要找出封口令的破綻，如果不能找出刑事部使出封口令這招的真正用意，要突破這道高牆可以說是難如登天。

走廊上的警用電話響起。在安裝的時候就設置了長長的電話線，所以也可以拿進客廳或臥房裡。接起來的時候，腦海中分別浮現出石井秘書課長和諏訪的臉。

〈不好意思，假日還打來打擾你〉

是搜查二課的次席糸川打來的，聲音聽起來很不清楚。

〈今天早上那個，是三上先生的傑作嗎？〉

他指的是東洋和全縣時報的獨家新聞。

「不知道。」

耳邊傳來非常刻意的嘆息聲。

「有人來找麻煩嗎？」

〈剛才有四家直接殺過來了，還有五家打電話來問〉

「很火大嗎？」

〈大家當然都很不爽啊！〉

「上面呢？」

〈欸……？〉

「荒木田部長有打電話來嗎？」

〈還沒有〉

對於獨家新聞比任何人都還要神經質的荒木田居然沒有反應，可以想見他的心思目前肯定正在別的地方。

〈那個……三上先生〉

糸川換成試探的語氣。

〈關於偵訊室裡的談話，我什麼也……〉

三上打斷他的話。

「了解，你什麼也沒說，我什麼也沒聽到。所以我什麼也不知道，更沒有任何消息可以走漏。就這麼簡單。」

22

打了一通簡短的電話給諏訪，三上開車出門。

他打算不先通知就去拜訪槌金武司。槌金是比他早一期進警界的刑警，從去年春天開始擔任專從班的副班長。兩人的個性雖然不是很合，但彼此之間的關係也還不到險惡的地步，最重要的是槌金住在祖父那一代留下來的房子裡。考慮到刑警們全都接到部長下達的封口令，在禁止跟警務有所接觸的情況下，要去拜訪住在公家宿舍、周圍全都是同僚的人，風險實在太大了。

路上沒什麼人車，過沒多久，就來到目的地的綠山住宅區。看著門牌，拐了兩三個彎，發現一道似曾相識的背影正在自家門前的馬路上洗車。背影轉過來，原本休假中放鬆的臉在看到駕駛座上的三上之後，就變回記憶中的不苟言笑了。

「好久不見。」

三上透過車窗打招呼，然而槌金的視線又回到水管的前端。

「你也看到了，我等一下要跟老婆去百貨公司買年終禮品，所以才會在這種大冷天裡洗車。」

言下之意是要三上速速退去。但是撇開槌金的意圖不談，這句話讓三上又重新體會到事件風化的速度之快，就連64專從班也不例外，開始週休二日了。

三上下車，並遞出在來的路上準備好的烏龍麵禮盒。他知道這麼一來，以刑警的個性來說就無法拒來客於門了。槌金果然心不甘情不願地讓三上進到西式的客廳裡。

兩個人面對面地坐在布面沙發上。三上打算開門見山地進入同為刑警的對話模式。但是從槌金始終不肯看他的態度來看，兩人之間很明顯地隔著那道「鐵幕」。

「不好意思，在你休假的時候來打擾。」

三上先鄭重地致歉。槌金的階級是警部，等於三上的位階還在他之上，但是刑事部的上下關係是到死都不會改變的。

「我來是想請教你有關64的事。」

「什麼事？」

「關於雨宮芳男，他跟我們有什麼過節嗎？」

槌金的臉色變了。

「你見過他了？」

「見過了。」

「什麼時候？」

「前天。他對我們的態度變得好冷漠，我好驚訝。」

「那又怎樣？」

「我想知道他改變態度的理由。」

「天曉得。」

「你可是專從班的副班長，怎麼可能不知道。」

「不知道就是不知道。」

問到這裡，確定是真的有封口令了。三上停頓一下，決定回到最原始的問題。

「刑事部到底做了什麼？」

「什麼也沒有。」

槌金面帶怒容地回答。

「讓我們打開天窗說亮話吧！為什麼要把警務排除在外？」

「你才是，為什麼要去找雨宮？」

「還不是警察廳交代的工作。長官說要去雨宮家慰問，我只好去安排了。」

「怎麼？長官要來嗎？」

「別裝了，該不會是跟長官視察有關吧？」

「我不是說我什麼都不知道嗎？有問題不會去問部長。」

「看樣子是部長直接下達的封口令呢！」

槌金誇張地點頭。

「所以你一直逼問下面的人也沒用，知道了就請回吧！」

「副班長算是下面的人嗎？」

這句話並不在三上的計算之中，不過槌金的反應卻很尖銳。

「是又怎樣？原因用膝蓋想也知道。肯定是你們先沒事找事才會惹惱了部長。」

沒事找事。腦海中閃過二渡的臉，胸口開始騷動不安。

「等一下！你們是什麼意思？別把我跟他們混為一談。」

「有什麼差別嗎？哼！去安排慰問的行程？你敢說我還不敢聽呢！要去找雨宮的話，應該要透過我們才對吧！居然在私下鬼祟行動。」

「我現在不是開誠布公地來問你了嗎？」

「托你的福，我的假日整個泡湯了。對了，你才應該要去選購年終禮品吧！因為在警務的世界裡，獻給上面的貢品想必很有用吧！」

槌金絲毫不留情面地把「同為刑警的對話」整個踩在腳下。

「不要轉移話題。依我看，肯定不是因為我跟雨宮見面才有這道封口令吧！」

「還有其他人不是嗎？那個直接聽命於赤間的手下。」

「二渡來過了嗎？」

「既然你來了，他怎麼可能會來？」

「這是兩回事，我也不知道二渡想幹嘛。」

「你以為我會相信你的話嗎？」

「二渡真的沒來過嗎？」

「至少我這裡沒有。不過一直有消息往上報，說他一直在底下那些人的身邊繞來繞去。」

「底下那些人……？」

「裝得跟真的一樣，真是夠了。你們就那麼希望我們跟雨宮斷絕往來嗎？」

斷絕往來……。

三上好不容易才維持住臉上的表情。這已經不是有嫌隙的問題了，他的意思是警方跟雨宮之間的關係已經決裂了。

「所以你打算怎麼辦？要去向本部長打小報告嗎？可以啊！請便，我無所謂。」

「部長是這麼說的嗎？」

「什麼？」

「赤間的手下到處打探64的事，想要以跟雨宮決裂為由藉題發揮一番，所以要把警務當空氣，被問到什麼都不要回答……荒木田部長是這麼說的嗎？」

「不然還會有什麼？有的話你倒是說說看。」

槌金反過來問他，看樣子一切都只是他的想像。跟二課的糸井一樣，他們都被蒙在鼓裡，沒有人知道荒木田下封口令的原委。

「已經決裂了嗎？」

「啥？」

「我們跟雨宮的關係。」

「這傢伙，還在明知故問。你不就是為了確認這件事情才去找雨宮的嗎？」

「為什麼會決裂？」

「沒有為什麼。大概是經年累月的變化或經年累月的惡化之類的吧！只要能把兇手揪出來，又會紅著眼眶向我們感恩戴德了。」

問題就是抓不到兇手啊！這的確也是理由之一，但是……。

「當時好像有對吉田素子窮追猛打呢！」

「什麼意思？」

「我聽說雨宮對吃盡苦頭的吉田很是照顧。」

槌金不屑地撇下嘴角，外帶咂了咂舌。

「虧你以前也是個刑警，一般刑警在聽到犯人打到事務所的電話是她接的，都會先懷疑吉田是共犯吧！」

「以前兩個字是多餘的。」

「是嗎？既然是刑警，就不要對同是刑警的人做出窮追猛打這種事。」

「雨宮因為害吉田被警方逼得身心俱疲而憎恨我們，這個可能性也不是沒有吧！」

「看吧！果然在警務部待到傻掉了。」

「傻掉了？我哪有……」

「聽著，雨宮在乎的不是吉田素子，而是他的獨生女翔子，那才是他的心肝寶貝。但是翔子被綁架了，還被撕票。我敢跟你保證，雨宮當時沒有懷疑過的人只有他老婆。」

三上感覺自己似乎又呼吸到現場緊繃的空氣。

「不，搞不好現在還是這樣。從自己的弟弟到員工，所有人直到現在都還是雨宮懷疑的對象。」

三上重重地點頭附和。如果不這麼做的話，別說是刑警了，就連前刑警也都稱不上。

除了未能破案以外，這事件沒有任何問題。雨宮和專從班的關係是隨著時間的經過而自然消滅。既然一直負責這個案子的副班長槌金這麼說，那就只能這樣想了，可是……。

二渡不見得也這樣想。

「抱歉占用了你的時間。」
三上站起來，擺出告辭的姿態。
「以前在自宅班的幸田辭職了對吧？」
就在那一瞬間，槌金的雙眼露出警戒的神色。
「嗯，很久以前的事了。」
「後來他的手札都怎麼處理？」
「什麼手札？」
「就那個幸田手札啊！」
「這我還想問你呢！幸田手札到底是什麼東西？」
槌金的表情是真的不知道，他是看到部下的報告才知道有「幸田手札」這種東西……。
「我也不知道。」
「你這傢伙，居然用這種方式套我。」
「好像都沒有人知道幸田的近況？」
「辭職以後就跑去浪跡天涯的傢伙又不只他一個。」
「沒有任何線索嗎？」
「這我不曉得。」
「我明白了，那我就先告辭了。」
三上點頭致意，這時槌金面有難色地悄悄靠了過來。三上早有預感他會這麼做。
「你先想辦法問出那到底是什麼手札再告訴我，這麼一來我也比較好幫你跟上面疏通。」
彼此的目光交會。
「我會盡力的。」

「這是什麼話？難道你真的想一輩子待在二樓坐辦公桌直到退休嗎？」

23

——更上面的人。

三上緊握著方向盤，他決定去找搜查一課的課長松岡勝俊。

他目前掌握到的情報只夠他站在迷宮的入口，跟望月在溫室裡講的內容大同小異。是警務部先發動攻勢的。二渡接獲赤間的命令，正在尋找刑事部的弱點，槍口對準了64，而手頭上的王牌就是「幸田手札」。

但幸田手札到底是什麼？

從槌金的口風上不難聽出，雨宮芳男和專從班幾近決裂的事實已經紙包不住火，不太需要嚴加保密。當然，對於刑事部來說，這絕對不是什麼值得高興的狀況，但似乎從很久以前就已經放棄要修復彼此之間的關係。簡而言之，他們早就做好遲早有一天會被警務部知道的心理準備，甚至有可能會擺出「那又怎麼樣」的態度。

三上一隻手握著方向盤，另一隻手點燃了香菸。

他還是覺得問題的關鍵不在關係決裂這件事，而在於決裂的原因。刑事部的說法雖然是「跟雨宮斷絕往來」，但實際上是「被雨宮斷絕了往來」。儘管如此，槌金還是否認有任何問題發生，而且他的語氣也不像是在說謊或顧左右而言他，那麼……。

他從剛才就在思考槌金什麼都不知道的可能性，如果這件事是刑事部的最高機密，那麼一切就說得通了。背後還有更嚴重的問題，就連64專從班的副班長也被排除在情報網外的嚴重問題。假使「幸田手札」就是那個問題的核心，那麼會出現讓人難以接受的「鐵幕」也就不足為奇。只有一小部分的高級幹部才知道這祕密中的祕密。所以荒木田才會下達就連專從班也不知道理由的封口令……。

前方已經可以看到幹部宿舍。

三上在心裡祈禱，松岡應該會說，應該會告訴自己。以前在轄區的刑事課裡，三上曾經在他手下工作兩年，他對自己的能力和人格都算瞭解。在64的調查初期，他也被召集到松岡所率領的近距離追尾班。只有這個人，應該不會認為三上是警務部的打手。

三上把車子停進後面的停車場。這是一棟三層樓的公寓型宿舍，裡頭住著十五戶本部課長級的家庭。縱然心裡有千百個不願意，不想被人看見自己出現在這裡，但如果是顧慮到松岡的立場，顯然是多此一慮了。如果二渡被稱為「地下人事部長」，那麼松岡就是「地下刑事部長」。即使部門不一樣，但只要是課長級的幹部，都知道實質上的調查最高指揮官是誰，而且兼任參事官的松岡在職級上也比其他的課長們還要高一階，更不要說他身上那股跟刑事警察如出一轍的性急與頑固還具有壓倒性的存在感。就算撞見警務部的人私下來找他，大家也都會假裝沒看到。幸好特考組的情報網還沒有拓展到這裡，而且搜查二課的課長落合還是單身，所以被分配到房間數比較少的其他宿舍。

儘管如此，三上下了車以後還是收緊下巴，盡可能不發出腳步聲地三步併兩步沿著樓梯往上爬。他知道松岡的家在三樓的302號房，看到「松岡」的門牌後，在心生猶豫前就先按下門鈴。

馬上就有女人的聲音前來應門。門被打開一條縫，穿著毛衣的郁江夫人露出半張臉來，臉上盡是驚訝的表情。

「……三上先生？」

「好久沒向您請安了。」

「我們才是。」

眼尾刻劃著深刻皺紋的郁江急忙把門鏈拉開。她以前也是女警，所以也認識美那子。只不過，不知道上一次見面是多久以前的事了。

「不好意思突然來打擾，我有點事情想跟參事官當面談，請問他在家嗎？」

「真不巧，他剛去本部了。」

「請問是有什麼案件嗎？」

「好像不是。」

心中忐忑不安。不是為了查案卻在假日去上班……。

「我明白了，那我就先告辭了。」

正當三上準備轉身離開的時候，卻被郁江輕聲地叫住了。回過頭來，只見郁江眉頭深鎖，一臉擔憂的表情。

「那個……令千金有消息嗎？」

三上沒有絲毫被冒犯的感覺，反而感覺有股親近感，使他的肩膀整個放鬆下來。原來松岡在家裡提起過這件事，原來這對夫妻也在擔心亞由美。

「不久之前有打過電話回來。」

三上不假思索地回答。郁江一聽，眼睛瞪成兩倍大。

「什麼時候？從哪裡打來的？」

「大約一個月以前，不知道是從哪裡打來的，因為她什麼也沒說就掛斷了。」

「什麼也沒說……？」

「是的，打了三次電話，卻一句話也沒說。」

郁江露出近乎狼狽、不知道該怎麼回答的困窘表情，可能是因為腦海中浮現出「惡作劇電話」這幾個字吧！

「我去本部看看。」

三上帶著尷尬的心情回到車上。

握著方向盤的手微微顫抖著。他捫心自問，郁江的懷疑是否也正是自己內心深處的不確定？他真的能斬釘截鐵地告訴自己，那絕不是單純的惡作劇電話嗎？光是自問自答都讓他充滿了罪惡感。又多了一件不能告訴美那子的事。

十五分鐘後，三上把車子停在縣警本部的停車場。一踏進廳舍，馬上會經過玄關的值班室，櫃台的小窗口露出一張年輕刑警的臉，或許是因為三上也露出相同的表情，他以十分冰冷的眼神辨認三上身分。三上隨意打聲招呼，打開值班室的門，把上半身探入值班室裡，從牆上的鑰匙箱拿出廣報室的鑰匙。轉到走廊上，一進入櫃台的視線死角便立刻加快腳步，一股作氣地衝上樓梯。

五樓的刑事部非常安靜。走廊的盡頭就是搜查一課。雖說是他的老巢，但也已經不再是他可以隨意進出的地方了。三上調整一下呼吸後把門推開一條細縫，就看到松岡坐在前方位於房間最裡面、背對著窗戶的課長席上，一個人在看文件。

「打擾一下。」

「喔！」

擺明是意料之外的人闖了進來，但松岡卻老神在在，只是伸手示意他坐下。三上鞠了個躬，淺淺地坐在沙發上。一切都是拜假日所賜，否則在鐵幕已然降下的今時今日，根本沒有機會在上班日的搜查一課跟松岡單獨談上話。

「你怎麼知道我在這裡？」

「我先去過府上了。」

「原來如此，讓你繞遠路了。」

什麼事？松岡十指交握，用眼神問他，臉上的表情顯然早已知道三上的來意。

三上被松岡的氣勢震懾住，一下子說不出話來。搜查的最高指揮官。尾坂部道夫的正式繼承人。但是卻一點驕矜之氣也沒有，只擁有一雙飽經風霜的眼神。唯有堅若磐石的自信，才能勾勒出那一雙公平又帶著溫情的眼神。三上不知想過多少次，希望自己也能擁有那樣的眼神。

「真是傷腦筋，到哪裡都吃了閉門羹。」

三上擠出笑容說道。他是年紀較長的大哥。三上試圖喚醒彼此轄區時代沒大沒小的記憶。

「我想也是。」

松岡的反應也一派輕鬆，然而表情還是紋風不動。

「我去過一課和二課，全都無功而返。」

「如果不這樣就換我傷腦筋了。」

「這是參事官也同意的封口令嗎？」

「沒錯。」

松岡回答得太乾脆，令三上失去了笑容。原本內心深處還抱著一絲希望，原以為封口令是荒木田一意孤行的結果，松岡其實是不贊成的。但事實並非如此，就連「地下刑事部長」也同意降下鐵幕，顯然是整個刑事部的方針。

「請你告訴我，到底發生什麼事了？」

「你不知道嗎？」

赤間沒有告訴你嗎？就在那一瞬間，三上在警務部內的立場等於不打自招。

「我不知道。」

松岡的眼神暗了下來，帶著些許的憐憫……。

沒有什麼好丟臉的。雖然名為警視，但也只不過是名義上的「左右手」罷了。換個角度來看，這也是他並未真正成為赤間部下的證據。

「我並沒有要連靈魂都出賣。」

這是三上的肺腑之言，但松岡只是眨了個眼，並沒有其他反應。他會以為這是三上的喪氣話嗎？還是為了攏絡他所編織的謊言呢？

三上移動一下身體，拉近彼此談話的距離。

「我知道一切都跟64有關。」

「是嗎？」

「我見過雨宮芳男，他跟我們幾乎已經斷絕往來了。」

松岡默不作聲地點頭。

搜查一課長承認了。但是問題還在後頭。三上把身體探到桌前問道：

「為什麼會斷絕往來？」

「不能說。」

松岡的語氣異常沉重，果然這裡就是封口令的底線。

「幸田手札又是什麼？」

「不能說。」

「就是這個手札引爆了封口令嗎？」

「不能說。」
「跟長官視察有關對吧？」
沉默的間隔拉大了，封口令和視察果然互為因果。
「你去問赤間。」
松岡冷靜地說完這句話便站了起來。
「請等一下。」
三上也站了起來。
「我不會變成二渡，也沒有打算變成二渡。」
松岡不發一語地看著三上，憐憫的表情更加深重。
「參事官，拜託你告訴我。」
「⋯⋯⋯」
「刑事部和警務部之間到底發生什麼事了？」
「你知道又能怎樣？」
三上被松岡的反問堵得啞口無言，腦中一片空白。松岡是在問「你打算站在哪一邊」嗎？胸口一陣熱，這還用得著考慮嗎？當然是站在刑事部這邊！這句話已經從丹田衝到嘴邊，但是⋯⋯。
真正衝出嘴巴的只有乾渴的氣息而已。
全身的雞皮疙瘩同時冒了出來，他這才回過神來。從今天一大早，他就為了收集說服雨宮的材料而四處奔走。會來找松岡也是基於同樣的理由。是為了達成赤間交辦的事項。雖說他有不得已的苦衷，但是在這個瞬間，三上身為警務部的一分子，正在進行諜報活動卻也是鐵一般的事實。
他會站在刑事部這邊。這種話他說不出口，也不能說出口。一旦說出口，他就會淪落成一隻非獸非鳥的蝙蝠，失去做為一個人的樣子，卡在哺乳類與鳥類的夾縫中，無所適從、不知所終。
三上的視線落在地板上。

他太依賴松岡了。松岡也很關心亞由美的事，現在還把三上當成部下看待，所以喚醒三上在他手下工作的鄉愁，讓他原該重重上鎖的那顆刑警的心潰堤，把松岡隔著一張桌子的親切誤以為是刑事部的親切。

「不妨想想長官來的理由。」

三上聞言抬頭。

什麼……？

松岡背對他，把雙手插進西裝褲的口袋裡，彷彿脖子痠痛似地轉了轉頭。三上受到相當大的衝擊。對了，「自言自語」就是向松岡學來的。當他還在轄區的時候，每當有記者快要寫出錯誤的報導時，松岡都會擺出這個姿勢給記者一點暗示。

這是怎麼一回事？三上的腦中一片混亂。赤間有告訴過他長官視察的理由。是為了作秀給全國人民看，也是對內部的一種訊息，強調刑事警察絕不會受到輕蔑。然而松岡卻……。

背後傳來一聲巨響，辦公室的門被推開，荒木田部長搖晃著他那龐大的身軀走了進來。一進門就看到三上，原本已經夠兇悍的目光變得更犀利了。

「廣報來這裡幹嗎？」

語氣近乎怒吼。三上挺直了背脊，不知道該怎麼回答。

「是你吧？」

這次換成用猜忌的目光看著三上。

「今天早上東洋和時報的獨家是從你和糸川的熱線流出去的吧！」

「不是……」

「那是從哪裡走漏風聲的？」

「我接下來會查清楚。」

「接下來要查？」

「是的。」

「算了，反正馬上就會知道。」

荒木田的音調突然低了下來，一瞬間閃過「這事情不會就這麼算了」的表情，然後催促松岡往後面的部長室走去。

「與本部不相干的人請出去。」

伴隨著惡狠狠的放話聲，部長室的門關了起來。

刑事部的第一把交椅和第二把交椅窩在假日的部長室裡密談，分明是戒嚴狀態。不對，已經可以說是備戰狀態了。

24

北風颳過臉頰。

回到車子裡的三上氣急敗壞地發動引擎，不過並沒有發車而是從口袋裡取出香菸。點火，吐出一個煙圈，透過駕駛座的車窗凝視前一刻才離開的縣警本部廳舍。

心臟還在噗通噗通地狂跳著，耳邊迴盪著松岡的聲音。

〈不妨想想長官來的理由〉

沒有什麼好懷疑的。刑事部的異狀全是因為64視察而起，松岡的言下之意就是如此。雖然打從一開始腦海中就有掠過這個可能性，但是當想像變成現實的時候，還是受到很大的驚嚇。

看樣子，小塚長官的視察裡頭大有文章。除了赤間告訴他的視察理由之外，還藏著另一個理由，而且那才是真正的目的。為了達到本廳真正的目的，D縣警的警務部開始運作。看樣子，「幸田手札」具有非常大的殺傷力，會對刑事部造成非常大的打擊。長官視察表面上是為了彰顯對刑事部的重視，但是私底下卻藏著一個跟表面上的名目完全相反的目的。

可是他實在想不通，為什麼本廳會想要狙擊D縣警的刑事部呢？真正的目的到底為何呢？

松岡叫他去問赤間，但是真的問了也問不出個所以然來。赤間只會說視察理由早就已經告訴他了。這件事情倒沒有讓三上感覺到「詐欺犯的兩難心理」，有的只是不管三七二十一的高壓命令。說到底，就是赤間完全不信任三上。現在是因為亞由美的事被當作人質，一旦擺脫這個束縛，三上一定毫不猶豫地把警務這層皮剝下來，扔到地面上踩。

三上用指尖捻熄了香菸。

不由得再次埋怨起把人從兩個死對頭的單位之間調來調去這種莫名其妙的人事制度。如今，刑事部與警務部的關係惡化至此，不管看在哪一個部室眼裡，三上肯定都是個信不得的人。但事實上他不僅被蒙在鼓裡，還身陷情報的亂流之中。

他甚至覺得自己連情緒都變得遲鈍了。荒木田說了：「與本部不相干的人請出去。」換作是前幾天，那麼露骨的排斥肯定會讓三上感到心寒徹骨，但是在剛才那一瞬間，他卻只是讓它左耳進、右耳出地不放在心上。松岡又是怎麼看待這個以前的部下呢？即使三上說不出他會站在刑事部這邊而沉默以對，但他還是願意給三上暗示，是看在以前的情分上？還是對於逼迫三上背棄自己的信仰所表示的歉意？或是想告訴三上，一旦知道真相就能了解刑事部的正當性呢？

三上看著車上的電子鐘。

時間是下午一點。心裡頭充滿煩躁與義務感。到底要怎麼做才能得到說服雨宮的材料呢？從荒木田那張面目猙獰的臉很容易想像得到，如果像隻無頭蒼蠅地橫衝直撞，肯定無法撼動封口令。而且對方似乎也不打算一味地居於守勢，已經擺出絕不妥協的攻擊態勢，要徹底排除警務部的干涉。在鐵幕的另一邊，刑事部已經準備好反擊的彈藥，隨時可以轉守為攻。

「首先是幸田手札。」

吐出的氣息變成喃喃自語。

內容姑且不論，現階段就連那本手札到底存不存在都還是個未知數。不過，至少二渡認為是有的，所以才會闖入刑事部的領域，試圖找出突破口。所以關鍵還是幸田手札。刑事部的叛亂、雨宮的拒絕慰問、長官視察的真正目的。

看來幸田手札是解開這三道謎團的「鑰匙」。

把「幸田手札」想成是「幸田一樹寫下的手札」應該沒錯吧！64發生當時，幸田隸屬於本部搜查一課的強行犯股，身為初期調查只有四名成員的「自宅班」一員進入雨宮的家。在雨宮家裡發生了一些問題，而且還是讓雨宮對警方失去信心的問題，而這個真相就寫在幸田手札裡。

雖不中，亦不遠矣——三上心想。

事件發生的短短半年後，幸田就辭職了。此事也有助於三上的推論。表面上是用「個人因素」的一句話交代過去，事實上是因為幸田寫下發生在雨宮家的「某件事」才被迫辭職，或者是辭職以後才被人發現手札的存在，直到現在還衍生出沒完沒了的問題。

問題是……。

思緒飛回十四年前。三上當時也在現場。綁架案發生的那個晚上，三上身為近距離追尾班的一員進入雨宮家，一直到第二天的下午四點過後都跟自宅班待在同一個屋子裡。至少在那段時間內，雨宮家並沒有發生過任何爭執或不愉快的事。還是其實有發生過，只是他沒有注意到呢？又或者那是在三上離開雨宮家之後才發生的事呢？

既然是幸田的手札，直接問幸田是最快的方法。可是望月說不知道他的下落，刑事部也掌握不到幸田的行蹤。無法拆除未爆彈，所以才對二渡的調查風聲鶴唳、草木皆兵嗎？

無論如何，自宅班肯定握有純度相當高的情報。只要能從當時的成員口中問出決定性的因素，自然能知道手札的內容是什麼。他們應該會知道幸田是從什麼時候失去聯絡、又從什麼時候不知去向。

三上凝視著空中。

當時最先進入雨宮家的是四名自宅班的成員。班長漆原和副班長柿沼都是從三上所屬的本部搜查一課特殊犯搜查股調派過去的。再往下就是幸田，他是強行犯搜查股派來的，據說是看上他對雨宮家附近的環境非常了解才找他過來。然後是負責操作電話錄音、監聽儀器的科搜研[28]小伙子，名字一下子想不起來，只記得是個戴著無框眼鏡的研究員，是從NTT最尖端的技術部門調派過來、地位非常特殊的一個人。

漆原後來出人頭地，成了Q署的署長。當時的職位只是負責指揮特殊犯股的股長，三上則是在他之下的股長代理，但是因為特殊犯股經常都是分成兩班各別行動，漆原和三上各率領一個班，所以並沒有在他手下工作過的感覺。當時對於綁架案的認識還很薄弱，腦袋裡填鴨式的調查技巧和幾樣布滿灰塵的搜查器材就是全部的裝備了。如果是仲介業者被黑道抓走，或者是有暴力傾向的丈夫把已經分手的妻子擄走關起來的監禁事件，以前倒是發生過幾次，但是從未發生過「擄走小孩」與「以贖金為目的」的綁架案。這是幸還是不幸呢，這個案子把特殊犯股的工作導正了回來。因為當時的特殊犯股把絕大部分的心力都用來調查轄區內刑事課無暇顧及的大型業務過失事件上。在64發生以前，三上的團隊才剛處理完一宗造成十七個人死傷的大樓火災業務過失致死案件，漆原的團隊也為了要讓發生在砂石場的坍塌事故立案而天天跑地檢署。雖然曾經在同一個團隊裡共事，但是三上恐怕從不曾跟漆原互相了解吧！因為三上的「前科」，漆原的態度比誰都冷淡。不知道是不是故意要跟他過不去，漆原動不動就把美那子的事掛在嘴邊。還問三上她在床上都是怎麼叫的？

然而，身為自宅班的班長，漆原在雨宮家裡倒是非常認真地工作。他總是以沉著的語氣安撫著激動的雨宮，為憔悴的敏子加油打氣，確實地從兩人口中問出調查初期需要的情報。另外，他也曾整夜未眠地等待綁匪打來的電話。當時屋子裡的氣氛緊繃到令人胃痛的地步，但是雨宮和漆原偶爾交談的對話內容卻顯得十分自然，絲毫沒有神經緊繃的感覺。「還是稍微休息一下比較好喔！」、「謝謝，不過這樣我反而比較能夠保持冷靜」、「接下來會是很漫長的一天，為了令千金，還是小睡片刻吧！」。雨宮被他說動，終於換了一個比較舒服的姿勢。至少在那一刻，警方和被害人之間的信賴關係是牢不可破的。

在那之後到底發生了什麼事呢？雨宮的心為什麼會離警方而去呢？他知道要從漆原口中問出蛛絲馬跡可以說是比登天還難。這跟漆原的人品好壞無關，而是因為這個男人從年輕的時候開始，就在這個刑事部的中心昂首闊步地一路走來。在當上了署長以後，原已固若磐石的歸屬感更是堅不可摧。

副班長柿沼又如何呢？

他沒有聽說過柿沼從64離開的傳聞，如果三上沒有記錯，即使64的調查規模已經縮小成「專從班」，但是從特殊

28：全名為科學搜查研究所，基於科學的辦案精神，從事毛髮、血液、聲紋、DNA的鑑定等等。

犯股編入特搜本部的柿沼還是留下來繼續調查。十四年來都沒有人事異動固然不太尋常，但是也可以解釋成64就是這麼重大的事件。在柿沼弱不禁風的外表下，有著令人想像不到的男子氣概。他腦筋動得很快，對於建築物的構造具有足以跟建築師討論爭辯的專業知識。因為分屬於不同的小組，所以杯觥交錯的機會少之又少，但是他對三上這個人應該沒有什麼特別的好惡，所以棘手之處應該是不能以過去式的口吻跟他討論64的事吧！既然他現在還是專從班的一員，那麼接到的封口令肯定也比別人還要鄭重吧！

眼前突然浮現藍色的工作服。

他想起來了，柿沼是裝成修理瓦斯漏氣的工人進入雨宮家的。跟做同樣打扮的幸田一起忙著和特搜本部互換訊息。他們一方面要用無線電聽取從本部傳來的指令，一方面還要利用體積比無線電還要大、當時尚未普及的行動電話把漆原從雨宮夫婦口中收集到的瑣碎情報傳回本部。到了晚上，自宅班以外的調查人員會繞到漬物工廠的後面，以視線死角的路線陸續潛入雨宮家，三上也是其中之一。有的人是來協助柿沼他們的工作，有的人則是來拿翔子的照片或牙刷後便悄然離去。其中也有看到松岡的身影。他開口的第一句話就是萬一綁匪指定家屬負責運送贖金的話，自己會躲在車子裡，這對雨宮來說已是仁至義盡。天還未亮，來陪夫人的女警也被送了進來，靜靜地陪在不停在廚房裡捏飯糰的敏子身邊。

鈴木瑞希的臉順勢在腦海中掠過。她是負責陪伴敏子的重要成員之一，也是比美那子早一屆踏進警界的女警，曾經跟三上一起待過轄區的刑事課，半個月前才剛見過面。在接到那通無聲電話以後，美那子便不肯再踏出家門一步，這令三上擔心得不得了，於是只好求助於女警時代像姊姊般存在的瑞希。

三上試著在腦海中勾勒出瑞希在雨宮家中的樣子。她是在案發第二天的下午出現，穿著圍裙幫忙洗衣服、輕撫敏子的背、為大家斟茶倒水，就連三上離開雨宮家時她都還待在那裡。女警的觀察力很敏銳，她在雨宮家裡到底看到什麼？感覺到什麼呢？

——對了，是日吉。

一個名字突然冒了出來。科搜研的日吉。這個人就是自宅班的第四名成員。從頭到尾一聲不吭，非常不起眼。不知道綁匪什麼時候會打電話過來，所以片刻不離地守在捲盤式磁帶錄音機旁，臉色像紙一樣白。這也難怪，他的身分是技術官員，雖然是警察局的職員卻又不是警察。上班時間總是關在研究室裡，除了需要快速得到專業的建議、一刻都不能等的案件之外，基本上很少親臨現場，更不可能以專從員的身分參與事件的調查。所以日吉加入自宅班是令人跌破眼鏡的一項安排。因為特殊犯股的人員全都接受過錄音、監聽設備的安裝及操作方法的訓練，即使是還有其他任務在身的漆原和柿沼忙得無法分身，只要從特殊犯股裡隨便挑一個人加入就行了。之所以把這個任務交給日吉，完全是因為「他以前是NTT的員工」。第一次面對「真正」的綁架案，D縣警的確有些坐立不安。或許是希望一開始就能把準備工作做到滴水不漏，也或許是對已經快要變成專門處理業務過失的特殊犯股的實踐能力感到不安，因此對於日吉的能力寄予厚望，甚至枉顧辦案的原則。

——搞不好有機會。

三上有這樣的預感。跟日吉雖然沒有什麼交集，不過對這種人來說，關係親不親近並不會影響到談話內容的深度。雖然隸屬於刑事部的一個單位，但是科搜研的職員在心態上還是比較像學者，更重要的是，他們處在跟警界內部的權力鬥爭完全沒有關係的位置，根本不把所謂的祕密當一回事，輕易地就會說出來。原則上，科搜研不太會有異動，所以日吉現在應該也還待在研究所。

三上難掩興奮的心情。

先去找鈴木瑞希。瑞希十年前嫁給銀行員後便辭掉工作，改姓村串。雖然一再地拜託人家讓三上覺得很不好意思，但是他也想為前幾天的事情道謝。因為瑞希接到三上電話的那天就馬上趕來三上家，跟美那子面對面地長談了好久。女警的世界真是既小又緊密。瑞希同時也是美雲的高中學姊。

三上從口袋裡拿出手機、叫出通訊錄，但是既沒有「鈴木」也沒有「村串」。三上咂舌，猶豫了一下以後不是打回家，而是按下快速撥號鍵「3」。

〈喂，我是美雲〉

聲音聽起來像是已經知道是三上打來的電話。

「不好意思打攪妳休息，可以告訴我村串家的電話嗎？」

〈村……？〉

「妳的瑞希學姊啦！村串瑞希。妳不是說妳們還有互寄賀年卡嗎？」

〈哦！好的，請稍等一下〉

如果打回家，美那子肯定會追問理由，可是又沒有時間向她慢慢解釋，那樣就只會讓她擔心了。

〈讓你久等了，準備好紙筆了嗎？〉

「好了。」

抄下號碼後正要掛斷電話的時候，美雲趕緊說道：

〈廣報官……有沒有什麼我可以幫忙的？〉

「現在不就請妳幫忙了嗎？好好休息，下禮拜有妳忙的。」

腦海裡閃過記者們窮兇極惡的臉，禮拜一又得面對棘手的記者問題了。

三上甩一甩頭掛斷電話，然後重新按下剛才抄下的電話號碼。禮拜六，她老公應該也在家吧！管他的。耳邊繼續傳來撥號後的聲音。

〈喂，我是村串〉

瑞希以上氣不接下氣的聲音接起電話。

「我是三上……現在方便講電話嗎？」

〈啊！不好意思。因為是從陽台跑過來接電話〉

「這樣啊！那現在可以聊一下嗎？」

〈美那子怎麼了嗎？〉

瑞希的口氣突然變得很嚴肅。

「不是，跟她沒關係。前陣子謝謝妳，幫了我大忙，真的。」

〈昨天美那子有打電話給我喔！〉

「咦……？」

〈她沒告訴你嗎？〉

三上一時語塞，這件事完全出乎他的意料之外，每次都想馬上掛電話的美那子居然主動打電話給別人？

「沒聽說，昨晚我光煩惱自己的事就一個頭兩個大了。」

〈所以你不是因為這件事才打電話給我？〉

「不是，是關於以前的案件有點事想問妳。」

〈該不會是64吧？〉

雖然嚇了一跳，但不愧是D縣警的女警，一聽到是以前的案件，第一個想到的就是64！

「妳的直覺好準。可以請教妳幾個問題嗎？」

〈是不是很複雜的事？〉

「嗯，有一點。」

〈那你要不要來我家？村串和佳樹去踢足球了。啊！還是你在很遠的地方？〉

「不會，就在辦公室附近。」

〈那你就過來嘛！我也有話想跟你說〉

最後那句話是讓三上決定去找她當面談的關鍵。他也想知道美那子在電話裡跟她講了些什麼。

「那好吧！我十分鐘後到。」

三上知道瑞希住的地方。他轉動方向盤，把車子開出停車場。

有個瘦削的身影正從前方走過。

啊！三上差點叫出聲。是二渡。硬梆梆的側臉正走進本部廳舍。假日上班。是要去警務課嗎？還是去「人事室」呢？該不會是要隻身闖入荒木田和松岡所在的刑事部吧？

廳舍玄關的玻璃門重新關上，反射著太陽光。三上把視線拉回來，慢吞吞地踩下油門。

兩個在棋盤上開始移動的棋子，正慢慢地靠近。會正面衝突嗎？當中會是誰被淘汰呢？目前還不知道誰才是這場棋局的最後贏家。有可能出現和局嗎？話說回來，到底什麼樣的結局才稱得上是和局呢？

25

瑞希家的客廳十分寬敞，但只要想到這是銀行員的家，也就沒什麼好大驚小怪了。

「這樣好嗎？妳老公不在家。」

「沒關係、沒關係。你先坐那裡吧！我去泡茶。」

或許是因為一直待在家裡的關係，跟半個月前看到她的時候相比，瑞希的臉和身體似乎圓了一圈。

「不用忙了，我有點急。」

聽三上這麼一說，廚房流理台那邊傳來瑞希的笑聲。

「該說你都沒變嗎？說話還是那個樣子。」

「都這把年紀了，還有辦法改變嗎？」

該說是沒有心機呢？還是天生大而化之呢？總之，瑞希那種不拘小節的個性讓氣氛自然而然地輕鬆了起來。瑞希的臉很大，但眼睛很小，渾身上下沒有一處符合美人的條件，但是這樣才好。三上從很久以前就這麼想了，如今更是如此。

「美那子在那之後怎麼樣了？」

瑞希放下托盤，迫不及待地問道。不過，彼此都知道這只不過是前言而已。

「妳昨天不是才跟她說過話嗎？妳覺得呢？」

「沒什麼精神的樣子呢！」

「妳們聊了些什麼？」

「嗯……都不是什麼重要的話。」

是因為不知道該不該說嗎？瑞希似乎有點想要轉移話題。

「平常的樣子如何？」

「也有很好的時候。」
「所以也有不好的時候囉？」
「跟以前比起來，算好很多了。」
「外出呢？」
「還是一樣不出門。」
「後來還有再接到電話嗎？」
「沒有。」
「我覺得……」
瑞希沒有繼續說下去。她露出猶豫的表情。
「什麼？」
她看了他一眼。
「可以說嗎？」
「說吧！」
「那通無聲電話，真的是亞由美打的嗎？」
三上覺得被踩到了痛處。不只是郁江夫人，連瑞希都這麼說嗎？
「一定是亞由美，不會錯的。」
「可是……我一直找不到適當的機會說，其實我們家也接到過無聲電話。大概是三個禮拜前打來的吧。因為那天是禮拜天，所以是村串接的。喂了好幾聲，可是對方一句話也不說，然後村串就火大了，問對方到底是誰，還說我們家有人是當警察的，結果對方就把電話掛斷了。反正我的意思是說我們家也有……」
「接到過幾次？」
三上打斷她的話，反問道。
「就那麼一次，大概是警察二字把對方嚇跑了吧！」

「我們家有三次，而且都是同一天打來的。我們家的電話號碼可沒有刊登在電話簿上。」

「這我聽你說過了。但是我們家的號碼也沒有刊登在電話簿上啊！至少已經有十年以上了。你看村串那德性，聽說他從年輕的時候就擔心娶不到老婆，所以老早就逼自己買了這棟房子。結果還真的有人傻傻地上勾了，那個人就是我。」

三上敷衍地笑了笑。他不知道村串長什麼樣子，但這顯然不是什麼開心的話題。

「所以我就問村串了，他說只有一開始的那幾年有把號碼刊登在電話簿上，後來因為推銷的電話實在太煩了，所以就再也沒有把號碼刊登在電話簿上。而且我翻過那邊那本新出的電話簿，裡頭的確沒有我們家的號碼。可是卻還是接到了無聲電話。現在跟以前不一樣，會把名字刊登在電話簿上的人基本上已經少之又少。因為登出來也沒多大意義，只會接到煩人的推銷電話罷了。」

「說的也是。」

瑞希指著彩色置物箱，裡頭就插著一本看似沒有使用過的電話簿。『Hello Page D縣中部、東部版（平成十四年）』。不用確認也知道，頁數一年比一年少。不過話雖如此，與跟附錄一樣附在上頭的北部版或西部版比起來，還是厚了好幾倍。

「有得罪過什麼人嗎？」

「不敢說完全沒有，畢竟還是有人很會記仇不是嗎？像銀行那邊，每年都有因為裁員而被迫辭職的人，看在那些人眼裡，剩下來的人全都很可恨不是嗎？」

「或許吧！」

「不過……現在這個時代，也有很多喜歡隨便亂按一組號碼來打著玩的無聊人。我想起來了，美雲的老家好像也接到過這樣的電話喔！不久前我打電話跟她討論『女警的聚會』時聽她說的。」

「所以呢？妳想要表達什麼？」

三上開始在意起時間的流逝。

「所、以、啊！我的意思是說，最好不要對那通無聲電話太過執著。再這樣下去的話，美那子的身心都會撐不住。」

「可是……」

「我知道你想說什麼，你想說那是唯一可以證明亞由美還好好的證據對吧！她當然還好好的呀！那是一定的。亞由美可是警察的女兒喔！全日本的警察都在找她，一定會找到的，她一定會回來的。所以在那之前，美那子一定也要好好的才行，你也一定要好好地支持她才行。美那子似乎一直到現在都還對電話裡的沉默耿耿於懷，認為那是亞由美在跟她說再見。」

三上盯著瑞希的眼睛。

「美那子……她是這麼說的嗎？」

「她在昨天的電話裡是這麼說的。我覺得有點害怕才會跟你說這些。稍微修正一下軌道比較好。我認為應該由你來告訴她，那通電話也有可能不是亞由美打的。如果是亞由美的話，應該會說點什麼才對。」

腦海中浮現美那子低著頭的樣子。

每次都想馬上掛電話的美那子居然主動打電話給瑞希。三上原以為是看了少女的遺體以後，太過心痛而促使她這麼做，所以才會來找瑞希。沒想到只猜對了一半。躺在塑膠布上再也無法開口的少女，只留下「再見」的空谷迴音。

瑞希所感受到的害怕，可以說就是三上心中懼怕的核心。不能相信美那子表現出來的樣子。如果她認為那是亞由美在跟她說再見，她就會開始鑽牛角尖，最後認定就是那麼一回事。

「我知道了，我再仔細想想。」

「拜託你了，我也會再打電話給她。」

「不好意思。」

「別這麼說。我是真的很希望美那子能夠得到幸福，所以請務必讓我幫忙。」

耳朵自行翻譯成負面的意思。因為以前曾經遭遇過不幸，所以才希望她能夠幸福……。

三上從以前就這麼覺得了。瑞希知道自己不知道的美那子。都已經是這個時候了，既非父親也非丈夫，而是身為男人的直覺還是這麼敏銳。

「聽說你去過雨宮家了？」

話題切換得很唐突，三上一下子反應不過來。這件事也是美那子在電話裡告訴她的吧！

「你想問什麼？話說回來，我在雨宮家裡也只待了半天就是了。」

「從什麼時候到什麼時候？」

「因為是案發的隔天，所以是一月六日吧！中午過後進去的。當時你也在嘛！」

「嗯。」

「從那個時候一直待到晚上九點左右，跟七尾換班為止。啊！七尾還好嗎？」

七尾是女警中唯一升任到警部的人，在本部的警務課擔任股長，一直負責管理女警的工作。

「不曉得，我跟她沒有什麼交情。」

「不都是在警務部嗎？」

「辦公室不一樣。不過，倒是有聽說她當上警部以後就再也沒有笑容的傳聞。」

「肯定有很多需要勞心勞力的地方吧！女人要在警界裡出人頭地非常不容易……啊！不好意思。然後呢？」

腦子裡有好幾個問題飄過，三上選了最直接的一個。

「妳在雨宮家的時候，雨宮的家人和自宅班有發生過什麼不愉快的事嗎？」

「什麼意思？」

「說來話長，簡而言之就是我前天去雨宮家拜訪的時候，雨宮芳男的態度十分冷淡，感覺他對我們似乎有些反感，所以想知道原因。」

瑞希盯著三上的眼睛。

「你的話有玄機喔！這跟廣報有什麼關係？」

「所以我才說說來話長嘛！」

瑞希笑著說：

「你瞧你，骨子裡根本還是個刑警嘛！絕對不會透露自己的祕密，只會一直逼對方快說、趕快說。如果是警務的做法，不是都會拿別的情報來交換嗎？」

「別鬧了。」

被稱為刑警令三上有如芒刺在背。

「妳覺得雨宮家人和自宅班的關係到底怎樣？」

「你說的自宅班，指的是漆原、柿沼和……」

「還有幸田和日吉。」

「嗯……」

瑞希像個男人似地抱著胳膊沉思。

「你知道我這個人一向都大剌剌的。當時你也在場，我想你一定比我更清楚，一直到雨宮先生帶著贖金衝出家門之前，屋子裡都處於令人喘不過氣來的緊張狀態。你認為在那種情況下，有可能會發生什麼不愉快的事嗎？」

這點三上也是抱持同樣的看法。

「在那之後呢？到晚上這段時間有沒有發生過什麼不尋常的事？」

「拜託，不要擺出那麼恐怖的表情好嗎？又不是在審問犯人。」

三上不禁苦笑。倘若瑞希是嫌犯的話，那麼再能幹的刑警也要舉雙手投降了。

「別管我的表情了，先回答我的問題。」

「我記得是沒有……。例如什麼樣的不尋常？」

「像是自宅班有沒有人跟雨宮太太吵架之類的。」

「雨宮太太已經去世囉！」

「嗯，我去雨宮家的時候知道了。」

「我是接到七尾的聯絡，所以有去參加告別式。雖然只有半天，但我畢竟也負責陪伴過夫人。啊！這麼說來，自宅班居然沒有半個人去耶。」

三上驚訝地反問：

「一個人也沒去嗎？」
「對啊！嗯……應該沒有發生過什麼不愉快的事才對。況且雨宮太太也沒有理由跟自宅班的人吵架呀！」
「等一下，就連柿沼也沒有去參加告別式嗎？」
「我是沒看到。」
「那曾是班長的漆原呢？」
「至少我是沒看到。而且我以為他們會來，所以還到處看了一下。」
這真是匪夷所思。辭職的幸田和科搜研的日吉也就算了，在自宅班解散以後還一直待在專從班的柿沼不可能不出席告別式。漆原也是。就算他當了署長，畢竟也曾經是自宅班的負責人，不可能不去送雨宮太太最後一程。就算他們真的這麼不懂人情事故，但是對於警察來說，婚喪喜慶是非常重要的場合，一定要排除萬難去參加。
不是不去參加，而是不能去參加。或許應該這麼想才對。自宅班果然有什麼不能踏進雨宮家的理由。
「我們這邊還有誰去了？」
「松岡先生和專從班的人都來了。」
「感覺如何？」
「很沉重。這是一定的吧！畢竟還沒有抓到犯人。」
「雨宮的樣子呢？」
「始終低著頭，像是掉了魂似的……感覺就連慰問的話也都沒有聽進去。」
「花或花環呢？」
「如果是警方這邊，我記得好像沒有。」
也有可能是雨宮拒收，不然通常都會送上本部長名義的花。
「啊！對了對了。」
瑞希突然拉高嗓門。
「這麼說來倒是有一個。」

「花嗎？」

「不是，是不尋常的事。不過跟雨宮太太的告別式無關，是科搜研的……叫什麼來著……那個戴眼鏡的……」

「日吉。」

「沒錯，那個日吉哭了。」

「哭了？」

「對，在屋子的角落。」

看樣子話題又回到原點了。不是發生在告別式上的事，而是十四年前在雨宮家裡發生的事。

「為什麼哭？」

「這我就不知道了。就在雨宮先生出門後沒多久，他頭低低地趴在磁帶錄音機上，我還以為他累得睡著了，所以就看了他一眼，沒想到他兩隻眼睛紅通通的，我才問一句怎麼了，他居然就嚎啕大哭起來。」

三上的下顎收緊，第一次感覺到自己終於掌握住具體的事實了。

「然後呢？」

「我嚇了一大跳啊！結果幸田馬上衝過來把我推開，然後拍拍日吉的肩膀，在他耳邊不知道說些了什麼。」

「說了什麼？」

「我沒聽見，大概是安慰他之類的話吧！」

三上的眼前浮現出自己進到雨宮家時的情景。日吉的臉色蒼白得像一張紙，他看來極其緊張。但事情似乎不僅僅只是這樣。

「謝謝，我去找他談看看。」

三上一口喝下冷掉的茶，站起來。

「要走啦？我好像沒有幫上什麼忙……」

「如果妳有想到什麼再打電話給我。」

三上把事先寫好手機號碼的紙條遞給她。

「美那子的事嗎……？」
「兩者都是。」
「我知道了。不過關於64，我知道的都已經……」
「妳有聽過幸田手札嗎？」
「幸田手札……？那是什麼？幸田的手札嗎？」
「當我沒說。」
三上避開她的視線，轉身走向玄關。
「喂！你可不要涉入太深啊！」
背後傳來瑞希的叮嚀。
「美那子只有你了，只有你是她的依靠。」
但是他卻沒有辦法坦然地問為什麼。
「打擾了。」
「再打電話給我。」
今天的事我會保守祕密——瑞希小小的眼睛裡似乎閃爍著自豪的光芒。

26

枯葉在三上邁向車子的腳邊迴旋飛起。
會在外人面前痛哭流淚的男人感情肯定很脆弱，一定很容易就可以搞定。三上懷著受到鼓舞的心情，把身體滑進駕駛座裡。先用手機打電話給南川。南川是小三上兩屆的本部鑑識課員，因為是同鄉，所以每年都會一起喝酒幾次。
〈我是南川〉

「我三上，不好意思打擾你休息。」

〈啊！你好〉

南川的聲音不帶感情。腦海中掠過不祥的預感，但三上還是繼續往下說：

「有件事情想請教你，科搜研有個名叫日吉的眼鏡仔對吧？你知道那傢伙的地址和電話號碼嗎？」

〈我不知道〉

「不知道？真的嗎？」

〈我跟那傢伙又沒有交情〉

「少裝蒜了，鑑識課跟科搜研不是哥倆好嗎？」

三上一面使出攻勢，一面難掩內心的失落。沒想到就連走專業路線的鑑識課也加入了反警務的行列。

「不能說的話，直說就好了。」

〈不好意思，我不能說〉

「什麼時候變成這樣的？」

〈昨天開始，非常突然〉

「想必你也不知道理由吧！」

〈三上先生知道嗎？知道的話請告訴我〉

「去問荒木田。」

三上用力闔上手機，發動引擎。

不能等到禮拜一了。得趕快打電話給科搜研的所長問出日吉的地址，今天就登門拜訪才行。雖然他已經開始懷疑科搜研的中立性，但是也只能把希望寄託在所長的學者背景或是他還沒有染上警察的習性了。

只花了七分鐘就回到縣警本部。因為已經是今天的第二次，所以玄關值班的刑警只探出頭看了一眼。三上也不理他就逕自進入了值班室，打開鑰匙箱。掛勾上沒有廣報室的鑰匙。有部下來上班。順勢瞄了一眼警務課的掛勾。沒有。二渡還在裡面嗎？

為了節能省電，走廊的燈只開了一半。三上穿過走廊進入廣報室。正如他所料，美雲正坐在最外面的座位上。她一看到三上就手忙腳亂地站起來。身上還穿著制服。

「怎麼來了？」

「沒什麼，就《廣報守護您》的截稿日期快到了，想說利用假日多少趕一下進度，所以就來了。」

辦公桌上散亂著《廣報守護您》的打樣和照片，看樣子因為匿名騷動而延誤了作業速度是真的，但是讓美雲假日還來上班的理由應該不止於此。

「剛才的電話真是不好意思。」

「不會。」

「叫藏前來幫忙。」

三上回到自己的座位，用鑰匙打開最底層的抽屜，拿出幹部宿舍的警用電話簿，翻到科搜研所長——猪俣的那一頁，警用電話號碼和一般家用電話號碼都印在上頭。警用電話比較好。要是突然打到家用電話，猪俣恐怕也無法將三上的臉和名字連起來。如果響起的是警用電話，也可以讓他先做好心理準備，一旦報上廣報官的名號就能馬上進入正題。

三上把手伸向警用電話，眼角餘光同時掃過美雲的側臉。三上一面告訴自己就算被美雲聽到也沒什麼大不了，一面按下電話號碼。

響了幾聲以後，是猪俣本人接的。年紀大概比三上還要長五歲。

「不好意思打擾你休息，我是廣報官三上。」

〈哦，你好，辛苦了〉

一副好好先生的反應。

「冒昧打電話給你，是有一事想要請教。請問你知道你們那邊一位名叫日吉的職員的地址嗎？」

〈啥？我們這裡沒有叫日吉的職員喔！〉

「沒有？」

嗓門不禁大了起來。看了美雲一眼，只見她正低著頭在寫東西。
三上把話筒湊進嘴邊。
「你確定嗎？」
〈如果連我這個所長都不知道的話，應該是真的沒有這個人。會不會是哪裡搞錯了，其實是其他部門的人呢？〉
腦海中閃過鐵幕的可能性，三上豎起耳朵，但是猪俣的語氣普通至極。
「會不會是因為異動或調職才離開的？」
〈自從我來了以後，並沒有人因為異動或調職而離開〉
聊到這裡三上才猛然想起，猪俣是在七、八年前就任所長。當時是縣警先空下職缺，然後才將他從D工科大學延攬過來。
「不好意思，請問所長是什麼時候來縣警的？」
〈八年前〉
「也就是說，即使回溯到那個時候，也沒有一個叫日吉的人是嗎？」
〈我還沒有老人癡呆喔！〉
猪俣的語氣有點不悅，但三上不予理會，繼續追問：
「那麼，真的很不好意思，可以讓我看一下十四年前的員工名冊嗎？」
〈什麼？十四年前的名冊嗎？〉
「是的，我想所長那邊應該會有資料。」
〈呃……你突然這麼說……。本部裡沒有嗎？〉
「沒有。為了避免流到極左或邪教的人手上而沒有製作綜合名冊。」
〈啊！原來如此〉
猪俣的氣勢變小了些。就是現在，三上使出最後一擊。
「因為事情有點緊急，如果沒辦法馬上找出名冊的話，可以請你問一下待在科搜研比較久的職員嗎？一旦知道他的聯絡方式，請馬上通知廣報室的三上。」
〈我、我知道了，我現在就問〉
「還有一件事，我想日吉恐怕是被辭退的，所以請一併查出他離職的時間及理由，還有相關的前因後果。」
又一個辭職了。不只是幸田，連日吉也……。
打完電話以後，事情的嚴重性讓三上全身緊繃。日吉至少早在八年前就已經離職了，很有可能跟幸田一樣，都是在64還鬧得沸沸揚揚的時候就已經辭職了。問題在於為什麼要辭職？在雨宮家掉的眼淚就是辭職的原因嗎？
眼角餘光瞄到美雲正站起來。她走向置物櫃。似乎是算準了要端茶出來的時機。
三上又看了牆上的時鐘一眼，三點十五分。需要多少時間才能得到猪俣的回答呢？因為對方並不是警察，所以有點難以預測。
美雲端著放有茶杯的托盤走來。
「聽說妳老家也有接到無聲電話？」
來不及思考話就先說出來了。美雲發出「咦？」的一聲。
「是村串告訴我的，什麼時候的事？」
「啊！是的，大概是一個月以前的事。」
「接到過幾次？」
「好像有兩次。」
「同一天嗎？」
「嗯，家裡人是這麼說的。」
「這樣啊……」
三上遲疑著不知道該怎麼接下去。
一個月前。那跟三上家接到無聲電話是同一個時期。而且還不是只有接到過一次。瑞希家雖然是三個禮拜前接到的，但時間上也差不多。這個時代有很多無聊人……。或許瑞希說的話也有幾分道理。像這樣把兩個偶然放在一起看的話，不由得讓人懷疑當時是不是有個變態隨機打了很多通無聲電話給很多人。

三上輕輕地嘆了一口氣，同時眼前的警用電話響了起來。看看時鐘，還不到二十分鐘。瞥了一眼回到座位的美雲，他拿起話筒。

〈喂，我是猪俣。我查到了〉

語氣聽來十分興奮。很好。三上一股作氣地問：

「請告訴我。」

〈我找到名冊了，等一下喔……日吉浩一郎，是這個人嗎？〉

「除了他還有其他叫日吉的人嗎？」

〈沒有了、沒有了，只有一個日吉。以前隸屬於物理研究所。呃……準備好了嗎？我要唸囉！地址是D市大澄町一二五六號，電話是……〉

三上一面抄下，一面在心裡暗暗叫好。四位數門牌號碼的地址是很久以前的地址，肯定是日吉的老家。而且從他的名字看來，應該是長男。換句話說，他現在還住在這個大澄町的地址的可能性非常大。

〈關於他辭職的事我也稍微問了一下以前的人。你還記得吧！十四年前發生過一起綁架案〉

三上停止呼吸，用力握住話筒。

「記得。」

〈在那件事以後，日吉請了三個月的假，然後就直接以自願離職的方式退職了。雖然不知道他辭職的理由，但是日吉那個人好像在綁架案的時候曾經被派到被害人的家裡……那個，你有在聽嗎？〉

「請繼續，我在聽。」

〈雖然那個案子馬上就結束了，但是自從他回到職場後就變得非常憂鬱，好像也不跟任何人說話，然後就開始不來上班了。呃……他的在職時間大約只有兩年，在那之前聽說在NTT只待了不到一年的時間，我打聽到的就只有這些了〉

「非常感謝你，幫了我很大的忙。」

三上打從心裡感謝他，然後把寫著地址的紙條塞進胸前的口袋裡。

27

開車到大澄町大概十五分鐘左右。

這一帶林立著又大又氣派的老房子，每一戶都有著高高的圍牆，裡頭似乎還有由花匠修剪得很漂亮的庭園。三上把車子停在兒童公園旁，循著影印下來的住宅區地圖往前走。太陽已經開始西斜了，他也自然地加快了腳步。

轉角的地方有一棟瓦片屋頂的房子，大門兩旁石造的柱子上鑲嵌著「日吉」的門牌。規模跟周圍的房子比起來又更大了一點。松樹粗壯的枝幹伸到馬路上，主屋隔壁還有一間白色牆壁的倉庫。車庫的鐵捲門放了下來，從寬度來看，擁有可以停放好幾輛車的空間。

好人家出身的公子哥兒。多少帶有一點輕蔑的情緒湧上心頭，讓三上覺得很不愉快。在科搜研只待了短短兩年，在NTT更是連一年都不到。每次在職場上遇到不開心的事就辭職嗎？就連在雨宮家流的眼淚，也是在知道理由之前就讓人感覺少了些許重量。

三上輕輕地嘆了一口氣，繞到側門去按下門鈴。那是不知是大正時代還是昭和初期的碗型門鈴，既沒有對講機也不具備監視器的功能。

考慮到建築物的面積大而稍微等了一下。聽到踩著木屐的腳步聲。沒多久，木頭的側門被打開，一個滿頭白髮的老婦人走了出來。看打扮不像是佣人。莫非是日吉的母親？老婦人全身上下散發出一股陰鬱的氣息。她一臉詫異地抬頭看著三上，非常不客氣地問：

「你是誰？」

三上行禮如儀地彎腰鞠躬。

「突然來打擾真不好意思，我是縣警本部秘書課的三上。請問以前在科搜研工作過的浩一郎先生在家嗎？」

「什麼？！」

日吉母親的眼睛瞪得幾乎有剛才的兩倍大。

「你說你是縣警的人？到底有什麼事？」

「我有話想當面跟浩一郎先生說。」

「事到如今還有什麼話好說？有話想問的是我們吧！居然對我兒子做了那麼殘酷的事。」

「您會生氣也是理所當然的。」

三上反射性地先道歉再說。日吉離開科搜研的理由是因為有人對他做了「殘酷的事」。當然也有可能明明是自己的抗壓性太差卻反過來怪別人，但是總而言之，日吉和他的家人認為自己才是受害者。

「我有說錯嗎？」

日吉母親的臉上寫滿了心疼與不甘。

「我兒子本來在NTT電腦部的通信部門做得好好的，剛好發生了某個案子而被警方請去幫忙，因為知道警方在這方面實在太無知了，才會想要貢獻自己的力量而換工作。沒想到……居然是綁架案。」

或許是顧及鄰居的耳目，日吉母親說聲「進來吧！」就讓三上進到院子，並把木門關上。在高聳的圍牆和長得有半人高的八角金盤[29]圍繞下，明明是冬天，這個角落卻讓人感覺很潮濕陰暗。

日吉的母親把聲音壓得極低接著說：

「我不會原諒你們。把我兒子丟到那麼殘忍的案件中心。只不過是一點小失誤，就罵他是廢物。難道你們就不是人生父母養的嗎？難道警界就是這樣的世界嗎？你們也稍微站在小心翼翼將孩子拉拔到這麼大的父母立場上想一想。我的兒子被你們傷得體無完膚，整個人生都被毀掉了。你們打算怎麼彌補？」

三上不知該做何反應。日吉母親的攻擊性之強，讓人幾乎覺得這好像是昨天還是今天才剛發生的事。

「關於要怎麼補償，還是得跟本人談過之後才能決定。因為我們也還有很多不清楚的地方。」

29：五加科的常綠灌木。葉片呈掌狀，會裂開成七或九片，看起來像是八角形，故得此名。

「不清楚的地方？」
日吉的母親氣到肩膀用力、下巴突出。她的嘴唇顫抖著。
「你是說你們連自己做過什麼好事都不知道嗎？」
「是誰罵令公子廢物？」
「這種事你們應該比誰都清楚吧！」
「請告訴我，我們也想查個水落石出。」
「不就是跟他一起辦案的上面的人嗎？那孩子只說『搞砸了、我是個廢物』，從此以後就……」
原來她也不知道究竟發生了什麼事。
「所以他並不是說有人罵他廢物，而是他自己說自己是個廢物嗎？」
「你到底想說什麼？如果不是有人這樣罵他，他才不會這樣說自己。我可憐的孩子，從此以後就一蹶不振，茶不思飯不想。每天都過得非常驚恐。肯定是你們說了什麼話，把他的心撕裂了。」
每聽到一次『你們』這兩個字，三上的心就抽痛一次。
「令公子有說是什麼事情搞砸了嗎？」
「他什麼也沒說，可以告訴我嗎？那孩子到底犯了什麼錯？會不會是有人把責任推到他頭上呢？」
三上微微點頭，擺出理解的表情。看樣子是無法從他母親口中問出更多的事了。
「可以讓我見令公子嗎？我想直接問他本人。」
「不可以。」
日吉的母親斬釘截鐵地說道。
「五分鐘就好了。」
「他不會見任何人的。」
「任何人？」
「對啦！連家人也不例外……」

日吉的母親用手捂住嘴巴，淚水逐漸從眼睛溢出來。

三上屏住呼吸，靜靜等待她的下一句話。腦海中盤旋著好幾個最糟糕的想像。

紅通通的眼睛朝自己看了過來。

「已經十四年了……。十四年了……。自從離開研究所以後，就一直把自己關在房間裡……。再也不跟我、也不跟外子說話。你們帶給那孩子的傷害就是這麼大！」

三上仰天長嘆。

閉門不出。

腦海中想像過最糟糕的結局是自殺，沒想到是比自殺更強烈的衝擊。

「令公子今年多大了？」

三上忘了自己還在工作，問了這個問題。

「三十八，下個月就三十九了。我真的已經不知道該怎麼辦才好了……。接下來到底該怎麼走下去……」

日吉的母親將臉埋進雙手裡，發出嗚咽的聲音。

兒子的人生被毀掉了。剛才聽到這句話的時候，還覺得這麼說也太誇張了，但是現在的想法已經跟剛才完全不同，只覺得聽在耳裡無比地痛心。

「那平常都是怎麼溝通的呢？」

日吉的母親用犀利的眼神望向三上。

「告訴你又能怎樣？對你們來說這根本無關緊要吧！事到如今……」

「我女兒也有過同樣的問題。」

三上打斷她的話。因為有一半的出發點是為了工作才這麼說，所以胸口彷彿被劃了一刀。

「因為完全不能溝通，我老婆也很痛苦……」

「她出來了嗎？」

這次換日吉的母親打斷他的話。

「令千金，從房裡出來了嗎？」
「……嗯。」
胸口的傷又加深了幾寸。是從房裡出來了，但是……。
「怎麼辦到的？」
彷彿是黑暗中看見一道曙光的眼神讓三上不由得退縮。日吉的母親甚至還把臉靠了過來，臉上完全是「抓住救命稻草」的神情。三上有點後悔提起這件事，然而事到如今也不能再把她推回黑暗裡。
「……用真心去面對她。」
我不要這張臉！我想死……。
你倒好了！男人就算再醜也無所謂！
三上知道自己全身血脈賁張，腦筋有麻痺的感覺，天地也開始旋轉。他用力踩穩雙腳，告訴自己不要緊，告訴自己這只是幾秒鐘的不適。然後三上繼續說下去。
「我們也帶她去看過心理醫生。終於讓女兒說出了真心話。」
日吉的母親不置可否地點點頭，然後垂下眼瞼。失望之情溢於言表。十四年了，早就已經不是討論有沒有去看心理醫生的階段了。
「完全沒有情感上的互動嗎？」
三上試著跟已然失魂的日吉母親對話。
「……沒有。雖然每天都把信從門縫底下塞進去，但是從來沒有半點反應。」
「有試過衝擊療法[30]嗎？」
「一開始的時候，外子曾經試過好幾次……但是反而愈來愈惡化……」
三上凝視著日吉母親瘦弱的肩頭。他感覺自己此刻正站在工作與私情的分水嶺上。
「可以讓我寫封信給他嗎？」
「好的……拜託你了。」

日吉的母親心不在焉地回答。她茫然的視線飄向窗簾拉得緊緊的二樓窗戶，那裡大概就是日吉的房間吧！

28

週末的家庭式餐廳已經不像之前那樣吵雜。窗外也已經完全暗了下來。

三上坐在吧台的邊緣，視線落在手錶上。剛好五點半。點的香料飯和咖啡都已經上桌，但是他卻動也不動，只是抱著胳膊盯著桌子上的信紙看。信紙是來這裡的路上在便利商店買的。一起買的菸已經抽了五根，但是信紙上卻還是一片空白。虧他向日吉的母親告辭的時候，還說今天就會把信丟進信箱裡，請她務必交給日吉。

三上嘆了一口氣，把身子靠在椅背上。

想要貢獻自己的力量。日吉是抱著這樣的弘願才投身到警察的世界。為了社會正義。這句話聽起來很偉大，但現實可沒有那麼美好。只待了一年就想要轉換跑道，心裡想必還有更複雜的考量。雖然不能說是順水推舟，但是對於日吉來說，警方當時對於電腦犯罪的知識不足，會不會剛好給了他一個絕佳的藉口，讓他可以名正言順地逃離前一份工作呢？

然而，他的自尊心卻在案發現場摔了個粉碎。

搞砸了……。我是個廢物……。

被丟進當時緊張到極點的雨宮家，在那裡犯下重大的失誤，因為自責而終於被逼到崩潰的邊緣。果然是溫室裡的花朵，不堪一擊。這麼想雖然八九不離十，但他母親一聲聲地指控有人對他做了殘酷的事，應該也不是完全子虛烏有的指控。有人抓著他的失誤窮追猛打，用殘酷的字眼、想要置人於死地的語氣，對日吉處以「禁錮十四年」的極刑。

是當時的班長漆原嗎？如果採用消去法的話，只有這個人了。他不認為富有男子氣概的柿沼會抓著弱者窮追猛

30：直接使病人處於其他恐懼的情境中，利用物極必反的效果消除恐懼心理。

打。幸田也可以消去。因為照瑞希的說法，他還安慰了哭泣的日吉。

日吉犯的錯誤到底是什麼呢？

考慮到他在雨宮家負責的任務，應該是跟錄音器材有關。腦海中率先浮現出錄音失敗這四個字。沒有錄到綁匪在電話裡的聲音。如果真是如此的話，那的確是無法挽回的失敗。就連未按照正規程序就採用日吉的人也脫不了關係。可是不對吧！日吉根本沒有犯下錄音失敗的機會。因為綁匪打電話來的時候，自宅班的四名成員都還沒有抵達雨宮家。潛入後，家裡就再也沒有接到恐嚇電話，因此根本就沒有錄音的機會。

如果不是錄音失敗的話，其他還有什麼事情可能會失敗呢？廢物。會讓日吉把自己貶到這麼低的失誤……。致命的失誤……。腦海中浮現不出任何具體的失誤。還是除了錄音以外，他在現場還被賦予其他特殊的任務？或者是與工作內容無關的突發事件？也有可能失誤本身並不嚴重，但是因為涉及綁架又撕票，所以特別自責？

問題是……。思緒往前回溯。

幸田跟這件事有什麼關係？這個最關鍵的部分還是一點頭緒也沒有。假設幸田在手札裡寫下了日吉的失誤，他為什麼要這麼做呢？是基於義憤嗎？因為不滿上面的人想要把這件事壓下來，所以打算進行內部告發而將真相寫下來。還是因為懺悔呢？將日吉所犯的錯誤視為是整個自宅班的連帶責任。無論是哪一個，他應該都想像得到，手札的存在可能會讓年紀輕輕的日吉從此在社會上失去立足之地。還是他認為跟崇高的理想比起來，那只不過是小事一樁呢？

他不了解幸田這個人。他跟日吉的關係如何？日吉的母親懷疑有人把責任推到兒子頭上。腦海中浮現出令人不愉快的想法。該不會日吉的失誤是因為幸田的指示所引起的？幸田假裝去安慰他，其實是要堵住日吉的嘴？從瑞希那塵封已久的記憶來看，幸田以言語暴力對待日吉的可能性極低。

答案全都藏在日吉心中。只要能打開他的心門，就可以了解跟幸田手札有關的事情全貌。

三上點燃第六根菸，喝了一口咖啡，握著筆對著信紙沉思。該怎麼寫呢？什麼樣的內容才能打動日吉的心呢？他已經自我禁錮了十四年，不只是自責而已，對警方也感到恐懼。或許還有恨意。如今卻是警方準備好出口，要他什麼都不用擔心，把內心深處所有的祕密都說出來……。

手中的筆一動也不動。心也彷彿凍結了。只有時間正十分、二十分地流逝。額頭上滲出了汗水，愈著急就愈感覺腦袋裡的空白正不斷地擴大。

——搞什麼！

三上終於把筆丟下。一個字也寫不出來的無力感讓他感到相當煩躁。他本以為要讓別人卸下心防是一件非常容易的事。在偵訊室裡，他不曉得已經讓多少個罪犯卸下心防，不管是謊話、實話還是場面話、心裡話，他們都在反覆地質問下赤裸裸地現出了原形。這靠的是實力。是警察這塊金字招牌所散發出來的無比實力。

三上把目光拉回到信紙上。

但是現在需要的並不是實力而是詞彙。可以確實地傳達到對方心底的詞彙……。想不出來。要是三上能想得出隻字片語，亞由美的心也不會離得那麼遠。語言是一種武器。是前端磨得鋒利、可以把對手的心戳出千瘡百孔的心理戰工具。即使離開了工作的範疇，道理還是一樣。在他從小到大的人生中，是否曾經認真思考過要用語言來打動誰的心？

「我幫您換一杯熱咖啡吧！」

三上回過神來抬頭一看，眼前有個像是工讀生的女服務生正側著頭看他。大概是尚未習慣這份工作吧，她無論是動作還是微笑的方式都不太像家庭式餐廳的員工。

「謝謝，麻煩妳了。」

三上把湯匙插進冷掉的香料飯裡。女服務生似乎也發現他的香料飯完全沒動過。每次像這樣沒有食慾的時候，三上總會想起以前來找父親的戰友曾經脫口而出的一句話：「每次吃東西的時候，都會覺得自己又活過來了呢！」把飯送進嘴裡時才想起今天沒吃午飯。難怪在日吉家會出現暈眩的症狀。只吃了一半就把湯匙放下，還得留一點胃回家吃晚飯。

三上再次點起一根菸。雖然沒有覺得自己又活過來，但是全身比剛才稍微帶勁了些。吐出煙圈，以工作的思考邏輯重新審視眼前的現實。日吉是攻不下來的，把他的事徹底忘掉後去找漆原和柿沼，同時也要打聽幸田的消息。被推到桌子角落的空白信紙甚是礙眼，但是已經沒有時間了。如果還有一點點希望的話也就算了，拘泥於明知不可能的作業上，只是在浪費時間，稱不上是工作。

三上把信紙塞進公事包裡，將手伸向帳單。

「要再來一杯咖啡嗎？」

耳邊傳來員工手冊上的既定問句。

「不用了，謝謝。」

三上頭也不回地回答，結果耳邊傳來噗嗤的笑聲。三上一驚，還以為是有人在取笑他的容貌。他不動聲色地轉動眼珠子，發現站在身旁的是剛才那位女服務生。

「那麼，等你想喝的時候再叫我。」

這次則是很一般的說法。三上轉過頭，仔細盯著她的臉看。小眼睛、朝天鼻，就長相來說不算是美女。

「啊！我很囉嗦嗎？不過我覺得好高興，因為這是我在這裡工作以來第一次有人向我說謝謝。」

女服務生又微微一笑。三上反應不及，只能看著她逐漸遠去的背影。心裡有一股異樣的感覺。她肯定是什麼的化身，否則不可能會有這種事。

在那之後又過了一個小時，三上都沒有離開座位。

他面對著信紙，筆依然放在一邊，有很長一段時間都只是在閉目沉思。腦袋好像不是自己的，完全陷於停擺狀態。睡意不斷襲來，只有一些虛無縹緲的畫面在腦中一幕幕上演著。日吉徘徊在宛如樹海[31]一般幽暗的地方，從林木的縫隙間還可以隱隱約約地看見亞由美的身影。兩人都迷失在森林裡。恐怕連三上也是。

原本是要寫信說服日吉，最後卻只有短短的一句話。

『告訴我你在哪裡，可以的話我去找你。』

過於奢侈的時間終於結束了。

三上再寫上家裡和手機的電話號碼，把折好的信紙放進信封裡，抓起帳單後快步地走向收銀台。用眼角餘光尋找著女服務生的身影，不知道是在屏風的對面還是打工的時間已經結束，整層樓都不見她的人影。

29

車上的廣播開始播放七點的新聞。

總覺得等紅燈的時間特別漫長，看起來像是補習班的建築物從窗口射出令人目眩的燈光。人潮從大門口湧出。深藍色的牛角釦大衣、蘇格蘭紋的格子圍巾、粉紅色的毛線手套。一群穿得跟亞由美的冬天裝扮一模一樣的女高中生，一個接著一個地騎著腳踏車從車身旁輕快地穿過。

感覺像是亞由美在說再見……。

三上正在回家的路上。當他把要給日吉的訊息託付給他母親的時候，就已經自欺欺人地認為這次家用電話總算可以派上用場了。

美那子準備了煮魚和醃漬小菜。

「辛苦你了，今天比我想像中還早，我馬上把菜熱一下……」

美那子的聲音充滿活力，話也變多了，看得出來是努力表現出開朗的樣子。三上的肚子並不餓，其他尚未消化的問題還跟香料飯一起沉甸甸地壓在肚子裡，但他還是自然地回以輕快的語氣說：「喔！好香啊！」對他來說，美那子忙進忙出的樣子就像是從雲隙裡透出的陽光。

他當然知道原因是什麼。

「聽說你今天去了瑞希姊家？」

三上才剛開始動筷子，美那子就沉不住氣地說了。

「妳打電話給她？」

「是瑞希姊傍晚打來的。」

三上有點不悅，這個大嘴巴……。

31：意指青木原森林，跨越山梨縣富士河口湖町與鳴澤村，經常有人在此自殺。

「我剛好有點事要問她，所以就去了一趟。」
「她說你的工作好像非常辛苦。」
三上笑了笑。
「她太誇張了啦！只不過是因為廣報的做法跟以前不太一樣而已。」
「還是刑事部比較好嗎？」
「兩邊都有各自的難處。不過，這邊在體力上比較輕鬆。」
「但是比較費精神吧！」
「所以才說兩邊都有各自的難處。只要待在這個行業裡一天，就不可能輕鬆到哪裡去。」
三上始終面帶笑容，但美那子還是輕輕地嘆了一口氣。
「可是沒想到連警務部也要處理翔子小妹妹命案……」
「妳聽村串說的？」
「哪是，是你說的。是你說警察廳的大人物要來，所以去了雨宮先生家一趟。」
三上動了動筷子。每天都只為了對話而對話，所以一轉身就忘了自己說過什麼。
「進行得不太順利嗎？」
「嗯，雨宮不肯接受長官的慰問，怎麼說也說不動。」
「大人物是指長官嗎？」
美那子睜大了眼睛，使得三上有些慌張。
「只是心血來潮，出來遊山玩水罷了。」
「可是為什麼？」
「嗯？」
「雨宮先生為什麼要拒絕長官的慰問……」
「可能是因為至今尚未抓到兇手吧！換作是誰都會埋怨警方。」

「你必須說服他才行嗎？」

美那子的表情嚴肅。當過女警的她，深知警察廳長官這個頭銜的重量。

「就盡力說服看看囉！萬一真的不成也沒辦法，只要讓長官改去巡視當時的現場就好了，不是什麼大事。」

「可是……」

「不用擔心啦！」

「瑞希姊告訴我了。」

美那子的語氣像是嫌犯要招供了。

「她說了什麼？」

「她說你看起來雖然很辛苦的樣子，但是能知道你到底是不是真的很辛苦的人只有我。」

「那個八婆，自以為什麼都懂。」

三上只能用粗話來掩飾自己的狼狽。

他明白瑞希的用意，這是為了要搖醒始終緊盯著無底深淵不放的美那子。她可能認為把美那子的注意力轉移到丈夫身上，是對她的一種救贖吧！雖然不是很高興被她看穿夫婦間的嫌隙，但如果今晚能夠跟視線不再低垂、也不再老是一臉茫然的美那子好好地談一談，心裡面就會自然而然地湧出感謝之情。

因此三上決定一股作氣地跟她談談。

「我今天聽村串說了，她們家好像也有接到電話。」

「什麼電話？」

「無聲電話。」

美那子的臉頰抽動了一下。

「……真的嗎？」

「嗯，跟我們家同一個時期。」

三上的語氣不帶抑揚頓挫。這樣一來反而讓場面變得緊繃。

「幾次？」

「一次。」

「是喔。」

美那子沉默了下來，猜不透她是怎麼想的。是一口咬定跟自己家無關？還是懷疑起其中的關連性而感到不安呢？根據美那子的反應，三上也打算要告訴她美雲的老家也接到過兩次無聲電話，但又覺得那太殘酷了。

「但我們家的電話是亞由美打的，因為她還打了三次。」

三上不忍心對美那子潑冷水。但話才說出口，他就開始氣自己了。這樣好嗎？如果一切又回到原點，不就失去一開始提出這個話題的意義了嗎？

「只不過……」

也有可能只是單純的惡作劇電話……。

一句話哽在喉頭，終究是說不出口。一想到美那子剛才的表情，再怎樣也說不出口。因為就連三上本身也很難接受惡作劇電話的可能性。其他人也有接到無聲電話。就只是這樣而已。為什麼一定要選邊站呢？不管是亞由美打的，還是惡作劇電話，那都只是猜測而已。既然只是猜測，為什麼不往好的方面想？如果連這點相信都沒了，那夫婦之間還剩下什麼？

可是……。

為了擺脫不好的想像，就得好好討論亞由美在電話裡為什麼不說話。那並不是「再見」的意思，一定有別的理由。需要有另一個故事讓美那子了解無言的話別只不過是其中最不好的想像之一而已。

「亞由美那傢伙，最怕我對她大吼大叫了。所以才會連想說的話都不敢說，就把電話給掛了。」

這段話說得很不自然，所以美那子的表情還是很複雜。肯定是同時在思考無聲電話背後代表的意義，和三上又把話吞回去的理由。

「不過啊……她的目的已經達到一半了。亞由美之所以打電話回來，肯定是想聽聽妳和我的聲音。」

「我想是你的聲音……」

美那子喃喃說道。
「什麼意思？」
「前兩次電話都是我接的，所以她又打了第三次，我想亞由美是想聽你的聲音。」
「別說傻話了，她一定是聽到兩次妳的聲音就覺得滿足了。」
「不是這樣的。」
美那子的嘴角微微顫抖。
「亞由美根本不想聽到我的聲音，也沒有任何話想對我說，就算有也是……」
「別說了。」
三上對於自己不耐煩的口氣感到不知所措。
「別再說了，如果老是往壞處想的話，可是會沒完沒了的，好嗎？」
美那子點點頭，但似乎就要這樣消沉下去了。
「那是亞由美打來的電話。雖然也有可能不是，但至少有這樣的可能性。無論如何，亞由美都會好好的。只要她好好的，是誰打的電話根本不重要。」
三上強硬地做出了結論。
「說的也是。」
美那子抬起頭來，正努力地擠出一抹微笑。
「就是啊！」
正當三上用力地說出這句話的時候，電話響了。美那子的身體在那一瞬間似乎震了一下。因為如果是工作上的電話，響的應該是走廊上的警用電話。
「妳待在這裡，我去接。」
三上輕聲地安撫她。他把上半身探到茶几上，看著來電顯示。是市內的號碼，但他完全沒有印象。為了不讓美那子察覺到自己的緊張，他慢慢地拿起話筒。這時馬上傳來再熟悉不過的聲音。

〈喂，三上嗎？〉

是石井秘書課長打來的。為什麼不打警用電話？三上強忍住想要破口大罵的衝動。

「什麼事？」

三上沒好氣地回答。

〈我想知道家屬那邊進行得怎麼樣？〉

「正在跟進。」

〈在家裡跟進嗎？〉

語氣中充滿諷刺意味。昨天在赤間面前下跪磕頭的石井，臨走之前丟了一句話給他。我才不要跟你一起死……。

「你等一下。」

三上小聲地告訴美那子：「是秘書課長。」之後便拿著子機走到走廊。總覺得哽在喉嚨裡的刺還沒吐出來。美那子心裡究竟是怎麼想的？自己那番話有讓她覺得輕鬆一點嗎？

臥房裡的空氣好冷。

「讓你久等了……關於雨宮那件事，我已經找到懷柔的切入點了，明天會再去他家試試。」

〈意思是說還沒有搞定嗎？〉

……一開始不就說了嗎？

〈你這樣我很難做〉

「我會盡最大的努力。」

三上有預感可能不是一時半刻就能回到客廳，因此把臥房的電暖器打開，然後坐了下來。無論如何，今天晚上都得打通電話到Q署的署長官邸。雖然他很想趕快結束這通電話，但石井似乎不只是打電話來找他麻煩而已。

〈下週一的媒體懇談會，你要對媒體解釋匿名問題對吧？〉

「不是解釋，上頭交代只能說明經過。」

〈不都一樣嗎？〉

石井的語氣不同以往，十分強硬。
〈我接下來要打電話給各家媒體，召集開會人員。但是只有你的解釋還不夠，我想表現出具體的誠意，無論如何都得讓他們收回拒絕採訪視察的決定才行〉
「什麼具體的誠意？」
〈最簡單的方法就是加強廣報服務囉！像是不分深夜或假日，只要發生事故或事件，就以最快的速度把消息傳真給各家媒體，或者是如果對方要求的話，還可以用電子郵件寄給每個記者之類的〉
三上無奈地嘆了一口氣。他是有聽說其他警察本部已經開始提供速報服務了，但那是在陣容已經完備的廣報課才有辦法做到，區區四人的廣報室根本應付不來。而且話說回來……。
「這是課長的主意嗎？」
赤間部長不可能想出這種餿主意，因為在這種情況下提供這樣的服務，等於是向記者俱樂部認錯、道歉。
〈不是，是白田先生〉
「警務課長嗎？」
三上頗為驚訝。雖說白田是警務部最大的課長，但是也沒有權利管到秘書課的頭上來。
〈他知道我們這邊正鬧得不可開交，所以好像也打算親自出席媒體懇談會〉
「問題是，即使是這麼明顯的示好行為，對方也可能不會接受吧！」
〈記者們可能不會接受，但是分局長等級的人並不會像現場的人那麼一頭熱。這種交易很有效喔！因為可以充分滿足他們的自尊心〉
「提前召開媒體懇談會不就已經顯示出我們對匿名問題的重視了嗎？」
〈你真的什麼都不懂耶！既然是我們要求提前召開媒體懇談會，他們不就會產生期待嗎？不是道歉、就是讓步，再不然就是要獻上足以代替這兩者的貢品〉
三上忍住嘆息。
「這樣的服務未免太周到了。一旦連電子郵件都發了，記者只會愈來愈墮落而已。以後別說是不會親自到現場求證了，恐怕就連事件、事故的確認電話都不會打了。」

〈喂喂，對我們來說，記者要怎麼墮落是他們家的事！〉

「如果要連晚上和假日都算進去的話就必須增加人手，目前的編制絕對應付不來。」

三上還以為一切就到此為止了，沒想到石井又語帶尖酸地說道：

〈這句話聽起來真不像是刑警出身的人會講的話啊！明知不可為也要硬幹不正是你們的一貫作風嗎？〉

——這是哪壺不開提哪壺。

「部長知道這件事嗎？」

石井的氣焰頓時消了一大半。看樣子他還沒告訴赤間。

「他不可能會答應這種割地賠款的交涉方式。」

三上利用赤間使出最後一擊。就像是在偵訊室裡搬出父母親人來說嘴一樣，難免有些愧疚。然而……。

〈這你不用擔心。我就是考慮到這一點才要事先跟各家媒體打招呼。我先在電話裡告訴他們廣報服務的內容，你只要在媒體懇談會上說以後也會努力加強廣報服務就行了。這麼一來，部長也就不會追究了。萬一他真的生氣，也只要說這是做做樣子就好了〉

「做做樣子？」

也就是嘴巴說說而不付諸實行嗎？

〈白田先生也說部長會接受的〉

看來連白田警務課長也被拖下水了。這肯定是昨天下跪磕頭的副作用。被失去赤間信賴的恐懼逼得走投無路，就把腦筋動到白田警務課長頭上了。還是他把目標放得更遠呢？赤間是遲早要回本廳的人，但是從基層爬上來的白田一直到退休以前都會坐鎮在D縣警的高位。

〈總而言之，一定要搞定媒體懇談會。不管是不是做做樣子都只是口頭上的約定，實際的服務編制只要以後一點一點加強就行了〉

三上已經懶得回話了。今晚又要跟石井同桌議事。自嘲不禁穿過層層的憤怒湧上心頭。

〈那就拜託你囉！〉

「………」

〈你有在聽嗎？〉

「………」

〈我想你應該也明白，匿名問題已經到了決定成敗的重要關頭。如果連長官視察也失敗的話，那麼你跟我都……〉

「可以問你一個問題嗎？」

三上心意已決，決定問個清楚明白。其實這場困局的核心，距離媒體懇談會可以說是十萬八千里之遠啊！

〈什麼問題？幹嘛突然這麼鄭重其事？〉

「警務課的二渡形跡可疑，你有想到什麼嗎？」

〈形跡可疑？我不曉得。是什麼樣的舉動？〉

「他似乎在調查翔子小妹妹命案。」

〈怎麼會這樣？這事應該不歸他管吧！〉

所以我才問你啊！

「跟我們這邊沒有關係嗎？」

〈什麼關係……？〉

「我的意思是說，會不會是赤間部長命令二渡去做的？」

〈我想應該不會吧！因為他現在光是要處理重建廳舍的事就焦頭爛額了〉

「可事實上他就是有些動作啊！就因為警務的王牌到處打探64的事，所以刑事部的態度才會變得那麼強硬。」

〈我不知道這件事。我什麼也沒聽說〉

這是想要置身事外嗎？

「白田課長那邊呢？有沒有什麼跟平常不一樣的動靜？」

〈我想沒有……。你認為是他命令二渡的？〉

「我只是想看看能不能把赤間、白田、二渡這條線串起來。」

〈如果是不該知道的事，我想白田先生應該會假裝不知道、假裝沒看見吧！因為他是個完全不想負責任的人〉

真不知道石井有什麼資格說別人。

〈如果你還不放心的話，為什麼不直接去問二渡？你們不是同期？就連高中也是同一個社團的嗎？雖然刑事和警務間長久以來沒有什麼交集，但你現在也是警務的人了，直接見面問他不就好了嗎？〉

「我正打算這麼做。」

三上掛上電話後，一時半刻無法平息內心的煩躁。石井侃侃而談的那些空泛又不誠實的話令他生氣。不過我覺得好高興，因為這是我在這裡工作以來第一次有人向我說謝謝……。

這句話聽起來似乎是很久很久以前的事了。語言是可以傳達感情的。他深深覺得在一瞬之間有此想法的自己真是愚蠢。寫給日吉的信也一樣。對於一個把所有溝通管道關掉、將自己禁錮了十四年的人，再也沒有什麼話可以傳達到他心裡了。

三上打起精神站起來，走到走廊上。他拿起警用電話，用另一隻手拉著電話線再次回到臥房。

他腦海中浮現出Q署署長官邸的警用電話號碼，同時思考著這並不是用電話可以處理的工作，但又是只能靠電話來處理的工作。他要突襲漆原的耳朵，使他動搖並用計套出他的話。雖說他坐在署長的寶座上已經有好長一段時間，但畢竟曾經是精明幹練的刑警，直覺絕不容小覷。如果當面進攻的話，十之八九會被他看穿手中握有的情報等級。但如果是打電話的話……。

三上看著鬧鐘上的時刻，八點十五分。剛剛好的時間。澡洗了、飯也吃了，肯定是最放鬆的時候。三上拿起話筒，按下署長官邸的號碼，同時嚥下一口口水。

響到第三聲的時候，漆原本人接起了電話。當三上報上姓名的時候，漆原的聲音頓時高了八度。

〈喔！好久不見了〉

「好久不見。」

〈最近怎麼樣啊？還是跟老婆如膠似漆嗎？〉

防禦性的挑釁。一方面要讓三上認為漆原一點都沒變，一方面則在猜想三上打來的目的。

「你那邊怎麼樣？」

〈很不錯喔！逍遙自在。什麼事都有署員幫忙辦得好好的〉

「真是令人羨慕啊！也把我拉拔過去當個刑事官之類的嘛！」

〈哈哈！如果你真的有意思的話，我也不是不能考慮啦！怎麼會突然打電話給我？不會是廣報上的聯絡出了什麼差錯吧？〉

「不是，我打電話是有點事想問你。」

〈哦？什麼事？別拐彎抹角了，有話直說吧！〉

「其實是我今天去找日吉了。」

三上淡淡地說完，然後豎起耳朵。

〈日吉……？〉

「就是以前在科搜研待過的日吉浩一郎啊！在64案闖下大禍辭職的那個。」

漆原停頓了一會兒，然後以若無其事的語氣回答：

「哦，聽你這麼一說，好像真有這麼一號人物呢！他有闖下什麼大禍嗎？」

這次換三上沉默了數秒。他用「去找日吉」設下的陷阱，對方並沒有上勾。而且，他還沒有忘記要反問日吉闖下什麼「大禍」。漆原果然寶刀未老。

那就單刀直入地挑明了說吧！

「就是自宅班潛入雨宮家時發生的事啊！他當時負責錄音。」

〈然後呢？〉

「然後日吉犯下了致命的錯誤。」

〈哦？然後呢？〉

「然後被你罵成是廢物，就把工作辭掉了。」

〈然後呢？〉

被漆原牽著鼻子走了。完全不給予任何反應，促使對方把話說下去是刑警的拿手絕活。

「日吉受到很大的打擊，在離開科搜研的這十四年，一直把自己關在家裡。這你知道吧？」

〈這樣啊……然後呢？〉

「我告訴他，懺悔也好、埋怨也罷，都可以說給我聽。」

〈嗯，然後呢？〉

漆原正在試探三上手邊情報的底線。愈來愈棘手了，要是此時太過於躁進，不小心搞錯虛虛實實的比例，就會被漆原當成笑話。

「日吉曾經抱著磁帶錄音機哭對吧？也不管雨宮夫婦就在身邊。」

還是無法改變攻防的位置。漆原吸了一口氣，聲音聽來有如近在咫尺。

〈然後呢？日吉懺悔了嗎？〉

三上啞口無言。可以說出來嗎？雖然他偷偷在話裡埋入了好幾個陷阱，但是都被他躲開了。

〈我完全聽不懂你想說什麼！閣下大禍到底是什麼禍？我罵他是廢物？我完全沒有印象耶！〉

漆原意識到自己占了上風，連口氣都變了。

〈喂，你是從哪裡得到這種胡說八道的假情報？再說了，你幹嘛把自己搞得像監察官一樣啊？廣報不是負責宣傳清廉正直的好警察嗎？〉

「我不認為這是胡說八道的假情報。」

〈明明就是胡說八道的假情報，這點我可以跟你掛保證。到底是哪個混蛋？沒憑沒據的事也拿來亂講〉

「我是從幸田手札得知的。」

管他三七二十一，拚了。

〈你說什麼……？〉

漆原的語氣有些遲疑，終於出現比較明確的反應了。然而……。

〈原來如此，你跟二渡是一夥的啊！〉

三上感覺自己的鼻樑彷彿被狠狠地揍了一拳。

〈那小子昨天也沒事先預約就跑到署裡來。還要我說出我所知道的幸田手札的事……〉

又被搶先了一步。

全身好像有火在燒。明明是一擊決勝負的奇襲作戰，沒想到早在他打電話以前就已經分出了勝負。二渡的登門造訪讓漆原做好心理準備，所以在接到三上電話的瞬間，腦中的防禦開關就已經打開了。不提任何問題、掌握對話的內容，就連反將一軍的決定性台詞都已經準備好了。你跟二渡是一夥的……。

〈你也被收服了嗎？居然跟警務的狗勾結在一起〉

「跟他沒關係。」

〈你們的飼主不都是赤間嗎？要真有什麼差別，也只是洋狗跟土狗的差別罷了〉

漆原似乎正以挖苦他為樂。不過真實的情況到底是怎麼樣呢？如果二渡真的衝進警署找他，漆原現在能這麼談笑風生嗎？

「我只能說，幸田手札上記錄著自宅班的失誤，足以讓你回家吃自己。」

〈你看過了嗎？〉

間不容髮的反問堵得三上說不出話來。

漆原的笑聲震動著他的耳膜。

〈根本沒有的東西是要怎麼看呢？〉

耳邊傳來漆原得意的聲音。不是沒有這個可能性。幸田手札根本不存在，或者曾經存在過，但現在已經沒有了。所以漆原才會這麼從容嗎？

〈不過這倒是個有趣的話題，如果有什麼新的進展再打電話給我〉

三上已經快要下不了台了。

「我是直接從看到的人口中問出來的。」

〈誰看到了？二渡嗎？〉

「名字不能告訴你。」

〈好！好！那你倒是說說看，會讓我回家吃自己的致命失誤到底是什麼？〉

三上咬住嘴唇，這是他最不想被問到的問題。

〈怎麼啦？你倒是說清楚啊！〉

「現階段還不能說。」

漆原又笑了。

〈監察官遊戲只能陪你玩到這裡，我掛電話了。我是看在以前的交情才陪你扯這麼久，否則部長早就直接下達了命令，不准我們跟警務有任何交集〉

三上趁機逮住這句話的尾巴。

「你也變成一條狗了嗎？」

〈你說什麼？〉

「也不知道封口令的理由就乖乖照辦。」

停頓了好一會兒，才傳來咂舌的聲音。

〈你想要激怒我嗎？〉

「我是在請教你，如果你知道的話，請告訴我。」

〈我才想要你告訴我呢！我到底該怎麼回答你才會滿意〉

這句話聽起來很不真誠。

即使是刑事部的最高機密，如果是當事人，應該早就知道了。然而，就連漆原也不知道D縣警的最高機密。如果連他也被隔絕在外的話……。

「如果把幸田手札交給長官，會發生什麼事？」

〈長官……？你在說什麼？〉

鬆動了。

「你知道下禮拜長官要來視察吧！」

〈那又怎樣？〉

「如果不是長官要來視察也不會有封口令，刑事部希望幸田手札能消失得無影無蹤對吧？」

〈我不明白你想說什麼〉

「你一定明白吧！對方可是警察廳喔！要是真有個什麼閃失，荒木田部長是保不住你的。」

〈喂喂……〉

「他會把所有的責任都推到自宅班頭上，那個人就是這樣的人，我可是親身領教過了。」

〈………〉

漆原沉默不語的空檔讓三上有了期待，但是……。

〈你還恨部長嗎？〉

——什麼意思？

〈異動這種事是不可能做到讓所有人都滿意，所以你也別一直耿耿於懷，忍耐個兩、三年肯定會有好消息〉

攻擊是最好的防禦。三上明知道，但是卻不能當作沒聽見。

「不是這樣的。」

〈你恨荒木田恨到連刑事部都恨下去了嗎？那也不要連累我、拖我墊背啊！這樣我很無辜耶！〉

「我沒有。」

〈既然沒有，為什麼要打這通電話給我？〉

「那是因為……」

〈工作上需要，對吧？但是你捫心自問，真的只是因為工作上需要嗎？你敢說你沒有想要假藉工作上需要對荒木田和刑事部報仇嗎？〉

「沒有。」

自己斬釘截鐵的回答震動著頭蓋骨。

〈沒有的話就表現出沒有的樣子。荒木田的確是個只有嗓門特別大、愛發號施令的男人。但是，不管他是個怎樣的人，部長就是部長。如果你還想回到這裡工作的話，就要對刑事部和部長放尊重點。我要說的只有這些〉

被他避開了要害，沒能一刀斃命。所以三上也改變了問題的方向。

「你是因為上面有交代才沒去參加告別式嗎？」

〈告別式？誰的？〉

「雨宮敏子的。你知道她已經去世了吧！」

〈嗯，有聽說〉

「為什麼沒去？你不是自宅班的班長嗎？」

〈那天我……〉

「只要是刑警就一定會去吧！」

三上等著聽他的藉口，但漆原卻只是沉默以對。或許是終於嚐到苦澀的滋味也說不定。畢竟看在當時所有人的眼裡，在雨宮家的漆原是最優秀的。

「上面命令你不要去，以免刺激到家屬，對吧？」

一聲一聲粗重的喘氣聲讓三上聽得有些驚心。

「幸田手札在哪裡？」

〈夠了〉

「你要為了那個愛發號施令的男人砸掉飯碗嗎？」

〈那只是你無聊的妄想，不要把精力浪費在這種地方，今晚也好好享受閨房之樂吧！〉

漆原不由分說地掛斷電話。

三上連忙把手伸向撥號鍵，但是卻沒有重撥。他已經沒有辦法再像剛才那樣神經緊繃了。當四周再次恢復寂靜時，漆原的存在已經像故人一般地遠去了。

疲勞的感覺一股腦地全湧上來。全身上下被徒勞無功的感覺包圍。他的刺探根本無法撼動漆原的防震系統。只知道不管他有沒有做好心理準備，結果應該都是大同小異。雖然心裡明白，但還是對二渡的有勇無謀感到非常火大。怎麼會想要面對面地攻略老練的刑警呢？要先試探對方的反應、掂量成功的機率才對。還是他把一切想得太簡單了呢？因為在警務部有過幾次僥倖成功的經驗，就以為自己已經掌握到刑事部的內幕了。結果怎麼樣呢？手裡有什麼牌被漆原摸得一清二楚。這已經不是第一次了。到處宣揚幸田手札的結果，就是平白激起刑事部的憤怒與不必要的戒心。亂槍打鳥，卻連要瞄準誰都不知道，真以為多打幾發就可以擊中嗎？三上不禁開始懷疑，二渡這男人真的是個優秀的調查官嗎？

也難怪漆原可以那麼輕易地躲過攻擊。他打算把一切都埋在心底，帶進墳墓。另一方面，也可以看出他認為只要這件事不會公諸於世，就沒什麼了不起的心態。雖然對三上搬出長官而感到不安，但是以漆原這個對手來說，要期待他露出馬腳可能性幾乎等於零。

三上的腦中已經開始在想下一步了。還剩下柿沼，但是沒有勝算。柿沼現在還在專從班裡，年紀和階級都比三上小，就算打電話給他，似乎也會被他用一句「饒了我吧！」給掛斷。唯一可以指望的只有他的男子氣概了。為了準確地砍在他的七寸上，還是得直接去找他當面談談吧！

——明天就去。

三上撐起沉重的下盤，把警用電話放回走廊的電話台，收拾好臉上的表情後回到客廳裡。

美那子正在看電視。多麼令人懷念的畫面。是心裡終於出現細微的變化嗎？還是她故意這麼做的？

「很棘手嗎？」

「還好，沒什麼大不了的。」

「要洗澡了嗎？」

「妳先洗吧！」

「我有點感冒……」

「那就去休息吧！我今晚不會再打電話了。」

腦海中突然浮現出五年後、十年後的樣子。還是重複著跟今天一樣的對話，彼此體貼著對方，裝出若無其事的樣子如常地生活。

三上在浴室待了很久，又在客廳喝了點酒以後才進臥房。

美那子已經窩在被子裡了，一如往常地把電話的子機放在枕頭旁邊。立燈的燈泡將她纖細的頸項染成橘色。

三上知道她還沒睡著。

今晚也好好享受閨房之樂吧……。

無論是浸泡在浴缸裡還是在客廳喝酒的時候，漆原這句無心的話始終縈繞在三上的耳邊。

他已經很久沒有抱美那子了。自從兩人生下亞由美，一起看著亞由美逐漸把自己毀掉之後，就再也無法享受魚水之歡，也不敢再冀望孕育出一個新的生命。

三上鑽進自己的棉被，無聲地嘆了一口氣。

也不是一定要有兩個小孩，但這原本是夫婦之間共同的默契。只是這個默契在生下亞由美並把她養大的過程中，早就不知不覺地消失了。不用說他也知道，美那子並不想要第二個小孩。亞由美長得太像三上了。或許美那子心裡害怕，怕第二個孩子還是個女兒，而且萬一長得像自己……。

三上閉上眼睛。

當時兩個人都還太年輕了。三上隸屬於搜查一課的盜犯特搜股[32]，美那子則是在別館的交通規制課裡當內勤。當時堤防上的職員停車場經常發生車上的值錢物品被洗劫一空的問題，因為此事有傷警方的顏面，所以就出動了特別搜查。美那子的車子也遭到破壞，所以被請來問了一些事情。但是三上根本不敢直視她的臉，所以只記得聲音。隔年，兩人分配到同一個轄區。在署內如果有碰到面的話頂多打聲招呼，就只是這樣的交情而已。對三上來說，美那子的存在太過於耀眼了，是他這一輩子都只能仰望的女神。然而有一天，沒有任何前兆的情況下，美那子突然送給他一個交通安全的護身符。「要是不嫌棄的話，請收下……」美那子微笑著說。因為太過於意外，三上連道謝的話都說不出口。

耳邊傳來美那子淺淺的呼吸聲，她就在自己伸手可及的地方。

——妳不後悔嗎？

這個問不出口的問題，今夜也在三上心中低吟。

30

隔天禮拜天，三上早上不到九點就開車出門了。

64發生當時柿沼剛結婚，住在位於中央町的公寓型小家庭宿舍裡。後來成為自宅班的一員潛入雨宮家，之後也繼續留在專從班裡。既然在那之後從來不曾調動，那麼據三上研判他應該還住在原來的地方。

外觀看起來跟一般的市營住宅幾無二致。俗稱「中央待機寮」的宿舍一共有六棟，三上曾經來過一次，記憶中柿沼的家是在右邊那棟的一樓。下車前先戴上棒球帽和眼鏡。為了防止邪教滲透，全體住戶的信箱已經拆掉，光憑記憶又靠不太住，找了半天最後終於在從右邊數過來第二棟的二樓發現「柿沼」的門牌，上頭還有妻子芽生子和三個小孩的名字。

恐怕他昨晚就已經接到漆原打來封口的電話，三上心想。但還是按下電鈴，門內隨即傳來女人高八度的聲音：「來了。」門被打開一條縫，上頭還掛著門鏈。

「請問你是？」

門縫裡露出芽生子的臉，令三上大吃一驚。因為她的臉看起來還是和多年前見到時一樣年輕。

「我是三上，很久以前在特殊犯股的時候……」

三上話還沒說完，芽生子就反應過來了。

32：專門處理竊盜、闖空門等偷盜案件的單位，隸屬於刑事課之下。

「啊！我記得！當時外子承蒙照顧了。」

芽生子穿上涼鞋，走了出來。她身上頗有幾分類似村串瑞希的味道，雖然稱不上是什麼大美人，但是爽朗的笑容格外耀眼。因為跟母親去世的時期重疊，沒能出席她和柿沼的婚禮，所以三上前前後後只見過芽生子兩次，一次是在搜查一課所舉辦的「柿沼結婚慶祝會」上，另外一次則是和幾個同事去拜訪他們新居落成。算算距今已經過了將近十五年，然而芽生子居然還是青春洋溢，說她才二十幾歲也沒有人會懷疑，一點都看不出來已經是三個孩子的母親了。

「我常常聽外子提起三上先生喔！你有沒有常常覺得耳朵癢癢的啊？」

三上以苦笑來回答。不外乎是「美女與野獸」的傳言吧！

「外子只要多喝兩杯，總是會提起三上先生，說你是真正的刑警。還說所謂警探，指的就是像你這樣的人。」

三上只當她在講場面話，聽過就算了，但芽生子似乎對他這樣的反應感到不服。

「是真的啦！他說只有三上先生把一課和二課全都待遍了。他總是羨慕地告訴我這是多麼了不起的一件事。」

「那是他太抬舉我了。」

為了避開周圍的耳目，三上進到脫鞋的地方。伴隨著叭噠叭噠的腳步聲，一個約莫小學低年級的小女孩和看不出是男是女、也不知道上幼稚園沒有的小鬼頭冒了出來。在走廊的盡頭，還有一個大概是國中生的男孩正以斜眼看人的態度窺探著這邊。

「妳老公不在嗎？」

雖然已是明擺著的事，但三上還是明知故問。只見芽生子抱起最小的孩子，噘起嘴嘟囔著。

「不巧在十分鐘前出去了。」

「去中央署嗎？」

雖然只是徒具虛名，但64的特搜本部至今仍設置在D中央署底下。

「不是，雖然也是去工作，但不是去中央署。」

「最近週末總可以休息了吧！」

「完全沒有！也不知道是好是壞，畢竟有小孩受到那麼殘忍的對待，要是能抓到兇手就好了。」

芽生子望著抱在懷裡的孩子。從孩子尖銳的笑聲，三上總算猜出那是個女孩。

「我們家啊……結婚之後就一直是這個樣子，我簡直像是嫁給64一樣。要是一直抓不到兇手的話，外子未免也太可憐了。一旦過了追訴期而被調職的話，這個遺憾肯定會跟著他一輩子。」

三上深有同感地點頭。

「外子還說過，真希望三上先生可以回來，這麼一來鐵定可以逮到兇手。」

三上感到胸口隱隱作痛，彷彿頭頂上還有另一個自己正在俯瞰底下的自己。

「妳老公一定可以抓到兇手，畢竟他比任何人都還要了解這個案子。」

「但願如此囉！要是能因此連升三級的話，我也沒什麼好說的了。」

芽生子爽朗地高聲笑道。

「昨晚漆原有打電話來嗎？」

「啊！有的，二渡先生也打來了。」

因為是意料之中的結果，所以三上的表情完全沒有受到影響。

「以前也有過嗎？」

「嗯，他常常打來喔！外子偶爾也會主動打電話給他。」

「我是指二渡。」

「喔！這是第一次。不只是電話，他昨天還在我家待到深夜呢！」

又被搶先了一步。二渡的手腳之快，令三上都快要嘖嘖稱奇。

芽生子的臉一沉，說：

「外子說他是警務部的大人物，但他到底是什麼樣的人啊？」

「什麼意思？」

「因為外子假裝不在家，不肯見他。」

「這樣啊……」

「這就是所謂的監察嗎？」

三上趕緊擠出笑容。

「不是啦！他跟我同期，是負責人事的人。肯定是跟這方面有關的事情吧！因為妳老公已經十四年沒有異動過了，可能是來問他想不想換個工作環境吧！」

芽生子信以為真。

「哦……真傻，既然如此應該要見他啊！」

「妳老公還是想要調去別的單位嗎？」

「我想是的。因為他喝醉的時候常常會自暴自棄地說，在追訴期過去之前只能這樣晾著。」

只能這樣晾著……意思是有人把他晾著嗎？

被芽生子抱在懷裡的孩子拉扯著她的頭髮，讓三上忽然想起一件事。

「妳老公有帶手機出門嗎？」

「不好意思。」

芽生子把臉轉回來，用單手做出求饒的姿勢。

「他很嚴厲地警告過我，絕不能把號碼告訴任何人。」

「這我了解。」

就算對方是警官，也不能把手機的號碼告訴對方。所有的刑警都會這樣交代自己的家人。改天再來。正當三上準備告辭的時候，芽生子說道：

「不過他應該是去那裡吧！」

「哪裡？」

「你知道在松川町有一家名叫德松的超市嗎？」

「知道，就在小鋼珠店隔壁。」

「就是那裡。外子或許就把車子停在那裡的停車場入口附近。因為我每隔兩天就會去德松買東西，最近已經在那裡看過好幾次外子的車了。」

暗中監視……？

「該不會只是剛好把車子停在路邊吧！」

「啊！停車場的入口就在從大馬路轉進來第一條巷子裡，不過那條路很寬，所以不會擋到其他車輛的進出。」

芽生子誤會三上的意思，出言維護丈夫。

「車子裡只有他一個人嗎？」

「就是說啊！該不會是在監視什麼可疑人物吧！我有一次試著跟他打招呼，結果被他狠狠地兇了一頓，還叫我不准再靠近。」

這下子又要挨罵了。雖然沒有把手機的號碼告訴別人，但是把行蹤說出來，結果還是一樣的。雖然是芽生子自己主動說出來的，但三上還是有點過意不去，覺得自己好像利用了芽生子的善良。

「那我去找他。」

「你就去看看吧！讓你白跑一趟，真是不好意思。」

「哪兒的話。是我突然來打擾，我才不好意思。還有，我會當作是偶然經過德松的。」

芽生子又驚又喜地「啊！」了一聲。

「拜託你了，不然我又要挨罵了。」

不過她其實也沒很在乎的樣子。這個家庭肯定不太在乎這些小事。

三上轉身欲離去，但是馬上又回過頭來。

「妳老公的車子是？」

「深綠色的SKYLINE，已經非常老舊了。」

「謝謝妳。那我就改天再來打擾了。」

耳邊傳來「拜拜！」的聲音，讓三上再度回頭。小小的臉上恰到好處地混合了父母的特徵，正害羞地埋進母親的胸前。

31

待號誌轉換成黃燈時於十字路口右轉。

他並沒有完全相信芽生子說的話。如果車上只有柿沼一個人，那就不是什麼正式的跟監，他應該是有什麼目的。

三上一面奔馳在高架橋上，一面不斷地在找答案。

進到松川町，這是個郊外型的大型店舖林立的地區。街上充滿了歲末年終的感覺，無論是車還是人的動作都很倉促。『德松超市』的巨大招牌映入眼簾。在前面的路口左轉後開進超市旁邊的小路，然後再於十字路口右轉繞到後面。

三上無意識地踩了煞車。

——還真的在那裡。

沿著家電量販店的牆邊，有五、六輛車子停在馬路的左邊，最前面那輛就是深綠色的SKYLINE。

三上讓車子緩緩地往前滑，從背後接近SKYLINE。看到車子的消音器了，還有從排氣管排放出來的白煙。再繼續接近，透過後車窗可以看見車內的狀況。駕駛座的椅子稍微往後倒，椅背上冒出一顆蓄著短髮的頭。把車子從旁邊滑過，在擦身而過的時候只轉動眼珠子窺探。是柿沼的側臉。他正注視著前方。在他的視線前方大約十公尺左右的地方，是『德松』的停車場入口。有兩個穿著制服的警衛正手忙腳亂地用紅色指揮棒指揮著進進出出的顧客車輛。

三上只有一瞬間以為柿沼是在監視顧客的長相或車子。但是因為SKYLINE停的地方離停車場的入口實在太近了，而且還是在一整排車子的最前面，所以從顧客的車上也可以將柿沼的臉看得一清二楚。照暗中監視的基本原則，柿沼監視的對象應該是距離停車場入口十五公尺遠的小鋼珠店後門，或者是對面的住商兩用混合大樓的出入口附近……。

三上左轉、再左轉，轉過路口，再次繞到那一排路邊停車的車子尾端。把車子停在最後一輛車的後面熄火、下車。原本從柿沼口中說出，再透過芽生子的嘴巴傳進三上耳朵裡的那句『真正的刑警』堵在他的胸口，使得此時此刻的心情就像是要走向偵訊室一般。走到SKYLINE的旁邊，停下腳步，用指關節輕輕地敲了敲駕駛座的車窗。只見柿沼的身體彈了起來，望向三上的眼睛瞪得大大的。

開門。三上以嘴型告訴他。柿沼連忙解除自動鎖，但因為車身緊貼著牆壁，無法從副駕駛座上車，因此三上打開後座的門，一屁股坐了進去。抓住副駕駛座的座椅，把身子往前探，只見柿沼的臉色變得鐵青。

「你在這裡幹嘛？」

三上不給他思考的時間，柿沼只能發出不知所措的聲音：「沒幹嘛……」

「你在等誰？還是在監視誰？」

不是監視，就是觀察。可是當三上實際坐進車裡之後，從擋風玻璃上看到的「風景」都不是這麼回事。他果然是把車子停得離『德松』的停車場入口太近，而且車內毫無遮掩，簡直就是在邀請對方「你在看我嗎？你可以再靠近一點」。可是另一方面，離小鋼珠店和住商混合大樓的出入口又太遠了，不太可能從這裡用肉眼鎖定住對象。

「我要走了。」

柿沼唐突地說道，然後放下手煞車，發動引擎、踩下油門。因為三上幾乎也在同一時間伸出手去拉起手煞車，因此車子暴衝之後又突然停下，兩人的身體不約而同往前撲。或許是輪胎與地面摩擦發出了聲音，停車場裡負責指揮車輛的其中一名警衛轉過頭來，露出了驚訝的表情。

三上坐回座椅上說道。

「我不是來打擾你工作的。你繼續，不用理我。」

「不要緊，我的工作已經結束了。」

結束了？什麼意思？

「你繼續就是了，我也希望可以趕快抓到64的犯人。」

耳邊傳來柿沼吞口水的聲音。

「我來是為了別件事。你繼續看著前面，聽我說就好了。」

「什麼事？」

三上凝視著後視鏡，裡頭映照出柿沼避開自己視線的雙眼。

「昨天我去了以前待過科搜研的日吉老家。」

三上不說見過他，而是老實地用「去了」這兩個字。

柿沼不停地眨眼。接到漆原的電話後，或許已經有預感三上會突然出現在自己面前，但是卻無法完全控制住身體的反應。

「日吉的母親告訴我，日吉在雨宮家裡犯了重大的失誤，被當時身為班長的漆原罵做廢物……這件事是真的吧！」

「我、我不知道。」

柿沼回答的音調有些上揚。

「日吉辭去警察局的工作，從此以後把自己關在家裡長達十四年。這件事你知道嗎？」

「……不知道。」

「在雨宮家的第二天，日吉哭了對吧？」

映在鏡子裡的眼神閃爍不定。

「我什麼都不知道。」

「可是有人看見！幸田好像還去安慰他了。你當時在幹嘛呢？」

「我不記得了……。大概是正忙著跟本部連繫吧！」

三上再次探出身體，把臉湊進柿沼。他連耳根都紅了。

「你知道幸田手札嗎？」

「沒聽過。」

回答得太快了，半開的嘴唇正微微地顫抖著。

「幸田把日吉犯的錯記錄下來了，對吧？」

「我什麼都……」

「漆原為了怕打破自己的飯碗，就封鎖了犯錯及手札存在的事實。」

「我說我什麼……」

「你打算包庇上頭、對底下的人見死不救嗎？」

三上把一切都賭在這句話上。只見柿沼的頸部肌肉緊繃，暴突的頸動脈不住地跳動著。

三上靜待他的回答。

過了好一會兒，柿沼終於開口。

「……我不知道你在說什麼。」

三上重重地嘆了一口氣。所有的反應都是默認再默認，但所有的話都是否認再否認。完全在他的預料之中。柿沼正站在滾滾濁流的對岸，光靠男子氣概怕是渡不了河。

「我可以開車了嗎？」

柿沼把手伸向手煞車，語氣十分生硬。

「繼續你的工作。」

「已經結束了。」

「什麼東西結束了？」

「我的工作。」

對話完全沒有交集，狹窄的車內瀰漫著令人喘不過氣的空氣。

「我要開車了。」

「不准開。」

三上語氣堅決，腦子裡閃過一絲想法。

「這裡太引人注目了，有話到別的地方再說。」

「是你自己要把車子停在會引人注目的地方。」

把話說出來以後，三上這才恍然大語。柿沼是故意這麼做的。無視暗中監視的基本原則，故意把車子停在顯眼的地方……。

柿沼瞇著眼偷偷窺視鏡子裡的三上。

「我送你回去。」

「我的車就停在後面。等我把話講完之後自然就會下車。」

「你的話還沒講完嗎？」

「還沒。」

三上其實已經沒有什麼話好跟柿沼說了。再這樣威脅他也於心不忍。腦海中浮現出芽生子的臉，還有那三個孩子的臉也歷歷在目。跟三上一樣，柿沼就算有什麼想法，為了家人也是會有所讓步。

心中的氣焰不再那麼高張，放棄的念頭就像潮水般不斷地湧上來。然而愈是這種時候，他愈在意起沒有交集的對話背後到底隱藏著什麼玄機。柿沼從頭到尾都毫無破綻地頂著一張撲克臉，隨著三上的節節敗退，他的戒心不但未曾鬆懈，反而隨著時間流逝愈發繃緊神經，幾乎到了快要不能呼吸的地步。手煞車已經放下一半，彷彿想要盡快離開，愈快愈好。

不，不對。

他並不是想要離開，而是想要把三上帶離那個地方。

為什麼？

三上抬起頭，仔細地注視著擋風玻璃對面的「風景」。

「如果還有什麼話就快說。」

柿沼說話的速度變快了，而且是以面對具體危機時的語氣。

「三上先生。」

「……」

「沒有的話就請你下車。」

柿沼整個人轉過身來，遮住三上的視野。三上用手推開他的身體，凝視著前方。

「三上先生，你有完沒完？」

幾近求饒的聲音，但是並不妨礙三上集中注意力。感覺他的焦點正逐漸集中到一處。這就好像在熙來攘往的地方等人，一張熟悉的臉孔從人海中浮現時那一瞬間的感覺。

幸田一樹在那裡。

在『德松』的停車場入口負責指揮車輛的兩個警衛中，有一個就是幸田。將帽沿壓低好蓋住眼睛，經過十四年的歲月，模樣雖然改變了很多，但是肯定不會錯。小小的眼睛、高挺的鼻樑、緊抿的嘴角，全都跟記憶中的幸田一模一樣。

柿沼的頭低到不能再低。看他那股絕望的樣子，三上的驚愕得到完全的證實。

謎底宛如被撕裂的布帛一般解開了。

既不是監視，也不是觀察，而是一種示威行為。柿沼故意把車停在離他最近的地方，堂而皇之地恐嚇著幸田。不准告訴任何人在雨宮家發生的事，警方無時無刻、天涯海角都在你身邊……。

柿沼恐怕是每隔一段時間就會現身。他要讓幸田知道，對他的監視將會永無止境地持續下去。這就是柿沼的「工作」。

三上不寒而慄。他凝視著柿沼彎腰駝背的身影。

「多久了？」

「……」

「該不會是你這十四年來都一直……」

柿沼發出呻吟聲，抱住自己的頭。他只是聽命行事。原來漆原之所以老神在在，是因為有這項威嚇裝置啊！

「抱歉打擾你了。接下來我直接問幸田。」

三上把手伸到門把上。柿沼低喊一聲轉過身來，充滿血絲的眼睛隱隱帶著淚光。

「請不要再去打擾他了。」
「你有資格這麼說嗎？」
「……你說的對，我是沒有資格。但事情不是你想的那樣，這已經不是威脅或監視了，只是習慣而已。對我、對幸田來說，都已經變成是一種習慣了。」
「習慣……？」
「經過十四年的歲月，自然而然就變成這樣了。你在啊！你來啦！就只是這樣而已。彼此看都不看對方，靠著這種心照不宣的默契，我和幸田才能一路走到今天。」
柿沼深深地低頭懇求。
「三上先生，求你行行好，不要多生事端。以你審問犯人的功力，幸田或許會一五一十地講出來。可是這麼一來，我就非得向上級報告不可了。」
三上可沒辦法同意。
「我一直都看在眼裡。自從離開警界以後，幸田就沒過上一天好日子。即使是自願離職，但是世人總是會用有色眼鏡來看待離開警界的人，所以根本找不到好工作。再加上他是逃離似地辭職，所以也拿不到縣警的介紹函，工作一直換來換去，全都是一些粗重的體力活。還好他結了婚、也生了小孩，直到最近，生活好不容易才穩定了下來。所以……」
「發生了什麼事？」
「什麼？」
「我是指雨宮家裡。如果你不希望我去問幸田的話，就自己說。」
「三上先生……」
柿沼有苦難言，臉上寫滿了失望。
「跟你一樣，我也是因為工作才來到這裡。」
「……」

「我今天並沒有見到你，也沒有跟你說上話，所以……說吧！」

柿沼閉上眼睛，過了好一會兒，依舊無力地搖頭拒絕。

三上欲推開車門，手腕卻被用力抓住。

「不光是幸田而已，我也有家庭要顧。」

「難道我就沒有嗎？」

三上反握住柿沼的手腕。

「說吧！我這輩子都不會告訴任何人是你告訴我的。我和你和幸田都會活得好好的，我們的家人也都不會受到傷害。如果你還有比這更好的方法請告訴我。」

然後是漫長的沉默。

柿沼終於抬起頭來，以悲憫的眼神注視著停車場裡的幸田，然後再慢慢地把臉轉過來。他張開先前緊抿的嘴唇，把手貼在喉嚨上。儘管如此，他還是又花了好長一段時間才終於開口說道。

「……沒有錄到綁匪的聲音。」

什麼？三上愣了一下。

「錄音機沒有正常運作。」

三上茫然地重複他說過的話。沒有錄到綁匪的聲音？錄音機沒有正常運作？柿沼到底在說什麼？

「這是怎麼回事？你們潛入的時候不是已經……」

「其實還有一通電話。」

三上倒抽了一口氣。怎麼可能……。

「就是這麼回事。打到雨宮家的恐嚇電話，除了已經公布的兩通以外，其實還有一通，但是卻沒有錄到。」

柿沼的話聽起來就像耳鳴般隆隆地響著。

「就在你們抵達之前不久，綁匪打了第三通電話來。當時已經準備好了，錄音和逆向探測的人員配置也全部就位，問題是……」

柿沼痛苦地吞下一口口水。

「就在電話響起的瞬間，雨宮先生因為太激動而完全忘了我們事前交代他的步驟，馬上就想把話筒拿起來。我們連忙阻止他。在跟NTT取得連繫以後，日吉也同時按下錄音機的開關。但是錄音機卻沒有反應，錄音帶也沒有轉動。日吉陷入慌亂，他不停地切換開關，但錄音帶卻依舊沒有轉動。電話鈴聲持續響著。或許是擔心綁匪會把電話掛斷吧！混亂中雨宮先生就把電話接起來了。」

把電話接起來了？刑警的思維模式立刻對這句話產生反應。

「跟綁匪說上話了嗎？」

「是的。」

「綁匪說了什麼？」

「綁匪說：『沒有報警吧！我一直都在監視著你喔！』雨宮先生回答沒有報警，正在要求綁匪讓他聽聽翔子的聲音時，電話就被掛斷了。因為通話時間太短，所以逆向探測也追蹤不到什麼線索。」

「跟前兩通電話是同一個聲音嗎？」

「雨宮先生說是同一個聲音。」

「你有聽見綁匪的聲音嗎？」

柿沼一臉遺憾地搖頭。

「只有雨宮先生聽見而已。」

「你不是有戴耳機嗎？」

「我和幸田都有戴。但是為了協助已經陷入慌亂狀態的日吉就拿下來了。正在檢查是不是電源沒插好、還是帶子鬆掉的時候，雨宮先生就……這就是全部的事實。」

車上一片死寂。

廣報官的思維模式慢了一步，但也跟上來了。

錄音失敗的事被壓了下來。欺騙社會大眾，把綁架撕票案的犯人打來的電話埋進黑暗。

這是不可能的事，也是絕不允許發生的事。三上感覺自己全身上下都在發抖。

「是誰決定要壓下來的？」

「………」

「不要浪費時間，快說。」

「是……班長。」

「漆原是怎麼說的？」

「他說這件事不需要向上呈報，也已經獲得雨宮的諒解，所以死都不能告訴別人。」

「雨宮是被他說服的嗎？」

「不，我想並沒有去說服。因為電話被掛斷之後，雨宮先生馬上向我們道歉，說他不應該隨便把電話接起來。」

『電話被掛斷之後』或許是這樣。

「但是隨著時間他的想法逐漸改變，開始認為錄音失敗是不能原諒的錯誤，所以跟我們的關係就愈來愈糟糕了。」

「我被禁止跟雨宮家接觸，這件事我並不清楚。不過報導解禁之後，事件的詳細經過都被登在報紙上，所以他當然也會知道我們當那通電話不存在的做法。」

這麼說也有道理。讓雨宮徹底失望的並不是錄音失敗，而是隱瞞這件事的D縣警……。

「電話是什麼時候打來的？」

「剛好七點半的時候。」

也就是三上抵達雨宮家的一個小時前。他什麼都沒有注意到。不過就像他把日吉蒼白的臉解釋成是因為緊張的緣故一樣，不管他看到什麼，肯定會認為一切都是待在綁架案的被害人家所致。

「那又是怎麼跟NTT說的？」

雖說錄音失敗，但是已經請NTT協助逆向探測了，總得有個交代才行。

「說是有人打錯電話了。」

「這也是漆原的指示嗎？」
「是的。」
「漆原有先請示過誰才做出這樣的決定嗎？」
「那倒沒有，一切都是班長當時情急之下的判斷。」
從頭到尾都是自宅班自己造的孽，但是……。
「幸田手札又是怎麼回事？」
本來還以為會遭到最後的抵抗，但柿沼倒是十分乾脆地全招了。
「我不知道那到底是指什麼，我只知道幸田當時很憤慨。贖金被搶走之後，一直抓著班長說錄音失敗是整個自宅班的責任，應該要向本部報告，四個人一起切腹謝罪。但是班長完全聽不進去，還說這麼一來要是成為輿論的箭靶怎麼辦？要當正義的使者就等把兇手抓到再說。而我也……加入了說服幸田的行列。我要他吞下去，一定要吞下去。我完全明白幸田的心情，但是我也認為班長說的不是完全沒有道理。就算把事情鬧大，對調查也沒有任何幫助。只可惜幸田完全聽不進去。就在這個時候，事情往最壞的方向發展，翔子小妹妹的屍體找到了……。我看見幸田搥胸頓足的樣子。結果還是沒有人能勸阻他，就在我們離開雨宮家之後，幸田把錄音失敗的事寫在報告書上，扔進刑事部長的官邸裡。」
三上感到一陣猛烈的暈眩。
十四年前的錄音失敗其實是有往上呈報，刑事部長也知道失敗被隱瞞的事。所以自宅班的祕密並不是今時今日才爆發出來，而是案發當時刑事部的高層就已經知道錄音失敗的事實了。然而這個事實並沒有公諸於世，也就是幸田手札被上頭壓下來了。不僅如此，還追認漆原的行為是正確的。所以告發此事的幸田在辭職的時候完全沒有受到慰留，而當下做出隱瞞錯誤這個判斷的漆原反而爬到署長的位置。
上下交相賊。由D縣警主導的隱匿欺瞞。這才是「幸田手札」的真相。
「不只是具有強烈的正義感而已，幸田真的是一個有情有義的好人。每個月到了翔子小妹妹去世的那一天，他都一定會去她墳前上香。去年雨宮太太過世，他也悄悄地去祭拜了。」

「所以只能這樣晾著嗎？」

「什麼……？」

「我是在說你。沒有人能代替你監視幸田，是這個意思吧？」

「……是的。據說這已經成為歷代刑事部長一代傳一代的注意事項了。」

「我明白了。」

三上心中充滿不屑。這時警衛的制服映入眼簾，褲管在寒風中隨風飄揚著。辭職之後十四年……。只為了忠於自己的良心……。

「想必他一定很恨警署吧！」

嘆息聲取代了接下來的話語。

「不，」柿沼喃喃說道：「我想幸田應該是心存感激。」

「心存感激？」

「這是他第一份正式員工的工作，多虧了班長的居中斡旋。」

柿沼的話一語驚醒夢中人。說的也是，保全公司裡到處都充滿了從警界離開的人。按照一般程序，幸田這個「危險分子」是不可能爭取到警衛這份工作的。

「那傢伙還向班長下跪磕頭，求班長放他一條生路呢！」

柿沼把手指按在眼眉之間說。

「他求班長原諒他、幫助他，讓他能跟老婆小孩過正常人的生活。」

服從……。這兩個字早已烙印在心版上、奔騰在血液裡。警察和警衛，其實也只是制服的不同而已。

幸田在寒風中笑了。戴著手套的手握著紅色的指揮棒，正隔著車窗跟顧客交談。他頻頻點頭，態度極為謙卑。牙齒掉了幾顆，早就已經不是什麼危險分子了。即便如此，柿沼還是得定期來露一下臉。也可以說是讓柿沼來看看他的樣子。這是一面雙面鏡，對於了解內情的柿沼也發揮了恫嚇的作用。要是你敢說出去的話，就會落得同樣的下場。這十四年的歲月，在監視者的柿沼心裡也種下了足以與幸田匹敵的恐懼。

心裡有一股衝動，想要還柿沼、還有幸田自由。

「我要走了。最後再回答我一個問題。日吉在雨宮家為什麼要哭？」

「那是因為他……感到自責吧！」

「只有這樣嗎？」

柿沼的表情有些扭曲。

「是漆原說了什麼？對吧？」

「……是的。」

「說來聽聽。」

「……他把翔子小妹妹給搬了出來。」

「他到底說了什麼？」

「他說……萬一翔子小妹妹真有個什麼三長兩短，全都是你的錯。」

32

踩在油門上的腳自然而然地加強了力道。

跟柿沼分開之後，三上沿著縣道向東前進。他要去找雨宮芳男。雖然不知道手邊掌握到的情報能不能幫助他說服雨宮、讓他接受長官的慰問，但是至少讓自己有再度登門拜訪的理由。其實，他最想去的地方不是雨宮家，而是想直接衝進位於Q市的署長官邸，用這雙手掐住漆原的脖子。

感覺胃酸似乎全都哽在喉頭。這件事並不是可以置身事外聽聽就算了。湧上心頭的不只有憤怒，還有許多的遺憾。明明有機會可以錄音，只要成功錄下聲音，就能夠讓綁匪的聲音傳遍全日本，還可以透過聲紋分析，對所有有嫌疑的男性聲音一一進行比對作業。

三上用手心敲打著方向盤，心裡一再湧起沒完沒了的負面情緒。

沒有錄到恐嚇電話的聲音。要是當時把這個事實公諸於世的話會怎麼樣呢？不僅贖金被搶走，雨宮翔子被發現的時候也已經變成一具屍體，事情一路演變成最糟糕的結果。然而在調查過程中，居然錯失了直接與綁匪有關的證據。只因為錄音機沒有正常運作。肯定會被輿論圍剿，所有幹部都得引咎辭職。但即使如此，也無法平息社會大眾的批判聲浪吧！只要案子一天沒破，媒體就會照三餐羅列出調查上的失誤，不管經過多久，還是會在舊傷口上撒鹽。警方也因此必須照三餐向國人謝罪：要是當初有錄下電話的聲音就好了……。

然而，實際上的罪行遠比這個還要深重。

那並不是舊傷口。所有人都必須面對那個傷口今時今日還血淋淋地藏在繃帶下。警方不僅在第一級的綁架撕票命案上犯下不能挽回的調查失誤，還夥同整個組織隱瞞了這個事實，並且欺騙世人長達十四年之久。事到如今，要是讓媒體知道這個事實，做成新聞報導的話……。

光是想像就覺得毛骨悚然。無論錄音失敗是多麼嚴重的失誤，那畢竟是不小心犯下的錯，但隱匿事實卻是人為的。光是這樣已經罪無可赦了，為了徹底隱瞞自己的失誤，還把綁匪有打過電話的事實也一併隱瞞；而為了湮滅證據，就連辦案時最重要的調查情報也一併湮滅。這才是身為搜查機關最不應該發生的犯罪行為。一旦這些隱匿行為曝光，整個D縣警就吃不完兜著走了。這跟自己公開調查失誤的情況完全無法相提並論，肯定會受到輿論猛烈的抨擊。

還不只如此。綁架跟其他的刑案不一樣。當上廣報官之後，三上熟讀全國的報導對策資料，所以明白更可怕的問題在哪裡。

因為綁架案還牽涉到「報導協定」這個非常敏感的問題。這是基於對過去完全不顧肉票死活的綁架案報導亂象反思後所產生的協議。當綁匪警告被害人家屬不准報警的時候，要是從報紙或電視上得知警方採取行動的話，可能會危及被害人的性命。因此一旦發生綁架案，媒體就必須簽訂協議，在確定被害人安全無虞或是已經逮捕到綁匪之前，都不能進行採訪或報導。因為這個協議而產生的情報的空白則由警方負責填滿。警方必須在第一時間提供各大媒體所有跟案情及調查的進展狀況有關的情報。問題就出在這一點上。

說穿了，報導協定頂多是媒體之間互相牽制的「媒體間協議」，警方並沒有跟媒體簽下任何協議。只不過，是不是綁架案件、是不是會危及被害人性命都是由警方判斷，因此跟報導協定有關的各種事務性手續也是在警方的主導下進行。大部分的情況都是由警方先向記者俱樂部說明案發內容，再要求各家媒體簽訂報導協定的協議，通常媒體這邊也只能「接受」警方的要求，因此客觀來看，這其實是「警方與媒體間的協議」。簡而言之，就是在各家媒體簽訂了報導協定的協議之後，警方也必須遵守「紳士協定」才行。

在人命關天這點，雙方的確達成了共識，但這其實比較像是一種條件的交換。站在警方的立場，要是媒體不接受這個要求，他們就要傷腦筋了。只要能讓媒體簽下報導協定的協議，警方就能專心辦案，不用再把精神浪費在跟記者的周旋。另一方面，站在媒體的立場，固然會陷入新聞自由與國民知的權利受到損害的作繭自縛情結中，但同時也可以利用這股反作用力，大聲強調權力監督機能的重要性。再加上是被迫吞下報導協定的協議，反而可以理直氣壯地要求警方提供徹底的調查情報。冷靜想想，對媒體其實是有利的協議，因為什麼都不用做就可以得到一般採訪絕對收集不到的大量資訊，可是卻沒有一個記者會這麼想。每當發生綁架案，總會有動輒一、兩百人的記者和攝影師湧入現場。但是就算衝到第一線，受制於報導協定的規範，所以也無法進行實況報導，只能一群人擠在記者會場的閉鎖空間裡。當這種狀態一直持續下去，他們就會陷入欲求不滿的壓力中，認為是警方害他們變成這樣。他們會認為自己是在新聞自由受到限制的情況下協助警方調查。到處瀰漫著這種施恩於警方的氣氛，因此在報導協定還沒有解禁的情況下，要是警方在提供情報的時候不夠明快，就會引發集體性歇斯底里，他們會群起攻之，對警方發動猛烈的攻擊。

64當時是什麼狀況呢？肯定也簽訂了報導協定的協議吧！可是D縣警卻沒有履行其必須提供情報的義務，隱瞞了「綁匪打來的電話」。說是以最惡質的方式打破跟媒體之間的協議也不為過。不管匿名問題最後會演變成什麼局面，D縣警與媒體之間的信賴關係早在十四年前就已經瓦解了。組織的權威與信用會被毫不掩飾其敵意的報導撕裂得粉碎。然而這一切只是暴風雨前的寧靜，當初塞滿64記者會場的記者可能是現在的好幾倍，當時的小記者如今全都成了老記者，想必有很多人已經是全國各地的分局長或總編輯，或者是在總公司身居要職吧！這些人全部都是當事人，肯定會對D縣警的背叛感到震驚、憤慨，並發出批評的聲浪。這些聲浪會變成是整個公司的意見，最終成為媒體一致對外的猛烈抨擊，排山倒海地湧向警察廳。在野黨也會趁機再捅一刀，說不定還會以媒體為靠山，將個人資料保護法或人權保護法案送交國會審議。

——太蠢了。

三上重重嘆了一口氣。

區區一個地方警部為了逃避問題，卻讓整個警察組織都陷入絕境，漆原真是罪該萬死。不對，真正該死的是當時的刑事部長，久間清太郎。就是因為他姑息漆原個人犯下的錯，才會讓事情演變成組織的犯罪。丟進部長官邸的「告發函」是幸田發自內心的吶喊，但是卻被久間毀屍滅跡。那個總是裝出一副知性的嘴臉，一旦真正有事情發生卻一點用也沒有的美男子，竟聽從漆原的現場判斷。

不過這也是為了保護組織吧！不管要不要公諸於世，事件本身和犯下的錯誤都太嚴重了。發生的時機也糟透了。錄音失敗過後沒幾天，雨宮翔子的屍體就被發現了。D縣警當時就已經飽受輿論攻擊，不難想像要在那個時間點站在宛如一排大砲般的攝影機前，親口說出還有另一通恐嚇電話是多麼困難的一件事，可是……。

說穿了還是為了自保吧！久間要退休的時候，就已經決定好要空降到警界的外圍團體了。無論有什麼理由，留下來的結果只有一個。那就是最高級幹部為了自保，留下一個非常危險的炸彈給接下來的人。久間或許是算準了只要內部處理得當，這個炸彈就永遠不會爆炸。要是他當真打著這樣的如意算盤，那他就真如當時的傳言所說，是個淺薄又短視的男人。眼下就有幸田這麼一個告發者存在，被害人的父親雨宮也知道真相。整個事態就好像是個睡不安穩的巨人一樣，只要有一點風吹草動就會被揭發出來

名符其實的「債留子孫」。柿沼說過，這是歷代刑事部長一代傳一代的注意事項。久間退休時，把真相告訴下一任的刑事部長室井忠彥。錄音失敗、隱瞞錯誤、幸田手札。室井想必驚愕萬分吧！但是從他得知真相的那一刻起，不管他願不願意，共犯關係就已經成立了。一旦把真相公諸於世，他的部長就職記者會就會立刻變成下台記者會。所以室井只好言聽計從地吞下這顆毒藥。不僅如此，保守祕密的銅牆鐵壁恐怕是在他的任期內變得更加牢靠。派柿沼去監視、恐嚇已經辭職的幸田，再把監督的任務交給漆原。持續掌握自宅班也是為了防止洩密的對策，所以柿沼的「嚴禁轉調」才會變成一代傳一代的注意事項。這是刑事部的最高機密，連現任的荒木田在內，一路由八個部長傳承下來。

三上充滿了無力感。

因為尾坂部道夫的名字也在那八位歷代部長當中。還有被譽為名指揮官的大舘章三。後者還是三上和美那子的媒

人，也是他心目中的「刑事之父」。禍當然不是他們闖的，更何況隱匿事實的風險會和隱匿的時間長短成正比。當接到一顆已經充分熟成而且破壞力十足的炸彈時，為了保身，除了將其永遠埋進黑暗外還有第二條路可走嗎？

可是……。

他還是無法釋懷。就連尾坂部和大舘也不能斬斷這個惡性循環嗎？刑事部的正義、矜持、傳統……這些他曾經深信不疑的東西，如今卻如海市蜃樓般脆弱。

是因為他當過那麼多年的刑警才會這麼想嗎？

今時今日，世人的眼睛其實是更無情、更雪亮。在普羅大眾眼中，警察就跟民間企業一樣，是個充滿七情六慾的組織。現代人要求警察扮演的角色既不是正義使者，也不是親切的人民保母，而是可以確保安全的「機械」。人們需要的只是可以快速地把危險排除於自己和家人的生活圈之外的高性能機械而已。或許尾坂部和大舘正是他們需要的機械也說不定。對事件淡然處之。雖然有一半置身於刑事部的陰影裡，但是卻沒有被刑事部的陰影所吞噬。只管徹底扮演好警察本來的角色，以多抓一個是一個的態度把犯罪者送去吃牢飯，不斷地刷新破案的數字。然後再用這樣的結果證明警察的存在意義。

現在的刑事部已經沒有那樣的實力了。大舘在四年前退休以後，接下來兩任刑事部長都是從警備部爬上來的。即使是荒木田，在機動隊[33]任職的時間也比待在刑事部的期間還要長，雖然比別人早一步出人頭地，但是在辦案技巧上卻乏善可陳。這點從數字上就可以看出來。大舘退休後發生的兇殺案，扣掉兇手自殺或以現行犯逮補之外，有一半以上都未能破案。在松岡就任搜查一課長之前，可以說是全軍覆沒。

部長的「毫無建樹」今後也會一直持續下去。因為D縣警的刑事部長一職是當地出身的警官能夠爬到的最高職位。畢竟是刑事部的最高負責人，自然是以長年在刑事單位裡耕耘的人來當比較合理。但是如果沒有像尾坂部或大舘那樣擁有在外縣市也可以呼風喚雨的威力，光是在升職考試就先敗下陣來的刑警要爬上刑事部長的寶座，可以說是難如登天。荒木田預定在明年春天退休，出身自警備部的梨本鶴男目前被視為是最有希望的下一任刑事部長。

儘管如此，組織還是在運作著。講得難聽一點，就是「位階造就個人」。無論辦案經驗多淺、實際績效多差，一旦坐上了部長的寶座，任誰都能擺出一臉刑事部最高指揮官的嘴臉。誇大不實地吹噓自己少得可憐的功蹟，一旦有案子發生就會像隻猴子似地發出興奮的叫聲，並在玉石混雜的調查情報中起舞，然後以類似時光倒流的手法催眠自己本來就是刑事部的人。荒木田就是最好的例子。他對於自己如今已是名符其實的刑事部最高指揮官這件事沒有絲毫懷疑，所以才會把警務部當成殺父仇人一般地處處提防，也才有臉稱在刑事部的資歷比自己多好幾倍的三上是外人。

三上把駕駛座的車窗稍微放下來一點，冷空氣吹拂在臉上。北風呼嘯而過，剩沒幾片葉子的行道樹不停地搖晃。

總而言之……三上轉換思緒。

他總算知道荒木田在想什麼了。當他知道長官視察其實還有其他目的的時候，想必受到相當大的震撼。剛好這時又接獲二渡正在打聽幸田手札的報告，肯定會以為是有人要伸手去搶他藏在懷裡的炸彈了吧！在驚慌、膽怯、近乎狗急跳牆的精神狀態下，一夜築起了封口令的城牆。如果再追究下去的話，他恐怕真的會狗急跳牆吧！不只是荒木田，就連松岡也不會繼續保持沉默。一旦關係到刑事部的命運，哪怕對手是本廳的人，他也會不惜開弓。

他也知道二渡的動向——若把戰線拉長一點，也可以說是看到赤間所率領的警務部的立場了。為了達成本廳的目的，正一一排除D縣警內部的干擾因素。對64的打探是為了引蛇出洞嗎？把塵封已久的舊帳翻出來，藉此抓出刑事部的弱點，一刀砍在刑事部的喉頭，完成無血開城的任務。這就是警務部的盤算嗎？

問題是，了解到64內藏的那顆隱匿案情的炸彈不僅會把刑事部炸飛，就連D縣警也會跟著陪葬之後，便愈來愈難理解二渡的用意。一旦打草驚蛇，對任何人都沒有好處。一味地追查幸田手札的下落，等於是把炸彈的存在搞得人盡皆知。無論是在人事上、還是在監察上，警務的調查都必須在「無聲無息」的前提下進行，更何況警務調查官還是負責控制對警察的風評，以及對訴訟進行危機管理的專家。肩負著保護組織的任務，卻讓整個組織陷入絕境，這樣做對嗎？一旦事實公諸於世，本廳就不用說了，就連全國二十六萬名弟兄也會對D縣警投以不屑的白眼。公開道歉是一定避免不了的，發言的權力也會受到剝奪，只能在警察一家的屋簷下度過仰人鼻息、看人臉色的長冬。D縣警從此名存實亡，這不是二渡最不樂見的事態發展嗎？

不，等一下。

33：日本警察中，具有集團警備力及機動性的組織，負責維護治安、鎮暴、救災等等。

天曉得二渡的調查到底有沒有進展。就連今年春天以前都還待在刑事部的三上，也是十五分鐘前才追查到幸田手札的真相。二渡光是跟柿沼的第一類接觸就已經失敗了。不管漆原有沒有下令，原本就禁止跟警務有所接觸的現役刑警也不可能讓對方的王牌有任何可乘之機，更不要說底下的人根本不知道上面的人在想什麼。二渡現在或許還在離真相最遠的地方進退失據。他唯一知道的，就是道聽途說而來的幸田手札這四個字，但完全不知道內容是什麼。正因為不了解事情的嚴重性，才會把這麼重要的情報透露給最基層的刑警們知道……。

思緒突然卡住。

道聽途說……。所以到底是打哪兒聽來的？

好不容易就快要說服自己的推論又開始不確定了起來。

這可不是什麼隨便可以聽到的小道消息，而是歷代刑事部長諱莫如深的禁忌話題。所以二渡到底是從哪裡聽到的呢？又是誰告訴他的呢？是命令他展開調查的赤間嗎？部長級的情報收集能力的確是底下的小卒難以望其項背的，所以才會知道64這個代號。可是還是有問題。不管有多少職員想要討好掌管人事大權的人，也不可能讓過去從來沒有在廳內流傳過的符號傳入赤間的耳朵裡。

愈想愈搞不懂了。二渡那讓人不快的感受充塞了整個大腦。他那雙冷酷無情的黑色眼眸在腦中忽明忽暗。他知道不該知道的事，說著不該說的話。這個男人行動的時候完全沒有考慮到風險。不對，不可能。正因為他無時無刻都不會忘記要做好風險管理，才能登上今日的王牌大位。

——他果然是故意的。

二渡知道幸田手札的危險性。即使不清楚內容是什麼，也知道那是非常危險的東西。他肯定已經事先調查過這一切了。自宅班裡有兩個人辭職，其中之一的幸田下落不明，日吉則是把自己關在家裡。縣警與家屬互不聞問。只要把這些情報兜起來，並不難看出那本冠上幸田姓名的祕密手札絕對不是什麼尋常的手札，甚至還可以聞到火藥的味道。事關64，一不小心可能會把整個D縣警搞垮。二渡是在了解事情的嚴重性之下繼續進行調查。

為什麼？

是他的立場讓他採取了這樣的行動。

因為對二渡來說，組織指的不單只是D縣警。不只是擁有公安的警備部，就連警務部也快要成為警察廳的地方直營店了。二渡身為D縣警的調查官，同時也是本廳的手下。他順著組織的階梯奮力地往上爬，終於成為特別的存在，得到特考組的信賴，成為他們的心腹。因此他也必須在上級組織的角力遊戲裡扮演好活棋的角色。長官四天後就要來了。在那之前他必須壓制住刑事部，做好讓他們不得不乖乖接受東京擺布的準備工作。沒有時間了，但手邊的武器只有幸田手札。二渡只好不顧D縣警可能付出的風險代價，拔出藏在懷中的寶劍。

這次的推論宛如水一般地滲透到全身。跟三上一樣，二渡也受到上級的逼迫，也同樣被逼得走投無路。在他那張不苟言笑的面具底下，正以布滿血絲的眼睛盯著日曆和時鐘。四天後的長官視察就是死線，是決定勝負的關鍵。

——事情就是這樣。

三上總算是搞清楚了。他原本只是傻傻地以為因為長官要來視察的關係，刑事部和本廳的抗爭變得愈來愈白熱化。但事實並非如此，這是一場短期決戰，而且已經開始進入倒數計時的階段，一切都將在視察當天畫下句點。視察就等於執行，既不是作秀、也不是象徵性的儀式。小塚長官打算親自執行其真正的目的。他肯定會在視察中做出重大的發言。這樣想應該沒錯。

問題是內容，長官到底打算說什麼？

會跟64有關嗎？跟隱匿事件有關嗎？怎麼可能！要是真的如此，他肯定會馬上被逼著引咎辭職。如果不是跟64有關的話，那會是什麼呢？刑事部還有其他什麼瑕疵嗎？還藏著什麼問題嗎？做過什麼觸怒本廳的事嗎？就算是這樣好了，刑事部又會受到什麼具體的「處罰」呢？三上完全想不出來，腦子裡一片空白。

冷不防，三上打了一個哆嗦。

他不知道長官會說什麼，但是他知道長官打算什麼時候、在哪裡發言了。肯定是在雨宮家進行突擊採訪的時候……。

三上恍然大悟。前方突然出現紅燈，三上連忙踩下煞車。車子在超過停止線的地方停了下來。所幸前後左右都沒有來人或來車。這是個位處郊外的小十字路口。他已經進入合併前的舊森川町一帶，距離雨宮家只剩幾分鐘的車程。

心裡閃過直接掉頭回家的衝動。他很清楚自己被分配到的角色。說服雨宮，讓他改變心意。這不單是視察路線中的一站，還要利用突擊採訪將刑事部幹過的「好事」公諸於世，透過鉛字及電波的力量讓刑事部無以辯駁。如果這就是本廳那些人打的如意算盤，那麼三上現在等於是正在架設要把刑事部送上斷頭台的刑場，正在打造讓最後一幕看起來更高潮迭起的舞台。因為視察當天，在現場安排突擊採訪也是廣報官的工作。

信號變成綠燈之後，三上繼續驅車前進，但是就在雨宮漬物的工廠映入眼簾的時候，他忍不住還是打了方向盤。他記得沿著河岸前進的地方有個小小的親水公園，公園裡有白楊木和樟樹，還有一些運動用的遊樂器材和老舊的電話亭。除了樹木枝葉更加繁茂外，眼前的風景就跟十四年前的記憶一模一樣，就連電話亭也還是原來的樣子。隨著行動電話的普及，電話亭的拆除工程正如火如荼地進行著。然而在64以後，這一帶再也不曾出現帶小孩來玩的家庭身影，就連這座公園的存在本身或許也早就被遺忘了。

三上把車停在電話亭旁。

再也回不去刑事部的恐懼終於變成現實。一直以來被他刻意深藏、不願意去面對的那股對刑警工作的迷戀，在知道真的回不去之後，宛如野火燎原般一發不可收拾。

他無從選擇只能向赤間低頭。在把一切都生吞下來並戴上服從面具的時候，他依舊沒有放棄希望。總有一天，亞由美會回家、赤間會被調回東京，然後一切都會好轉。他可以脫下虛偽的面具，鋪好廣報改革的路，抬頭挺胸地回刑事部。他不知道在心裡描繪出多少次這樣的藍圖。

然而，刑事部是不會原諒三上的。幫兇、打手、背信忘義。一旦他脫下面具，馬上就會被刻上背叛者的烙印。事到如今，腦海中又浮現出槌金說過的話：「難道你真的想一輩子待在二樓坐辦公桌直到退休嗎？」

只要把刑場的地基破壞掉就行了。

魔鬼以充滿誘惑的口吻在耳邊低語，三上終於慢慢地點頭。

只要放棄對雨宮的遊說，長官慰問的盤算就會泡湯。不過，依照現狀來看，不管遊不遊說，雨宮接受長官慰問的可能性可以說是微乎其微。但是為了要做做樣子給赤間看，還是得再次登門拜訪。只是並不需要積極地遊說。這麼一來，長官的慰問也就無疾而終。長官還是會做出重大發言吧！也許是在案發現場，也許是在專從班面前，但無論地點選在哪裡，效果都很微弱。跟在被害者家裡發表的衝擊性比起來，簡直就是天差地別。正因為廣報官是三上，才能避免最壞的情況發生。只要想盡辦法讓這件事傳到刑事部，就還有一線希望。

赤間肯定會暴跳如雷吧！但是他責怪的點頂多是三上的能力太差、無法說服雨宮，應該還不至於想到三上是故意失敗的。不管，就算被赤間看穿是三上搞的鬼，他能給三上的處罰也很有限，畢竟還是有他不能逾越的那一條線。就算他可以拿亞由美來要脅三上，也不能真的對「自家人的女兒」做什麼。無論他和三上今後的關係演變得多麼惡劣，當初他親自下達的特別搜索令也會繼續被執行著。換言之，只要三上換個角度來看，眼前的風景就會截然不同。要不是心裡還殘留一絲感念，謝謝他將協尋亞由美的傳真傳給本廳，三上也不會在知道他的伎倆之後還能忍著不反抗。一旦抹去這點感恩之心，在廣報改革處處碰壁的今時今日，他早就沒有在赤間面前讓自己矮一截的理由了。他當然對人事戒慎恐懼，一旦搞破壞的事被發現，他肯定會被發配邊疆。但是就算被發配邊疆、就算他的刑警生涯因此被迫畫下句點，也比被「開除」來得強。與其要他背負著搞垮刑事部的罪名在警務部裡苟延殘喘，他寧願在深山裡的小轄區，重新從最基層的員警做起。不管路多麼狹窄，只要還有路可走便行。只要不辭職，亞由美永遠是「自家人的女兒」，二十六萬名弟兄一定會……。

懷裡的手機震動著。

看了一眼液晶螢幕，是家裡打來的。美那子嗎？三上以不敢置信的心情按下通話鍵。

「怎麼了？」

〈對不起，你在忙嗎？〉

講話的速度很快，情緒也有些亢奮。

「發生什麼事了嗎？」

〈我有事要跟你說。亞由美打電話回來那天是十一月四日對吧？〉

腦海中無法立刻浮現出日期，但美那子既然這麼說，應該就是那一天沒錯。

「好像是吧！」

〈但是村串家接到無聲電話卻是在十七日禮拜天〉

「妳打電話問了嗎？」

〈沒錯。因為我總覺得放心不下，所以就問了瑞希姊。所以這是兩回事吧！〉

「兩回事？怎麼說？」

〈亞由美是在三十四天前打電話回來的，而瑞希姊家接到電話卻是在三個禮拜以前〉

「我沒告訴妳嗎？」

〈你只說是同一個時期打的〉

美那子的語氣中帶有責備。

「一個月以前跟三個禮拜以前，不是同一個時期嗎……」

〈怎麼能說是同一個時期？隔了快兩個禮拜耶！我認為一點關係也沒有〉

當三上知道美那子要跟他說的事就是這件事之後，完全不知道該做何反應。美那子肯定從昨天晚上開始就一直想著這件事。

「妳說的沒錯，的確是一點關係也沒有。」

三上努力擠出這句話。美那子似乎鬆了口氣，然後就把電話掛斷了。

耳邊又重新恢復寧靜。

三上把駕駛座的窗戶全部打開，讓新鮮的空氣灌入車內。儘管耳邊傳來潺潺的河流聲，但是緊縮的氣管讓他幾乎喘不過氣來。三上微微張開嘴巴，想要深呼吸卻嗆到了。

發現自己忽略了最重要的一點，讓他的心也糾結了起來。

美那子不可能跟他去深山裡的轄區重新來過，她只想在家裡守著電話，守著不知道什麼時候會突然一聲不吭跑回來的亞由美。他可以丟下美那子一個人走嗎？他可以自己跑去深山裡當他的警察，把美那子一個人丟在那個家裡嗎？

想得太美了。三上自嘲。他竟然還在組織裡尋找自己安身立命的地方，竟然還夢想著透過亞由美的不幸，最後能以一個刑警的身分死得其所。為什麼沒有注意到呢？一旦被發配邊疆，一旦跟美那子分隔兩地，這個家就真的四分五裂了。

三上握緊拳頭，一拳打在膝蓋上。

他不是發過誓了嗎？就算是當警務部的狗也無所謂。怎麼就忘了呢？

「一定要說服雨宮。」

三上命令自己。

33

雨宮芳男不在家。

因為三天前才看過他那彷彿由悲傷化成的身影，所以完全沒想過他會出門。話說回來，自從妻子敏子撒手人寰後，雨宮就開始一個人生活，買菜和做飯可能全都要靠自己也說不定。三上繞到玄關旁，看了看停車場。那兒只有一輛腳踏車。雖然車子不在，但不見得就是出遠門。雨宮家附近沒有任何像樣的商店，在交通原本就很不方便的D縣，即使住在市區，汽車還是不可或缺的「代步工具」。

三上又開了大約十五分鐘的車，走進一家縣道沿線上的家庭式餐廳。跟昨天去的是同一系列的餐廳，面積比較大一點，內部看起來像是剛重新裝潢過而美輪美奐，但明明是禮拜天的中午卻連一半也坐不滿。

該怎麼說服雨宮呢？在車上也好，進來店裡也罷，三上滿腦子想的都是這件事。然而思緒愈是停不下來，心情愈是亂成一團。雨宮不在讓三上鬆了一口氣。那感覺與其說是獲得擬訂戰略的時間，還比較接近得知不擅長科目的考試延期時的心情。

「請問要點什麼？」

看起來像是家庭主婦來兼差的中年服務生，也不知道是不是有什麼不開心的事，點餐的態度像是有誰得罪她一樣，跟昨天的女服務生相差了十萬八千里。不過話又說回來，在這種店裡可以見識到兩種毫不掩飾的真實表情，倒也是非常難得的巧合。

三上點了咖哩和咖啡。

雖然鬆了一口氣，但是在踏進這家店以前，他的確是在猶豫到底要不要在毫無勝算的情況下再度拜訪雨宮。不會再有第三次機會。要是今天還不行的話就沒時間了。當然，不同於上次是在什麼都不知道的情況下拜訪，這次他從柿沼口中問到了許多情報。自宅班和雨宮之間有過一通「不存在的恐嚇電話」，錄音失敗之餘，還落得被隱瞞的下場。雨宮的態度變得強硬，很有可能就是因為自宅班的這些作為。話雖如此，如果要以此做為開場白，必須要慎重再慎重才行。既然這件事已經成為會給D縣警帶來致命傷的炸彈，要是由三上主動提出可能會刺激到雨宮，可以說是非常危險的賭注。這也不行，那也不行，到底該怎麼辦呢？像上次那樣，明明是警方自己的問題卻說是為了對方好，三上現在就可以看到雨宮連眉毛都不會挑一下。

三上把咖哩送進嘴裡。有得吃就吃，明天還不曉得會發生什麼事呢！父親的戰友笑著把巧克力和當時還很稀奇的冰淇淋蛋糕交給他。「快吃快吃，不趕快吃的話就要融化了」。咖哩的味道有點甜。味覺的記憶總是伴隨著少許的幸福感受。

——雨宮都吃些什麼呢？

就從這裡開始，三上心想。首先要貼近雨宮的心情。套一句刑事部的用語，就是要試著跟嫌犯同化，看穿對方的心路歷程，藉此找出「關鍵性的一句話」，再一舉突破對方的心防。

三上點起一根菸。

錄音失敗就發生在雨宮的眼前。儘管如此，雨宮並沒有責備自宅班的成員，反而為自己擅自接電話的行為道歉。會有這樣的反應一點都不奇怪，因為雨宮當時能依靠的只有警方。所以當自宅班要求他按照指示行動時，一心只想著要救回獨生女翔子的他當然是滿口答應。自宅班的成員由始至終都繃緊神經，這點雨宮也看在眼裡。雨宮家的人和自宅班的成員全都一條心地等待綁匪打來的電話，然後電話真的響了。對於錄音機沒有正常運作，雨宮就算心急如焚，大概連生氣的時間都沒有吧！他擔心讓綁匪等太久會觸怒對方，也期待只要接起電話就能聽見女兒的聲音。不管怎樣，電話一旦掛斷就萬事休矣，所以才會想都沒想就拿起了話筒。

錄音機肯定有事先試過吧！聽說在準備階段都可以正常錄音。所以錄音失敗與其說是故障，更有可能只是一時的接觸不良。如果是這樣的話，只要雨宮再耐心地讓電話響幾聲，或許就可以錄到「綁匪的聲音」。電話掛斷以後，雨宮終於注意到這件事，是他破壞了跟警方的約定，白白放掉了搜查上的寶貴線索。或許還會自責於破壞了跟自宅班的革命情感，所以才會說出道歉的話。那肯定是雨宮當下最真實的情緒。然而……。

當時，雨宮還深信翔子一定會活著回來。

菸灰落在膝蓋上，三上連忙用手撢掉，把菸灰缸拉過來，將香菸捻熄。十四年了，不可能只是在嘆息聲中度日。雨宮肯定將事件的來龍去脈翻來覆去地想過無數次，反正他有的是時間，可以鉅細靡遺地重新審視、分析每一個環節。

雨宮心中會如何檢視錄音失敗的事呢？當報導協定的協議解除，跟事件有關的前因後果被寫成報導、出現在電視新聞裡的時候，只有那通恐嚇電話從頭到尾沒有被提到。如同柿沼所說，雨宮肯定會知道警察因為害怕輿論的批評而隱瞞了真相。

當翔子的屍體被發現的時候，自宅班的任務就結束了。原該是命運共同體的成員夾著尾巴逃離雨宮家。看在雨宮眼裡，或許就是這幅景象。從此以後，再也沒有任何人上門，就連去年敏子去世的時候也一樣。

這些事會以什麼樣的方式留在雨宮心裡呢？或許跟女兒的死比起來，那些都不重要了也說不定；或許因為跟女兒的死有關，所以被濃縮成深不見底的怨嘆也說不定。如果是後者，那麼三上「關鍵性的一句話」只有一個選擇，那就是謝罪。仔細想想，這十四年來，沒有人乞求過雨宮的原諒。雖說只有一開始的時候有參與到，但三上畢竟也參加過64的調查，說起來絕對有資格代表D縣警向他謝罪。向雨宮、向佛壇上的母女謝罪。即使沒有說出原因，雨宮應該也知道他是為了什麼而謝罪。

「要不要再來一杯咖啡？」

三上嚇了一跳，抬起頭來。女服務生以跟剛才判若兩人的明朗聲音詢問他。原本以為她是把在家裡所累積的壓力或煩悶情緒帶到店裡來，但是從她前後態度落差之大看來，或許是正在跟店裡的工作人員談戀愛。當他換個角度想之後，原本看起來只是個為生活汲汲營營、飽經風霜的家庭主婦，如今卻突然變得明豔動人起來。同樣的化學反應也會發生在偵訊室裡，臉部看起來像是張平面圖的嫌犯，過了某個時間點之後，會突然變得有血有肉、立體化了起來。寫在筆錄上的名字，也從單純的符號變成一個真實的人。跟女服務生不同的地方在於帶來那一瞬間變化的，並不是美男子捉摸不定的態度，而是偵訊官機關算盡的一句話。

三上要了半杯咖啡。

謝罪可以敲開雨宮的心門嗎？不能說完全沒有這個可能性。這麼多年來，他或許等的就是曾經一度相信的警方，能以謝罪的方式來表示正義尚未完全泯滅。問題在於三上辦得到嗎？把謝罪當成是說服雨宮的武器。這是為了亞由美，為了能夠再一家團聚。只不過，他基於這樣的心態所做的謝罪，卻是要講給已經永遠失去家人的男人聽。

——只能上了。

正當他把手伸向帳單的時候，手機震動了。又來了嗎？腦海中閃過美那子的臉，不過來電的是另一個「又來了」。

〈雨宮那邊怎麼樣了？〉

石井秘書課長的口氣聽起來比昨晚還要不耐煩。

三上看了周圍一圈後，小聲回答：

「還沒搞定。」

〈你該不會還沒去找他吧？〉

「我去了，但他不在。」

〈你現在人在哪裡？〉

「在他家附近。」

〈部長剛剛打電話來。他很關心你那邊的進度〉

赤間的雙眼也注視著那條死線。明明跳過刑事部、早就應該把「刑場」打造好，萬萬沒想到居然會遭到家屬拒絕。

〈你明不明白啊？那是催促的電話〉

「我明白。」

〈既然明白，就去雨宮家站崗啊！總不能跟部長說搞了半天你沒見到他吧〉

三上沉默不語，引來石井裝腔作勢地嘆了一口氣。

〈你倒好了，跟你都沒有直接關係……〉

後來收訊似乎有些不良，電話就被掛斷了，之後就再也沒有打來。

石井口中的「沒有直接關係」是指他既不是家屬，也不是事件相關人員。就連什麼都不知道、也不打算知道的石井都在64的漩渦裡被不斷地翻攪著。眼前浮現出幸田揮動著紅色指揮棒的身影、柿沼痛苦的神情、用雙手遮住臉的日吉母親……。

萬一翔子小妹妹真有個什麼三長兩短，全都是你的錯。

三上把公事包拉過來、打開，拿出昨天買的信紙。

『不是你的錯』。

他只寫了這句話。他並不是真心想拯救日吉。

只要做了好事，就一定會有好報。

這是父親的口頭禪。他大概是想說「你對別人好，將來別人也會對你好」吧！沒有讀過什麼書的父親，總是以「一定會有好報」這句話來面對所有的難關。

三上把涼掉的咖啡一口喝掉，站了起來。

他其實不知道什麼是好事。為了印證自己的猜測，三上看了店內一圈，但卻找不到那位女服務生的身影。

34

看來似乎要變天了，明明才下午兩點天色卻已經暗下來了。

雨宮家的車停回停車場了。三上走過去摸了一下引擎蓋，已經是冷的。是因為一下子就回來了？還是曝露在冷空氣中的關係呢？

三上按了門鈴，用雙手把西裝上的皺摺拉直。隔了好一陣子，久到三上幾乎懷疑雨宮是不是還沒回家。玄關的拉門終於打開，雨宮的臉露了出來。還是那張面無表情的臉，土黃色毫無光澤的皮膚和凹陷的雙頰，唯一比三天前讓人感到多一絲活力的，是他把一頭凌亂的白髮修剪過了。

「不好意思，我又來打擾了。」

三上深深地彎腰行禮。沒有反應。埋在皺紋裡的雙眼靜靜地詢問他的來意。

「我想要再跟你談一次。」

「………」

「不會占用你太多時間，拜託了。」

過了一會兒，雨宮輕輕地嘆了一口氣。

「……請進。」

「謝謝。」

三上跟在他清臞的背影後頭，跟上次一樣被帶進起居室。但這次他趕在落座之前先說了：

「我可以上柱香嗎？」

雖然有心理準備會遭到拒絕，但雨宮只是無言地點頭，隨即走進隔壁的佛堂。就在三上鬆了一口氣的時候，「幸田」兩個字映入眼簾，讓他的心揪了一下。那兩個字出現在信封的寄件人欄位，從掛在起居室牆壁上的信插裡只能看到姓。

那就是「幸田手札」嗎？腦海中頓時閃過這個想法。他把送進刑事部長官邸的報告書也寄給了雨宮，把所有被隱藏起來的事實全都交代得一清二楚，所以雨宮才……。

不過這已經不重要了。即使幸田沒有招認一切，雨宮也早就看穿警方的欺瞞。所以才更要道歉，這樣才會有像這樣上香的機會。雨宮點燃蠟燭以後，轉頭看向三上。

三上深深地一鞠躬，走進佛堂，腳底感受到榻榻米的冰涼。他靜靜地把紫色的座墊推到旁邊，在佛壇前跪了下來，謝罪的話已經來到嘴邊。

雙手合十，抬起頭來凝視著佛壇。兩個相鄰的牌位前分別擺放著翔子和敏子的照片，兩者都露出了滿面的笑容。

笑容在他眼前逐漸模糊。

三上感到狼狽，感情完全不聽使喚。當他感覺到眼眶一熱的時候，眼淚已經掉下來了。

他真不敢相信、也不知道自己為什麼流淚，連忙掏出手帕把眼睛和臉頰擦乾。伸向香盒的指尖微微顫抖著，抓了兩、三次都沒有抓到線香。斜後方傳來雨宮的呼息，或許他心裡正在想，再怎麼愛演也不用演到這個地步吧！

三上把香伸到蠟燭的火光上，指尖的顫抖還是停不下來，以致前端遲遲無法點燃。那對母女的笑容正注視著自己。眼淚再度奪眶而出，這次沒有流過臉頰，而是直接滴在榻榻米上。他想要逃離這裡。他無法好好地說明自己為什麼哭泣，這對母女兩人的靈魂是一種褻瀆。

好不容易把線香點燃，三上雙手合十，把握著線香的手按在額頭上，努力不讓自己哭出聲音來。

他沒能祈求半件事，甚至是她們的安息。

三上利用膝蓋轉身，重新面向雨宮，頭還是低低的，雙手放在榻榻米上。模糊的視線範圍內只看得見雨宮的膝蓋和手。焦點落在食指的指尖，宛如血泡般發黑的指尖似乎正代表著雨宮的怨念。

眼淚完全停不下來，事先準備好的說詞也早已飛到九霄雲外。

三上把額頭貼在榻榻米上。

「真的非常抱歉，我改天再來。」

非常嚴重的鼻音。三上一股作氣地站起來，對雨宮行了一個禮，快步地沿著走廊往玄關的方向走。

就在他把腳尖伸進鞋子裡的時候，背後傳來雨宮的聲音。

「你不是有事情要跟我談嗎？」

「沒關係……我改天再來。」

三上沒有回頭，開始往外走。

「是東京有大人物要來那件事吧！」

三上停下腳步。

「我無所謂，讓他來吧！」

三上慢慢地轉過頭來，只見雨宮低著頭站在走廊上看著自己。

「真的沒問題嗎？」

「禮拜四對吧？我會在家裡恭候大駕。」

35

眼角感到微微緊繃。

三上驅車往市內的方向奔馳，腦子裡只能想到接下來要去的地方。赤間警務部長的官邸。

心情亂糟糟的。他成功地以「眼淚攻勢」搞定了雨宮，但那眼淚完全在他的意料之外。為了亞由美、為了美那子，不管使出什麼樣的手段都無所謂。內心深處或許真有這樣的念頭。而雨宮也真的被他的眼淚打動了，以為那是謝罪的眼淚。他有點不能接受這樣的自己，無意識地達成任務，完全把家屬玩弄於股掌之間……。

隨著離雨宮家愈來愈遠，三上的罪惡感也變得愈來愈稀薄。不管過程如何，結果就是一切。原本已經快要放棄了，沒想到會揮出再見全壘打。當部長官邸的住宅區映入眼簾，陽光也同時射入了胸口。這種自私自利的心態反而讓三上鬆了一口氣。自己剛剛是怎麼了？居然在別人面前突然掉淚。回顧自己的過去，從未發生過這樣的失態，今後也沒有信心能夠跟這樣的自己共處。

想要馬上去向赤間報告也是出於盤算。前天，當赤間破口大罵，說他是個無能的廣報官後，兩人之間的時間就停止前進了。他其實沒把握能在視察之前與記者俱樂部達成和解。就算雨宮願意接受慰問，但要是記者拒絕對長官進行突擊採訪，那還是一點意義也沒有。所以在好不容易搞定雨宮的階段，他的確想先向赤間爭取一些正面的評價。如果不確實做到這一步的話，他怕對刑事部的愧疚又會捲土重來。刑場已經準備好了，但刑事部的罪與罰到底是什麼呢？他無法對長官視察的真正目的毫不知情、置身事外，為了問個水落石出，他必須去見赤間。

蓋著一排部長官邸的馬路籠罩在假日的寧靜中，他把車停在路肩，走上大約十公尺的距離，按下警務部長官邸的門鈴。

〈三上……？到底有什麼要事？〉

赤間前來應門的語氣聽起來非常不愉快。是因為對三上已經不抱任何期待了嗎？討厭有人在非上班時間來訪是特考組的常態沒錯，但他不是很在意自己是否能搞定雨宮，所以剛剛才打電話給石井嗎？

「關於雨宮那件事，我要向你報告。」

〈哦？怎樣了？〉

語氣聽起來似乎沒有剛才那麼不耐，玄關的門也稍微打開一條小縫。沒戴眼鏡，穿著打扮也是毛衣加西裝褲，十分輕便，乍看之下還以為是另外一個人。下垂的肩膀和瘦弱的胸膛尤其引人注目。原來平素的威嚴都是靠著剪裁得宜的西裝和金絲邊眼鏡撐起來的。不過一開口還是平常的赤間。

「你這樣突然跑來讓我很困擾，下次要透過石井。」

「雨宮芳男願意接受慰問了。」

三上迅速地表明來意。

赤間露出「哦？」的表情，讓三上進到門口脫鞋的地方，但是並沒有要請他進屋的意思，自己穿著拖鞋站在高一階的門框上。

「長官可以進入雨宮家，也可以上香，沒有錯吧？」

「雨宮已經親口答應了。」

屋裡傳來女人的笑聲，應該是利用週末讓人在東京的妻子過來的吧！難怪赤間會那麼不耐煩，肯定是對異物混進了私領域感到厭惡。

「然後呢？停車的地方搞定了嗎？」

「主屋前院的空間可以停幾輛車。」

「前院太近了吧！不能讓長官離開雨宮家以後，先走個幾步再接受記者的包圍嗎？」

「如果是家門前的馬路，就有足夠的空間。」
「如果是家門前的馬路，拍得到主屋當背景嗎？」
赤間連小細節都不放過的這點讓三上更加肯定，本廳無論如何都想以64被害人的家做為發信場所。
「重點在於電視上的畫面，長官保持著上香時的肅穆神情在外面回答記者的問題……可以呈現出這種感覺嗎？」
「我想是沒問題。只要從馬路這邊拍攝，主屋就會出現在長官的背後。」
「不要只是用想的。前一天要先綵排過，務必要萬無一失。」
沒有半句慰勞的話。不過從他鬆開眉頭的表情來看，赤間的心情還不錯。似乎也沒有要追究記者俱樂部揚言要抵制記者會的問題，是認為只要在明天的媒體懇談會上與分局長等級的人物好好地疏通一下就能大事化小、小事化無了嗎？還是另有什麼錦囊妙計呢？
屋子裡頭又傳出了笑聲。
「報告完畢就回去吧！我還有事……」
「部長。」
三上打斷他的話，可不能忘了此行還有另一個目的。
「不好意思，我還有一事請教。」
「什麼事？」
赤間的眼睛瞟向屋內，一副心不在焉的樣子。
「長官發言的目的到底是什麼呢？」
剎那間，赤間的眼神飄忽不定，但也只有一瞬間而已。
「你在說什麼？長官只會回答記者的問題，不會想說什麼就說什麼。」
「這我知道。」
要是這時候觸怒赤間可就得不償失了，但是……。
「刑事部似乎變得很敏感。」

「哦？是嗎？」

「根本是一觸即發的狀態。只要一提到幸田手札的事，就會馬上暴跳如雷。」

「幸田手札……？」

出乎意料的是赤間居然露出疑惑的表情。他是在裝傻？還是真的不知道呢？

「聽不懂你在說什麼，講清楚一點。」

「我是說……」

三上把接下來要說的話吞回去。萬一赤間真的不知道，說出來只會讓事情變得更複雜。他想知道的只有一點，那就是長官視察的真正目的。

「我身為廣報官必須掌握所有的情況，所以請告訴我本廳真正的用意。」

「你也稍微有點長進好嗎？」

赤間一臉不耐煩地說道。

「你知道又能怎樣呢？廣報室只是裝在牆上的擴音器。轉播室在別的地方，而且只有極少數的人才能拿起麥克風，這樣你懂了嗎？」

牆上的擴音器……極少數的人……三上無法做出任何反應，只好讓視線落在腳邊。就在這個時候……。

「爸爸，還沒好嗎？」

有一雙白色的襪子伴隨著嬌嫩的聲音滑到走廊。約莫是國中一、二年級，是個眼睛圓滾滾、身材嬌小的少女。一跟三上的視線對上，馬上捉迷藏似地躲到柱子後面。

赤間堆起滿臉的笑意。

「抱歉抱歉，再等我一下下喔！」

「再不出門就要來不及了啦！」

「不要緊的，從進場到開演還有一段時間。」

「可是媽媽說路上可能會塞車。」

「我知道我知道，小亞跟阿良先上車等我。」

不能再待下去了，三上行個禮說：

「那麼，我就告辭了。」

就在他正要轉身離去的時候，耳邊傳來噗嗤的笑聲。回頭一看，半個身子還躲在柱子後面的少女正露出一隻眼睛看著三上。她用手捂住嘴巴，似乎正忍住笑意。

難以形容的感覺湧上心頭。

全身都起了雞皮疙瘩。他有種感覺，似乎從少女看著自己的眼睛裡看到自己的臉。不是透過鏡子，也不是透過照片，而是映照在別人眼中的自己的臉……。

他有一點體會到亞由美的心情了。

好想拿什麼東西把自己遮起來、藏起來。少女原該惹人憐愛的新月般雙眼，感覺卻像是惡魔的眼睛、犯罪者的眼睛。

36

天空烏雲密布，一副隨時就要下雨或下雪的樣子。

三上回到車上，手機正在懷裡震動著。在赤間的官邸裡似乎也震動過一次。看了液晶螢幕一眼，是村串瑞希打來的。

有個聲音令他抬頭往上看。只見警務部長官邸的鐵捲門緩緩升起，一輛銀白色金屬光澤的轎車正慢慢地開了出來。赤間握著方向盤，副駕駛座上是打扮得很漂亮的夫人，後座還有兩顆頭鑽動著。車子正朝自己開過來。三上低下頭。兩輛車擦身而過。

用眼角餘光輪流看著車裡的後視鏡和兩旁的照後鏡。赤間的車漸漸遠去，他打亮尾燈，轉過街角。儘管如此，三上還是覺得有好幾雙帶笑的眼睛正瞅著自己。
口袋裡的手機又開始震動。三上回過神來，按下通話鍵。
〈你在忙嗎？我是不是等一下再打比較好？〉
話是這樣說，但瑞希的語氣聽起來完全是一副現在就要講的感覺。
「沒關係，妳說吧！什麼事？」
〈大約一個小時以前，美那子打電話來了〉
「喔。」
因為是意料中的事，所以安心和厭煩各占一半。
〈她問了好多關於無聲電話的事，最後說跟你們家不一樣，你們家是亞由美打回來的〉
「喔。」
〈你有好好地跟美那子談過嗎？〉
「談過了，但是不是好好地我就不知道了。」
〈引起反效果了嗎？總覺得她對我的態度也變得好不客氣〉
「真是對不起。」
〈你這是什麼意思？〉
這句話聽起來會很敷衍嗎？
「沒有引起什麼反效果，妳不用擔心。」
〈真的嗎？我還以為美那子又一個人在那裡鑽牛角尖了，一整個坐立難安。事實上啊！松岡家也有打電話給我喔！〉
冷不防冒出松岡的名字，害三上嚇了一跳。
〈不是啦！是郁江太太打來的，不是參事官啦！你有去過官邸對吧？〉
「是有去過。」

〈她說有聽你提起無聲電話的事，但天曉得那通電話到底是誰打的呢？郁江太太似乎也認為不是亞由美打的〉

原來是利用女警聯絡網一個打給一個啊！真教人厭煩。無論心意再怎麼誠懇，只要是背著當事人講的話，都無法讓人感受到對方的「感同身受」。

〈一問之下才知道，原來家家戶戶都有接到過無聲電話喔！參事官的老家在兩個月以前也有過〉

「是喔。」

〈你再跟美那子好好談談嘛！〉

「好。」

〈記得一定要把事情講清楚喔！如果美那子還是一口咬定那絕對是亞由美打回來的電話就算了。千萬不能讓她覺得就連你也跟她保持距離。反正是我打的小報告，所以儘管把我當壞人好了，但是你本身一定要站在美那子那邊喔！〉

就連姊妹也不會做到這個分上吧！厭煩的感覺消失了，但三上還是無法坦率地表示感激。

〈你有在聽嗎？〉

「有。」

〈生氣了嗎？〉

「誰生氣？」

〈當然是你呀！我一直很擔心自己是不是真的講了什麼不該講的話〉

「別放在心上，那個人做什麼事都是自己決定的。」

〈什麼意思？〉

被這麼一反問，三上為之語塞。

「我的意思是說，不管是我說破了嘴、還是妳說破了嘴，她的想法都是不會改變的。」

〈你的話可不一樣，對自己有信心一點嘛！美那子是打從心裡信任你的〉

三上感覺彷彿在幹部官邸住宅區的正中央嗅到「自己所不知道的美那子」，那股氣味實在太強烈了。

「我明白妳的意思，還有其他事嗎？」

〈啊！等一下啦！你的態度會不會太消極了點？而且從一開始就是這個樣子。怎麼了？難道真的跟美那子有什麼不愉快嗎？是因為我的關係嗎？〉

「我不是說過跟妳沒關係了嗎？」

〈可是……〉

「我們一直都不是處得很愉快啊！老實說，我根本不知道她在想什麼。」

〈那是因為亞由美離家出走的關係……〉

「跟這件事無關，是從很久以前就這樣了。」

或許連不足為外人道的感情都說溜嘴了。瑞希沉默了好一會兒，然後嘆口氣說道：

〈那我就告訴你，美那子的心情〉

「不用了。」

〈不行，你一定要聽。現在正是你們夫婦最需要團結一條心的時候，怎麼可以產生裂痕呢？不管是多麼細微的裂痕都不行。如果是從以前就有心結的話，更應該要把話講清楚〉

「我可是一個刑警，家裡的事……」

〈不要打馬虎眼，問題不是出在這裡吧！我知道你在想什麼。沒錯，當你們兩個結婚的時候，大家全都跌破眼鏡喔！還說這是D縣警七大不可思議的事之一。雖然你們都在同一個轄區裡，但是那段時間又不長，而且刑事課和交通課也沒有任何連結。其他的男同事真的都很不甘心，都說三上這傢伙到底使出了什麼手段？可是就連你自己也不知道，自己到底使了什麼手段，對吧？〉

三上感覺自己被刺中了要害。

〈那就由我來告訴你，在那個轄區裡發生的事……〉

「別說了。」

〈你安靜聽我說就是了。有一次，美那子因為私底下遇到非常不開心的事，哭了一整個晚上。可是你也知道她比誰都像是一個女警，不可能把情緒帶到職場上。所以她打起精神，化好妝、擠出開朗的笑容上班去了。跟平常一樣打招呼、跟平常一樣工作。中午跟同事一起吃飯、聊天，沒有露出半點不開心的表情，所以誰也沒有注意到。可是啊，就在下班的時候，剛好跟你在側門碰到，然後你問她：『不要緊吧？』你當時只講了這句話。可是從此以後，美那子似乎就開始注意起你來了。又過了一陣子，她就告訴我她把交通安全的護身符送給你了〉

三上一點印象也沒有。

「她呀……」

嘴巴自己動了起來。

「是瞎貓遇到死耗子啊！我又不是千里眼，當然只是想引起她的注意而隨便說的。」

〈別打哈哈了。我都已經說了這麼多，你難道會不想知道美那子為什麼會哭一整個晚上嗎？〉

三上咳了半天才擠出一句：「別說了，我不想聽。」

〈不想聽也得聽。如果這個地方不說清楚、講明白的話，枉費我不遵守約定跟你講了這麼多。我結論先說在前頭，絕不是你想的那樣，但也不是可以在婚禮致辭時拿出來講的話就是了。美那子高中時代的朋友、跟她一起參加書法社的同學自殺了。畫法社的人感情都很好，畢業後也偶爾會聚在一起，但是那個自殺的女孩卻在桌上留下一張字寫得很潦草的紙條，說不要告訴美那子〉

「……不要告訴美那子？是指她的死訊嗎？」

〈大概是不想讓美那子參加告別式的意思吧！美那子也是這麼想的。對方的父母也百思不得其解，聽說還打了好幾次電話給美那子，問她跟自己的女兒之間到底發生了什麼事？可是兩人之間根本沒有發生過什麼嫌隙。因為彼此都很忙，已經有一陣子沒有見過面。但是被對方指名道姓、而且還白紙黑字地寫下來卻也是事實。朋友死了，還說不要通知自己，而且當天晚上就要守靈了。最後美那子還是去了，如坐針氈。明明朋友的死讓她悲痛欲絕，可是好像不能表現出傷心的樣子，好像自己根本不應該出現在那裡的樣子。所以她沒有出席守靈夜的餐會就直接回宿舍，然後一直哭到天亮〉

瑞希連珠炮似的話終於告一段落。

「自殺的理由呢？沒有留下遺書嗎？」

〈什麼也沒有。只不過，那女的好像跟丈夫分居了。結婚第三年，沒有生小孩。雖然不知道為什麼分居，不過自殺的原因似乎就是這個。她先生原本是附近男校的書法社社員，在當地舉辦的合宿活動中認識，談了一場轟轟烈烈的戀愛，然後就結婚了。聽說她先生長得很帥又很聰明，非常受女孩子的歡迎。接下來是我的想像。她先生可能是在合宿的時候對美那子一見鍾情，所以那個女孩費了一番苦心才將他據為己有。剛結婚的時候，或許覺得自己是全世界最幸福的人，可是後來跟先生處得不好，感到非常孤獨，一心想尋死的時候腦海中突然浮現出美那子的臉。想說人生都快要結束了，有些話不吐不快，所以便留下那樣的紙條〉

聽起來一點都不像是她的想像。

「分居這件事……跟美那子有關嗎？」

〈哎呦！不是你想的那樣啦！有個這麼漂亮的女生在身邊，周圍的女人是無法安心度日的。就算那個書法社的男孩子沒有對美那子一見鍾情，美那子的朋友也還是會疑神疑鬼、擔心這擔心那的。像我們這種屬於絕大多數的平凡人最了解這種心情了。簡而言之，就是那個女孩自己在找自己的麻煩，這樣你懂嗎？可是當事人並不認為那是自己的被害妄想，拚了命地跟美那子一較長短、拉開優勢來取得勝利。所以成功的喜悅讓她高興得幾乎要飛上天。沒想到才過了三年，婚姻就保不住了。不曉得是她先生有問題，還是有其他原因。總之每件事都讓她覺得不甘心，最後終於落入絕望的深淵。這時開始恨起不但無害、還在一旁傻笑的美那子，想讓她也嚐到一絲半點不幸的滋味〉

無害？在一旁傻笑？

「為什麼美那子她……」

〈因為美那子從頭到尾、由始至終什麼都不知道。既不知道有人在跟她競爭，也不知道對方超越了自己，更是做夢也不知道自己輸給了朋友，而是由衷地為找到好歸宿的朋友感到高興吧！只能說是飛來橫禍、無妄之災。只是那女人過於冷血，甚至還有可能想過如果不是美那子的話，自己還會不會嫁給那個男人之類的問題。如果不是一心認為自己的人生被美那子搞得一團糟，不會留下那麼殘酷的紙條。還有啊，那女人希望自己的丈夫能因為後悔、因為哀傷、因為充滿罪惡感而哭倒在自己的葬禮上。她不希望最後一刻還要受到美那子的干擾，不希望丈夫的注意力從自己身上

轉移到美那子身上，哪怕只有一秒鐘也不行。總而言之，就是一個差勁的女人啦！〉

雖然差勁，但我了解她的心情——耳邊傳來瑞希沒說出口的言下之意。

三上始終保持沉默，倒是瑞希突然笑了起來。

〈拜託，你可不要真的相信啊！這只是我的想像好嗎？我的意思是，美那子就是這麼特別的一個人，特別到會讓我產生這樣的聯想。因為我也曾經飽受威脅呢！當美那子分配到我手下的時候，我真的感到眼前一黑。心想幹嘛這樣？什麼工作不好選，為什麼偏偏跑來當女警？是故意要選辛苦的路走嗎？還是想從工作中得到成就感呢？會不會太貪心了啊？在我們那個年代，女警都被當成是警署的吉祥物，為了在工作上受到肯定，每個人都拚了老命，所以希望不要再把這種等身大吉祥物一般的女孩塞進來了。話雖如此，但我們其實也被捧得高高在上，說從來沒有沾沾自喜過是騙人的。但是自從她來了以後，我們就連這點身為女人的優勢也沒有了，年輕男子的視線全都跟著美那子打轉，不管上面對她是褒是貶也全都是別有用心。與其說是嫉妒，還不如說是心灰意冷的成分比較大〉

瑞希又笑了，似乎意識到自己連不用講的話都講出來了。

〈事到如今，也沒什麼不好說的。當時還發生過類似職場霸凌的事喔！就連我也參與了一小部分。但美那子實在太堅強了，完全不為所動，是個徹頭徹尾的工作狂呢！在某些方面甚至比男人還拚命。讓人不禁佩服起她來，這世上居然有忘記自己美貌的美女啊！也了解到她是個真誠的好女孩。儘管如此，還是無法真心承認她是個可愛的學妹。因為從旁觀者的角度看來，她還是占盡了便宜。所以當自己心煩意亂的時候，就會忍不住懷疑她會不會只是假裝不知情，但其實把一切都計算得好好的呢？所以我真正開始喜歡美那子，其實是在聽到她和你結婚的消息以後喔！我當時難以置信，還問她是不是在開玩笑。啊！我的意思並不是說美那子所託非人喔！你千萬不要誤會喔！當時你可是很有前途的年輕刑警，我也知道她送護身符的理由。總而言之，自從美那子嫁給你之後，女警間的氣氛就變得和諧了，不過你的身價倒是因此而一落千丈。大家都說什麼嘛！看起來一副只對辦案感興趣的樣子，結果還不是被迷得神魂顛倒〉

雖然這番話只是聽聽就算了，但三上還是忍不住笑了。

瑞希似乎已經不再繼續推敲他們夫婦不合的理由，不管是降臨在美那子身上的災難、還是伴隨著這些災難所引發的苦澀聯想，彷彿是出現在喜歡的童話故事裡的討厭橋段，只要跳過去就好了。雖然覺得疲憊卻很放鬆，胸口也變得暖烘烘的。瑞希提供的這些陳年往事發揮了非常大的作用。因此，當三上不經意地抬起頭，看見某個人出現在眼前時，也還是繼續陪恩人講了好一會兒的電話。

「不好意思，我改天再聽妳說。」

三上闔上手機，拔出車鑰匙，打開車門。過程中，視線始終不曾離開過二渡。

37

既是同一個棋盤上的棋子，三上對於巧遇已經不會感到驚訝了。

想必二渡也一樣。只見他筆直地沿著蓋有一排官邸的馬路朝三上走來，表情和步調全都一如往常，身上穿著跟平常一樣的西裝。來找赤間有事嗎？也或許是剛從別的官邸走出來。一開始出現在視線範圍內的時候，二渡的背後是本部長官邸和刑事部長官邸。如果他是去拜訪辻內本部長的話，那倒沒什麼好奇怪的。赤間還不知道幸田手札的存在，所以二渡可能是在本部長的「聖旨」下採取行動。

三上下車，擺出久候多時的姿態。當彼此的距離縮短到一定的程度時才出聲。

「赤間部長出去了。」

二渡無言地繼續往前走。在近距離內看到他的表情十分嚴肅。視線微妙地迴避著三上。

「你的動作還真多啊！」

三上緊盯著他的雙眼說。二渡還是直視著前方，只回了一句：「彼此彼此。」就頭也不回地從三上身旁走過。

——這傢伙。

三上轉身，在那道瘦削背影的斜後方尾隨，走到警務部長官邸的外牆盡頭時追上去與他並肩而行。二渡在十字路口的轉角處轉彎，走進巷子裡。他那深藍色的座車就停在再往前一點、路面較寬的地方。

「你跟本部長都密談了些什麼？」

沒有任何反應。

「不說話嗎？還真是冷淡啊！」

「不好意思，我趕時間。」

看他的表情就知道他所言不假。

「我已經知道幸田手札的內容是什麼了？」

這句話是為了要讓他停下腳步才說的。然而二渡還是沒有停下腳步。反而加快腳步，從長褲的口袋裡掏出車鑰匙，並用遙控器打開防盜鎖。

「你打算對刑事部做什麼？」

二渡沒有回答，把手伸向駕駛座的車門。

「等一下！」

三上低聲說道，用自己的身體擋在二渡和車門之間。

「我不是說我趕時間嗎？」

二渡皺起眉頭，三上也擺出同樣的表情。

「我也在趕時間。」

「那就快去辦你的事啊！」

「長官來視察到底要說什麼？」

「與你無關。」

「有關，我可不要在不明不白的情況下變成搞垮刑事部的幫兇。」

「只是小事。」

三上懷疑自己的耳朵。小事？他是這麼說的嗎？

三上壓低聲音說：

「你給我聽清楚了。幸田手札是潘朵拉的盒子。是顆別說是刑事部，就連D縣警也會被夷為平地的炸彈。」

「那又怎麼樣？」

「你說什麼？」

「讓開。」

二渡不耐地說完之後，再次把手伸向車門。但是手臂卻被三上抓住了。

「你打算把D縣警出賣給東京嗎？」

三上的手被狠狠地甩開，力道之大令人驚訝。

「不要用你那麼膚淺的眼光來看事情。哪有什麼縣警本廳的，警察是一整個生命共同體。」

三上一時大意，身體被用力推開。只見二渡瘦削的身體順利滑進駕駛座，發動了引擎。

「等一下！」三上的聲音淹沒在加速前進的引擎聲裡。

三上三步併成兩步地跑向自己的車，跳上車並發動引擎。二渡前方的大馬路上有一堆紅綠燈，現在追還追得上。

那句話可不能聽聽就算了。

警察是一整個生命共同體……。這就是二渡的行為邏輯嗎？就算斷手、斷腳、斷尾也在所不惜。為了追求整體最大利益，可以將刑事部的危機視為小事。即使自己所屬的D縣警會蒙受巨大的損失也甘願。問題是，警務部透過這場騷動想要維護的整體最大利益到底是什麼？警方純粹只是一個調查機構。以前是，現在是，未來也是，永遠都是。而刑事部可以說是警方之所以存在的理由，不可能有任何整體最大利益可以用削弱刑事部的力量來交換。簡單地說，這只是將地方視為草芥的「東京」的專斷罷了。肯定只是一小部分的特考組坐在安樂椅上夢想著應該要這樣、應該要那樣，然後強迫地方照單全收。

三上狂打方向盤，把車子開到大馬路上。雙眼凝視著前方。還在。深藍色的小轎車就在隔著兩個紅燈的前方。

雖然他早就知道自己跟二渡不同掛，但是對他仍有期待。期待二渡跟自己一樣，在上頭的命令就是一切的組織中，都是體內擁有兩個靈魂的同志。一旦四目相交，就能對彼此的身不由己心照不宣。期待二渡也跟自己一樣，都是戴著假面具在討生活。

是自己看走了眼，二渡根本沒有半點遲疑，也沒有羞恥或恐懼可言。明明是立場決定行動，但是他講出來的話卻像是堅不可摧的信念。他的身體裡只有一個靈魂。那近乎潔癖的冷酷令三上難堪。反觀自己，滿腦子只想著自己的身不由己，感嘆自己的境遇，自憐自傷、自怨自艾，所以才會期待與二渡藉由互舔傷口療傷。發誓自己所做的一切都是為了家庭，也斷了回到刑事部的念頭，但是他並沒有因此重生，連浴火重生的浴字都沾不上邊，身體裡還是存在著兩個靈魂。明知自己無能為力，還是拚命想要做些什麼，搞得自己鬱鬱寡歡。從頭到腳都沉浸在自憐的情緒裡，甚至迷失了職務本身的意義與本質。真是太丟臉了。原以為自己是個人物，沒想到原來只是這麼沒用的男人。

胸口湧起一股熱氣。

要是春天沒有人事異動，他還留在搜查二課的話會怎麼樣呢？要是他以刑警的身分前往東京述職的話又會怎麼樣呢？

肯定不用摘下面具。只要還在刑事部的地盤裡，就可以一輩子不用面對自己的真面目。可以一輩子都對自己感到驕傲。他始終深信不疑，自己可以刑警的身分長成一棵大樹，而不是別人的枝或葉。在法治的大地上牢牢地紮根，讓破案的業績刻劃出年輪，傲然挺立，直到老朽為止。然而一張人事異動的紙片，就輕易瓦解了這個對他來說獨一無二的真實世界。不只是職務上的楚河漢界，就連公私的界線都被打破。思念女兒的心情變成自己的弱點。組織的魔爪不僅伸進自己的家庭，還在他心裡撒下不該有的猜忌種子。一切都是為了亞由美、為了美那子……他真的是這樣想嗎？

——都是那個坐冷板凳的混帳害的。

一切都是二渡為了報那年夏天的一箭之仇。原本已經內定由他前往東京述職，卻在最後一刻成為泡影。除了是二渡搞的鬼以外，再也想不出別的可能。他只動了動手指就把三上的名字劃掉，把白金車票給了跟自己走得比較近的前島。讓一名刑警坐上開往康莊大道的列車，卻把另一名刑警放逐到缺氧的空間。不對，不是放逐，而是硬把三上留在本壘，為了讓他親眼目睹兩人的立場已經豬羊變色了。

燈號變綠的同時，三上用力踩下油門，迅速地超越並排在旁邊的黃色小轎車，切入右邊的車道，然後繼續加速，超過一輛大卡車，再切回左邊的車道。深藍色的轎車就在隔了大約十輛車的前方。天色漸暗，對他來說真是再好不過了。三上把遮陽板放到靠近眼睛的高度，用單手扯下領帶，趁機又超了前面的車。路上全都是一些只有在週休二日才有機會駕駛的傢伙，不是車速慢到不可思議，就是開車的時候不知道在興奮什麼，讓三上頗為耗神。重複著加減速，距離深藍色的轎車只差四輛車了，正式進入教科書上寫的尾隨態勢。

——憑你一個坐辦公室的警官，最好是有本事甩掉我。

就算你是棲息在管理部門蓄水池裡的怪物，那又怎樣？我可是大排水溝的守門員，專門把被人類欲望弄得混濁的污泥挖出來，加熱、沸騰、攪拌，再不眠不休地把浮泡撈出來。蓄水池算什麼？刑警工作對三上來說早就不是職業，而是血肉的一部分了。對三上的私怨暫且不提，連刑事部的本質都不了解的人，有什麼資格掌管警察的人事？

三上粗魯地打著方向盤，變換車道。透過擋風玻璃，已經可以看到二渡的頭了。趕時間的急事？是要去哪裡？又是要去找誰呢？三上決定追他到天涯海角，直到他供出真正的目的為止。

二渡的轎車在十字路口左轉，開上河岸旁的舊路。馬路縮減為單線道，三上隔著兩輛車尾隨在後。車窗外的高樓大廈逐漸消失，左手邊是一大片堤防。配合蜿蜒的河流，馬路也忽左忽右地描繪出平緩的曲線。這樣剛好可以從兩輛遮蔽物間看到二渡的車尾。正前方的家庭式房車踩下煞車，顯然是因為開在前面的二渡減速慢行。二渡打出右轉的方向燈，算準時機跟對向來車交會而過，在十字路口順利右轉。

三上也跟在他後面慢慢地轉彎，不讓對方發現自己被人跟蹤。只見二渡的車在下一個路口左轉，四周是安靜的老住宅區。來到這裡，三上知道二渡的目的地了。不對，不是知道他的目的地，而是腦海中閃過住在這附近的那個男人的名字。

——不會吧？

三上屏氣凝神，慢條斯理地把車子開過去。他看見二渡的車轉入巷子。眼前是衝擊性十足的畫面。因為二渡的車不偏不倚地就停在紅葉石楠的樹籬旁。

38

這裡是尾坂部道夫的家。瘦削的背影消失在玄關。

冬天的太陽正緩緩西沉。

三上回到堤防運動場的停車場，注視著馬路，緊盯著那輛深藍色的轎車。

腦海裡勾勒出二渡的動線。在官邸住宅區發現他的時候，還以為他是去拜訪辻內本部長。但事實上，或許他是從對面的刑事部長官邸出來也說不定。說不定他是去對敵將荒木田發動突擊，投下一枚震撼彈。因為始終找不到著力點，只好把目標擴大到已經退休的部長。又或者是已經察覺到歷代刑事部長都跟隱匿脫不了關係的事實，所以就勇敢地去向最上面的人宣戰。

動線是連起來了，但對手是歷代刑事部長中最優秀的人物。雖然不同於特考組的高高在上，但是對D縣警的人來說，同樣是遙不可及的存在。正常人絕對不會想到要衝進那個男人的家裡問出些什麼來。這個人是不管三七二十一，先賭一把再說的類型？還是習慣看低其他部室的菁英思想使然？不管他是哪一種人，總之是迫在眉睫的死線讓二渡不得不採取大膽的行動，這點應該沒錯。

——無論如何，此人皆不足為懼。

三上用眼角餘光瞥了電子鐘一眼。四點四十分。距離二渡進入尾坂部家已經過了十五分鐘。才剛計算過時間，就有一輛小轎車穿過眼前的馬路。是那傢伙。瞬間浮現在路燈下的側臉並沒有逃過他的法眼，那表情十分嚴肅。兩人談話的時間掐頭去尾連十分鐘都不到嗎？還是尾坂部不允許警務部的人在他家待太久呢？

三上把車開往尾坂部家的方向。他要去戳穿二渡的祕密行動，還要從尾坂部口中問出長官視察的目的。尾坂部恐怕是知道的。不只幸田手札那件事，而是對所有的內幕都瞭若指掌。二渡或許就是考慮到這一點才直接找上尾坂部。

正當他要在十字路口右轉的時候，口袋裡的手機響了起來。三上連忙把車子轉過去停在路邊。是石井秘書課長打來的。三上無奈地嘖了一聲，按下通話鍵。

〈喂！你到底在搞什麼啊？三上〉

不由分說的高壓口吻。

「什麼意思？」

〈什麼什麼意思？我剛剛接到部長的電話，雨宮的事你是不是已經解決了？〉

沒想到會遇到二渡，害他把要向石井報告的這件事忘得一乾二淨。

「抱歉，我剛才有點手忙腳亂。」

〈可是你就記得要向部長報告。為什麼要幹出越級報告這種事？就不能先打一通電話給我嗎？如果我什麼都不知道的話，是要怎麼向部長回話？〉

「我以後會注意的。」

三上打算掛斷電話，但對方可沒打算這麼輕易就放過他。

〈說穿了，你不就是想直接向部長邀功嗎？我是不曉得刑事部那邊的規矩，但這在我們這裡可是行不通的喔！〉

三上心不在焉地聽著。石井並沒有跟他站在同一張棋盤上。

「哪有什麼刑事部、警務部之分。」

〈咦？你說什麼？〉

「我以後會注意的。」

三上又再重複一遍，然後就把電話給掛了。「小事一件。」他在口中嘀咕。

打亮車頭燈，三上再次發動引擎。轉過第一個轉角，只見鮮紅色的紅葉石楠已經打亮燈光。把車子停在二渡剛才停放的地方，加快腳步繞到玄關。當「尾坂部」的門牌映入眼簾時，三上不再抬腳前進，只覺喉嚨一陣乾渴。他既沒有事先跟對方約時間，也不曾當過尾坂部的直屬部下，一般而言是不能貿然按下門鈴。但是，D縣警目前所面臨的狀況也不是一般的情況。警務部可以進去了，沒道理長年在刑事部打滾的人進不去。三上為自己打氣後按下了門鈴。

感覺過了好久好久，玄關的拉門總算打開，從裡頭露出一張老婦人的臉。婦人將白髮往上梳理得非常整齊，看起來很有氣質。這是他第一次見到尾坂部夫人。

夫人似乎一眼就看出三上是警方的人，趕緊欠身。

「突然登門拜訪真的很抱歉，我是縣警的三上。」

三上遞出名片。夫人恭恭敬敬地用雙手接了過去。對於繼二渡之後，第二位貿然來訪的不速之客並沒有太多的訝異。

「您是……廣報官嗎？」

「是的。」

「請問有什麼事呢？」

「我來是有點事情想要請教部長。」

退休以後也還是部長，這件事一輩子都不會改變。

「我明白了。請稍等一下，我這就去告訴我先生。」

夫人進屋之後又馬上折回來，請三上進屋。

「請進。」

三上踩在冷冰冰的走廊上，被帶進客廳。雙腿變得像木棒般不聽使喚。

「打擾了。」

三上畢恭畢敬，心情好比剛上任的巡查。

尾坂部坐在矮桌前。他退休至今八年，現年六十八歲。臉頰和脖子周圍的肌肉隨著年紀增長而變得消瘦、筋脈突出，但是抬起頭看著三上的眼神仍十分犀利，還留有當官時代的威嚴。

「坐下。」

三上在他的命令下跪坐。慎重地推開夫人拿來的座墊，抬頭挺胸地正襟危坐。尾坂部則是抱著胳膊。一旦這樣面對面，就馬上感覺到強烈的存在感。

「請原諒我的無禮，我是廣報官三上。今年春天以前還是本部搜查二課的次席……」

「講重點。」

「是。」

三上拚命在腦海中搜尋。

「我來是想請教部長，警務課調查官二渡真治剛才來拜訪部長的目的是什麼？」

三上開門見山地提出這個問題，但尾坂部的眼神還是不為所動。

「我想部長應該已經知道了，D縣警眼下正陷於混亂。預定於四天後舉行的64長官視察一事，讓刑事部和警務部在檯面下產生對立，目前正處於一觸即發的狀態。」

他還是讀不出尾坂部的反應。尾坂部的表情就像在搜查會議上，等部下全部報告到一個段落的表情。

「小塚長官似乎打算做出對刑事部不利的發言。二渡為了替他開道，目前正在到處動作，企圖動搖刑事部的人心。」

「⋯⋯⋯⋯」

「所以我想知道他來這裡是否也是基於同樣的目的。」

「我跟他說我什麼都不知道。」

尾坂部以沒有任何抑揚頓挫的語氣回答。頓時，三上腦中一片空白，接著是一股類似親切感的情緒慢慢湧上心頭。尾坂部的回答肯定讓二渡如墜五里霧中。看樣子，同為刑事部同志的對話似乎可以成立了⋯⋯。

「請問二渡都說了些什麼？」

三上鼓起勇氣問道，然而尾坂部卻再次沉默不語。

「老實說，我其實還不清楚東京到底想玩什麼把戲。如果您知道的話，請告訴我。」

尾坂部繼續沉默不語。可以在此亮出「幸田手札」這張牌嗎？既然尾坂部也是協助隱匿的共犯，會不會因此拂袖而去呢？

只能這麼做了。二渡肯定硬著頭皮問過了。

「二渡是不是有跟您提到關於幸田手札的事？」

「你身為廣報官，為何要對此事如此費心？」

三上被問倒了。這是為了防禦所做的反問嗎？還是在進入談話的核心之前，要先搞清楚三上的立場呢？「我跟他說我什麼都不知道」，尾坂部的這句話讓他昏了頭，加上這間屋子裡到處瀰漫著濃厚的刑事氣息，讓他失去戒心而完全忘了要如何說明自己的立場，也忘了對方一定會問。

「我……」

汗水濡濕了掌心。不管尾坂部真正的用意是什麼，既然他都問了，三上要是答不出來的話就再也談不下去了。

「我現在的確是隸屬於警務部的人，所以當然必須要遵從直屬長官的命令。關於這次這件事，雖然我不清楚本廳真正的目的，但是我知道自己已經越級涉入了，問題是……」

我並沒有要出賣靈魂。接下來的真心話卻沒能說出口。在衝到喉頭之前就不知道消散到哪裡去了。那已經快要不能稱為真心話了。要是真的說出口，就會變得沒完沒了。如果每次都因為當時當場的情緒而在刑事與警務間來回擺盪的話，等於又回到愛自己與愛家人的勢不兩立的掙扎。

三上把內心的糾葛丟到一邊，他可不是來這裡懺悔或尋求救贖。

「我身為廣報官……身為負責指揮視察現場的人，只想知道我應該要知道的事，這是我的想法。」

「知道了又能怎樣？」

「放在心裡，盡心盡力地完成上級交辦的任務。」

「你打算一輩子在警務部當刑警嗎？」

「不是，我已經……」

話到嘴邊，三上重新想了一下。他明明是因為憎恨二渡才跟著闖進這裡來，若硬要說自己是警務的人實在是很白癡的事。尾坂部說的沒錯。骨子裡的刑警已經無法被抹滅。就算他連靈魂都賣掉了，其血肉也還是刑警。他在生理上希望自己跟二渡是不一樣的人。就算二渡吃了閉門羹，但他相信自己不會受到同樣的待遇才來的。

「或許您說的沒錯，已經深入骨髓的東西我拿不掉。無論我坐上什麼樣的職位，都不可能對刑事部完全斷念。」

「你想回去嗎？」

「這我不否認，只是……」

「你只想要做輕鬆的工作嗎？」

「……輕鬆？」

「刑警可是世界上最輕鬆的工作呢！」

三上不敢相信自己的耳朵。刑警是輕鬆的工作？他真的是這樣說的嗎？不，他的意思應該是說，刑事部是很輕鬆的單位，可以自自然然地做自己，每張桌子都堆著屬於那個刑警的業績與驕傲……。

尾坂部鬆開抱在胸前的胳膊。

「回去你該待的地方，為了明天而浪費今天實在是愚不可及。」

什麼？

「今天是為了今天而存在的，明天是為了明天而存在的。」

三上感到訝異。為了明天而浪費今天？是這樣的嗎？收集對刑事部有利的情報，打著如果一切順利說不定就可以回去的如意算盤。自己真是被這樣看待的嗎？那他就更不明白了。既然如此，尾坂部何須點醒他？對於死守著64祕密的前刑事部長來說，廣報官站在刑事部這邊應該是再好不過的事。難道他都沒有想過給三上一些甜頭，讓事情往對自己有利的方向發展嗎？是不想讓乳臭未乾的新任警視看到自己的弱點？還是不願意跟乳臭未乾的新任警視站在同一高度？不對，或許打從一開始，這句話就沒有任何意義也說不定。尾坂部只是機械化地拉起一條線，認為三上和二渡都是警務部的人，既然兩人都是刑事部的敵人，那就是必須排除的對象。

尾坂部打算起身送客，三上也被迫下定決心。

「請等一下。」

如果想要讓他改變心意的話，就只能說出這句話了。

「我想您應該知道幸田手札的真相。此事一旦公開，部長的名聲也會受到傷害。」

尾坂部居高臨下看著三上，眼神平靜。不知道該說是達觀，還是把過去的一切全都拋開了。

「回去你該待的地方。人的一生有時候是由偶然造成的。」

「刑事部可能會被搞垮也說不定。」

就連最後一個問題都被他徹底無視。

——你想逃嗎？

尾坂部離開客廳，三上的臉頰略微感到有一股風壓。這是尾坂部家的規矩嗎？當走廊上的腳步聲逐漸遠去時，端著茶盤的夫人便靜靜地走進客廳。
「請喝杯茶再走。」
聽起來像是語帶同情。
三上感覺背脊和膝蓋同時放鬆。二渡肯定也在尾坂部離去的客廳裡喝過這杯又苦又澀的茶。

39

外頭的冷空氣讓三上發現自己的臉熱辣辣的。
與二渡的情報戰算是打成平手。不過也只有在尾坂部這一回合打成平手，二渡至少還知道本廳真正的用意，自己則是解開了幸田手札的祕密。硬要說的話，尾坂部的口風比蚌殼還緊、沒有任何破綻，所以二渡可能連跟他說上話的機會都沒有。但是……。
回去你該待的地方。
人的一生有時候是由偶然造成的。
疲累的感覺讓他歸心似箭。歸途中繞到日吉浩一郎的家，把信交給他母親。『不是你的錯』。柿沼把一切都招了。其實已經不需要跟日吉接觸了，但是如果不把那封信交給他，一直放著不管的話，總覺得無法擺脫愧疚的糾纏。回到家，等著他的是花鯽魚和炒青菜，還有美那子雖然還稱不上是笑容，但也算柔軟的表情。他已經做好心理準備，以為她會馬上提起無聲電話的話題，但或許是白天在手機裡已經講到她滿意了，穿著圍裙的美那子似乎沒有要舊事重提的意思。
就在開始用餐之後沒多久，美那子突然問他：「有什麼好事發生嗎？」
三上不解地眨了眨眼。
「我看起來有很高興嗎？」

「沒有，我只是隨便亂猜。」

如果真有什麼好事發生的話，也是因為美那子的樣子令他鬆了一口氣。不對，剛好相反。也許是三上回家之後的態度很平靜，而美那子也敏感地察覺到了。肯定是後者沒錯。是村串瑞希的一席話讓他平靜的。夫婦倆之間原本東缺一角、西缺一塊的拼圖終於拼好了。雖然暖烘烘的感覺被害臊及其他掛心的事模糊了焦點，不過幾個小時前聽到的關於美那子年輕時代的往事卻已滲入記憶的最深處，成為無可取代的珍藏。他赫然發現，原來並不是只有疲累的感覺讓他歸心似箭。

「不過你看起來還是很累的樣子。工作還是很棘手嗎？」

「還好，已經突破一個關卡了。雨宮芳男願意接受長官的慰問了。」

還以為這樣就能解釋發生了什麼「好事」，不料美那子卻側著頭反問：

「真的嗎？他之前不是拒絕嗎？」

「原本是拒絕了。」

「那為什麼……？」

在佛壇前流淚這種事當然不能說。

「大概是被我的誠意打動了吧！」

「我想也是，一定是這樣沒錯。」

當下回應了丈夫的辛勞，但美那子的臉上還是掛著不可思議的表情。

三上也覺得雨宮突然改變心意這點很令人費解。調查上的失誤、隱匿事實，再加上早就發現這次的長官慰問只不過是警方要作秀。或許三上的醜態的確是有刺激到雨宮。如果是在遺照上看到亞由美的影子，那他所流的眼淚確實是不含任何雜質。正因為雨宮也失去了女兒，所以才能察覺到三上的一舉一動很不尋常。可是……。

那一瞬間，他真的有想到亞由美嗎？在回家的路上，他一次又一次地捫心自問，始終無法得到肯定的答案。

「我去打一通工作上的電話。」

向正在洗碗的美那子交代一聲，三上抓起手機走進臥房。

不管雨宮心裡在想什麼，慰問的難題總算是解決了。明天就要重新回到應付記者的老問題上，劍拔弩張的協商將一直持續到長官視察的前一刻。「回去你該待的地方」就是這麼回事。胸口湧上輕微的嘔吐感。他決定回到自己該待的地方並把門鎖上，不管本廳意欲何為，他都要秉持非禮勿視、非禮勿聽、非禮勿言的態度。尾坂部的言下之意便是如此。三上實在猜不透他的心思，結果還是有如墜入五里霧中。話雖如此，三上也不認為那是尾坂部為了要逃避他的追問所說的推託之辭。

——搞不懂。

三上打開臥房裡的電暖器，盤腿坐在榻榻米上。看了一眼鬧鐘上的時間，剛好七點半。在那之後，石井秘書課長就沒有再打電話來，肯定是生氣了吧！說不擔心明天的媒體懇談會是騙人的，但他還是先打電話到諏訪的宿舍裡。反正媒體懇談會只不過是各家媒體和縣警的大人物們互相講一些外交辭令的聚會，廣報室應該要關心的是第一線記者們的動向。前天他們揚言要抵制長官視察的熱度，經過赤間刻意安排的冷靜期後，究竟冷卻了幾分呢？

諏訪宿舍的電話正在通話中。

三上有一股被遺棄的感覺，他握著手機，在榻榻米上躺成大字。眼前浮現出諏訪拚命打電話給記者的模樣，他很清楚自己該待的地方。雖然難免口出怨言，但還是有愛。只是，廣報真的是他的天職嗎？

人的一生有時候是由偶然造成的。這句話或許是真理。無論從事什麼行業，無論在那個行業裡擔任什麼職位，無論其中有多少的理由與來歷，都無法否定是因為有許多偶然產生作用才造就了現在的自己。三上之所以成為刑警，硬要說的話也是一個偶然。刑警的確是他小時候的志願，但是跟他同年紀的人有一籮筐都是以當刑警為志願。如果問他，他真的有比其他人更適合當刑警嗎？這個問題恐怕只有上帝才知道答案。那關係到運氣、上司的考量、人事上的機緣。然而曾幾何時，他卻變成是一個生來就是為了當刑警的男人。刑警就是他的人生，也是他血肉的一部分……。

尾坂部是在嘲笑他對刑警工作的執著嗎？搞不好尾坂部本身就是「人的一生有時候是由偶然造成的」的寫照，所以他才會說刑警是世界上最輕鬆的工作。如果這是基於自負所講出來的話，或許就是真理。公權力的利爪和翅膀會讓男人變得比男人更像個男人。就連三上，也不是沒想過自己在其他領域裡能有什麼作為。

三上突然想起還沒做完的事而坐了起來，並按下手機的重撥鍵。這次打通了，是諏訪的老婆接的，說諏訪因為工作外出了。三上馬上撥打諏訪的手機，聽著電話的鈴聲心裡湧起些許期待。

〈喂，我是諏訪〉

卡拉OK的嘈雜聲與諏訪的聲音一起傳進耳裡。

「我三上，你現在人在哪裡？」

〈啊！晚安，我正和記者們在Amigo〉

果然諏訪連週休二日都待在他應該待的地方。匿名問題、抗議文、拒絕採訪……這些對三上來說也都成了現實的問題。

「藏前也跟你在一起嗎？」

〈在一起，在一起〉

看樣子他已經喝了不少。

「有哪些報社參加？」

〈請等一下〉

背景音樂變成來來往往的車聲，諏訪似乎走到店外。

〈對了，家屬那邊怎麼樣了？〉

「已經搞定了，長官可以去慰問了。」

〈那真是太好了！辛苦你了！〉

「你那邊呢？」

〈啊！我這邊是假借為媽媽桑慶祝生日的名目，請了全部的報社——但媽媽桑的生日其實是下個月——不過這一點都不重要。結果發現他們的防衛還挺堅固的〉

防衛堅固。也就是說只有穩健派的記者願意賞臉。

「所以到底有哪些報社參加呢？」

〈呃……共同、時事、NHK、東京，地方報系的D日報、全縣時報、D電視台、FM縣民廣播〉

「朝每讀全軍覆沒嗎？」
〈很遺憾〉
「產經和東洋呢？」
〈產經也不行，而且還說在這個風波平息以前都不會再跟我們喝酒。東洋的秋川可能會來喔！因為我說美雲也會來，他就說他會盡量趕來〉
三上差一點就要破口大罵。最後還是把話吞了回去，平靜地問道：
「美雲也在嗎？」
〈是她自願要來的。因為她堅持一定要跟，所以我才帶她來的〉
有點挑釁的語氣。
「這件事以後再說，你先把話說完。」
〈就秋川那傢伙，說要來要來，結果到現在還不見人影。我剛才試著打電話去分局，接電話的人說他出去採訪了，也許明天的早報又會出現什麼獨家報導。很可能跟那件圍標案有關〉
這是常有的事。酒宴隔天的早上很容易出現偷跑的新聞。
「你那邊的狀況怎麼樣？」
〈欸？你是指？〉
「我是指關於拒絕採訪的事。穩健派那群人怎麼說？」
〈啊！對了對了，問題就出在這裡〉
諏訪的口齒和腦筋的運轉都變得愈來愈奇怪了。
〈大家基本上都認為拒絕採訪有點過分。畢竟長官視察還是很有新聞價值，想要採訪的人多的是。雖然在總會上好像演變成拒絕採訪整個視察的過程，但是今晚問過他們以後，發現其實大部分的報社都認為要抵制的只有突擊採訪這一段而已〉
「只想把好處占盡就是了？」

〈是的。他們打的如意算盤是把長官來訪做成大大的新聞，然後以拒絕出席記者會做為對縣警的制裁。可是啊，就連這個其實也只是做做樣子而已。我們這邊也一樣，視察什麼的都不重要，最重要的是記者會。所以結論是其實大家都想進行突擊採訪。我是這麼判斷的，只不過……〉

諏訪遲疑了一會兒。

〈如果繼續這樣發展下去的話，他們可能無法跟我們合作〉

「要怎麼做他們才願意合作呢？」

〈這個嘛……〉

諏訪欲言又止。Amigo的店內大概充滿了對三上的不滿吧！

「沒關係，你說就是了。」

〈首先是要廣報官正式道歉，文字和口頭兩方面都要……。然後就算非正式也無所謂，要聽到本部長或警務部長口頭上的道歉。他們的意思是這兩點缺一不可，還有……〉

「還有？」

〈強硬派裡頭也有人說道歉就不必了，只要把廣報官換掉就好。我猜是東洋講的吧！〉

之前猶豫了半天，結論倒是講得挺乾脆。

「意思是要我下台就是了？」

〈有一些強硬派是這麼說的〉

「你又是怎麼想的？」

他想要先知道諏訪的心裡是怎麼想的。

〈該怎麼說呢？簡單一句話，就是那群人實在太猖狂。要是就這樣接受他們的要求，以後就會沒完沒了。不過，說老實話，我也不是不了解他們的意思。下台是過分了點，但是如果連個正式道歉也沒有的話，事情無法善了。他們的上面也是這樣要求。主要是形式，只要呈現出該有的形式，穩健派就會停止抵制了〉

三上覺得自己的脖子被掛了一個鈴鐺。而且還不是被記者掛上去，而是自己的部下。

「穩健派的那群人真的會因為我道歉而停止抵制嗎？你回想一下抗議文的票數。」

〈當然沒有人敢保證絕對會怎樣。只是再怎麼樣都得避免長官的記者會受到抵制，所以能做什麼就做什麼吧！〉

三上一臉茫然。

就像說服雨宮的時候一樣，應付記者有時候也要用到以退為進的手段。如果不費心打點的話，記者會就會開天窗。小塚長官沒地方可以發言，刑事部就可以暫時保住一條小命。但是……。

跟說服雨宮的時候又有點不太一樣，心情並沒有什麼太大的起伏，也不需要把家人搬出來。但如果眼睜睜地讓記者會開天窗，等於是放棄記者對策的任務。這象徵著廣報室的死亡。

「假設廣報官正式道歉了，跟記者俱樂部之間的角力關係會有什麼變化？」

〈這點倒不用擔心，因為有好幾個前例可循。廣報室的立場並不會因為道歉而落居下風，反而會因為跟隔壁的關係變得比較好，做起事來會比較得心應手〉

已經是接近說服的語氣了。他的意思是，要廣報官道歉已經算是「便宜」的了。

「可以讓這整件事在一樓落幕嗎？」

〈什麼意思？〉

「部長不可能答應讓廣報官道歉。如果這件事傳到二樓，肯定會遭到制止。」

言下之意是一切決取於你的本事。

諏訪似乎聽懂了。

〈沒問題，我想應該可以讓一切在一樓落幕〉

「知道了，我會考慮的。」

三上嘆了一口氣說道，然後又大大地吸進一口氣。

「美雲還在嗎？」

〈嗯〉

「我應該有告訴過你，不要把她當陪酒小姐用，馬上叫她回宿舍。」

〈可這是美雲自己的意思……〉

「我叫你讓她回家！」

三上的語氣非常強硬，諏訪噤口不言，頗有不服之意。

「有什麼想說的話就說啊！」

隔了好一會兒，話筒那頭才又傳來諏訪的聲音。

〈我會負責照顧好她，請不用擔心。她只是來帶動氣氛而已，我不會要她陪那群人上床〉

三上的眼睛都快要冒出火花了。

「混帳東西！警察的工作可不是出賣色相！要我下跪或切腹都可以，馬上讓美雲回家，聽到沒有？」

諏訪毫不讓步：

〈這是美雲自己的要求，請你體諒她的心情。不讓廣報人從事應付記者的工作，那她就只是個打雜小妹而已。我已經告訴她不用來了，說這是廣報官的意思，要她忍耐。可是美雲說這是歧視女性，要我給她同樣的工作〉

歧視。他不認為這是美雲會說的話。

美雲是看透了他吧！或許是那個時候，當他想不出辦法來應付記者的時候，美雲問他自己可不可以也去Amigo。對美雲的「色相」抱有期待的那一瞬間，給了她暢所欲言的權利也說不定。

「叫美雲來聽。」

〈她已經喝了不少〉

「叫她來聽就是了。」

三上等了幾分鐘。在等待的過程中，腦海中閃過好幾十句話。

〈我是美雲〉

聲音小小的，但是聽不出有在害怕的樣子。

「我應該命令過妳了，為什麼不聽話？」

〈……〉

「那不是妳的工作。」

〈我也是廣報室的一員〉

「就算是在一課工作的內勤，也不能去抓殺人犯。」

〈我也想要幫大家的忙〉

「妳已經幫了很多忙。」

〈我可不這麼認為，一點都不這麼認為〉

三上嘆了一口氣，在心裡下定決心之後說道：

「我的確是曾經有過期待，認為可以用女人來攏絡記者，但絕不是妳而是年輕女孩。」

美雲半步也不退讓。

〈我是受過訓練的警官，是為了執行任務才出現在這家店裡〉

「男人並不會這樣看妳。」

〈我沒有辦法改變自己身為女人的事實。如果被認為是利用自己身為女人的武器，那也隨他們去想，我並不在乎。我明明看到大家都那麼辛苦，卻要我裝作沒看見，這種事我辦不到。我知道自己在做什麼，也認為廣報是警方與外界連繫的窗口。我平常就有在學習報導的事，也可以跟記者聊一些比較深入的話題。即使是男人一談起來就會吵架的話題，換作是我就可以冷靜地聊下去。對方也會聽下去〉

「好聽話就免了。」

〈好聽話都是廣報官在說的〉

——什麼意思？

三上忍不住用力握緊手機。

「我什麼時候說過好聽話了？」

〈那麼就請廣報官指示，我會去把情報弄回來。再骯髒的工作我都能做〉

「妳喝醉了嗎？」

〈我沒有醉〉

「如果妳真的想要一展所長，就把警察這份工作辭掉。以妳的能力再加上有這樣的決心，到哪裡都會吃得開。」

〈我是因為想當警察才當警察。我覺得很有成就感，也以我的工作為榮〉

「我想妳應該明白，警界是個只有男人才能生存的世界。就連男人也不見得能存活下來。」

〈廣報官太狡猾了〉

三上驚愕地張大了眼睛。

「狡猾……？」

〈只要待在那個房間裡，一定會知道廣報官現在有多辛苦。知道光靠好聽話無法解決問題，知道廣報官一面煩惱著、一面不得不弄髒自己的手，也知道廣報官一直在勉強自己、說服自己。就連你指示股長和主任做的那些骯髒事，你原本不想說卻還是說了，說了之後又厭惡自己……這些我全部都知道，可是……〉

美雲激動得連聲音都在發抖。

〈請不要拿我當替身。好像不准我的手弄髒，把我一個人關進乾淨的無菌室裡，就可以假裝自己也沒有被污染一樣，真是太狡猾了。我不要當任何人的替身，那太辛苦了。我也想對外打開警方的那扇窗〉

三上仰頭望著天花板。

感覺所有的氣焰都被吹熄了。

美雲一直講到手機沒電為止，三上卻一句話也說不出來。

40

三上把身體浸入浴缸裡已經是十點以後的事了。

原來已經這麼晚了。

真是漫長的一天。

……逮到柿沼，逼他說出真相。……看到幸田的現狀。……用眼淚攻勢說服雨宮。……去找赤間。……從瑞希口中聽到美那子的過去。……巧遇二渡，闖進尾坂部的家裡。……把要給日吉的信交給他母親。……美那子問他是不是有什麼好事發生。……美雲說他狡猾。

感情千絲萬縷，沒有一件事能讓他全神貫注。所有人的表情、話語、想法全都交纏在一起，互相牽制、互相抵銷，最後只能拉出一條茫茫然的尾巴。

長官視察的真正目的……。

雨宮的真心……。

二渡的行為原理……。

就連思考也變得怪怪的。知道的事跟不知道的事之間的界線變得愈來愈模糊。疲勞溶解在熱水裡。每當他閉起眼睛，周公總是力邀他去下棋。

風呼呼地吹著。

毛玻璃發出卡啦卡啦的聲響。打從三上有記憶以來，這棟房子就很老舊了。

「必須要重建了呢！」父親說道。

「找一天來弄吧！」母親回答。

夕陽斜斜地照射進來。被陽光曬黑的榻榻米。在圓形的矮腳餐桌上可以看到啤酒瓶和西點店的盒子。父親的戰友來到家裡，頭髮剃得短短的、古銅色的皮膚，大搖大擺地笑著走來。看到自己，眼睛裡閃耀著光芒。

〈喔！小弟，你跟你老爸長得好像啊！〉

笑得十分開懷。

赤間的女兒正看著自己。從柱子後面，從車子裡頭，從任何一個角落。從教室的一隅，從樓梯上，從兒童公園的長板凳上，偷偷地看著自己。兩人，三人，四人。少女們充滿惡意地議論紛紛、交頭接耳地竊笑著。

喂！妳們可不要以為我都沒有注意到啊！

亞由美蹲在地上，把臉埋在雙手裡，像在玩籠中鳥[34]的遊戲一樣。在來自四面八方、成千上百的視線包圍下。周圍一片昏暗，唯有鎂光燈打在蹲著的亞由美身上。

喂！妳們知道妳們幹了什麼好事嗎？

〈不過長得跟你還真像啊！你一定寵得不得了吧！〉

赤間說……。

三上不懂。明明赤間自己也有女兒，還是那麼可愛的女兒。為什麼要利用亞由美的不幸呢？他是魔鬼嗎？他打算把女兒也變成魔鬼嗎？只教會她如何愛自己，這樣子夠嗎？

啊啊……。

只要做了好事……。

三上微微睜開眼睛。

風呼呼地吹著，毛玻璃發出卡啦卡啦的聲響。雖然已經在三上這一代改建過了，但這扇窗戶……。

你跟你老爸長得好像啊！

母親笑容滿面的臉上露出「對吧？」的表情。父親也微微露出黃板牙，臉上的表情不知道該說是苦笑還是害羞的笑。

〈加油喔！只要做了好事，就一定會有好報〉

他想起來了。父親的口頭禪惹得戰友痛哭不已。回去的時候，當他綁好鞋帶站起來，回過頭來的臉上布滿了淚痕。

一定死了很多夥伴。

一定殺了很多人。

34：日本兒童會玩的一種遊戲。由一個孩子負責當「鬼」，蒙著眼睛蹲在孩子群中，其他孩子圍成圓圈，一面繞圈走一面唱著童謠。等到童謠唱完時，當「鬼」的人要猜出站在他背後的人是誰，而被猜中的人就要接替「鬼」的位置。

從此以後，他沒有再見過父親的戰友。他溫柔地撫摸三上的頭，彷彿在摸自己的兒子。自掏腰包買來巧克力和冰淇淋蛋糕的這個人，之後的人生是否有得到什麼好報呢？

父親又是什麼時候學到那句話的？事實上到底有沒有好報？當他做了好事以後，到底得到過什麼回報呢？是在孩提時代嗎？戰場上嗎？還是在他後來幹了一輩子的市立清潔中心裡？

關於父親，三上其實什麼都不清楚。

對父親的記憶非常模糊。印象中他總是站在母親的身後。既不是不動如山地杵著，也不是把帶小孩的工作全部丟給老婆，而是靜靜地存在著，唯恐自己會蓋過了母親的輪廓。就連三上也都是把父親放在母親的輪廓後面。每當母親不在家的時候，只有父子二人的空間總是讓他覺得不安，不知道該怎麼跟沉默寡言、總是低著頭、臉和手和手指頭都有稜有角的父親相處。他也沒有肢體上接觸的記憶。明明父親的遺傳基因凌駕了母親，但他這一生卻從未跟兒子打成一片，就在64那一年去世了。

〈快吃快吃，不趕快吃的話就要融化了！〉

儘管三上狼吞虎嚥地吃著蛋糕，臉上卻未露出笑容。當他偷偷看到父親的戰友在玄關哭泣的身影時，居然有一股幸災樂禍的感覺。

因為是男孩子嘛！母親倒是不以為意。但是當他第一次把美那子介紹給父母的時候，母親卻比父親還要狼狽。她眨了好幾次眼，呆愣的雙眼才恢復鎮定並緊盯著三上。他記得很清楚。在很久很久以前，當母親懷疑兒子是否把找回來的零錢偷偷放進自己的口袋裡時就是這種眼神。你是不是做了什麼虧心事？

三上微微一笑。

媽，妳這樣未免太過分了吧。

對了，他就是在母親的慫恿下加入了附近的劍道教室。比起珠算或毛筆字很厲害的兒子，母親更希望把兒子教養成堂堂正正的男子漢。練習十分嚴格。如果沒有戴上面具時那種血脈賁張的感覺，他可能沒辦法持續那麼久。戴上面具以後視野變得狹窄，只能感受到自己的氣息，那種感覺很像是躲在紙箱做成的祕密基地裡。雖然不覺得自己有想要變身的願望，但是下意識裡也得到了滿足。鼻樑被面具上的縱向鐵絲擋住，十三根平行的鐵絲把五官分割成一塊一塊。除了從看東西的小洞向外窺探的雙眼以外，其他部分全都與陰影融為一體。那不能稱為臉。這時候不需要臉，一切全憑看的人想像。當他長了滿臉的青春痘，開始在意起異性眼光的時候，那張狹小又充滿汗臭味的面具底下，反而是比任何地方都令他放心的場所。

因為母親的期待，因為這張臉使然，因為學習了劍道，才讓他走向延長線上的警官之路。

這是必然嗎？

還是偶然呢？

三上把毛巾擰乾，把臉擦乾淨。掌心傳來用力擦拭的觸感。

透過劍道，他還學會了禮節，也鍛鍊了身體。但是心呢？心究竟學到了什麼？又是如何被鍛鍊的呢？他具有一般的正義感與一般的好勝心。所以才能抬頭挺胸地任職於警界，擺出刑警的派頭。可是……。

耳邊傳來呢喃聲。

刑警成了另一張面具。

他在偶然的情況下得到這張新面具，而且很幸運地一戴就是二十幾年。

〈刑警是世界上最輕鬆的工作〉

尾坂部的意思或許是刑警這個職業可以成為人生中的隱身蓑衣也說不定。透過小說、電視連續劇或記錄片的過剩供給，任誰都知道刑警的辛苦與悲哀，任誰都知道刑警絕不是什麼輕鬆的工作。所以只要報上刑警的稱號，對方就會擅自啟動他的認知按鈕。自己什麼都不用說明，這點倒是挺輕鬆的。更何況，永遠都有追捕不完的獵物，所以刑警也可以把現實生活中的辛苦、煩惱和悲哀全都輕易地束之高閣。在轄區的時候，松岡就常常這樣激勵部下：不要抱怨，要好好地享受，政府不但讓我們去狩獵，還付我們薪水呢……。

撇開理性不說，刑警其實並不具備憎恨犯罪的本能。有的只是逮捕犯人的狩獵本能罷了。三上也不例外。鎖定目標、追捕、使其認罪。如此周而復始的每一天，讓他失去個人的特色，逐漸染上了刑警的顏色。沒有人抵抗，毋寧說是每個人都自願主動染上更深的顏色。狩獵不再只是為了生活，對於想要留在獵場上的人來說，狩獵不僅是唯一的樂趣，也是最享受的娛樂。

應該要問一下幸田。問問被剝奪了狩獵的權限而成為被狩獵的一方，工作只是為了跟妻子活下去的他，刑警的工作到底辛不辛苦。

三上長長地吐了一口氣。

充分地享受過狩獵的樂趣以後，總是要付出代價。如果現在才要脫下刑警的面具，搞不好連整個人生都會跟著七零八落。裸露出來的如果是真面目還好，問題是真實的自己到底還存不存在，這才是重點所在。「前科」那一年讓他了解到刑警工作其實是一種麻藥，一旦沒有繼續服藥，就得每天面對扭曲變形的恐懼與自卑。

〈你打算一輩子在警務部當刑警嗎？〉

三上這次點頭了。

長官四天後就要來了，眼下保持冷靜比什麼都重要。為了保護家人，不得不站在警務陣營的旗幟下。刑警的心雖然發出悲鳴，但這正是他還能保持冷靜的證據。不需要強求自己，就算情感與理智互相拉扯也沒關係，只要好好地完成廣報官的任務就行了。

心湖突然掀起了波瀾。

喂！這樣逍遙好嗎？

他根本還不知道長官到底要說什麼？長官說的話又會招致什麼樣的後果？

腦海中閃過媒人的臉。尾坂部不行的話，還有大舘。他也是參與隱匿事件的歷代刑事部長之一。就算沒有這層關係，他也是僅次於尾坂部的重量級退休部長。關於長官視察的內幕，說不定聽過什麼風聲。雖然今年年初因中風倒下，但夏天送中元禮品去他家的時候，他正努力地復健。他用那因為中風而變得不聽使喚的嘴角表示對三上被調到廣報部感到遺憾，還說會替他跟荒木田說一聲。

如果是三上的話，大舘應該會說……。

心裡的波濤突然平靜下來，彷彿被人潑了盆冷水般興奮之情瞬間冷卻。

這會不會太殘酷了？大舘都已經退休四年了，怎麼忍心再去掀他的舊傷口？如果已經結痂的傷口是被昔日疼愛有加、讓自己在婚禮上擔任媒人的部下撕開，該有多麼辛酸啊？明知如此還是要硬幹嗎？根本是在加速對方的病情惡化。他這麼做，是要對拚命想要站起來走路的恩人施加壓力，好讓他提早踏進棺材嗎？

二渡的話，肯定會毫不猶豫地按下大舘家的門鈴吧！

不對，搞不好已經按了。

如果是跟在警務部王牌的腳步後面，就不需要交代來訪的理由。只要無言地注視著大舘的眼睛即可。直到他把「遺言」說出口。

三上搖搖頭。

茫然地注視著布滿水蒸氣的天花板，好一會兒都只是靜靜地看著。

美雲怎麼樣了？還在Amigo嗎？

……狡猾。

……請不要拿我當替身。

她是以什麼樣的表情說出這些話呢？

在跟美雲講電話的時候，前半段一直讓他感到沒來由地焦躁，認為因為她是女人才有辦法說出那些話。他最不想聽到的話，居然從最不想聽她說出口的部下口中說出來。

雖然受到的衝擊和失望都非同小可，但是跟受到打擊又有點不太一樣。彷彿發現找了半天的東西原來就在眼前的那一瞬間，驚訝與被自己打敗的錯愕感同時湧上。美雲一直都在三上眼前。雖然話不多，但是三上深知她其實眼觀四面、耳聽八方、頭腦也很敏銳。

然而……。

因為她是女人。直到美雲說他狡猾，他才發現自己原來是這麼想的。並不是拿她當替身，也沒有打算要把自己還沒有被污染的部分寄託在她身上。他只是想要保護她而已。一個連老婆和女兒都保護不了的男人，如果上司和部下的這段有限時間只有一、兩年，自己一定可以保護好對方。美雲就是被他選中的對象。

說穿了還是替身，而且是造孽又缺德的「家家酒」，他果然還是很狡猾。

Amigo。笑聲。酒精的氣味……。

他想到為了增強抵抗力，就應該要把她丟到一堆細菌裡。先不管她在工作上的熱忱，美雲到底知不知道自己有多單純？三上開始擔心了起來。斬釘截鐵地說再骯髒的事她都能做的這個女孩，接下來會往哪裡去呢？

〈我也想對外打開警方的那扇窗〉

今年春天，當三上提到「窗口」的構想時，美雲還一臉不以為然的表情。她認為只有派出所才是警察的窗口。過了一段時間，她在一次聚餐的場合吐露了心聲。要是全國的派出所員警都能誠實地和市民接觸的話，大家對於警察的印象和評價自然會變好……。

那麼，身為廣報室的一員，美雲想要打開什麼樣的窗呢？

她其實是想清楚了吧！只要搞定一個記者，就可以向百萬、千萬的國民宣揚「警察的正義」。只要有愈來愈多的記者願意做面子給警察，即使無法保證全國各地的派出所員警能擺出多好的服務態度，但至少可以進行大規模的形象包裝。所以她才去了Amigo。說穿了，大概就是這麼一回事吧！

諏訪肯定會毫不遲疑地同意她這麼做吧！平常他在應付記者的時候就會利用酒席和女人，這點跟上層求之不得的支配媒體策略也不謀而合。「窗口」就不一樣了。既不是戰略，也不是記者對策，而是每天的習慣。基於擔心警方鎖國化的心情，每天都要思考當警察和媒體陷入死胡同時，到底還有沒有出口。也就是期待內外的空氣能夠互相融合，除了鬥爭以外還能發生些什麼的開放的心窗。

他有點放心不下。不是擔心美雲是如何理解的，而是一開始把「窗口」掛在嘴邊的時候，自己的心態其實很可疑。那真的是他的真心話嗎？下定決心，兩年後就要回刑事部。為了在這兩年內認命工作，他需要一個心靈上的支柱。如果那是為了替自己找藉口而說的話語，那他究竟讓美雲看到了什麼樣的窗口？

不對……。

還是有的。

不管一開始的心態如何，他還是想過無數次，廣報官的確是非常重要的存在。

直到亞由美離家出走。

亞由美離家出走之後他也想過。

「老公……」

是美那子的聲音。三上以為自己不小心睡著了而有些手足無措。

「不要緊吧？」

聲音從洗臉台傳來。這個澡洗得太久，害美那子擔心了。

「沒事，我要出去了。」

嘴上是這麼說，但三上並沒有離開浴缸。

身體並沒有溫暖的感覺，也不覺得待在浴室裡的時間有久到需要讓人擔心的地步。自從亞由美離家出走以後，不管是洗澡、上廁所還是洗臉刷牙，總之是所有日常生活中習以為常的步調全都亂了套。還曾有過沒完沒了一直刷牙的時候。倒也不是在想亞由美的事，只是不停地刷牙。為了逃避，為了不要思考任何事。

他沒有想像過亞由美死掉的樣子。亞由美還活著，絕不能悲觀。但是……。

在那之後就一片空白了。

只要亞由美還活著，就一定在某個地方。或者站著，或者正在走路，或吃飯，或睡覺。但是腦海中完全浮現不出亞由美正在做這些事的樣子。每個人都在嘲笑醜陋的自己，不想讓任何人看到自己的臉。他實在無法具體地想像出亞由美在家以外的某個地方過日子的樣子。錢從哪裡來？有睡覺的地方嗎？離家出走的女高中生最常見的生活方式不是打工，就是跟男人或歡場聯想在一起，但這些事都很難跟亞由美做連結。那她靠什麼過活？露宿街頭？二十六萬名員警的天線不可能偵測不到一個露宿街頭的年輕女孩。那是有人照顧她囉？那個人是誰？既不通知父母也不告訴警方，說是要保護一個十六歲的少女？這可是犯罪行為。受到監禁了嗎？這就是結論嗎？要他接受這樣的想像度過每一天嗎？

所以還是別想了吧！也不給美那子任何想像的空間。亞由美還活得好好的。每次講到這裡就打住，強制性地結束話題。美那子也絕口不提，每次講來講去都是電話的話題。只有這樣的話還可以接受。亞由美握著公共電話亭裡話筒的身影是夫婦倆唯一可以想像亞由美在外的樣子。

「回來吧！」

三上試著講出這句不知道已經講了多少遍的話。

外面怎樣都沒關係，只要亞由美回來就好了，以後的事一定會有辦法的。

「快回來吧！」

也許是明天。或是後天？又或是更遙遠的以後？

為了明天……。

所有人不都是這樣嗎？為了明天而浪費今天。

愚不可及嗎？才沒有這回事。為了明天犧牲有什麼不對？就算把今天變得再骯髒、再下流、再醜惡也無所謂。只要還有明天，只要明天能比今天更好就行了。

你變了。

我才沒有變，一點也沒有。

你一定要好好地支持她。

我會的，絕對不會讓她孤零零的一個人。

美那子並沒有傷害亞由美，亞由美也不是故意要傷美那子的心。

凝結的霜碎裂，在黑暗的窗戶上拉出一條長長的痕跡。眼皮好重，這次睡魔的威力十分強大。

那個交通安全的護身符收到哪裡去了？

黑暗持續擴大著。

眼前浮現一雙手。

美那子穿著白無垢[35]，臉上露出平靜的笑容，朝三上伸出了雙手。

41

果然別想要迎接一個平靜的禮拜一。在設定為六點的鬧鐘響起之前，就已經先被赤間警務部長的電話吵醒了。

〈你看過東洋的早報了嗎？〉

「呃，還沒。」

〈趕快去看〉

赤間的語氣像是隨時都有可能引爆的炸彈。

三上還躺在床上。說了聲「我等一下再回電話」之後就先把電話掛斷，然後在睡衣外披了件睡袍便往屋外的信箱衝去。東洋到底寫了些什麼？腦海中最先浮現出跟圍標案有關的獨家新聞，但如果只是那樣的話，赤間不會一大早打電話給他。不會吧？腦中掠過幾個單字，公安委員、孕婦、老人的死……。

「發生什麼事了？」

抱著一疊報紙進屋，踏進客廳時美那子也已經起床了。她正在開啟暖風扇，因為擔心而眉頭深鎖。

「好像是，妳去幫我沖杯咖啡。」

若無其事地把美那子支開後打開東洋新聞，一翻到「地方版」，斗大的標題立刻映入眼簾。

『用禮券來封口』

『必須重新審視拘留所的管理體質』

腦門上涼颼颼的。才看沒幾行，就發現那是全國版的「主要報導」延續到地方版的詳細報導。連忙翻到社會版。有了，跟地方版比起來篇幅雖然比較小，但是標題卻十分具有衝擊性。

『猥褻拘留所的女性．D縣警』

三上覺得眼睛好痛。

內容是八月發生在D縣北部F署的醜聞。負責管理拘留所的五十歲巡查長[36]於深夜對因竊盜罪嫌遭逮捕扣留的

35：日式新娘禮服，為正反兩面皆為純白色的和服。

36：介於巡查與巡查部長間，非正式規定的階級，而是根據《巡查長相關規定》而產生的職位。雖然階級與薪水皆高於巡查，但嚴格來說仍是巡查。

三十多歲女性進行多次襲胸及撫摸下半身的猥褻行為……。

三上動作迅速地翻回地方版。

「只要妳乖乖聽話，我保證妳可以早一點被放出去。」報導裡寫著巡查長利用花言巧語所犯下的罪行。竊盜案的女嫌疑犯經法院判決為緩刑，被釋放後要求巡查長謝罪。「居然利用別人的弱點，不可原諒。」當她表明也會向F署提出抗議的時候，巡查長給了她相當於十萬圓的禮券，求她不要告訴上司。

三上一拳搥在報紙上，胃酸一股腦兒湧到喉頭。如果沒有真憑實據，不可能寫得這麼詳細。雖說警方是個很難找到半點善意的組織，但是也不能讓這麼卑劣的男人穿著警察的制服……。

接著翻開其他家的報紙，沒有任何一家刊登同樣的新聞，可見是東洋的獨家報導。諏訪的直覺正中紅心。昨晚說要去「Amigo」卻沒有去的秋川，顯然是為了工作。

可是他不明白，為什麼昨晚沒有任何風吹草動呢？通常記者打算在第二天的早報登出這類獨家新聞的時候，前一天晚上拜訪警察幹部以確認消息來源是否正確的「求證」是不可或缺的程序。是因為直到截稿前一刻才掌握到情報，手忙腳亂地先登出來再說嗎？還是因為對報導的內容有絕對的自信，認為不需要求證呢？即便如此，一旦讓警方措手不及的話，就會讓接下來的採訪變得窒礙難行，所以通常都會事先通知警方「會出現在早報上喔！」。那麼，今天早上這個是怎麼一回事？從赤間的憤怒指數看來，東洋顯然沒有經過確認、也沒有知會警方。

故意的嗎？

故意不把知會警方的默契放在眼裡，讓D縣警迎接一個比起床氣還要惡劣的早晨。有可能。如果是現在這個充滿了攻擊性的秋川，的確有可能這麼做。

不過，更令他在意的是……。

三上只喝了一口美那子端來的咖啡，便拿起警用電話的話筒撥打到警務部長官邸。才響一聲赤間就接起來了。

「我看過了。」

〈那篇報導是駐守本部的記者寫的〉

赤間的口吻十分篤定。

東洋有個負責F署的通信部記者。據說那名年過六十的特約記者剛剛才打了一通藉口連篇的電話給F署的小保方署長。「呃……我看了我們家的早報也嚇了好大一跳！這件事是真的嗎？」

〈署長似乎也是第一次聽到這件事〉

小保方署長馬上把巡查長叫來署長官邸。巡查長當場就把一切都招了，所以隨後立刻召集刑事課員，並以特別公務員暴行陵辱的罪嫌採取緊急逮捕的措施。目前監察官正從本部趕往F署。記者會將於上午九點在當地舉行。以上是截至目前的進展。

〈可是實在太不可思議了。不管是我這邊還是警務課長或監察課長那邊，都沒有接到記者打來的電話。這種事很少發生吧！我想聽聽你的見解〉

以前大腦從未徵求過手腳的意見，看來這次的衝擊力真的不小。報導刊登在全國版上，說不定赤間也是被本廳打來的電話吵醒的。

「我猜記者可能是從親信的情報來源一路順藤摸瓜、個個擊破。」

〈我不是問你這個。我想知道的是，為什麼這時會出現打擊警務部的報導？〉

——果然在意的還是這個。

打擊警務部。三上一面看著報導，一面也產生同樣的疑問。會不會是刑事部提供情報讓東洋寫的？打算從防守的態度轉而展開凌厲的攻擊？

光是報導的內容是拘留所的情報，就讓人覺得背後肯定有人在操作。拘留所雖然在名義上是由警務部管理，但其實是刑事部的地盤。當初是為了防堵人權派勢力的批判：「警方的拘留所被當成監獄使用，成了冤獄事件的溫床。」所以才在組織圖上跟刑事部做切割，但是完全由純粹的警務部人員管理拘留所的轄區，在D縣警裡連一個都沒有。即使管理員掛著警務課員的職稱，絕大部分不是有過刑事經驗的人就是刑事部的菜鳥，在白天的偵訊結束後，仍繼續觀察嫌犯回到拘留房的一舉一動，並一一向刑事課報告。簡而言之，拘留所內的情報全都在刑事部的掌握之中，但是拘留所的管理一旦出現任何問題，就把責任推到「置身事外」的警務部頭上。就算無法揭露已經變成黑箱作業的警務部中樞的醜聞，但如果是拘留所內的醜聞，刑事部可以說是要多少有多少。只是……。

刑事部真的這麼做了嗎？

雖然他不願意相信，但是既然赤間已經如此確定，最好還是不要跟他唱反調比較好。

「我想是刑事部為了牽制我們吧！」

〈牽制？這擺明是威脅好嗎？而且還挑拘留所下手，是打算殺到刀刀見骨嗎？〉

刀刀見骨……？

不，這則報導對於刑事部來說，連一個小擦傷都不會有。都五十歲了還只是巡查長的人，不是無可救藥的爛好人就是組織裡的敗家犬，八成沒有在第一線創下過什麼豐功偉業。從親信以外的刑警裡弄個替死鬼來，再把警務部推到醜聞的風頭浪尖上。果然還是刑事部幹的好事，八九不離十。

〈原因是不是出在你身上？〉

三上一臉錯愕。

——原因出在我身上？什麼意思？

「我不懂你的意思。」

〈你敢說不是因為你在私底下到處打聽的動作去刺激到刑事部嗎？〉

什麼鬼話？三上差點就衝口而出。要是真有人去刺激到刑事部的話，肯定也是二渡而不是他。

「我不記得我有做過這樣的事。」

〈那麼，你是故意去煽動他們的囉！〉

「什麼？」

〈我聽說你最近和刑事部的人走得很近，我應該禁止過你跟刑事部接觸了〉

三上氣得咬牙切齒。天底下有這種事嗎？不告訴他長官視察的目的，卻懷疑他做了出賣警務部的事。

「身為廣報官，我只是在收集必要的情報而已，並沒有做過任何虧心事。」

〈那就好。就算是為了家人，再加一把勁吧！媒體懇談會的說明我交給石井了，所以你只要專心調查這篇報導到底是從哪裡冒出來的，處理好善後就好了。小保方署長也需要支援，從廣報室派個人去參加F署的記者會，被問到什

麼問題？又是怎麼回答的？都要盡速向我報告，知道了嗎？〉

也不等三上回答就把電話掛斷了。

背後感覺到美那子的存在，所以三上輕輕地把話筒放回去。就算是為了家人。赤間最後還不忘檢查一下家人對三上的牽制力還有沒有效。

眼前的警用電話再次響起。

是諏訪打來的，在電話那頭喘得上氣不接下氣。

〈你看過東洋的早報了嗎？〉

「看了。」

〈秋川那傢伙，果然幹了好事〉

「嗯，擺明是要跟我們對幹到底。」

〈對不起，是我太大意了〉

諏訪這麼一道歉，他才想起昨晚的電話內容。因為美雲的事，自己還痛罵了他一頓。不過眼前的問題沖散了原本會有的尷尬。

〈時報及其他幾家報社都來追問報導內容的真偽了〉

「跟他們說基本上都沒錯，巡查長似乎被緊急逮捕了，目前差不多可以回答到這裡。」

〈咦？已經逮捕了嗎？〉

「嗯，沒錯。」

〈也就是說，報導的內容都是事實囉？〉

「好像是這樣。」

諏訪嘆了好長的一口氣。只要是警察，都會知道他為何嘆氣。那是一種無力感，希望別再丟組織的臉了。

「被東洋搶先一步的那些人動向如何？」

〈有些人吵著要求趕快召開記者會〉

「九點開始在當地召開，你可以過去嗎？」

〈可以。總之我先離開廣報室，去探探各家報社的口風再說〉

三上阻止正要掛電話的諏訪。

「你認為秋川的情報是怎麼來的？」

這個問題的言下之意是：你也認為是刑事部搞的鬼嗎？你和赤間之間的情報交流是否只是單方面的呢？他有告訴過你長官視察的背後所引發的騷動嗎？

〈這個嘛……〉

諏訪支支吾吾地答不上來，最後勉強說道：

〈抱歉，這個我不清楚，我會試著調查看看〉

「拜託你了。」

三上簡短地回答，掛上電話。

如此試探部下實在是太不顧情分了。諏訪對背後的騷動毫不知情。在懷疑他跟赤間的關係以前，自己跟諏訪的關係又是如何呢？如同赤間處處提防三上一樣，三上以大局為重，也從未告訴過諏訪什麼重要的情報。對藏前如是，對美雲亦如是。

胸口掠過一股寒意。

他根本不打算在警務部培養自己的心腹。兩年一到就要回刑事部。八個月前暗自下的這個決定，似乎已經造成無法挽回的後果了。

42

三上在早上七點半抵達縣警本部。

諏訪比他早一步進入廣報室，美雲也已經坐在辦公桌前講電話。她面朝三上，無聲地行了一個注目禮。不知道是不是自己多心，總覺得她的側面有些浮腫，淡得像是素顏的彩妝似乎也表現出某種決心。

諏訪走到三上面前，擋住了三上的視線。

「我剛讓藏前去隔壁打探消息了。事情似乎因此出現了一些轉機。」

三上知道他指的是什麼事情。東洋一再地寫出獨家報導，而且今天早上那個還是最高等級的醜聞，等於是把其他家的記者們打落谷底。整個記者俱樂部才剛因為匿名問題產生向心力，而且領頭的就是東洋，如今卻變成是東洋獨占鰲頭，看在其他被擺了一道的記者眼中，肯定是一種趁火打劫的背叛行為，每個人心中都會開始對媒體共同對抗警方這件事產生懷疑。

「他們肯定會各懷鬼胎。可以趁這個機會確實地攏絡穩健派，順利的話說不定可以讓他們打消抵制記者會的念頭。」

三上不置可否地點點頭。

東洋這記回馬槍的確讓局面產生了變化，但是儘管諏訪雄辯滔滔，表情卻沒有他說的話那麼明朗。昨晚還堅持只有「廣報官道歉」才是打破現狀的唯一方法，過了一夜就開始感到害怕了嗎？所以才會瞞著赤間部長偷偷地在廣報社裡單獨行動。仔細想想，這對於正在出賣內部消息的警部補可是相當高風險的選擇。三上無意責怪他，但的確是有些掃興。沒錯，這傢伙畢竟是赤間的手下……。

「早安。」

美雲站起來，低頭行禮。三上這才發現她已經講完電話了。下巴不自然地收緊，態度甚是拘謹。想必是來為昨天在電話中的出言不遜道歉。但是從她複雜又閃爍的眼神看來，她並沒有意思要為去Amigo那件事道歉。

「我已經把該名巡查長的資料大致收集好了。」

諏訪又闖進兩人之間，手裡拿著好幾張傳真紙和貌似人事資料夾的文件。

「栗山吉武，五十歲。你認識這個人嗎？」

「不認識。」三上回答。彼此都在組織裡待了半輩子，也許曾經在哪裡聽過，但是至少在跟刑事部有關的人員中沒出現過這個名字。

「警校畢業以後就幾乎都駐守在派出所裡。後來因為腰痛得厲害，便求上級把他調到拘留所去。」此人與警務部無關。諏訪也以自己的方式提出他的判斷。

「賞罰呢？」

「沒什麼特別的，頂多就是年輕的時候把遺失物的文件搞丟了，吃過一記警告這樣。」

「此人的評價呢？」

「剛才問過F署的人，聽說人緣不怎麼樣。陰險又善妒，而且還莫名其妙地擺出一副不可一世的樣子，大家對他幾乎都沒有好話。唯一的優點大概就只有長得還不錯，在窮鄉僻壤的小酒館裡很受歡迎。」

聽起來似乎是個噁心的傢伙。

「那個偷東西的女人又是個什麼樣的人？」

「那女人也是素行不良。」

林夏子，三十七歲。原本是按摩女郎，現在則是專門闖空門的小偷的情婦。她的姘頭目前因為慣性累犯竊盜罪在服刑。

三上忍不住從鼻子裡冷笑了一聲。

「真是什麼鍋配什麼蓋啊？林夏子該不會也是闖空門被抓到吧？」

「她是順手牽羊，據說是鎖定在車站買票的女大學生的包包。」

三上把脖子轉了一圈，爭取一點思考的時間。

「還真輕易就認罪了呢！」

「咦？」

「我是指栗山啦！他給林夏子的禮券上又沒有署名，大可以告訴署長是那個女人含血噴人吧！」

「好像是林夏子手上握有白紙黑字的證據。因為林歇斯底里地吵著要告訴他的上司和老婆，栗山沒辦法只好寫了悔過書。」

那可真是決定性的證據了。東洋知道這件事嗎？如果他們手上有這份悔過書，的確不需要向警察幹部求證就可以信心十足地寫成報導。

「也有可能是林夏子自己放出消息吧！」

諏訪注視著空中，眨了幾次眼睛之後，才又把目光轉回三上身上。

「那應該不可能吧！林都已經拿到禮券了，或許這才是她威脅栗山的目的。如果告訴媒體的話，不就自打嘴巴了嗎？」

「那麼秋川的情報又是打哪兒來的？」

跟在電話裡的時候不一樣，這次諏訪立刻回答。

「我不知道確切的人物是誰，但恐怕是刑事部搞的鬼。」

「你為什麼會這麼想？」

三上面不改色地繼續追問。

「是F署的警務部說的。他說他們根本不曉得栗山幹了這種事。再說，警務的人向記者透露拘留所的醜聞根本是自尋死路的行為，所以絕對不可能。」

「這點刑事部的人也一樣吧！畢竟他們都認為拘留所是歸他們管的。」

「但表面上還是歸警務部在管，而且關於保密這件事，不是我自豪，警務都受過最嚴格的要求。」

諏訪的表情像是在說：跟刑事部不一樣，警務的人口風可是很緊。

接著他表情不變地換了一個方式說：

「會不會是在偵訊的時候，林不小心把栗山的所作所為告訴刑警了？」

「然後那個刑警再不小心告訴記者嗎？」

或許是察覺到三上的不悅，諏訪把臉靠過來說：

「聽說刑事課的那些人樣子怪怪的喔！」

「怪怪的？怎麼個怪法？」

「呃……看到早報，大家應該都會慌了手腳吧！署長又馬上進行非常召集，所以全體署員一早都出現在警署裡，但是只有刑事課的人沒有半點驚訝的樣子，感覺上好像是早就知道了，只是故意裝作不知道的樣子。」

「有哪個刑警會在驚訝的時候露出驚訝的表情？」

話雖如此，但三上也同時注意到諏訪的推理其實是正確的。原本是按摩女郎的人，就連她的姘頭也是小偷的話，在F署的刑事課裡肯定是有名的夫妻檔。跟第一次進偵訊室的嫌犯不一樣，對於偵訊室裡的氣氛可以說是瞭若指掌、運用自如。要是栗山真的對自己做了些什麼，林夏子百分之九十九會對負責的刑警抱怨或哭訴吧！不對，就算她當時並沒有把事情鬧大，或許刑警也可以從林的自白裡嗅出一些蛛絲馬跡。不管怎麼說，這項傳聞可能已經在整個刑事課裡傳開了，說不定還在「不要告訴別人」的前提下，成為其他警署和本部的刑警間公開的祕密。

果然是刑事部幹的好事嗎？假設這個「不要告訴別人」的祕密也傳到荒木田部長的耳朵裡，命令F署的刑警調查事情的真相，然後利用擁有八百萬份銷售量的東洋的報導，對警務部做出最有效果的威脅。

三上重新抬起頭來看著諏訪。

「消息是從F署的刑事課走漏出去。你當真這樣想嗎？」

「是的，沒錯。」

「你是說秋川特地跑到深山裡的轄區挖消息嗎？」

「不是他跑去挖，而是刑警主動把消息送上門去。秋川那麼有名，只要是在本部工作過的人，沒有人不認識那傢伙。」

「為何要做這種事？」

「從情報的破壞力看來，目標應該是署長的腦袋吧！我有聽說小保方署長的性格多疑到病態的地步，對他不滿的人可多了。」

原來如此，諏訪是基於這點導出刑警洩漏消息的結論啊！倒也不是不可能。但是如果諏訪或多或少已經察覺出長官視察的內幕，那麼這套說法就是用來撇清的了。

要說的話只能趁現在了。只有三上親自把情報告訴他，而不是讓他從赤間的口中聽到，才能讓諏訪真正成為自己的部下。然而他卻說不出口。因為三上本身也還沒有掌握到核心的部分，要是光講一個充滿危險性的大概，等於是命令他跟自己一同扛起裡頭不知道裝了什麼的屍袋，這點讓他遲遲下不了決心。

「我該出發了。」諏訪偷瞄了時鐘一眼，抬起頭來說道。

「還有一件事情想跟你商量。」

「什麼事？」

「小保方署長是第一次碰上像這樣的記者會，我認為最好提點他一下。」

途中開始轉為說悄悄話的音量。

「在記者會的尾聲、開始聊些閒話的時候，讓他以非正式發表的方式透露林夏子的底細。一旦知道她原本是個按摩女郎，而且還是正在服刑的小偷的情婦，有些媒體頓時就會感到興趣缺缺，否則每家晚報都會非常慎重地處理這則報導吧！」

三上輕嘆了一口氣。

「意思是說有些記者會懷疑是女方主動勾引栗山嗎？」

「如果有人提出這樣的問題當然再好不過。署長只要不說話，任憑記者想像就好了。」

這的確是個好主意，但是三上卻無法完全同意。

「署長可以不說話，但是絕對不能誤導。就算真的是女方主動勾引，但千錯萬錯還是栗山的錯。不要讓記者以為警方是在包庇他，否則只會被寫得更難聽。」

他最後是非常迅速地說完。因為眼前的電話正響個不停。

〈記者室的樣子如何？〉

知道是石井秘書課長打來的電話之後，三上對還在一旁等候指示的諏訪抬了抬下巴。去吧！

「目前還算平靜。」

〈可是接下來就是一連串麻煩事了！託你的福，在媒體懇談會上道歉的差事落到我頭上了〉

理應對三上有滿腹的怨言，語氣卻出乎意料的明快。

「不是道歉，是說明原委吧！拜託你了。」

〈我知道啦！我會搞定的〉

「因為還有F署這件事，所以媒體懇談會可能也會有點不太平靜。」

〈不要緊，因為本部長並不會出席〉

跟他想的一樣。因為一旦出席的話，就會被逼著要對這件低俗又下流的醜聞發表道歉的言論。為了保護本部長，改由赤間或白田警務課長向社會大眾致歉。不過那些老練的新聞記者們對這種伎倆早就看到不想再看了，他們會允許本部長缺席嗎？

三上對正要走出房間的諏訪揮手。美雲先有反應而望了過來。

「本部長缺席的理由是什麼？」

〈媒體懇談會是一點開始的吧。同一時間還有巡查長的懲戒委員會。如果說被逼著要趕快處理那邊的事也會給人認真的感覺，似乎還不錯〉

語氣聽起來甚至還有些得意，說不定這個主意是他提出來的。

「部長沒說什麼嗎？」

〈他說就這麼辦吧！〉

「不是這個，我是指東洋的獨家報導。」

〈沒有特別說什麼，不過看得出來很不高興〉

三上沒有再繼續追問下去，就把電話給掛了。結果就連石井也在外圍。他對本廳的真正用意一無所知，滿心期待著身分極為尊貴的長官大駕光臨。

三上把手伸向桌上的直撥電話。

他要打到大舘章三的家，告訴對方今晚會過去拜訪。雖然還沒有真的下定決心要傷害這個當過自己媒人的長輩，但也不能什麼都不做。因為長官視察就在三天以後了。

一面數著電話鈴聲，一面讓視線順著牆壁繞了好大一圈，遠遠地望著美雲。美雲正以熟練的指法敲打著角落桌上的電腦，但是注意力卻放在自己這邊，正在等待三上講完電話。

三上覺得心情沉重，把視線移開。當美雲要他不要管自己身為女人的身分好好利用她的時候，他才知道女性部下有多麼難用。昨天以前的美雲只是名義上的部下。失落感伴隨著棘刺湧上心頭。身為一個上司，只想要呼之即來、揮之即去的部下，這似乎並不是赤間的專利。

電話響了半天卻沒人來接。是夫人也陪著晨間散步兼復健嗎？

藏前在他打電話的時候走進廣報室。三上一把話筒放下，他馬上靠了過來。從浮腫的臉上可以看出他昨晚喝的酒量。

「隔壁的情況怎麼樣？」

「所有媒體都去參加F署的記者會了。在他們出去之前，該怎麼說呢？氣氛非常緊繃……。除了東洋以外，都是兩家、三家交頭接耳說悄悄話的樣子。」

「一副忍無可忍的樣子嗎？」

「沒錯，就是那種感覺。」

藏前沒什麼自信地說。直到現在他還是沒有辦法打入記者的圈子裡。

「秋川在嗎？」

「今天還沒有看到他。如果是副手的手嶋，一直到剛剛都還在。」

「如果有看到秋川，叫他過來一下。」

「我知道了。」

對話應該已經結束了，但藏前的表情似乎還有話要說。

「怎麼了？」

「那個……是關於上次銘川亮次的事。」

「銘川……？」

「就是在車禍中死亡的老人。」

原來是這件事。三上是有指示他去釐清事情的前因後果。不過也只是說說而已，並沒有期待能得到什麼報告。

「你掌握到什麼了？」

「老人是從北海道來的。」

藏前顯然很希望三上能多點驚訝的反應。

「老人來自北海道的苫小牧。因為家裡很窮，似乎連小學也沒怎麼去上，還沒二十歲就來到本縣，在魚漿製品的食品加工廠裡工作了四十年。呃……今年七十二歲，所以是退休以後又過了十二年。妻子大約在八年前去世，從此以後舉目無親，一個人靠著年金在類似長屋的住處過日子。土地是租的，只有地上的建築物在銘川的名下。」

三上愣住了。這就是藏前認為的「前因後果」嗎？

「車禍的狀況呢？」

「啊！這個嘛……死因是內臟破裂造成失血過多而死。由於現場沒有目擊者，只能依照肇事者的主張，認為是他突然衝出馬路的緣故……。事發前在車禍現場附近的站著喝酒的店裡喝過酒。那家店就在他家附近。據店老闆說，那是他每個月一次的享受，一定會喝上兩杯燒酒。得知車禍的事，老闆也覺得非常遺憾。明明前一刻還開開心心地喝酒，要是能再早個五分鐘或晚個五分鐘離開的話……」

「繼續查下去。」

之所以突然停止這個話題，是因為秋川突然走進廣報室的緣故。

「昨晚不好意思，我其實是很想去的，但是發生了很多事。」

過於甜膩的聲音是對著美雲的座位說的。平常總是面無表情、不假顏色的美雲，今天卻微笑著說：「下次還有機會。」讓三上心中的不愉快指數又往上升了幾格。

「你來得剛好，我正在找你。」

「那可真是我的榮幸。」

嬉皮笑臉的秋川一屁股坐在接待區的沙發上。凡是偷跑成功的第二天早上，任誰都是這種「完事的臉」。看到他臉上交織著疲累與滿足的表情，不禁讓人覺得對於記者來說，獨家報導或許比其他慾望都更接近性慾吧！

三上整個身體也陷進沙發裡。
「禮拜一一早就送這麼大的禮？」
「那是我的工作，其他報社的反應如何？」
「你問手嶋不就知道了嗎？」
「我正打算這麼做……找我有什麼事？」
秋川正逐漸恢復一貫的冷淡表情。仔細一想，這還是他們在秘書課大吵一架以後的第一次面對面。
「為什麼沒先知會過幹部就寫了？」
「那是我的自由吧！」
「消息是從哪裡來的？」
「從哪裡來？這個問題太蠢了，實在不像是三上先生會問的問題。」
「F署有人爆料嗎？」
「得了吧！你明知道我不會說又何必追問。」
「是刑事部長告訴你的吧！」
三上直搗黃龍。看來是猜對了。不過秋川也只是微微眨了一下眼睛。
「這樣好嗎？」
「什麼意思？」
「再也沒有比不費吹灰之力就得到的東西更貴了喔！」
三上語帶威脅地說。秋川的臉頰抽動了一下，可以視為是畏怯的反應。幹到秋川這樣的等級，自然會明白「免費得到的消息」有多可怕。從此欠對方一個人情不說，一個搞不好很可能就站在媒體被利用或攏絡的入口。
秋川裝模作樣地嘆了一口氣。
「看樣子不是要談道歉的事呢！」
「你在說什麼？」

「我還以為你是要跟我討論廣報官要為在秘書課發生的那件事向俱樂部道歉的事。」

雖然沒有去參加聚餐，但諏訪拚命的遊說似乎還是有傳入他耳中。

「只要我道歉，就會取消抵制記者會的決定嗎？」

「又來了，你明知我的答案是不可能，又何必多此一問。」

「其他人也是嗎？」

秋川的表情一變，然後不耐煩地咂舌。

「你真的是一點也不懂耶！如果是有人偷跑、有人被拋下就會毀壞的關係，那記者俱樂部早在八百年前就已經解散了。」

聽起來像是很有自信，卻也像是在逞強。

秋川站起來。

「我去一趟分局，有什麼事請打電話到分局。」

「不用去F署嗎？」

「我讓手嶋過去了，我留下來參加這邊的記者會。」

「這邊的……？」

三上看了藏前一眼，眼角餘光也同時瞥向美雲，但兩人都是「我沒聽說」的表情。

「這邊沒有要開記者會喔！」

「哦，是嗎？」

秋川老神在在地走出廣報室，並沒有特別意外的樣子。

有問題。他還在策劃著什麼。

是秋川個人的陰謀嗎？還是東洋新聞打算在媒體懇談會上搞出什麼事端來呢？或者是……。

三上陷入了沉思。東洋是從荒木田手中得到的獨家新聞。這件事已經不用再懷疑了，秋川故意表現出這樣的態度，好讓任何人都能猜出刑事部就是幕後的黑手。

43

下午一點，媒體懇談會準時召開。藏前負責記錄、美雲要幫忙端茶送水，所以兩人前往圓桌會議室，只剩三上一個人留在廣報室裡。

前往F署的記者們都還沒有回來。根據諏訪的報告，意圖在記者會上釋出的擾亂情報似乎立刻就見效了，每家報社都開始調查起林夏子這個人，其中或許也帶了一點想要爬梳東洋獨家內容的心理吧！但是在林夏子握有悔過書這個鐵證的情況下，各家報社的奔走皆以徒勞收場。雖然如此，諏訪的目的還是達到了，因為一直到晚報的截稿時間，各家報社都瀰漫著一股不能對東洋的報導內容照單全收的氣氛。所以跟醜聞的嚴重性比起來，各家報社的「追蹤報導」應該都會顯得不足為奇吧！

三上把話筒放回去。在那之後他又打了好幾通電話給大舘章三，但始終無人接聽。也許不是散步，而是去醫院接受復健的治療吧！

他伸手去拿香菸，順著手勢目光停留在辦公桌上的透明檔案夾。那是藏前在出門前留下的，報告用紙上寫滿了工整的字體。他說那是報告到一半的銘川老人調查報告。他覺得藏前完全搞錯方向了，所以一點也不想看，但是又對藏前的堅持有些在意。

他是以認真見長的典型事務人員。為了填補有人長期請病假的職缺，曾經在轄區的刑事二課裡擔任過內勤的工作，此外在交通課及地域課、本部的厚生課也都有過事務工作的經驗。因為到處去填補缺口，所以沒有自己的「地盤」。沒有專業領域的人被視為組織裡的雜草乃是常有的事，藏前就是這樣的人。只不過，無論是剛才判若兩人的口若懸河還是這份報告，對於平日總是跟在諏訪屁股後頭打哈哈的人來說，其熱心的程度實在讓人難以想像。因為銘川是自己的父執輩，或者是年紀跟父親差不多，所以有特殊的感情嗎？在廣報室被捲入大風波的這個時期，也顧不得真正的理由是什麼了……。

「我回來了。」

美雲輕輕地推開門走進來。平常召開媒體懇談會的時候，她都會一直待在會議室裡。對於她今天會中途溜出來，三上一點也不驚訝。

「一開始的狀況如何？」

被三上這麼一問，美雲坐在自己的桌子前打直背脊。

「先由石井課長負責說明。」

「他說了什麼？」

「關於匿名問題和加強廣報室服務的事。」

「大家的反應呢？」

「因為才剛開始，所以還沒有任何人發言，還很安靜。」

據說當地媒體來的都是編輯局長、大型媒體則是總局長或分局長，沒有一家媒體是由底下的人代理出席。

「妳知道他們合稱為『四季會』吧？」

「是的，我有聽過這個名字。」

「知道成立的始末嗎？」

「這我就不知道了。」

「因為以前只有十二家媒體，就像一年有十二個月一樣。所以當FM縣民廣播加入的時候，他們還很傷腦筋呢！但因為FM縣民廣播還不是正式會員，所以不會破壞十二的平衡。」

他本來是想開開玩笑的，但美雲卻緊繃著臉。可能是因為自己的臉也很緊繃吧！即使大腦明白自己被這個年輕的部下逼得無處可逃、無話可說，但是一旦像這樣在職場上面對面，他還是想從這個現實中逃開。更何況……。

正如他最不想面對的，美雲絕不會放過這個道歉的機會。

「廣報官，昨天晚上……」

「別說了。」三上阻止她。再也沒有比讓一點錯處也沒有的人道歉更可悲的事了。「話說回來，在Amigo如何？」

美雲露出困惑的表情。

「我不是在諷刺妳，只是想知道妳應付記者的感想。」

「……是的，我學到了很多東西。」

「例如什麼？」

「我試著拋出很多話題，覺得自己似乎有掌握到記者們的感覺。」

「感覺？」

美雲認真地點了點頭。

「我啊……來到廣報室以後，最驚訝的莫過於看到那些記者們個個像刺蝟一樣。有點像是我在轄區的交通取締課時會看到的畫面。把車子停在禁止停車的地方或超速的違規者不是咂嘴就是冷笑，再不然就是放一些狠話來渲洩不滿。其中還有人會故意找碴，來勢洶洶地要我們不要為了取締而取締，或者是諷刺我們是因為有業績壓力才找他們開刀。我那時候才知道，對於市民來說，警察是必要之惡。我以為記者們的感覺也類似這樣。他們不願意認同警方的工作，認定警察的本質是惡的，所以才會在平常表現出充滿攻擊性的態度。然而……」

「等一下，」三上忍不住打斷她的話，因為剛才聽到的那些話，有一句讓他覺得渾身不舒服。

「妳說警察是必要之惡？」

美雲雖然面露怯色，但更多的是想乾脆趁機問個清楚的表情。

「我的意思是說，對於市民來說的確有這一面。」

「那只不過是因為被開罰單心生不滿，因為對方是女警才緊咬著不放，如此而已。」

「但是有業績壓力卻也是事實。」

「因為違規停車而害消防車或救護車過不去也是事實，不是嗎？」

「我就是這樣說服自己才去進行取締的工作。可是……跟在派出所的時候不一樣，我並沒有以工作為榮。就連我自己也曾經認真地煩惱過警察是否為必要之惡。」

美雲完蛋了。就算眼下平安無事，也遲早會在組織的某個環節被五馬分屍。

「在職場上說話的時候不要夾帶私情。這裡不是妳家，我也不是妳父親，公司更不是妳媽。」

美雲眼睛眨都不眨地盯著三上看。過了好一會兒才微微顫抖地吐出一口氣，把手放在胸口，試圖使自己平靜下來。

「繼續Amigo的話題。」

「……好。」

「妳是想說，記者也認為警察是必要之惡嗎？」

「不是的。」美雲連忙搖頭。「是我想錯了。記者們的確對警方懷有戒心，認為自己可以阻止警察權力擴張的使命感似乎也很強烈。但是在另一方面，對於警察這個組織的必要性倒是從來沒有懷疑過。我想那是因為他們在採訪時總是最靠近窮凶極惡的犯罪事件，為了社會的安定，別說是否定了，我甚至覺得他們其實很怕警察的執法力會被削弱。如果是這樣的話就還有希望……」

「希望？」

「就是廣報官所說的窗口。」

三上覺得自己的胸口被她用指尖戳了一下。

「但天不從人願，廣報室根本成不了警方的窗口。」

美雲原想點頭卻停住動作。看起來似乎有話要說，卻又忍住不說。

「妳以前說過，派出所是警方的窗口對吧？」

「對。」

「總是對外開放，與市民生活息息相關，妳是這個意思對吧？」

「是的。可是並不只有這樣而已，派出所透過每天的勤務向市民證明警方的良善本質。所有立志當警察的人都是一樣的，每個人都是因為想要幫助別人，希望能讓世界變得更美好才當警察。年輕的員警從來不會隱藏他們的正義感和使命感，我想這份坦誠也給記者們帶來了刺激。」

三上心不在焉地聽她說。還以為她是要報交通取締時代的一箭之仇，沒想到話題兜兜轉轉又回到正題上。

「記者怎麼樣了？」

「沒有記者會在派出所裡耀武揚威、擺出充滿攻擊性的姿態。當他們來到派出所時，會因為那裡的氣氛而瞬間忘了競爭並恢復正常。派出所那種全力以赴的態度，能夠喚醒記者一定要具備原有的正義感和使命感。」

接下來是一陣短暫的寂靜。

「妳是指廣報室裡沒有這樣的東西嗎？」

美雲噤口不言，手肘和指尖伸得直直的。

「如果有意見的話就說清楚啊！」

「……」

「又是妳個人的私情嗎？」

「不是的。」

美雲雖然馬上反駁，聲音卻有些沙啞。她皺著眉頭吞下一口口水，抬起雙眼。

「我認為光靠謀略是無法打開那扇窗的，只會讓鬥爭愈演愈烈罷了。」

三上面無表情地把雙手抱在胸前。

「繼續。」

「好的……廣報室接下了應付媒體的任務。從記者的角度來看，廣報室不單只是窗口，同時也代表警方不是嗎？如果廣報室只有想要控制媒體的策略，等於警方的本質就是要控制媒體，這當然會令記者感到害怕。如果廣報室的記者對策可以再寬大一點，或者說是再笨拙一點，不是更好嗎？我也不認為在應付媒體上可以沒有任何策略，但是如果真的想要打開那扇窗，不要擬訂過度的策略反而是最好的策略，這是我的想法。」

三上閉上眼睛。

這番話就像是在充滿了血腥味的殺人現場，聽到殺人是不對的那種話一樣。如果把這套派出所主義的原理套用在廣報室，在那道厚厚的牆壁上，別說是窗戶了，就連個針孔也鑽不出來。這股不知如何是好的溫差甚至讓人充滿了無力感。美雲的慷慨激昂如實地點出廣報室是怎樣在絞盡腦汁應付記者，但無論她怎麼大聲疾呼，對於被高層鬥爭吞沒、處於窒息邊緣的廣報室來說，是很難有共鳴的。

不過……。

如果是美雲的話，或許真的能打開那扇「窗」。北風與太陽的溫馨童話固然令他有些失望，但同時在腦海中的某個角落，的確在剎那間做了個痛快的美夢。並不是因為她很單純，也不是因為她是女人。在一夜之間蛻變成長的美雲，看起來似乎無所不能。對她來說，沒有什麼事是不可能的。她一定可以輕易地走進記者的心扉，從充滿功名與競爭的泥沼深處，找出他們靦腆但閃閃發光的初衷。他知道美雲是對的。策略無法打動人心。即使選擇的路線不一樣，即使因為雪崩而動彈不得，他仍然想要相信，自己跟美雲仰望的是同一座山的山頂。他並沒有忘記，一個人是無法握手的。警察已經變得太狡獪了……。

「廣報官，」美雲又出聲說道：「拜託你，請讓我繼續參與記者對策這個工作。」

三上咂了咂嘴，隨即換成「幹嘛現在還來徵求同意」的苦笑。再骯髒的工作我都能做。美雲昨晚的話依舊刺痛著他的耳朵，不過她剛剛也說不要擬訂過度的策略反而是最好的策略，所以應該不會亂來。

「每個禮拜一都要去參加擒拿術的講習。」

「咦……？」

「都沒有人亂摸妳或誘惑妳嗎？」

美雲先是滿臉詫異，接著笑意便在臉上擴散開來。

「沒有的事，他們可能認為我是很恐怖的女人。」

「的確是滿恐怖的。」

三上嘆了一口氣說道，把目光瞥向牆上的時鐘。差五分鐘兩點，藏前還沒有回來。平常照這個時間，媒體懇談會早就結束了。美雲或許是察覺到他的不安，一臉認真地行了個禮，說她還得去整理會議室後便走出廣報室。

三上把身子靠在椅背上，點燃一根菸，感覺自己好像已經很久沒有好好呼吸了。

過了好一會兒，他才「哈！」地一聲笑出來。那是因為記憶往前回溯，回到美雲離開廣報室時朝這邊看過來的眼神。那是沒有距離感的眼神，流露出感謝及敬愛的神情，有點像是同床共枕的女人在翻雲覆雨之後會露出的親暱眼神，也像是赤間的女兒那雙看眼睛就知道要講什麼的愉悅眼神。任何人都具備人類該有的天性，就算是部下，也不可能沒有身為人在感情上的曲折。

三上也當了二十八年的部下，所以很清楚這世上根本不會有打從內心順從的部下，也沒有任何一個上司可以掌握住部下的內心世界。然而上司卻自詡為神，每來一個部下就開始思考這個部下好不好用並對部下加以分類，這傢伙是這樣的部下、那傢伙是那樣的部下，為了方便自己一目瞭然，還為部下一一貼上單色的標籤。

在家也是。

沒錯，對家人也是如此。

個性溫婉，凡事低調的賢妻。心地善良，很愛撒嬌的女兒。有一天，就突然為家人貼上這樣的標籤，然後過了五年、十年，從來也沒有想到要確認或修正，就這樣放著不管。

亞由美究竟是什麼樣的人？

三上的身體一緊。那是暈眩的前兆。

眼前逐漸漆黑成一片，開始天旋地轉。三上把手肘打開，趴在桌子上。腦門被用力搖晃著。儘管搖晃得再劇烈，亞由美依舊面無表情地站在他面前。

44

廣報室裡只有秒針的聲音迴盪著。

跟之前一樣，只是五分鐘的暴風雨。撐過去以後，只會留下類似麻掉的雙腿恢復正常時的輕微不適感，所以他從未想過要去看醫生，更遑論住院了。

已經過了兩點半，藏前和美雲還是沒有回到廣報室，也沒有任何人向他報告媒體懇談會已經結束了。議題只有匿名問題這一點，不難想像可能是「四季會」的成員又發表了長篇大論的演說。但是即便如此，還是拖太久了。

另一方面，好不容易聯絡上大舘，當三上報上名字，夫人便像年輕女孩似地提高了音量。

〈哎呀！好久不見！〉

「久疏問候，真不好意思。」

〈不要緊，我們都知道你很忙，美那子和亞由美都好嗎？〉

「……還好，託您的福。」

考慮到大舘的身體，不想讓他擔心，所以沒告訴他家裡發生的事。不過都已經過了三個月，還以為他已經從別的地方聽說了，結果竟然沒有，不免讓人感覺這位曾經幹到刑事部長的大人物，退休以後就跟組織不再有任何瓜葛，實在有些寂寥。

〈啊！有什麼事嗎？我先生現在正在休息，說是復健得很累。真不曉得他是為了什麼去復健〉

耳中充滿了笑聲。退休後的孤獨換來的是家庭的和樂嗎？夫人以前總給人沉默寡言、總是亦步亦趨地走在丈夫的四、五步後面的印象，如今她也卸下不為人知的重擔了吧！在大舘退休後變得不知道該說是善於交際呢、還是豁然開朗才好。

「部長的身體如何？」

〈狀態非常好喔！雖然嘴巴還不是很方便。等他起來以後，我讓他回個電話給你吧！說是這麼說，不過撥號的人還是我〉

夫人依舊是以談笑的態度回答。

「如果部長的身體狀況允許的話，我今晚想過去打擾，所以才打電話來的。」

〈真的嗎？那真是太高興了！〉

眼前的警用電話響個不停，但似乎沒有傳到夫人的耳朵裡。

〈那我就告訴我先生囉！〉

「不好意思，我不會待太久的，去之前會先打電話過去。」

目前看來，還沒有被二渡搶先一步的跡象。三上稍微鬆了一口氣，放下話筒，然後再把手伸向警用電話。對方肯定不是諏訪就是藏前。

〈我是漆原〉

腦中的景色倏忽變換。

會是什麼事？三上打電話給他是前天的事，當時還不了解幸田手札的真相，所以才會輕易地被他打發過去。

「有何貴幹？」

不只是充滿戒心而已，湧上心頭的厭惡感也讓他壓低了聲音。這個男人為了隱瞞錄音失敗的真相，竟然連恐嚇電話一事都掩埋起來。這個男人把雨宮翔子的死全都賴到日吉頭上，害日吉崩潰。這個男人把幸田和柿沼放在互相監視的環境下整整十四年，自己卻擺出一副什麼都不知道的樣子，還爬到署長的地位。

〈怎麼啦？心情不好嗎？〉

「請你有話直說，我可不像署長那麼清閒。」

〈哈哈哈！昨晚被老婆拒絕了嗎？〉

漆原的玩笑通常只會開到這裡為止。當三上正打算說出如果沒事就要掛電話的時候，卻傳來了劍拔弩張的語氣。

〈你對幸田做了什麼？〉

三上不禁愣了一下。

「你是指幸田手札的幸田嗎？」

情急之下想要先爭取思考的時間，但漆原還是連珠炮地接下去說。

〈你見過他了吧！〉

三上不知道該怎麼回答，他還搞不清楚是怎麼一回事。做夢也沒想到柿沼會向他報告……。

〈你見過他了對吧？喂！回答我！〉

如果不謹慎回答的話就會打草驚蛇。腦子裡掠過的不只是柿沼的臉，還有他老婆及被他老婆抱在懷裡的孩子。

〈你這傢伙，打算裝蒜到底嗎？〉

「……」

〈說！你對幸田做了什麼？〉

冷靜下來，眼下方寸大亂的人是漆原，不是自己。

「我什麼也沒做。」

〈少來，柿沼看到你了〉

三上終於掌握住眼前的狀況。原來是柿沼說他看到三上了，就只是這樣而已。

「他是在哪裡看到我的？」

〈哪裡都不重要。回答我，你是不是見過幸田了？〉

「是又怎樣？」

大腦已經恢復冷靜了，三上以疑似肯定句的方式回答。

〈你都跟他說了些什麼？〉

「我有必要告訴你嗎？」

〈你說什麼……〉

漆原只撂下這句，就再也說不出話來了。耳邊傳來他的喘氣聲，過了好一會兒，才又再度傳來像是刑警會說的話。

〈你把他藏到哪裡去了？〉

三上慢慢地眨了眨眼。

果然沒錯，幸田不見了。就在長官視察已然迫在眉睫的時刻，這個對於隱匿行為的內情知之甚詳的男人卻突然不知行蹤。柿沼所面臨的困境不難想像。掌握不到幸田這個監視對象的下落，在不知道該怎麼向漆原報告的情況下，只好供出三上的名字，說在超級市場的停車場看到三上跟幸田接觸了……。

「我既沒有放走幸田，也沒有把他藏起來。」

〈但是你知道他在什麼地方吧？〉

「我不曉得。」

〈既然如此就告訴我你們說了什麼〉

「我只是剛好在超級市場的停車場看到他而已。我是有問他好不好，但是他好像很忙的樣子，所以沒能說上話。」

〈說謊可不是什麼好辦法！肯定是你對幸田說了什麼才讓他逃跑的吧！〉

「問題是，他是真的逃跑了嗎？他不是還有老婆小孩嗎？」

〈現在是我在問你話〉

「完全聽不懂你在說什麼！你倒是說說看，我要說什麼才會讓幸田逃跑？」

〈說什麼……〉

漆原小聲地說。

〈不就是你在電話裡跟我講的那些，跟幸田手札有關的那些灰色地帶的話〉

「如果是灰色地帶的話，有必要對號入座嗎？」

〈你這混蛋……〉

原因恐怕出在二渡身上。他成功地接近幸田，逼問他手札的真相。可是只有這樣嗎？只要裝傻充愣，堅持說不知道有什麼手札不就好了？幸田為什麼非得嚇得落慌而逃呢？是因為長年的煎熬，內心早已被恐懼支配的緣故嗎？為了保護好不容易才能過得跟正常人一樣的生活，害怕二渡會把過去再挖出來，所以才暫時消聲匿跡嗎？聽起來很有可能。這麼一來，幸田除了自保，同時也不會陷刑事部於不義，這種消聲匿跡的做法並不會威脅到漆原和柿沼的立場啊！

〈部長要見你〉

「啥？你說什麼？」

正當他反問的同時，藏前推開門走進廣報室。從他嚴肅的表情不難猜出媒體懇談會似乎沒有得到預期的結果。儘管還在電話中，三上用手制止他，然後再用手掩住話筒並壓低聲音。

「不好意思，我剛沒聽清楚。」

〈我說部長要見你〉

果然沒聽錯。荒木田打算再次審問三上。

〈喂！你有在聽嗎？〉

「哪一位部長？」

三上很想知道他會怎麼回答。

耳邊傳來平靜到令人毛骨悚然的語氣。

〈我和你的部長就只有那一位，不是嗎？〉

「部長找我有什麼事？」

〈你去了就知道了，馬上來五樓〉

「很不巧，所有部長級的人現在全都在參加媒體懇談會。」

電話被粗魯地掛斷了。

三上抱著宛如將厲鬼封印的心情把話筒放回去。在看藏前之前先看了看時鐘，一點五十五分。

「怎麼樣？」

「這個嘛……」

藏前的眉頭緊皺，一副難以啟齒的表情。

「媒體要求警務部長為今天早上那件醜聞召開道歉記者會。」

——什麼？

「是哪一家提出的？」

「東洋的野野村分局長。」

野野村利一，盛氣凌人，彷彿直接把大報社的金字招牌掛在脖子上的男人。

「其他媒體有什麼反應？」

「感覺雖然不太情願，但是又沒有理由反對，所以只好贊成的樣子。還有，為了記者會的準備，請你立刻到部長室集合。」

三上「啊！」了一聲。彷彿看見因退潮而探出頭的礁岩。

秋川那句話。

我留下來參加這邊的記者會……。

45

三上遲到了。當他要離開廣報室時諏訪正好回來，而當他們在廣報室門口交換情報的時候，記者們也陸陸續續地回來了。三上只看了一眼，就加快腳步沿著樓梯往上爬。等他來到警務部長室時，只見赤間部長、白田警務課長、石井秘書課長、生駒監察課長等人都已經老大不爽地端坐在沙發上了。還以為會出現的二渡並沒有出現。這下子確定了，二渡是直接受命於辻內本部長。

赤間的視線射穿了白田。

「你怎麼可以這麼輕易就接受？應該要回答他們，關於是不是要舉行記者會，我們會再討論！」

「對不起。」

白田的臉色蒼白如紙。

「我是以讓長官視察成功為最優先的考量。跟他們爭辯部長的記者會要不要舉行並不是個好主意……」

「所以就把我當成活人獻祭給推出去送死嗎？」

「我絕對沒有這樣的想法……」

三上把記事本放在膝蓋上。上頭是藏前在媒體懇談會上做的紀錄，在進到部長室之前已經火速地瞄過一遍了。

野野村《像這樣自吹自擂真不好意思，關於F署那件事，我想聽聽警務部長的高見》

部長《真的很遺憾，我們會好好地檢討這件事……》

野野村《啊！不是在這裡，而是請你召開正式的記者會說明。D縣警前年也發生過拘留所有人自殺的案件吧！我認為有必要從警務部長的口中，針對拘留所的管理體制向全體縣民好好做說明》

換作是平常，聽起來就像是東洋在為自家報社的獨家報導錦上添花吧！因為一旦屬於縣警第二把交椅的警務部長正式道歉，其他報社就不能再對這則新聞置之不理了。這也算是對警方在F署的記者會上把林夏子的底細掀出來一事報了一箭之仇。藏前說他在做記錄的時候有這樣的感覺，不過三上腦子裡想到的是別件事。

警務部太天真了。荒木田刑事部長先以這樣的說詞煽動秋川，再讓野野村在媒體懇談會上做出這樣的要求。利用早報展開的突襲還沒結束，又放了第二枝冷箭。為了強調刑事部的威脅不是在開玩笑，硬是把警務部的老大拖到記者會的現場。荒木田絕對是故意的，不只是煽風點火而已，甚至還有可能要求東洋在媒體懇談會上提出窮追猛打的發言，以做為提供情報的交換條件。秋川吞下了這個誘餌，以為部長的要求只不過是刑事部的人慣有的扭曲情結而不以為意。不對，搞不好是最高等級的情報迷眩了他的眼睛，剎那間便與刑事部結下同盟關係。我留下來參加這邊的記者會。這句脫口而出的預告正是他們私相授受的證據。此等短視近利的囂張態度，也在在顯示出秋川扮演的只不過是個跑腿接線的角色。

「俱樂部的記者們怎麼樣了？已經知道這件事了嗎？」

赤間的目光瞥向坐在最邊邊的三上，看得出來他的眉眼都挑到金絲邊眼鏡的鏡框了。

「大家都從F署回來了，也已經從出席媒體懇談會的幹部口中得知了消息，目前正在討論記者會的時間等細節。」

「真的非得召開記者會不可嗎？」

真是太不乾脆了。赤間的態度只有這句話可以形容。

「我現在就讓股長去試探他們的口風。」

「打電話給他。」

三上點點頭，小聲地說聲「不好意思」便打開手機。

諏訪馬上就接了。
「情況怎麼樣了？」
〈他們說希望四點召開記者會〉
「地點呢？」
〈說是在記者室裡舉行就可以了〉
「四點在記者室召開記者會。」
三上以覆誦的方式向在場的人報告。看了看手錶，三點二十五分。
「準備好問題了嗎？」
〈看樣子並沒有。除了東洋以外，其他人都不是很想跟進，感覺上只要有拍到部長低頭道歉的畫面即可〉
深怕諏訪的聲音外洩，三上把手機用力貼在耳朵上。
「俱樂部似乎沒有要統一提出問題。」
三上大致傳達了諏訪的意思，赤間聞言露出焦慮的表情。
「電視台會出動攝影機嗎？」
「電視台會出動攝影機嗎？」
〈會的，剛才電視台記者協會已經提出申請了〉
三上無言頷首。或許是想像到自己出現在電視上的樣子了吧！赤間把拳頭貼在額頭上，仰頭看著天花板。
「怎麼會這樣？這麼一來不就正中對方的下懷了嗎？」
正中刑事部的下懷……。
三上轉動著眼珠子，偷看白田的臉。他看起來似乎完全沒有意會到這個關鍵字意味著真正的敵人是誰。他只是順著談話的邏輯，認為赤間口中的「對方」指的是東洋或者是記者俱樂部。三上再次大受打擊，原來白田也一樣什麼都不知道。儘管是D縣警的首席課長，是直屬於赤間的警視，卻還是被排除在情報網之外。或者，石井私下說的壞話是真的，白田早就打定主意不看不聽、放棄自己的職務了。

看起來似乎是因為憤怒和死心，赤間嘆了長長的一口氣。

「沒有時間了。開始準備記者會吧！生駒先生——有人在拘留所裡自殺的事是我赴任之前發生的。以前的人告訴我沒有什麼特別的問題，這是真的嗎？」

「是的。」

生駒抬起不像是監察官會有的清澈目光回答。

「因為那是非常特殊的案例，所以不但判斷拘留所的管理方式沒有不恰當的地方，也沒有對職員進行處分。事件發生當時，記者們也幾乎都接受這樣的結果，並沒有刊登出批判論調的報導。」

生駒說的一點也沒錯。三上當時也在搜查二課的辦公桌上閱讀過相關報導。

因為吃霸王餐而遭到逮捕的中年男子，深夜在T署的拘留所裡自殺了。因為是以背對著監視器的姿勢躺在床上，把內衣從襯衫的領口拉出來，連同拳頭一起塞在喉嚨的地方，導致窒息死亡，屬於相當罕見的案例。值夜班的員警還以為男人是在睡覺，死後三個小時以上才發現情況有異。一般來說，免不了要被追究監視不力的責任，但是因為其他幾個同房的嫌犯都說完全沒有注意到，連呻吟聲都沒有聽到。因此情勢一變，監察課以「事故發生時點的發現極為困難」為由，對記者發表強硬的聲明。再加上男人在歡場女子的身上砸了很多錢，甚至還盜用公款。東窗事發之後便拋妻棄子，開始過著逃亡的生涯，最後還一死了之，記者們甚至同情起警方來，認為「T署還真是倒楣啊！」。然而……。

後來卻聽到不對勁的傳言。

負責看守的員警並沒有注意看監視器，男人臨死之前其實有胡亂地蹬著腳，但是因為管理員在打瞌睡，所以沒有注意到。到底是在T署的階段就被隱瞞，還是監察為了保護組織的顏面而故意不追究呢？同房人的證辭想也知道是怎麼來的。警方當然不會做出誘導好幾個嫌犯做偽證這麼危險的舉動，是嫌犯自己觀察警方的臉色而採取的行為。只要給警方留下一個好印象，就能早一點呼吸到鐵籠外新鮮的空氣。那也不是盤算，只是人在鐵籠裡的希冀。敏感地察覺到署內的氣氛，主動擺出「乖寶寶」的樣子，讓T署和監察吞下已經被抽掉毒素的毒藥就是事情的真相吧！

三上看著生駒的側臉。

沒有一絲陰影的眼睛斬釘截鐵地表現出「毫無問題」的態度，但是在他心裡真的沒有一絲烏雲嗎？還是因為他今年春天才剛從警備二課被調到監察課，所以真的不知道？還是為了以後能一口咬定自己什麼都不知道，所以對那個「傳言」避而不談？

赤間把所有在座的人看過一遍。

「可以聽我說一句嗎？東洋打算利用大篇幅的報導強調這一連串的醜聞。要是明天的早報真的出現這樣的標題，那就太糟了。」

三上覺得全身都在起雞皮疙瘩。因為腦海中浮現出「太糟」的構圖。搞不好東洋連管理員在打瞌睡的事都知道了。

「整肅綱紀的本部長下達命令吧！」

赤間做出了決定。

「讓命令變成報導的內容、甚至是標題，藉此打消東洋的目的。即使前年的自殺案件沒問題，這次F署的事卻沒有辯駁的餘地。我會在記者會上嚴厲地彈劾該職員並給予革職的處分……石井先生，已經做出處分了嗎？」

「剛剛已經做出處分了。」

「那麼，在宣布已經進行懲處的事實之後再向縣民道歉，接著才是命令的傳達。基於拘留所的管理規章，為了能更妥善地執行公務，宣布對縣內各署下達本部長命令，藉此讓記者會進入尾聲。東洋可能會提出關於T署的問題吧！只要再度強調在執行公務上並沒有缺失，就可以消除他們認為是一連串醜聞的看法。」

這不就是東洋……不對，是刑事部的目的嗎？第三枝箭已經搭在弓弦上了。先讓赤間說出沒有缺失這種話，再揭穿管理員當時正在打瞌睡的傳言，逼警方重啟調查。一箭射穿赤間的心臟。赤間肯定會狼狽萬分，而他窩囊的樣子將會透過傍晚的新聞全部暴露在世人的眼前，就連長官身邊的人也會看到。

不對……。

腦海中浮現出另一個劇本。

不會暴露的。正如64也是這樣被壓下來一般，反而是利用見不得光這個弱點把醜聞束之高閣。刑事部現在需要的並不是這種驚天動地的威脅手段，更不是把整個社會都捲進來的騷動，而是無聲無息地出現在黑暗的談判桌。然後再加上一柄足以刺穿警務部咽喉的利刃。所以才會刻意設計，讓赤間在記者會上留下話柄，做為以後在檯面下攻擊對方的武器。只要在剛剛召告天下、強調警方沒有缺失的赤間耳邊輕聲呢喃，說管理員其實在打瞌睡，隨時都可以讓媒體寫出這樣的報導……。

第三枝箭是一枝「火箭」。

真的會發射嗎？最後或許會發展成小雞遊戲[37]也說不定。因為刑事部也很怕警務部的「火箭」，擔心幸田一樹是否在警務部的手中。

〈部長要見你〉〈你去了就知道〉

耳邊迴盪著漆原的聲音。荒木田會說出多少實話呢？

「只剩十五分鐘了。」

石井報時，顯然是要強調自己即使在這樣的情況下還是會注意到時間。

赤間宣布散會，但命令三上留下來。意料中的事。

「過來這邊，快點。」

門一關上，赤間就連忙招手叫他過去。

三上把屁股移動到白田剛剛坐過的地方，縮短跟赤間面對面的距離。這時青筋和充滿血絲的眼神同時映入他的眼簾。

「你知道那篇報導產生的經過嗎？」

三上放棄抵抗地點頭。赤間的問話只是要告訴三上這就是事實。

「我想情報來源應該就是荒木田部長，是他直接把消息放給東洋的秋川。」

「渾帳！果然是這樣！」

三上全身不動。眼前赤間齜牙咧嘴的兇相讓人聯想到野獸。

過了一會兒，屋子裡迴盪著赤間恢復正常的聲音。

「那麼，野野村分局長的發言也是刑事部長的挑唆嗎？」
「恐怕是的。」
「真是一群不要臉的傢伙！」
赤間又開始大吼大叫。才安靜了一會兒，就又一腳踹在桌子上，宛如怒濤拍打著海岸。然後把背拱起來，凝視著地板上的一點，緊握著拳頭，然後又緩緩地張開，試圖讓自己冷靜下來。
「還有好多事等著我回本廳去做呢！我才不想在這種鄉下地方浪費一絲絲能量。我是要為國家做事的人，如果不是為了國家就一點意義也沒有了。為什麼你們都不懂呢？」
他似乎被氣昏頭了，臉色瞬間漲成豬肝色。
「這實在是太可笑了。搞出道歉記者會這麼一齣鬧劇，就只是為了要把我們逼入絕境不是嗎？可是我根本不痛不癢喔！」
看起來可不是這樣。
對於赤間來說，他肯定連做夢都沒有想到事情會變成這樣。話說回來，本廳的計畫是要瞞著地方長官視察的目的，在視察當天冷不防地發表「天之聲」的電擊作戰。因此，赤間把所有的情報都緊抓在自己的手裡，既不告訴白田、也不告訴二渡，只告訴三上一個人，然後一面操縱三上，一面享受成功地把三上變成奴隸的樂趣。然而，情報不知道從哪裡走漏出去，本廳的陰謀被刑事部洞悉是第一個失策，反抗演變成具有實際攻擊效果的反應則是第二個失策。赤間已被逼到走投無路。長官視察就近在眼前了，要是登出對警方不利的報導就會踩到本廳的痛腳，所以原本打算大事化小、小事化無，但是卻在策略上敗下陣來，被逼著要召開道歉記者會。刑事部在接下來要舉行的記者會上布下的陷阱，就是要讓赤間身為特考組的領導能力受到質疑。不只，還要讓他的評價一敗塗地。
該不該說呢？打從部長室房門關上的那一瞬間，三上就開始思考這個問題。

37：又稱膽小鬼賽局。雙方同時開車對撞，比誰更有決心加速朝對方衝過去。當兩車快要相撞時，先閃開的人就是小雞（膽小鬼），不閃或後閃的人則為贏家。是一種不進則退、你死我活的遊戲。

一切都只是三上的想像。然而，在腦海中組織起來的刑事部的計謀卻不像是想像，反而散發出濃濃的現實味。明知是個陷研，卻還眼睜睜地讓上司去記者會場送死嗎？

部長辦公桌上的電話響了，是石井打來的。赤間只回了一句「我知道了」就把話筒放回去，站了起來。

「趕快把事情搞定吧！」

三上收拾起迷惘的心情也跟著站起來，跟在已經往外走的赤間背後走出房間，沿著走廊往前走。他跟走在前面的這個男人之間，沒有半點信義可言。但還是會覺得自己做了背信的事，內心充滿了罪惡感。

心裡的天平已經不再傾向於刑事部那邊了。因為受到相當於被放逐的待遇，所以完全想不到還有任何靠向刑事部的理由。是因為他不小心發現了64的祕密嗎？不是，是因為他始終不清楚本廳真正的目的。因為無法具體地想像究竟會有什麼災禍降臨在刑事部的頭上，所以就算心裡還惦念著對刑事部的舊情，也無法產生半點當事人的感覺。

但是他有別種當事人的感覺。那就是職務被刑事部踐踏的被害情感。陷阱是挖在廣報室的院子裡，地盤受到侵犯了。荒木田打算把媒體當作武器，將廣報室當成主戰場，然而……。

他沒有憤怒的感覺。所以他才發現到把覆蓋著真心的外殼全部敲掉之後，自己真正的想法。不管是未能通知赤間前有陷阱的罪惡感、還是對刑事部的憎厭，全都不過是枝微末節。當他走下樓梯的時候，腦海中只有一個想法。赤間弱不禁風的背影就在眼前，如果現在告訴他刑事部安排的陷阱……。如果現在把拯救的手伸向這個其實正打著哆嗦、心臟就快要被不安撐破的異鄉人……。

赤間或許會重新貼上別的標籤。

真正的部下。這麼一來，就再也不用在發配邊疆的惡夢中掙扎著醒來了。

部長……。

就在他正要開口的時候，赤間冷不防轉過身來。

「到時候，你也要道歉喔！」

輕描淡寫的語氣。

緊張的氣氛頓時消失得無影無蹤。

——道歉？向誰？為什麼？

「當然是向記者俱樂部道歉啊！因為匿名產生的爭議也該畫下句點了吧！管你是下跪也好、磕頭也罷，總之要讓記者收回拒絕採訪的決定。」

三上的眼珠子差點沒掉下來。絕不能對媒體示弱。赤間居然這麼輕易地就跨過了自己拉出來的那條底線。

「要是他們還不肯罷休的話，就說以後都會以真實姓名公布。只要能讓視察成功就好了。等視察結束後再恢復原狀，到時候你們愛怎麼吵就怎麼吵。」

三上真的懷疑起自己的耳朵。

空頭支票……但是這跟白田提出要加強媒體服務的方案又不一樣。他居然想把這一招用到最敏感的匿名問題上。

「你那是什麼表情？」

赤間的嘴角扯出一抹笑容，但眼裡卻完全沒有笑意。

「只要再忍耐三天就好了，沒什麼好擔心的。因為不管再怎麼掙扎，刑事部都會在禮拜四完蛋。」

46

記者會正肅穆地進行著。

「……以上就是事情的經過。五十歲的栗山吉武巡查長，身為警官卻犯下了不可饒恕的罪行，由於罪證確鑿，而且也已經在F署受到緊急逮捕，根據今天在本部召開懲戒委員會的討論結果，自即日起給予免職的懲戒處分，在此向各位報告。」

二十三名記者，五台攝影機。赤間警務部長坐在事先準備好的長椅正中央，幾乎是一字不漏地按著草稿唸。因為沒有時間製作成講稿，所以手邊只有簡單的紙條，然後再時不時地由坐在一旁的白田警務課長寫下更多的紙條來補充。

三上觀察著坐在房間一隅的記者們，雖然程度上多多少少有些差異，但是每個人都如喪家犬般露出愁雲慘霧的表情。除了東洋那兩個人以外。氣氛明顯地跟上禮拜不一樣，就連剛才三上進來的時候也沒有受到白眼攻擊。或許諏訪說的沒錯，只要把仇視東洋的情勢整合起來，就能讓抵制長官記者會的情勢逆轉也說不定。不僅可以讓要對記者俱樂部的道歉變成自由心證，也可以讓赤間逃過一劫。只要偽稱今後都會以真實姓名公布，就能避免記者的抵制。但就算不用那麼卑鄙的手段，只要三上對毀損抗議文一事道歉，一切就都解決了。

他並沒有認真地思考該怎麼做，廣報策略只有出現在大腦的表層，無法進入內心深處。

刑事部會在禮拜四完蛋……。

大腦深層閃爍著紅色警訊。他終究還是沒有點出陷阱的存在，就讓赤間坐到記者會的位子上。因為「完蛋」這兩個字的衝擊實在太強烈了。

狗急跳牆了。假如是在正常的精神狀態下，赤間絕對不會說出這種話。他的自尊被傷得體無完膚，在本廳的立場也動搖了。或許刑事部挖的洞太大了，他只是想要以牙還牙、以眼還眼，才象徵性地說出那句話，就當是瘋狗亂吠，聽過就算了。但是紅色警訊還在閃爍，而且愈來愈亮。假設赤間所言並沒有誇大，但「完蛋」指的到底是什麼？打擊？不利？損失？似乎沒這麼簡單。他聯想到的單字其實是結束、消滅。

「警方絕對會正視本次事件的嚴重性，為了今後不再發生同樣的事，即日起關於拘留所的正確管理方式已經對縣內十九署下達本部長命令。」

赤間以眼神向白田示意，兩人同時站起來。例行儀式要來了，攝影機、相機全都一起舉起來。

「在此謹向全國同胞、各位縣民，以及被害女性等相關人士致上最誠摯的歉意。今後為了重新得到各位的信賴，D縣警全體職員將會謹言慎行、盡心竭力地為大家服務。」

兩人同時鞠躬。伴隨著快門的聲音，此起彼落的閃光燈把整個空間照亮得像是異次元一般。

過了幾秒鐘，赤間、白田依序把頭抬起來，重新就座。白田以如臨大敵的表情將記者們掃視一遍。

「如果有問題的話，歡迎提出來。」

三上緊盯著秋川，不過舉手的卻是隔壁的手嶋。

「前年也發生過嫌犯在拘留所內自殺的事吧！如果再加上這次的事，難道不覺得是拘留所的管理體制本身出現了根本上的問題嗎？」

說出來了。秋川借著手嶋的嘴巴完成了跟荒木田的祕密約定。

「所謂根本上的問題是指？」

白田把手靠在耳朵上反問，只見手嶋露出一絲苦笑。

「譬如說，會不會是輕忽了拘留所的管理工作、沒有派駐優秀的人才之類的。」

赤間制止了白田，自己回答。

「沒有這回事。我們一直很重視拘留所的管理業務，也盡可能派出優秀的人才進行管理。此外，關於前年的自殺事件，由於死者用了非常特殊的手法，實屬相當罕見的案例，拘留所的管理員並沒有任何缺失，這是我們的結論。」

他也說出來了。

三上凝視著東洋那兩個人。手嶋正在記事本上做記錄，秋川則是老神在在地把手臂交叉置於胸前。兩人都沒有要再提出問題的意思。

三上無聲地嘆了一口氣。

「管理員在打瞌睡」沒有被提出來。話說回來，也許秋川根本沒有得到這個內幕也說不定。如果刑事部打算在檯面下利用「打瞌睡」一事來威脅警務部，根本不需要在昨天晚上就讓秋川知道這張王牌，為了安全起見，反而應該要先保密才對。不過就算把這個負責跑警察線的記者統帥納為己用，也不能小看東京大型報社的實力。要是做出同時主動放出兩個消息這種行為，東洋也有可能不顧秋川的立場而將D縣警的內訌公諸於世。

「還有其他的問題嗎？」

白田露出想要結束的表情問道。沒有人舉手，也沒有人出聲，彷彿是一場專門為東洋召開的記者會。在尷尬的氣氛下，只有一排排不耐煩的臉。

「那麼記者會到此結束。」

赤間和白田起立，一鞠躬之後便朝門口走去。肩頭卸下千斤重擔的兩道背影訴說著終於順利逃過一劫的輕鬆感。大概要等到晚上才會發現被擺了一道吧！

三上也走出記者室，他還是不確定心裡的天平會傾向哪一邊。感覺就像是雙重國籍。不對，是失去國籍的人被逼著訴說對祖國的愛一樣。

〈部長要見你〉

不對，眼下要先應付記者。三上強迫自己正視眼前的問題。去找荒木田刑事部長的事只能往後排。而且不是對方說要見他就乖乖地送上門，而是以廣報官的身分要求對等的會面。如果不在職務上先武裝好自己，就無法保持心靈的平靜。刑事部要完蛋了。這句話到底是什麼意思？答案肯定就寫在荒木田臉上。

47

三上將部下都叫到辦公桌前，也叫了美雲。他命令他們要在今天之內查清楚除了東洋以外，其他十二家報社的真正想法。目前敵視東洋的氣氛已然形成，如果這時重新再提出以「廣報官的道歉」為交換條件的話，會有多少家願意收回抵制記者會的成命呢？

「要把還在猶豫不決的報社拉進我方陣營。數量過半後，明天務必要讓他們召開俱樂部總會。」

語氣不知不覺地堅定起來，最後看著諏訪的眼睛再加上一句：

「什麼都不用擔心，讓廣報官道歉是部長授意的。」

諏訪終於把憋了許久的那一口氣吐了出來，然後拍打雙頰為自己加油打氣，同時對一臉緊張的藏前和美雲說：

「好吧！一定要把抵制的局面扭轉過來……」

走廊上傳來腳步聲，諏訪一個轉身離開辦公桌，以怡然自得的態度迎接進入廣報室的記者。是全縣時報的山科和時事通信的梁瀨。

「諏訪先生，多少錢？」

「啊！五千塊。」

看樣子是來算昨晚的酒錢。山科一面把錢從錢包裡掏出來，一面諂媚地瞧著三上。顯然很想為拿到圍標案的獨家內幕向他道謝。

「山科先生，你的歌唱得很好呢！」

美雲以吹捧的語氣說道。看來說這句話很需要勇氣，只見她雙頰泛紅。

「咦！我嗎？」

山科指著自己的鼻子，露出妳現在才知道的害羞笑臉。是這樣的嗎？不過比起我……。

「小梁，可以過來一下嗎？」

諏訪唐突地說，並以認真的表情邀請梁瀨坐到沙發上。梁瀨不解地側著頭，一旁的山科則是收起笑臉，一臉不解地揣測自己沒有被叫到是否代表著什麼意思。

「什麼事？」

梁瀨納悶地坐到沙發上。諏訪則緊貼著他一屁股坐下。

「繼續昨天的話題。只要我們低頭，整件事就可以圓滿落幕。小梁你是這麼想的吧？」

語氣和表情都很溫和。這使得身為穩健派領頭羊的梁瀨露出困惑的表情。

「啊，對啊……」

「太感謝你了！要是長官記者會踢到鐵板的話，首當其衝的廣報室就得總辭了。搞不好所有人都會被炒魷魚也說不定。」

山科還佇立在原地，時不時地偷瞄沙發區。諏訪不理他，只顧著跟梁瀨說話。

「幫我跟其他人說說看嘛！大家其實都一樣，都想要進行完美的採訪吧！那麼突擊採訪不正好是畫龍點睛嗎？」

「嗯……這是俱樂部總會決定的事，要推翻抵制記者會的決定恐怕不太容易喔！」

「要改變決定好的事也是總會可以決定的啊！明天再開一次嘛！」

「不要啦！」

「當時的情況並不尋常吧？發生在本部長室前的騷動讓大家都像大胡蜂似地失去了理性，不是嗎？」

「這點我承認，但是全數通過的結果是不容許輕易推翻的。」

「你該不會是想看我跟藏前流落街頭吧？就連美雲也會被貶回派出所耶！」

「饒了我吧！我壓根兒沒有這樣的念頭，可是有些報社是上頭絕對不會允許這樣的做法。既然造成雙方不愉快的起因是匿名問題，在縣警做出確實的讓步以前，有些報社是絕對不會讓步的。」

「你應該也聽說要加強廣報服務的事了吧！再加上正式的道歉，這樣還不夠表現出我們的誠意嗎？」

「這些我都知道，可是……」

「打岔一下。」

一旁的山科插嘴：

「我可以幫忙在俱樂部總會提案喔！」

諏訪擺出誰要你來多事的表情。

「我現在正在跟小梁講話。」

「所以我不是自告奮勇要幫這個忙了嗎？只要召開總會就好了吧！這有什麼難的？不過我不能保證結果就是了。」

諏訪沒有回答，只是凝視著梁瀨。過沒多久，梁瀨嘆了一口氣，下定決心。

「好吧！如果小山提案的話，我也會附議。」

三上又再次見識到諏訪神乎其技的手段了。如果有兩家報社共同提案的話，俱樂部總會肯定會討論。當山科他們的背影消失在走廊，三個人開始討論要對哪家報社展開什麼樣的攻勢。脫離抵制困境的軌道已經鋪設好了。

三上離開座位。

「我去二樓一下。」

他沒有說謊，他的確也有點小事要找白田課長。
只有自己明白自己在做什麼。在三個部下機械式的注目下，三上感到前所未有的孤獨。

48

待在警務課的時間還不到五分鐘。
向白田課長問到了二渡的手機號碼，過程中只被挖苦一句：「你們不是同期嗎？居然不知道他的電話號碼？」然後朝空著的調查官座位一瞥，就歪著脖子翻看手冊。見微知著，從這點小事可以看出這個男人的處世之道就是多一事不如少一事。
三上從走廊盡頭的鐵門走到逃生梯。他拿出手機，把剛輸入的名字叫出來。在去見荒木田以前，他想先掌握住幸田的情報。二渡有去找他嗎？他知道幸田的下落嗎？
電話被轉到語音信箱了。他正和誰見面嗎？還是看到不認識的電話號碼就一概不接？三上沒有留言就把電話掛了。打電話的鐵則一向是主動打去的人比較有利，要是由對方主導步調就會失了先機。
——也罷，就雙手空空地去吧！
三上回到走廊，往刑事部長室的方向前進。他不敢說已經把自己定位在廣報官的身分上。要保持冷靜實在太困難了。他沒有搭電梯而是直接爬樓梯到五樓，但心情不僅沒有平靜下來，反而是波濤洶湧。儘管他對荒木田這個男人沒有半點信任感可言，但是對於刑事部的愧疚感仍舊有如原罪般捆綁著他的心，使得他的立場搖擺不定。刑事部在禮拜四就要完蛋了。他抱著混沌的思緒走在五樓的走廊上。窗外是陰沉的黃昏，整片天空被厚厚的烏雲籠罩。
刑事部搜查第一課……。
三上用力把門推開。令他失望的是，正面後方的課長席上不見松岡的身影。比三上晚兩期的御倉從旁邊的次席辦公桌上探出頭來，遠遠地就看見他面色凝重。這也難怪了，三上想起所有人對御倉的評語，說他的心臟只有跳蚤那麼點大是有點誇張，但也不過就是螞蟻的大小。

三上用大拇指指著部長室。

「是部長找我來的。」

御倉無言地站起來，慌張地走到部長室前敲了敲門。豎耳傾聽後，小心翼翼地把門打開並探頭進去，然後走回來看也不看三上一眼就說：「請進。」

上一次進入刑事部長室是春天的事了。不過，至少上次是以前刑警的身分得到入室許可。

「打擾了。」

三上在地毯前行了一個禮。

「哦，你終於來啦！」

荒木田發出爽朗的聲音。他摘下老花眼鏡，搖晃著魁梧的身體從辦公桌繞到沙發旁。表情跟平常沒什麼兩樣。但是三上很清楚，他跟漆原一樣，只要掀開那層薄薄的外皮就會露出好戰的本性。

「不要那麼緊張啦！坐下。」

三上剛剛坐定，荒木田就打開玻璃製的香菸盒蓋。「來一根吧！」

「不用了。」

「你戒菸啦？」

「不是。」

「你那邊怎麼樣了？」

荒木田開始試探。三上以不知他所指為何的表情回應。

「就二樓啊！有天下大亂嗎？」

「這個嘛……我不清楚。」

「喂！怎麼啦？不就是為了這個時候才讓你待在那裡嗎？」

三上知道這句話的相反語句。與本部不相干的人請出去……。

「是漆原署長叫我過來我才來的。請問找我有什麼事？」

「不要急嘛！我知道你在想什麼。」

三上感覺如坐針氈。被放逐到警務部八個月，荒木田似乎想知道三上染上了多少警務部的色彩。

「聽說廣報室很辛苦呢！正跟記者們吵得不可開交是嗎？」

「比起這個，我正愁查不出東洋的獨家新聞是從哪裡來的。」

三上試著做出小小的反擊，只見荒木田瞇起眼睛。

「你認為是我嗎？」

「並沒有。」

「是他叫你來問我的嗎？」

「你打算跟赤間部長談條件嗎？」

「我可不打算跟他談任何條件喔！那張螳螂似的臉，我連見都不想見。反正他也只不過是東京的小角色，對他施加壓力根本只是浪費我的力氣。」

原來第三枝箭是要直接射向本廳。他的話聽起來就是這個意思。腦海中閃過被派到刑事局的前島。是要動用他嗎？還是要直接從這裡發動攻擊呢？

「參事官上哪兒去了？」

「嗯？松岡怎麼了？」

「他不在座位上。」

「我想你也知道，他並不適合搞政治。那個人腦子裡只有辦案，今天也去對64的專從班施加壓力了。」

政治——他是這麼說的嗎？

「松岡說過想要拉拔你當班長之類的話喔！」

三上反射性地關掉屬於情感的那個開關。

但是在看到荒木田滿意的表情時，心裡不免有些著慌。他魁梧的軀體緩緩地往前靠向桌面，十指交握，然後低聲說道：
「實際上的職位是中央署的刑事官。明年春天就會空出來了。」
三上的五臟六腑全都浮動了起來。緊接著，部長室裡迴盪著飽含魄力的聲音。
「我找你是為了兩件事。」
那層薄薄的皮被撕下來了。眼前是一張進入備戰狀態、貪得無厭的嘴臉。
「幸田人在哪裡？」
「我不知道。」
「你是不知道，但是二渡知道。」
「這我就不清楚了。」
「幸田是不是被警務控制了？你只要回答我是或不是。」
「我不知道。」
「那就去給我問出來！」
三上默不作聲。
這已經不只是單純的恫嚇，而是在詢問他的效忠對象。少瞧不起人了！他雖然沒打算對警務部掏心掏肺，但也沒打算要成為荒木田手上的棋子。中央署刑事官？空口說白話誰不會。就算他這句話是真心的，誰又能保證刑事部的要求可以超越警務部的人事權。
「你是奉誰的命令去找幸田的？」
「只是剛好遇到。」
「你對幸田說了些什麼？」
「只有打招呼而已。」
「那你為什麼會出現在這裡？」
什麼……？

「我是在問你，為什麼要來見我？」
「因為是你叫我來的。」
「只有這樣嗎？」
「這是廣報官的職責所在。再這樣下去的話，會發展成把媒體都捲進來的騷動……」
「你應該也有所期待吧？」
「期待什麼？」
荒木田沒有回答，臉上寫滿了要他捫心自問的表情。
這有什麼好捫心自問的。
快感宛如電流般流竄全身。他的確是有預料到荒木田會提出讓他回刑事部的交換條件，也期待著事情變成這樣。然而，他來這裡並不是為了想要取得回到刑事部的約定。已經太遲了。他已經為赤間做了太多事。無論他有什麼苦衷，都無法再面對刑事部裡的同事。再加上三上本身也發生了些變化。那股曾經令他心癢難耐地想要回到刑事部的願望，如今已然褪色斑駁。因此，他所期待的並不是實質上的交易，而是口頭上膚淺的邀請罷了。他只是想從把自己流放到警務部的荒木田口中聽到一句「回來吧！」，藉以消除他心頭的那股怨氣。
「我不會害你的，為刑事部出一分力吧！就算要跟赤間翻臉，我也會把你弄回來。」
三上直盯著荒木田看，無聲地表達出自己的意願。答案是否定的。
荒木田低啐一聲，打破了沉默。
「一旦知道東京的企圖，你就不會再擺出這樣的態度了。」
三上愣了一下。他打算等到最後再問的，也有預感荒木田不會回答這個問題。
——他要說了嗎？
「第二件事。」
荒木田翻臉像翻書一樣快地回到正題。
「你似乎很有興風作浪的天賦呢！」

「興風作浪……？」

「誇你是個為了讓廟會變得更熱鬧而故意引起騷動的跳樑小丑啦！就像那些收了錢後將示威遊行的民眾煽動成暴民的專家。你該不會忘記了吧？是誰跟記者們吵得不可開交，最後還在秘書課前上演全武行，搞到記者揚言要抵制長官記者會？」

「那是不可抗力的結果。我並不是故意的。」

「那你就再故意一點，吵得愈兇愈好，盡可能激怒那群記者，務必要讓他們抵制記者會到底。」

——他說什麼？

三上的眼神變得銳利。

「我不認為有這個必要。」

「你是要阻止抵制這件事發生嗎？」

「我的意思是說，身為廣報官，我不能煽動記者。」

「我是在問你現狀。撤回的可能性是高還是低？」

「要避免雖然有難度，但也不是完全沒有辦法。」

「你什麼都不用做，只要靜觀其變即可。這麼一來，你也不用受到良心的譴責。」

「我辦不到。」

「你的老巢刑事部變成怎樣都無所謂嗎？」

「我現在就像置身於槍林彈雨中，但是卻連開戰的理由都不知道。」

整個空間再次陷入沉默。而且是比剛才還要長、還要令人喘不過氣的寂靜。

荒木田動了動魁梧的軀體。一面嘆氣，一面狀似萎靡地往後靠在沙發背上。

「那我就告訴你。」

語氣頗為神祕。

「你知道本廳的用意以後，再重新思考自己該怎麼做吧！」

三上慢吞吞地點頭，抓住膝蓋的手用力地握緊。

「願聞其詳。」

荒木田茫然地看向空中說道：

「特考組打算奪取刑事部長的寶座，讓D縣警刑事部成為東京的直轄領地。」

49

鞋底並沒有踩到地板的感覺。

三上從走廊盡頭的鐵門走到逃生梯。他實在想不到還有什麼地方可以去。太陽已經差不多下山了，風勢也很強勁，然而卻一點也不覺得冷，因為體內正源源不絕地湧出怎麼吹也吹不散的熱氣。

特考組打算奪取刑事部長的寶座。

先有了這個結論，才會寫出64視察的劇本。小塚長官直接殺進D縣來，到被害家屬家進行慰問，並發誓要逮捕犯人。而且不光是嘴巴上說說，在接下來的突擊採訪中還會提出具體的對策。拔擢特考組中有能力的人才坐上刑事部長這個大位，加強與本廳的合作關係，藉此將D縣警的能力發揮到淋漓盡致，並運用在64的調查上。

這根本在狡辯。已經塵封已久的案件根本不會因為特考組的人當上刑事部長而有所改變。只為了彰顯其存在感的指示命令反而會讓現場變得更加混亂，最後把時間都浪費在寫報告上。本廳明知破案的可能性微乎其微，卻還要把64提出來討論的原因只有一個，那就是為了要以最正當的理由來奪取刑事部長的寶座。算盤真是打得太精了。不管64會破案還是會拖過追訴期，特考組從此以後都能霸著D縣警刑事部長的寶座不放。

真是殘酷的想法。

刑事部長的寶座變成特考組的指定席，這樣的警察本部全日本還不到十個，而且全都是在大都市裡。長久以來，其他大部分的地方警察全都固守住「土生土長」的刑事部長。話說回來，本廳對地方的控制已經像是國家警察的完成形了。第一把交椅的本部長和第二把交椅的警務部長的職缺全都被特考組一手包辦，包含公安在內的警備部長職位也不例外。要是再繼續侵蝕下去，就連地方警察的理念及定義都有可能受到動搖。因此，刑事部長的寶座自然就變成是地方警察為了能夠繼續在自治體任職的最後一道防線了。

最麻煩的是人心的動搖。對於從基層一路爬上來的警察來說，刑事部長不單只是一個重要的職位，也是自己出人頭地的最高點，可以算得上是高聳入雲的靈峰。就算自己達不到那個頂點，站在頂點上的也始終是自家人的代表，這種普遍性在心理層面上所帶來的影響無法估計。就像在富士山附近長大的人，在敘述自己的生平時不可能不提到富士山。儘管東京的控制正無孔不入，但地方警察之所以還能抬頭挺胸地宣稱「我們的組織」、「我們縣警」，乃是因為跟自己同樣是從巡查一路往上爬的同袍中有人能夠成為最高幹部，與特考組平起平坐並君臨整個警察組織。

難道是連這個現實都要奪走？這不等於是把地方警察唯一僅剩的驕傲奪走，要其身心都完全地臣服於本廳嗎？

三上抬頭。黑得望不見一顆星星的夜空把風都吞噬了。

〈刑事部在禮拜四就要完蛋了〉

D縣警被盯上了嗎？因為當地出身的刑事部長完全沒有任何建樹，而且接下來還會一直毫無建樹下去。64發生至今已經過了十四年，是這十四年來發生在全國各地的綁架撕票案中唯一還沒有抓到兇手的案子，它讓D縣警淪為笑柄，所以讓敵人有機可乘也是不爭的事實。但是退一百步來說，假設人才不足和重大刑案無法偵破真的是D縣警的「罪」好了，這個罪有嚴重到必須面臨部長職位被沒收的「極刑」嗎？

話說回來，為什麼本廳過去從未將觸手伸到地方的刑事部長職位？反而是先把隸屬於部長指揮下的搜查二課設定成給特考組的指定席。說什麼在貪污和違反選罷法的檢舉標準上不得有絲毫的地方差異，於是把年輕的特考組課長送到全國各地，以便建立起與本廳的熱線。這本是個弱肉強食的世界，根本不需要搞出那麼多花樣，打從一開始就用強權把刑事部長設定成給特考組的指定席不就好了。可是本廳卻沒有這麼做。因為本廳也知道，對於中小規模的地方警察而言，刑事部長的寶座是他們的珍寶、是精神上的支柱，所以才不敢輕舉妄動。這並不是什麼體貼周到，而是危機管理。考慮到引起地方反彈的風險，擔心在剝奪大家的信心、逼他們臣服之後會導致地方的士氣低落。結果，就演變成大家心照不宣的默契，把刑事部當成不可碰觸的領域。而在某方面，刑事部也的確稱職地扮演著本廳與地方的制衡角色。

那麼，為何現在才要打破平衡呢？

地方的反彈想必早在本廳的意料之中。事實上，刑事部就正在激烈地抵抗。固然有64的不良紀錄，但是有必要單方面地打破原本良好的默契也要把刑事部長的寶座弄到手嗎？

恐怕不是這麼一回事。不管理由再多、再冠冕堂皇都不是真正的原因。

霸權主義。上級的本能。或許已經有什麼巨大的齒輪開始在東京運作了。先是讓地方警察失去他們的自我認同，再除去原有的人事管理原則，以成就國家警察的真正目的。拿D縣警開刀是先來個下馬威？還是當作測試？不管怎樣，目前刑事部長還是自家人的中小規模縣警肯定會發生大地震吧！光是一個未偵破的案子都有可能成為官位被沒收的理由。此例一開，地方警察就會開始杯弓蛇影、疑心生暗鬼，對本廳的恐懼將會提升到最高點。這才是本廳的真正目的吧！也就是殺雞儆猴。將D縣警的刑事部斬首示眾，全是為了讓大家知道國家警察威力的權謀。

一陣風突然從臉龐掠過。

〈讓D縣警刑事部成為東京的直轄領地〉

三上緊握雙拳，直到隱隱作痛為止。

體內的血液正在沸騰。那是刑警的血液。除此之外別無形容，那激昂的情緒讓他全身化成一股暴戾之氣。

50

「在室」的燈號還亮著。

三上依舊握著拳頭，筆直地走向秘書課長的座位。溫度應該保持在常溫的房間感覺起來卻像是在三溫暖，籠罩在臉上的暖氣幾乎要令他喘不過氣來。

石井課長把椅子轉向電視機的方向，正在操作著遙控器。一副心不在焉的樣子。傍晚的新聞就快要開始了，將會播出赤間部長的道歉記者會。

「咦？怎麼啦？三上老弟。」

「麻煩幫我通報本部長一聲，說我有急事要找他。」

三上才說完，石井的眼睛就瞪得老大。

「有什麼緊急的事？」

「我想直接跟他說。」

「別說傻話了。到底是什麼事？你跟赤間部長說過了嗎？」

「他不知道躲到哪裡去了。」

來這裡之前，他有先經過警務課。「部長大概不會想看新聞吧！」白田課長說道，手裡也正拿著電視遙控器。

「那就先說給我聽吧！如果有需要的話，我再告訴本部長。」

三上已經沒有耐心再跟石井廢話下去了，行了個禮後就走向後頭的本部長室。

「喂、喂！你等一下……」

石井扯著嗓門大喊。三上懶得理他，繼續往前走，在木紋十分明顯的門板上敲了幾下。

「請進。」裡頭傳來小聲的回應。

「三上老弟！」

石井從桌角衝了出來，大叫：

「你給我站住！三上……」

手臂被抓住。三上隨即甩開他，同時推了他單薄的胸膛一把。石井一個踉蹌，向後退了一、兩步，一屁股跌坐在地上。他錯愕地張大了雙眼，抬頭看著三上。

三上把視線從他身上移開，把門推開。

「打擾了。」

課員全都同時站了起來，但還是慢了一步。三上的身體已經移動到屋子裡，並反手把門關上。沉重的關門聲阻絕了外面的世界。
本部長室裡，就連空氣都跟外面不一樣。柔和的間接照明，室內空間寬敞到幾乎可以開派對。擺放著十二張有把手座椅的皮革沙發組，及滿布繁複花紋的厚地毯。這裡是D縣警裡的東京，是D縣警裡的警察廳。所以他才要來。
辻內欣司坐在辦公桌前。
三上被他用不屑的眼神從頭打量到腳。他以前只進來過兩次，除了打招呼以外，還沒有機會跟他有過像樣的對話。
「呃……你是廣報官三上對吧？」
語氣十分溫和，似乎不打算追究三上沒有經過石井通報就擅闖進來的無禮。
「是的。」三上才剛回答完，背後就響起敲門的聲音，接著三上的身體被打開的門推了幾步。只見石井的臉紅得跟猴子屁股似的。
「本部長，真的非常抱歉。我馬上就讓他離開……」
三上打斷他。
「我來是有很重要的事，請讓他離開。」
「你！」
石井怒不可遏地壓低了聲音。
辻內看了看他們兩個，似乎覺得很有趣。
「石井你先下去吧！」
「可是本部長……」
「沒關係，我偶爾也想聽聽你們以外的真實聲音。」
「可是，已經是下班時間了。」
「我說沒關係就沒關係！」
被辻內瞪上一眼，石井就像被揮了一鞭似地全身抖了一下。

「我、我明白了，那就五分鐘吧！時間到了我會再來通知。」

「等我們談完我自會按鈴。」

至此，石井已經無話可說。他有些滑稽地低頭敬禮，並對三上投以哀求的一瞥後就把門關上了。

「那麼，請這邊坐吧！」

「謝謝。」

體內奔騰的血液讓三上毫不遲疑地移動腳步。

三上淺淺地坐在沙發上，辻內的臉就近在咫尺。寬闊的額頭給人聰明的印象，濃眉、細細長長的眼睛，看起來頗為淡定……。

「什麼事？」

「有一件事我一定要向您請教。」

「不是有事要跟我說，而是有話要問我？」

充滿好奇心的眼眸閃爍著微光。是否期待著聽到非特考組的不平不滿呢？

「不過無所謂，你說說看吧！如果我知道的話，我會回答你的。」

「不好意思。」三上低頭致意，把視線落在辻內的鼻樑上。荒木田說的不見得全都是事實。既然赤間不在，那就只能從這個男人的口中問出來了。

「是關於您命令二渡的事。」

「我命令二渡？我最近都沒有看到他啊！我有拜託他做什麼嗎？」

「禮拜四長官要來視察。」

想要裝蒜嗎？

「嗯。」

「我聽說長官打算要宣布本地的刑事部長以後要改由本廳的特考組來當。」

「沒錯。」

三上的胸口一緊，沒想到這麼輕易就讓他跨過了第一道障礙。
「這有什麼問題嗎？」
「可以告訴我是什麼原因嗎？」
「原因？不就是那宗少女綁架命案嗎？是為了宣示警方到最後都不會放棄的決心。」
「所以只是一時的權宜之計嗎？」
「什麼意思？」
「一旦命案的偵辦告一個段落，就會把部長的職位還給本地的刑警，我可以這樣理解嗎？」
「這我就不清楚了。應該還沒有決定吧！等長官來了再問他好了。」
「所以也有可能是永久性的措施囉！」
「我都說我不清楚了。也有些地方的刑事部長是本廳和當地輪流當的，所以每個地方都不一樣吧！」
「也就是以人才為優先考量嗎？」
「沒錯，人才是最重要的。這一點，這裡的刑事部似乎有一些問題。」
愈聽愈灰心，原本只是虛線的想像逐漸演變成實線。荒木田所透露的範圍，基本上都已經求證完畢了。
〈讓D縣警刑事部成為東京的直轄領地〉
三上把屁股往前挪動幾寸。
「刑事部反彈得非常厲害。」
「好像是呢！」
辻內四兩撥千金地回答。
「甚至還採取了打算強行突破的行動。」
「赤間就是為了這個才去東京的啊！聽說本廳剛才收到了黑函。」
三上這一驚非同小可。
「上頭寫滿D縣警至今不曾浮出水面的醜聞。與其說是黑函，還不如說是紙炸彈。應該是叫長官不要來的意思吧！」

第三枝箭已經射出去了。是前島幹的好事嗎？是他奉荒木田的命令扮演了興風作浪的角色嗎？

「重點在於官房的應對。」

辻內事不關己地說道。

「不是有一句話說，不要把甘酒迪送去達拉斯[38]嗎？」

「達拉斯……？」

「意思是指親信的判斷啦！君子不立於危牆之下是最理想的狀態，但是實際上也有很多君子是不入虎穴焉得虎子的類型，愈是危險的地方愈是想去闖一闖。這時候就考驗到親信的判斷了。除了老闆的生命安全外，以這次的事為例，親信還必須具備判斷能力，以評估老闆此行是否會有風評一落千丈的風險。」

辻內緊盯著他看，彷彿是要誘導他提出問題來。

「你的意思是這裡就是達拉斯？」

「我祈禱事情不要變成這樣。如果火勢真的一時半刻難以撲滅，官房也會有另一番考量。不過如果是在東京召開記者會，不管是說服力還是宣傳效果都會大打折扣就是了。」

看來這一招是置之死地而後生了。

不，等一下。還沒有提到視察記者會的抵制騷動。是辻內還沒有聽說嗎？可能是赤間認為沒什麼大不了，覺得一定可以輕易擺平才沒有把消息往上報。辻內……不，要是本廳得知抵制的騷動，會有什麼反應呢？勇闖現場的長官到時會沒有台階可下。如果他們分析的結果是，刑事部這一連串的動作會影響到媒體，那麼長官官房會將D縣視為達拉斯嗎？

「沒別的事了吧？」

辻內說道。

「我今晚要和知事吃飯，得把被刪掉的預算從那個老狐狸手中搶回來才行。」

臉上是再也無話可說的表情。任誰都能一眼看出他已經把思緒切換到下一個問題上了。

憤怒湧上心頭。他一點興趣也沒有嗎？完全不去想像一下地方警察的痛苦嗎？

「你有問過刑事部的意見嗎？」

三上說道。

「對於任何一個組織來說，職位都是再重要不過的。要是有人要來搶，就會捍衛到底。更不要說是事前完全沒有知會一聲就突然來搶的情況。」

辻內一下子反應不過來。

「你為什麼要這麼激動？對於廣報來說，刑事部是眼中釘、肉中刺吧！那群人總是自我感覺過於良好，只要是跟情報二字沾得上邊的東西，什麼都想藏起來。把上面換掉還比較好做事。一旦警務和刑事的關係良好，彼此做起事來也會比較得心應手吧！」

三上是真的覺得赤間或許還比他好一點。光是就明知是在凌辱對方的情況下還故意要這麼做，就比這個男人還有人味一點。

為什麼會激動？

「因為我在今年春天以前都還待在刑事部。幹了二十四年的刑警，所以……」

「哦！原來如此。」

我早就知道你會站在刑事部那邊。三上以為自己會聽到他繼續這麼說，但原來是幻覺。

「鞋子啦！你的鞋子。你進來的時候，我就覺得怎麼這麼髒啊！」

——鞋子？髒？

話鋒突然一轉，害三上有些不知所措。望向自己的腳尖，把視線集中在左右兩隻腳的皮鞋上。很普通，也很乾淨。雖然已經相當破舊了，但是美那子每天早上都會擦一遍，擦痕也都有用鞋油處理到看不見為止。而且一點都不髒，頂多只有今天一整天蒙上的薄薄一層灰塵，讓鞋子變得比較沒有光澤而已。他是哪隻眼睛看到鞋子髒了？

38：美國第三十五任總統約翰．甘迺迪是在德克薩斯州的達拉斯市遇刺身亡。

「你通常都多久穿壞一雙鞋？」

辻內已經完全進入聊天的模式了。

「我啊，如果看到中意的鞋子都會一次買兩雙。可是因為怎麼穿都穿不壞，所以反而是買起來備用的那雙會放到發霉了呢！」

三上又注視著自己的腳尖，連眼睛都忘了要眨。眼前彷彿可以看見美那子彎腰的身影。不管是以前只能穿公家配給的合成皮鞋的時代，還是後來有能力自掏腰包買比較合腳的鞋子來穿的時代，就連亞由美離家出走以後的現在，三上在玄關把腳伸進鞋子裡的時候，鞋子永遠是擦得黑亮黑亮。每當擦完鞋子、用手指頭抓住後跟把三上的鞋擺放整齊的時候，美那子總是會微微一笑。

我到底做了什麼……。

內心深處開始產生一陣顫慄，如電流般蔓延到四肢，就像魔法解除了一樣。自己完全搞錯方向了。跳過赤間，把石井推到一邊，敲開東京的門，還要他屏退左右，對著特考組的本部長問了一大堆問題。他可是未來的警察廳長官，是高不可攀的人物啊！

腦中一片空白，眼前一片黑暗，可是……。

並沒有不愉快的感覺，反而可以用快感二字來形容。

「現在的刑警都改穿運動鞋了，但是也都一年就要穿壞好幾雙。」

嘴巴自然地動了起來。

「哦！原來如此啊！」

「因為每個人都想要破案。這並不是老生常談，刑警光靠有心就能跑遍千山萬水。」

辻內側著頭等待三上繼續說。

「請你一定要了解，刑警的活動範圍常常是從這座山移動到那座山。光靠家鄉話是行不通的。」

「從一案跨越到另一案嗎？說得真好。」

「而刑事部長就是山頂，一旦仰之彌高、望之彌堅的山頂被奪，刑警們一定會陷入混亂、消沉。」

辻內冷笑了一聲。

「那個陰險的男人是山頂嗎？而且他還是從警備升上來的喔！」

「我不是指特定的個人，而是在說象徵的意義。愈是地方的警察，就愈是不能缺少象徵性的存在。」

「原來如此。」

辻內的聲調一變。

「你想要干涉人事嗎？」

明明身體因為恐懼而處於痲痺的狀態，然而階級社會的教育已經深入骨髓，只要被上面的人稍微嚇唬一下，身體還是會反射性地僵住。

「今天聊得很開心喔！以後還要請你多費心。」

辻內轉了個身，把手伸向背後，按下辦公桌上的按鈕。

「本部長……可以請你向本廳進言嗎？這件事應該要再多加考慮。」

他的話還沒有說完，石井已經衝了進來，背後還有課員們極不友善的表情……。

辻內露出一抹宛如繪畫般的笑容。

三上立正站好，敬了個禮。

「請一定要重新考慮！」

「出去！」在石井的號令下，有好幾隻手抓住他的身體，以驚人的力量把他往後拉。在一片混亂中還能聽見辻內的聲音：「以後不准再讓他進來……」

三上被帶到與秘書課相通的「別室」裡。或許是因為放在桌上的電視螢幕正播放著赤間的畫面，石井在意周圍的眼光而壓低了聲音罵道：

「你到底在搞什麼？你對本部長說了些什麼？」

「放開我！」三上用力甩開課員的手臂，身體就像野火燎原般熱了起來。

「你給我交代清楚！你到底對本部長……」

「告訴你也沒用！」
電視螢幕發射出刺眼的光線。低頭道歉的赤間正沐浴在彷如白晝的閃光燈下。
「你們什麼都不知道。因為你們只會伸長脖子仰望上面的臉色，所以連腳底下的地裂開了都沒有發現。」
「不懂的人是你！你惹火了本部長又能怎麼樣？傷腦筋的還是D縣警吧！所有人都會受到牽連！」
「笨蛋！就是因為這樣我們縣警才會被看扁。怎麼能任由這些人胡作非為啊！」
三上一拳搥在電視畫面上。赤間的臉扭曲了一下，隨即被吞沒在黑暗中，化成無數的碎片飛散在空中。

51

欠揍的男人另有其人。
三上衝出秘書室，穿過走廊，用力地推開警務課的門。由於發出了相當大的聲音，所以有許多課員都驚訝地抬起頭來。
二渡……。
不在。辦公桌前空蕩蕩的。也不見白田的蹤影。負責管理女警的七尾友子股長轉動椅子站了起來。
「發生什麼事了？你的手……」
經她這麼一說，三上這才注意到自己的右手早已染成一片紅。從食指的根部到指甲裂開了一道長長的傷口，鮮血滴落在地板上。
「二渡在廳內嗎？」
「出去了。」
話聲未落，七尾就已經小跑步地跑向牆壁邊的置物櫃。
「什麼時候會回來？」

「今天不會回來了，會直接回家。」

既然如此，三上穿過警務課，也不敲門就直接進入警務部長室。空氣中瀰漫著古龍水的香味，彷彿赤間前一刻還在這裡。七尾抱著醫藥箱跑了進來，動作俐落地拿出消毒藥水和繃帶，朝三上伸出手。

「我幫你包紮。」

「我自己來。」

「我幫你。」

「我自己來就行了。東西放著，妳可以走了！」

把七尾趕出去，三上從醫藥箱裡抓出成捆的脫脂棉花。他將棉花放在傷口上，用嘴巴咬住繃帶的一頭並用力拉緊，在手上繞了好幾圈。一面包紮一面走向主人不在的辦公桌，粗魯地一屁股坐上去。接著拿出手機，把二渡的號碼叫出來，然後看著顯示在液晶螢幕上的號碼用桌上的電話打給他。這是警務部長的直撥號碼，他不可能不接。

響了幾聲以後終於接通了。

「這只是小事嗎？」

〈誰告訴你的？〉

三上劈頭就說。

「我知道東京的企圖了。如果這只是小事的話，那你的大事到底是什麼？」

〈我不是問這個，我是指我的電話號碼〉

「本部長。」

「你這傢伙！這件事根本不是要搞垮刑事部，而是要搞垮整個D縣警，你到底懂不懂啊？還是你明明知道卻還是助紂為虐？」

電話那頭沒有反應，有的只是腳步聲、雜音、還有關上車門的聲音。

「二渡……」

〈我記得我說過，警察是一整個生命共同體，沒有地方與東京之分〉

「那只是東京那群人的謊言，刑事部長之位一旦被奪走，地方就不再是地方了。」

〈你先冷靜下來再說。這不見得是一件壞事，反而會比較有效率〉

有效率？

這句話和辻內本部長的話不謀而合。把上面換掉還比較好做事。一旦警務和刑事的關係良好，彼此做起事來也會比較得心應手吧……。

他明白這句話的意思了。這一次，他終於觸摸到二渡的內心了。他一直以為二渡是要削弱刑事部的實權，好鞏固警務部的支配力，但不是這樣的。二渡的行動並不全然是基於與本廳同化的大腦或是來自於辻內的命令。

「你害怕嗎？」

〈怕什麼？〉

「刑事部長的寶座。」

二渡默不作聲，也沒有反問這句話是什麼意思。看樣子是猜對了。

二渡本身比誰都清楚。如果一切按步就班地進行，在年紀輕輕的四十歲就升任警視的男人，最後要坐上的職位肯定是刑事部長的寶座。「地下人事部長」終究會變成「檯面上的刑事部長」。二渡深怕這個極度諷刺的現實會在十幾年後成真。即使他在事務上再有才能，一個連刑事的刑都沾不到邊的男人要去掌管刑事部，等於是被丟到腹背受敵的撒哈拉沙漠，權力肯定會被架空，成為「沒有作為」的其中一人，背負著不名譽的十字架。對於這個長年實際支配著組織的男人來說，肯定是無法接受的現實吧！因此對二渡來說，從天而降的「把職位收回去」的決定，不啻是一道福音。

「怎麼啦？幹嘛不說話？」

〈請講白話文〉

「你自己心知肚明吧！我現在講的可都是你的烏托邦計畫。」

東京對於二渡十分信賴。不是從歷代有在D縣警待過的特考組中拔擢，而是起用了當地精通於人事及組織管理的絕對王牌，認為他是「可以用的男人」。即使新官上任的男人頂著刑事部長的頭銜又怎樣，一切都不會有任何改變。

反正只是個官僚，比起刑事部的任何人，肯定都更依賴本廳推薦的這個男人。這便是二渡打的如意算盤。自己只要在他底下當個生活安全部長就行了。可以繼續站在「陰影」底下，以建議為名、行獨攬大權之實，對刑事部發揮影響力。放棄面子、選擇裡子，這就是這個男人的行為邏輯。利用人事規畫大批警察的人生——二渡一直思考著要讓自己警界生涯在這樣的情況下結束。

「回答我。你為了打造自己的烏托邦，不惜出賣D縣警嗎？」

〈可以問點我聽得懂的問題嗎？〉

「你跟本廳一搭一唱是想要垂簾聽政嗎？這就是地方菁英分子的胸懷嗎？」

〈我要掛電話了〉

「是王牌的話，就拿出你身為王牌的覺悟。與其讓特考組坐上刑事部長的寶座，由你來坐還比較能讓人心服口服一點。」

〈哦？〉二渡發出了意外的聲音，然後不經意地說道：

〈是我的話就可以嗎？〉

三上茫然地看著前方，感覺他暗淡的雙眼就在眼前。就像他雙手遞出毛巾時那一剎那的異樣感覺又甦醒了。

〈不用想得那麼嚴重啦！這只不過是一個符號，誰來坐都一樣〉

話題瞬間被他帶走了。符號？刑事部長嗎？

「你真的是D縣警的人嗎？」

〈不管上面的人是誰，刑警都有他該做的事，不是嗎？〉

「不管是嚴父還是好吃懶做的混帳東西，父親還是父親。這是沒有血緣關係，只是來做客的特考組所無法代替、也無法勝任的。」

〈一回生、二回熟，人事也不例外〉

「別自我催眠了，人事能做的頂多是不負責任地分派辦公室罷了。」

〈你不就是很好的例子嗎？〉

「什麼？」

〈你不是在本部長室前跟記者上演了全武行嗎？〉

三上吸一口氣。

〈任誰來看都會覺得你是一個稱職的秘書課員喔！〉

三上用力咬緊牙關，血從繃帶滲了出來。

「有本事你再說一次看看！」

〈不要誤會啦！我是在讚美你〉

「有本事就來部長室看著我的眼睛說！現在！馬上！」

〈你的個性還是沒變嘛！〉

二渡是在取笑他嗎？

〈面對現實吧！這裡可不是劍道社的社辦〉

52

兌水酒喝起來像水一樣。加冰塊也感覺像是在喝水，怎麼喝都喝不醉。

「月並」是一家由民宅的前半部改建而成、一對年過六十的老夫婦負責經營的小酒館。既不是刑事部的人常去的店，也不是警務部的人常去的店，算是三上屈指可數的私房店家之一。因為老闆把迷了路的小狗送到派出所而認識，至今三上已經光顧了有將近四分之一個世紀了。老闆娘的豪氣可以說是不讓鬚眉，老闆也是有什麼就說什麼、絕對藏不住話的性格，所以從以前到現在常常可以看到兩夫妻在吧台後面吵架的樣子。對於總是坐在吧台一角的三上來說，有時候覺得很吵，有時候又感到很羨慕。

由於被問到拳頭為何包著繃帶，三上開玩笑說因為自己毆打了上司，老闆娘居然興奮得手足舞蹈，老闆的臉上則是堆滿了擔心的表情，結果因為這樣兩個人又開始拌起嘴來。

他做了一件蠢事。

當大腦的酥麻感退去，只剩下後悔陰魂不散。一聽到刑事部長的寶座要被沒收，全身的血液都沸騰了。理智被感情遠遠地拋在腦後，結果直接跑去找本部長。真的是刑警的血液讓他做出這種蠢事嗎？區區一介地方警視的意見，根本不可能動搖本廳的決定，直接找上本部長根本毫無意義。三上明知如此，卻還是採取了這種不知死活的英雄行為。這是他對刑事部唯一能做的贖罪。這種想法讓他陷入了自我陶醉，所以大腦才會釋放出快感，不是嗎？

腦子裡完全沒有想到家人。不僅忘了自己，也忘了家人。趁赤間不在的時候，闖入本部長室。光是這條罪，就足以把他貶到深山裡。更不要說他還推倒石井、弄壞了秘書課裡的物品。要不是三上自己也受傷流血，石井也被他嚇得亂了方寸，他現在應該在地下室的監察課別室裡接受漫長的審問吧！再說回來，要是他真的很重視家人，早就應該把刑事部布下的陷阱告訴赤間了。也可以當個雙面人，假裝接受荒木田的利誘。縱然可能性微乎其微，但若有考慮到刑事部可能打贏這場仗，也應該先抓住「中央署刑事官」這條退路。如果是中央署的話就不用搬家，可以跟美那子一起在原本的家裡等待亞由美的歸來。

卡啦一聲，玻璃杯裡的冰塊轉了個方向。

為了家人，什麼事都忍過來了……。

不對，不是那樣子。家人只是藉口，自己才是最重要的。每當他在組織裡的立場受到威脅的時候，他就把家人搬出來，告訴自己要忍耐。但他其實很清楚，就算失去家庭什麼的他還是能活下去。但是一旦在組織裡失去容身之地，他就活不下去了。如果無法認同、接受自己就是這種男人的話，到死為止都無法找到描述自己的方法了。

他的心裡變得非常扭曲。

——二渡又是如何呢？

他知道該怎麼描述自己嗎？那傢伙的家庭健全嗎？他可以工作歸工作，回到家就表現出最真實的自己嗎？肯定不行吧！會把刑事部長輕易地歸類為一個符號的男人，不可能會是什麼愛妻愛子的丈夫或父親，他擁有的只是一個名為家庭的符號而已。他只是以一個旁觀者的角度，想像有個人在自己家裡扮演著丈夫和父親的角色而已。所以他不會讓別人讀懂他的心。二渡不可能自己說出自己的真實。然而只要仔細觀察還是可以看得出來，這個人不討厭陰暗，與陰暗互利共生。總有一天會躲在暗處，利用在暗處不斷累積的實力把檯面上的東西吞噬殆盡。這就是二渡的生存之道。三上知道這個原點在於那雙扼殺了所有情感的陰翳雙眼。那年夏天，他大概在那個體育館裡發過誓吧！至今仍把心遺留在劍道社社辦的人不是我，而是那個傢伙。

口袋裡的手機震動著，或許已經震動了很久也說不定。

腦海中同時浮現出好幾張臉，卻一個也沒猜對。是搜查二課的糸川打來的，語氣相當慌張。沒有客套話，劈頭就開始講述那個圍標案。之前被警方約談的八角建設專務的嫌疑終於證據確鑿，拿到拘票了。然而就在正式拘提之前，專務居然吐血而被送到了厚生醫院。三上正覺得奇怪，他為什麼要告訴自己這件事，原來後面才是重點。讀賣和產經掌握到拘票已經核發下來的情報，揚言要寫成報導。請他們再等一下，他們卻聽不進去。因為明天早上可能又會引起一陣騷動，所以先跟三上知會一聲……。

眼前閃過荒木田的臉。瞥了時鐘一眼，再打電話到諏訪的手機。晚上八點四十五分，他應該在『汪汪亭』。那是諏訪最近新開發的人妖酒吧，據說是因為在廳內打探不出各家報社的真實想法，所以緊急由美雲召開一場「社會讀書會」。也許是他沒有交代受傷的原因就離開本部的緣故，諏訪的語氣結巴，聽起來有些不自然，但是在聽到拘票的事以後，馬上恢復成一貫的語氣：「原來如此，難怪讀賣的牛山和產經的須藤還沒有出現。」然後又壓低聲音說：「希望好不容易就要避開的抵制不會因為接二連三的獨家新聞泡湯才好。」

「明天一早就要向我報告結果。」三上下達完指示後便把電話掛斷。電話那頭的噪音換成這邊的卡拉OK。年紀大大小小不一、看上去像是上班族的男女大約十個人坐在後面的地毯座位區，據老闆所說，似乎是場稍嫌早了一點的尾牙。

感覺有點坐立難安。諏訪和美雲，恐怕藏前也跟他們在一起，三人都正傾全力發揮廣報室的實力，以阻止記者會遭到抵制。這是當然的，長官三天後就要來了，以應付記者為業的廣報室現在除了這件事還有什麼事可做？

——那你呢？

伴隨著喘息的捫心自問還帶著熱度。

要讓D縣警變成達拉斯嗎？還是不要？

〈管你是下跪也好、磕頭也罷，總之要讓記者收回拒絕採訪的決定〉

〈吵得愈兇愈好，盡可能激怒那群記者，務必要讓他們抵制記者會到底〉

荒木田不會收手。不光因為他是警備部出身，這次的考驗會讓他變成真正的刑事部長。雖然那只不過是如夢的泡影，但是對本人來說，卻是無庸置疑的現實。更重要的是「攻防」這兩個字，因為是「正當防衛」而讓荒木田下定決心要奮戰到底。當然也是為了要捍衛自己的名譽，深怕自己變成「最後一位刑事部長」。「最後」這兩個字聽起來充滿了哀愁的味道，說穿了還會在D縣警的歷史上刻下無能的烙印，因為他的無能才讓本廳有藉口把職位沒收回去。

但赤間也同樣不會收手。刑事部的叛亂被本廳得知了，再加上還有人在東京丟下紙炸彈，他肯定會被烙下缺乏管理能力的烙印，這麼一來就前途無亮了。這一切都把他逼到狗急跳牆，已經是不擇手段只求結果。然而……。

部長的事情跟他一點關係也沒有。

——你怎麼想？你打算怎麼做？

這還用問嗎？雖然大腦吶喊著想要保護刑事部長的位子，但是血液已經不再沸騰了，心情也逐漸平靜下來，繼續被囚禁在進退兩難的困境裡。這時候才會想到家人嗎？還是依舊下意識地衡量利害得失呢？不管怎麼算，刑事部是輸定了。他想向勝利的那一方靠攏。這麼膚淺的想法會讓他這麼矛盾嗎？但如果不是這樣的話，又是怎麼一回事？他已經失去鬥志，準備投降了嗎？還是他的心已經背離刑事部和警務部，真真正正成為一個沒有國籍的人了？

不對……。

他不是沒有國籍，而是還有職責在身。即使感情被耍得團團轉，身為廣報官的認知卻始終不曾從他的腦海中消失。如今要面對現實問題、做出決定的，既不是前刑警也不是他個人。

身為D縣警的廣報官，該做的是什麼？

〈要是他們還不肯罷休的話，就說以後都會以真實姓名公布〉

開出空頭支票。欺騙記者，藉此迴避記者會遭到抵制的事態。光是用想的就足以讓他起雞皮疙瘩。只要再發生一次匿名問題，到時候就萬事休矣。記者們絕不會原諒這種背叛行為。為了度過一時的難關，用謊言輸掉廣報室的未來，這麼做值得嗎？

〈你什麼都不用做，只要靜觀其變即可。這麼一來，你也不用受到良心的譴責〉

怒氣從耳裡直傳到心底。興風作浪。搞破壞。就算「死守刑事部」是D縣警的大我，但是荒木田對廣報室提出的要求卻連一絲一毫的正義也沒有。是要他叫正在人妖酒吧裡拚了命地說服記者們的部下回去睡覺嗎？還是要他命令他們什麼都不用做，只要眼睜睜地由著記者們抵制記者會就好了？要求他們拋下應該完成的任務，成為可恥的共犯。這種事他做不出來，也不可以做。

他深刻地感受到自己內心的盤根錯節。赤間、荒木田，無論向哪一邊靠攏，其結果都是一樣，絲毫無法達成身為廣報官的職責。眼前如走馬燈般浮現出廣報室由內而外、由外而內土崩瓦解的慘狀。理想中的「窗口」被組織的權力遊戲重重地關上，連光線都透不進來。心裡充滿必須從刑事部、警務部中選邊站的焦躁。真的就只有這樣的選擇嗎？難道沒有身為廣報官應該要選擇的第三條路？

腦海中不經意地浮現雨宮芳男的身影。還真的是不經意，所以他有種錯覺，以為看到了打破僵局的曙光。

他清楚知道自己的血液正在逆流。

〈說起我們的長官，也就是警界的最高指揮官，我想媒體一定會大幅報導，電視台也會製作成新聞，可以讓更多人看到〉

這句話是自己說的。為了讓被害人的父親接受長官的慰問，居然說出這種會讓人充滿期待的話。雨宮早就已經對警方絕望了，而且也知道恐嚇電話遭到隱瞞一事，說不定還對警方恨之入骨。他很清楚長官視察只不過是警方的宣傳手段，所以根本不想聽三上講那些廢話。他已經沒有任何期待了，因此不可能是因為被三上打動才接受慰問。只是沒想到三上竟然會使出眼淚攻勢這一招，一下子不知道該怎麼拒絕罷了。

可是……。

〈或許能挖出新的線索也說不定〉

這句話是自己說的。

三上喝了一口酒。

關鍵果然還是在雨宮身上。三上承受不住內心的矛盾糾葛，抬頭仰望天空，只見流星一閃而逝。既不是在刑事部也不是在警務部，這是自己在外面的世界所許下的「承諾」。這個承諾落在天平的一端，讓心產生了傾斜。絕不能讓長官的記者會遭受到抵制，不管怎樣都要讓警界最高層說的話隨鉛字和電波傳送。這是為了雨宮，也是為了讓自己對自己說過的話負責任。

他當然知道這是在強辭奪理，他根本沒有承諾過什麼。如果為了阻止抵制而必須欺騙記者的話，那麼他根本沒有找到身為廣報官應該要選擇的第三條路。他只是找到繼刑事部、警務部以外的第三勢力罷了。不過這都無所謂，這樣就夠了。這次他打算為了家屬改弦易轍，這種下定決心的方法不是挺有自己的風格嗎？

「啊啦！這個人，不知道想什麼笑得這麼開心呢！」老闆娘半開玩笑地調侃他。「打了白癡上司一頓，肯定覺得很痛快吧！」「妳不要打擾人家啦！」一旁的老闆說道。「人家想一個人靜靜地喝酒。」「看他的表情就知道啊！」又開始吵了。三上把椅子轉個一百八十度，背對著吧台。後面的地毯座位區似乎也喝開了。年約五十、看上去是整群人中年紀最長的男人正唱著荒腔走板的情歌，部下們還戴著部下的面具在打拍子，年輕的女孩們開始想要回家了。他對諏訪有所期待，對美雲也是，甚至對藏前也抱著一絲絲的期待。只要能讓俱樂部總會收回抵制記者會的決定，結果就萬事ＯＫ了。不用再強辭奪理，廣報室也不會完蛋。他和一個粉領族對上眼，女人噗嗤一笑，跟旁邊的女人咬耳朵。

把臉轉回吧台，拿一根菸塞進嘴裡。因為還在吵架，所以老闆娘為他點菸的打火機有如瓦斯槍般噴出熾烈的火苗。趁著這個時間點，一旁的男人朝三上搭訕。以前也在這裡見過一次，印象中好像是個醫生，但實際上卻是重考了三次也沒考上醫學院，只好在從祖父那一代傳下來的綜合醫院裡當個事務長的男人。三上懶得解釋，推說手上的繃帶是因為暈眩才受傷，結果落得連症狀都得交代清楚的下場。男人以嚴肅的表情頻頻點頭，說這可能是梅尼爾氏症[39]，還問他暈眩是從哪一邊的耳朵開始。三上沒好氣地在心裡嘀咕著你又不是醫生，但還是下意識地把手放在左耳上。

39：俗稱耳水不平衡或內耳積水，是一種由內耳病變所引起的平衡功能失調，會影響到聽力及平衡。主要症狀有陣發性眩暈、耳鳴，嚴重者甚至會喪失聽力，導致耳聾。

他叫了計程車。

在老闆娘的笑容和老闆擔憂的目光，以及那群粉領族宛如漣漪般擴散開來的視線下離開。

坐在車上，當他回過神來的時候，已經又把手放在左耳上了。話筒冷冰冰的觸感在耳畔甦醒。亞由美什麼都沒說。什麼都沒說，只留下痕跡。他明白這是為什麼了。亞由美肯定是要他捫心自問，身為父親，他做了什麼？又了解女兒什麼？

下了計程車，在玄關前看到山科的臉時，他發現自己醉得頗厲害，而且心情非常惡劣。

這傢伙！肯定是在汪汪亭喝酒的時候沒看到讀賣和產經的記者，所以基於不安又跑來了。不對，肯定是以為自己這次搞不好又可以撈到什麼好處，所以才忝不知恥地跑來。「沒看到亞由美的鞋子呢！」以為天上會降下第二次好運的嘴臉，以堆著卑微的笑容、抱著手臂取暖的樣子靠了過來。三上站著不動等他走來，然後伸出纏著繃帶的手一把抓住他的圍巾，把他整個人拽過來，在他凍得紅通通的耳邊輕聲說道：「你可不要搞錯了，我可不是看在女兒的份上，才把圍標案的消息透露給你的。是因為你的眼神看起來就像是渾身濕透的喪家犬，我才施捨給你的……」

推開整個人呆站著不動的山科，進入家門。美那子立刻迎了出來，正要告訴他山科人在外頭，卻發現他手上的繃帶，連忙閉上嘴。「啊！跌倒的時候不小心割到了。」三上邊脫鞋邊說。雖然一臉不信的樣子，但美那子也沒有繼續追問，臉色和態度都恢復成平常的樣子，說八點的時候大舘部長的太太有打電話過來。

三上停止呼吸。

看了看手錶，已經過了十點。

〈去之前會先打電話過去〉

三上打了一個哆嗦，終於從夢境裡醒了過來。現實的時間一時被沉浸在酒和喧鬧中的時間給取代掉了。

腦袋一片空白地奔跑過走廊，走進客廳，抓起子機，按下號碼。但手指頭卻頓住了，區域號碼底下的數字怎麼也想不起來。他用拳頭敲打著額頭，還是想不起來，只好翻閱手冊。

跪坐在榻榻米上，耳邊傳來電話鈴聲。

他居然放媒人的鴿子。明明是自己先打電話去的，卻忘得一乾二淨。當他從荒木田口中得知本廳目的的那一瞬間，大腦就自動認為大舘已經沒有利用價值了。不對，他對大舘壓根兒沒有期待。這個「過去的人」連亞由美離家出走都不知道，又怎麼可能會握有長官視察的內幕。明知如此，他還是想要見見他，所以才打電話給他。只是為了排解自己的不安。因為如果都不做點什麼的話，他就靜不下來。

對方接起了電話。

〈啊！三上先生，太好了，你終於打來了！〉

夫人的語氣就像白天聽到的那樣親切，不過卻沒有白天的爽朗。

「我不小心忘記了，真不曉得該怎麼道歉才好。」

〈別放在心上，我們都知道你很忙。那我讓大舘來接囉！他還在等你的電話呢！〉

夫人的聲音消失了。接下來的空白感覺上非常漫長。

再次傳回耳中的並不是人聲，而是聽起來像是雜音的呼吸聲。也許大舘已經打起瞌睡來了，或者是身體明明不舒服卻還是硬撐著不睡呢？

「部長……」

〈啊……啊啊……我是大舘……〉

所有能用來道歉的話他都講了，就是沒有提到「來意」。「我只是想要看看你而已，改天一定會再登門拜訪。」談話中，耳邊一直傳來大舘的呼吸聲，偶爾還會聽見急促的喘息聲。正當他覺得再講下去會耽誤到大舘休息而準備掛電話的時候，大舘擠出一句話來：

〈……謝謝你打電話來……謝謝……〉

聲音聽起來非常高興。

三上用手指按住眼頭。即使在掛斷電話以後也還是保持著跪坐的姿勢。

D縣警刑事部長，大舘章三。他心裡是否仍充滿了驕傲呢？還是如今已看破一切了呢？組織給過他什麼？又從他身上奪走了什麼？

心情慢慢地恢復平靜。

D縣警即將失去刑事部長。

對雨宮的「承諾」如霧般散去。不能為了排解痛苦就牽強地對自己打馬虎眼，更不能依此做決定。他需要的是真實，是超越矛盾衝突的光明指引。

一定得找出第三條路才行……。

53

〈十三家裡面，有七家願意撤回抵制的決定。只不過……〉

三上在廚房的餐桌上接聽諏訪打來的電話。昨晚一夜沒闔眼，天就亮了。一整個晚上他都在自問自答，最後終於歸納出一個結論。但是自己真的辦得到嗎？就在他陷入沉思的當口，接到諏訪打來的電話。

〈不過這也只是昨天晚上的結果，今天早上的騷動會讓一切重來吧！更何況現在也不是召開俱樂部總會的時候〉

諏訪的語氣已經有點自暴自棄了。

早報呈現出前所未有的亂象。一如預期，讀賣和產經的報導皆出現了斗大的頭條『八角建設專務收到拘票』。不僅如此，就連不在意料範圍內的朝日和每日的頭版上也都各自出現了獨家新聞。朝日的內容是S署的交通官僚利用職權搓掉姪子超速的罰單，這已經夠令人瞠目結舌了，更令人跌破眼鏡的是每日的頭條。『前年的拘留所自殺案，是因為管理員在打瞌睡嗎？』……。

三上在七點的時候就已經出現在廣報室。諏訪、藏前、美雲等三人也都先後趕來，被記者逼問著要趕快舉行記者會。赤間警務部長還沒來上班，石井秘書課長曾經來偷偷瞧過，不知道是被記者們的劍拔弩張嚇得屁滾尿流，還是被三上手上的繃帶嚇退，總之是一句話也沒說就夾著尾巴溜了。三上決定要舉行記者會，並開始著手準備。打電話給相關的各個課室，討論報導的內容和要如何應變，調整時間，安排好每隔三十分鐘以搜查二課、交通指導課、警務課的順序召開記者會之後，時間已經過了八點半。

耳邊似乎可以聽到荒木田得意的笑聲。先讓赤間說出「沒有任何缺失」，再打出「管理員在打瞌睡」這張王牌。誰說出手的人一定要是寫出第一份報導的東洋？改由其他報社來扮演這個角色也可以得到同樣的效果，而且這樣還比較安全。把情報分散給好幾家報社，反而可以讓大家捉摸不到刑事部的確切企圖。

關於圍標案的拘票肯定也是故意放出去的消息吧！就連超速罰單吃案一事，也有可能只是剛好被S署的刑警聽到。荒木田本身才是那個興風作浪的源頭。不僅毫不在乎地打出「管理員在打瞌睡」這張王牌，還到處放火，似乎是為了強調他手邊還有數量龐大且破壞力驚人的醜聞，可以一一化為紙炸彈把本廳炸得七葷八素。

上午的時間十分漫長，廣報室和記者室始終處於群情激憤的狀態。三場記者會全都砲聲隆隆。記者們不斷丟出刺中要害的問題，一旦回答得不夠清楚，就會被問候祖宗十八代。到了晚報快要截稿的時刻，甚至還發生了記者互相對罵的場面。完全無法預測事情接下來會怎麼發展，四家報社同時寫出來的獨家報導會給記者室帶來什麼樣的化學變化。有的報社是昨天雖然被放了一枝冷箭，但是今天馬上還以顏色；有的報社是雖然搶到一個獨家，卻也被別人搶了兩個獨家；有的報社則是一連漏掉三個獨家。憤怒的作用力與反作用力複雜地交錯在一起，只有一件事清楚明白地擺在眼前，那就是仇視東洋的明快構圖已經被風吹走了。記者們彷彿被鬼附身似地埋首於原稿及電話之中，根本沒有機會提出俱樂部總會的事，山科和梁瀨到底會不會遵守跟諏訪的約定，目前也還看不出來。

三上坐在辦公桌前吃著遲來的午餐。好不容易記者不再進進出出，室員們也都出去打探消息，房間裡只剩下他一個人，和自己吃蕎麥麵的聲音。仔細想想，自從長官視察的騷動發生以來，他就再也沒有趁中午的時候回家了。美那子都吃了些什麼呢？還是什麼都沒吃呢？

〈你那邊是不是有比較平靜了？〉

赤間是在下午過兩點的時候打電話來，說他人還在東京，要深夜才能回來。這時他才終於確實體會到赤間的窘迫。

〈管理員打瞌睡一事你是怎麼處理的？〉

「由白田課長召開記者會，強調目前正在調查此事是否屬實。」

赤間的口氣總算是緩了下來。但是，那也只是一瞬間的事。

〈那件事辦得怎麼樣了？〉

「哪件事？」

〈抵制的事啦！記者們願意撤回嗎？〉

可能是周圍還有其他人，赤間的音量小到幾乎聽不見。

「還沒跟俱樂部的人討論到這件事。」

〈為什麼？〉

「因為早報的餘震，他們也還在兵荒馬亂。」

〈道歉呢？〉

「也還沒。」

〈你跟他們說過以後不會再匿名了嗎？〉

「關於這件事……」

〈真是個沒用的東西！快點告訴他們！〉

三上閉上眼睛，腦中浮現的是霞關[40]的高樓大廈。

「我知道了。」

才說完這句話，電話就被毫不客氣地掛斷了。

三上點起一根菸。

心情十分平靜，赤間的話並沒有再帶來更多的負擔，就連荒木田說過的話，感覺起來也已經是好遙遠的事了。他決定兩邊鋪好的路都不選。組織內部的權力遊戲根本沒有什麼正義不正義可言。但是身為警察，還是有所謂的個人工作立場。派出所有派出所的、刑警有刑警的，廣報官也有廣報官的正義與不正義。

人的一生有時候是由偶然造成的……。

他似乎有些明白了。自己是D縣警的廣報官，不管是一瞬還是一生，這都是個無可動搖的事實。

香菸的煙霧熏到了眼睛，眼睛同時捕捉到諏訪進門的畫面。

「感覺如何？」
「是有平息了一些，但是記者之間彼此還是互不搭理。」
「總會呢？」
「看樣子很難。山科說他已經向大家提議了，但也不曉得真假。」
「既然如此，就算我道歉也沒有人要聽了吧！」
諏訪默不作聲地點頭。
「叫藏前和美雲過來。」
「欸？」
「我有話要跟大家說。」
話才說完，藏前就回到廣報室。他先繞到自己的辦公桌，拿了一張紙走過來。
「怎麼了？」
「喔！時事的梁瀨說山科什麼也沒做……」
「我不是問這個，我是問那張紙。」
「啊！這個嗎？這是那個銘川老人的資料，我還有幾點要補充。」
不用看也知道諏訪的表情肯定很傻眼。
「是很重要的事嗎？」
被三上這麼一問，藏前露出困惑的表情，側著頭回答：
「呃……我也不知道重不重要……只不過……」
「只不過什麼？」
「只不過，對本人來說應該是重要的吧！」

40：日本東京都千代田的地名，中央政府機關的辦公室大都集中在這裡。

三上受到輕微的衝擊。

今天早上，天色剛開始發白的時候，三上也思考過同樣的問題。那就是雨宮的變化。他想起第二次去找他的時候，雨宮剪了頭髮、也刮了鬍子，看起來判若兩人。或許是把三上的話聽進去了也說不定，就算沒有使出眼淚攻勢，雨宮的心也傾向於接受慰問。是三上把剪刀丟進他乾涸的心裡。對雨宮而言，理髮、外出其實都是非常重要的行動不是嗎？

他的承諾還是存在，只不過是以想像的形態被三上悄悄地收在大腦一隅。無論他對雨宮許下什麼承諾，他的心意都不會改變。第三條路，對於三上本人重要的事……。

「去叫美雲回來。」

54

把「會議中」的牌子掛在外面的門把上，關上以來者不拒為大原則的廣報室大門。這是三上就任廣報官以來，第一次發生的事。諏訪和藏前坐在對面的沙發上，美雲則是拉了張椅子坐在一旁。因為是用跑的回來，所以還氣喘吁吁。

「我想為匿名問題畫下句點。」

三上說出這句話之後，依序看著三個人的臉。

「追根究底，跟隔壁的關係之所以會惡化、之所以會發生抵制記者會的事，原因還是出在匿名。說匿名問題是罪魁禍首也不為過。所以一定要快刀斬亂麻。」

快刀斬亂麻？諏訪的眉頭一皺。

「今後不再採取匿名發表，原則上一律向記者公布真實姓名。」

三個人的臉色都變了，諏訪的眼睛有一瞬間看向天花板。

「這麼做的話，上頭……」
「是上面說的。」
「真的嗎？部長說可以公布姓名？」
「他說為了避免記者會被抵制，即使開出空頭支票也無妨。」
諏訪仰天長嘆，但馬上又把身體轉回來，彷彿被口水嗆到般說道：
「意思是要我們欺騙俱樂部嗎？」
「不是欺騙，原則上可以公布姓名……我是這麼想的。」
「……可以公布姓名？」
「沒錯。反過來利用上頭的騙局，鋪好公布真實姓名的軌道。」
諏訪的臉痙攣似地跳動著，藏前一臉不知所措的樣子，美雲則是聽得入神地直盯著三上看。
「不是欺騙俱樂部，而是要欺騙上頭嗎？」
諏訪再問了一次，語氣中隱含著怒氣。
「只是用來修正匿名的規則而已。」
「修正？是破壞吧！我完全不能理解。為什麼不惜欺騙上頭也要做出這麼有勇無謀的事？什麼都以真實姓名來公布的話，太不負責任了。可以這樣對那個孕婦嗎？如果是少年犯呢？要漠視少年法嗎？如果是扯上黑道的案子呢？要是讓一般人的名字出現在新聞裡，肯定會受到反撲啊！自殺呢？殉情呢？如果是精神病患的就醫記錄呢？怎麼可以全部交給媒體判斷呢？」
「所以才要有廣報室的存在啊！這就是我們的工作。雖然公布了真實姓名，但是如果有值得商榷的情由，就要跟記者們促膝長談，說服他們、直到他們願意以匿名的方式報導為止。你仔細想想，由我們匿名發表和由媒體匿名報導的判斷標準到底有什麼差別？只要我們做好廣報分內的工作，比我們還在乎人權和隱私問題的他們應該也不會脫離正軌太遠。」
「這只是你一廂情願的想法吧！廣報官不也已經吃了很多次虧了嗎？他們只是一群披著親善團體外皮的烏合之

眾，隨時都有可能發生超乎想像的脫軌及暴衝事件。」

諏訪本身就是這間廣報室的歷史，也是現狀。如果不能說服這個男人的話，一切都不會改變。

三上把身子探向桌面，十指交握。

「我想要信任他們。」

諏訪瞪大了眼睛。

「信任誰？那群人嗎？」

「沒錯。關於匿名問題，我想要相信他們，不想再玩弄任何策略了。我想要嘗試看看彼此可以互相靠近到什麼地步。」

「請別這樣，這可不是用人性本善四個字就可以處理的情況。對於警方來說，媒體是要加以控制的對象。不管是匿名問題還是其他問題，如果我們不能在情報上隨時處於優勢的話，就無法控制他們了。」

「這真的是你的想法嗎？」

「你這句話是什麼意思？」

諏訪挑釁地伸長了脖子。

「我在這裡應付記者應付了六年，比誰都清楚當俱樂部不受控制的時候有多可怕。」

「你所謂的可怕是指什麼？有什麼實質上的傷害嗎？你難道不是因為組織害怕記者，所以才跟著害怕起來嗎？」

諏訪胡亂地點頭。

「這是理所當然的吧！我是D縣警的一分子，組織擔心的事，我當然要跟著擔心；組織決定的方針，我當然只能照做。」

「但那不是D縣警的方針，而是東京的考量。」

「這我當然知道，所以才更不能違抗。我們雖然是獨立的個體，但也不完全是獨立的個體，我有說錯嗎？」

三上用力地深呼吸。被部下反問之後，應該要對部下說的話反而更明確了。

「就算上頭換人做，職務內容還是一樣。廣報的事要在廣報室裡決定，是由目前在場的我們來決定。」

諏訪搖了搖頭。

「上頭就等於組織，無視組織想法的廣報根本稱不上是廣報。」

「組織是個人的集合體，個人的想法當然可以變成組織的想法。」

「在我聽來，這只是一種破罐子破摔的說法。」

諏訪的語氣十分激動，怒不可遏地看了一眼三上手上的繃帶。

「請考慮一下你自己的立場，一旦由廣報官說出今後要公布真實姓名，就會成為D縣警的決定。」

「這是當然。」

「要把給出去的權利收回來可是比登天還難。反彈會比一開始就不給還要大上好幾倍、好幾十倍。」

「不會收回來，以後都會比照辦理。」

「你當然無所謂，只要把自己的意見貫徹到底就滿足了吧！可是那之後呢？明年春天以後，廣報室的人都得永遠困在你這句話裡受盡折磨。」

「誰說我只待到明年春天？」

「別裝蒜了。你不就是因為看破了，所以才敢說出要公布真實姓名這種話來嗎？不管上面的阻止闖進本部長室裡，還在秘書課大鬧了一場。明年春天肯定會被調走，所以才……」

藏前宛如地藏菩薩般動都不動，美雲的臉則是一路紅到耳根，彷彿是她自己被罵似的。

「廣報官，講點具有建設性的話吧！」

諏訪以說服的語氣勸他。

「請上面也想些可以避免抵制真的發生又不用欺騙俱樂部的方法吧！當務之急是先道歉。不管三七二十一，道歉就對了。即使對方不肯接受，也要衝過去道歉。一起下跪磕頭吧！我會陪你的，藏前和美雲也會陪你的。匿名問題的部分是隨人解釋的，既然如此就乾脆地表現出讓步的態度，盡可能順著俱樂部的意思，就說今後會盡量公布真實姓名好了。他們也想要採訪長官，所以就算明知是個模稜兩可的答案，可能也會吞下去。」

「你就是為了提出這種建議才當上警官的嗎？」

「什麼？」

「接下來呢？下次呢？再下次呢？你也都不做出任何判斷，只是提出建議就結束你的警察人生嗎？」

諏訪氣得咬牙切齒。

「模稜兩可也是一種判斷。我也是抱著必死的決心才提出這種建議。」

「你這只是緩兵之計吧！你這樣才真的是要折磨後面的人。」

「我的意思是說，根據問題的內容，緩兵之計也是重要的判斷。最重要的是，我根本不認為公布真實姓名是正確的判斷。那個孕婦該怎麼辦？廣報官不也認為匿名發表是比較妥當的安排，所以才這麼做的嗎？」

「我的確是認為這樣比較妥當。不過，菊西華子可是國王水泥會長的女兒。」

六隻眼睛同時瞪得大大的。

「那、那不就是……」

「沒錯，因為知道是公安委員的女兒，所以上面才不公布她的姓名。」

接著是漫長的沉默。彷彿是為了替自己說出去的話負責，諏訪歪著嘴角說：

「……即便如此，或許這也是正確的判斷。畢竟損及公安委員的顏面就是損及組織的顏面。」

「你這句話是認真的嗎？」

被三上惡狠狠地一瞪，諏訪歪了歪嘴對他笑了一下。

「廣報官果然還是刑警呢！」

「你這句話是什麼意思？」

「你們刑警總是對組織漠不關心，組織受傷也好、崩潰也罷，全都是別人家的事。總是瞧不起查案以外的工作。就某個角度來說，跟特考組根本沒什麼兩樣。」

「你的意思是我也一樣嗎？」

「難道不是嗎？廣報室只不過是你暫時棲身的地方吧！是回到刑事部以前的過度期。所以你雖然對我們的工作很不以為然，也只好硬著頭皮先做再說。但是這裡也有要養家活口的人。有很多警察的工作其實都跟調查一點關係也沒有。你就算被逐出警務部也不痛不癢，反正你遲早要離開。就是因為有這樣的想法，你才會像特考組一樣說些不負責任的話。」

三上已經感覺不到憤怒了，取而代之的是深沉的悲哀。原來部下也會為上司貼標籤。在這裡，刑事部才是他的「前科」。表示這八個月來，諏訪從來沒有改變過對他的最初看法。

三上深深地嘆息。

「還有一件事要告訴大家……那就是我們的刑事部長以後將由本廳指派。64的視察就是為了這個目的。是為了在這裡宣布這件事，長官才會來視察。」

諏訪驚愕地闔不攏嘴，然後宛如慢動作般仰頭看著天花板。

「我沒有想過自己還能回刑事部。雖然我被要求要讓他們成功地抵制記者會，但是我拒絕了。」

有人在敲門，但是沒有人站起來。敲門聲再度傳來，但所有人還是一動也不動。過了一會兒，門外的腳步聲逐漸遠去。

「我也贊成股長的方案。」

突然，美雲打破了沉默。

「我認為可以讓匿名問題保持模稜兩可。」

「我也是這麼想。」

藏前也附議。

「我們一起下跪磕頭。不管能不能避免掉抵制的局面，但是至少……」

他們給三上留了一個下台階……。

但是三上心意已決。

「不要再說這種策略性的話了。當所有的後路都被切斷，或許才有機會發現另一條新的路。一條不用耍策略的路，一條可以試著相信自己以外的世界的路。」

藏前似乎並不認同，就連應該會點頭的美雲也遲遲不肯點頭。

「你們還不明白嗎？警察如果只站在警方的立場上，這輩子就真的完蛋了。如果對於自己的腐敗沒有自覺，就只會一直腐敗下去。無論記者是多麼不值得信任的一群人，無論外面的世界有多麼污穢，都好過一直故步自封。」

三上不知不覺地握緊了拳頭，手上的傷口隱隱作痛。美雲也緊抓著膝蓋，手和膝頭都微微地顫抖著。藏前嘆了一口細細長長的氣，然後用無力的眼神望著身旁的諏訪。

三上鬆開拳頭，動了動手指。

「諏訪。」

沒有回答。諏訪正彎腰注視著自己的腳尖，所以只能看到他的脖子。

等了幾秒鐘，諏訪還是一動也不動。

「剛才的話你們就當作沒聽見吧！」

三上站了起來。

「我去隔壁一下，在我回來以前，你們都先待在這裡。」

「你打算對刑事部見死不救嗎？」

耳邊傳來似有若無的聲音。諏訪正抬起眼珠子看著自己。

「我明白廣報官的覺悟了。可是這樣真的好嗎？那是你待了大半輩子的職場啊！可以任由特考組想怎樣就怎樣嗎？」

三上邁步往門的方向走去。

「我的職場在這裡。我也不會讓特考組或刑事部想怎樣就怎樣。」

55

三上常常想要在走廊上慢慢地走一回。可是每次離開廣報室，總是想都沒想就直奔記者室。今天也不例外，三上不假思索地推開隔壁的房門。

裡頭已經有不少的記者。有好幾張臉望向三上卻故意視而不見。各家報社全都各自聚在一起交頭接耳，讀賣的牛山、笠井、木曾亞美……；產經的須藤和釜田……；NHK的褒岩和林葉……；朝日的掛井和高木圓……；而東洋的秋川也正在手嶋耳邊說著悄悄話。每日的宇津木彷彿是在跟誰嘔氣似地把腳伸長跨在桌子上，共同通信的角池則是完全不顧形象地躺在沙發上。其他報社也幾乎都到齊了，但屋子裡卻異常地安靜，令人感到毛骨悚然。即使搶到一個獨家，卻被別人搶了兩個獨家。在這個沒有贏家的記者室裡，對於獨家新聞的飢渴使得他們互相廝殺，光是這樣就足以讓各家報社的心理狀態蒙上一層神祕的面紗。即使有人注意到三上進來，也沒有人向他打招呼。三個記者會都已經結束了，空氣中瀰漫著廣報已經沒有用處的氣氛。

三上不管這麼多，對著東洋辦公桌的方向說：

「我有話要說，請確認是不是所有報社都到齊了？」

與此同時，原本坐在他面前的讀賣的牛山拿著筆記本站了起來。他嘆了一口氣，一副隨便你去搞的表情從三上的身旁走過，接著逕自走出記者室。產經的須藤也隨口丟下一句「借過」就往門口的方向去。其他還有好幾張戴著面具的臉從三上的兩旁穿過。三上正要叫他們等一下的時候，從背後的走廊上傳來諏訪的聲音。

「不要這麼不給面子嘛！牛哥，廣報官不是說他有話要說嗎？」

牛山回答：「還不就是要我們不要抵制記者會的事嗎？我可沒有那個美國時間跟你們周旋。」

「別這麼說嘛！」諏訪安撫著他。「至少給我們一點時間嘛！須藤老弟也是，拜託你了，這對俱樂部來說真的是很重要的事……」

不久之後，牛山和須藤終於被諏訪推著肩膀勸回來。其他人雖然面帶不滿，但也都陸續回座。記者身後緊跟著藏前，接著連美雲也走了進來，並反手把門關上，跟諏訪一起堵住出口。

三上重新轉身面向記者，心情跟剛才截然不同。這次他感覺背後有一股助力。

「這是在玩什麼把戲？」

手嶋率先發言，旁邊的秋川坐在椅子上瞪著三上。其他的記者們也都毫不掩飾他們的不平。「喂！這是拘禁嗎？

你們有什麼權利這麼做？」
「如果大家都到齊了，我有話要說。」
「賠不是的話就免了，你可以走了。」
手嶋不留情面地以代表俱樂部決議的口吻回答，事實上也沒有任何人提出異議。全縣時報的山科躲在人群後頭，時事通信的梁瀨也在，但是此時此刻要期待他們獨排眾議也實在是太強人所難了。
「我不是來道歉的。」
「那你是來幹嘛的？」
「我是來告訴各位關於匿名問題的新方針。」
「新方針？」
手嶋瞥了秋川一眼，然後把整個記者室看過一圈，最後再回到三上的臉。
「所有的人都到齊了，有什麼話你就說吧！」
三上微微點頭致意，感覺背後竄過一道緊張的電流。
「今後，廣報公布的案件將以真實姓名為原則。」
所有人都面無表情。
又過了一會兒，所有人開始交頭接耳。為了制止騷動，秋川開口說話了。
「有什麼條件？」
「沒有。」
「不是要以此交換我們收回抵制長官記者會的決定嗎？」
「我說沒有就是沒有。當然我會有所期待，但是不會以此做為交換條件。」
所有人又開始竊竊私語，其中傳來牛山的聲音：
「現在到底吹的是什麼風？」
「這是我深思熟慮之後的判斷，決定相信各位的道德良知。」

「這是上面的判斷嗎？」
「是我個人的判斷。」
「那麼，只要上面說不，就有可能翻盤囉？」
「不會。」
隔了一小段的空白，站在牛山旁邊的木曾亞美舉起手來。
「可以向赤間部長進行確認嗎？」
「可以，不過他今天不在。」
「三上先生。」
秋川取回發言權。
「你為什麼用『原則』這麼模稜兩可的字眼？」
三上正眼看著秋川。
「因為也會出現跟俱樂部取得共識之後，決定以匿名方式發表的案件。」
「跟我們取得共識？這句話我聽不懂，請你說明一下。會是什麼樣的案件？」
「比方說，我認為性侵案被害人的名字不能告訴任何人，更不可能在白板上貼出寫有其姓名和地址的聲明。如果你們還是硬逼著我要的話，那就等於是把我從廣報官的位子上拉下來。」
「這……」秋川一時語塞。
「這個例子太極端了吧！萬一你們擴大解釋怎麼辦？這個也是特殊個案、那個也是特殊個案，這麼一來一切不就沒什麼搞頭了嗎？」
「記者有必要知道性侵案被害人的名字和地址嗎？」
「我是說……」
「我只是假設，假設公布真實姓名一案從此定調，不但解決了目前的意氣之爭，你們應該也會變得比較冷靜吧！所以我的意思是說，我希望你們能好好地思考，到底有沒有必要知道名字？真正非知道不可的情報又是什麼？而不是由我們來主導各位。」
「說得倒好聽，結果還不是打算對我們洗腦。如果不把『原則』這兩個字拿掉，我們是不會接受的。」
「既然如此，那就當我沒說。就像我剛才講的，這件事是建立在我相信各位的道德良知，如果你們完全不信任D縣警的道德良知，那麼這個規則就建立不起來。」
「姿態有必要這麼高嗎？」
「等一下啦！」NHK的袰岩開口了。
「我倒覺得這件事值得好好考慮。」
隔了一小段的空白，山科和梁瀨接著發言。
「對呀！不要一開始就這麼排斥嘛！」
「光是原則上願意公布真實姓名就已經是一大進步了。接下來是不是可以再好好討論呢？」
共同通信的角池也發出贊同的聲援。
「廣報官都說到這個分上了，我們也應該理智地檢討一下。」
「沒錯，就這麼辦。」穩健派開始一一鬆動。「來討論一下吧！」「乾脆召開俱樂部總會吧！」「這主意不錯，在總會上表決要不要接受吧！」秋川明顯地心生動搖，蠕動著嘴巴，但是一句話也沒說。其他的強硬派也都默不作聲，臉上多半都浮現出贊同的神色。正當三上以為勝券在握的時候……。
「那麼就請你拿出證據來。」
所有人的視線全都望向出聲的方向，原來是朝日的高木圓提出的要求。
「證據……？」
「雖然你說今後都會公布真實姓名，但我們也沒有辦法一下子就相信。所以，只好請你拿出證據來。請你現在就發表大糸市交通事故的孕婦姓名及地址。」
這句話聽起來宛如神諭，而且還是來自破壞之神……。
「等一下，高木小姐！」

諏訪發出了措手不及的叫聲。
「為什麼現在還要提起這件事？這件事明明已經過去了不是嗎？事到如今，就算知道也不能再寫成報導了吧！」
「事情還沒有過去，還是現在進行式。當初不就是因為孕婦的名字吵翻天，你們一步也不肯退讓，所以才演變成今天的僵局嗎？如果這件事情就這樣不了了之，還有什麼資格去談以後的事？」
「可是……」
諏訪被堵得啞口無言，眼神顯得飄忽不定。再爭辯下去也只是突顯高木說得一點也沒錯罷了。局勢已經改變了。無分強硬派還是穩健派，支持高木的聲浪一波接一波。「說得有道理！」「先解決這件事！」「等問出孕婦的名字以後再召開俱樂部總會也不遲。」秋川也活了過來，以探索的眼神確認周圍的樣子，然後慢條斯理地站了起來。
「各位……那麼，就讓我們重新要求廣報室公布孕婦的真實姓名。有人有異議嗎？」
「沒有異議！」這樣的回答響遍了整間屋子。
秋川把臉轉向三上，看得出正不懷好意地笑著。
「就是這麼回事。空口說白話誰不會？先讓我們見識一下D縣警的道德良知再說。」
三上閉上眼睛，眼瞼微微地顫動著。背後彷彿可以聽見諏訪、藏前、美雲心跳的聲音。他早就知道事情會變成這樣。倒也不是具體地想像過這個絕境，而是早有心理準備。若是真心想要打開對外的窗戶，肯定會扯斷幾根連繫著自己跟組織的血管吧！
三上睜開眼睛。
「可以，我接受你們的要求。」
「廣報官！」背後有人用力拉扯他的袖子。
「我去把資料拿過來。」留下這句話，三上走出記者室。三個部下像綁肉粽似地跟在他的屁股後面。一走進廣報室，諏訪馬上控制不住音量。
「你該不會是真的要說吧？」
「已經沒有後路可退了。」

「這樣不行啦！真的不行啦！要是被他們發現跟國王水泥的關係，那一切就都完了。」

「姓氏不一樣，幸運的話搞不好……」

藏前這句話換來了諏訪的怒吼。

「那群人可沒有這麼好騙！」

三上拉開辦公桌的抽屜，翻出自己要找的那張紙，再把藏前的檔案夾也拿在手上。

「廣報官，請你三思！」

諏訪擋住三上的去路，一副拚了老命都要阻止的樣子。

「你就堅持跟性侵案的被害人一樣，孕婦的名字也不能說。」

「這樣的話事情會沒完沒了。」

「廣報官……」

美雲幾乎是在懇求他了。

「說什麼視野要開闊、說什麼不需要策略，是我太天真了，才會說出這樣的傻話。」

三上朝著她低垂的頭說。

「我早就猜到高木會那麼說了。從房間裡是無法打開窗戶的，一定要自己走到外面親手拉開才行。」

三上穿過兩人中間來到走廊上，但是手臂馬上被諏訪抓住。

「聽我最後一句話。廣報官，千萬不要這麼做。這麼做的話，你的腦袋恐怕會不保。」

「我會努力不讓事情變成那樣。」

「一定會變成那樣。一切都會完蛋的。」

諏訪的手更用力了。

「接下來……我也……還想繼續在廣報官的底下工作……」

走廊上的一切噪音都消失了。

三上抓住諏訪的手，慢慢地將他的手扳開。

「如果你是這麼想的話，那就放開我。」

諏訪似乎終於死心而顯得垂頭喪氣。美雲用雙手摀住臉龐，藏前則是像個幽靈似地站在一旁。

三上握住記者室的門把，再用另一隻手抵住諏訪的胸膛。

「到這裡就好。」

「廣報官……」

「回廣報室等候消息。如果你是上司，接下來應該也不會想要帶部下一起去吧！」

56

一排站得整整齊齊的記者們，看起來就像是正在等待指揮棒揮動的合唱團成員。

「那麼，我要公布了。」

三上甫一開口，記者們便同時翻開筆記本。

「發生在大糸市那起車禍的第一當事人名叫菊西華子，菊花的菊，東西的西，華麗的華，孩子的子。三十二歲。地址是大糸市佐山町一丁目十五之三號。」

振筆疾書的聲音此起彼落。但也只是幾秒的事，所有的人抬起頭來。終於打破匿名的那一道防線了，這是記者方大獲全勝的瞬間。然而他們看起來卻沒有露出絲毫的興奮之情，頂多是鬆了一口氣、卸下心中大石的表情，就連東洋的秋川也是如此。

「補充一點，」

三上繼續說道，試著站到「外面」去……。

「菊西華子是國王水泥的會長——加藤卓藏的女兒。」

鴉雀無聲。但是等他們終於意會過來之後，一個個臉色都變了。

「喂！國王水泥的加藤……」「沒錯！不就是公安委員嗎？」瞬間，所有人的眼神都變得銳利起來。

「所以才不肯公布她的姓名嗎？」

「隨你們怎麼想。」

「你說什麼？」

有好幾人忿忿不平地站了起來。「開什麼玩笑！」「你們到底要腐敗到什麼程度啊？」每日的宇津木、讀賣的牛山、產經的須藤……一個接著一個地發出了批判的聲浪。

「可是……」

三上站穩了腳步，義正辭嚴地說：

「不管她是不是公安委員的女兒，都不會影響到我的判斷標準。懷孕八個月，再加上撞了人的衝擊讓她陷入瀕臨崩潰的狀態。所以我再次懇請大家，在報導這起大糸市的車禍時，請不要提到菊西華子的名字和地址。」

他的話被怒吼聲淹沒了。與秋川四目相交，後者正以不知道是冷靜還是猙獰的眼神注視著三上。

「再補充一點，」

屋子裡的音量頓時降低不少。正在等待著新獵物的眼睛、眼睛、眼睛……。

「大糸市車禍的第二當事人——銘川亮次在車禍發生的第三天、也就是六號，在送醫的醫院裡去世了。」

「你們連這件事也要隱瞞嗎？」

「隨你們怎麼想。」

這次並沒有再度引起騷動，現場原有的緊張氣氛已然潰散。不知道是誰說：「已經白癡到不曉得該說什麼才好了。」無言以對的表情瞬間傳染開來，已經站起來的記者們一一坐回椅子上，發出大大小小的聲響。「原來如此，原來這才是你們縣警的真面目啊！」

秋川興味索然地站了起來，看起來活像是整體氣氛的化身。

「D縣警果然還是不能夠信賴，根本不值得我們浪費時間交涉。不好意思，這就是我們的結論。」

「可以不要一竿子打翻一船人嗎？」

三上忍不住反駁：

「沒人要你們相信組織。我也從來沒說過要各位相信那種沒有半點人味的東西。我是放下D縣警的身段一個人來到這裡。我只是要各位仔細想想，我這個人到底值不值得信賴。」

「等一下，三上先生……」

「所以你們也要放下身段，管你是東洋、讀賣、每日、朝日，我沒有辦法跟那些不具實體的對象談話。」

「夠了，到此為止吧！」

「我可是賭上自己的腦袋站在這裡，至少聽我把話講完！」

除了秋川，其他的記者都擺出一副不以為然、東張西望的樣子，但是其實都有在聽三上說話。

「你們也很奇怪，我都答應要公布真實姓名了，為什麼不好好珍惜？為什麼如此輕易地放棄這個大好機會？是想要永遠跟警方對立下去嗎？這就是你們想要的嗎？我都已經公布真實的姓名，知無不言、言無不盡了，這樣還不行嗎？因為D縣警很骯髒？因為D縣警不值得信任？所以就不肯跟我握手嗎？所以就要讓一切回到原點，永遠沒完沒了地鬥下去嗎？如果這真是你們想要的，那就繼續這樣下去好了。把我在這裡講的話回去報告你們的總編輯，再向我的上司提出抗議，讓組織去跟組織對話。這麼一來，馬上就會有新的廣報官上任，你們再去跟他從頭討論這個匿名問題好了。」

記者室裡安靜得連一根針掉在地上都聽得見。有人還是一臉的不以為然，有人始終在東張西望，有人閉上眼睛，也有人把拳頭貼在額頭上，但是大部分的記者都緊盯著一個點，可能是地板，可能是筆記本，也可能是自己的手。

「以上就是關於大糸市那起車禍的聲明，報告完畢。」

「還有，」三上又接著說：

「還有一點要補充的。」

三上從拿在手裡的檔案夾中抽出兩張紙。

「是關於不幸死亡的銘川亮次的資料。死因是內臟破裂導致失血過多而死。當時他是在附近的小酒館喝了兩杯燒酒後正準備回家。」

目光追逐著報告上的文字，心裡突然好想全部唸出來。

「銘川是北海道苫小牧人。家境清寒，連小學都沒辦法去唸，為了討生活，還沒二十歲就來到本縣。在魚漿製品的食品加工廠裡工作了四十年，直到退休為止。之後就靠著年金過活。妻子大約是在八年前去世，沒有子女，在縣內及鄰近幾個縣也都沒有親人。住在類似長屋的２ＤＫ[41]……」

他不知道、也不在乎記者們是不是有在聽，只是自顧自地唸下去。

「土地是租的，只有地上物在銘川的名下。興趣是利用盆栽種菜。既不賭博也不玩小鋼珠，每個月較奢侈的一次享受，就是到附近站著喝酒的店『武藏』喝上兩杯燒酒。」

翻到下一頁。是藏前剛剛才交給他的追加報告。

「據店老闆說，銘川是從大約五年前開始光顧的。總是安安靜靜地喝酒，不過酒量一年比一年差，最近才開始透露一點自己的事。像是母親很慈祥，但是在他八歲的時候因為傳染病去世了。像是他不想提父親的事。像是他有一個已經失去聯絡的姊姊。雖然他不太願意提及之所以會來到本縣的原因，但是他有說他一開始先去了東京，而且已經有超過五十年沒有回苫小牧了。在工作上一直隱瞞著自己有色盲的毛病，所以始終無法跟同事打成一片。紅色系雖然是他的弱點，但是對於藍色系反而具有異於常人的敏銳度，所以原本是想成為拍攝碧海或藍天的攝影師。」

三上的鼻子塞住了。

「他還說這輩子最幸運的事，就是能遇到他老婆。他一直領著微薄的薪資，還生過兩次大病，只會給老婆添麻煩，可是他老婆卻一句怨言也沒有，還為他付出了一切。雖然有帶她去洗過溫泉，但是這輩子始終無法帶她出國旅行，只好把她的墳墓蓋得氣派一些，還說那是他這輩子除了房子以外，買過最貴的東西。老婆死了以後，他整天都在看電視，基本上都鎖定在綜藝節目的頻道。雖然不覺得那有什麼好看，但屋子裡有點聲音總是好的。」

連聲音都哽咽了起來。

他終於知道匿名發表的罪孽有多深重了。被壓下來的不只是菊西華子的名字而已，還有銘川亮次這個人活在這個世界上的證據。雖說是不幸的結局，但是他這輩子唯一一次可以讓名字出現在報紙上的機會，以及有人會因為看到他的名字而為他的死哀悼的機會，都被匿名問題的爭議奪走了。

三上繼續往下唸。

「據店老闆說，案發當天銘川心情很好，據說是因為前幾天他買完東西回家的時候，發現答錄機的燈號在閃。對方並沒有留下任何話語。最近就連推銷員或打錯電話的人都沒有，所以電話已經很久沒有響過了。因為是老舊的機型，所以不知道是誰打來的。會是他嗎？還是他呢？銘川努力地回想著，表情看起來非常開心的樣子。」

這張紙上所寫的一切，全都是對本人很重要的事。

最後兩行是查證的結果，讀起來特別吃力。

「經過向北海道警方求證的結果，銘川的姊姊已經去世。雖然有聯絡上遠親，但是對方拒絕領回他的骨灰。」

三上握著報告用紙的手頹然垂下。

記者們臉上還是掛著不以為然的態度，然而所有人都往他這邊看過來，所有的眼睛都正對著三上。

所以他才想把原本沒打算要說的話也說出來。不對，如果他心裡還有絲毫後悔的情緒，那他是說不出來的。

「希望你們能對長官視察進行採訪。我不清楚家屬是否還期待著能藉此挖出更多的情報。但是，對方已經答應接受慰問和採訪了，我希望大家都能報導這個事實。」

57

疲勞的感覺排山倒海地襲來。

三上把身體靠在椅背上。廣報室裡瀰漫著一股「等待宣判」的氣氛。或許是把耳朵貼在門上，從頭聽到尾了吧！

三上回到廣報室的時候，諏訪對他行了一個極為端正的禮，只說了一句：「辛苦你了。」美雲則是把眼睛都哭腫了，根本聽不清楚她在說什麼。至於藏前……。

41：兩房附飯廳、廚房的房型。

他正坐在角落的辦公桌前盯著電腦螢幕，臉上露出有點怪又有點迷惑的表情，跟屋子裡的氣氛很接近。一切都是那麼地自然，既不是故做姿態也不是為了保護自己，而是身為組織最基層的事務部門最原始的樣子。

說來諷刺，只有始終不曾深入廣報這項工作的藏前，看得清「內」與「外」的風景。就像刑事部與警務部、廣報室與記者室的關係。雖然都是各自獨立、截然不同的存在，但是只要從超然的角度來俯瞰，兩者皆為生活在同一口井裡的居民。別說是專業的廣報人諏訪了，就連三上、甚至是美雲，也都忘了要抬頭看一看天空，只是一味地想要在井裡找出個答案。真正的「外面」並不是媒體，而是銘川和雨宮。但他們居然看不見這麼理所當然的事。

記者們又是如何呢？他們會想到自己也是同一口井裡的共犯嗎？他們願意承認是廣報室和記者室讓老人的遺體曝屍荒野嗎？一味地糾結在孕婦的匿名問題上，把要寫成報導的事都拋在腦後了。其實只要打一通電話給醫院或市公所就能得知老人的死訊，但是誰也沒去確認。要是他們心裡還有一點難過的話，事情就會有轉機。通往外界的「窗」必須要由雙方同心協力才能打開……。

諏訪告訴他：「沒有記者去跟上面抗議。」

是嗎？

「目前正在舉行俱樂部總會。」

是嗎？已經開始了嗎？

三上發現自己閉上眼睛。這也難怪，昨晚根本沒睡。光是想到這件事，似乎就已經抵擋不住睡意的侵襲了。

爸爸，還不行喔！

還不可以睜開眼睛喔！

還沒好喔！還沒！還沒！還沒！

啊！爸爸，你賴皮！不是說還不可以睜開眼睛嗎？

身體被推了一下。

睜開眼睛。已經可以睜開了嗎？

「廣報官……」

眼前是諏訪的那張大臉。

「記者們來了。」

掙扎著坐起來的同時，一條粉紅色的毯子從肩膀上滑了下來。辦公桌前站著一排人。非常多人——大腦是這麼判斷的。

三上望向牆上的時鐘。他睡了三十分鐘，不、是四十分鐘。

然後又望向記者們，秋川、宇津木、牛山、須藤、梁瀨、袰岩、山科、角池、浪江……。有加盟俱樂部的十三家報社的記者頭全部到齊了。

三上用雙手拍了拍兩頰，然後把椅子推開跟這群人正面相對。

秋川不發一語地遞出一張紙。

三上也不發一語地接過那張紙。

〈長官突擊採訪的問題摘要＝D縣警記者俱樂部〉

抵制，取消了……。

三上知道站在一旁的諏訪正重重地吐出一口氣。紙上寫著五條預定要問的問題。三上迅速地瀏覽過一遍。內容無非是視察的感想或今後的調查方向，全都是一些再正常不過的問題，察覺不出任何的惡意或敵意。

「我們不需要新的廣報官——這是俱樂部一致的決議。」

山科完全收起平常吊兒郎當的樣子說道。臉上的表情令人感到意外，原來他也會有這麼認真的表情啊！仔細一看，每個人的表情都是前所未有的正經。就連秋川也一反冷嘲熱諷的模樣，看起來純粹就是一個對工作充滿熱情的年輕人。

感覺有一陣風拂過臉頰。他以為窗戶開著而回頭一看，但並沒有。

「還有，這個還給你。」

秋川把兩張釘在一起的紙放在他的辦公桌上，原來是銘川亮次的身家調查。當他離開記者室的時候，把這兩張紙連同聲明用紙都一起貼在白板上了。

「我們什麼都沒看見，也什麼都沒聽到——這原本就是我們的工作。」

是嗎？

三上用力點頭，注視著秋川的眼睛。他終於鼓起勇氣把手伸出去。雖然對方沒有回握，但是也沒有甩開。秋川的眼神閃躲了一下，然後就轉身離去。其他人也在跟三上打過招呼之後陸續離去。三上一一注視著他們每個人的眼睛。沒有人贏，也沒有誰輸。上次看到這樣的退室畫面是什麼時候來著？

門關上的那一瞬間，諏訪握住拳頭把雙手高高舉起，無聲地大喊著萬歲。美雲也靜靜地鼓掌，以一臉又哭又笑的表情站了起來。藏前則是在鬆了一口氣的同時把身體彎成く字形，跟要跟他擊掌的諏訪剛好擦身而過。

三上把椅子往後推開，將毯子從地板上撿了起來，在半空中揮了揮。「誰的？」美雲小跑步上前。三上把毯子遞給她，一面說道：

「妳應該感到驕傲，這都是拜妳沒有策略的策略所致。」

「廣報官……」

三上不去看她感動到不行的表情，伸長脖子對藏前說：

「你要不要去教教那些記者採訪的祕訣啊？」

然後跟哈哈大笑的諏訪四目相交，並抓住這一瞬間說道：

「諏訪……謝謝你。」

三上把椅子轉了一圈，讓身體面向窗戶。要是他們以為他是為了掩飾害臊，那也無所謂。視線落於放在膝頭的用紙上。再正常不過的問題……距離追訴期截止只剩下一年多，長官真的有思考過破案的方針嗎？

刑場已經蓋好了。

廣報的領域才不是達拉斯。刑事部會怎麼出招呢？會有多少人被捲進這場最後的聖戰呢？

他已經完成身為廣報官的職責，雖然也因此失去很多東西，接下來可能還會失去更多東西也說不定。不過他的心清澈透明，不安和悔恨全都慢慢沉澱，上層的澄淨宛如救贖一般在心頭盪漾。

背後傳來此起彼落的笑聲。

三上細細地品嚐唯一的真實感受。
不是在刑事部的房間裡而是在這裡，他終於有了自己的部下……。

58

五點前離開了縣警本部的大樓。

因為接到美那子打來廣報室的電話。她的語氣十分慌亂，說是家裡接到了無聲電話。跟上次不一樣，這次因為有來電顯示的功能，所以知道發話方的號碼。區域號碼是在D市內……。

三上直覺地認為那並不是亞由美打來的電話。不對，不是直覺，而是負責踩煞車的習慣會主動迴避陷入空歡喜的危險。要是夫婦兩人都陷入同樣的期待，一旦期待落空就太可怕了。不過身體還是很誠實，握著方向盤的手心都是汗，踩著油門的腳也不自覺地用力，一路上闖了好幾個黃燈。

美那子蒼白的臉正等在玄關前。門是開著的，一旦電話鈴響就能馬上聽見。

「她就在這附近。」

美那子眼睛眨也不眨地說。

「總之先進去再說。」

三上在走廊上抓起電話的主機，把電話線拉長並走進客廳。連把外套脫掉都覺得麻煩，就這樣直接盤腿坐在榻榻米上，按下主機上的按鍵，讓號碼顯示在液晶螢幕上。

的確是D市內的區域號碼。整整齊齊的十個數字似乎在哪裡看過，而且好像還是最近才看過的數字。三上不由得蹙緊了眉頭，腦海中率先閃過雨宮芳男家的電話號碼，但是記憶太不可靠了，可不能光憑這樣就摧毀美那子的希望。

「當時是什麼樣的情況？」

「跟上次一樣，一句話也沒說就掛斷了。」

「妳接起來的時候有報上名字嗎？」

「沒有，我什麼也沒說。」

那就不是打錯電話了。雖然也有人打錯電話是不道歉就掛斷的，但是如果接電話的人沒有報上姓名，至少也會說聲喂。

「接通的時間大概有幾秒鐘左右？」

「我不確定，不過很短。我喊了幾次喂之後，對方就把電話給掛了。」

「有聽到類似背景的聲音嗎？」

「聲音……？印象中沒有，什麼都沒聽見。」

「所以是從家裡打來的嗎？」

因為鋪天蓋地的宣傳，一般人應該都曉得有來電顯示的服務了吧！如果是以惡意或惡作劇為目的的電話，應該會把自己的號碼藏起來而不顯示來電號碼吧！果然是雨宮打來的嗎？因為已經對世事漠不關心，所以不曉得新的電話功能。想跟三上討論關於慰問的事，但一聽到是女人接的電話就慌忙地掛斷了。不過也有可能是亞由美，她做夢也沒有想到自己家的電話已經有了這樣的功能。她只想跟三上說話，而不是美那子。不對，這次也打算要用不出聲的手段來刺探父母的心意……。

三上把電話拉過來。

「只能打回去看看了。」

「什麼？」

美那子似乎壓根兒也沒想到可以這麼做。

「重新撥打這個號碼啊！這麼一來，就可以知道電話是從哪裡打來的了。」

說著說著，三上的臉部肌肉也開始緊繃。美那子的表情更是僵硬。然後終於回過神似地盯著三上一直看。

「嗯，就這麼辦。」

「給我一杯水。」

三上邊把領帶扯鬆邊說。趁著美那子走進廚房的時候，用身體擋著悄悄地翻閱記事本。猜錯了，並不是雨宮家的電話號碼。所以真的是亞由美囉？亞由美人在D市嗎？

美那子三步併成兩步地走回來。三上還真的是渴了。接過杯子、喝光裡頭的水之後就拿起話筒，按下回撥鍵。先做好可能會打到亞由美朋友家的心理準備，數著電話鈴響的次數。美那子的臉和膝蓋靜靜地靠了過來。

電話被接起來了。空了一拍之後，耳邊傳來女人的聲音。

〈你好，這裡是日吉家〉

三上無言以對。

打到科搜研的前技師、足不出戶的日吉浩一郎家裡了。

〈喂，請問是哪位？〉

「啊！抱歉抱歉，我是前幾天去府上叨擾過的縣警，我是三上。」

對方肯定是日吉的母親。他擔心是日吉出了什麼事，所以打電話向三上求助。然而……。

〈請問有什麼事嗎？〉

「沒事，因為接到府上打來的電話，所以我才回撥。」

〈這是怎麼回事？我沒有打電話給你啊！〉

對方疑惑的語氣令三上也感到大惑不解。

是工作上的事。三上遮住話筒向美那子表示。

「大約三十分鐘以前，有一通從府上打來的電話……」

三上解釋完來電顯示的功能之後，日吉的母親顯得十分狼狽。

〈可是，我剛才出去買東西了……〉

看樣子，事情的真相是日吉本人趁家人不在的時候打的電話。三天前和前天，三上都有託日吉的母親把短箋交給他。據日吉的母親說，她是從門縫把短箋塞進他的房間裡。想來他是看過了，而且還撥打了寫在上頭的電話號碼。

「令公子，現在人在房間裡嗎？」

〈……我想應該是〉

「可以把這通電話轉給他嗎？」

〈這、這個嘛……〉

日吉的母親吞吞吐吐說著。或許是不想再引起風波了。就算是個惡夢，持續做了十四年也會習以為常。可是……。

「不如把這件事想成是一個機會。這可是令公子主動打的電話喔！」

三上不吐不快地說道。

「過去有發生過這樣的事嗎？令公子有打過電話給別人嗎？」

〈沒有，一次也沒有……。不過像今天這樣，趁我出去的時候就不知道了〉

「府上是無線電話嗎？」

〈咦？嗯，是的〉

「那麼，就說是我打電話來了，把子機放在他的房門外。如果他想接的話，我會好好跟他說的。」

〈我明白了〉

日吉母親的聲音突然高了一個八度。

〈拜託你了，請你一定要救救他〉

耳邊傳來拖鞋啪噠啪噠的聲音。腳步十分匆忙。走上樓梯，停住了。然後是呼喚愛子的聲音。溫柔的語氣，卻也有些戰戰兢兢。過了一會兒，是話筒被放在地上的聲音，最後是拖鞋逐漸遠去的腳步聲。

然後是一片難耐的寂靜，眼前似乎可以看見被擱在地板上的子機。十秒……。二十秒……。三十秒……。三上耐著性子等待，把所有的精神都集中在耳朵，無論多麼細微的聲音都逃不過他的法耳。美那子的臉不經意地進入他的視線範圍內。發生什麼事了？三上用手制止她輕聲的詢問，強硬的手勢使得美那子不再發問。

因為話筒的那頭終於有動靜了。聽起來像是開門的聲音，接著是雜音。子機被拿起來了。三上覺得連自己貼著話筒的耳垂彷彿也被緊緊地捏住了。

關門的聲音……。不知道是坐在椅子上還是床上的聲音……。確定話筒已經被拿進房間，三上終於開口了。

「是日吉嗎？」

沒有反應。等了好一會兒，還是連呼吸的聲音也聽不見。

「我是三上，現在是縣警的廣報官。你剛才有打電話給我對吧？」

〈………〉

「你有嚇到嗎？現在的電話啊……」

三上正要解釋，這才猛然想起日吉過去是在NTT的尖端部門上班，早在他開始足不出戶以前就已經很會用電腦了。房間裡也有電腦，當然知道來電顯示的普及。就是因為知道，打來的時候才故意不隱藏自己的號碼。

——求救訊號嗎？

「你有看過我寫給你的信嗎？」

〈………〉

日吉的時間停止了。停在那一天，停在雨宮家裡，停在漆原在他耳邊低語的那一刻。萬一翔子小妹妹真有個什麼三長兩短，全都是你的錯。

「如同我上頭寫的，那不是你的錯。」

耳邊傳來類似吸氣的聲音。

「日吉。」

〈………〉

「喂，日吉。你有在聽嗎？」

〈………〉

接下來就沒有任何反應。但是三上知道他在，也有在聽，而且正屏息等待三上接下來要說的話。

三上心想，得說點能夠打動他的話才行。務必要讓自己說的話傳進那顆認定是自己害死少女、自我禁錮了十四年的心才行。

三上閉上眼睛，深深地吸進一口氣。

「那真的是一件非常不幸的事。」

三上開始娓娓道來。

「被害人和她的父母當然不用說，即使是對於少女的朋友們、對於學校及地方、對於D縣警來說，也都是一件非常不幸的事。」

〈……〉

「對你來說當然也是。真的是一件非常不幸、非常倒楣的事。明明不需要親赴案發現場的你，卻被派到被害人的家裡去。明明在測試時運轉得相當順利的卡式錄音機，真正要派上用場的時候卻出了問題。負責指揮自宅班的偏偏是以身為一個人來說，最卑劣的男人。一切都太倒楣了。所有的事情都往最糟糕的方向發展。少女死了，我知道你很痛苦，也能體會你自責的心情，但是害死少女的是兇手並不是你。」

〈……〉

「的確是發生了錄音失敗的問題，那的確是非常嚴重的過失，但是你也應該要知道，這個案件在調查上的疏漏絕對不只這一樁，而是由一個又一個數也數不清的小缺失累積下來。我沒有騙你，調查這種事，幾乎樁樁件件都有漏洞。所有漏洞加起來的結果，就是D縣警沒有救到那名少女，也沒有抓到那個兇手。這是D縣警的責任，不是任何一個個人的問題。你可以自責，這表示你還是個有良心的人，但是不需要一個人扛起整個組織的責任，那是不可能的，你也沒有這個本事。大家應該要共同承擔，所有跟調查有關的人，每個人都應該要平分痛苦和罪惡感。你明不明白？」

耳中彷彿呈現真空狀態。世上不可能有這麼完美的無聲狀態。按住話筒的手用力到手背幾乎都快要失去感覺了，然後把全身的知覺都集中到耳朵，仔細傾聽。

「我不知道你還記不記得，當時我也去了雨宮家，見過雨宮先生和他太太。我坐在負責尾隨交付贖金的車上，所以也親眼目睹了雨宮先生從橋上把行李箱拋到河裡的樣子。現在回想起來，我的心還是會很痛。每當我經過兇手指定的店，當時的情景就會再次浮現，心中充滿懊惱與自責。沒錯，就只有那個片刻。不像你一直陷在過去。我雖然沒有一直陷在懊惱與自責裡，但是懊惱與自責卻一直都在。我並沒有忘記，也不可能忘記，更沒有想過要忘記。我、幸田、柿沼全都或多或少抱著懊惱與自責的心情過日子。我們不被容許互舔傷口，少女和她的家人不會允許我們這麼做。所以我們只能默默地分擔，什麼話都不說，也不能有什麼藉口，每個人到死之前都擺脫不了罪惡感的糾纏。光憑你一個人，再怎麼苦思都是不夠的，必須大家一起緬懷，已經死去的少女才能永遠活在大家的記憶裡。這就是我所說的共同承擔。」

〈………〉

「你聽見了嗎？你有在聽吧？」

三上感覺自己是在對著一片黑暗大喊。深邃的森林，光線無法抵達的深海。第一封信上寫的：『告訴我你在哪裡，可以的話我去找你』……。

「為什麼一句話也不說呢？你不就是有話要說才打電話給我嗎？」

〈………〉

「你說吧！我什麼都願意聽。」

〈………〉

「說句話是會怎樣？」

話筒的另一端還是無聲無息的黑暗，就連三上也快要被吞噬進去了，這實在有點恐怖。

「十四年了，已經過了十四年了。」

〈………〉

「你不可能十四年來都只是待在房間裡。所以我才寫信給你，問你在哪裡？那裡到底是哪裡？天國嗎？還是地獄？是海底嗎？還是天上？為什麼你可以一個人待在那裡？請講到讓我聽得懂為止。其他人都不能去嗎？即使是家人也不行嗎？」

〈………〉

「那封信是在一家家庭式餐廳裡寫的。我完全不知道該寫些什麼才好，煩惱到最後只能寫出那句話。那是我的真心話。我想知道，請你告訴我，你到底在什麼地方？」

〈……〉

「告訴我該怎麼去？該怎麼做才能找到你？如果還是不行的話，至少讓我聽見你的聲音，就算只有一句話也可以，拜託你說句話……」

『噗！』的一聲，電話被掛斷了。

亞由美……。

三上一時半刻回不了神，感覺自己的靈魂被「話筒那頭」帶走了。

但那並不是亞由美。

也或許是亞由美。或許無聲的世界把一切都串連起來了也說不定。

他連要把話筒放回去都給忘了。從丹田吐出一口大氣，打起精神後又打了一通電話到日吉家。還是他母親接的。雖然日吉從頭到尾一句話也沒說，但是做母親的還是聲淚俱下地再三道謝。

三上感到渾身虛脫，就連站起來都覺得沒有力氣。所以當他注意到美那子的樣子有異時，已經太遲了。美那子坐在廚房的餐桌前，背對著三上，孤獨的背影讓人心驚。她正在思考亞由美的事。不對，或許是正在想著不停呼喚別人名字的丈夫。

三上望著自己的手，把美那子推開的手……。他打從心裡害怕起來。鼓起勇氣離開電話並走到廚房，坐在美那子對面的椅子上。美那子抬起頭來，看起來像是地心引力的反作用力驅使她做出這個動作。

「很棘手嗎？」

不過是隨口問問。但三上故意露出有些困擾的表情說道：

「就以前待過科搜研的那個人。因為綁架案發生了很多事而把工作辭掉，從此以後就一直把自己關在房間裡。」

「是喔……」

「已經過了十四年，他母親也怪可憐的。」

「……」

「要是能幫助他走出來就好了。」

「我認為你真的很了不起。」

說完這句話，美那子馬上把臉埋在雙手之間。從她的樣子看得出來她在諷刺自己。

「美那子……」

三上情不自禁地伸出手想要攬住她單薄的肩膀，但是美那子往後一閃，手裡只抓住一把空氣。

沒想到事情會變成這樣。三上凝視著美那子被頭髮遮住的臉，腦海中想不出半句勸慰的話，也不知道還能做些什麼，只能悻悻然地把手縮回來。

口袋裡的手機震動了起來，震動聲傳遍了整個廚房。三上拿出來打開一看，是諏訪打來的。

〈赤間部長回來了，要我請廣報官過去〉

「是喔！」

三上站起來，轉身背對著美那子。

〈你可以過來嗎？〉

三上慢慢地邁開腳步，繞到廚房的吧台區後面，在流理台前回過頭看著美那子。她的背影流露出滿滿的悲傷。

「不行，我走不開。」

〈了解。那就由我先向部長報告了。我會告訴他因為公布了真實姓名，所以抵制一事取消了。〉

「麻煩你了。」

明明該說的已經都說完了，諏訪卻還不掛電話，只是一逕沉默著。三上壓低了聲音說道：

「是毫無關係的電話，也幫我跟藏前和美雲說一聲。」

〈……好的〉

三上收起手機，回到餐桌前。彷彿是要與他接力似地，美那子站起來準備晚餐。耳邊隱約傳來菜刀切菜的聲音。從她的背影看過去，彷彿是老太婆在準備自己一個人的晚餐，充滿了寂寥的感覺。

無論是吃晚餐的時候，還是移到客廳去坐的時候，兩人之間完全沒有對話。三上打開電視，轉到不痛不癢的猜謎節目。美那子就坐在視線範圍的一角，正凝視著跟螢幕世界無關的某處。電話不是亞由美打回來的。她對三上的嘲諷肯定也刺穿了她的心吧！三上想著得說點什麼才行，但是被拒絕的感覺還清清楚楚地留在手上，令他有些猶疑。村串瑞希說的話在腦海中迴盪。「不要緊吧？」自己真的有對美那子說過這句話嗎？會不會只是瑞希編出來的故事呢？結婚以後的記憶裡也沒有這一幕。雖然已經一起生活了二十年以上，但他是否曾經注意到美那子心情上的起伏，說過一句體貼的話呢？

十一點就寢，美那子只說了一句：「晚安。」三上回答：「我也累了，要睡了。」全身都命令他這麼做。躺在自己身邊的，是比什麼都還重要的存在。即使目前共同祈禱著女兒的平安無事，卻也不可能因此衍生出超越夫婦的特殊關係。如今橫亙在他們兩個人之間的，肯定是全天下的夫婦都會有的既脆弱又危險的關係。

臥房裡冷得不得了。美那子把夜燈的小燈泡關掉，就連放在枕頭邊的白色子機也逐漸被黑暗所淹沒。三上在被窩裡屏氣凝神，連翻個身都不敢。耳邊微微傳來美那子的呼吸聲。感覺氧氣似乎愈來愈稀薄，就快要喘不過氣來了。但是一點睡意也沒有，感覺五分鐘就像一個小時那麼長。美那子也一樣吧！因為她終於輕輕地嘆了一口氣，聽起來就像是堅持不下去的時候會發出的嘆息聲。

「睡不著嗎？」

三上借助黑暗的力量，開口說道：

「風停了呢！」

「……嗯。」

「太安靜也會讓人睡不著呢！」

「是啊！」

「對不起。」

「什麼事？」

「我居然在那種時候講了那麼久的電話，而且還是跟別人的兒子講到忘我。」

「……」

「你對別人好，將來別人也會對你好。只要做了好事，就一定會有好報。」

「………」

「妳不後悔嗎？」

他知道美那子把身體轉向自己了。

「……後悔什麼？」

「嫁給我這件事。」

隔了一段短暫的空白。

「你呢？」

「我？……我怎麼可能會後悔！」

「……那就好。」

「那妳呢？」

「我從來沒有後悔過。」

「真的嗎？」

「沒錯！你是怎麼了？」

美那子的語氣裡帶有一絲憤怒，那已經是她竭盡所能的體貼了。他把美那子的人生搞得亂七八糟，人生明明有無限的可能性，他卻讓她走在最坎坷的那條路上。諸如此類的想法宛如巨浪般席捲而來。

「其實妳也可以不要辭職的。」

「什麼？」

「妳是因為結婚才辭去女警的工作吧！這樣真的好嗎？」

「為什麼突然問這個？」

「因為村串說妳是個比誰都還要認真，而且熱心工作的女警。」

「就算當初沒有結婚，我也想過要辭職。」

「欸？」

「因為我並不適合女警這份工作。」

不適合？這還是第一次聽她這麼說。

「我可不這麼認為。」

「一開始我是真的很拚命，真心認為要為這個世界做點什麼，要讓社會變得更美好。」

「妳是曾為社會出過一分力啊！」

「不是的。過沒多久我就發現了，我只是想要被人喜愛才當上女警的。」

三上在黑暗中睜大眼睛。

「所以我無法喜歡這個社會。不管是事件、事故、還是那些為所欲為的人們，總之什麼都好討厭。當我知道自己只是為了討人喜歡、為了想要被人感謝才當上警官的時候，真的是沮喪到了極點，甚至開始覺得膽怯。像我這種人，根本無法保護市民的安全，我怎麼會自不量力地以為自己可以維護治安呢？可是……」

接著是一陣漫長的沉默。

「我想如果是個小一點的世界，或許我就有能力保護它了。即使是像我這種人，也可以建立一個幸福的家庭，好好地守護它……」

美那子的聲音有些沙啞。

三上坐起來，轉過身把手伸進旁邊的被子裡，找到美那子纖細的手腕後緊緊握住她的手。美那子也反握回來，不過力道十分微弱。

「那不是妳的錯。」

「……」

「亞由美生病了。」

「……」

「或許是我害她變成那樣也說不定。我從來沒有想要了解她，總覺得就算放著不管她也會自己長大。」

「……」

「都怪我長得這麼醜，讓那孩子一生下來就註定要比別人辛苦。」

「不是這樣的。」

美那子打斷他的話。

「不是什麼好或不好的問題，而是我們可能原本就不適合也說不定。」

三上的腦中一片空白。我們不適合？

「什麼意思？」

「不管我們再怎麼想要了解亞由美，我們可能終究無法真正地了解她。我不認為父母就一定能夠了解孩子在想什麼。」

三上被她的話嚇著了。

「妳在說什麼啊？我們一起生活了十六年喔！她可是妳生的、妳養大……」

「不是時間的問題。無法理解的事再怎麼努力也無法理解。就算是親子，彼此還是獨立的個體，發生認知上的出入一點也不奇怪吧！」

「妳的意思是說，她不應該出生在我們家裡嗎？」

「我不是這個意思。我只是認為亞由美真正需要的，或許不是你也不是我。」

「不然會是誰？」

「我想肯定會有那麼一個人，不會要求亞由美要變成這樣或是那樣，而是願意接受亞由美原有的樣子。那個人會默默地守候她，跟她說『妳很好，只要保有妳原來的樣子就好了』。有那個人的地方，才是亞由美安身立命的地方。只要是在那個人的身邊，亞由美就能活得自由自在。但這裡不是那個地方，我們也不是那個人，所以亞由美才會離家出走。」

三上聽得好痛苦。美那子到底想說什麼？她是不是已經開始自暴自棄了呢？她是打算放棄亞由美嗎？還是她想抓住什麼救命的稻草呢？無論如何，都是黑暗讓她說出這樣的話來。只是剛好想到，根本不是真心的想法在不著邊際的黑暗中不斷地膨脹、張狂。

「我聽不懂妳在說什麼。」

三上重新躺下。曾幾何時，兩人緊握的手已經鬆開了。

「我懂，因為我也是這樣。從小就一直覺得家裡不是我可以放心的地方。」

「可是妳……」

「我的父母看起來感情非常好對吧？但是他們的關係其實非常惡劣。我爸有個交往很久的部下，所以我媽總是處於情緒不穩定的狀態。當我媽去世幾年之後，我爸再婚的時候，你說我爸能找到一個願意照顧他晚年的人是一件好事，那個人其實就是他的部下。」

三上感到非常困惑，這件事他還是第一次聽到，這才明白為什麼美那子很少跟她父親聯絡。但是……。

「這跟我們家的情況不一樣吧！」

「當然不一樣。而且我也不是因為父母的感情不好才不想待在家裡，我是在長大以後才知道他們之間的事。而且我爸和我媽對我都很好，但我就是覺得很孤獨，也從來沒有告訴過父母自己真正的想法，更是從未感受彼此有過心意相通的時候。因為我知道不管我說什麼，他們都不會懂。我不知道為什麼，但我就是知道。放學回到家，明明我媽在家，家裡卻彷彿一個人也沒有。我知道她會問什麼，無非是今天學校裡發生了什麼事之類的問題，也知道自己會怎麼回答，那是一種非常空虛的感覺。即使我爸回來也一樣，家裡依舊是沒有半個人的感覺。即使現在回想起來，記憶裡也全是沒有人的風景，例如從窗戶吹進來的風和陽光、綻了線的沙發、架子上滿布塵埃的玩偶……」

三上凝視著黑暗，愈聽愈覺得美那子說的話跟亞由美的問題似乎八竿子打不著。雖然腦袋跟不上，但美那子的心路歷程還是成了聯繫兩人的一條線。跟父母不親、渴望愛情，所以才想要從事能討人喜歡的職業。一切因此而起，並因此鑽入牛角尖，想要否認自己最原始的心態，最後就連女警的工作都變得很痛苦……。

不要緊吧？

美那子是以什麼樣的心情解釋三上講的這句話呢？就在她的人生陷入低潮，哭了一整晚的第二天。她才剛把心門密不透風地緊緊關上。所以她以為三上看穿的並不是她哭到天亮的事而是自己的整個人生，所以才感到戰慄。她以為三上那句話是對生長在「別人家」、始終被囚禁在這個束縛裡的自己說的……。

這真是天大的誤會。也或者明知是誤會卻還是當成神的啟示，所以美那子現在才會躺在他旁邊，在女兒離家出走的家裡一籌莫展。

美那子不再說話了，三上也閉上雙眼。黑暗變得更深沉了。美那子已經睡著了嗎？還是仍注視著黑暗呢？一切都好安靜，連時間的感覺都消失了，就連自己躺在棉被裡的感覺也快要消失的時候，耳邊傳來美那子的聲音。

「要是她兒子能回來就好了。」

「嗯？」

「科搜研那個人，要是肯回來就好了。」

回來就好……。

「說的也是，要是他願意回來就好了……」

「可能就是你也說不定。」

「什麼意思？」

「那個人需要的可能就是你也說不定。」

是這樣嗎……。

他已經不想思考，也無法思考了。輕嘆了一聲，黑暗再度籠罩著整個空間。

三上做了惡夢。

夢見父親的戰友張開手肘，行了一個陸軍式的禮。然後以這樣的姿勢嚎啕大哭。

是誰殺了她？

為什麼要殺她？

全裸的雨宮翔子正躺在巨大的珍珠貝殼裡，臉和手都閃閃發亮地反射著七彩的光芒。再仔細一看，那是美雲的臉，已經變成土黃色，鼻子和唇瓣也都開始腐爛了。

我不要這張臉！我想死！死了算了！死了最好！

唉……我明明是想受人喜愛才當上警官的。

唉……我明明只有這麼一個願望。

真是太可憐了，怎麼會這麼可憐啊！

父親的戰友邊哭邊呢喃。父親和母親也都跟著哭紅了鼻子，就連腳邊年幼的三上也哭了。已經打破的鏡子再怎麼樣也無法回復，只能發出絕望的啜泣聲。

59

鞋子今天早上也被擦得好亮。

長官視察就是明天了。三上打起精神，離開家門。今天一整天，不管發生任何事都不足為奇。不過至少各大早報都沒有異狀，只有昨天那些獨家新聞的後續報導充斥在各家的版面上，而且也沒有看到刑事部新設的「陷阱」。

第一個異狀是在他抵達廣報室之後發生的。藏前和美雲去了解建設新廳舍的丈量工程，只有諏訪一個人臉色暗淡地等著三上。

「你聽說了嗎？」

「聽說什麼？」

「聽說昨天傍晚過後消息已經在刑事部裡傳開了。」

「什麼消息？」

「就是本廳和警務部勾結，預備謀奪刑事部長的寶座一事。這樣的內容頓時傳遍所有的刑事相關單位，就連轄區的小卒都知道了。」

最會興風作浪的荒木田打算讓所有的刑事單位揭竿起義嗎？

「你是從哪裡聽來的？」

「我的同期也有人在刑事部……。他們都快氣炸了。還罵我是賣國賊。」

三上家裡卻連一通電話也沒接到。如果他們對警務出身的諏訪感到憤怒，那麼對於原本是刑警的三上肯定已經超越了憤怒的程度，把他當成了眾人詛咒的對象。為了出人頭地而出賣刑警的靈魂。在他們心中，自己可能已經是這樣的形象了。

「諏訪。」

三上叫住正要回自己辦公桌的諏訪。

「昨天沒辦法問，你心裡是怎麼想的呢？」

「你指的是什麼？」

「如果刑事部長改由特考組來當，關係會變得比較好，做起事來也會比較得心應手嗎？」

「這個嘛……」

諏訪面有難色。

「的確是會有這方面的好處……。可是啊……這工作本來就不輕鬆。」

諏訪回答完這個難以回答的問題之後，也反問了一個問題：

「廣報官又是怎麼想的？刑事部畢竟是你的老巢，換成特考組來當部長，你可以接受嗎？」

三上「哈！」地大笑一聲，接不接受都已經不關他的事了，他只能當成D縣警的問題來思考。

「就算我說不能接受又怎樣？刑事部破不了64是鐵一般的事實，執行力一年不如一年也是事實。就是因為刑事部太弱，才會讓本廳有機可乘。被人以蠻力搶走的東西，只能以蠻力搶回來吧！你可知神奈川以前就發生過這樣的事？有個在地方土生土長、從基層幹起的刑警終於爬到權力的頂端，把刑事部長的寶座從特考組手中搶回來。地方的聲浪起了作用，促使本廳認為如果不讓那個男人當上刑事部長的話，組織就會分崩離析。」

「我聽說過這件事，結果也沒開花結果不是嗎？當地的部長只持續了一任，等到那個部長退休以後又都是特考組的天下了。」

「那是因為只出了一個明星。只要接下來、再接下來還是由當地部長掌權的話，未來說不定就會改變了。」

諏訪點點頭，然後小小的啐了一聲。

「但我還是好不甘心啊！對於特考組的部長增加一事。」

這句話聽起來活像是在異國聽見自己的母語。他的態度看起來不像是特地為了三上說的。即使腦中已經建立起根深蒂固的警界金字塔，但是在他當上D縣警巡查的那一天，在胸口沸騰的歸屬感和鄉土愛依舊悄悄地存活在心裡吧！

「我去跟隔壁討論一下明天的流程。」

結束與諏訪的對話，三上拿起直撥電話的話筒並打到雨宮芳男的家。與其說是要討論明天的流程，還比較像是確認與提醒。

電話才響了幾聲，藏前就回來了，緊接著美雲也出現了，彼此交換一個注目禮。美雲的表情十分爽朗，甚至還有幾分耀眼。是因為昨晚做了那個夢的關係嗎？腐爛的部分臉部全都修復完成。早上起床，他還想了一下，為什麼美那子和亞由美沒有出現在自己的夢裡。直到現在他才明白，似乎是美雲發揮了與生俱來的犧牲精神，自願成為美那子和亞由美的化身。美雲跟美那子一樣，都是想要受人喜愛才當上女警的，所以遲早有一天也會嚐到跟美那子相同的挫折感吧！這個夢肯定就是在暗示這個，三上自顧自地解釋完畢後便出門上班。

雨宮家的電話遲遲沒有人接。過了一會兒再打過去，還是沒有人接，不由得讓人眼前浮現出在空無一人的客廳裡只有電話聲迴盪的寂寥光景。上午九點二十分。會是還沒有起床嗎？

三上把記事本收進口袋後站起來。辦公桌上的電話彷彿是要挽留他似地響了起來。是赤間部長打來的，命令他馬上到二樓去。

三上還是慢條斯理地走著。雖然其他三人的臉上都出現一抹烏雲，但他本人倒是不覺得惶恐或不安。只覺得這八個月讓自己變得不一樣了。如果是這樣的話，那昨天就是轉捩點。切斷綁在自己身上的傀儡線，以身為D縣警廣報官的身分面對「外界」，以自己的信念完成了任務。今天是為了今天而存在，不是為了明天。把刑警的制服、皮膚和肉血全部丟掉，也失去了戶籍。但是也因為這樣，他才知道現在居住在這裡的重要性，也知道人不能不顧眼前的現實就想要看到接下來的現實。本廳要奪取刑事部長的寶座，這件事的確令人憤怒，但是也不能因為一時的情緒而扭曲現實，更不能遁逃到憤怒與恩怨當中。

身上還有任務，這才是現實。不管特考組來了多少人，都不會改變這個現實。身為警察，該做的事隨時都掌握在自己手裡。本廳裡可沒有警察這種生物。一味地執著於觀念上的問題，甚至認為肉體根本沒有存在的必要，不知道自己該做的事是什麼的時候，真正的警察就已經不存在了。

警務部長室裡鴉雀無聲。

石井秘書課長也被叫來了，彎腰駝背地瑟縮在沙發的一角，應該有察覺到三上進屋來，卻連頭也不肯轉過來。赤間只用眼神迎接三上。感覺才一天就憔悴許多，臉上已經完全失去平時老神在在的從容，頭髮也亂七八糟，像是只有把早上起床後的亂翹撫平而已，手指始終惴惴不安地敲打著沙發上的扶手，在在都說明了他在東京受到很大的壓力。

「我現在正在跟石井商量對策。」

三上一面就座，一面用眼角餘光看了看石井。後者頭低到不能再低，眼睛眨都不眨一下，嘴巴開開的，顯然是受到相當大的衝擊。

「秘書課長官舍好像接到刑事部打來非常出言不遜的電話，所以他就跑來問我了。」

三上知道是什麼事了。

「情報似乎在刑事部裡擴散開來了。」

「什麼樣的電話？」

「什麼情報？」

「明天長官要宣布的情報，也就是明年春天這裡的刑事部長將由本廳指派一事。」

三上不發一語地看著赤間，赤間也用擺明了是在試探的眼神回看他。

「你早就知道了吧！」

「是的。」

「也是因為接到指責的電話嗎？」

「不，那倒沒有。」

「那麼，是對方主動告訴你的囉！」

三上沒有回答。就連自己也感覺得出來，他正皺緊了眉頭。赤間移開視線，看起來是為了避免爭端。

「我沒有怪你。諏訪告訴我你把記者搞定了。幹得好！關於這點我給予極高的評價。只不過……」

赤間再次注視著三上。

「你為什麼會闖進本部長室？聽說你好像對他提出抗議了，還要求他重新考慮部長寶座的事，對吧？」

三上盯著赤間的胸口看。雖是舊事重提，但情緒已經回不去了。不管是藉口還是反駁的話，他一句都想不出來。

「那一個才是真正的你呢？」

「……」

「明天就要視察了，請表明你的立場。」

赤間把身體探了出來，領帶在他胸前搖晃。

「三上，你到底明不明白事情的嚴重性？長官要來了喔！他不只是一個個人，也不只是一個省廳的龍頭老大。長官是整個警察組織的象徵。要是有人對這個象徵丟雞蛋該怎麼辦？這件事跟你們也有很大的關係。你有沒有想過，自己身為一個警官，享受了多少的特殊待遇？你本人和你的家人、親戚，乃至於身邊的部下都受到這層肉眼看不見的保護膜保護。私生活不也是如此？即使不是在職場上，在當地也受到大家的尊重不是嗎？也許多少會讓人感到畏懼，也許有時候還會讓人敬而遠之，但是應該沒有人會故意跟你作對。大家都想盡可能跟你保持友好關係，內心想著萬一發生什麼事可以請你幫忙、視情況可以加以利用，這就是所謂的權威。把維護治安這種吃力不討好的事交給警方，自己過好自己的生活。保護你的那層膜可不是由警方形成的，而是因為人民實在太難對付了，所以才想出這種權宜之計，是各取所需的一種共同幻想。」

赤間用力吸一口氣接著說：

「因為是人民的需要，所以保護膜自然也會因為人民的觀感而輕易地破滅。根本不需要舉很多的革命行為為例，一旦讓人民產生懷疑，一旦無法確保應該要提供給他們的幻想，無論是怎樣的權威、權力都一定會衰退，所以必須慎重地保護好才行。這就是所謂的威而不猛。警方必須比其他任何組織都還要強大，同時也必須要有隨時關愛國民的形象策略。而長官就是上述策略的表率，把身為象徵的長官捧得高高的、能有多高就捧多高，比什麼都來得重要。絕不能輕忽長官，更不能起內訌。看看皇室就知道了，最近自稱是內部人員的匿名鼠輩，紛紛以豈有此理、下流卑劣的內幕向雜誌社爆料的行為已形成一股風潮。結果怎麼樣？跟過去比起來，皇室的權威和神祕感皆一落千丈了不是嗎？再這樣搞下去，遲早會變成跟英國皇室一樣，不被人民放在眼裡。警方也一樣，有一部分的笨蛋正打算在水壩上挖洞，打算把自己人的醜聞宣揚得天下皆知，自以為是英雄，要對組織的象徵開火。我只能說是腦袋壞掉了，這根本是自殺行為！只是親手把保護自己的權威之膜破壞掉！刑事部的蠢蛋卻連這麼簡單的道理也不懂！」

赤間完全停不下來，就連飛濺到嘴角的唾沫也沒擦掉。

「話說回來，這叛亂到底是為了什麼？該不會以為是因為沒有抓到綁匪，所以才被處罰吧！要誤會也該有點分寸。在這個各個領域都正在推動全球化、國際化的時代，地方的刑事部長由本廳指派是必然的趨勢。隨著行動電話及家用電腦的普及，這個世界早就丕變，就連犯罪多元化這種字眼都已經是陳腔濫調了。網路犯罪一瞬間就可以跨越國界，繞地球好幾圈，還可以不斷地增殖。電腦早就從一家一台的時代進步到就連小孩和老人也都人手一台的時代，成為各種犯罪的媒介與溫床。你懂我說的意思嗎？地球上正在發生大爆炸，地方的刑事部那種唯我獨尊、死抱著案情不放的時代已經過去了。必須構築起一套能隨時跟東京保持連繫，同時也能跟全世界的警察迅速地建立起合作關係的系統。因此必須打破藩籬，將淪落為土生土長的地方警察畢生最高榮譽的地方刑事部長一職，換成給具有高敏感度、貨真價實的指揮官坐的寶座才行。這麼一來，底下的人也會跟著改變。如此就可以直接吸收、分享東京的智慧與情報。淘汰食古不化、短視近利的刑警，盡全力培養出即使再匪夷所思的案件也可以馬上反應過來的刑警。可是那群人……」

赤間把視線轉向石井。

「卻想要破壞視察，想要跟本廳、跟警務部同歸於盡。聽說已經有好幾個人講出這種大逆不道的話。那群人已經失去理性，簡直就跟禽獸一樣，完全無法預測他們會做出什麼事情。」

赤間的聲音有些嘶啞，看樣子是打從心裡感到害怕。無論有多麼渴望，這個男人都不可能爬上本廳陡峭的升官之路。除非是像辻內那樣對自己的成功沒有一丁點懷疑的男人，否則皆無法爬到金字塔的頂端。

「三上……你到底是怎麼想的？你可以容許刑事部這樣的暴衝嗎？」
三上深深地吸了一口氣之後說道：
「如果長官是警察的象徵，那麼刑事部長就是D縣警的象徵。」
赤間摘下眼鏡的手正微微顫抖。
「這就是你的答案嗎？」
「我只是在描述現狀而已。身為廣報官，我並不打算幫刑事部。」
「那你就從實招來。刑事部到底有什麼企圖？你肯定知道什麼吧？」
「我不知道。」
「你不可能不知道，你一定有聽到什麼風聲。」
「我的立場並不會讓我知道任何事。」
「我一向待你不薄，你可不要讓我失望啊！」
「我並不是在為你工作。」
三上想都沒想就說道。
赤間瞪大了眼睛。
「三上，你果然還是……」
「你要說的話只有這些嗎？」
「你……！」
「我接下來要去雨宮芳男家，跟他討論明天的流程。」
赤間的眼神失去了焦點，過了一會兒才點點頭，重新把眼鏡戴好，將十指交握放在膝蓋上。
「很好，就這麼辦。一定要有萬全的準備。」
三上站了起來。而就在他深深一鞠躬的同時，赤間的臉遽然映入眼簾。他把頭伸到三上臉的下方，由下往上狠瞪著三上，彷彿正在獵捕獵物的野生動物般。

「話說回來，你下定決心要把令嬡的照片傳送到全國了嗎？」

三上絲毫不為所動。看來這條線如今已是赤間的救命繩了。

三上再次鞠躬致意。為了替這八個月畫下句點，他獻上一個最敬禮。

「非常感謝你的關心，也再次為你這段日子的特殊照顧致上最誠摯的謝意。」

三上抬起頭來。

「但是也請你不要忘了。如果有一天，部長的千金也離家出走的話，到時候幫忙找人的可是我們。不是霞關，而是分散在全國的二十六萬名警察。」

不看赤間的反應，三上逕自走出部長室。

邁著大步沿著走廊往前走，石井從後面跟了上來，還以為他會轉進秘書課，沒想到腳步聲突然用跑的追了上來。

「三上老弟，這也是沒辦法的事。」

石井的臉上寫滿了無從排解的憤慨，雙手緊握著拳頭藏在皮帶的兩邊。

「這也是沒辦法的事。我們一點辦法也沒有，一點辦法也沒有啊！」

這個男人也曾經有過立志要捍衛鄉土的年輕歲月吧！

然而三上無法同意他說的話。

雖不同意，但也無法馬上下樓。他猶如在看落日的光景般目送那道有氣無力的背影消失在秘書課的門板後面。

60

雨宮芳男不在家。

車子也不在，玄關門是鎖著的。等了大約三十分鐘左右，雨宮還是沒有回來。三上只好在名片上寫著下午會再過來，然後將其夾在信箱口。

內心閃過一抹不安。倒不是懷疑雨宮改變主意了，而是不明白雨宮為什麼會願意接受慰問，因為不明白其內心真正的想法而感到不安。

回到廣報室的時候，三名部下全都坐在沙發上，圍著標示出明天視察路線的地圖和照片，似乎正在進行最後的確認。像是如果記者帶著生面孔的攝影師一同前往要如何處理？出發前往棄屍現場的時候需不需要打暗號？當時的搜查本部中央署裡是否能夠提供足以供應所有報社的停車空間？視察路線上有沒有新的馬路施工等等？諏訪以廣報不太會有的輕鬆語氣將需要留意的重點列出來。藏前記錄的動作趕不上他的發號施令而有些手忙腳亂。美雲感覺起來就像是個能幹的妹妹，不管被其他兩個人問到什麼問題，都能提供比問題本身還要完整的情報。三上的心情不由得也跟著輕鬆了起來。明明是跟以前一模一樣的廣報室風景，卻讓他感受到前所未有的親近感。

三上也回到自己的座位檢查明天的時間表。

中午——長官抵達，與本部長共進午餐。

一點二十分——視察佐田町的棄屍現場，獻花，上香。

二點十五分——激勵中央署的特搜本部。

三點五分——到雨宮家進行慰問，上香。

三點二十五分——在雨宮家前進行突擊採訪。

終於來到這一天了。

三上點起一根菸並閉上雙眼。

刑事部有什麼打算呢？他不認為能風平浪靜地迎接明天的到來。荒木田把本廳的目的告訴全縣的刑警們，表示他已經準備好要讓D縣變成達拉斯了。所以他的下一步……不對，最後一步棋會是什麼呢？

上午的時間過得非常緩慢，慢到幾乎讓人感到焦慮。沒有什麼記者進出，電話也沒有響起。只有諏訪「萬事俱備」的報告，當然也沒忘了要加上一句「只要沒發生突發狀況」的但書。話雖如此，廣報室還是異常平靜，沒有接到任何來自廳內的臨時消息。

中午大家一起叫了外賣。三上一面吃著熱騰騰的蕎麥麵，一面掛心起美那子吃了什麼？昨夜的心理狀態有什麼變化？要把在床上的對話理出一個頭緒是件困難的事。不管談話的內容再怎麼重要，還是會讓人覺得彷彿迷失在另一個充滿寓言的世界裡。

〈我只是認為亞由美真正需要的，或許不是你也不是我〉

早知道中午就買個便當回去。因為下午閒到讓人發慌，三上不免有些後悔。荒木田既沒有出招，赤間也沒有找他，這是暴風雨前的寧靜嗎？還是他們已經在三上無從知曉的次元分出了勝負，所以暴風雨已經遠去了呢？

時間來到下午兩點，該去雨宮家了。正當三上準備站起來的時候，前往隔壁打探敵情的諏訪回來了。他歪著頭，一副不解的樣子。

「廣報官，我去五樓看一下。」

「怎麼了？」

「讀賣抱怨說，他打電話去搜查一課想要問強盜的統計資料，但是都一直電話中。」

「刑事企畫股的電話嗎？」

「我想應該是。所以他就想說改問次席好了，結果還是沒有人接電話。」

換作是平常的話，他可能聽聽就算了。

「你去看一下。」

胸口湧起一股不安。送走諏訪以後，三上馬上把警用電話拉到手邊，按下刑事企畫股的號碼。通話中。重新撥打次席辦公桌上的電話號碼，結果跟讀賣遇到的狀況一樣，響了好幾聲都沒人接。這太奇怪了，就算御倉離開座位，坐在旁邊的內勤職員也該接電話吧！

三上直接按下搜查一課長座位的號碼。不行，還是沒人接。既然如此就打到刑事部長室，還是只有空蕩的鈴聲。松岡、荒木田都不在位子上。繼續讓電話響了十聲、十五聲，還是沒有人接。

冷靜下來。三上告訴自己，同時改打搜查二課的次席辦公桌電話。這件事問糸川就知道了。一課和二課是隔著鑑識課的鄰居。如果一課有什麼大動作，就算不想知道也一定會發現到。

沒想到就連二課也沒人接……。

三上抬起頭來。

「你們去二課和鑑識課看一下，還有機搜隊！」

藏前和美雲早已站了起來。他們連敬禮都忘了便奪門而出。

撥打著鑑識課號碼的手指微微顫抖著。這裡也一樣，沒有人接電話。翻開警用電話簿，打去機動搜查隊的本隊。本隊就在搜查二課隔壁，這邊則是通話中。

眼前的直撥電話響了起來，是諏訪打來的，而且還上氣不接下氣。

「事情有點古怪，一課只剩下一個人。」

「只有一個人？」

「只有一個年輕的內勤在接電話。」

「有去看過會議室嗎？」

「看過了，一個人也沒有。」

「問內勤其他人都上哪兒去了。」

「可是他現在一個人正對著好幾通電話……」

「一逮到空檔就問。」

三上掛斷直撥電話，再次拿起警用電話的話筒打到機搜隊的西部分隊，還是沒有人接。正當他覺得不耐煩時，電話終於接通了。

〈喂！機搜西部分隊！〉

是個年輕人，聲音帶著幾分不悅。

「我是本部廣報官，敝姓三上。請問隊長在嗎？」

然後是一瞬間的沉默。

〈他現在沒有辦法接電話〉

「為什麼？」

〈因為他不在座位上〉
「上哪去了？」
〈我也不知道〉
「不知道？」
〈不好意思，我現在還有別的電話要接……〉
這邊的直撥電話也同時響起。三上掛斷警用電話並接起直撥電話，耳邊傳來美雲刻意壓低的聲音。
〈鑑識課裡只剩下佐竹指紋鑑定官一個人。他正在講電話〉
藏前也回報：
〈呃……我現在人在二課，辦公室裡只有落合課長一個人，正處於神經緊繃的狀態。他對著電話大喊課員都不見了！不知道上哪兒去了！〉
丟下出身特考組的課長，其他人全部消失了……。
罷工……不對……是叛變嗎？
三上感到不寒而慄。
刑事部消失了。一課、二課、機搜和鑑識全都消失了。

61

這一切都不像是真的。
三上衝上樓，正好在樓梯間遇到往下衝的石井。
「三、三上老弟！搜查二課一個人也沒有……」
三上沒有停下腳步，用手臂推開石井繼續往上衝。

氣喘如牛地穿過五樓的走廊，從各個課室都傳出了電話的鈴聲。或許是被趕出來的吧！藏前和美雲正不知所措地站在走廊上，一看見三上就馬上跑過來。

「你們去查看所有跟刑事部有關的車庫，再仔細告訴我誰的車子在、誰的車子不在！」

三上在擦身而過的時候下令，然後繼續加快腳步推開搜查一課的門。然而，偌大的空間裡只有兩個人影，其中一個便是嚇了一跳轉過頭來的諏訪。或許是因為置身於刑事企畫股的地盤，他看起來就像是在敵營被逮而嚇得腿都軟了。年輕的內勤正在講電話，右手還拿著另一個話筒，在稍微有段距離的辦公桌上也還有正在等候接聽的電話。

「不好意思，因為電話一直響個不停……」

諏訪附在他耳邊說道，還說電話內容都是一些尋常的事務聯絡。三上點頭，故意站在內勤的正前方。三上只知道他姓橋元，也知道他被自己嚇到了，所以才會把視線移開，轉過身去背對著三上。「喂！」即使三上叫他也毫無反應。

三上強硬地用手指把電話掛斷。

「你、你做什麼……」

橋元回過頭來瞪大了雙眼。三上繼續掛斷另一通電話，然後把臉湊近橋元。

「部長在哪裡？」

「我不知道。」

「參事官呢？」

「不知道。」

「課員們都去了哪裡？」

「去辦事。」

附近辦公桌上的電話又響了起來，三上擋在正要跑去接電話的橋元面前。

「請讓開，這樣沒辦法工作了。」

「反正部長以下的所有人都沒有在工作吧！」

「有的。」

「在哪裡？」

「我說過了，我不知道。」

「如果有重要的電話打進來，有交代要改撥到哪裡嗎？」

「沒說。」

「所以才派你留下來接電話嗎？」

「不用你操心。」

「你這樣好嗎？雖然只是留守，但也是不折不扣的共犯喔！」

「共犯？」

橋元氣急敗壞地叫道。

「你們跟本廳才是共犯吧！」

「既然如此，有什麼怨氣就衝著我們來啊！要是影響到一般民眾誰來負責？讓刑事部鬧空城，即使發生殺人案或聚眾鬥毆也都要裝作沒看見嗎？你們這樣也算是警察嗎？」

「還輪不到你來說教！」

「那我直接找上頭去說，告訴我他們在哪裡！」

「誰要告訴你！」

橋元一副打死也不說的態勢。

後面辦公桌的電話響起。這次三上把路讓開，讓橋元跑去接電話。沒有時間再跟下面的人周旋了。三上把手搭在諏訪的肩膀上說悄悄話。

「好好地盯住那傢伙，他遲早會在講電話的時候露出口風。此外，如果有警部以上的人現身，一定要馬上通知我。」

手機震動著，是藏前打來的。

〈我剛把車庫巡了一遍，呃……機搜的車子全都出動了，強行的車輛也幾乎都不在，就連機動鑑識的迷你廂型車也開出去了〉

這倒是頗為尋常的光景。

「幹部的車子呢？」

〈關於這個……啊！請等一下〉

換成美雲的聲音。

〈刑事部長的車、參事官的車、搜查指揮車全都在車庫裡，就連鑑識課長的座車和機搜隊的隊長車也都在〉

人還在這裡……。

「你們繼續待在那裡。」

三上讓手機保持通話地走出搜查一課。他穿過走廊，無視於風的壓力，推開逃生梯的鐵門。正前方是以一條長廊與這邊相通的北廳舍，右邊是三層樓的交通部別館，還有資料倉庫的紅褐色屋頂。三上從扶手探出身子，俯瞰正下方。在正對著中庭的車庫前面，遠遠地可以看到藏前和美雲的頭。

「有看到人嗎？」

三上對著手機說，隨即得到美雲的回答。

〈車庫附近沒有半個人〉

不對，有人。

不是在車庫附近，而是在交通部別館的附近有三顆人頭正橫越中庭，他們肩上還扛著東西。看上去是個筒狀物。是地毯嗎？模造紙？還是大張的地圖？三個人轉進死角，消失在別館的內側。

再往前走就是圍牆了，除了死路什麼都沒有。如果說還有什麼的話，就是別館後面的逃生梯了。交通部的各課都集中在二樓，三樓是禮堂……。

三上把手機放回耳邊。

「美雲，妳先回廣報室，盡量表現得跟平常一樣。請藏前上來搜一的辦公室。」

掛斷電話後，重新打給諏訪。

「我讓藏前過去你那裡，你把工作交代給他，然後到禮堂來。」

〈禮堂？難不成……〉

「我想八九不離十。」

62

圍城……。

三上衝下逃生梯，鞋底踩踏地板所發出的金屬聲直達頭頂。劇烈的震動從腳底傳遍全身，感覺身體似乎有一部分要散了。

穿過中庭，從正面玄關衝進交通部別館。豎起耳朵，從頭頂上傳來腳步聲。避開樓梯，改搭用來搬運行李的貨梯上去。還來不及調整呼吸顯示樓層的燈號就已經變成「3」，同時「叮！」地響了一聲。電梯門打開的瞬間，映入眼簾的是左右對開的禮堂大門和貼著「相關人員以外禁止進入」的紙條，以及正凝視著他這邊的兩個男人。其中瞪著一雙兇神惡煞的眼睛、滿臉鬍鬚的是暴力團對策室的蘆田股長，另一個人他沒見過，是個上半身異常發達、剃著平頭的年輕人。年輕人慌慌張張地正要敬禮，卻不知道被蘆田說了什麼而把手放了下來。

就是這裡，不會錯的。

三上眼睛眨都不眨地朝負責看門的那兩個人走去，蘆田也不甘示弱地往前站了一步。隨著彼此之間的距離愈來愈近，蘆田的眉頭也愈蹙愈緊，最後終於用雙手阻止三上繼續前進。

「不好意思，到此為止了。」

遣詞用字倒是挺客氣的，但是語氣和表情則近乎威嚇。三上一直往前逼進到蘆田的手抵住自己的胸前才停下腳步。論身高，蘆田比三上要高出半個頭，但是以前每當發生跟黑道有關的詐欺案件時，他總是彎著高大的身體向三上請教。雖然是那種只要睡一覺就會忘記恩仇的特殊個性，但在這種情況下就顯得不好應付了。

「你不問我來幹嘛嗎？」

「沒這個必要。」

「讓開。」

「上頭有交代，閒雜人等不得進入，不好意思。」

「你說誰是閒雜人等？」

「如果你不喜歡這四個字的話，我可以換個說法。」

「那就換個說法。」

「那就請警察廳的間諜回去吧！這麼多年來靠破案養家活口的警察，不管本廳怎麼恩威利誘都不應該忘恩負義，真是太丟臉了。」

三上任由他冷嘲熱諷，心思早就飄到門的另一邊去了。裡頭是什麼光景呢？完全聽不到半點聲音。距離門口還有六步、或者是七步。小平頭滴水不漏地站在兩片門板的中心線上。

「我沒有時間跟你囉唆，叫上面的人出來。」

「想都別想。」

「部長和參事官都在裡頭吧！」

「是嗎？這我就不清楚了。」

裝蒜的態度製造了一點空隙。三上把纏著繃帶的右手揮向他的眼睛，然後順勢把手繞到眼前蘆田的脖子上，牢牢鎖住他的喉頭，接著用力踩穩腳步使其巨大的身體整個向後仰。此時蘆田抓住三上的手腕，三上便再以左手抓住蘆田的手腕。小平頭見狀立刻衝上前來，三上等的就是這一刻。他當下鬆開雙手解除對蘆田的箝制，把腳步踉蹌的蘆田推向小平頭，自己則是把重心放低並繞到旁邊，避開對手以蠻力揮過來的粗壯手臂，卯足全力向前衝，把緊閉的門板踢開。

視野頓時變得開闊。

好壯觀。眼睛把這個排除了感情的單字傳送到大腦裡。被破門而入的巨響嚇到的臉全都一起望向三上的方向。五十……一百……不對……不只這個數目。一張張面孔全都密密麻麻地集合在這個空間裡，配合人數的長桌把寬敞的禮堂塞得滿滿的。有人懷裡正抱著紙箱、有人正移動著白板、有人正在調整通訊器材、有人正把空白的地圖攤開在地板上……所有人的視線全都集中在三上的身上，時間彷彿靜止了一般。不光是刑事部的熟面孔，鑑識課長也在，在他旁邊的是生活安全課的課長補佐，後面則是機動隊的副隊長，此外還有地域課長、交通規制課的次席、汽車警隊的隊長……。

不只是刑事部的人，除了警務部以外，D縣警的所有單位全都聚集在這裡了。

三上感到相當震撼。縣內現在處於怎樣的狀態？警察系統有正常地運作嗎？有人在辦案嗎？巡邏車的反應呢？一般巡邏呢？派出所有人值班嗎？車禍有人處理嗎？

是這樣的嗎？這就是荒木田所率領的D縣警的最後一道殺手鐧嗎？不只是刑事部的破壞活動，而是把整個縣內的治安都當成人質，讓本廳發生大地震，迫使長官停止視察。這真是太瘋狂了！如果這是事實，豈不是武裝政變了嗎？

三上無法再踏入禮堂一步，有人從背後把他緊緊地架住。「瞧你幹的好事！」耳邊傳來蘆田咬牙切齒的聲音。

「請問一下！」

三上朝裡頭大喊。幾乎就在這同一時間，門被小平頭關上了，後者並以充滿敵意的眼神怒視著三上。

「你是機動隊員嗎？」

小平頭露出「是又怎樣？」的表情。

「是的話，現在就馬上回到你的工作崗位！你們可不是被雇來保護自家人的！」

三上用力地搖頭，但是緊緊架住自己的手絲毫不為所動。

「蘆田，放開我！」

「我怎麼可能放開你？沒想到你居然會使出這麼卑鄙的手段。」

「卑鄙手段不是你慣用的伎倆嗎？」

「別丟人現眼了，還有年輕人在呢！」

「那你就放開我啊！」
「除非你答應我不會再亂來。」
「誰亂來了？」
「我不會再給你第二次闖進去的機會了，可以請你就此罷休，乖乖回去嗎？」
沒看到最關鍵的人物荒木田刑事部長和松岡參事官兼搜查第一課長。他們也在裡面嗎？還是……。
背後傳來腳步聲，是爬樓梯上來的諏訪。小平頭反應過度地把重心放低，擺出宛如摔角選手一般的架勢。蘆田則是對驚魂未定的諏訪說聲：「嗨！」
身體突然恢復自由，同時被好幾隻手從背後推擠著，害三上差點往前仆倒。
「諏訪，帶你們家老大回去。」
從蘆田的口吻不難聽出這兩個人不是同期就是同鄉。然而諏訪卻說不出話來。跟剛才在搜查一課的辦公室裡一樣，嚇得腿都軟了。所以三上才要他來這裡。身為廣報的王牌，要是患有刑事部恐懼症的話，那還有什麼搞頭？
三上對諏訪招手，同時把脖子和肩膀依序繞了一圈。被放開以後才知道，剛才是被多大的力量箝制住。現場的氣氛依舊緊繃，小平頭的防守密不透風，就連一隻螞蟻也過不去。蘆田用手摸撫著剛才被掐住的喉頭，同時將緊張的感覺灌輸到四肢。這個彪形大漢可是很自豪自己年輕的時候曾經參加過國家級的柔道比賽。只不過……。
事到如今，也不能夾著尾巴逃跑。他不能想像自己坐在廣報室的辦公桌前，氣急敗壞卻又無計可施的樣子。
三上把諏訪的頭拉過來，用手附在他的耳邊悄聲說道：
「你去二樓的廁所。」
「啥？」
「我需要棍子。你把拖把的頭拆掉，把握柄拿過來。」
諏訪全身打了一個寒顫，三上猛力地朝他的背後一推。看著他腳步踉蹌下樓梯的身影，蘆田哼地一笑。
「隨便你去打小報告。還是要去討救兵呢？」
三上轉身面向蘆田。

「你有那麼恨我們嗎？」
蘆田再次哼了一聲。
「你們只不過是雜魚罷了，真正不可原諒的是什麼都想要吃乾抹淨的東京灣的鯊魚。」
「是你們太弱才會被吃掉。你有聽過魚在抱怨嗎？」
蘆田的眼神變得銳利。
「你這句話是認真的嗎？」
「只要你們能把所有尚未解決的命案全部偵破、把市長級那些貪污的大叔全都抓起來、讓D縣再也沒有黑道橫行，那麼就沒有人會來碰你們的部長寶座。」
「你腦袋進水啦？東京是給了你什麼好處，讓你甘願當傳聲筒？」
「腦袋進水的是你們吧！所以才會對部長之位那麼戀棧。喂！回答我啊！只為了守住區區一個職位，要棄一百八十二萬縣民於不顧嗎？」
「你說什麼？別胡說八道了！我們什麼時候棄縣民於不顧了？」
「你給我滾回警察學校從頭學起。警察一旦放棄維護治安這項任務，就只是暴力裝置而已。而且因為有了那個旭日形的警察徽章，就比你專門負責的暴力分子還要惡質！」
三上望著蘆田的背後，臉色鐵青的諏訪回來了。從他那不自然的走路方式，可以確信他的確有把棍子藏在背後。
「丟給我！」
諏訪反射性地做出反應。下一秒鐘，三上已經握住拖把的握柄。長了一點，不過非常夠用了。至於右手的力道也已經從剛才的鎖喉功得到證實了。
「混蛋！」
蘆田破口大罵，同時也有些退縮。既然他是練柔道的，肯定知道劍的威力。小平頭就不一樣了，或許是機動隊的靈魂受到挑釁吧？非但毫無害怕的樣子，而且還怒髮衝冠，一副隨時都要衝上來大打出手的氣魄。要打倒他並不難，難的是有什麼方法可以不讓他受傷呢？

三上和小平頭面面相覷，將握著棍子的雙手用力握緊。這時，腦海中突然閃過二渡的臉。那傢伙現在在幹嘛？都怪他罩不住刑事部，才讓事態失控至此。他是否已經無計可施，要高舉白旗了呢？

「幹掉他！」

蘆田大喝一聲。

小平頭收緊下巴，將兩條精壯的手臂在面前交叉，打算不管是被打還是被戳，都要用身體抵擋住。連眼睛都忘了要眨，只有肩膀上宛如小山般隆起的肌肉微微地抖動了一下。

來了。全身的汗腺都關閉起來。就在這個時候，小平頭背後發出了「嘎啦」的聲音。

門開了。原本的緊張被別的緊張取代了。有個男人走了出來，是搜查一課的次席御倉。傳聞中的螞蟻心臟，這會兒卻大搖大擺地來到前方。而且似乎不是為了出來收拾門外大呼小叫的混亂局面，僅直盯著三上，看也不看小平頭和蘆田一眼。

「我有話跟你說。」

「什麼話？」

三上的手裡還握著棍子。御倉走到最靠近他的攻擊範圍外才停下了腳步。

「部長要我代為轉達。」

「到底是什麼事？」

「請去要求媒體簽訂報導協定。」

三上完全聽不懂這是什麼莫名其妙的要求。

「你到底在說什麼啊？」

「發生綁架案了。」

「……綁架？」

「沒錯。犯人自稱『佐藤』，要求兩千萬圓的現金。」

三上眨了眨眼睛。

佐藤……。兩千萬贖金……。

眼前被染成一片暗褐色。雨宮翔子死亡時的模樣浮現在腦海中。

64的亡靈出現了……。

三上看著蘆田，看著小平頭，看著御倉，每張臉都不像是在開玩笑。

原來這並不是圍城。白板、通訊器材、空白的地圖、為數眾多的調查人員……一切都已經準備就緒，綁架案的特搜本部就設置在禮堂。

匡啷……。

棍子掉落在地板上。隨著棍子在地上滾動的聲音，腦子裡一直到剛才都還存在的現實世界瞬間崩塌。

63

64。

一定要把犯人拖回昭和六十四年，為他戴上手銬。這個誓言尚未實現，平成已經過了十四年，如今居然又從昭和發出了回聲。佐藤。兩千萬圓。是模仿犯嗎？還是愉快犯？又或者是……。

三上把御倉拉進禮堂旁邊的小房間裡。諏訪手忙腳亂地想要把折疊椅拉開，但是手抖個不停，完全不聽使喚。

「說清楚一點。」

三上一坐下馬上開口質問。

御倉拒絕就座，直接站著回答。

「玄武市內有個女高中生被綁架了。」

女高中生……。

不是小學生，這點跟64的形象有所出入。被綁架的是跟亞由美一樣的女高中生。玄武市是位於縣中央的都市，人口約十四萬，距離D市十五公里，偏東，是G署的轄區。

御倉從西裝的內袋裡掏出兩張釘在一起的紙，固定格式的行文和印刷字體直衝進眼簾。

「這個給你。」

『致D警察本部記者俱樂部

關於申請媒體報導協定一事

平成十四年十二月十一日　　D警察本部刑事部長』

三上把紙翻到第二頁。

『平成十四年十二月十一日，於G署轄區內發生綁架案件（內容詳見附件），眼下正著手進行調查。考量到關於本案的採訪或報導可能會危及被害人的生命安全，因此針對本次案件的採訪及報導，要求與記者諸君簽訂以下的報導協定。另，在簽訂協定的過程中，有關調查經過的發表全部由刑事部幹部統一對外宣布。

記

1、暫時不對本案進行採訪及報導。

2、已確認被害人的安全無虞或發現被害人，又或者是確認被害人的生命安全不會因為對本案的採訪或報導而受到威脅的時候，再由刑事部長與記者俱樂部的幹事針對解除協定進行協議。

3、一旦達成解除協定的協議，再由記者俱樂部自行決定解除的時間。

4、萬一事件始終未能解決，導致協定的期限需要延長，可由記者俱樂部幹事與刑事部長隨時針對報導協定的內容進行協議。』

三上迅速地瀏覽過一遍就翻到下一頁，他想知道的是『附件』的內容。

『發生在玄武市內的女高中生綁架勒贖事件概要』

不同於前一頁，接下來是雜亂無章的手寫字。

『被害人——玄武市內的自營業者A（49）、主婦B子（42）的長女C子（17）私立高中二年級』

匿名發表。三上覺得自己的臉頰在抽搐。

『確認日期——十二月十一日上午十一點二十七分，被害人的父親A撥打一一〇向縣警本部通信指令室報案，聲稱女兒遭到綁架。』

三上瞄了一眼手錶，兩點三十五分，距離報案時間已經過了三個小時以上。三上瞪著那張紙，繼續往下看。

『恐嚇電話的狀況

第一次來電——十一日上午十一時二分，從C子使用的行動電話打到A宅（由B子接的電話）。對方沒有報上姓名，直接出言恐嚇並提出贖金的要求，聲音有利用氦氣[42]等工具加以變聲。

〈你女兒在我手上，如果想要她活著回去的話，明天中午以前準備好現金兩千萬圓〉

B子打電話到A的辦公室，A打一一〇報警。

第二次來電——同日中午十二點五分，跟第一次來電一樣，是利用C子的行動電話，經過變聲的聲音（由立刻趕

42：由於氦氣傳播聲音的速度大約為空氣的三倍，可以改變人類聲帶的共振，使得吸入氦氣的人說話的音頻變高，所以可以用來變聲。

回家的A接的電話〉。

〈我是剛才打過電話的佐藤。把現金換成舊鈔，裝進丸越百貨裡有在賣的最大的行李箱，明天一個人拿到指定的地點來〉

目前正在積極調查中，以上。』

三上一時半刻講不出話來。

太可怕了，跟64幾乎如出一轍。〈明天中午以前〉〈現金兩千萬圓〉〈佐藤〉〈把現金換成舊鈔〉〈丸越百貨公司〉〈最大的行李箱〉〈一個人拿來〉。就連第一通電話沒有報上姓名，然後才自稱〈佐藤〉這點也一模一樣。

不同的是，「沒有特殊口音，稍微有點沙啞，三十多歲到四十多歲之間男人的聲音」這一點。不過，由於犯人對聲音進行過變聲的加工，所以天曉得是不是真的不一樣。

在這些資料裡，並沒有材料足以推翻這是由同一個犯人再犯的可能，不過三上的直覺反應是「並非如此」。因為在64的犯案過程中完全沒有愉快犯的要素，有的只是為了得到一大筆錢的「認真」甚至是「拚命」。這樣的犯人不可能為了強調自己的存在而把案子重演一遍。假設他真的打算再幹一次綁架案，也會徹底排除一切會讓人想起64的要素。絕對會小心翼翼地不讓任何人把這兩起案件的調查情報串連在一起。

三上覺得自己終於冷靜下來了。

時空並沒有回到昭和年代，這是平成的案件。一件與64無關、新的綁架案發生了。就發生在此時此刻，不對，已經超過三個小時了……。

「請盡速簽訂報導協定。」

頭上傳來毫不客氣的聲音。

盡速簽訂？

三上抬起眼睛看著御倉。

「虧你還好意思說出這樣的話。」

「什麼？」

「從確認到現在已經過了三個小時以上，現在才丟出這樣一張小紙片，你以為那群記者會乖乖地把協定吞下去嗎？」

「沒什麼大問題吧！只要把發生綁架案一事告訴記者俱樂部，在那個時間點臨時協定就已經自動成立了。」

「沒錯，你說的一點都沒錯。」

這是為了防止有人利用簽好正式協定前的空白時間進行採訪的安全措施，但是……。

「要是最後無法簽下正式協定怎麼辦？要是大家討論之後的結論是不願意簽署協定，那麼臨時協定就會失去效力，記者們愛怎麼採訪就怎麼採訪。要對方心甘情願地接受自律的協定，必須是以我們這邊也盡可能迅速地提供詳細的調查情報為大前提！這樣你聽懂了嗎？」

「所以我現在不就提供了嗎？」

三上用手彈了彈那幾張紙。

「這比故事大綱還不如。把這三個小時的詳細案發經過交出來。一旦知道是綁架勒贖，可是會有好幾百個記者和攝影師從東京湧來。你以為你這種不把他們當回事的態度可以指揮媒體的報導方向嗎？」

「我沒有這麼想。」

御倉氣不過地回嘴。

「如果有必要的話，我會就我所知道的範圍內補充說明。」

「很好，那你就給我補充說明。首先是名字，告訴我被害人的真實姓名、住在哪裡。」

諏訪連忙掏出筆記本，但是握著筆的手卻沒有動。

「名字不能告訴你。」

「你說什麼？」

三上怒顯於色。他看過那麼多綁架案報導的資料，過去從來沒有以匿名方式對外發表的搜查本部。

「為什麼不能說？」

「這也是不得已的做法。」
「那就把不得已的理由說來聽聽。」
「因為有可能只是模仿64的惡作劇。」
「惡作劇？因為是模仿64的手法，所以就認為只是個惡作劇嗎？」
「不是這樣的。」
「不然是怎樣？手機是本人的吧？」
三上把目光落在那一疊文件上。『從C子使用的行動電話打到A宅』是肯定的語氣，而且A宅的電話還有申請來電顯示的服務，再加上也向電信局調閱過通聯紀錄了。既然如此……。
「還是有什麼材料可以佐證女兒的手機被犯人撿走、偷走或者是搶走了？」
御倉搖搖頭，無奈地嘆一口氣。
「不是這樣，而是現階段還無法排除自導自演的可能性。」
自導自演？三上愣住了。
女兒的謊話……。
「C子平常的表現很差，除了需要用錢或回來拿換洗衣物以外，幾乎從不回家。學校也不去，只是還保留著學籍，從早到晚都跟酒肉朋友鬼混在一起。事實上，自從她前天晚上離開家以後，就再也掌握不到她的行蹤了。根據我們的判斷，目前還不能排除C子受到教唆，或者是主動跟她那群酒肉朋友串通好的可能性，也不確定她是真的想要自導自演勒索那兩千萬，或只是玩笑開得過頭。」
三上一時半刻反應不過來。
「那個女孩才十七歲吧！難不成是她男朋友刻意模仿十四年前的64案？」
「只要有手機，五分鐘內就可以認識到年過半百的老頭子或是黑道分子。就算是年輕小伙子，只要用電腦查一下過去的綁架案，隨隨便便就可以查出一堆跟64有關的資料。他們很有可能是把未破案跟成功率畫上等號，將其做為犯案的雛型。」

三上無法苟同。這番話實在欠缺說服力，只能說是將假設與想像兜在一起的創作。

「不得已的理由只有這個嗎？」

「這理由夠充分了吧！要是現階段就公布未成年人C子的姓名，萬一之後才發現是自導自演的話，一切就太遲了。」

「公布？你搞錯了吧？名字只是在非公開的場合提供給記者而已，只要簽好報導協定，一直到解除協定以前，媒體在報導上就連一個字也不能透露。就算最後發現只是自導自演，到時候基於少年法的保護也不能寫出她的真實姓名。換句話說，完全不用擔心那個女孩的名字會公諸於世。」

「天曉得呢？一旦解除協定，媒體就會湧到C子家的附近。女高中生自導自演的綁架案、金錢、男人、家庭問題……全都是聳動的話題，就連電視台和雜誌社也會聞風而至，到時候無論名字有沒有見諸報端，C子一家人都會成為媒體瘋狂採訪的祭品啊！」

這些話三上已經聽膩了，不對，是已經說膩了。

「廣報之所以存在，就是為了不讓事情發展成這樣，這是我們的工作。」

「後果太嚴重了，世人對於綁架勒贖的興趣和對於自導自演的憤慨最後都會集中在C子身上。」

「就是因為後果太嚴重，我才這麼說的。萬一不是自導自演的話該怎麼辦？要是報導協定一直無法達成共識，那才是後患無窮呢！」

「所以兩邊都要兼顧到啊！既不能公布姓名，又要盡可能把案情交代清楚，我應該已經說得很明白了。」

「一定要有真實姓名。如果你不能決定的話，讓我跟部長談。」

「部長已經把這件事交給我了，除了我以外沒有其他的對應窗口。」

御倉的語氣聽起來不像是在虛張聲勢，也沒有絲毫商量的餘地。難不成一旦有大事件發生，就連「螞蟻的心臟」也會變強了？

三上看了一下手錶。心裡的焦慮遠勝過憤怒及無力感。事情正在一分一秒地惡化。記者們現在就連發生了綁架案的事實都還不知道，距離D縣警確認出事已經過了三個小時又二十四分鐘，幾乎快要一腳踏進「隱匿」那條線了……。

三上把文件上的迴紋針拆下來，將案情大綱遞給諏訪。

「照抄一遍。」

「什麼？」

「抄好以後通知所有報社。」

諏訪的眼睛閃過一絲不安。

「直接以匿名的方式嗎？」

「沒錯。」

諏訪茫然地看著前方。肯定是預想到記者們氣到爆炸的情景。好不容易才說服他們，就連口水都還沒有乾，公布真實姓名的承諾就要被推翻，而且還是媒體公認最重大的綁架勒贖案。

「諏訪。」

「可、可是……」

諏訪露出跟昨天同樣的表情。

〈要把給出去的權利收回來可是比登天還難。反彈會比一開始就不給還要大上好幾倍、好幾十倍〉

〈不會收回來，以後都會比照辦理〉

「窗口」又再度關起來了。

事態刻不容緩。必須趕緊通知記者的另一個原因，就是千萬不能小看各大媒體的天線。每家報社在縣內都有各自的情報網，一旦有什麼風吹草動讓他們察覺到玄武市內的異常，即使不知道是綁架案，也會在事件發生的區域內打探消息。萬一犯人發現媒體有所動作的話……。

眼前閃過亞由美哭腫的眼睛。不見得是自導自演，不可能是自導自演。現在這個瞬間，正有個十七歲少女的生命被放在生與死的交界。

「趕快照抄一遍！五分鐘以內就要發表第一次聲明，先讓臨時協定成立。」

「可是，如果是匿名的話，正式的報導協定絕對簽不成。會群情激憤，就連想要好好溝通都辦不到。」
「那就告訴他們會繼續發出第二次、第三次聲明，做好簽署正式協定的準備工作。」
「這種事……我辦不到。」
「辦不到也得辦到！我會負責要到真實姓名，在那之前給我撐下去！總有一天你也會成為廣報官，所以這件事只能靠你了！」
屋子裡靜得聽不見任何聲音。
諏訪神情恍惚地注視著三上，然後一屁股坐在椅子上，咬緊下唇，把文件拉到手邊，翻開筆記本。
三上把視線從他身上抬起來。
「絕對不會公布真實姓名。」
御倉先發制人地提醒三上，但三上拿出記事本和筆，打算另謀出路。
「知道犯人是男人還是女人嗎？」
「什麼意思？」
「就是打電話來勒贖的聲音啦！被害人的母親是怎麼說的？」
「呃……」
「沒有時間了，少在那邊吊人胃口。」
御倉露出不服氣的表情。
「她說不知道對方是男是女。」
三上一面振筆疾書，一面提出下一個問題。
「口音呢？」
「也不清楚。因為經過變聲嘛！如果不是非常重的口音，我想一般人是不會有印象的。」
「沒有在第一通電話裡就自稱是佐藤對吧？」
「她說沒有，不過被害人的母親實在是嚇壞了。」

「對方沒有警告說不准報警，否則會殺死被害人嗎？」

64在第一通電話裡就說了。

「她說沒有。」

三上看了看諏訪正在抄寫的手。

「可是卻過了二十五分鐘才報警……。這段時間，被害人的父母在做什麼？」

「不斷地打電話到C子的手機，而且對於要不要報警似乎也很猶豫的樣子。據說夫婦之間也討論過，雖然犯人沒有說不准報警，但是萬一報警的話，女兒的生命會不會有危險之類的問題。」

諏訪闔上筆記本，站起來。三上也停筆，把剛才寫好的那一頁撕下來，跟要求申請協議的文件一起交給諏訪。

「拜託你了。」

諏訪深深地鞠了一個躬，一臉做好最壞打算的表情，低聲說了句：「等你的後續情報。」便小跑步地離開房間。

就在三上重新下定決心，不問到真實姓名絕不回去而轉向御倉的時候，口袋裡的手機震動了起來，是石井秘書課長打來的。

〈三上老弟，現在到底是……〉

「發生綁架案了。」

〈……綁架？〉

「細節我待會再向你報告。諏訪現在回去廣報室了，麻煩你過去支援一下。」

三上單方面說完之後就把電話掛斷了。然而，就在電話斷線的前一刻，耳邊傳來高八度的尖叫聲。

〈這麼一來，長官不就來不了了嗎？〉

三上闔上手機，放在桌子上。

長官視察。這件事被他忘得一乾二淨。只有石井沒有被綁架這個單字的魔力搞到失去理智，也只有像他這種名為警察、實為行政官僚的人，才會馬上將剛發生的重大刑案與明天的活動聯想在一起。

的確如同石井所說，小塚長官不能來D縣視察了。

全新的綁架案件正如火如荼地進行著。難道要讓長官前往目前正緊張萬分的案發現場，進行十四年前綁架案件的視察？那是多麼愚蠢至極的事！那麼，接下來該怎麼辦？改以親上火線加油打氣的名義強行進行視察嗎？還是乾脆趁這個機會進行實質上的發號司令呢？率領刑事局的工作人員闖進特搜本部、抓起指揮棒，讓本廳主導成為既定的事實？本廳恐怕沒有這個膽識吧！一旦讓犯人給跑了，等於是跟D縣警同歸於盡。如此不但會成為全國人民的笑柄，也不可能提出要把職位收回去的要求。是延期？還是取消呢？總而言之，只要事件無法迅速破案，明天的長官視察就不可能如期舉行。

三上沒有任何感覺。既沒有感到失望也沒有鬆了一口氣的感覺，而且也絲毫開心不起來。只是對這種冥冥中自有天定的結果感到非常地諷刺。64的陰魂讓64的視察化為泡影。是「佐藤」讓本縣成了達拉斯，而不是刑事部，也不是D縣警……。

「我可以走了嗎？」

御倉終於忍不住打破沉默。

三上再一次注視著他，緊盯著他的眼眸深處，想要知道他內心的真實想法。螞蟻也有強壯的心臟。從他現身的那一刻起，就一目瞭然了。雖然有可能只是自導自演，然而他冷靜沉著的態度看起來卻一點都不像是三個小時前才得知有綁架案發生的搜查幹部。雖然三上不願意這麼想，但是在他的內心還是不免有些懷疑。這一切都太湊巧了，拜發生綁架案所賜，長官視察的事就這樣化為烏有了……。

「如果你沒有其他問題的話，恕不奉陪了。」

「怎麼可能沒有其他問題？我們這邊的情報可是晚了整整三個半小時！」

三上沒好氣地說道，並再度翻開記事本。

「接下來……被害人的母親打電話到女兒的手機，當時是什麼情況？」

「聽說是沒人接。」

「現在也是嗎？」

「是的。似乎是連電池都被拔出來，所以就連微弱電波也收不到。」

「哪一家公司的手機？」

「DOCOMO[43]。」

「可以聯絡上跟女兒玩在一起的朋友嗎？」

「他們連女兒的朋友姓什麼都不清楚，一點線索也沒有。」

三上把記事本翻頁。

「這麼放任嗎？」

「根本是溺愛。因為父母認為中、小學的過度干涉可能是造成女兒行為偏差的原因。」

「這是誰說的？」

「市內的心理諮商師。以前父母有帶她去諮詢過。」

這句話聽在耳裡、刺在心裡。

「前天晚上為什麼回家？」

「拿換洗衣服。」

「樣子呢？有沒有跟平常不一樣的地方？」

「一句話也沒說。這點倒是跟平常一樣。」

三上再次翻頁。

「事件的前兆呢？」

「據說之前曾經接到過幾次無聲電話。」

又被刺了一刀。

「幾次？」

「我沒有問得這麼仔細……。目前還在了解案情當中。」

「什麼時候打來的？」

「大概是十天前。」

「對方的電話號碼呢？」
「電話號碼？」
「沒有來電顯示嗎？」
「啊！有的，據說是從公共電話打來的。」
記憶的門正緩緩地開啟。三上幾乎快要控制不住自己的情緒。
「其他還有什麼？」
「被害人的母親有看過一輛陌生的黑色廂型車停在附近。」
「什麼時候的事？」
「三、四天前。」
「有沒有得罪過什麼人？」
「據說是沒有。」
「手機的遺失紀錄呢？」
「什麼意思？」
「女兒有沒有向派出所報案的意思。」
「沒有聽說過，如果有的話就不會有這起事件了。」
「有問過全縣的派出所嗎？」
「呃，這個嘛……」
「應該要問清楚吧！不只是手機，也有可能是以包包不見的形式報案。」
御倉面無表情地點了點頭。
三上繼續翻頁。

43：全名為NTT DOCOMO。提供行動電話等無線通訊服務，為日本最大的移動通訊業者。為NTT的子公司。

「自宅班是什麼時候進駐的？一共有幾個人？」
「正確的時間我不清楚……。一共有五個人。」
「第二通電話有錄音嗎？」
「來不及。」
「犯人是從什麼地方打來的？」
「什麼？」
「我在問你是哪裡的電波塔攔截到發信的電波？發信區域通常是在電波塔的半徑三公里內，應該已經向DOCOMO確認過了吧？」
「我……我只聽說是縣內。」
含糊其辭。莫非是有什麼企圖嗎？
「查清楚之後再告訴我。」
「我會的。」
「被害人的父母是做什麼的？」
「這個嘛……因為是特定身分，所以……」
「所以算是比較不常見的業種、商店囉？」
「嗯，可以這麼說。」
「辦公室在哪裡？」
「玄武市內。」
「家境好嗎？」
「要籌到兩千萬還是有辦法的。」
「被害人有兄弟姊妹嗎？」
「有一個妹妹。」

「幾歲？」
「十一歲，正在唸小六。」
「小六……」
三上停下筆來。被綁架的不是小六的妹妹，而是高二的姊姊。
「這也是我們懷疑C子自導自演的理由之一。」
御倉的口吻似乎有些得意。
「原本就沒有什麼計畫性。可能一開始只是以猥褻為目的，或者是認識被害人的人突然動了綁架勒贖的念頭。總之要怎麼解釋都說得通吧！」
「沒錯，是這樣沒錯。」
御倉還是一臉提不起勁的樣子。問到手機遺失紀錄的時候也是這副德性。
總覺得哪裡不太對勁。案子才剛發生沒多久，就一面倒地認定是自導自演，不覺得太武斷了嗎？從御倉說的話中感覺不到「真實感」也是基於這個原因。
肯定還有什麼是他不知道的。特搜本部肯定掌握到什麼關鍵性的證據，才會確信被害人是在自導自演。如果是這樣的話，一切就說得通了。比起長官視察的取消，是認定本案絕對不會變成重大刑案的樂觀態度讓御倉能夠始終這麼從容。
三上闔上記事本。
「為什麼把警務排除在外？」
「什麼意思？」
「就連警備及生安、交通的幹部都在禮堂裡。為什麼連這些人都召集了，卻把我們警務部排除在外長達三個半小時？」
「那是因為事有輕重緩急。」
御倉輕描淡寫地回答。

「一旦找到遺留物，就必須馬上派出機動隊對周邊進行搜索；交通則是要佯裝成取締超速駕駛，進行車牌號碼的比對與收集指紋；至於生安……」
「後勤呢？」
三上打斷他的話問道：
「要組成特搜本部的話，首先不是要有錢和裝備嗎？」
「一下子還來不及想到那裡。不過跟搜查不一樣，那些手續可以以後再補。」
「你是說廣報也可以以後再通知？媒體對策也可以以後再來處理嗎？部長是這麼說的嗎？」
「這個嘛……」
御倉被堵得說不出話來。看樣子是被他說中了。
「所以真的是故意延後通知我們的囉？」
「你誤會了。」
「如果我沒有出現在這裡，你們打算什麼時候才要讓警務知道這件事呢？」
御倉無言以對。
「你知道你們在做什麼嗎？有個女高中生不見了，家裡還接到恐嚇電話，但是你們滿腦子想的居然不是要趕快把犯人逮捕歸案。你們這樣不按牌理出牌，居然還把綁架案捲入組織的紛爭裡？這是為了報復本廳嗎？還是利用這件事提出警告呢？你們怎麼可以腐敗到這種程度？」
「不按牌理出牌的是你們吧！」
三上不理會他的抗議，繼續往下說。
「你們很確定這只是一齣自導自演的鬧劇，所以才不照規矩辦案，不是嗎？」
「哪有確定？我只是說有這個可能性。我們滿腦子想的都是要如何把犯人逮捕歸案。什麼把警務部排除在外？那只是你的被害妄想，是你覺得對不起我們才會產生這種差勁的妄想。」
「那為什麼要匿名？」

「理由我不是說過了嗎？就算只有百分之一的可能性，只要有可能是未成年的自導自演……」

「我不是在跟你談媒體的事！我是在問你，為什麼連我們也要隱瞞真實姓名。」

桌子上的手機震動了起來。三上用眼神箝制住御倉，伸手把電話接起來，是藏前打來的。

〈呃……我知道松岡參事官人在哪裡了。強行的車正開進G署裡〉

「確定嗎？」

〈確、確定。因為一次有五六支電話同時響起，我沒想太多就把電話接起來，結果對方是G署的人……〉

「我知道了，你先回廣報室去幫諏訪的忙。」

掛斷電話，御倉已經做好回答的準備。

「說吧！」

「警務部打算把D縣警出賣給東京，所以並不是能夠分享重要情報的弟兄。」

「這種廢話我已經聽膩了。如果你們是真的有心要辦案的話，就把真實姓名公布出來。」

御倉輕輕地嘆了一口氣，然後冷冷地說道：

「這件事與你們無關，一輩子都不知道也沒關係。」

三上一陣暈眩。

在內部搞定是警察的本性。三上以前也是這樣。在當刑警那段漫長的歲月裡，三上也以為排他是件理所當然的事。然而……。

如今他多了「客觀」的思維。

〈這件事與你們無關〉

〈一輩子都不知道也沒關係〉

如果是記者的話，一定會反問一個問題：

自營業者A、B子、C子……這一家人真的存在嗎？

64

灰塵跑進了眼睛。

三上揉著眼睛坐上車，看了一眼車上的電子鐘，三點十五分。拿出手機打到廣報室。電話才接通，就被嘈雜的喧鬧聲吞沒了。『開什麼玩笑！』『把名字交代清楚！』『昨天講的那些都只是信口開河嗎？』記者們的憤怒宛如洶湧的波濤一波波地打在諏訪的身上。從電話裡可以很明顯地感覺到肅殺之氣。

因為是女人接的電話，三上認為應該是美雲。

「聽得見嗎？」

〈喂，聽得見嗎？〉

「已經告訴所有的媒體了嗎？」

〈對不起，我聽不見你在說什麼〉

三上扯著嗓門大喊：

「臨時協定已經生效了嗎？」

〈啊！是的……〉

美雲的聲音聽起來有幾分沙啞，而且喧鬧的音量也降低了幾分。她該不會是躲到桌子底下了吧？

〈已經生效了。不過還是有很多記者說，如果我們不公布真實姓名，他們就不承認這個臨時協定。如果我們不公布真實姓名，他們就要讓負責玄武市的記者出動了〉

「臨時協定也是協定，絕對不能任由他們推翻。」

〈他們的理由是，我們都已經隱瞞三個半小時了，有什麼資格要求他們？他們在這段期間曾到G署去採訪車禍的案件，現在打算再過去一趟〉

「不行！這無疑是要破壞報導協定。叫他們不准靠近G署。」

〈股長正拚命地說服他們。已經再三強調可能是被害人自導自演，所以暫時不方便公布真實姓名，可是誰也聽不進去，吵得簡直快要把屋頂給掀了……〉

「我現在要公布第二次聲明，妳記下來。」

〈等、等我一下〉

嘈雜的音量瞬間放大了好幾倍，然後又安靜下來。

〈好了，請說〉

三上覆誦從御倉口中問出來的情報，過程中不斷有怒罵聲傳來。『躲到哪裡去了？』『叫他現在馬上過來這裡！』看來廣報官的不在使他們的怒氣火上加油。

「就是這些，幫我交給諏訪。」

〈請問……被害人的名字是？〉

「還沒問出來。」

〈………〉

話筒的那頭清楚傳來美雲的失望，她可能已經看出諏訪就快要頂不住了吧！

「叫諏訪再撐一下。」

〈廣報官呢？你不回來嗎？〉

「我要去G署。這個妳私下跟諏訪說就好。」

〈那你什麼時候才能回來呢？〉

美雲的語氣聽起來很無措。但是就現階段而言，三上也沒辦法給出明確的答覆，因為他不知道自己究竟能不能順利見到松岡參事官。

〈給個大概就行了，大概幾點可以回來……〉

「妳讓藏前去縣廳的管財課。」

〈咦？〉

「西廳舍六樓有一間可以容納三百人以上的會議室，叫藏前去把那裡借下來做為記者會的會場。只要告訴管財課發生了重大事件即可，其餘不必多說。再把廳舍的地下停車場也空出來，確保從東京及附近縣市過來的採訪車輛有地方可以停。」

〈我明白了，我會轉告他的……那我要做什麼？〉

「讓所有媒體都能徹底地了解哪些是不能做的事。請他們跟東京總部聯絡，萬萬不可出現上頭有公司旗幟或公司商標的車輛，電視轉播車的天線也要想辦法掩飾掉，再怎麼樣都不能讓他們靠近玄武市內，當然也嚴禁開進縣警的停車場。不准在路上做出任何會讓人聯想到新聞報導的招搖舉止，一定要停進縣廳的地下停車場裡，然後搭乘貨物用的電梯悄悄地上六樓。」

〈現在……現在可能無法要求這些〉

美雲的聲音近乎哀求。

〈現在說再多也沒有人聽得進去。已經不是能夠好好溝通的狀態了〉

「那就一家一家媒體找來個別說明。」

〈所有人都揚言拒絕簽署正式協定。一直在大吼大叫，根本不會有人願意跟總部聯絡〉

「儘管如此，總部還是會派人過來。無論哪一家媒體都會出動所有可以出動的記者，而且恐怕已經在路上了。」

〈………〉

「如果妳還有時間思考的話，不如先展開行動！這關係到一個十七歲女孩的生死。廣報室沒有能力逮捕犯人，眼下能做的只有一件事，那就是別讓媒體把女孩逼成一具冷冰冰的屍體！」

三上不等她回答就發動了引擎。

〈我明白了，我會盡力〉

美雲的聲音被怒罵聲蓋過，但是仍聽得出她的決心。

三上把油門踩到底，把車子開出飛舞著枯葉的縣警腹地，沿著縣道往東前進，只要不塞車不到三十分鐘就可以抵達G署。

這關係到一個十七歲女孩的生死……。

口中還殘留著說出這句話之後的另一種滋味。他並不是為了在美雲的背上推一把才說出這樣的話，也沒有因為被灌輸了自導自演的可能性而削弱對C子的關心。他有著非常真實的感受。亞由美的笑臉、雨宮翔子死亡時的模樣、高中生的制服、七五三的髮飾、走在路上的年輕女孩們、櫥窗裡大紅色的外套。視覺與記憶與感情全都糾結在一起，從中產生出一股真實的感覺，讓他可以感受到素昧平生的C子的脈膊與體溫。然而……。

腦海中出現了雜音。

被害者一家人真的存在嗎？

三上轉動方向盤，一股作氣地加速前進，超越了前方的兩輛車。

特搜本部傾向於是C子自導自演，而且打從一開始就認定是C子的自導自演，之後所做的推論全都是基於這個結論。御倉的泰然自若也讓人覺得很不尋常，照他那種老神在在的樣子看來，想必是握有什麼「底牌」才對。但是如果有不動如山的證據，足以證明只是C子的自導自演，那就根本稱不上是什麼事件，更不用成立特搜本部。然而一夥人卻大動作地占領禮堂，一方面要求媒體簽訂報導協定，一方面又以「可能只是自導自演」為由拉起了防線。不免讓人懷疑這只是要阻止長官視察，將C子塑造成罪魁禍首，並利用偶然發生的自導自演綁架案趁機把事情鬧大。

三上嘴裡叼著一根菸，正要點火的手忽然停止不動。

——只有這樣嗎？

這真的是偶然發生的嗎？

因為有太多的巧合，免不了讓人這麼想。為什麼偏偏是「今天」呢？剛好就在長官要來收回刑事部長寶座的前一天出了事，而且還是地方上十年難得出現一次的綁架勒贖案件。綁匪會不會是以破壞視察為目的的64模仿犯呢？〈明天中午以前把錢準備好〉。綁匪指定的明天中午正好是小塚長官預定抵達的時間。即便綁匪說的話是複製自64，但是這一連串的事情真的全都只是偶然嗎？

表面上看來像是C子的自導自演，但是卻是規模完全不一樣的綁架鬧劇……。

三上在紅燈前停了下來，把銜在嘴裡的香菸點燃。

被害者一家人真的存在嗎？

答案既是「YES」，也是「NO」。那「一家人」或許真的存在，但是那一家人並不是綁架案的「被害者」。正因為三上深知當警方認真起來的時候有多麼恐怖才會這樣想。再也沒有比憑空捏造出被害人更容易的事了，這可是比違反規定的調查還要不入流的行為。雖然三上很想相信警方不至於墮落到這個地步，但也正因為他很清楚只要警方真的想要蠻幹，沒有什麼事是做不出來的，才無法把這種想像趕出腦海。

事件是綁架案，首先要做好「被害人家」的設定，因為通聯紀錄會留在不歸警方管的NTT手裡，所以被害人家的電話就不可能是警察家或親戚家、甚至外圍團體的辦公室號碼。最簡單的方法就是利用跟警界有親密關係的「共犯」。即使不是黑社會的人也無妨。只要是欠警方人情的人、被警方抓住把柄的人、整個人生都在警方掌控下的人都可以。像這種可以交換條件的一般人，只要「曉以大義」就完全不用擔心對方會說出去，也沒有被倒打一槍的風險。考慮到這次要扮演的角色，或許以表面上過著普通生活的夫婦最適合。

腦海中浮現出在禮堂門口當守門員的暴對室蘆田那雙閃爍不定的眼神。以前他曾經「解救過」差點帶著一家老小自殺的旅館業者。性好漁色的老闆傻乎乎地被設局仙人跳，只好忍氣吞聲地接受當地的地頭流氓屢次敲詐，就連年輕的老闆娘也慘遭玷污，據說整個過程還被拍下照片和影片。這家人私下向蘆田求救，蘆田便私下找上那個黑道的老大，要求他們放過那對夫婦，另一方面也承諾會當恐嚇和對婦女施暴的犯罪行為「沒有發生過」。三個月後，蘆田從黑道最底下的小弟辦公室裡搜出兩把槍而受到本部長的表揚。後來甚至還聽說旅館裡有間蘆田專用的特別室，年輕老闆娘的照片和影片則沉睡在那個房間的保險箱裡。

這對夫婦絕對不是什麼特別的案例。這年頭要隱瞞重大的前科、想躲避債主的追討、有什麼祕密讓別人知道會無法在社會立足的夫婦要多少有多少。像這樣的「共犯」會隨著警察——尤其是刑警的執勤年資等比例增加。因為要不是有不可告人的祕密，也就不會有那麼多的事件發生。所以「父母」三兩下就可以搞定了。接著是……。

三上把香菸捻熄，發動引擎，驅車前進。因為前面塞住了，所以他就變換到左邊車道，卡進一輛大卡車前。

接下來只要共犯夫婦之間還有個女兒便行了。就算是兒子也無所謂，說得再極端一點，就算沒有小孩，只要夫婦加起來有三支手機就萬事俱備了。把其中一支手機設定為「C子使用的手機」，由刑警利用這支手機打電話到家裡進行恐嚇。如果想避免現役刑警直接下手的風險，那只要由前刑警或其他共犯扮演綁匪的角色就行了。

還有一種可能性是假設真的有一個「不常回家的C子」，而她又不知道自己的父母是共犯的話，那麼這個綁架案的劇本就是利用她「行蹤不明」的前提寫成的。只要照著這個劇本，讓前天出門的C子在某個地方把手機「搞丟」就行了。就算她把手機放在包包裡或是須臾不離地隨身攜帶，但是人難免疏忽，而且睡著的時候會比動物還沒有警覺性。所以一旦被熟知各種竊盜手法的竊盜犯刑警盯上，要讓她把手機「搞丟」根本不費吹灰之力。或許C子有向派出所報遺失，也或許是以被偷走的方式報案，但無論如何，只要特搜本部不打算接收這方面的訊息，C子就會一直處於「被綁匪限制人身自由」的狀態。

三上明知這早已超出想像的範圍，根本可以說是胡思亂想，但他還是無法一笑置之。

因為匿名的緣故。

在匿名的保護傘下，即使編出再匪夷所思的故事也都能夠成立。想怎麼發展就怎麼發展，無論發展成多荒誕的局面也都可行。編造故事的時候，匿名可以說是無所不能，而無數的選項都可以並存的構造不正是幻想本身嗎？

三上習慣性地鬆開油門。

『葵咖啡』的招牌從眼角掠過，那是64追擊劇的起點。如果真的有個不是自導自演的犯人，而且是認真地想要重演64一幕的話，那麼相隔十四年，明天店裡將會再度坐滿偽裝成情侶的調查人員。

但如果犯人就是刑事部的話，店裡就會依舊門可羅雀，因為案情不會進展到交付贖金的階段。只要讓綁架案的狀態持續到長官預定抵達的時刻，也就是明天中午，就能確實地破壞視察一事。不對，說不定今天就可以搞定了。一旦取消視察的決定傳達到D縣警那裡，案情就會急轉直下，朝著落幕的方向發展。

三上加快了車速。三點三十五分。比想像中還要花時間。

屆時，已經達到目的的特搜本部會開始進行「善後工作」。先將媒體利用到淋漓盡致，再讓他們徹底地跌破眼鏡，好讓一切歸於平靜。首先發表「已經找到C子，一切都是她自導自演」，讓先前就已經醞釀好「自導自演的可能性」發酵，然後在記者會上兩手一攤說「我們也很傻眼」，表示既沒有共犯也沒有背後的藏鏡人，一切都只因為C子想要讓父母為難而已。犯行是把從網路上看到的陳年往事「原封不動地照抄一遍」，用來變聲的氦氣則是在派對上玩賓果遊戲抽中的獎品。「非常抱歉，她已經在深切反省了……」云云。

以C子尚未成年做為擋箭牌，堅持不公布被害者一家的姓名，就不會成為太聳動的新聞。頂多是平面媒體心有不甘地寫出『D縣發生了綁架騷動，把警方和媒體耍得團團轉』這種芝麻綠豆大的報導。曾經到達沸點的興奮早就不知去向，就連後續報導也意興闌珊。而且就算想要進行追蹤報導，線索也少得可憐，就只有「玄武市內」「父親是自營業者」「私立高中二年級」「十七歲」。戶政單位和學校的保密義務等於是一道防護牆。再不然也可以說這一家人已經遠走高飛了。反正他們有萬能的匿名之神保護，沒有人可以證明警方對外宣稱的家人年齡和就學狀況是真的。話說回來，就連C子這個女孩是不是真有其人也未可知。

〈這件事與你們無關，一輩子都不知道也沒關係〉

一點也沒錯。這件事別說與世人無關，即使是媒體，這件事也終將變成一件「無關緊要」的事。

三上不禁覺得綁架案是最好的選擇，而且一定要是自導自演的綁架案才行。在事情結束以前，社會大眾無從得知任何消息，就算廳內正被狂風吹得人仰馬翻，說穿了也只是茶壺裡的風暴。不會出人命、也沒有任何人受傷。只要推說是自導自演，就可以在不驚動社會大眾的情況下，讓事件落幕。既可以讓長官精心策畫的視察付諸流水，也不會留下任何後遺症。如此看來，再也沒有比自導自演的綁架案更有威力的事件了。接下來，刑事部就會對本廳使出最後一擊。當本廳飽受暴風雨侵襲之後，得知這場自導自演的綁架案是D縣警刑事部使出的「殺手鐧」時，肯定會驚愕到說不出話來吧！

沒錯，刑事部會讓本廳知道真相。

如果事後還繼續欺瞞本廳的話，等於是隱瞞敵對國家自己已經成功開發出核彈的事實。要是不讓本廳徹底打消「沒收職位」的念頭，那一切便毫無意義。為了讓本廳從此以後不敢再輕言「64視察」，刑事部一定會以某種方式「自首」，獻上一顆還滴著鮮血的頭顱，逼本廳表態。本廳又會怎麼做呢？是摸摸鼻子，把這件事深埋在地底下？還是推開這顆頭顱，轉而獻上荒木田的頭呢？

三上抬起頭。

遠遠地已經可以看見G署的建築物了。太陽旗正在風中飄揚。四點二分。或許是因為陰天的關係，周圍顯得有些陰暗。

——參事官會是那根針嗎？

三上下意識地喃喃自語。如果是松岡的話，應該可以一針刺破他宛如氣球般不斷膨脹的幻想。松岡是個跟違法調查扯不上邊的男人。硬要說的話，這個觀念還是他灌輸給三上的。上帝賦予我們一雙手，不能因為水很髒，就認為把手弄髒也沒關係。拘留所裡空空如也也好、再怎麼渴望建功也罷，都不能因為這樣就進行違法的調查……。

就是這麼回事。只要松岡人在屬於搜查前線基地的G署，只要松岡的臉上是「工作中的表情」，「刑事部的自導自演」就不攻自破了。

三上認為他會在，希望他會在。

能不能問出C子的真實姓名，牽涉到松岡的內心是怎麼想的。只要把一切賭在他身上就有勝算。不管松岡手中是不是握有「C子自導自演」的證據，「自己闖下的禍自己收拾」向來是松岡的行事作風，不會因為對方還未成年就讓她享受特殊待遇。只要三上動之以理、說之以義，好好地向他分析厲害得失，就有可能從他口中問出C子的真實姓名，而且以松岡的立場是可以自行做出這樣的判斷。

三上點起一根菸。

他不會再重蹈覆轍了。如果單槍匹馬地衝進刑事課，等於是讓發生在禮堂的事再重演一遍。要怎麼樣才能跟松岡獨處呢？要在綁架案發生的當口，跟調查指揮官一對一單獨會面，說不定會是一件比問出C子的真實姓名還要困難的事。

三上看著前方。署廳舍明明就在眼前，但是車陣卻動也不動。四點八分。不對，正當他發出咂舌聲的時候，已經變成九分了。

腦海中浮現諏訪的臉。

這還是腦海中第一次浮現部下鮮明的五官，而不是只有模糊的印象而已。

——再等我一下。

三上把抽沒幾口的菸捻熄，打開車頭燈，讓車頭燈往上照。用力轉動方向盤，衝進對向車道，再將油門踩到底，一口氣把塞住的車陣甩得老遠。

真實姓名的重量。

不只是為了廣報室。不能夠再繼續放任這隻會擴大大家的疑心病、名為「匿名」的怪物到處橫行了。

65

聽覺變得異常敏銳。

耳邊傳來水滴的聲音，非常規律地每隔數秒就打在洗手台的排水孔。

這裡是G署四樓的廁所，三上躲在最後一間屏息以待。角度不是很好，無法從縫隙看到人影，只能聽到聲音。腳步聲、嘆息聲、咳嗽聲、哼歌聲。如果有人一起來上廁所，還可以聽見對話的聲音。

還在二課當刑警的時候，常常被產經的記者以這種手法堵到。當他問對方是如何確認對象的時候，對方只是笑了笑說「這是祕密」。最後得知真相是在對方決定要調單位而前來打招呼的時候。他說：「那是因為三上先生洗手的時候會把水龍頭開到最大……」

松岡則是一定會洗臉。會洗臉的人當然不只他一個，但是他還有一個習慣。那就是在關上水龍頭之後，會「唰！」地一聲把雙手一甩，像是甩掉傘上的雨珠一樣把手上的水滴甩掉。三上等的就是他們一起在轄區工作的時候，曾經聽過無數次的那個聲音。

看了看手錶，四點五十五分。從潛入到現在已經過了三十分鐘。好冷，屋子裡的暖氣似乎無法充分送到廁所的角落。三上豎起西裝的衣領，搓著兩隻手取暖。

打開手機，沒有人打電話來。因為靜音模式還是會發出震動的聲音，所以三上將手機設定為駕駛模式。當他抵達G署的時候，曾經從車上打了一通電話回廣報室，因為得讓廣報室的人知道自己暫時不能接電話。響了半天，最後是諏訪接的電話。廣報室聽來依舊處於罵聲連連的風暴。三上迅速地把事情交代完，最後只問了一個問題：

〈東京那邊有說視察要取消嗎？〉

〈這倒沒有〉

為了不讓記者察覺到自己是在跟三上講電話，諏訪的語氣始終很粗魯，最後還補了一句：

〈總之快點把零件送過來就是了〉

有聲音了。

三上豎起耳朵。是穿過走廊的腳步聲，而且正迅速地朝這邊靠近。經過廁所門前……之後變成小跑步的腳步聲，順著樓梯逐漸往下遠離。

整整三十分鐘內只有五個人進來上廁所，而且最近十五分鐘還掛零。根據三上的判斷，應該是刑事課或刑事課後面的會議室正在舉行搜查會議的緣故。

雖然還沒有見到松岡，不過當他把車子開進署廳舍後面的職員專用停車場的時候，幻想就已經變模糊了。因為有一看就知道、貌似私家車的調查車輛把整個停車場停得水洩不通。大概是從各地召集過來的吧！光是本部強行犯股的車，放眼望去就有四輛。至於自小客車及經濟型房車則是一輛也沒有。看來是讓職員把上下班開的車子全都移到別的地方去了。

幹了那麼多年的刑警，眼前的光景無疑是「真的」有事件發生了，同時也讓三上想起要對這麼多人「保密」是件多麼困難的事。如果這件事真的是由荒木田主導的「刑事部的自導自演」，那麼在把替死鬼推到本廳的前一刻，都必須對這個事實三緘其口才行。所以，只能讓一小部分的調查幹部知道真相，至於對所有集合在這裡的刑警就只能隱瞞了。對被害者一家人的名字祕而不宣，卻命令刑警們對綁架案展開調查；抑或是公布了名字，卻不講明是自導自演就指揮調查，以上這兩種狀況都是不被容許的，更何況風險也太大了。刑警對於欺騙或陷阱都很敏感，產生自內部的懷疑和憤怒會引起自體中毒的症狀，原本為了保護刑事部的策略說不定反而會造成內部的土崩瓦解。

既然如此，難道所有調查人員都知道這是一場自導自演的鬧劇嗎？不可能。如果只有幾個幹部倒也罷了，要讓這麼多人守住一個共同的祕密只能說是有勇無謀，荒木田不可能不明白這個道理。每個刑警都有一套自己奉為圭臬的信念和遊戲規則，就算本廳想要「沒收職位」的情報確實地傳導到組織的末端，基於憎恨本廳的同仇敵愾讓刑事部團結一致，但也不是每個人都願意涉入這種違法辦案的事，一定會有不肯同流合污的刑警陸續出現，使得保密行動破功。不管時代如何變遷，還是會有像幸田那樣潔身自愛的刑警。

簡而言之，眼下的刑事部的確展開了大規模的調查行動……。

三上轉了一下眼珠子。

又有腳步聲了。

這次不需要豎起耳朵，因為人太多了。想必是會議剛結束，一群人全都朝著廁所而來。門「砰！」地被打開，三上下意識地繃緊神經。兩個人……不只，後面還跟著一個人。

「把領帶拿下來比較好吧！」

「說的也是。」

非常正常的對話，不過兩邊都是沒聽過的聲音。在他們上廁所的時候，走廊上的腳步聲也同時三三兩兩地順著樓梯往下而去。

洗手台的水龍頭被扭開了，有人正在洗手，水聲彷彿二重奏般。還有一個人在幹嘛？水聲停止了，複數的腳步聲往門口走去。「再見。」是在跟剩下那個人打招呼嗎？但是沒有人回話。如果只是行注目禮的話，表示是「上面的人」。腳步聲緩慢地移動，水龍頭再次被轉開了，耳邊傳來洗手的聲音，然後……開始洗臉了。是松岡嗎？水龍頭被關上。三上把所有神經全都集中到耳朵上，把手指放在門鎖上。

「砰！」地一聲，又有人進來了。「啊！你好。」聽起來似乎是後面進來的人說的。三上一動也不動，因為他沒有聽見那個「把水甩乾的聲音」，或許是被剛才開門的聲音蓋過了。是也好，不是也罷，在外面有兩個人的情況下，他是沒辦法出去的。

腳步聲消失在走廊上沒多久，另一個人也出去了。

接下來是漫長的等待。

六點……。六點半……。七點……。這段期間他到底看了幾次手錶呢？手機一樣沒有接到半通電話。諏訪怎麼樣了？是不是還在咬牙苦撐呢？藏前和美雲是否有完成他交代的任務呢？有沒有人不遵守臨時協定呢？為什麼赤間和石井到現在都還不吭聲呢？

剛才又有一個人走出去了。上廁所的人多了起來，但是始終不曾聽見「松岡的聲音」。到底是他聽漏了？還是松岡根本不在這裡呢？疑惑和焦慮不斷地提高。身體冷得不得了。他坐在馬桶蓋上，三不五時就站起來活動一下手腳。這跟以前常幹的荒唐跟監比起來根本算不了什麼，只是因為不知道什麼時候會有人來敲他那間的門，所以每當有人進來的時候，便會不由自主地心跳加速。

七點十一分。當他再次確認時間的時候，伴隨著『叩！叩！叩！』的腳步聲，廁所的門被打開了。腳步聲不急不徐，讓人感覺到此人步伐從容。三上睜大了眼睛，他並不記得這樣的腳步聲，對這樣的走路方式也沒有印象。只是……。

直覺告訴他，是松岡。

此人上完廁所，移動腳步，打開水龍頭，洗手，然後洗臉，關上水龍頭，水聲停了。三上把耳朵貼在門縫。

唰！

三上不動聲色地走出他那間廁所。一開始先看到對方的肩膀，然後是下臂，只見他還保持著甩水的手刀姿勢。

「參事官……」

這個男人到底什麼時候才會露出驚訝的表情啊？只見回過頭來的松岡無事般地看著三上，像平常那樣發出「喔！」的一聲，然後瞥了一眼三上右手的繃帶。

終於在搜查的前線基地看到「地下刑事部長」的身影，至少確定他人在這裡。

三上走向前去，冷到骨子裡的膝蓋不聽使喚地抖了起來。

「我知道我這樣堵你很失禮，但是我有話要跟你說。」

「怎麼啦？你是在模仿記者嗎？」

「因為我一時想不到還有什麼辦法可以見到你。」

松岡從西裝褲的口袋裡掏出手帕，把臉擦乾。

「我想你也知道我真的很忙，有什麼事長話短說。」

三上行了一個禮，說道：
「請告訴我被害者一家人的真實姓名。」
「我不能說。」
回答得斬釘截鐵，不過語氣倒不算太衝。
「我想你應該明白，以匿名的方式是無法壓住媒體對綁架案的好奇與興趣，各大媒體都揚言不願意簽訂報導協定了。」
「這就是理由嗎？」
「什麼？」
「你到這裡來的理由。」
「是的。」
「我並沒有要連靈魂都出賣——你是這麼說的吧？」
松岡的眼神犀利。他指的是自己在搜查一課的辦公室裡說過的話。當時他整個人正為該站在刑事部那邊、還是警務部那邊而煩惱。
「你知道視察的目的了吧？」
「荒木田部長告訴我了。」
「儘管如此你還是要為警務工作、盡忠嗎？」
「我這麼做既不是為了警務也不是為了本廳，而是在執行廣報官的任務，希望你能理解。」
「是嗎？」
「你不相信也是人之常情，但是你現在也只能相信我了。這是廣報官的任務。跟媒體簽訂報導協定、收拾混亂的局面是最要緊的事。所以在問出真實姓名以前我是不會回去的。」
松岡側著頭反問：
「這件事有這麼嚴重嗎？」

「咦？」

「我是在問你，這件事有重要到你必須躲在廁所裡堵人嗎？」

三上用力深呼吸。

「從刑警的角度來看，這或許是一件很愚蠢的工作。這工作跟警察本來的工作八竿子打不著。我也曾經這麼想過，以為維護治安就是要逮捕犯人，整個監獄外的世界都是我們的獵場。但是現在我的想法改變了。警界人員一共有二十六萬人，每個人都有各自的工作崗位，刑警其實只是其中的一小部分，絕大部分的人都是在得不到掌聲的檯面下工作。儘管沒有上帝賦予逮捕犯人的雙手，卻也都對自己的工作感到驕傲。這麼巨大的組織之所以能順利運作，全因為每個人都在兢兢業業地完成自己每天的工作。廣報室也有廣報室該做的事。或許會受到刑警的揶揄，說我們跟媒體蛇鼠一窩，但這並沒有什麼好丟臉的。反而是小心翼翼地窺探部裡面的臉色，關上與外界溝通的那扇窗才是廣報室的恥辱。」

松岡把手臂交叉抱在胸前，細細揣度三上的話裡有幾分真實。

「我並沒有把靈魂賣給任何人。我對當刑警也已經沒有什麼眷戀了。跟刑事部或警務部無關，我只是想要完成交付到自己手上的任務……」

門突然打開，貌似刑警的男人走進來。三上連忙把臉轉過去背對著他。正當他覺得一切到此為止的瞬間，松岡轉身對那個男人說道：

「不好意思，請你去樓下的廁所。」

「好、好的。」

男人一臉訝異地敬了個禮，慌慌張張地離開了。

三上對松岡行了一個飽含謝意的注目禮，繼續正色地說：

「廣報室其實算是半官半民的單位，因此對刑事部也必須能敢言才行。處理綁架案有一套標準的程序，警方有警方必須遵守的規定，媒體也有媒體必須遵守的規定。廣報室的任務就是要讓雙方都遵守這些規定……所以請把真實姓名告訴我。」

松岡鬆開手臂，眼神還是很嚴肅。
「所以你才躲在廁所裡？」
三上用力點頭。突然，有個念頭閃過。
「不……不只如此，我還想解救目前還在本部奮鬥的部下。」
松岡看著前方，維持這個姿勢好一會兒。顯然是腦海中同時有好幾個想法交錯著。
說時遲、那時快，松岡突然背過身去，然後把雙手插進口袋裡。
自言自語的姿勢……。
三上如遭電擊，連忙說聲「不好意思」，同時把記事本掏出來。
「目崎正人。」
松岡壓低了聲音。
「眼睛的目，長崎的崎，正確的正，人類的人。四十九歲。」
目崎正人……。
「運動用品店老闆，住址是玄武市大田町二丁目二四六號。」
三上振筆疾書，字寫得歪七扭八，就等著松岡的下一句話。然而……。
三上不解地抬起頭來，松岡已經轉身面向自己，手也沒有插在口袋裡了。
怎麼了？妻子B子呢？更重要的是遭到綁架的被害人C子的名字呢？
「我能說的只有這些。」
「可是這樣的話……」
「你沒聽見嗎？」
松岡的語氣不容反駁，但是三上也不能這樣就退縮。
「請你再考慮一下。要簽訂協議，一定要有C子的名字才行。」
松岡保持沉默。

「一旦協議簽不成，會有好幾百個記者和攝影師失控，對調查也會造成妨礙。」

「……」

「可能是C子自導自演，這個假設我在本部已經聽說過了。所以我就算把名字告訴媒體，也一定會再三警告他們絕對不可以說出去。更何況他們也知道事情的嚴重性，不可能寫出或說出未成年者的名字。」

「我不能說。」

「為什麼？」

「做人總有能說的事跟不能說的事。」

——做人？

語帶玄機。聽起來就像是有什麼苦衷，讓他又開始疑神疑鬼了。腦海中幾乎已經不再認為這是「刑事部的自導自演」，但是「借題發揮」的懷疑至今仍揮之不去。明知是C子自導自演卻佯裝不知，還成立大規模的搜查小組，當成真正的綁架案來辦，好藉此讓視察取消……。

對於這個被他當成兄長一樣仰慕的D縣警第一把交椅的刑警，三上覺得接下來的問題非問不可。

「是因為已經確定是C子的自導自演，所以才不能公布她的名字嗎？」

松岡沒有回答。是因為無法回答嗎？

三上精神為之一振。

「本廳打算謀奪刑事部長的職位，這點我也覺得很不甘心。但是，如果這件事是刻意把自導自演的綁架案鬧大，不管有什麼苦衷都是違法搜查。」

「你沒聽過一句話嗎？只有違法者才會對違法的人強調什麼才是正軌。」

三上還以為自己聽錯了，真不敢相信這樣的話居然出自松岡的嘴巴。

松岡微微一笑。

「不要露出這樣的表情嘛！的確是有自導自演的可能，但是目前還沒有確切的證據，所以正派人分頭蒐證中。」

「既然如此……」

「適可而止喔！」

松岡的眼裡露出兇光。

「接下來是你們的工作。既然是廣報室該做的事，就自己想辦法搞定那些記者吧！」

三上被堵得啞口無言。松岡的目光銳利，令三上不敢直視，只能把視線落在他的胸口。

接下來是你們的工作——這句話讓他無言以對，同時也把他拉回現實。松岡已經給了他足夠的答案，此行並不是沒有收獲，至少他已經問到目崎正人的名字，也知道地址，妻子和女兒的名字自己查就好了。雖然松岡沒有明確地要他這麼做，但是他也已經豁出去了。看了看手錶，已經是晚上的八點十分，得快點了。此時此刻，以最快的速度回到本部是比什麼都來得重要的工作。

三上抬起頭看著松岡，併攏雙腳低頭敬禮。

「非常感謝你，我回去了。」

「等一下，我也有件事要拜託你。」

拜託我？三上有些驚訝。

「明天一天把美那子借給我。」

三上更加驚訝了。

「女警的人數不夠啦！我需要普通的髮型、普通頭髮長度的女性幫忙。」

明天偽裝成情侶的調查人員……。

三上不知道該怎麼回答。的確，美那子看起來既不像是女警也不像是當過女警的人，而且又具有偽裝成情侶調查人員的經驗，還曾經在『葵咖啡』親眼目睹雨宮芳男衝進去的樣子。三上很想答應松岡這個要求，也很想為搜查出一分力，但這不是他自己說了就算，要現在的美那子扮演這樣的角色實在是太為難她了。

三上正要找理由拒絕，這時松岡開口了：

「聽說她不出門？」

三上感覺有一隻手伸進了自己的心臟。原來如此，他是聽他老婆說的吧？而他老婆則是在跟村串瑞希講電話的時候聽來的吧！

「讓她呼吸一下外面的空氣比較好喔！我能體會她想守著電話的心情，不過如果是為了幫助別人的話，應該就有理由說服自己出門了吧！」

三上自然而然地低下頭。松岡的話慢慢地滲透到他的心裡。美那子的表情清楚地浮現。如果是為了別人……不是為了亞由美，而是為了別人……。

「我不會勉強你們。明天早上七點，七尾會在本部的禮堂等她。」

三上緊咬下唇。

他對刑警工作已經沒有眷戀了。說出去的話再也收不回來，他也沒有打算要收回來。說是這樣說，但他其實還是放不下。

好希望能有機會再一次在這個男人的下面工作……。

66

颶風吹往哪裡去了？

廣報室裡還殘留著受到颶風重創的痕跡。辦公桌和沙發都被推到牆角，椅子翻倒在地，地板上散落著無數的紙片。

只剩下諏訪一個人，但是他看起來就像變了一個人似地眼睛裡布滿血絲，眉毛往上吊，直立的短髮宛如怒髮衝冠，這些部位的變化雖然很細微，但是卻讓人覺得他更有人味了。彷彿所有沉睡的資質都被喚醒，臉上的表情看來不僅不像是失去了什麼，反而像是得到了什麼。

「辛苦你了。」

就連聲音也沙啞得厲害，跟剛打完一場選戰的候選人沒什麼兩樣。

「你才是。」

「多虧你問到父親的名字，在那之後局勢就改變了。」

五十分鐘以前，他先從G署的停車場打了一通電話回來。

「正式協定看起來簽不簽得成呢？」

「目前已經跟各大媒體進入電話協議的階段了。可能得花上一點時間，但是無論如何應該可以在今天內搞定。」

「真的嗎？」

三上感到既驚又喜，忍不住回問：

「光是父親的真實姓名就可以讓他們同意簽下協定嗎？」

「剛才所有報社全部出動，透過各自的管道已經查出C子的名字了。」

原來如此。原來是這麼回事啊！

既然連C子的名字都查出來了，就表示記者們這段時間始終緊咬著這裡和禮堂內的特搜本部不放。或許還闖進了警務部長室和本部長室，但是從兩者口中都問不出被害者一家人的名字。在接下來的好幾個小時，一直處於憤慨與焦躁的顛峰。在這樣的狀態下，各家媒體都陷入了杯弓蛇影、疑神疑鬼的泥沼。雖說臨時協定已然生效，但畢竟只是「臨時」，誰能保證其他媒體沒有偷跑？該不會只剩下自己家還沒有採訪到新聞吧？說不定已經有人查出被害人的名字了。極度的不安幾乎讓所有人都快要崩潰了。

這時，三上捎來了「目崎正人」的情報，記者們的精神又來了。他們想的跟三上一樣，只要有戶長的名字、地址、職業，就可以查出女主人的名字。不管現在是臨時協定還是正式協定，對被害一家人的親朋好友、左鄰右舍進行採訪都是很明顯的踩線行為。諏訪當然提出過抗議，但是反而受到猛烈的抨擊：「那你就把名字交出來啊！」雖然也有人大聲疾呼：「破壞協定的媒體立刻從俱樂部除名！」最後仍是淹沒在多數人的聲音裡：「只是要問出被害人的姓名，不算是對她的身邊進行採訪。」「如果只是打電話採訪的話不在此限。」「只能對玄武市公所及商工會進行採訪。」一在眾人你一言、我一語，臨陣磨槍地討論著規則時，所有的媒體皆已掌握到女主人的名字。宛如鳴槍起跑的暗示，各家媒體開始以總部的層級進行簽署正式協定的前置作業。儘管特搜本部至今仍拒絕提供被害人C子的真實姓名，但媒體已決定對之前所執著的「匿名問題」採睜一隻眼、閉一隻眼，將方向轉到與警方妥協的路線。

——兩邊其實都一樣吧！

媒體也有對「東京總部」的情結嗎？總歸一句話，就是競爭原理發酵了。最痛恨採訪受到限制的媒體，因為深怕被其他同業追趕過去，反而會尋求更強力的約束。

「這是名字。」

諏訪遞出一張紙，據說是向G署的警務課問來的。

目崎睦子（42）

歌澄（17）

早紀（11）

歌澄……三上在口中默唸，發音跟亞由美很像[44]。

目崎正人、睦子、歌澄、早紀。把這四個名字兜在一起，無疑就是一個「家庭」了。心裡湧起一股新的感慨，如果這整件事都是歌澄的自導自演該有多好啊！目崎夫婦現在應該擔心死了吧！

三上搖了搖頭。

「其他兩個人呢？記者會的場地打點得如何了？」

「藏前差不多搞定了，就等著開記者會了。警務課和秘書課派出了十個人前來支援。美雲正在地下停車場指揮那些從東京來的車子，厚生課和能率管理課也有派人來幫忙。」

這倒也是，如果沒有人幫忙真的會應付不過來。禮堂裡有七尾在——松岡是這麼說的。刑事部居然會召集在警務課負責管理女警的股長？實務上的支援要求打破了部與部之間的藩籬。雖然反應慢半拍，但是全廳皆已進入迎擊「貨真價實的綁架案」的態勢。

二渡又在幹嘛呢？他現在人在哪裡？正在做什麼呢？三上完全想像不出來。他有來支援偵辦這起綁架案嗎？還是

44：歌澄的日文發音是Kasumi，亞由美的日文發音是Ayumi。

仍在處理視察的事呢？

「有看見二渡嗎？」

「調查官嗎？沒有，沒看見。」

「有在記者會場嗎？」

「有的話，藏前應該會說。」

「這樣啊……」

「要我去找嗎？」

「不用了，沒這個必要。」

三上藉著自己講出來的話切換思緒。

「記者會場裡已經有很多人了嗎？」

「東京已經來了上百人，我想應該還會有人陸陸續續趕來吧！」

「我們家的記者呢？」

「我們家的？」

諏訪笑了。一開始只是噗嗤一聲，後來整個忍俊不住，張大嘴巴，哈哈哈地捧腹大笑。光看他的反應，就知道曾經令他如履薄冰的那層冰已經融化了。三上突然想起父親的戰友那種誇張到不行的笑聲。原來如此，原來他幾乎已經忘了要怎麼笑。

三上也露出一抹苦笑。

「說的也是，沒有誰是我們家的記者。」

「啊！對不起，不小心就……」

諏訪拚命忍住笑意，用手拍了拍臉頰。

「小兵們全都已經前往記者會的現場了。組長等級的人試圖混進禮堂，但是因為戒備森嚴，所以不得其門而入。我想他們遲早會移駕到記者會的會場吧！」

「記者會的流程安排得怎麼樣了？」

諏訪的視線落在辦公桌上，從厚厚一疊的記錄用紙裡用手指頭挑出幾張來。

「呃……一旦簽訂報導協定，每隔兩小時就要開一次記者會。要是案情在記者會的空檔間有所進展，屆時以書面的方式提出報告即可。如果是綁匪打電話來等重大突破性的發展，則要立刻召開緊急記者會，即使在臨時協定中亦然……以上。」

「每隔兩小時就要開一次記者會，太強人所難了吧！」

「這是指眼下這段期間。畢竟才案發第一天，沒辦法不答應吧！」

「是俱樂部那邊堅持要這麼做的嗎？」

「是的。還說既然警方不同意公布目崎歌澄的姓名，就得對案情和調查的來龍去脈說明清楚才行。」

「如果要說得清楚，兩個小時根本不夠用，記者會非得開到早上了。要是讓調查指揮官形同被軟禁的話，那這案子怎麼辦下去啊！」

「話是這麼說沒錯啦……」

諏訪的表情蒙上一層陰影。

「刑事部剛才來說了，記者會主要由落合搜查二課長負責舉行。」

「開什麼玩笑！」

三上脫口而出。綁架案的記者會一向是由刑事部長或搜查一課長負責。把位階不夠高，而且業務範圍根本不一樣的二課長推到媒體面前能抵什麼用？更別說落合還只是特考組的毛頭小子，根本沒有現場的經驗，哪有能力應付綁架案的質詢。

這就是刑事部的目的嗎？把落合送進記者會現場，卻只給他一張稀稀落落的資料。跟赤間一樣的做法。如果你什麼都不知道，就什麼也不會說……。

「這樣是開不成記者會的。」

荒木田明知會有上百名記者氣到抓狂，卻還是把落合推了出來。肯定有什麼不能讓媒體知道的事，深怕記者再三追問會有不小心脫口而出的危險，所以才派出落合這個傀儡。然而，真的是這樣嗎？「刑事部的自導自演」已經不存在了，松岡也明確地否認明知是C子的謊言卻還是借題發揮的可能性。就三上所知，這件事並沒有什麼不能被記者追問的難處。還是有什麼就連松岡也不知情、只有荒木田自己一個人知道的最高機密呢？

還是……。

因為取消視察一事還沒有成定局，所以必須一而再、再而三地掛保險？報導協定一旦簽訂，這場騷動就會暫時告一段落。荒木田為了持續把「不平靜」的訊息往本廳送，便派落合繼續扮演興風作浪的角色，說起來這也不是完全沒有可能。

還是……。

三上迅速地在腦內搜尋。

什麼都沒有。腦海中已經不再有阻擋住思緒的猜忌種子。撇開荒木田不說，他從刑事部的反應裡看不出有什麼特別「造作」的地方，有的只是一層迷霧，但是又不知道該怎麼說明那種不對勁的感覺，這使得三上一再唸著「還是……」這兩個字。

感覺上就像是正因為沒有根據、也不夠具體，才會忍不住說出口的情況。姑且不論對廣報的態度，還是得承認刑事部在這件事的處理上非常合情合理。一方面雖然考慮到目崎歌澄可能自導自演，但卻沒有因此輕忽大意，還是將搜查一課長送到最前線的G署，把精通綁架案的刑警集合起來，找來看上去不像是女警的女警做好準備，也沒忘了要跟其他單位合作。明天就要交付贖金了。無論是案情還是調查都會有突破性的發展。然而他的心情卻沉甸甸的，感覺好奇怪，彷彿坐在一張只有三隻腳的椅子上，總覺得很不踏實。

他不認為那是什麼刑警的直覺，也不認為是廣報的思考邏輯為他開拓了新的視野，但他就是覺得怪怪的，事情似乎沒有這麼單純。

「我都說了……」

諏訪正在講電話。話筒那頭好像是週刊雜誌還是小型的情報誌，諏訪一直在跟對方重申，沒有加盟記者俱樂部就不能參加記者會。

消息已經傳開了。

三上拿出行動電話，打給藏前。電話馬上就接通了。

〈啊！你好，辛苦了〉

藏前的聲音比他想像的還要有精神多了。

「你也辛苦了，那邊的情況怎麼樣？」

〈呃……已經超過兩百人了〉

「一切都還順利嗎？」

〈為了喬位置有一點糾紛，不過沒有什麼太大的問題〉

「告訴已經集合的那些人，消息已經傳開了，請他們務必要小心隔牆有耳。對於生面孔的出入也要仔細檢查，絕對不准叫什麼外賣。」

〈我知道了，我現在就去廣播〉

三上看了一眼掛在牆上的時鐘，已經九點半了。

「拜託你了，我待會兒就過去。」

掛斷電話，正要打給美雲的時候，諏訪也講完電話了，而且似乎也聽見三上說的話。

「說到外賣，我這才想起來，去之前請先吃飯吧！」

在用餐空間的架子上有一碗包著保鮮膜的炒飯，聽說是美雲叫的。水蒸氣讓保鮮膜蒙上一層霧氣，其實根本看不出裡面是什麼。在那場暴風雨中還能注意到同事的晚餐問題，美雲肯定會把該做的事做好，根本不用他操心。

從地下道走到縣廳的西廳舍只要五分鐘，用跑的則只要兩分鐘。三上決定在半分鐘內搞定這段距離。於是把手伸向炒飯，雖然已經涼了，而且充滿了水氣，但五臟廟還是顯得很開心。

「你去過二樓了嗎？」

「等一下才要去。」

「被搞得亂七八糟，就連赤間部長也曾經受到媒體的圍剿。」

「關於視察的事，他有說什麼嗎？」

「沒有，不過照這樣看來，應該是來不了了吧！」

「也是。」

「話說回來，這個時間點也太剛好了吧！」

諏訪邊說邊把手伸向辦公桌，因為電話又響了。

綁架案發生的時間點太剛好了——這是再自然不過的感想。雖然諏訪講這句話沒有什麼特別的意思，但是三上舀起炒飯的湯匙卻停在半空中。就在64視察的前一天發生了模仿64的綁架案，這才是讓人摸不清的源頭吧！

「廣報官……」

諏訪用手按住話筒。

「石井課長打來的。他說剛接到官房那邊的指示，明天的長官視察中止了。」

67

三上一面想著二渡的事，一面上樓。

這大概是他入行以來，第一次未能完成上級交付的任務吧！敗給綁架案這個不可抗力的因素。不對，說不定他早在那之前就失敗了。「幸田手札」的威脅最後只落得虛晃一招的下場。雖然他不顧身分地做出許多虛張聲勢的大動作，但都只是給刑事部帶來不必要的刺激而已，一點效果也沒有就默默地脫離戰場了。不管怎麼說，三上總算是擺脫他那雙眼睛了，可以把精神集中在工作上，不必再擔心背後會被人捅一刀。

警務部長室有點昏暗。天花板上的螢光燈被關掉了，只剩下牆壁上的小燈為窗簾、沙發和地毯染上了淡淡的橘色。

「這是為了要讓別人以為部長已經下班了。」

這是石井開口的第一句話。看來是被記者嚇怕了。也許是因為燈光的關係，臉上的皺紋更加襯托出疲憊的影子。

赤間則是直接穿著鞋躺在沙發上，手腳不顧形象地恣意伸展著，眼神空洞，完全不看三上一眼。三上也同樣不看他。

「不是延期嗎？」

三上問石井。

「就說是中止了啊！其實就是取消的意思，只是沒有說出取消這兩個字。」

他是感到失望呢？還是鬆了一口氣？從他的語氣聽來，似乎兩種情感都有。仔細想想，白天當他得知發生綁架案的時候也是這種反應。這麼一來，長官不就來不了了嗎……。

「報導協定沒問題吧？」

「我想應該是可以搞定。」

「那就好，總之我已經受夠那些記者了。追著我問被害人的名字，我哪知道啊！叫他們去找刑事部要答案，一個個張牙舞爪，不知道說了多少難聽話。」

「我知道了，我會告訴他們取消的事。」

三上迅速起身，朝始終躺在沙發上的赤間行了一個禮，走向門口。

背後傳來赤間的聲音。

「這都是刑事部幹的好事嗎？」

三上回頭一看，赤間茫然地注視著天花板。

胸口颳過一陣涼颼颼的寒風。

已經無所謂了吧！誰在乎東京的一切？誰在乎東京會變怎麼樣？誰在乎自己在東京是不是還有棲息的地方？天下國家又如何？不都是由每個人的故鄉集合而成的嗎？赤間也有自己的故鄉吧！他的故鄉也有警察，也有許多的弟兄在保護著鄉里的治安。他難道不感到驕傲嗎？不以自己也是其中的一員而感到光榮嗎？他那不起眼的野心能為鄉里帶來什麼？只不過是自己的夢破碎了，有什麼好長吁短嘆的？只要故鄉平安無恙，既和平、又安全，這樣不就夠了嗎？

這都是刑事部幹的好事嗎……。

「不是。」三上回答。「這是歹徒幹的好事。」

68

眼前完全是一副「東京」的景象。

晚上十點。三上踏進西廳舍六樓的記者會現場，一進門就覺得室內溫度跟走廊上不太一樣。已經是縣廳裡最大的房間，此時此刻卻人滿為患。屋子裡擺滿長條桌和椅子，以及把剩下的通路全都占滿的攝影機。不頂到別人的肩膀、手肘或包包根本過不去，一不小心還會被地板上的線路絆倒。到處都有人在交談，聲音互相重疊、融合，最後形成刺耳的低周波雜音罩住整間屋子。

手臂上別著『廣報』臂章的藏前身影出現在正面後方的講台上，三上花了幾分鐘才走到他那邊。講台上有張記者會用的長條桌，正中央擺著一大把電視台和廣播電台的麥克風。

「明天的長官視察取消了。」

藏前的瞳孔一時之間失去了焦點，想必是早已忘了這件事吧！

「噢……是嗎？取消啦？」

「告訴我們這邊的記者。如果不能直接講的話，就打手機通知他們。」

「我們這邊……？」

「就是我們家的記者啦！」

「喔！好的，我馬上處理。」

也許是知道自家記者的所在位置，只見藏前走下講台，撥開人群前進。

三上重新把整個會場看過一遍，這應該是他第一次、也是最後一次面對這麼多的媒體吧！講台的正前方有一大群的攝影師在占位置，大家的穿著都很輕便，可以直接坐在地上，像極了聚集抗議的群眾。而在攝影師的後方則是記者的陣營。在宛如山脈般峰峰相連的長條桌後面，是一張張記者們的臉。並不是所有人的表情都很緊繃，有人一臉詫異，有人一臉索然，有人一臉不安，也有人一臉的期待。挑釁的眼神。似乎有什麼話想說的嘴角。像個老前輩似地戴著黑框眼鏡。從容不迫地環抱著胳膊。穿著長大衣搭配圍巾的美男子是電視台的人嗎？有人正在打呵欠，有人正大聲地講手機，也有人正逗得周圍的人哈哈大笑。有人準備了旅行袋及睡袋，甚至還有把簡易帳篷帶來的團體，是打算要長期作戰嗎？女人也不少，有正冒著青筋對年輕男人下指示的人，有對重逢喜形於色而發出喜悅叫聲的人，還有張貌似女主播的圓臉正對著粉餅盒補妝。總之全都是一張張唯我獨尊的臉，不知道該說是自信好？還是自傲才好？總之採訪過全國各地重大事件的人全都齊聚一堂，蘊釀出一股目中無人、完全不覺得自己有多厚臉皮的氣氛。

「我們家的記者」就淹沒在這群人裡面，如果不用視線追著藏前的背影跑，要找到他們肯定很不容易吧！看到東洋的手嶋了，他正遞名片給一個穿著羽絨外套、把頭髮全部往後梳的中年油頭男子。可能是總部的王牌記者還是什麼大人物吧！只見手嶋的臉上堆滿了討好的笑容。看到每日的宇津木了，他正苦著一張臉在想事情。只見他的眉頭鬆開了，原來是藏前正在叫他。看到朝日的高木圓了，她一個人孤零零的，周圍應該是同一家公司的人，她卻無法加入他們的談話。還有讀賣的笠井及全縣時報的山科，看起來都是一副如坐針氈的樣子。明明是案發當地的記者，臉上卻一點霸氣也沒有。所以才會毫不起眼，只要稍微轉開視線，馬上就淹沒在一群陌生的人海裡。

三上恍然大悟。這群不知道名字、不知道公司名稱、不知道所屬單位的客人，正以壓倒性多數的優勢控制了整個會場。這場綁架案的記者會是為這群不知道他們有什麼樣的性格、什麼樣的立場、過去做過什麼事、講過什麼話的外人舉行的。對於這些「哪裡有事件就往哪裡去」的人來說，事件發生在哪裡根本不重要。在他們眼中，D縣警只不過是一個符號，是鄉下的縣警、鄉下的廣報，如此而已。他們對D縣警一無所知，也不認為有了解的必要。說好聽點是一生一次的相遇，說難聽點是出門在外就不怕丟臉。充分利用後屁股拍拍就可以走人的做客立場，毫不客氣、毫不留情地在別人的地盤上肆無忌憚……空氣中充滿了這股既淺薄又無情的氛圍。

這就是媒體嗎？跟「我們家的記者」過於靠近的距離曾經令他痛苦，也曾經一味地追求彼此之間唇齒相依的密切關係。當記者會場全面落入東京的掌握後，他更加懷念起那樣的日子來了。

落合很快就要面對這樣的場面。每開一次記者會，就得重申一次「我只是個傀儡」。身為廣報官，那是他連想都不願意想像的畫面。等在前方的究竟會是個什麼樣的戰場呢？

美雲的身影映入眼簾。她就站在入口附近，因為穿著制服，所以一眼就可以看出來。

美雲也注意到三上了，把手舉得高高地揮舞著。簡直就像是在熙來攘往的人群中發現情人一樣。第一次看到那麼開心的美雲，想必是因為她讓所有的媒體都遵守著處理綁架案的規定、讓每一輛採訪車都停進地下停車場的緣故吧！她肯定也忘了該怎麼笑吧！美雲雖然想要過來，但是卻過不來。她被記者們圍住了。這由記者做成的人牆，一半是因為看到她的廣報臂章，另一半則是因為她的美貌。三上打美雲的手機，只見她慌忙地接起來。

「辛苦了……做得很好。」

比起回答，美雲的表情先亮了起來。

〈辛苦你了！〉

「妳吃過了嗎？」

〈什麼？〉

「炒飯。」

〈啊！我……呃……我正在減肥……〉

「再幫我辦完一件事之後就去吃點東西。」

〈好的，請問是什麼事？〉

「妳去幫藏前的忙。他正在通知各家媒體長官視察取消了。」

〈我知道了。主任現在人在哪裡？〉

「房間的中央吧！靠近右手邊的走道。妳打手機給他。」

掛斷電話後，美雲重新撥號。藏前迅速有了反應。三上看到他把手機貼在耳朵上後便走下講台。剛才被美雲傳染的笑意已從唇畔消失，要通知視察取消的對象可不是只有記者而已。

〈說起我們的長官，也就是警界的最高指揮官，我想媒體一定會大幅報導，電視台也會製作成新聞，可以讓更多

人看到〉

三上走向房間的角落，有個用屏風圍起來的行政區域『D縣警本部　非相關人員禁止進入』。裡頭有五張折疊椅，但是沒有半個人。

〈或許能挖出新的線索也說不定〉

承諾……三上曾經有過這樣的想法。

三上打開緊握在手中的手機，打到雨宮芳男的家。看了看手錶，十點二十分……。

至少響了十聲都沒人接。已經就寢了嗎？但這並不是可以留到明天早上再說的事。十二次……十三次……每多一次鈴聲，他的胸口就抽痛一下。

對方終於把電話接起來了。可是卻沒有出聲，耳邊只有無邊無際的寂靜。

三上率先打破了沉默。

「不好意思這麼晚打擾您。請問是雨宮先生的家嗎？」

〈……我就是雨宮〉

很安靜的聲音。

「我是縣警的三上，前幾天有去拜訪過您。」

〈我知道。有什麼事嗎？〉

「請容我直接了當地向您報告——原本預定明天舉行的長官視察，因為有一些狀況，所以取消了。非常抱歉這麼晚才通知您。」

然後是一段長長的空白，真的是非常漫長的空白。

〈那麼……〉

雨宮終於出聲。

〈不會有人來了對吧？〉

眼前浮現出他剪短了的白髮。他是否覺得很失望呢？他是否也有那麼一點點期待長宮視察的報導呢？

承諾……對於雨宮來說，或許真的是那樣沒錯。

三上低頭致歉。

「我不知道該怎麼向您賠不是。難得您願意接受我們這麼唐突的要求，答應讓我們到府上拜訪，結果卻變成這樣……」

又是一大段沉默的空白。

為什麼會取消呢？沉默彷彿是無言的拷問，令三上無地自容。

〈……我明白了〉

三上的頭低得更低了，沒想到……。

〈不要緊吧？〉

咦？

〈你不要緊吧？〉

三上這時才猛然想起自己曾經在雨宮翔子的靈前醜態畢露……。

「上次是我失態……見笑了……」

〈人生不會只有壞事，一定會有好事發生的〉

聲音非常地溫柔。三上甚至覺得這是他第一次聽到雨宮真正的聲音。女兒被殺，兇手始終沒有抓到，為什麼他還能發出這麼溫柔的聲音呢？

三上又賠了一次不是以後就掛斷了電話。用力按住眼頭，已經到極限了。再跟雨宮說下去，眼淚就會像上次那樣流出來。

三上深呼吸，用拳頭搥了胸口兩三下。還得再打一通電話才行。三上咳了幾聲，反覆確認自己的聲音。

〈怎麼了？你的聲音怪怪的〉

果然還是瞞不過美那子的耳朵。

「沒什麼。」

〈很棘手嗎？〉
美那子的口頭禪比任何時候都更沉甸甸地壓在他的胸口上。
「嗯，今晚回不去了。妳把門窗鎖好，早點休息。還有……」
說吧！三上氣聚丹田。
「松岡參事官說要借妳去支援調查。」
〈我嗎……？什麼樣的調查？〉
「綁架案。」
三上的聲音自然地變小了。
「他想要妳明天偽裝成情侶去支援調查。」
耳邊傳來美那子深吸一口氣的聲音。
「他說不勉強，看妳的意思。」
〈是誰……什麼樣的人被綁架了？〉
「十七歲的女高中生。」
〈……〉
「妳可以拒絕。參事官也說沒關係。不過要是……」
為了幫助別人。三上很想把松岡說的話轉述給她聽。不對，是雨宮的話。人生不會只有壞事，一定會有好事發生的……。
「美那子。」
〈……〉
「美那子？」
〈我要去〉
三上抬起頭來仰望天花板，眼前彷彿可以看見美那子心意已決的表情。總算讓她答應了，這樣也好，至少可以稍微往前邁進一小步。所以當他掛斷電話後手機又馬上響起的時候，他以為是美那子反悔了，所以沒看來電顯示就接了起來……。

〈我是二渡〉

三上忍不住懷疑他是刻意算準這個時機打電話來的。

「有什麼事？」

〈有什麼我可以幫忙的嗎？〉

三上不敢相信自己的耳朵，等著聽二渡的下一句話。

〈事情我已經聽說了。如果有需要我幫忙的地方儘管說〉

「沒有。」

回答完這句話，腦筋開始快轉。

「你現在可閒了對吧！」

〈這次是特殊情況，我還是很忙〉

「是嗎？」

三上有些火大。

「事情似乎沒能照你籌謀的方向發展呢！」

〈什麼意思？〉

「承認吧！你根本沒有能力改變任何事情，是任何事情！」

三上想要給他一記迎頭痛擊，但是二渡的回答還是那麼平淡。

〈的確有估計錯誤的地方〉

估計錯誤？言下之意是指長官視察被這起偶然發生的綁架案搞砸只是他的估計錯誤嗎？

「別高估自己了！什麼估計錯誤？是想笑死我嗎？最好是連偶然都可以被你估計到啦！」

〈反正結果好就好了〉

什麼意思？

屏風的邊緣露出一張似有急事的臉，是諏訪。三上給他一個馬上就好的手勢，對著手機撂下最後一句話。

「我沒事情需要勞駕你。如果你很閒的話，就打掃一下辦公室好了。」

掛斷電話的同時，諏訪說了：

「正式協定已經簽好了，十一點整會召開第一次記者會。」

69

漫漫長夜揭開了序幕。

記者會場始終大門緊閉。為了不讓燈光透出去，還把遮光窗簾全部拉上了。總計二百六十九人，這是警務課一一核對過身分的媒體總人數。

三上跟落合一起站在講台上。

測試……測試……測試……無線麥克風的聲音雖然有些分岔，事先站在門口的藏前還是把手舉起。沒問題，就連最後一排也聽得見。

「我是D縣警廣報官三上。」

才一開口，眼睛就被照得睜不開。占據在最前排的一大群攝影師彷彿也來測試相機，有志一同地按下開有閃光燈的快門。

三上深深地吸一口氣。

「十二月十一日晚上十一點。以下基於報導協定，召開發生在玄武市內的綁架勒贖案記者會。警方負責舉行記者會的是搜查第二課的課長落合警視。為了讓協定中的記者會能順利圓滿地進行，請大家務必合作。」

「喂！」坐在攝影師正後方的那排人出聲了。「為什麼是二課長？叫部長或一課長出來！」

那是個嘴邊留著鬍鬚、年約四十五歲的男人。看上去是個眼生的記者，但秋川就坐在他旁邊。剛才跟手嶋講話的油頭記者也在，所以那一帶應該都是東洋的人吧！

「別理他，開始吧！」三上附在落合耳邊悄聲說道。只見二十七歲的特考組警視點了點頭，在長條桌前的正中央坐下。七三分的髮型，寬闊的額頭和知性的眼神，看起來似乎是個誠實的人。這可以說是唯一能博得好感的材料，也是他的救命繩。但是三上也察覺到了，落合全身都在發抖，套用二課次席糸川的說法，此人是個完全沒有抗壓性、動不動就驚慌失措的傢伙……。

「我是落合，請各位多多指教。」

聲音有點往上飄。會場內響起「啪啦啪啦！」的聲音。當一大群人同時採取同樣的行動時，即使是翻開記事本的聲音也具有不同凡響的威力。

落合把視線落在手邊的資料上。

「關於案情的梗概，請參照已經分發給各位的案情說明。目前在案情及調查上並沒有進一步的發展。初期調查人數大約六百名，其中有五到七名調查人員已經進入被害人的家裡，正在努力調查中。」

落合直視前方，露出談話到此結束的表情。

會場裡安靜得連一根針掉在地上都聽得見。「該不會只有這些吧？」所有人的眼睛都提出了這個問題。原本站在講台一端的三上連忙繞到落合的背後，想要提醒他「先針對案情概要說點具體內容」，只可惜慢了一步。

「報告完畢。」

落合站了起來。

「下一次的記者會將在凌晨一點舉行。」

「開什麼玩笑！」整個會場像是炸開的壓力鍋，還以為是地震來襲，唯一能聽清楚的只有這句話。既強烈又尖銳的巨大噪音排山倒海地轟向講台，強度之大連皮膚都感到疼痛。一等再等，音量始終沒有要降低的跡象。

落合坐在椅子上，似乎是被嚇得腿軟了。臉色蒼白，腦中想必也是一片空白。「把案情概要描述得更詳細一點！」三上試著為他出主意，卻見他遲遲沒反應，只好對著他的耳邊怒吼。落合用顫抖的手指翻開案情說明的文件，三上順著他的指尖望過去，不由得大吃一驚。上頭什麼附註也沒有，還是諏訪剛寫好的那樣，案情說明欄完全空白。荒木田居然真的這麼做。不給任何具體的情報，完全把落合當成傀儡來操縱。

三上握住無線麥克風，但是卻不知道該說什麼才好。說什麼都是打草驚蛇，說什麼都是火上加油。他現在唯一能做的事，只有讓自己的肉身暴露在宛如狂風暴雨的怒罵聲裡。

這時，有一隻手映入眼簾。那是秋川從東洋的地盤伸出的手。看在三上眼裡，那不是彈劾的手而是解救的手。把麥克風給我——三上似乎聽見他這麼說。

三上順從自己的直覺跳下講台、穿過攝影師，宛如接力賽交棒般把麥克風遞給秋川。兩人的視線對上了。秋川的眼裡閃爍著異樣的光芒，用力握緊三上遞來的麥克風，轉身背對三上、面向其他的記者。

「我是D縣警記者俱樂部的幹事報社，東洋新聞的秋川！」

秋川一共重複了三次同樣的話，這才稍微讓壓力鍋安靜了點。

「大家會生氣也是理所當然的！D縣警的廣報態度從以前就有很大的問題，每次都要我們記者俱樂部改進！」

一把冷汗沿著背脊往下流。秋川是打算繼續搧風點火嗎？他難道沒有一點點想要救援的同理心嗎？

「就連這次的記者會也只是派二課長來充數，簡直是太不把人放在眼裡了！本俱樂部會立即提出抗議，要求刑事部長、再不然也是一課長來舉行記者會！」

秋川愈說愈來勁，感覺他平日藏得還算挺好的強烈自我意識一股腦爆發了。

「可是！如果讓第一次的記者會就這麼草草結束的話也實在太意氣用事，平白浪費大家寶貴的時間而已！因此，我身為幹事報社，在此提出一個建議。大家先冷靜下來，改成以問答的方式進行，好得到更多關於案情的基本資料。不知各位意下如何？」

他的聲音從牆壁上反彈回來。停頓一秒鐘以後，坐在秋川兩旁的鬍髭男和油頭男以一副「看在後輩這麼努力的分上」的表情開始拍起手來。彷彿受到帶動一般，會場內響起了稀稀疏疏的掌聲。

「那麼！」

秋川把臉轉向前方，從台下直勾勾地盯著講台上的落合。那是一張彷彿陷入缺氧狀態、鬼氣逼人的臉。既不是自我意識，也無關提供救援的同理心，而是當地記者俱樂部的堅持。但是這樣反而更糟糕，不管秋川心裡怎麼想，要是真的改成問答的方式……。

「二課長！首先，身為幹事報社有幾個問題想要請教你。接下來再把麥克風傳給會場內的其他媒體朋友，這樣可以嗎？」

三上動彈不得。既不能打斷他，也沒有阻止的理由。

秋川的丹田繼續震動著。

「首先想請教警方對於本次事件的看法。特搜本部認為本次事件跟十四年前的翔子小妹妹命案有什麼關連嗎？」

「什麼？關連嗎？」

落合的反應實在是太遲鈍了。

「恐嚇電話的內容不是一模一樣嗎？先不管自導自演的可能性，警方認為這兩件事有關嗎？還是無關？」

「這個嘛……現階段還無法斷定。」

「也就是說，沒有兩者相關的根據對吧？」

「我想是沒有，總之現在還不清楚。」

「那麼再請教你幾點具體的內容……」

秋川把案情說明高高地舉到頭上。

「這份聲明未免太籠統、太打混了。請詳細告訴我們被害人家庭的資產狀況、父母的職業、對父母進行偵訊的內容。」

落合多此一舉地翻開空白的案情說明。

「呃……關於這些，目前還沒有收到報告。」

會場內又開始騷動起來，就連鬍髭男和油頭男也皺起眉頭。

秋川的臉上浮現出焦躁的神色，眼神彷彿是在說：「拜託你好好地回答。」

「在那之後，都沒有再接到恐嚇電話或這類綁匪所採取的行動嗎？」

「沒有。」

「第一通和第二通恐嚇電話是從哪裡打來的？」

落合又看了空白的案情說明一眼，上頭只寫著「縣內」二字。三上冒出冷汗。要是他敢直接這樣回答的話，壓力鍋肯定又要爆炸了。只能用「目前還沒有接到報告」來矇混過去了。落合無謂地翻著案情說明。三上在胸前做出打叉的手勢，看我！看我這邊……。

麥克風傳來秋川粗重的呼吸聲。

「這上頭只有寫著『縣內』二字，到底是縣內的哪裡？DOCOMO應該已經確認過了吧！」

這個問題既是暗助，同時也是趕狗入窮巷。

落合抬起頭來，一臉狗急跳牆的表情。

「我不清楚。」

「那就叫清楚的人來！」不曉得是誰在破口大罵，讓會場的所有人都露出猙獰的表情。毫不留情的怒吼化成一陣陣的焚風吹到講台上。落合嚇壞了，看起來很誠實又怎樣？此時此刻一點用也沒有。

「夠了！你也閃一邊去！」就連秋川也成了眾矢之的。旁邊的鬍髭男一臉錯愕地說：「喂！秋川，你平常是怎麼教育這些條子的？」

「還有一點！」

秋川緊握著麥克風不放，脖子和耳朵都漲紅了，整個人籠罩在悲壯的感覺裡。

「二課長！這件事是自導自演的綁架案嗎？」

秋川又重複喊了三次同樣的話，但是這次已經沒有人要聽他的了。「別再浪費時間了！」「你根本沒有資格當幹事！」「去把刑事部長叫來！」

「落合先生！這是很重要的一點！請你回答。特搜本部真的認為這是一起自導自演的綁架案嗎？是？還是不是？」

「這、這我也……」

「可不要說你不知道！你到這裡來就是代表了特搜本部吧！回答我！這是目崎歌澄的自導自演嗎？」

秋川的吶喊已經超出人類的音頻，會場裡的音量被比了下去，所有人的耳朵都在等落合的答案。

落合的眼神在空中飄移不定，口中的喃喃自語全都透過麥克風傳了出來。

「目崎、歌澄……？」

秋川連眨眼都忘了眨，一雙眼睛瞪得比牛鈴還大。

三上只想仰天長嘆。

——怎麼會這樣？

落合居然連名字也不知道，唯一知道的就只有「C子」而已。

「協定無效！」會場裡的音量頓時轉到最大，記者們全都站了起來，只有一個人，只有秋川沒有。握著麥克風的手無力地垂下，縮著肩膀，彷彿被傾盆大雨無情地拍打著。

70

總算是逃回縣警本部的大樓了。

「下次記者會是凌晨一點。」只留下這句話，真的是以逃難的方式逃離現場。三上和藏前從兩邊撐住落合的腋下，諏訪在前面開道，這才得以離開記者會場。藏前的西裝口袋被撕破，諏訪的臂章也被扯掉，落合用手整理亂七八糟的頭髮，回到設置在禮堂的特搜本部。三上進不去，因為門口的守衛陣容增加到六個人。就算坐鎮在前線的搜查一課長真的分身乏術，至少也該由刑事部長主持記者會，除此之外沒有其他方法可以扭轉情勢。然而荒木田卻以「專心指揮調查」為由，始終龜縮在特搜本部裡，即使三上再怎麼威脅御倉、記者們多次跑來抗議，就連見他一面的機會也都沒有。

結果凌晨一點的記者會還是由落合上台。他之所以還敢踏上講台，是因為從特搜本部那裡得到「被害人家庭情報」的緣故。目崎正人的存款大約有七百萬圓，五十坪的自有土地是父母留下來的遺產，在那塊地上新蓋的房子向銀行借了二十年的貸款，目前仍在還款當中。約十年前還是高級進口車經銷商的業務員，如今租了市內某大樓的一樓開設運動用品店。目崎睦子算是家境比較富裕的農家長女，沒有工作經驗，贖金有一部分是由睦子的娘家幫忙籌措的。目崎歌澄在高中的上課天數，第一學期為十三天，第二學期連一天都沒有。九日晚上十點左右，她穿著豹紋的大衣出門，之後就下落不明了……。

一開始的十分鐘還撐得住。但是當落合把手邊的情報唸完之後，接下來又是腦中一片空白地晾在講台上，沒有一個問題是他可以回答得出來的，而且還堅持目崎一家的真實姓名「無法對外公開」，頑強地以A、B子、C子的符號來代稱。

躁動已經變成是一種常態了。永遠都有人在怒吼，連一秒鐘的安靜都沒有。東洋的鬍髭男和油頭男一步步掌握住會場的主導權，無論如何都想把刑事部長拖到記者會上來。但是沒想到這件事有這麼困難，因此他們決定把落合當成「傳信鴿」來使喚。只要有人提出問題，只要回答不能讓他們滿意，就要求落合去問特搜本部。「快點！」「用跑的！」冷酷的命令宛如砸在身上的石頭，逼著落合倉皇離開記者會場，搭電梯到一樓，跌跌撞撞地在漆黑的地下道裡狂奔，再爬樓梯上樓，進入特搜本部。然後帶著破綻百出的答案，回到記者會場。「這是什麼爛答案！」「再去一次！」於是他只好再搭電梯到一樓……三上每次都會陪他過去，把落合的處境告訴御倉，請求荒木田出現在記者會上，有時還會抓住對方的衣領，最後終於一時失手把御倉的後腦勺砸在牆壁上，連交涉的對象都一併砸掉了。

凌晨三點，三上最害怕的事發生了，記者會沒有休息地連著開下來。落合的來回奔跑已經變成例行公事。三上雖然向鬍髭男提出希望能一次問完所有的問題，他們也好一次回答完整的要求，但是對方完全不採納。因為讓特搜本部一而再、再而三地親眼目睹落合疲於奔命的樣子是有意義的，這是為了逼刑事部長出面的策略。事實上，落合也的確快要不行了。空洞的眼神、快要打結的腳步，有時候還會精疲力盡地一屁股坐在電梯裡。三上實在不明白荒木田在想什麼，甚至認為他只是單純地討厭特考組，所以才要這樣折磨落合，藉此達到殺雞儆猴的效果。但是……。

再怎麼想都太奇怪了。一方面要求媒體簽訂報導協定，一方面又不肯透露半點情報，到底是為什麼？即使不是三上，其他人也會認為他是不是隱瞞了什麼？是不是為了隱瞞什麼而迫使他必須出此下策？記者會場裡開始瀰漫起一股疑神疑鬼的氛圍。是不是調查行動正在百葉窗的對面如火如荼地進行著，或者是發生什麼重大的錯誤，為了爭取時間才故意不好好回答問題？是不是故意事先把各大媒體的精銳部隊全都集中在一個地方，然後在背地裡隨心所欲地調查？報導協定整個被利用……不對，是被惡用、濫用了。如果真的是這樣的話，那可真是前所未有的背叛行為。

時間已經過了凌晨四點半，但是從一點開始的記者會始終沒有結束的跡象。每當落合離開會場，會場上總是會響起「應該不用管協定了吧！」的強硬意見。之所以還沒走到確認無效的那一步，是因為在大部分記者的腦海裡都還有一絲深怕協定一旦真的無效，場面會變得多麼混亂的思維。這麼大批的記者一旦真的開始任意採訪起來會有什麼後果？無論警方對媒體的態度是好是壞，綁架案本身的嚴重性並不會改變，而且也還沒有充分的證據能夠顯示這件事是目崎歌澄的自導自演。在沒有警方的情報支援下擅自採取行動，萬一害女高中生失去性命的話……這樣的危險訊號始終在腦海中盤旋不去。雖然協定無效的確是一張足以撼動警方的王牌，但是實際上要真的讓協定無效其實是非常困難的。既然如此，還不如一開始不要這樣高分貝地叫囂，以免被警方看破手腳，變得自掘墳墓。記者們現在就陷入進退兩難的局面，而且又因此產生了新的地雷，火爆的場面隨時都有一觸即發的可能。

凌晨五點儼然成了毫無意義的時間，落合的體力已經到達極限，極度的疲勞讓他幾乎快要睜不開眼睛，大腦似乎也開始不聽使喚。美雲準備的熱毛巾和營養飲料也已經失去了作用，在前往特搜本部的時候，幾乎都是由諏訪和藏前扶著他前進，回來的時候也幾乎跟兩手空空沒兩樣，因此只能默默地承受槍林彈雨般的咒罵攻擊。即便如此，鬍髭男和油頭男依舊毫不留情地把他當成「傳信鴿」使喚。耳邊偶爾會傳來諸如「再加一把勁」「差不多了吧」這類說詞，卻始終不見秋川的身影。要是他在就好了……三上打從心裡這麼想。

狀況陷於膠著，宛如看不見出口的迷宮。雖然他很清楚這一切很明顯是警方的錯，是D縣警沒有盡到協議中的義務，記者們會要求刑事部長出席記者會也是理所當然的事。可是當他看到落合宛如夢遊病患的樣子，還是會覺得於心不忍、氣憤難平。與其說是對記者們氣憤難平，還不如說是對自己的無能為力感到生氣。廣報室完全沒有發揮作用，別說是說服荒木田了，就連他的面都見不到，對落合也只能提供相當於照顧醉漢的協助而已。

諏訪變得十分沉默，但不是因為疲憊，而是被東京媒體那種完全不在同一個檔次裡的陣仗給嚇到了。規模差太多了。這樣的文化衝擊深深地打擊到他身為一個廣報人的自尊心。藏前的情感似乎已經麻痺，把自己身為軟體動物的觸角全部收起來，又躲回那個百無聊賴的行政人員的殼裡。美雲則是變得視野狹窄，已經無法全面顧及廣報的職責，只是認真地擔心落合的身體。每當落合前往特搜本部一趟，就用原子筆在手心裡畫正字。「太危險了，再這樣下去的話會出人命……」

五點四十分。目送落合和諏訪的背影離去之後，三上跑去上廁所。窗外還是一片漆黑，無力感讓他感到非常疲憊。美那子後來怎麼樣了？雨宮芳男呢……？亞由美呢……？沒有一件事是我做得好的……。

走到走廊上的時候，脖子後面突然一緊。就在陰暗的電梯門附近，有一群人正埋伏在那裡等他。十人……不對，至少有二十個人。

走近一看，都是熟面孔。牛山、宇津木、須藤、釜田、袰岩、梁瀨、笠井、山科、手嶋、角池、高木、掛井、木曾、林葉、富野、浪江……所有人皆死盯著他。秋川也在，站在離一行人稍微有段距離的地方，有氣無力地倚牆而立。

「D縣警到底是吃錯什麼藥了？」

牛山率先開炮，毫不掩飾自己的焦躁。「這究竟是怎麼一回事？」「拜託你們振作一點好嗎？」其他記者也人口一聲地說道。

三上只答了一句「是啊！」就撥開一行人，準備往前走。失望的感覺在胸口蔓延開來。怎麼？連你們也要來落井下石嗎？

「連我都看不下去了！」

山科恨聲說道。

手嶋則是緊握著拳頭。

「只能挨打不能還手，實在是太令人不甘心了！」

三上停下腳步。不甘心？是因為主導權被總部那群人搶走了嗎？你剛才不是還興高采烈地跟對方交換名片嗎？只能挨打不能還手？這句話應該是我要說的吧！什麼時候輪到你說了……。

「真的很不甘心，我實在不能忍受D縣警被當成傻瓜耍著玩。」

耳邊傳來高木圓的聲音。三上嚇了一跳。因為她的眼睛裡蓄滿了淚水。

原來如此。

原來他們並不是過客。原來他們並不是在為淪為配角的自己抱不平。

三上也有同樣的回憶。第一次執勤的地方總是比較特別。剛脫離雙親的庇護自力更生，記住工作的流程、記住回家的路、記住路上的店、吃飯、睡覺、生活、煩惱、用自己的雙腳踩在大地上。這裡才是自己出生的地方，是比故鄉還要故鄉的地方。所以當這塊土地受到蹂躪時，是一件多麼悲哀、多麼不甘心的事啊！

三上一聲不吭地往前走，因為他想不到有什麼話可以回應「我們家的記者」。胸口一陣灼熱。只有這件事，他必須讓秋川知道。

秋川面容憔悴地低著頭看地上。他勇敢地拿起麥克風，把自己推入了火坑。基於當地幹事的尊嚴與責任感，他打算在最大的舞台上進行最完美的表演。而在他的內心深處，肯定也藏著想要助他一臂之力的善意。

三上抓住秋川的肩膀，但是沒有停下腳步。

你很勇敢，接下來換我了……。

71

轉機總是忽然降臨。

六點半的時候，落合又重新活了過來。當時他回到記者會場的樣子，跟他前往特搜本部的時候完全不一樣。表情明顯輕鬆了幾分，腳步雖然還不太聽使喚，但是已經不需要諏訪的攙扶就能自己走上講台，抬頭挺胸地坐在椅子上，將整個會場掃視一遍。顯見他帶回來的是比好消息更好的消息。如果有人死掉的話，他絕對無法露出這樣的表情。要不是目崎歌澄平安無恙地現身，就是已經抓到歹徒了。如果是這樣的話，報導協定便可以立即解除，籠罩在這個密閉空間的黑幕也將會在瞬間消失。

三上站在那群攝影師旁邊，朝部下看了一眼。諏訪微微點頭，藏前和美雲走了過來。彼此的心情都有些浮動，每個人的臉上都藏不住希望趕快結束的願望。

記者們也察覺到落合的變化，開始有些騷動。在緊張與期待的感覺互相交錯中，有很多記者紛紛把身體從桌子上往前探，深怕漏聽了一字一句。電視台專用的燈光同時點亮，攝影師們肩並肩地開始按下快門。鬍髭男握住麥克風，只有他跟其他記者不一樣，雖然還不到失望的地步，但也的確不怎麼樂見落合的復活。

「那麼，請先回答剛才的問題。無聲電話一共有幾通？什麼時候打來的？歷時多久？有沒有聽到背景聲音？」

「關於這點還不知道。」

由於落合是笑著回答這個問題，因此鬍髭男的臉色也變了。

「莫非是案情有了重大突破？找到目崎歌澄了？還是知道誰是歹徒了？」

所有人都豎起耳朵，屏息以待。

「啊！不是這樣的，C子和歹徒都還沒有找到。」

「那不然是什麼？」

鬍髭男的氣勢逼人，不過落合仍維持著笑臉。

「就是你們問過我好幾次的恐嚇電話啊，終於知道是從哪裡打來的了。兩次都是從玄武市內打來的。」

這的確是很重要的情報沒錯，但是出現的時機實在太糟糕了。落合的反應讓大家充滿了期待，反倒使得這個情報聽起來變得微不足道。在場所有的記者全都在同一時間吸一口氣，不知道還能對這個搞不清楚狀況的白癡說些什麼才好。

鬍髭男倒是摸透了落合的底。

「那是玄武市內的哪裡？」

「咦……？」

「應該可以把範圍縮小到半徑三公里以內吧！你到底明不明白？我們想要知道的是具體而且正確的情報。」

「啊！」落合發出這一聲之後，就再也說不出話來了。

「重來！」

一旁的油頭男破口大罵，語氣跟命令學生的老師沒兩樣。怒火瞬間點燃，期待落空的反作用力使得咒罵的詞彙更加尖銳。「你是只會跑腿的三歲小孩嗎？」「有沒有一點學習能力啊你？」「像你這種人活著也只是浪費糧食而已！」

落合的眼神停在半空中，臉上沒有半點表情，所有的肌肉皆已鬆弛，看起來活像是一張死人的臉。他恐怕是哭著求荒木田，求荒木田給他一點能夠安撫住記者的情報，最後終於讓他求到恐嚇電話的發訊地點，然後帶著或許能得到讚美的淡淡期待回到這裡。

然而……。

「不要拖拖拉拉的！趕快去！給我問出點像樣的消息回來！」

但落合並沒有站起來，看起來就像是靜止畫面的身體正徐徐地往前傾。「叩！」地一聲，額頭撞在桌子上，兩隻手肘張得開開的，整個人趴在桌上。

那姿勢活像是在向眾人磕頭陪罪。

「叫救護車！」

美雲叫了起來。但是鬍鬚男用比她強一倍的聲音怒吼道：

「不用對他那麼好！你也不要以為可以利用裝死的方式逃走！」

美雲把寫著正字的掌心伸到鬍鬚男面前。

「他已經來來回回跑了二十九趟！整夜沒睡地開記者會搞了七個半小時！」

鬍鬚男瞧都不瞧她一眼，兩隻眼睛盯著講台上的落合。

「我們不也一樣嗎？從東京搭飛機趕過來，整夜沒睡地耗了七個半小時。在這麼緊繃的狀態下，大家都快得經濟艙症候群[45]了。來回跑了二十九趟？這不是很好嗎？剛好讓身體得到適度的運動。」

一旁的油頭男用手肘頂了頂鬍鬚男。「就讓他們送醫院吧！這麼一來，部長或一課長就勢必得出來面對了……」

「要是又送個垃圾來怎麼辦？」鬍鬚男反問，把視線轉回落合身上。

「如果你想回家睡覺的話就去拜託刑事部長！向他下跪磕頭，求他代替你出席記者會。」

講台上，諏訪和藏前早已衝到落合身邊，美雲也拿著水壺和毛巾衝上前去，幫忙把全身癱軟無力的落合扶起來。傀儡的發條已經斷了。落合已然筋疲力盡，口水從嘴角不住地滴落下來。

「喂！振作一點！你也算是特考組的一員吧！要是連這種場面都搞不定的話，可是沒有將來可言！」

「夠了吧！」

三上開口說道。這句話是打從內心深處發出來的。鬍髭男轉過頭來看他，臉上是一副沒聽清楚他在說什麼的表情。

「夠了吧！」

三上提高了音量。

「這已經是凌遲了，放過他吧！」

「你說什麼？」

鬍髭男一個箭步走到他面前，伸長手臂把麥克風湊到三上的嘴邊。

「請你再說一次。」

「因為這已經是凌遲了，所以警方不會再派人出來，記者會也暫停。」

幾百隻手同時捣在桌子上，所有人全都站了起來。地板在震動，屋子裡颳起怒吼的狂風。講台上的部下們全都睜大了眼睛，就連落合也用半開的眼睛看著三上。鬍髭男把高高舉起的麥克風左右搖晃。交給我處理……。終於，會場安靜下來了。不過，所有人口中似乎都還在嘀咕。只要三上稍有失言，就會瞬間引爆，炮聲隆隆。

「凌遲是嗎？」

鬍髭男對三上露出挑釁的表情。

45：正式名稱為深度靜脈血栓。長時間坐在狹窄的空間裡缺乏活動的話，靜脈血液回流受阻，血液稠度增加，進而引起血液回流不順暢，造成靜脈血管內出現微小血栓，並會由大腿部位逐漸擴展到心肺。一旦站起來，血栓到達肺部，就會引起呼吸困難、胸痛，嚴重時會陷入虛脫，甚至猝死。

「你是廣報官對吧？你到底有沒有搞清楚現在的狀況？是誰要連被害人的名字都不知道的二課長擔任記者會負責人？把弱者推出來當代罪羔羊，幹部自己躲在安全的地方，這才是你口中的凌遲吧！」

「先帶他去醫務室！」三上對著講台上大喊。只見美雲迅速地做出反應。

「喂！你這個虛有其表的魔鬼廣報官！到底有沒有在聽別人說話啊？」

虛有其表的魔鬼廣報官？原來他跟油頭男是這樣叫三上的。

「記者會暫停？警方是要放棄在協定中應盡的義務嗎？」

「下一次的記者會從上午八點開始，如果案情在這段期間內有所進展的話，會以書面通知各位。」

「開玩笑也要適可而止！對於案情的細節一問三不知的廣報，是要怎麼把案情的進展寫成書面通知我們？」

「沒錯！」記者們異口同聲地大聲抗議。「別講這麼不負責任的話！」「現在立刻就把刑事部長帶來！」

「雖然警察沒一個好東西，但是水準這麼低劣的廣報，我還是第一次遇到。」

鬍鬚男直視著三上說道。他有一雙很漂亮的眼睛。是否長年提倡社會正義，就能長出這麼一雙宛如玻璃珠般清澈的眼睛呢？

「還不快點帶他去醫務室！」三上又對著講台大喊。諏訪和藏前正一人一邊地架起落合的雙肩。

「然後呢？接下來你打算怎麼辦？」

「什麼東西怎麼辦？」

「人都被你送去醫務室了，接下來的記者會由誰來主持？」

「我自然會找到適合的人選。」

「那就是刑事部長。現在就在這裡答應我們！」

「說的對！」「說的對！」「說的對！」贊成的聲浪宛如環繞音效般迴盪在會場中。「叫刑事部長出來！」「答應我們！」

三上沉默不語，緊咬著牙關。

「你不說話，我們會很傷腦筋的。我們只是要求一個非常普通的綁架案記者會。為什麼刑事部長不出面？D縣警到底在隱瞞什麼？」

落合在兩個人的攙扶下下了講台，打算穿過被記者塞爆的會場。三上把美雲叫過來，總覺得要讓她自己穿過這群人實在很危險。落合小心翼翼地尋找著可以落腳的空間，往出口緩慢前進。鞋子幾乎踩不到地板，如果沒有左右兩大護法的協助，可能連一步也走不了。三上彷彿看見運送傷兵離開地雷區的光景。

「等一下！」拔尖的音調是從會場中段傳出來的。「誰准你就這樣走人了？」「至少也該等到由部長來主持記者會這件事確定之後吧！」三上低咒一聲。踩到地雷了，馬上就要開始連環爆了。「不許走！」群情激憤的記者們接二連三離開座位，堵住落合的前進方向，左右兩邊的去路都被記者給團團包圍住。「打包票！」「跟刑事部長交換！」把落合團團圍住的人牆愈縮愈小，諏訪和藏前全都變了臉色，站在三上背後的美雲發出了尖叫聲。

「不要碰他！否則便以妨礙公務罪逮捕你們！」

三上聽見自己說話的回聲。原來是他把鬍髭男的麥克風搶了過來，縱聲大喊。

會場突然鴉雀無聲，二百六十九雙眼睛全都看著自己。

三上閉上眼睛。嗡……嗡……嗡……無法判斷來處的聲波所造成的劇烈震動與壓力持續敲打著耳膜。麥克風被粗魯地搶了回去，不是鬍髭男而是油頭男的手。

「不要有了三分顏色就想開染坊了！你這虛有其表的魔鬼廣報官！只有鄉下的小鬼頭才會以為用強硬的態度就能搞定一切。」

鬍髭男緊盯著三上，又把麥克風拿在手上。要匡正所有的不公不義。玻璃珠般的眼睛裡染上了沒有任何遲疑的憤怒。

「我們已經忍耐很久了。相信你們說的可能只是未成年人自導自演的說詞，看在事情的嚴重性上，也對匿名的皂劇睜一隻眼、閉一隻眼，可是再怎麼忍耐也到了極限！」

冷不防，鬍髭男的情緒激動了起來。

「愚弄人也該有個限度！這樣的記者會根本稱不上記者會！D縣警正在濫用報導協定。封鎖所有的情報，在私底下胡作非為！大家可以容忍這麼荒唐的事情發生嗎？因此，我建議立刻進行表決！」

鬍鬚男轉身面向所有的媒體。

「立刻將這種異常的情況向上級長官提出抗議！然後請刑事局改派稱職的人來特搜本部坐鎮，包含與媒體的應對在內，全都由刑事局派來的人指揮監督！有沒有異議？」

「等一下！」

三上大喊。

「接下來會舉行正常的記者會，也會交出所有的情報，這麼一來就沒有意見了吧！」

「事到如今還有什麼好說的？就是因為你們連正常的記者會也開不好，所以事情才會演變成這樣不是嗎？」

「不用你說我也知道！D縣警並沒有盡到應盡的義務，但是請給我們修正的時間，不用太久也沒關係。」

「你有辦法讓刑事部長出面嗎？」

「我會讓一課長出面。」

滅火劑發生作用了，瞬間就把會場裡熊熊燃燒的烈焰撲滅殆盡。實在是這把火燒得太大了，他才不得不做出這樣的選擇，否則平常是絕對不會使用如此大量的滅火劑。

「下一次的記者會為上午八點……報告完畢。」

跟緊我。三上提醒身後的美雲，然後懷著衝出重圍的心情開始往前走。走到一半與落合會合，推著落合的背繼續往前走。滅火劑固然發生了作用，不過產生的煙霧可是超出尋常。

來到走廊上，一路走到電梯門前。儘管如此，背後依舊能感受到如針在刺的尖銳視線。

「……謝謝你。」

落合嘆了一口氣說道。三上抓住他的肩膀。跟秋川一樣，十分單薄的肩膀。

五個人一起走進電梯。在等待電梯門關上的同時，三上告訴諏訪：

「我再去一趟G署。」

諏訪始終低著頭。在場的所有人全都心裡有數，要把在現場坐鎮指揮的松岡找來，根本是不可能的任務……。

「總不能什麼都不做。就算沒有辦法讓參事官出席記者會，或許還是能問到一些調查情報。」

諏訪還是沒有把頭抬起來。三上完全能體會他的心情。「我會讓一課長出面。」這句話已經收不回來了。但是松岡並不會出面，應該要負起這個責任的三上也不在。對於已經喪失身為一個廣報人的自信的諏訪而言，等在前方的只剩下他無力面對的殘酷現實。可是……。

「總不能什麼都不做。」

三上又重複了一次這句話，這次是說給自己聽的。

「你放心地去吧！」

出聲的卻是落合。

「我還……我還撐得住，我會想辦法撐住的。」

三上還抓著他的肩膀，想要給他一點力量。他不知道該說什麼才好，又不想給一旁的諏訪壓力。

「諏訪。」

「……」

「警務課的二渡有說要幫忙……要請他幫忙嗎？」

伴隨著「叮！」的一聲，電梯停了。門開了，卻沒有人要出去。藏前和美雲都看著諏訪，兩人的眼神都表示：

「無論如何，我們都會支持股長的決定。」

門自動地關上。就在要關上的瞬間，諏訪用手指按了開門鍵。

「不需要……要是對負責管理人事的人示弱的話，將來就當不成廣報官了。」

72

外頭陽光燦爛。

在前往停車場的這段路上，三上沉浸在暫時的解放感中。充分沐浴在朝陽下，深呼吸，把手腳盡情地伸展開來，抽了一根菸，又喝了一罐熱咖啡，然後將罐子朝著拉上遮光窗簾的六樓高高地舉起，擺出乾杯的姿勢。這個動作是為了鞭策自己，他現在所有在外頭享受到的自由，都是由留在裡頭的夥伴們的犧牲換來的，所以他已經下定決心，絕對不能見死不救，絕對不會見死不救……。

諏訪的臉始終縈繞在腦海中，揮之不去。他的臉色暗淡到會讓人不禁懷疑這輩子可能再也看不到他的笑容了。儘管如此，他還是拚了命地打起精神來。要是對負責管理人事的人示弱的話，將來就當不成廣報官了。他用這句話來激勵自己、切斷自己所有的退路。這是為了重新回到記者會場那個充滿了扭曲的正義與特權意識的密閉空間所必須要有的儀式。

——改天再一起笑吧！

三上上車，看了一下手錶。七點二十二分。一圈就好了。他在停車場裡徐行，尋找美那子開的自小客車。兩人一組的調查人員是在七點集合，如果她決定要來的話，此時應該已經到了。沒有找到美那子的車，三上用力把油門踩到底，離開停車場。其他還有好幾個停車場，美那子一定會來的，一定也會沐浴在燦爛的陽光下。

縣道上的車流量非常大。

三上還是遵守著交通規則，他已經放棄了上午八點的記者會，也硬是把十點的記者會趕出腦海。中午的記者會才是勝負的關鍵。因為中午才是綁匪給的準備贖金的期限，案情會在中午一股作氣地往前推動。他可以參與調查到什麼程度呢？他可以掌握到多少現在進行式的活生生情報並提供給記者會呢？能不能完成廣報室的任務，就全都賭在這一把了。當他離開那個密閉空間，馬上就清清楚楚地看見自己應該做的事。

要是置身在記者會場裡，他肯定還是以為此時此刻這個瞬間才是最重要的。過去跨過換日線的那八個多小時，三上始終以跑百米的心情在跟媒體對峙，但事實上根本都還沒有開始。無論是落合來回奔跑的那二十九趟，還是其他三個人盡心竭力的支援，一切的一切都只不過是案情揭開序幕前的暖身運動而已。接下來才是重點，媒體是要認真地開始工作，還是真正地拔刀相向，都是在案情真正開始動起來以後。只不過……。

揭開序幕前的時間並不會因為這樣就平靜度過。

〈我還……我還撐得住〉

落合還能撐多久呢？八點的記者會，然後是十點的記者會，三上對媒體許下的承諾遲遲無法實現，一課長始終沒有出現。直到中午前的四個小時，落合將會受到多麼苛刻的責難呢？

〈我會想辦法撐住的〉

當腦海中閃過不可能撐得住的念頭時，心臟彷彿被狠狠地揪住了。完全沒有抗壓性，動不動就驚慌失措的傢伙——糸川一直在他身邊看著，所以他對落合的評價基本上並沒有錯，但是對三上來說，落合如今已是不能見死不救的夥伴之一了。

途中跟偽裝成一般車的警車擦身而過，只見銀色鈑金的車身巧妙地融入了車陣。

三上銜著一根菸，點火。

〈我會讓一課長出面〉

他開了一張空頭支票。但也不能因為明知不可能就小心翼翼地說話，成為作繭自縛的階下囚。問題是，要是膽敢對二百六十九人言而無信的話，他們可能會真的要求本廳介入吧！只有一個方法可以阻止，那就是帶回跟一課長出席記者會同等質量的情報。

三上心裡的戰略愈來愈明確了。

刑事部肯定隱瞞了什麼。如果說還有什麼可以切入的點，就是那樣沒錯了。因為坐鎮在特搜本部的荒木田和鎮守前線的松岡對於保密的定義有落差。松岡明知三上會告訴記者卻還是透露了目崎正人的名字，但荒木田至今仍緊咬著「A」這個代號不放，連早就已經成為公開祕密的睦子和歌澄也堅持以「B子」和「C子」來代稱。松岡雖然也拒絕透露妻子的名字，但與其說是故意隱瞞不說，反而更像是基於他的信念或顧慮而驅使他這麼做。話說回來，荒木田是會為了隱瞞一部分而把整件事都蓋住的那種人，松岡則只會隱瞞他認為必須隱瞞的部分，兩者之間的差異相去千里。扣除應該要隱瞞的部分，松岡並不介意情報外流。更何況，他這種人應該也不會認為可以隨便破壞報導協定。經過廁所裡的那一番交流，他已經明白三上的顧慮和目前的立場，只要三上不對「應該要隱瞞的事」刨根究柢，應該就可以順利地達成任務。雖然他對於避談這件事有點不以為然，但是想到記者會場的慘況也就沒什麼好說的了。先把能從松岡口中得到的情報全部問出來再說。這麼一來，就可以帶回「跟一課長出席記者會同等質量的情報」。反正就算松岡真的願意出席記者會，肯定也會隱瞞他認為「應該要隱瞞的事」。就算他說出目崎正人的名字，但是不管記者再怎麼圍攻，他也絕對不會說出睦子和歌澄的名字，最後還會搬出那句話：做人總有能說的事跟不能說的事……。

突然，一股不像是疑問、也不像是不安的情緒湧上三上的心頭。

——就只是因為這樣嗎？

沒有其他原因嗎？刑事部認為被害者一家人的姓名是「應該要隱瞞的事」。但真的只有這樣嗎？

不只吧？應該不會只有這麼微弱的理由，刑事部隱瞞的肯定是跟案情或調查的根基有關的「某件事」。如果說有什麼事是荒木田即使與所有媒體為敵也要隱瞞的事，那肯定是像「幸田手札」那樣具有核彈級破壞威力的祕密。他是這麼想的，可是……。

一切都只是他的猜想，並沒有證據。他連「某件事」是什麼事都還不清楚。模仿64的犯案手法擾亂了三上的思緒。在64視察前一天發生這起事件的偶然，宛如厚厚的雲層般把所有負面的想法全都吸引過去，鎮日在三上的心裡下著憶測的雨。但那終究只是下在心裡的雨，不具任何的實體。要說有什麼事實，只有負責指揮調查的松岡執意不肯說出睦子和歌澄的名字，如此而已。

歌澄的部分還算合理，畢竟她是有自導自演嫌疑的未成年當事人。即便是對犯罪行為深惡痛絕，認為年齡不是藉口的松岡，在這種情況下不說出她的名字也沒有什麼特別不自然的地方。

問題是睦子……。

三上之前都沒有想過這個問題。松岡為什麼要連母親的名字都隱瞞？

因為她是女人？因為她比較柔弱？因為她是女兒被綁、抑或是被女兒背叛的可憐母親？是基於這樣的心理嗎？

總覺得有點不太對勁。不是這樣嗎？那是怎樣呢？還是單純只是因為被三上的懇求打動了呢？本來不打算說出任何人的名字，但實在是不忍心見以前的部下走投無路，才勉為其難地說出男主人的名字。

不對。

〈做人總有能說的事跟不能說的事〉

目崎正人的名字是能說的事，睦子和歌澄的名字是不能說的事——以身為一個人來說。

愈來愈搞不明白了。

這句話到底是什麼意思？還是沒有任何意思？如果有意思的話……。母親與女兒……。這個組合使得三上心裡盡是浮現出一堆不好的想像。

又和一輛偽裝成一般車的警車擦身而過，看來警網已經遍布全縣。再過幾個小時，交付贖金的追擊劇又要上演了，可能會演變成一場大白天的追捕行動吧！

『葵咖啡』的招牌映入眼簾。因為也提供早餐服務，所以已經開始營業了。這裡又將成為起點嗎？三上從窗口尋找美那子的臉，她這次也會在這家店裡嗎？會坐在跟十四年前一樣的座位上嗎？

三上突然覺得好害怕，覺得自己把美那子推進一個深不見底的漆黑漩渦裡。

雖然無憑無據，但他總覺得會發生什麼事。正因為無憑無據，所以才更覺得恐怖。

〈你沒聽過一句話嗎？只有違法者才會對違法的人強調什麼才是正軌〉

事已至此，他才又想起松岡說的話。他從來沒有聽過這句話，所以那是松岡自己說的，是松岡自己的想法吧！既然如此，這肯定是一個隱喻，指的恐怕就是「應該要隱瞞的事」。

擋風玻璃上掠過一隻飛鳥的影子。

燈號一轉綠，三上立刻加速前進。不只是為了廣報室，三上本人也想盡快一窺松岡瞳孔內的世界。

73

風勢十分強勁。

視線前方停著一輛四噸的大卡車，車身上還有飲料業者的商標。

一直到三年前都還是香菸廠商的商標，再早之前好像是加工食品廠的商標。這是在64的隔年，編列了龐大的預算購買的特殊搜查指揮車。然而，在那之後又過了十三年，從未聽說這輛「電腦車」有派上用場過。

三上把車停在距離G署五百公尺外的汽車駕訓班停車場，坐在自己的車子裡。他繞了市內三圈才找到這輛指揮車。從駕駛座上可以看到刑警的頭，從副駕駛座的窗口還可以看到刑警的手肘，恐怕在漆成閃亮銀色的長型「後車廂」裡也坐著好幾個人。這種車用不著發動引擎，靠著搭載在車身底盤的大型電池就能讓空調、電器產品、電子儀器全都維持運轉。

上午十點五分，記者會已經開始了。不對，恐怕是從八點開始的記者會一直持續到現在。想這些也沒用，還是專心等待松岡出現吧！換作是一般的一課長，肯定是坐在特搜本部裡指揮吧！生來就是個「獵人」的松岡可不會這麼做。只要眼前有武器，他一定會拿起來用；只要有指揮車，他一定會坐上去。因此，現在的工作就是繼續睜亮眼睛。三上已經二十八個小時沒睡了，雖然一點也不睏，但過去跟監的經驗警告他，這時候才最危險。睡魔說來就來，而且一旦被睡魔擊中，就算被歹徒戳頭也醒不過來。松岡約莫會在十點半坐上指揮車，最晚也是十一點，在那之前絕對不能被睡魔逮到。

三上點燃一根菸，一面用眼角餘光鎖定指揮車，一面打開手機撥給已經辭職的望月。沒有人接，而且駕駛模式也還沒有解除。原本三上開車期間望月曾經打過電話，雖然把車子停好之後馬上回電，但不曉得他是不是出去送花了，這回輪到望月的電話沒人接。

二渡又來了。他猜是這樣的電話。三上已經覺得無所謂了，但還是想知道他又說了些什麼，只是如此而已。長官視察的問題已經解決了，眼前只剩下看不見盡頭的綁架案課題。

三上把香菸捻熄在菸灰缸裡。

〈警務課的二渡有說要幫忙……要請他幫忙嗎？〉

他並沒有要試探諏訪的意思。在當時的情況下，他是真的需要一個幫手。當他看到望月的未接來電，他才第一次想到，如果是二渡，他會怎麼面對、怎麼處理記者會上的僵局呢？跟在電梯裡的時候不一樣。如果有誰可以拯救諏訪和落合於水火之中，腦海中最先浮現出來的竟是二渡的名字。

啪！啪！

三上拍打自己的兩頰，被映入眼簾的電子鐘上的數字嚇到。十點二十五分。手錶也是同樣的時間。感覺時間過得飛快，恐懼湧上心頭，自己該不會在眨眼的時候睡著了吧？把身體從方向盤上探出去，望向指揮車。不要緊，還停在同一個地方，什麼變化也沒有。三上吐了一口氣，把身體靠回椅背上，就在這個時候……。

來了。

三輛四門轎車魚貫地從駕訓班前面的馬路開了進來，從最前面那輛車的後座可以看見松岡的側臉。轎車直接轉進指揮車的後方，發出了刺耳的煞車聲。

三上這時已經跳下車跑了過去。剛從第三輛車下車的刑警聽見他的跑步聲而回過頭來。是會澤。對方還沒有認出他來，所以用手掀開西裝的下襬，瞬間露出了槍套。該不會是要拔槍相向吧？三上舉起雙手，但是腳步卻沒有停下來。當會澤發現來人是特殊犯時代的上司時也沒有因此放鬆警戒，而是跟接著下車的刑警知會一聲：「麻煩來了……」

三上稍微繞遠一點，從指揮車的前方繞過去，感覺所有人的視線都射在他的身上。七、八、九……九個刑警站著圍住松岡，每個人的懷裡或腰間都配著槍，而且都是叫得出名字的刑警。其中有強行犯搜查一股的緒方及特殊犯搜查股的峰岸。兩者目前的職位都是班長，以雙雄雙璧的名號負責下一個世代的刑事部。全身上下都散發出強烈的氣場，讓三上急著想表明立場。然而令人意外的是，反而只有這兩個人保持有禮，對三上默默地點頭致意。

松岡今天也一樣那麼鎮定。明明昨天晚上才在G署的廁所裡遇到，卻像是長途旅行回來再相見，讓人有種久別重逢的感覺。他的眼神並不是違法者的眼神，不用窺探也知道，他的眼神是「開始辦案的眼神」。那彷彿看到什麼強光而瞇得比平常更細的眼睛，一旦到了關鍵時刻，就會像金剛力士像一樣連同粗眉一起撐大。

「是你啊！什麼時候改行當起跟蹤狂了？」

應該是故意的吧。松岡開的玩笑讓刑警們的緊張與戒備緩和了一些。只有三上不一樣，他的情緒反而更高張了。眼前清清楚楚地浮現出自己高舉著罐裝咖啡，對著六樓拉上遮光窗簾的窗戶乾杯的樣子。

「請讓我也一起坐上指揮車，這是我身為廣報官的任務。」

九位刑警同時目露兇光。有這九位精銳的刑警在場，所有低聲下氣的哀兵姿態全都可以省起來了。考慮到今後的立場，也不能在這些刑警面前露出卑躬屈膝的態度。三上個人不打緊，要是讓他們因此小看了廣報官這個職位的話，將來也會很難做事。沒有時間了。這點松岡也一樣，他馬上就會跳上指揮車採取行動，因此必須在此刻一決勝負。

松岡開口了。

「謝謝你。早上七尾跟我聯絡了。」

咦？

「你沒聽說嗎？美那子來了。」

「啊……」

原來如此，她還是去了啊！

「就讓你跟吧！上車。」

欸？

「記者失去控制的話，現場也會失去控制。所以你就餵他們一點好吃的內幕，好讓他們回去睡午覺。」刑警們全都呆住了，但是最感到傻眼的是三上本人。他原有的腹案都已經快衝出口了。他原本想，如果不能上指揮車，至少讓他與追尾班或邀擊班同行。

「參事官……」

緒方似乎想要說什麼，但最後還是閉上嘴巴。只要有在松岡手下工作過的人都能體會。並不是參事官或者是一課長這種位階或權威令緒方閉嘴，而是大家對松岡這個頑固老爹都抱有絕對的信賴與敬畏，使得大家會把已經衝到嘴邊、但缺乏深思熟慮或情緒化的話給吞回去。總之，既然松岡要三上「上車」，就沒有人能推翻他的決定。

「只不過，你要把在車上收集到的情報至少先在心裡保留二十分鐘才能說。搜查與報導之間必須經常保持時間差才行。」

松岡的言下之意並不是要他不准說，反而是告訴他可以從指揮車上把情報送回記者會場。二十分鐘是在「事務聯絡所需要時間」的範疇。在過去的綁架案偵辦過程中，拖個三十分鐘、一小時才把情報提供給媒體的案例比比皆是。

「我明白了，我會遵守。」

「那就好好地專注在你自己的工作上吧！我們也有我們的工作要做。」

不要對搜查指手畫腳的……。

振奮的情緒被松岡看穿了。三上的確是熱血沸騰沒錯，但是在他的腦海中，已經沒有「狩獵」這兩個字。可看在松岡眼裡，還是覺得他的刑警之血在沸騰嗎？

隨著鐵製的門閂被拉開，長型車廂的後行李箱的門也被打開，鼻腔裡充滿了用單槓進行倒立旋轉的練習後留在手裡的氣味。橘色的下照燈發出昏暗的光芒，從外觀難以想像內部之狹窄，讓人想起若干年前看的電影裡的潛水艇通道。兩側的空間都被上頭放置著儀器的桌面給占滿了，交錯放置的七張圓凳直接固定在地板上。已經有兩個頭戴耳機的男人就座。坐在電話前的是個毛髮濃密、矮矮胖胖的男人；另一個身材瘦削、臉小小的、頭髮中分的人，看起來實在不像是刑警。因為坐在兩台電腦前，或許扮演的是日吉浩一郎在64當中的角色。

上車的除了松岡以外，還有緒方、峰岸這兩個班長，以及三上這個不速之客。雖然七張椅子上只坐了六個人，但還是顯得很擁擠，一旦坐在椅子上，就免不了會去撞到其他人的手肘或膝蓋。

「要關門囉！」

這輛車被改造成從裡面也可以開關門，因此緒方把左右兩邊的門把同時往內拉。伴隨著一聲金屬聲，門被關上了。後方的景色和光線瞬間消失，車上的空氣頓時被壓縮，緊張的情緒瞬間飆高，讓人覺得呼吸困難。雖然有開空調，但是沒有窗戶，前後左右的視線範圍內全都被四台安裝在車身上的監視器畫面給占滿了。

峰岸抓住無線麥克風。

「指揮車呼叫特搜。」

〈這裡是特搜，請說〉

「請告知接收強度。」

〈接收強度五[46]。機器沒有異常，請說〉

「了解。目前車上有參事官及五名其他成員，請說。」

46：無線電專業用語，五表示接收強度最好。

〈了解〉

「指揮車報告完畢。」

左手邊的監視器畫面看起來十分熱鬧。車門陸續關上，還留在車外的刑警也分別上了車。「邀六」「邀七」「邀八」，峰岸在測試麥克風的時候是這麼稱呼對方的。這些人是事先把車子停在可能會遇到綁匪的區域內，準備給予迎頭痛擊的單位。既然本次的事件是模仿64，那麼就應該讓這些人潛伏在十四年前綁匪指定用來交付贖金的地點及其四周，以及將指定地點串連起來的沿線，還有就是綁匪昨天打恐嚇電話的手機訊號範圍……。

一思及此，三上拿出記事本。

「參事官，請問綁匪的發訊地點是在玄武市內的哪個區域？」

彼此之間的距離近到三上發問的氣息直接噴在松岡臉上。

「第一次是在常葉町內，第二次是須磨町和南木町交界的地方。」

「大概是什麼樣的地區呢？」

「各是隔著玄武站的東西兩側。西側的常葉町是以拱廊型商店街為主的鬧區，也有居酒屋和電影院。東側的須磨町、南木町一帶則是更進一步的不夜城，酒家、特種行業、賓館、電玩中心……什麼亂七八糟的都有。」

松岡的回答十分爽快，足以把三上認為他有事隱瞞的疑念吹散到九霄雲外。

三上看了看手錶，十點三十八分。再把紀錄從頭到尾看一遍。常葉町、須磨町、南木町。綁匪的恐嚇電話兩次都是從車站附近打來的，這可是他夢寐以求的具體情報，要是讓落合知道了，他會有多麼欣喜啊！諏訪也可以抬頭挺胸地面對媒體了。「解禁」的時間是十點五十八分，三上心急如焚地看著牆上時鐘的秒針。這裡的二十分鐘跟那裡的二十分鐘是天與地的差別。在如坐針氈的情況下，哪怕只是一天，感覺上也像是永遠過不完似的。

三上心中浮現出一個念頭。他想，現在問清楚的話，就可以在十點五十八分一次把情報送出去了。

「錢……兩千萬圓的贖金已經準備好了嗎？」

結果遭到緒方和峰岸的白眼。

「準備好了。已經抄下號碼，也做上記號了。」

「綁匪在那之後還有其他動作嗎？」
「完全沒有。」
「有把調查人員安排在64當時的那九家店裡嗎？」
「那是一定要的。」
那美那子呢……他突然想到這個問題，但現在顯然不是問這個問題的時候。
「雙子川的上游也有嗎？」
「釣魚宿．一休和琴平橋附近都已經派人監視了。」
兩人的一問一答到此為止。隨著車身一陣震動，引擎開始運轉了。
「先去被害人家附近。」
聽見松岡的命令，峰岸點了點頭，以半蹲的姿勢打開與駕駛座相通的滑動式小窗。「開車，前往被害人家附近……」
車子緩慢地向前滑行。「指揮車，出動。」緒方透過無線電向特搜本部報告。〈了解〉自此，無線電的擴音器始終保持沉默。綁架案專用，除此以外的通訊一律禁止。
指揮車開到馬路上，四台監視器的畫面映出前後左右的風景。三上以前聽說過，指揮車上的儀器會每年更新，也陸陸續續追加了電腦和高畫質的錄放兩用監視器等等。收音用的麥克風也比以前提高好幾個等級，利用開關操作可以將收音範圍涵蓋到三百六十度。其他的裝備還有九支手機，放在以防止脫落的框架圍起來的桌子上，各自貼上了「特搜」「G署」「自宅」「邀擊」「追尾」「街頭」「店舖」「特命」「鬼頭」的貼紙，這是為了避免來電全部集中在一支手機上。「鬼頭」是強行犯搜查二股班長的名字，現在恐怕正潛伏在運送贖金的目崎正人車上。「特命」倒是一時想不起來。因為綁架案的調查，絕大部分的任務都具有特命搜查的性質[47]。
松岡把小臉男推到一旁，平均看著兩台電腦的畫面。一台是玄武市內的地圖，另一台則顯示著D市內的地圖，上

47：特命意指特殊命令，特命搜查指的是在特殊的命令下所進行的調查。

頭到處都閃爍著紅色和綠色的光點，顯示的應該是配置的車輛和人員吧！D市內的數量占了壓倒性的多數。雖然市的規模不同，但三上還是感到很意外。照正常邏輯推論，既然被害人家和恐嚇電話的發訊地點都在玄武市內，從這裡展開初期搜查的必要性比在D市裡高多了。就算再怎麼重視綁匪模仿64的背景，還是不免讓人覺得這是一場豪賭。雖然很想追問理由，但松岡現在正在「辦案」。

車身搖晃得厲害。雖然速度不急不徐，但是馬路的凹凸不平和高低落差還是由下往上撞擊著底盤。

峰岸正用手機跟「自宅班」通電話，似乎在討論交付贖金的問題。想也知道，綁匪早就從目崎歌澄的手機通訊錄裡得到她父親正人的手機號碼。如果綁匪打算跟64一樣，不停地變換交付贖金的地點，那麼指定地點的聯絡以直接打電話到負責運送贖金的正人手機裡，會比打到店裡的可能性大多了，所以才把這支手機也連上無線裝置……。

「可以測試了。」

矮胖男向峰岸報告，隨後來自自宅班的聲音便在車上響起。

〈測試、測試、測試……目標父親的手機已經接上線路，目標父親的手機已經接上線路〉

「聲音很清楚。」峰岸把手機靠到嘴邊說。被害人家的家用電話也完成了同樣的前置作業。一旦有電話進來，在這輛指揮車上就可以監聽到對話的內容。時代變了，已經不需要像十四年前的三上那樣，在「追一」的副駕駛座上擔任無線電轉播的人了。

三上並不覺得特別感傷，也沒有面對「現實」的慷慨激昂。若說在這群正牌刑警的圍繞下，對他們的工作態度及能力沒有任何感覺的話絕對是騙人的，但是依舊沒有加入「狩獵」的感覺。他正在跟時間賽跑，距離解禁還有六分鐘……。

「被害人家快到了。」

緒方指著監視器畫面的一角說道，指尖從「前方」移動到「右手邊」的畫面。在小型兒童公園的對面，有一棟隨處可見、由水泥砂漿砌成的木造房屋，那是目崎家的房子……。

「我知道了。」

松岡凝視著畫面說道。

「只要記住前後左右的相對位置即可。繞回縣道，向D市前進。」

緒方以點頭回應，用麥克風轉告駕駛座。

——連指揮車也要前往D市嗎？

三上有些詫異，真的可以讓指揮全軍作戰的「總將」離開玄武市內嗎？肉票的家在這裡，手機的訊號來源也是這裡，分別是玄武站的西側和東側，更不要說東側還充滿了酒家、特種行業、賓館、電玩中心……簡直可以說是犯罪的溫床。

三上的聯想到這裡突然卡住了。話說回來，不夜城不僅是犯罪的溫床，同時也是不良少年、不良少女群聚的地方。目崎歌澄自導自演的可能性到底有幾分？做夢也沒想到自己居然可以深入調查的核心，刑警們也從頭到尾沒有提到過自導自演這件事，所以三上幾乎都快要忘了這個可能性的存在。然而……。

三上望向牆上的時鐘，還有兩分半。松岡離開電腦前，以「好戲才要開始」的表情緊盯著前方的監視器畫面。

「參事官。」

「嗯？什麼事？」

「有對目崎歌澄展開搜索嗎？」

由於松岡露出了不悅的表情，三上不禁懷疑自己踩到什麼地雷了嗎？啊！是因為不小心說出還沒有曝光的「歌澄」這個名字嗎？

「自導自演的這條線不追了嗎？」

這次的問題刻意省略了主詞。

「沒有不追。」

「那麼應該有在不夜城進行搜索吧！」

「案情目前還處於綁架的階段，不能大動作地搜索。」

以松岡平日說話的習慣來看，這算是含糊不清的說詞。現代警察的人海戰術是不分刑警與公安，早就已經祕密地展開大規模的搜索才對。

「她們平常都在什麼地方鬼混？」

「不知道。」

「兩通電話可能都是從她們平常玩樂、聚集的地方打來的。如果這件事是她自導自演，那麼她現在還在玄武市內的可能性不是很高嗎？」

「三上先生。」

緒方出聲，臉上寫著「別再說了」這四個大字。峰岸也把手臂交握在胸前，露出不滿的表情。

三上知道歸知道，但還是無法忍住不問。

「為什麼要去D市呢？」

「做好你自己的工作就好。」

松岡一臉不耐煩地說道，用下巴指了指牆上的時鐘。秒針正通過「12」的數字，十點五十八分了……。

三上不由得大吃一驚。這只是巧合嗎？還是松岡也在計算「二十分鐘」？

「不好意思。」

三上在搖晃的車子裡努力穩住腳步，退到最後面。矮胖男的背部實在非常擋路。三上匆匆地打開手機，按下諏訪的號碼，把身體蜷成一團以隔絕周遭的噪音。

電話遲遲沒有人接。但是，就在接通的那一瞬間，耳膜彷彿受到炮彈的猛烈攻擊，將他的心瞬間拉回記者會的現場。又吼又叫的音量，讓人自然地想要把手機拿遠一點。諏訪的聲音斷斷續續地聽不清楚。正當眼前浮現出他撥開記者、奮力地往走廊上前進的身影時電話斷了。三上馬上重撥，但這次沒有人接。只好等諏訪找到可以講電話的地方再主動打過來了。

過了將近五分鐘，緊握在手中的手機才傳來震動。

〈讓你久等了，剛才有點走不開〉

三上一時之間不知道該說什麼才好。雖然諏訪似乎換了一個地方說話，但是從他背後的喧鬧聲聽來，如果沒有剛才那通電話，一切可能會發展到最糟糕的情況。

「很棘手嗎？」

話一說出口，才想起這是美那子的口頭禪。也許美那子長久以來也都是這樣的心情。就算想要代替三上也代替不了的那種無力感。因為想不出其他寬慰的話語，結果就讓這四個字成了口頭禪。

諏訪以敬佩的語氣述說著落合總算是撐了過來，等會還是讓他去醫務室稍微睡一下比較好，沒想到這個人比他想像的還要有韌性……。不過，聽得出來情況比他離開的時候還要惡化許多。因為一課長沒有出現在八點的記者會上，媒體們完全氣瘋了，真的對本廳提出指派刑事局幹部過來的要求，但聽說被本廳一口拒絕。跟視察一樣，沒有人敢冒險把長官送往達拉斯。更何況也沒有讓長官來湊一腳的正當理由。對媒體的態度是一回事，但至少在案子的偵辦上，D縣警刑事部還沒有任何缺失。

〈不過也因為要求沒有被本廳當一回事，所以記者們全都氣到失去理智了。二課長的來回奔跑已經超過五十次，但特搜本部還是不肯提供會讓人感到滿意的情報〉

三上聽到這裡，翻開記事本說：

「我現在人在搜查指揮車上，一旦有更新的情報，就會馬上打電話通知你。那就開始吧！你可以記下來嗎？」

他把從松岡口中得到的情報轉告諏訪。從諏訪回應的聲調可以聽得出來，他慢慢地變得有精神了。畢竟一整個晚上都處在那個一觸即發的壓力鍋裡，諏訪逐漸消沉的聲音終於變得比較明亮了。他也想聽聽藏前和美雲的聲音。問諏訪他們還好嗎？得到的答案是：「不用擔心，那兩個人比我還要強。」「這邊就交給我們吧！我們已經習慣了。」兩人沉默了下來，三上不知道該說什麼才好，再堅強的人也不可能習慣那種場面。三上瞪著記事本上潦草的字，就這麼一丁點的情報連半個小時都撐不住。如果不用情報把記者們餵得飽飽的，讓他們求饒說再也吃不下了，這個飢餓地獄就會沒完沒了。

「諏訪……喂！諏訪。」

正當三上想要交代他，就算只有十五分鐘也好、三十分鐘也罷，最好還是要輪流小睡片刻的時候……。

「被害人家接獲來電！」

聲音是從車內響起的。三上有一瞬間還反應不過來發生了什麼事。

「開始監聽！」

矮胖男把毛茸茸的手伸向開關。

三上當場呆立。綁匪打電話來了？時間未免也太早了，才十一點十三分，距離準備贖金的期限還有將近五十分鐘。緒方和峰岸站在矮胖男的背後，因此擋住了三上的視線，害他看不見松岡的身影。

牆上的擴音器發出含糊的電話鈴聲，一聲……兩聲……。

小臉男摘下一邊的耳機，回頭說：

「來電號碼是目崎歌澄的手機！」

是綁匪！所有人全都豎起了耳朵，屏息以待。

……三聲……四聲……。電話被接起來了。

〈喂……喂……我是目崎，喂……〉

是目崎正人接的電話吧！聲音聽起來十分驚恐。

〈喂，聽得見嗎？喂……〉

〈錢準備好了嗎？〉

三上全身的寒毛都豎了起來。經過變聲，跟人相去甚遠的聲音充斥著整個車內。

〈準、準備好了。已經、已經準備好了。請讓我聽聽歌澄的聲音，求求你了，至少讓我聽一下聲音……〉

〈你現在就帶著錢和手機出門，十一點五十分以前趕到D市葵町的葵咖啡〉

『葵咖啡』。綁匪果真打算模仿64案嗎？

〈好的，十一點五十分是嗎？葵咖啡是嗎？那是家咖啡廳對吧？啊！我知道，我知道那家店，我有看過招牌，在大馬路上，書店隔壁對吧？我馬上出發。我會把錢帶過去，所以請讓歌澄接電話……〉

嘟……嘟……嘟……嘟……。

電話被掛斷了。一時半刻都沒有人動。

因為松岡閉著眼睛，貌似在冥想。

〈廣報官？怎麼了？〉

聲音從下垂的手裡發出來。三上這才回過神來，把手機拿回耳邊。

〈剛才那是什麼？發生什麼事了？〉

開始了。三上差一點就脫口而出。告訴他也無妨，只要叫諏訪也先放在心裡二十分鐘就好了。但是……。

下車。如果松岡這麼說，那一切就完了。

三上看了看時鐘，十一點十六分。

「你過二十分鐘以後再打給我。在那之前先去小睡片刻。」

74

「全速前進。」

緒方拉開滑動式小窗，對著駕駛座做出指示。

引擎發出低沉的聲響，一股作氣地加速前進。沒多久，指揮車就開進D市。車上颳起情報的狂風，緒方用無線電、峰岸則是以手機為主，各自跟特搜本部及移動中的搜查車輛通訊。

「把電話的背景聲音拿去給科搜研分析，動作快！」

「不要輕舉妄動！在搞清楚發訊地點以前，邀擊班全都待在原地待命！」

「目標父親的聲音聽起相當不妙！要他在綁匪打電話來的時候，一定要停車再接，以免發生車禍。」

真不愧是被譽為新生代希望之星的兩人，可以完全不用交談就了解松岡的意圖並做出明確的指示，而且在處理如雪片般飛來的情報時也沒有任何遺漏，更不會浪費時間。最重要的是兩人之間的默契絕佳，隨時確認彼此手邊的情報，既不會互相干擾也不會彼此重疊，在狹窄的車廂裡，這兩個人的樣子看起來就像雙頭龍一樣。然而「車外」就不一樣了。特搜本部和G署、各輛搜查車之間的無線電通訊十分混亂，因為這個突如其來的狀況，搞得大家兵荒馬亂。

這就是綁匪故意要提早的理由嗎？還是有什麼讓計畫亂了套的原因呢？

「讓信號全部變成綠燈。」

把路上的信號全部變成綠燈，讓車行暢通無阻。這是松岡第一次做出具體的指示。

必須讓目崎正人的車加速前進才行。他在綁匪掛斷電話之後，也就是十一點十五分就衝出門，這時距離綁匪指定的時間只剩下三十五分鐘。就算路上沒有塞車，最快也要四十分鐘才能到D市葵町，萬一塞車的話，至少要花上一個小時。把交通管制中心路況叫到電腦畫面上，即使沒有塞車路段，但是整條縣道還是處於「車流量較多」的狀態。當小臉男計算出目崎預定抵達的時刻，做出「會遲到十二到十三分鐘」的結論時，松岡馬上下達「全線綠燈」的命令。紅綠燈的操作在之前就已經準備好了，沿線上的各個十字路口都有穿著東電[48]工作服的交通課員。當無線電傳來目崎的車子已接近的情報時，就不動聲色地打開控制盤，手動將燈號轉成「綠燈」，待目崎的車通過後，再馬上恢復成自動設定。這麼一來，就可以像傳話遊戲一樣讓一路都是綠燈，卻又不會讓一般的路況變得大亂。

〈追一呼叫指揮車！〉

「這裡是指揮車，請說。」

〈桑原十字路口綠燈，目標父親通過！〉

「指揮車了解。」

桑原十字路口是從這裡往前推的第三個紅綠燈，指揮車大約兩分鐘以前才從那裡經過。距離正在逐漸縮短。這一帶都是單側雙線道的馬路，先讓目崎超車，再緊追他的車即可。

三上的記事本一直處於打開的狀態。一旦得到情報，就把內容和時間記錄上去，順便把二十分鐘後的解禁時間也寫上去。提供「通過桑原十字路口」的情報給記者的時間是十一點五十一分，屆時目崎恐怕已經抵達『葵咖啡』了。但是在「記者」的認知裡，目崎現在還在家裡。距離「接到恐嚇電話」解禁還有五分鐘。三上心急如焚，他從來不知道二十分鐘原來可以這麼長。

進入D市內，建築物蓋得一棟比一棟高。

「已經知道手機的發訊地點了。」

打電話給DOCOMO的矮胖男出聲。

「湯淺基地台——確切位置在玄武市湯淺町及旭町附近。」

還是從玄武市內打來的。

三上一面記錄，一面喃喃自語。綁匪還待在市內。他要目崎正人去D市，自己待在市內做什麼？要比一路綠燈、長驅直入的目崎更早到達葵町是不可能的。如果他走縣道的話，至少會被N系統[49]拍到兩次。還是他根本不打算前往D市，而是直接前往打從一開始就已經決定好的最後交付贖金的地點呢？或者是還有共犯，早已在『葵咖啡』附近安插好眼線了？

三上總覺得哪裡不太對勁，有一種不真切的感覺。不管綁匪只有一個人，還是尚有共犯都一樣。前兩通恐嚇電話都是從玄武市內打來的也就算了，明明手裡拿的是從任何地方都可以撥打的手機，卻在過了一夜之後，還是從市內打電話來。就是這點讓他不解。此舉可能會讓發訊地點被分析出來，縮小搜查的範圍。綁匪難道都不覺得害怕嗎？如果是目崎歌澄的自導自演，她當然不會害怕，反正她也不是真的要錢，只是為了讓跟自己感情不睦的父親疲於奔命，藉此嘲笑取樂罷了，是連自導自演都稱不上的惡作劇。

不對……。

剛才聽到經過變聲處理的聲音時，他直覺地認為那不是女人。倒不是從聲音就可以判斷對方的性別，而是那種聽起來很狠但又不是真的很狠、威脅與壓抑並存的口吻，絕對不是十七歲少女模仿得來。如果說本次的事件真的是歌澄的自導自演，那麼在她背後肯定有一個經過大風大浪的男性共犯。

「讓我看一下。」

三上越過松岡的肩膀，把視線聚焦在電腦的螢幕上。畫面中顯示出的是發訊地點湯淺町、旭町一帶的地圖。在松岡的要求下，小臉男把地圖放大。湯淺町主要是住宅區，比較意外的是旭町。旭町就在昨天第二通電話的發訊地點南

48：全名為東京電力，是日本的電力公司。

49：自動車牌號碼讀取裝置。

木町旁邊，雖然境內沒有花街柳巷，卻也是「人聲鼎沸的地區」。貫穿旭町的馬路兩旁盡是大型的超級市場及電器行、保齡球館、大賣場、全國連鎖的男裝和鞋子的量販店等等。

該不會是在逛街吧？當腦海中浮現出這三個發訊地點時，思緒無論如何都會被拉到自導自演的可能性上。當然也可以換個角度來想，綁匪為了隱藏自己的行蹤而混跡在人潮裡，為了隨時都能遠走高飛而故意待在車站附近。想不通。到底是自導自演？還是真的綁架案呢？現階段完全無法判斷。

「參事官……目標父親要超車了。」

緒方報告，手指指著身後的監視器畫面。在五十公尺外的後方，有輛行駛在靠近中央標線上的白色雙門轎車，駕駛的臉太小了，判別不出來。

「靠右車道行駛。」

峰岸透過麥克風對駕駛座下令。稍微慢了一拍後，車身徐徐地往中央標線移動。三上馬上就明白這麼做的原因了。因為被擋住去路的目崎正試圖移動到左車道來超過這輛「大卡車」。這麼一來，駕駛座就會對著指揮車，也就可以觀察到目崎的狀態。所有人的視線都集中在左手邊的監視器畫面。與白色雙門轎車並排了，只一瞬間就被超了過去。但是……。

清清楚楚地看到目崎正人的側臉了。

身體往前傾到幾乎要趴在方向盤上，臉也幾乎要貼到擋風玻璃上。他瞪著遠方某個點。前面一點，再前面一點。從旁邊也可以看見他咬得死緊的牙關和血紅的牙齦。跟那一天彷彿全身血液都已凍結的雨宮芳男的樣貌正好相反，目崎那震攝人的身影像是一團熊熊燃燒的火焰。

三上不由得打了一個冷顫，彷彿自己正在目睹事件的發生，那團熊熊烈焰的目標正是『葵咖啡』……。

「參事官。」

松岡依舊緊盯著監視器畫面，「追一」「追二」皆已超越指揮車而去，監視器裡捕捉到他們似有若無的注目禮。

「我老婆在葵咖啡裡嗎？」

「不是。」

「那是在哪裡？」
「不能告訴你。」
〈追一呼叫指揮車！〉
「為什麼？」
「這裡是指揮車，請說。」
「因為她被編到特命組。」
三上不免有些傻眼。美那子進行特命搜查？
〈片山町三丁目十字路口綠燈，目標父親通過！〉
「指揮車了解。」
「什麼樣的特命？」
「既然是特命，當然不能告訴你。」
「即使我是她丈夫？」
「那當然。」
「不會有危險吧？」
「不會有危險。」
三上有點後悔提起這件事

自從三上脫口而出「歌澄」這個名字以後，松岡的態度似乎就變得冷淡起來。不過倒也不是針對三上，跟其他人的問答也都是冷冷的。除了「全線綠燈」以外，他就沒有再下過像樣的指令。反而是沉默思考、閉上眼睛的時間居多，甚至還有些愁眉苦臉的感覺。是身體不舒服嗎？三上開始有點擔心了起來。

看到時鐘，三上猛然回過神來，已經十一點三十五分了。考慮到矮胖男的身材，得趕快擠到最後面去才行。三上急忙地從他的旁邊擠過去，彷彿擠過塞車的小巷子。然後打開手機，當液晶螢幕上的時間變成「36」的瞬間，立刻按下諏訪的快速播號鍵，鈴聲連響都沒響就接通了，他肯定已經望穿秋水了吧！

諏訪那邊還是吵得要命，但至少是可以正常說話的程度了。

「目崎家接到第三通恐嚇電話。」

三上一口氣說完。

〈真、真的嗎？什麼時候？〉

「二十分鐘前。嗯？等一下。啊！對了！十一點十三分。」

看到記事本上的數字，三上差一點沒腦充血。笨蛋！怎麼這麼笨！為什麼沒想到以目崎家接到電話的時間為起點呢？

〈廣報官？廣報官……〉

「不好意思。我要轉述內容了，記下來。」

〈麻煩你了〉

三上把恐嚇電話的內容覆述一遍。經過變聲處理的聲音。帶著錢和手機出門。十一點五十分以前趕到『葵咖啡』……。

〈十一點五十分？那不就是等一下嗎？現在已經三十七分了！〉

「沒錯。」

〈目崎正人已經趕過去了吧？〉

「十一點十五分離開家門，正在趕過去。」

〈現在到哪邊了？已經進入D市了嗎？〉

「呃……」三上無法回答這個問題。

「我不能說，因為有二十分鐘的限制。」

〈二十分鐘的限制？什麼意思？〉

「時間差。我必須答應這個條件才能上指揮車。」

〈哦！原來是這麼回事啊……。可是連我也不能說嗎？〉

「目標父親的手機接獲來電！」
是矮胖男的聲音。
「來電號碼是目崎歌澄的手機！現在就播放出來。」
〈廣報官……〉
「我要掛了，想辦法撐過去。」
這是綁匪打來的第四通電話。鈴聲在車上響起，但是馬上就被接起來了。
〈喂！有什麼事？〉
目崎的聲音近乎嘶吼。
〈在片山町三丁目的十字路口右轉，進入環狀線〉
這是什麼鬼要求？指揮車剛剛才經過三丁目的十字路口，更不要說目崎的車早就已經……。
〈三丁目？不會吧！早、早、早就已經過了！〉
隔了一小段空檔。
〈那就回轉，馬上回轉〉
〈回轉？好的，我馬上回轉！〉
這是故意要攪亂搜查嗎？
先讓警方認為他是64的模仿犯，再突然切換成自創的劇本。還是綁匪那邊也有了突發狀況，不得不臨時改變計畫呢？不管怎麼說，至少綁匪沒有想到「全線綠燈」這件事。當目崎說他已經通過十字路口的時候，綁匪之所以有一瞬間的沉默，正是因為沒想到他會那麼快，所以大吃一驚吧！
〈緊急！緊急！追一呼叫指揮車！目標父親回轉了！現在立刻追上去！〉
「不要追！追一在下個十字路口右轉、右轉、再左轉，離開環狀線。追二先左轉、左轉、再左轉，一樣離開環狀線。」
講完之後，緒方望向松岡。

「參事官，我們要怎麼做呢？」

「跟追一一樣。」

「了解。」

緒方用麥克風告訴司機。一旁的峰岸則是把「鬼頭」的手機拿到耳邊。矮胖男以不符合他體型的靈巧動作將監聽用的管線接起來。

「讓目標父親冷靜下來。」

〈沒辦法〉

一個壓得異常低沉的聲音從後座底下的布裡面發出來。

〈因為綁匪沒有掛斷電話，所以我無法跟他說話〉

「車速呢？」

〈等一下……呃……八十公里……不對，將近八十五公里〉

「用警棍戳他一下。像戳桃子一樣，輕一點。」

〈回轉了嗎？〉

經過變聲的聲音突然插了進來。

〈回轉了！接下來只要直接進入環狀線就行了吧？〉

〈沒錯。從剛才的三丁目十字路口左轉〉

「目標父親來了！」

小臉男大叫。在前方的監視器畫面裡，白色的雙門轎車正從對向車道火速迎面而來，轉瞬間就與指揮車擦身而過。只見目崎正人用力地把手機壓在耳邊，而且上半身劇烈地前後搖晃。那身影不禁讓人聯想到拚命踩著腳踏車的踏板，卻無法讓腳踏車順利前進而開始鬧起脾氣的小孩。

「指揮車呼叫已經在D市內待命的邀擊班！除邀一以外，二、三、四、五全都採取作戰隊型！——喂！緒方，再這樣下去，目崎就要出車禍了。」

「解除縣道全面綠燈的指示！重複一次！解除縣道全面綠燈的指示！——目崎的駕駛技術應該很好，畢竟他以前是進口車的業務員。」

「我不是這個意思！所有人都擠到環狀線上是要幹嘛？把戰線設在環狀線以南三公里的地點！——他現在可是只有單手握著方向盤，以八十五公里的時速狂飆喔！」

「指揮車了解！——嗯，那就讓車速降到七十公里以下好了。派兩輛車去試著把前面的路堵住。」

緒方和峰岸彷彿坐著沒辦法工作般背靠背地站著，搞得三上也快要坐不住了。因為變換車道、右轉的關係，車身劇烈地左搖右晃。再加上路面凹凸不平，導致顛簸得也很厲害，所以緒方和峰岸的姿勢反而是讓身體取得平衡的最有效方法。

「已經跟DOCOMO取得連繫了！目前通話中的發訊地點跟剛才一樣！都是湯淺基地台！範圍在玄武市內湯淺町及旭町一帶！」

綁匪並沒有移動。不，也有可能移動了，但是還沒有離開那個區域。

「可以把綁匪的位置再縮小一點嗎？」

三上想都沒想就問小臉男。

「啊！除非多架設幾座基地台，或者他拿的是GPS手機，否則是辦不到的。」

「GPS手機？」

「就是內建有GPS衛星定位的機種啦！是KDDI去年才推出的好東西，不過還沒有普及。」

小臉男只有那一瞬間露出忘記還在工作的表情。他有一雙睫毛很長、很可愛的眼睛。

呼……三上鬆了一口氣，覺得自己被當成客人對待了。事實上，他也的確是客人沒錯。只不過招待他上車的松岡似乎沒有要款待來客的打算，用宛如香菇般硬梆梆的椅子代替了座墊，還讓他見識到緒方和峰岸精湛的廚藝。雖然不到沒身分、沒地位的地步，但是也的確讓他覺得很不自在。儘管如此，能夠像這樣坐上指揮車，就應該要覺得很幸運了。能夠像這樣坐上指揮車……。

「咯咚」一聲，指揮車彈了一下，三上這才回過神來，一時搞不清楚這裡是哪裡。差點被逮到了。就在差點著了睡魔的道時，被馬路的坑洞給救了回來。太可怕了，明明是在綁架案的搜查最前線。這裡可是指揮命令系統的頂點，還有「地下刑事部長」坐鎮，睡魔居然連這種地方也有辦法混進來，真是一點也不能掉以輕心。睡魔正打算把他因為不甘示弱而刻意強調的「幸運」偷換成幸福的感覺，讓他陷入恍惚的狀態、趁機攻占他的意識。

三上掐住大腿內側用力擰了一把，痛到他連嘴巴都張得大大的。

「科搜研打電話來了！對打到目崎家的恐嚇電話進行過簡易分析之後，發現有些微回聲。像這樣的例子有浴室、沒有家具的套房、鋼筋混凝土蓋的公共設施或商業大樓的廁所內等等。」

廁所……。耳邊又響起昨晚的腳步聲。眼前浮現出旭町的地圖，林立著大型店舖的街道兩旁……。

總之先記下來再說。三上翻開記事本，發出了「啊！」的一聲。沒有！上頭沒有寫！他忘了記錄綁匪指示目崎上環狀線的時間了。當時他正在和諏訪講電話。對了，諏訪有說：〈現在已經三十七分了！〉就在那之後。「37」。三上寫上正確的時間。還有內容。得正確記下綁匪說過的話才行……。

筆尖在紙上用力劃過。可惡！真是急死人了！在這個時刻、這種地方，我到底在做什麼啊？

〈追一呼叫指揮車！前方發現目標父親！正沿著環狀線往東前進！〉

「指揮車了解！知道他的車速嗎？」

〈呃……八十三、再不然就是八十四公里〉

「太快了。先跟追二抄到他前面，把他的時速控制在七十公里以下。」

〈追一了解！〉

〈追二也了解！〉

「拜託你們了。指揮車報告完畢！」

〈啊……啊……啊……〉

目崎發出了怪聲。兩邊的電話還沒有掛斷，綁匪依舊保持沉默。

〈饒了我們吧！求求你，把歌澄還給我！〉

那聲音聽起來實在太可憐了。矮胖男稍微把音量關小一點，眼裡失去了神采。

〈我到底要去哪裡才可以見到歌澄呢？請直接告訴我目的地，求求你！〉

話說回來，綁匪到底要目崎去哪裡呢？

小臉男移動著電腦裡的地圖。『葵咖啡』還沒有完全從範圍裡消失。環狀線以弧形往北延伸，大約再四公里就會接上國道，只要在磯貝十字路口左轉，繼續往D市的市中心南下就能抵達葵町。只要把64的路線反過來想就可以了。因為在南下的途中會依序經過『好手氣麻將館』、『四季冰果店』，最後抵達64的起點『葵咖啡』。只不過，這麼做會比直接順著縣道前往葵町還要繞上一大圈。而且一路上都是從主要幹道接主要幹道，所以也不是要甩掉跟蹤的車輛。考慮到他故意要目崎特地回轉後開上環狀線，目的地或許是位於D縣東部的工業地帶，或者是讓他右轉上國道，再左轉上縣道，繼續北上，完成64的基本路線。十四年前就是走這條路上根雪山的。那是一條蜿蜒曲折的狹窄山路……琴平橋……水銀燈……。

三上搖了搖頭，果然已經到極限了嗎？不只是睡魔而已，他會突然往前傾、突然驚醒、又突然閃神……總之什麼都很突然。就像他現在突然聽到身旁傳來聲音。十一點五十一分了！是「通過桑原十字路口」的解禁時間。

三上連忙打開手機，但是又突然停止不動。等一下！通過桑原十字路口？別開玩笑了，目崎的車在那之後就馬上回轉，如今正奔馳在環狀線上。要讓記者們誤以為他正筆直地朝著葵町奔馳在縣道上？這可是誤導，是不好笑的笑話。還是算了，通過桑原十字路口這件事就算了，等到下一次「上環狀線的指示」和「回轉」的情報解禁再打給諏訪好了。更何況，單純經過某十字路口的情報到底有什麼價值？

不對……。等一下……。

不對，不可以這樣。不能擅自決定有沒有價值，有沒有價值是「外面的人」決定的，這是他這一路的心得。這裡不能代表全世界，也不是宇宙的中心。「對方」的時間已經靜止了，靜止在目崎離開家門的那一刻，他的車目前連一公尺都還沒有前進。得讓時間開始流動起來才行，只有自己能讓靜止的時間開始動起來。

三上打電話給諏訪。

把通過桑原十字路口的情報告訴他，並且交代馬上會再提供後續情報之後就把電話掛了。掛斷電話的同時，諏訪告訴他，那邊已經開始有記者會的樣子了。殘留在胸口的些許成就感為三上帶來勇氣，他不只是來做客，他得把所有發生在這個「家」裡的事轉述給外面的世界知道……。

75

〈追一呼叫指揮車！目標父親車速七十二公里，再五百公尺就會接到國道〉

成功地讓目崎降低時速的追尾班又繞到目崎車後。

「指揮車了解，保持隨時都能左右轉的位置。」

〈還沒看到國道嗎？〉

耳邊傳來刺耳的聲音。不管說的內容是什麼，經過變聲處理的聲音總是直驅腦門。

〈就快到了！直走嗎？還是要轉彎？〉

車上充滿了緊張的氣氛。直走還是轉彎？

〈右轉〉

北上。東部工業地帶的選項消失了。綁匪果然還是要模仿64的路線嗎？

「跟DOCOMO聯絡上了！發訊地點依然是湯淺基地台！」

——這代表綁匪不只一個人嗎？

如果綁匪打算比照64，讓目崎在根雪山一帶交付贖金的話就會這麼做。從玄武市並沒有一條像樣的路可以直接通到根雪山。雖然從村道接林道還是可以到達，但是現在才要從玄武市出發的話根本來不及。因為目崎就快要進入國道，而且接著會以極快的車速北上。綁匪想要比目崎更早抵達根雪山附近，壓根就是不可能的事。

「湯淺基地台附近有直升機的停機坪嗎？」

三上問小臉男。這次小臉男是以工作中的表情和語氣回答他：「沒有。」

看來，共犯已經先到最終交付贖金的地點等候了。問題是哪裡？要推測出來十分困難。雖然有提到『葵咖啡』的店名，但是卻跳過起點以後的三家店，已經搞不清楚綁匪到底有沒有在模仿64了。會要求目崎把行李箱從琴平橋上扔到河裡嗎？然後再從「龍穴」將其打撈出來嗎？還是有什麼圍繞著64打轉的新奇點子呢？沒有真實性。總覺得這一切都是編造出來的。之所以會有這種感覺，是因為這起綁架案是自導自演的關係嗎？

〈追一呼叫指揮車！目標父親在國道十字路口右轉，北上前進！〉

〈我已經轉彎了！接下來該怎麼辦？繼續往前直走嗎？〉

〈你對這一帶熟嗎？〉

〈不，這一帶我完全不熟……〉

〈那就直走，我會告訴你該怎麼走〉

〈請直接告訴我目的地！〉

〈開快點！沒有時間了！〉

〈好、好的！〉

〈追一呼叫指揮車！目標父親又加速了！八十……八十五……九十！〉

〈把歌澄還給我！你要我做什麼我都答應，請把女兒還給我！〉

〈如果你想要女兒的話，就依照指示……〉

所有側耳傾聽的人全都愣住了。因為綁匪在講到「想要」的時候鼻音變得很重，到了「就依照指示」這句話時就很接近正常的聲音。是男人的聲音。綁匪果然是個男人。

電話掛斷了。綁匪的氦氣用完了。

「鬼頭！就是現在！叫目崎冷靜一點。讓他把速度放慢下來，但是不要把頭抬起來！」

〈了解！〉

「讓科搜研分析聲音！」

「是！」

三上踏穩兩腳以對抗車身的搖晃。就算車子沒有搖晃，為了壓抑住貫穿全身的戰慄，他也必須站穩腳步才行。

雖然還有一層氦氣的薄膜保護著，不能算是聽到原本的聲音，但是……。

那聲音似曾相識。彷彿是64的犯人聲音。當時沒有任何一個刑警有機會聽到，沒有特殊口音，稍微有點沙啞，三十多歲到四十多歲之間男人的聲音。

打從一開始，就沒有人認為是64的犯人重現64。即使現在都聽到「犯人的聲音」了，依舊沒有這種想法，只是覺得不舒服而已。彷彿是在空無一人的地方聽到了聲音。就像是被一個不知從何處而來的聲音說了「什麼」，使得一直在胸口靜靜燃燒的疑心愈燒愈旺，然後感覺背後好像傳來了明確的腳步聲。

「已經請科搜研對聲音進行分析！剛才那通電話的分析已經出來了！沒有回聲。因為目崎車子的聲音太大了，聽不清楚背景的聲音——報告完畢！」

〈目崎先生！你冷靜一點！把車速放慢一點！〉

監聽系統裡傳來鬼頭的聲音，同時也傳來目崎的叫嚷：「我到底該怎麼辦？到底該去哪裡才好？」

〈目崎先生！目崎先生！你先把車子停下來再說！停下來等電話吧！〉

「目標父親的手機接獲來電！」

來了！所有人都注視著擴音器。

「來電號碼是目崎歌澄的手機！」

第五通恐嚇電話。十一點五十六分……。

〈繼續……前進……〉

眾人皆感到訝異。因為那聲音聽起來很痛苦，像是緊緊掐住自己氣管所發出來的男人聲音。不難想像對方因為沒有補充的氦氣，只好用自己的手用力掐住喉嚨的樣子。

然而，這樣就感到訝異還太早了。

〈前往距離……石田町的十字路口……一公里處……左手邊的……櫻桃純喫茶……〉

是為了抄捷徑直接回到正軌上嗎？綁匪突然指定64的第四家店『櫻桃純喫茶』。

〈過了紅綠燈再一公里嗎？櫻桃純喫茶對吧？看到了！〉

接下來終於要照64的路線走了嗎？在『櫻桃純喫茶』從D市進入八杉市，再往前大約一公里的十字路口右轉，再稍微往前走一點就是市道沿線上的『愛愛美髮沙龍』了。在下一個十字路口左轉，進入縣道並繼續北上，就會經過『故鄉蔬菜直賣所』『大里燒的店』『宮坂民藝品』，然後抵達最後的『釣魚宿・一休』……。

〈快一點……如果你還想要你女兒活命的話……就開快一點……〉

〈啊啊啊啊！〉

耳邊迴盪著目崎悲痛的叫聲，三上打開手機。他並沒有錯過十一點五十七分的這個時間。他迅速把綁匪要目崎進入環狀線的指示告訴諏訪，也把綁匪接著又做出回轉的指示，以及目崎正人在縣道上回轉後往環狀線前進……等情報告訴諏訪。

三上意識到有人在看他。

松岡正看著自己。他到現在還只是「開始辦案的眼神」，看不出他的情緒。是在檢查三上有沒有遵守約定嗎？還是在同情三上呢？

望著閉上眼睛的松岡，三上想，他是不是真的不舒服呢？因為他把一切都交給緒方和峰岸。這兩個人確實很有才能，工作能力之高，甚至讓三上覺得有些嫉妒。然而車上卻完全沒有「狩獵」的氣息。雖然案情的所有環節都在掌握中，但是因為松岡始終一言不發，因此沒有無論如何都想要射殺犯人的那種氣氛。

果然還是認為自導自演的可能性很高嗎？要是此時此刻傳入「被害人死亡」的訊息，松岡會露出什麼樣的表情呢……？

有人的手錶發出「嗶嗶！」的鬧鈴聲，中午了。正當車上所有人意識到這個時間點時，矮胖男突然「啊！」地一聲回頭，眼睛瞪得大大的。因為前一刻才聯想到不吉利的結果，所以三上的臉色跟著變得鐵青。

「G署打電話來！說是已經找到目崎歌澄！在玄武市內找到目崎歌澄了！」

車身大大地傾斜，指揮車也開進國道了。

對於這個令人跌破眼鏡的發展，到底該覺得驚訝呢？還是覺得不出所料呢？車上的氣氛既不是前者也不是後者。因為松岡只穩如泰山地說了一句：「等待詳細的報告。」一時之間，連無線電對話都沉寂了下來。緒方和峰岸的反應也變遲鈍了，彷彿剛才的工作表現都只是大家的幻覺。

「詳細的報告來了！」

小臉男把耳機摘下來大叫。

「不是受到保護，而是接受輔導！因為目崎歌澄在玄武市旭町的大賣場『Strike』偷了三樣化妝品！接到賣場的報案之後，旭町西派出所的巡查長前往輔導！一問之下才知道她就是目崎歌澄！根據她的說詞，手機從昨天凌晨就不見了。因為她前一天晚上在一家Live House的鐵捲門前睡覺，一早醒來就不見了，可能是被偷了。」

順手牽羊、接受輔導、手機不見了……。

三上從丹田吐出一口氣來。

他總算看清楚這件事的全貌了。既不是自導自演、也不是真正的綁架案，就只是利用「不回家」這件事為「人質」進行詐騙贖金的計畫罷了。

犯人利用歌澄很少回家的特點，偷了她的手機並打電話恐嚇，讓歌澄的父母誤以為她被綁架了。另一方面，犯人則跟蹤歌澄，一旦她向派出所報案或者是回家，計畫就會被迫終止。因為要跟蹤四處遊盪的歌澄，所以犯人也無法離開車站附近那些比較熱鬧的地區。

犯人最擔心的事情在今天早上以不同的形式發生了。歌澄在旭町的大賣場裡偷東西，犯人應該有目擊到，店裡的人可能也發現她偷東西，所以犯人不得不提早執行計畫。他衝進店內的廁所，確定沒有其他人進出以後，吸入事先藏在包包裡的氦氣瓶的瓦斯，然後打電話到目崎家。抱著不管三七二十一先賭一把再說的決心，展開了計畫。

結果順手牽羊的歌澄果然被店員逮個正著，可能還被帶進店內的辦公室。看到這一幕的犯人趕緊指示目崎改走捷徑，放棄模仿64以『葵咖啡』為起點的計畫，將目崎從環狀線誘導到國道上。變更計畫後的指示電話是從停在大賣場停車場的車上打來的，所以才會沒有回聲。而且為了不讓別人聽到經過變聲處理的聲音，也只能在車上打了。不過，其實還有一個更重要的理由，讓犯人必須待在停車場裡。

那就是要從車上監視大賣場的入口。因為店家一旦報警，警察就會來關心。所以心裡雖然七上八下，但犯人還是期待歌澄能撐久一點，畢竟她是一個蹺家的不良少女，應該不會輕易地認罪。肯定會裝傻、狡辯、哭鬧，就算店家把她偷來的商品放在面前，她也會堅持說那是她要買的東西，只是忘了拿去結帳。只要她打定主意保持緘默，就不會有人知道她的身分，因為滿載她所有資訊的手機早就被偷了，再說她也不是那種會帶著學生證在路上走的個性吧！於是犯人一面利用手機對目崎下達指令，一面祈求神明保佑地注視著店門口。事實上，歌澄也真的很努力，為犯人爭取到時間，讓目崎開車跑了十幾公里。

沒多久，穿著制服的派出所員警來到店裡了解狀況，但這時犯人還沒有放棄希望。可能是歌澄無論如何都不肯說出自己的名字，店家在無計可施之下只好交給警方處理。但因為只是順手牽羊，所以警方的盤查並不會太嚴格。雖說得知她是目崎歌澄只是時間上的問題，但行政程序並不像這輛指揮車這麼井然有序，要等這個消息傳到正確的地方，肯定會產生「處理上的時間」。犯人就是賭在這一點，利用時間差繼續他的犯罪行為。所以才會要目崎開快一點，最後交付贖金的地點恐怕就在不遠處了，然而⋯⋯。

一切都結束了。既沒有人被綁架、也沒有人被殺害固然值得嘉許，但是其所引起的騷動未免也太大了。

〈追一呼叫指揮車！目標父親正通過石田町十字路口！再五百公尺就會抵達櫻桃純喫茶！〉

三上打開手機，正要按下諏訪的快速撥號鍵時，耳邊傳來「等一下！」的聲音。

是松岡。他正直視著三上。

「你要打給誰？」

「打回去解除報導協定。」

「要遵守約定。」

「現在已經不適用那個約定了。」

「這是你可以決定的嗎？」

「事情已經結束了。」

「還沒有結束。」

他是指調查的事嗎？的確這樣沒錯，但是在上車的時候，也是松岡要他專注於自己的工作。

三上站了起來。

「這事情牽涉到跟媒體的誠信問題，以保護人命為由簽署的協定，不能因為調查工作還沒有結束就藉故拖延。」

「如果現在是發現目崎歌澄的屍體，那的確是像你說的那樣。但是既然沒有出人命，即使晚個二十分鐘也沒有差別，並不會因此就有人送命。」

三上還以為自己聽錯了，這句話真的是出自於松岡之口嗎？

車上響起緊急煞車的聲音。是從牆上的擴音器發出來的。

〈我到櫻桃純喫茶了！是這裡沒錯吧？接下來我該怎麼做？要進去嗎？〉

〈繼、繼續前進〉

〈什麼？〉

〈馬上發車……繼續前進。否則你女兒……命就會沒了〉

〈啊、啊啊啊啊！〉

「不用告訴他嗎？」

三上指著擴音器。

「你不會也要讓他等上二十分鐘吧！」

「這是為了不要讓他空歡喜一場。」

「什麼？」

「目前只是有個偷竊的女孩自稱是目崎歌澄，又還沒有確定是她本人。」

「你這是狡辯！」

〈追一呼叫指揮車！目標父親正在加速前進！車速太快了！〉

三上看了看緒方，又看了看峰岸。

「喂！不用管他嗎？要是出車禍怎麼辦？你們也很擔心吧！」

兩人都避開了三上的視線，但是也感覺不出他們有絲毫罪惡感。

「我懂了，現在是故意要引蛇出洞對吧？想要把犯人逼出來就得有誘餌，是這麼回事吧！」

〈我、我該去哪裡呢？〉

〈別問這麼多……開快點……〉

「你們這些糊塗鬼！真要等到犯人確實上勾才肯鬆手嗎？真正的搜查是浮標一旦有動靜就要採取行動！既然已經不用擔心目崎歌澄會被殺，就應該先抓住那個變聲的混蛋！在駕訓班分頭行事的邀擊班那些人是幹什麼的？叫他們去大賣場附近啊！去找出躲在某輛車子裡，把手按在喉嚨上講手機的男人！逮住那個人，逼他供出共犯的所在位置！」

〈告訴我！接下來該去哪裡？〉

〈往……往前……直走三公里……〉

〈往前直走？〉

〈路邊……有一家……叫做愛愛……美髮沙龍的美容院。如果你不在十分鐘以內趕到，你女兒……就沒命了〉

〈怎、怎麼這樣！〉

「打電話給鬼頭！告訴他女兒平安無事！趕快讓他離開這個人間地獄！」

「目標父親的手機接獲來電！是插撥！來電號碼……」

矮胖男扯著嗓門大喊。

「是被害人的母親！從目崎睦子的手機打來的！我馬上就播出來！」

太好了！三上在胸前握拳。峰迴路轉、柳暗花明，目崎睦子已經知道歌澄平安無事了，所以才打電話來。

嘟嘟嘟……嘟嘟嘟……嘟嘟嘟……。

不接。為什麼不接？

啊！三上想到了。

目崎是不可能接電話的。因為他正在跟犯人通電話，就連片刻也不能讓電話處於「不通」的狀態。

原來如此，這也是計算好的吧！犯人為了不讓目崎接到妻子打來的電話，所以才故意一直讓手機處於通話的狀態。

三上用力咬緊牙關，伸出手臂抓起桌上的手機，找出「鬼頭」的電話號碼，按下通話鍵後拿到耳邊……。

手腕被抓住了。松岡的臉壓了過來，眼睛瞪得老大，眉間宛如田埂一般地隆起，眉毛正以不尋常的角度往上吊。

三上被他的氣勢震懾住了。

但是不說不行，一定要說！

「你這是違法搜查！」

「沒有你說話的餘地！」

〈追一呼叫指揮車！目標父親在宇佐見十字路口右轉了！〉

有一股強大的力量把他的手往下壓，三上雖然試圖抵抗，但不是對手。〈喂，我是鬼頭！喂……〉就連鬼頭的聲音也逐漸遠去，一直退到大腿旁的位置。手指被緒方扳開，手機被峰岸搶走。這實在是莫大的恥辱，也實在是太無能為力了，三上跪坐在地板上。

「你們到底明不明白？」

三上發自內心吶喊。

「女兒不在身邊的時間有多麼難熬！一分一秒有多麼漫長！早一分鐘也好、一秒鐘也好，只希望她能趕快回來，希望能再看到她的臉。用這雙手！用這雙手……牢牢地抱緊她。你們連這點也不明白嗎？連這種同理心都沒有的人可以當警察嗎？」

四邊的監視器畫面映照出有著藍色屋頂的住宅區和處於隆冬的咖啡色田園風景。車上只剩下車子行駛在路上的聲音。

松岡仰頭看著車頂。

過了好一會兒才把臉轉回來，瞥了三上一眼，然後又轉過身去背對著他，把雙手插進西裝褲的口袋裡。

「現在並不是在調查自導自演的綁架案。」

咦……？

松岡把手從口袋裡抽出來，然後又伸進去，這次伸得比剛才更深。

「這輛車目前正在進行64的調查指揮。而且一切還是始於你給的情報。」

剎那間，彷彿有塊又大又柔軟的布輕飄飄地從頭上蓋下來。

三上不知所措。他應該要感到很驚訝的，卻又不知道該為什麼感到驚訝。

——64的調查？我是開端……？

腳底感到一股震動，只見打開著的手機正發出微微的震動聲，並往自己的腳邊移動。對了，他本來正打算打電話給諏訪，在那之後……。

三上在起身的同時，順便把手機撿起來，一拿到耳邊就馬上聽見對方的聲音。

〈不好意思，讓你打了這麼多通電話來〉

是望月打來的。

〈我問你，是不是發生什麼事了？〉

「什麼意思？」

〈因為昨天深夜松岡參事官突然打電話給我，問我最近家裡有沒有接到無聲電話，我當時嚇了一跳，回說沒有，然後電話就掛斷了。這可是參事官主動打電話給我耶，正常人都會感到好奇吧！你有沒有聽說什麼？〉

沒有。

我什麼都不知道。

三上掛斷手機，坐在椅子上。

他整個人癱在那裡。那塊又大又柔軟的布也輕飄飄地從身體滑落，掉落到腳邊，然後消失了。

眼前的迷霧終於散去。

他似乎看見事實的真相了。

三上給的情報……。他想起來了，去松岡家拜訪的時候，有跟夫人提到無聲電話的事。後來他才知道，松岡的老家也接過無聲電話。就連村串瑞希家也接過。夫人和瑞希都很擔心美那子，所以在電話裡聊天時，無意中討論到美雲的老家也接到過無聲電話，而且全都是「最近」發生的事。因為美那子的堅持，所以把各自接到電話的時間也弄了個清楚。發現是以松岡的老家、三上家、美雲的老家、村串瑞希家的順序接到的電話。三上知道的還不只這些，在這件事發生以前，目崎家也接到過幾次電話。打到銘川亮次家答錄機裡的，說不定原本也是通無聲電話。

三上懂了，這些線索全都排在一條直線上，看起來就像是九星連環一般，只要唸出聲音來就會恍然大悟。

ま、み、み、む、め、め。[50]

是「ま行」。沒有「も」的「ま行」……。[51]

三上抬起頭來，看著峰岸。

「最近你老家或親戚家有接到過無聲電話嗎？」

峰岸以眼神示意：「有。」[52]

三上望向矮胖男。

「你姓什麼？」

「白、白鳥。」[53]

「你呢？」

「我姓森田。」[54]

三上忍不住笑了出來，不過也只是臉皮抽動了一下。他把臉皮繃緊，又望向小臉男。

「你有接到過無聲電話嗎？」

「沒有。」

「參事官有問過你這個問題嗎？」

「這個嘛……」

「問過了。」

松岡回答。似乎是想要止血，不想再讓痛苦繼續下去。

眼前浮現出發黑的指尖。

啊……。

原來不是亞由美打來的電話……。

當他接受這個現實的瞬間，也同時看清了一切的真相。當他終於接受他始終不肯接受的現實的那一瞬間，儘管付出了痛徹心扉的代價，卻也因此掌握到不容置疑的真相。

三上雙手握緊拳頭，用力按在額頭上。

原來如此。

原來是這麼一回事。

あいうえおかきくけこさしすせそたちつてとなにぬねのはひふへほまみむめ……。[55]

怎麼會這樣？

怎麼可能會這樣？

五十八萬戶，一百八十二萬人……。

他只有一個人，只有一個人在打無聲電話。從「あ行」開始，一直到最近，終於打到「ま行」了。

到底是從什麼時候開始的？三年前嗎？五年前嗎？還是更久以前？每一天不分早中晚地用他那根手指翻開厚厚的

50：松岡的日文發音為まつおか、三上的日文發音為みかみ、美雲的日文發音為みくも、村串的日文發音為むらくし、目崎的日文發音為めざき、銘川的日文發音為めいかわ，以上這些姓氏的第一個音分別是ま、み、み、む、め、め。

51：日文五十音的ま行分別是まみむめも。52：峰岸的日文發音為みねぎし。

53：白鳥的日文發音為しらとり，し不在五十音的ま行裡。

54：森田的日文發音為もりた。

55：日文五十音的順序。

電話簿，按下電話上的數字按鍵。即使打到指甲和皮膚都已經裂開，食指整個發黑、宛如一顆大血泡，他還是鍥而不捨地按下電話上的數字按鍵。為了聽見「話筒那頭的聲音」。為了聽見十四年前，通過電話線路聽到的「犯人的聲音」……。

如果聽到同樣的聲音一定會知道。案發當時，雨宮芳男曾經斬釘截鐵地說。雖然他也曾經對警方的調查有所期待，但是卻被背叛了，甚至還看到了醜陋的隱匿事實。案發之後過了八年，妻子敏子因為中風倒下。肯定是從那個時候開始的。雨宮一面照顧臥病在床的妻子，一面開始撥打無聲電話。可能是想要在敏子的有生之年，靠自己的耳朵把犯人揪出來也說不定。聲音會隨著年紀產生變化，但是雨宮相當有自信，認為只要一聽就能聽出來。沒有特殊口音，稍微有點沙啞，三十多歲到四十多歲之間男人的聲音。不對，是打到自己家和九家店裡，在耳朵裡、在心裡，烙下了那讓他痛苦一輩子的歹徒的聲音。

光是想到昭和六十三年當時的電話簿，就覺得那是一個無比浩大的工程。在那個還不會因為名字出現在電話簿上而惹來麻煩的時代，除了D市以外，還把其他三市的個人電話號碼也都彙整成一本超級厚的「D縣中部、東部版」。從相川開始，相澤、青木、青田、青柳、青山……，中間還有像佐藤、鈴木、高橋、田中這種大姓。而且也不是一戶只要打一次就行了，一戶只要一通電話就能解決的反而是少數。如果是女人來接的話，就得一直打到有男人來接為止。即使是男人來接，如果聲音太年輕或者是太老的話，考慮到可能還有年紀介於兩者之間的同居人，就得重新再打過。也有些號碼是不管打再多次都不會有人來接的吧！然而雨宮始終沒有放棄，即使在敏子去世以後也沒有放棄。為了復仇、為了克盡父親的職責、為了告慰妻子在天之靈。各式各樣的想法在他心裡翻攪著，讓他繼續撥打著電話。終於有一天，終於又讓他聽到了，十四年前那天的聲音。

〈啊！我看到招牌了！〉

目崎顫抖的聲音透過擴音器傳送出來。

〈愛愛美髮沙龍對吧？到這裡就可以了嗎？〉

符合四十九歲這個年紀的聲音。沒有特殊口音。因為從今天早上就一直扯著喉嚨大喊大叫，所以沒有人知道他原本的聲音是不是稍微有點沙啞。就算知道也無濟於事，因為沒有一個刑警曾經在十四年前聽過犯人的聲音。

正派人分頭蒐證中。昨晚，松岡是這麼說的。原來他的意思是徹底過濾「ま行」這條線，讓姓氏第一個字的發音屬於「ま行」的刑警打電話回老家、問親戚，不是「ま行」的刑警則是一一打電話給所有「ま行」的親朋好友。大家都住在號碼不會刊登在電話簿上的公家宿舍裡，周圍也沒有關於無聲電話的傳言，因此大家肯定都感到相當錯愕吧！天一亮，「接到過無聲電話」的報告堆成一座小山，「沒接到過無聲電話」的文件也同樣推成一座小山。茂木、望月、森、森川、森下、森田……姓氏「も」開頭的人沒接到電話。就算有，對照五十音的順序也沒有連續性。

〈追一呼叫指揮車！目標父親就快要抵達目的地了！〉

「指揮車了解！停車場還有車位嗎？」

〈看上去似乎還有一、兩個空位〉

松岡專注地聆聽擴音器裡傳來的報告，表情極為嚴肅。既然他斬釘截鐵地說這是64的調查，那麼恐怕是連「ま行」以外的姓氏也都過濾一遍才坐上這輛指揮車。

正因為「ま行」是最近才打的電話，所以記憶猶新，比較容易被人拿出來講，進而演變出這次的「傳言」效應。但是以松岡這個人的思考邏輯，肯定會認為只靠「ま行」這條線索是件危險的事，要是真有個對「ま行」異常執著的無聲電話狂，如果這一切都是他幹的好事，那麼目崎就不是64的犯人。因此他也徹查了「は行」的尾巴和「や行」的頭[56]，收集到大量堀田、堀、本田的佐證[57]，確定其與「ま行」的連續性，又發現「や行」並沒有確切的連續性，最後終於得到一個結論，那就是這一連串無聲電話是停在「め」這個發音上。

長年辦案的經驗告訴他，D縣內並沒有「れ」開頭的姓氏，「へ」和「め」也極為罕見，除了像「銘川」那樣是從別的地方搬來這裡的人以外，「め」開頭的姓氏大概就只有「目崎」了。

〈我到了！我已經到了！請告訴我接下來該怎麼做？我要進去嗎？〉

〈追一通過店門口！〉

56：在日文五十音的順序中，は行在ま行的前面，而や行在ま行的後面。

57：堀田（ほった）、堀（ほり）、本田（ほんだ）都是は行的最後一個字母ほ開頭的姓氏。

〈告訴我！我到底該怎麼做才好？〉

〈把行李箱拿出來……〉

三上閉上眼睛，細聽這個聲音。

是幸田一樹。

倒不是從聲音聽出來的，但三上非常確定。因為扒走手機、在鬧區跟蹤這種事都不是雨宮有本事辦得到的。在雨宮家的信插裡有幸田的來信，柿沼也說他每個月到了翔子小妹妹去世的那一天都一定會去她墳前上香。看來幸田是真心懺悔。對雨宮坦承「幸田手札」的內容，並為組織的不誠實道歉。辭職之後也還是繼續跟雨宮保持聯絡。那個正直到幾近於潔癖的男人，肯定年復一年地對雨宮說：「如果有什麼我幫得上忙的地方儘管說，我想出一點力。」

〈追二通過店門口！目標父親正把行李箱拿出來！〉

或許不只是受到良心的譴責吧！除了雨宮夫婦，最恨犯人的不就是人生被64搞得一團糟的幸田嗎？雨宮知道這一點，所以才把內心深處的祕密告訴他。所以幸田才甩開柿沼的監視，就此不知所蹤。放棄下跪磕頭求來的工作，放棄好不容易到手的跟妻子平靜的生活，認為大不了最後的結果就是跟64「同歸於盡」。跟雨宮一起墜入了違法之道。為了讓真正的違法之徒理解什麼才是正軌。於是利用女兒的生死故布疑陣，撕裂目崎正人的靈魂，讓他一一體驗雨宮當時經歷過的地獄。

然而……。

他打算怎麼收場呢？

雨宮的目的是什麼？雨宮把什麼寄託在他身上？

幸田只怕早就知道在駕訓班分頭行事的「邀六」「邀七」「邀八」已經把周圍給團團圍住了，但他還是沒有掛斷電話。

〈要拿去哪裡才好？〉

〈店的後面……有一塊……空地……〉

〈空地？啊！我看到了！拿去那裡就行了吧？〉

〈快點〉

車子向右回轉。指揮車也正往『愛愛美髮沙龍』前進。緒方握住「店鋪」的手機，矮胖男把線路接上。

「吉川，向我報告狀況。」

〈……好的，目標父親拖著行李箱，正非常慌張地走向店旁邊的小路〉

壓得極低的聲音。

「可以看得到前面嗎？」

〈……是一片空地，雜亂地堆放著老舊輪胎和冰箱、洗衣機之類的廢棄物品。可能是回收業者暫時先放在這裡的。目標父親到了，正把手機貼在耳邊，到處張望〉

〈我到了！我已經到空地了！接下來該怎麼做？〉

〈有一個……汽油桶……對吧……〉

〈咦？啊！有！我看到了！〉

〈從行李箱裡……把錢拿出來……放進去……〉

〈放、放進去？放到汽油桶裡面嗎？〉

〈你還有時間……問……問題嗎？〉

〈我知道了！把錢放進去你就會把歌澄還給我對吧？你就會饒了我對吧？〉

〈動作……快！〉

〈……目標父親移動了。我看到了，目標父親正打開行李箱，把成捆成捆的鈔票放進汽油桶裡〉

峰岸彎著腰，正看著叫到電腦螢幕上的周邊地圖，對松岡說：「我們從前面繞過去。」然後推開滑動式小窗，對駕駛座下令：

「從LAWSON[58]的轉角左轉，在下一個十字路口右轉。」

「開得進去嗎？」

「路寬應該沒有問題。」

〈我把錢放進去了！全部都放進汽油桶裡了！〉

〈看一下……你的腳邊〉

〈欸？〉

〈有個……方形的金屬罐對吧？〉

〈啊！沒錯，我看到了〉

〈那裡頭有……油和……火柴，你用那些……點火〉

〈點火？把錢燒掉嗎？〉

三上深吸一口氣。喂！他是認真的嗎？緒方和峰岸同時叫了出來。

〈動手〉

〈要、要是我真的……真的這麼做了，真的把錢燒掉，歌澄會怎麼樣？你真的會把她還給我嗎？〉

〈你想害死……她嗎？〉

〈我馬上、馬上照做！等我一下，我現在馬上動手！〉

〈……目標父親正把什麼東西……好像是寶特瓶容器裡的液體倒進汽油桶裡。啊！啊啊！他點火了！火焰熊熊地竄起！〉

就連指揮車上的監視器畫面裡也映出裊裊上升的黑煙，看起來就好像是一縷狼煙。

〈我已經照做了，我已經點火了，鈔票目前正在燃燒，這樣就可以了吧？我已經全部照你說的做了！把歌澄還給我！歌澄在哪裡？告訴我！歌澄現在人在哪裡？〉

〈在罐子……底下〉

〈罐、罐子底下……〉

嘟……嘟……嘟……嘟……。

「犯人把電話掛掉了。」

〈……目標父親把方形的金屬罐拿起來，看著底部……啊！手上拿著一張紙，是一張很小張、看起來像是便條的紙。他一直盯著那張紙看。啊！蹲下去了！把額頭貼在地面，雙手把紙往前推，揉成一團。目標父親開始痛哭，並吼著女兒的名字，歌澄、歌澄、歌澄……〉

歌澄的死亡「宣告」。這就是雨宮的用意嗎？永遠活在得知愛女死訊的那一刻……。

「目標父親的手機接獲來電！來電號碼是目標母親的手機……把監聽系統切換過去。」

〈終於打通了！老公，你現在人在哪裡？小澄她沒事！她沒事了！〉

〈真……真的嗎？〉

〈真的啦！根本不是什麼綁架案！小澄根本沒有被綁架！她什麼也不知道，也沒有受到半點傷害。太好了！這真是太好了！〉

〈沒有被綁架……？〉

〈就是啊！她好得很！只是她現在……好像還不太想說話……不過不用擔心，她沒事。啊！真的太好了！老公，你趕快回來〉

〈………〉

〈老公？你怎麼了？老公……〉

「第二監聽系統同時收到吉川刑警的報告！」

〈目標父親把紙打開來看。是剛才那張紙。他看得非常專心，完全不動，真的是一動也不動〉

從指揮車上也可以看到那塊空地，前方的監視器畫面還捕捉到四周的情形。有個美髮師出現在『愛愛美髮沙龍』的後門，看來好像是嚇得從店裡衝出來，從後面的窗戶還可以看到有個頭上纏滿髮捲的客人露出詫異的表情。所有人都聽到目崎的哭號了吧！就連附近的店舖和民宅也都有人出來一探究竟。所有人的視線和腳步都朝向不斷冒出黑煙的汽油桶和一屁股坐在汽油桶旁邊的目崎靠近。

「把鏡頭拉近一點。」

58：日本的大型連鎖便利商店。

「了解！」

右手邊的攝影機往目崎靠近，監視器螢幕上的畫面愈來愈大，終至填滿整個螢幕。從正面捕捉到目崎的臉，他正低著頭，眼睛注視著地面上的一點。明明剛剛才在天國與地獄各走一遭，看起來卻異常冷靜。只有太陽穴微微地抽動、痙攣。不對，左右兩邊的太陽穴同時在動，下巴也微微地上下動著……。

〈他在咀嚼！〉

峰岸大喊。

「他把紙吃掉了！這個殺千刀的！」

「等等！你看。」

緒方指著監視器畫面說。紙還在他手上，並沒有消失。再等一下，吉川有說那是張看起來像便條的紙，但是他手中的紙比便條要小張得多，比較像是紙條，而且還細細長長的。果然還是被他吃掉了，被他垂直地撕成兩半，把其中一半吃掉了。只見他的下巴從上下蠕動變成左右蠕動，正用臼齒把紙磨成紙漿。一切都太遲了！

「吉川，你有看到嗎？」

〈看不到他把紙撕成兩半的過程，雖然有看到他把手放到臉上，但是還以為他是在摸下巴……〉

也就是說，他的吃紙行為是在不讓任何人看到的情況下小心翼翼地進行。畢竟這件事情已經把警方牽扯進來，他知道警察可能正在哪裡監看著，事後可能會被要求交出這張紙，所以他故意留下一半，把不想讓警方看見的另一半吃掉。恐怕是雨宮寫著訊息的那部分……。

目崎的表情沒有任何變化，太陽穴和下巴的蠕動也都停了。下一個瞬間，他的喉結上下動了一下。耳邊似乎可以聽見「咕嘟！」的一聲。

「可惡！」

緒方朝著螢幕的外框敲了一下，峰岸也一拳搥在牆壁上。畫面的右半邊變成模糊的淺咖啡色，看熱鬧的人正站在攝影機前。左側也一樣，藍色的模糊影像陸續填滿了畫面裡的每一寸空隙。目崎的身影逐漸變小，終於到完全看不見。

「就這樣結束了嗎？」

峰岸攤開兩手問道。

「為什麼不做得更徹底一點？他明明可以做得更徹底不是嗎？他應該要逼對方，如果不承認64是自己犯下的案子就要殺了歌澄。」

「的確是有點虎頭蛇尾。」

緒方呼吸有些急促。

「威脅他、讓他疲於奔命、最後把錢燒掉，也只不過是報了兩千萬的仇而已。雖然在路上設了個陷阱，但光是那樣有什麼用？紙也被他吃掉了，還不如直接打電話跟他說，這樣我們還可以掌握到確實的反應。」

一股怒氣湧上心頭，彷彿有什麼神聖的東西被玷污了，三上正要開口反駁的時候——

「還有什麼不滿意的？」

松岡早他一步開口，並同時看向緒方和峰岸。

「雨宮芳男已經提示我們嫌犯是誰了，接下來就是我們的工作。雨宮的依據只有電話裡的聲音而已，不管他在紙上寫了些什麼，都不是能讓目崎束手就擒的證據。反倒是讓目崎吞下根本不能當作證據的某樣東西，才是雨宮最大的功勞。給我記好了，那是自白，表示目崎是個就算沒有物證也會自白的男人。」

緒方和峰岸就像是剛進警界三年、還在端茶倒水的菜鳥刑警一樣，立正站好仔細聆聽。

白鳥對著牆壁點頭，森田則是重新打起精神把攝影機的鏡頭拉近。多到嚇人的圍觀群眾把空地包圍了起來。看不到目崎的身影，只看見逐漸變白、變細的煙。曾經何幾，風已然靜止，那股煙正筆直地往上升。為什麼要把錢燒掉呢？想當然是為了要報那兩千萬圓的仇，但是除此之外，或許是雨宮還想表達另一個訊息。他想要讓天上的翔子和敏子也看到，想要把自己的心意託付給這一縷清煙，告訴她們所有能做的他都做了。

「收隊！」

松岡握住麥克風說。

「別讓目崎正人跑了。名義上是為了保護他不受媒體的騷擾，所以要送他去D中央署！」

三上點頭。接下來是他們的工作了。帶著分道揚鑣的心情，打開手機，按下快速撥號鍵。

〈喂，我是諏訪〉

「目崎歌澄已經平安無事地受到保護了……立刻解除報導協定！」

77

遠遠地，看到電話亭的燈光在路邊兀自亮著。

三上讓計程車停在路邊等一下，走到底下的親水公園裡。那是一條平緩的下坡路，耳邊隱約傳來流水的聲音。明明還沒六點，黑暗卻已一步一步地來到腳邊。公園內的水銀燈還沒有打開，因此這一帶的光源就只剩下電話亭裡蒼白的螢光燈。

離開搜查指揮車，回到本部是在下午三點。縣廳西廳舍的六樓已經不再是一個異樣的空間。記者會場裡空無一人，但是凌亂得彷彿是經濟大蕭條時代的華爾街，也像是太空人凱旋遊行之後的景況。據說當報導協定一解除，所有的人就立刻鳥獸散。知道目崎歌澄平安無事之後，有一半的人回東京，剩下的人則是分頭前往位於玄武市的目崎家及『愛愛美髮沙龍』後面的空地。

記者會改成「三個小時開一次」。出席四點記者會的記者連五十個都不到，落合的臉也總算恢復了血色。由於報導協定已經解除，所以警方不再有第一時間告知搜查狀況的義務。雖然還是會盡量提供可以提供的情報，但是目崎正人受到D中央署「保護」的事實當然還不能說，睦子和歌澄的所在地也是。松岡親自去見了這對母女，提供真正的保護，並連同次女在內暫時收容在鄰縣的互助會療養設施裡。做人總有能說的事跟不能說的事。三上終於明白這句話的意思了。一旦逮捕目崎正人，睦子就是綁架殺人犯的妻子、歌澄就是綁架殺人犯的女兒。為了她們今後的人生，松岡才會極力隱瞞她們的名字。

「請回去休息。」「總之請先回去睡一下再說，我們已經輪流休息夠了。」諏訪和美雲只說了這些話，當三上還在「不用不用」地推辭時，藏前已經幫他把計程車都叫好了。在回家的車上，三上突然有個念頭，於是就請司機改變方向送他到這裡來。雨宮芳男的家漆黑一片，車子也不在。他現在人在哪裡呢？那個時候……當目崎正人燒錢的時候，他人在哪裡呢？

三上推開電話亭的門。外表看起來明明相當老舊的電話亭，卻沒有發出半點生鏽或卡住的聲音，輕輕一推門就開了。淺綠色的電話已經褪色，看起來有些寒酸，每個數字的按鍵都被手垢弄得髒兮兮，唯有最常被指尖按壓的正中央還看得到銀色的底色，甚至還發出冷冷的微光。看樣子用到極致真的會變成這樣。

三上深深地嘆了一口氣。

雨宮就是在這裡打無聲電話。打到三上家的電話也是從這裡撥出去的。當時是十一月四日晚上八點過後，出來接電話的是個「女人」。接下來是九點半整，來接電話的還是「女人」。在將近午夜十二點的時候，打了第三次電話，終於有「男人」來接了。雨宮豎起耳朵來仔細聽對方的聲音，然後掛斷電話，用橫線槓掉「三上守之」這個名字。十四年前的電話簿上刊登著當時還活著的父親的名字，如果是在一年以後，或者是三上還住在公家宿舍的時候，就不會接到這通電話了。

或許也曾經有用自家電話打的時期吧！肯定是基於獨居者常有的「聽話只聽一半」的習性，只有聽說來電顯示的服務已經開始流行，卻不知道可以用不顯示號碼的方式撥號，因此便開始使用起這個公共電話。也或許還有其他的原因。這裡是離他家最近的公園，有很多遊樂設施，說不定在翔子小的時候，還常常跟敏子一家三口來這裡玩。自64以後，因為無法確定翔子究竟是在哪裡被拐走的，因此這座公園就成了有孩子的父母避之唯恐不及的地方。諷刺的是，也因為這樣，所以也給了雨宮一個得以不分晝夜、亦不用避人耳目而能夠長時間占著電話亭的環境。

沒錯，就是這裡。

三上閉上眼睛，側耳傾聽。四周非常安靜，電話亭裡沒有任何聲音。但那天肯定不是這樣。傍晚時分，D縣北部下了一場不合時宜的豪雨，各地紛紛傳出土石流的災情，河床的水位升高，滾滾濁流發出奔騰的水流聲，往下游沖刷而去。當時沒有都會的喧囂，也沒有車子經過的噪音。在這座位於河堤上親水公園前的電話亭裡，「具有強弱起伏的連續聲響」，原來就是下雨的聲音。

〈亞由美嗎？是亞由美吧！〉

三上對著無聲的話筒那頭喊話。

〈亞由美！妳現在人在哪裡？回來吧！什麼都不用擔心，現在就馬上回來吧！〉

雨宮完全明白三上在佛壇前流淚的原因。

〈你不要緊吧？〉

雨宮在昨晚的電話裡說。

〈人生不會只有壞事，一定會有好事發生的〉

雨宮到底去了哪裡？

三上開始有一種感覺，或許自己才是這一切的始作俑者也說不定。

他是在一個禮拜前造訪雨宮家的，目崎家接到無聲電話則是在約莫十天前。假設雨宮當時已經追查到「犯人的聲音」，他肯定也曾經迷惘過是否要告訴警察。不過，即使只有短短的三天，沒有報警的事實也說明了雨宮真的很不信任警方。過去這十四年來，每個警察都說一定會抓到兇手，但警方卻始終沒有抓到兇手。再鑽牛角尖一點來想的話，自己一個人就可以完成的事，警方居然動員了數萬、數十萬的警力也搞不定，肯定是覺得事不關己吧！明明已經有一個七歲的少女被綁走、甚至被殘酷地殺害，卻還有心情為了自保而隱瞞錄音失敗一事，整個組織上下一心地當「第三通電話」根本不存在。事到如今，對這樣的警察還有什麼好指望的？就算指出目崎正人的名字，他們會相信自己能分辨十四年前兇手聲音的耳力嗎？就算真的有把他的話當一回事，但如果兇手是家屬指認出來的，警方的面子要往哪裡擺？認為雨宮多管閒事的氣氛會不會讓調查的矛頭鈍化呢？會不會隨便應付一下，就說「是你搞錯了」呢？問題是，自己並無法逮捕目崎。就算找上門去追問，頂多也只能得到只是聲音很像的答案，要讓目崎坦承罪行是不可能的事。

而三上肯定就是在這個時候按了他家的門鈴。

雨宮或許立刻就注意到三上的聲音了。三上當時所說的話想必是雨宮從電話裡聽到的眾多話語當中，印象特別深刻的。再加上他遞出來的名片上，第一個字母是「み」。因為記憶還沒有被沖刷掉，更是讓雨宮深信不疑，眼前這個人的女兒離家出走了，他擔心得不得了，所以很可能會明白自己的心情。若說有哪個警官能體會痛失愛女的父親心情，眼前這個男人肯定是少之又少的人選之一。當時，要是三上能說出別的話來，雨宮會不會告訴三上已經找到「兇手的聲音」呢？

然而……。

三上到底說了什麼？光是回想起來都會覺得胸口一陣絞痛。他是去拜託雨宮接受長官的慰問，硬要他配合協助警察的作秀。還說是為了他好，只要被寫成報導就有可能再挖出新的線索。雨宮肯定覺得警方真是狗改不了吃屎。已經過了十四年，依舊不顧事件被害人的心情、不只，甚至是打算利用家屬的悲傷來彰顯自己的組織。

〈你們的好意我心領了，但是這件事請恕我拒絕，沒必要讓大人物特地跑這一趟〉

這件事是導致雨宮態度丕變的導火線。三上沒辦法不這麼想。

隨後雨宮找幸田商量，想要靠自己的力量教訓目崎。同樣被警方呼之即來、揮之即去的兩個人，開始頭碰頭地計畫了起來。不只要對目崎展開復仇行動，還在縝密的計畫裡加入對警方的報復，堅持要在長官視察當天「採取行動」。之所以鎖定這一天，是因為這一天可以給予警方最大的打擊。因為整個計畫裡包含了一個不確定因素，那就是要利用歌澄「不回家」這一點，因此「綁架」是在前一天才決定。這一切都不是偶然，而是冥冥中註定的。就在64視察的前一天，發生了模仿64的事件。讓視察被迫取消的並不是刑事部的憤怒，也不是不可抗拒的因素，而是雨宮和幸田熾烈的復仇意識。

是三上推了還在猶豫的雨宮一把。讓他知道長官視察的日期，反而是提供他「最適合採取行動的日子」的情報。理髮就是為了表明自己的決心。昨晚那句話也不只是對三上說的，他恐怕也是在告訴自己：「人生不會只有壞事，一定會有好事發生的。」可是……。

他還是做了不可饒恕的事。

雨宮和幸田的行為是一定要受到譴責的，尤其雨宮的罪孽更是深重。既是違法之道，就沒有分善的違法之道跟惡的違法之道。不管他有什麼理由，他都不能「綁架」別人的女兒，讓母親——目崎睦子飽嘗比死還痛苦的滋味。得知翔子被綁架的時候，敏子有什麼反應他明明都看在眼裡，他明明是最能體會敏子心情的人。但他還是選擇墜入違法之道，為了滿足自己的復仇私欲，將一個無辜母親的心撕成碎片。

雨宮自己最清楚這一點。所以他沒有回來，說不定他已經……。

耳邊響起喇叭聲。

是從上方的馬路上傳來的。

由於是本部大樓常叫的個人計程車，不會對三上的身分有什麼懷疑，也不會懷疑他想要坐霸王車，不過他那已經三十六個小時沒睡覺的臉色還是挺嚇人的，看起來又一副鬱結於心的樣子，怕是會讓人擔心他是不是想要投河自殺。因為遠遠地就可以看到司機已經下了車，所以三上也把身子探出電話亭，朝他揮揮手。「不好意思，再等我一下……」

關上門，打開手機。叫出松岡的號碼之後，在一股不知名的衝動下拿起眼前的話筒。耳邊隨即嗶嗶剝剝地傳來令人懷念的聲音。松岡的手機轉進語音信箱。因為是用公共電話打的，如果還是無聲電話的話，只怕會引起不必要的騷動，因此三上簡單扼要地說聲「我是三上，會再打給你」就把電話掛斷了。

三上覺得松岡應該會回電話給他。他有事情想要告訴松岡，也有問題要問他。

幸田一樹怎麼樣了？

松岡不可能放過他。竊盜、威脅、恐嚇，他的犯罪行為清清楚楚。可是在三上離開指揮車之前，完全沒有聽到任何跟幸田有關的無線電情報或松岡對此做出任何指示。邀擊班沒能逮住幸田嗎？還是故意放他一條生路呢？

松岡和幸田是有往來的，至少幸田一定有在事前以匿名的方式向松岡告密，否則總覺得有些地方說不通。松岡並沒有看到雨宮發黑的食指，如果沒有幸田的告密，他是如何把「ま行」的無聲電話跟這次的「綁架案」在腦海中串連起來的？

只不過，現階段已經不是追究這些枝微末節的時候了。目崎正人到底是不是64的真兇？這才是最重要的問題。

松岡似乎對此深信不疑。但是光憑雨宮的「聽力」，既不可能立案、也不可能開庭審理。只要無法取得目崎的供詞，在沒有確切證據的情況下，目崎就永遠是「受到警方保護的父親」。

假設他是真兇好了，從目崎開著白色的雙門轎車出門以後，都沒有露出任何破綻。正因為他是真的非常擔心女兒的安危，所以反而處於不容易露出破綻的狀態。雖然最後還是露出了破綻，在回答幸田在電話裡的指示時，終於露出了馬腳。就在沿著國道北上的過程中，在匆忙離開『櫻桃純喫茶』之後的電話裡。緒方口中「在路上設了個陷阱」，指的就是這段對話。

〈告訴我！接下來該去哪裡？〉

〈往……往前……直走三公里……〉

〈往前直走？〉

〈路邊……有一家……叫做愛愛……美髮沙龍的美容院。如果你不在十分鐘以內趕到，你女兒……就沒命了〉

三上後來重聽這段錄音，終於聽出了玄機。幸田的確設了個陷阱。不僅如此，在目崎剛上國道的時候，幸田就有問他：〈你對這一帶熟嗎？〉逼他回答：〈不，這一帶我完全不熟……〉對目崎這個64的真兇來說，很難坦白承認自己「熟悉」這條64路線。幸田先逼他說出這句話，然後才命令他往前直走三公里，使得目崎不假思索、真的是不假思索地反問：〈往前直走？〉因為他知道，如果要前往『愛愛美髮沙龍』，就必須在前面一公里的十字路口右轉才行。而且當時幸田根本還沒說出『愛愛』這兩個字，所以目崎等於是在聽到店名之前，就直接聯想到接下來會指定『愛愛』這家店。

對目崎來說，到十字路口前的那一公里，肯定是比他過去半輩子的人生還要漫長。幸田同時指示了『直走』和『愛愛』這兩個指令。要不要轉彎呢？無論轉與不轉都是通往地獄的入口。刑警就藏身在後座的地板上，通話內容也被全程監聽。如果右轉的話，雖然不至於因為這樣就懷疑他是「翔子小妹妹命案」的犯人，但是警方可能會因此察覺他知道『愛愛』的地點。所以就這麼直走嗎？這也是個艱難的選擇。如果不去犯人指定的『愛愛』會有什麼後果呢？犯人有說〈如果不在十分鐘以內趕到，女兒就沒命了〉。「真的要繼續直走嗎？」這個問題已經衝到嘴邊了，但是一旦說出口就等於是不打自招。絞盡腦汁之後，目崎選擇了右轉，選擇了歌澄。

不過，真正令他陷入絕境的，不用說也知道是最後那張「便條」。

出乎意料的是，目崎交出來的紙片上還留有用原子筆書寫的文字。只有一行橫寫的字，卻令三上感到無比震撼。

『女兒裝在小小的棺木裡。』

當目崎在方形的金屬罐底下看到這行字時當場哭倒在地，他以為是犯人在宣告歌澄已經被殺的事實。但是後來馬上接到睦子的電話，知道歌澄平安無事。於是他又再把那句話看了一遍，這時他馬上注意到了。犯人寫的不是「棺木」，而是「小小的棺木」。他隨即恍然大悟，這張便條上寫的「女兒」指的並不是「歌澄」，而是「雨宮翔子」。

自從家裡接到恐嚇電話，得知這一切都是模仿自己犯下的命案以來，目崎應該已經想到是「跟雨宮翔子有關的人」幹的！但是就算是被害人的親朋好友，單憑一個外行人，應該無法追查出警方這個專業集團花了十四年都調查不出個所以然的真相。為了擺脫作賊心虛的想法，他或許一直告訴自己，這一切可能只是單純的偶然。

然而，當他看到「小小的棺木」這幾個字時，就清楚明白這絕對是雨宮翔子的至親所發出的訊息。

他是在把一切前因後果都想清楚的情況下才把紙片交給警方的。那麼，目崎吃下的到底是「什麼」？

這就沒有人知道了。紙片是從這行字的上面撕開的，若以橫寫為前提來思考的話，他吃掉的是紙的上半部，正確來說是吃了五條橫線上面的兩條橫線，因為剩下的訊息是寫在三條橫線的空間裡。

就常理來看，上半部寫的應該是「收信人」吧！三上認為是『致目崎正人』。不過，考慮到這張紙一定會被警方回收，雨宮應該會想讓警方知道這個男人就是殺害翔子的兇手。但是雨宮能說的只有一點，那就是目崎的聲音酷似十四年前的兇手聲音。因此，他很可能直接把這一點寫上去。『致沒有特殊口音，聲音有點沙啞的目崎正人』……。

這根本無法構成任何證據，但目崎還是吃了，因為他就是真兇。

他絞盡腦汁在想，當警方要求他把紙條交出來的時候，怎麼做才是對自己最有利的。如果不把紙條交出去的話，就表示自己心虛，警方會懷疑他是不是與人結下深仇大恨並隱瞞了事實。但也絕不能因此就直接把這張紙條交出去，光是一個抬頭，就有可能讓自己跟「翔子小妹妹命案」扯上關係。距離追訴期到期還有一年。因此目崎做出的結論是把不能被人看見的上半部吃掉，留下下半部。把會讓自己有「加害者」嫌疑的部分吃掉，留下犯人宣稱殺死他女兒的「被害者」部分。他認為「小小的棺木」並不是什麼大問題，因為對父母而言，女兒永遠都是小小的。

於是他偷偷摸摸地把紙條撕開，偷偷摸摸地放入口中，偷偷摸摸地吃掉。

那個時候，他已經不再是擔心女兒安危的父親，而是隻明明自己也有一個三歲的女兒，居然還綁架別人家七歲的女兒並加以殺害，然後還把錢搶走的畜生。

據說當刑警問他為什麼要吃紙條、上頭寫了些什麼的時候，目崎辯稱他什麼也沒吃。然而當警方說攝影機已經全程拍了下來，要不要請牙醫來看看的時候，他便迅速翻供：「啊……因為我從昨天開始就沒吃東西，所以可能真的無意識地吃了什麼。不過，上頭寫的字就只有那些，這點我倒是記得很清楚……」

輾轉得知送交松岡的報告內容時，三上氣得渾身發抖。這下子他能體會了，緒方和峰岸會那麼不甘心也是情理之常。為什麼雨宮不讓幸田做得徹底一點呢？明明時間還很充足，要是能一面有意無意地逼出64的內幕，一步一步地將目崎逼入絕境就好了。甚至可以威脅他，如果不說出真相的話就把歌澄殺死。幸田以前可是個刑警，就算沒有辦法取得完全的自白，也絕對可以逼出接近完全自白的反應。

可是他卻沒有這麼做。沒有給目崎致命的一擊。

結果就像松岡說的，〈雨宮芳男已經提示我們嫌犯是誰了〉。僅止於此，再無其他。關於『愛愛』這件事，更容易模糊焦點。「我突然想起以前好像有看過招牌，所以就右轉了。」「我當時方寸大亂，根本不記得我有右轉的事。」一旦目崎這麼說，偵訊官也只能咬牙吞下去。

為什麼會變成這種虎頭蛇尾的計畫呢？光是想到這點，就令人恨得牙癢癢。想到後來只有一個結論，那就是雨宮是故意這麼做的。他故意只做到「提示嫌犯是誰」這一步，然後把這個燙手山芋丟給警方。畢竟，「破案」可是警方的工作……。

這也是為了要報仇嗎？

耳邊又傳來喇叭聲，而且比剛才更大聲。三上伸手做出「馬上過去」的手勢，就在這個時候……。

眼前浮現出紅色的指揮棒。

還有穿著警衛的制服，在『德松超市』的停車場裡指揮車輛的幸田身影。

是因為他身邊還有幸田的關係嗎？

只有幸田沒有背叛雨宮。身為「自宅班」的一員，當時他不眠不休地工作，事後又想要揭露組織不公不義的行為，反而砸了刑警的飯碗。儘管如此，他還是對雨宮不離不棄。透過這次的事件，他向雨宮證明了自己所說的話並無半句虛言，甚至不惜成為一個犯罪者。一個搞不好，這個社會可能再也沒有他的容身之處。光是想像到服完刑以後，要跟妻子重新出發的路途會有多麼坎坷艱難，就令人不寒而慄。可是幸田非但沒有拒絕，還一肩挑起了直接正犯[59]的任務。雨宮是知道的，原來警界裡也有這樣的人物。

當幸田在構思這項犯罪計畫的時候，肯定非常痛苦。因為這是個將警察的面子丟在地上踩的計畫，是個將D縣警花了十四年也抓不到的64真兇直接暴露在世人面前的計畫。如果幸田真的讓目崎自白了又怎麼樣？緒方和峰岸會因此額手稱慶嗎？腦海中浮現出昔日戰友的臉，這讓幸田感到痛苦萬分。即使可以重重打擊D縣警，給予恥辱的自己也得承受同樣錐心的痛楚。事到如今，他才發現自己終究還是沒能真的恨透這個逼自己辭職、對自己不屑一顧的組織。老巢再破再爛，終歸還是老巢。即使辭去了警察的工作，但是在自己的內心深處，他永遠都是一名刑警。正因為辭職後也還是一名刑警，所以他才會無時無刻記得雨宮和64這件案子。這恐怕是殘留在幸田心中，唯一的堅持。

所以才會功虧一簣。不忍心見幸田繼續痛苦下去，雨宮最終還是踩了煞車。

三上走出電話亭。

刑警是世界上最輕鬆的工作。要是聽到這句話，幸田會做何反應呢？

事件總是一再地考驗著人性。三上在夜色中一步一步前進。

78

計程車的碼錶已經跳成了天文數字。防滑輪胎在地面上磨出刺耳的聲音，但是跟指揮車比起來，還是舒服得太多了。

「會不會冷？」

正當司機沒話找話聊時，口袋裡的手機震動了。是松岡打來的。三上請司機把廣播打開，然後接起電話。

〈你也想要打無聲電話嗎？〉

「抱歉，因為當時面前剛好有座公共電話。」

〈嗯？你在聽單口相聲嗎？〉

「是計程車上的廣播。」
〈有事就直說吧！〉
三上把廣播的音量再調大一點，用手掩住嘴巴問道：
「目崎怎麼樣了？」
〈還在保護，明天就會放他回去〉
三上可以理解。如果目崎這麼要求的話，也只能照他的意思做。
「他有說什麼嗎？」
〈他說希望我們能早點抓到犯人〉
很難對付……。
「即然如此，何不順了他的意？從雨宮的供詞對他展開進攻也是一個辦法。」
〈不考慮。先把目崎這十四年來的生活扒開來再說，然後再利用無數的間接證據[60]來將他活埋〉
三上用力點頭。
「我有個跟進口車的銷售有關、可能會連結到犯罪動機的案例給你做參考。」
〈說吧！〉
「那是十一、二年前的事了……」
昨天，當他在禮堂前看到蘆田那雙閃爍不定的眼神時，三上突然想起蘆田曾經來找他商量過一件找不到突破口的詐欺案。有個高級進口車的業務員上吊自殺了。根據他老婆的說詞，有個黑道分子向他買了一輛一千六百萬圓的德國車，因為金額已經全數匯入公司的戶頭，因此他便在對方指定的下午一點前往該黑道的辦公室交車。當時有個光頭的年輕組員在辦公室的大樓前等他，說是老大出去了，但是有把印章交代給他，所以業務員請對方在確認交車的地方蓋

59：直接執行犯罪事實的人。
60：又名狀況證據，意指可間接證明犯罪事實的各種環境證據。

完章之後便回公司去了。傍晚六點，接到黑道老大的電話，說是沒有收到車子。業務員大驚失色地說：「我已經交給你那邊的一個年輕人了。」當他更進一步地說明年輕人的長相體格時，對方卻說「我們家沒有這號人物」。業務員明知對方是在說謊，卻因為對方是黑道，所以也不敢再追究下去。老大的姓是「萩原」，但文件上的章卻是「荻原」。只一瞬間，業務員就背上了一千六百萬圓的債務。關鍵就在傍晚六點的電話。有五個小時的話，要到日本海還是太平洋都不成問題。只怕車子早就已經解體，再不然至少車身上的編號也已經被刮除並裝進貨櫃裡了。當三上回答這麼一來只能找到那個光頭、逼他說出實情來的時候，視線總是飄忽不定的蘆田臉色鐵青，說那群人跟負責接收贓車的關西黑道是一夥的，所以比登天還難。

〈很好的情報。我會讓弟兄們查查在64以前是不是也發生過同樣的事〉

「還有一件事，是關於電話的……」

64當時，市場上雖然還沒有推出手機，但是「車上電話」在那之前就已經很普及了。既然他是高級進口車的業務員，要弄到還沒有裝在車上的庫存品似乎也不是件困難的事。

「我也不是很清楚，但是如果能帶著電話主機和電池、接收器到處跑的話，犯人也可以一開始就躲在『龍穴』附近，從那裡打電話到『釣魚宿．一休』。」

〈你的意思是說，只有一個人也可以犯案嗎？〉

「是的。」

〈我會讓弟兄們調查車上電話。還有嗎？〉

「運動用品店和河川戶外活動的關係呢？」

〈並沒有販售橡皮艇或獨木舟，烤肉的工具倒是一應俱全……還有嗎？〉

三上深深地吸一口氣。

「我可以問一個問題嗎？」

〈真的只有一個嗎？〉

「什麼意思？」

〈我很忙，如果你有好幾個問題的話，不妨一開始就說清楚〉
「那就……兩個。」
〈問吧！〉
「雨宮和幸田還活著嗎？」
抓到他們了嗎？要是還沒有抓到人的話，至少知道他們的去向了嗎？
〈還活著〉
松岡立即回答了。不過……。
〈賭上性命把事情搞得這麼大的人，在看到結局之前是不會死的〉
三上有點不敢相信自己的耳朵。
「不會是要這樣放過他們吧？」
〈這你不用擔心。只要讓目崎認罪，他們就會自首了〉
「問題是……」
〈這兩個人可是把刀尖都抵到我們的咽喉上了，先把64給破了才是道理。要是搞錯順序的話，會害他們變成兩個大笑話〉
這算是一種英雄惜英雄的心情嗎？但真的只是因為這樣嗎？
三上決定好第二個問題要問什麼了。
「參事官為什麼會看出這次的玄機呢？」
果然還是無法不問。縱使是以「ま行」的無聲電話為起點，如果沒有經由雨宮的話，是要怎麼把箭頭指到64？但是松岡在指揮車上指揮調度的時候，卻彷彿是預測到整件事情的發展。要是事先從幸田那裡得到情報的話，那就不是預測，而是在知道會發生什麼事的前提下所進行的「觀察」。不止，三上的腦海中甚至還懷疑松岡為了抓到64的真兇，跟雨宮、幸田串通來「推動」整起事件。
〈因為我昨天在他家看過他〉

沒想到是這麼意外的答案。

「你是指……目崎嗎？」

松岡笑了笑。

〈我啊……對於每一個初次見面的人，都會用眼神問他們一個問題——你是64的真兇嗎？〉

「那目崎的反應是？」

〈沒有人會回答我是的。只不過……比起綁走自己女兒的歹徒，他更害怕警察〉

屏息良久的三上吐了一口氣。

所有人都有可能是64的真兇——松岡是這樣度過這十四年的嗎？即使面對女兒被綁架的被害人，依舊毫不留情地用眼力仔細觀察著。年齡、稍微有點沙啞的聲音、抽掉女兒被綁架的慌張後卻依舊有些多餘且可疑的舉動、面對刑警的閃躲眼神、正因為是64的真兇才會受到64模仿犯的報復。有了這些假設，再從「終點」回推到「起點」的時候，就連上一開始的「ま行」無聲電話了。

三上想起了一件事。

「從接到第一通恐嚇電話到打一一〇報警之間有時間差對吧？」

〈二十五分鐘〉

而且對方並沒有說出「不准報警」這個習慣性說辭。也就是說，幸田並沒有給他任何不能報警的理由。然而，還是出現了二十五分鐘的空白。當睦子告訴他接到恐嚇電話的時候，目崎說了些什麼呢？不管他說了些什麼，他身上屬於父親的血和屬於畜生的血肯定都在同一時間凍結了吧！要是犯人有威脅他不准報警的話，目崎還會報警嗎？

「不過，目崎應該嚇得魂飛魄散吧！他生平最害怕的警察居然登堂入室了。」

而且松岡就在他面前，用眼神問他：「你是64的真兇嗎？」雖然他沒有明說，但是肯定從哪裡回答了：「我是。」

〈替我向美那子道謝〉

「啊！好的。她有幫上忙嗎？」

〈當然〉

「你到底教她做什麼？」

〈就特命啊！〉

「有說等於沒說嘛！」

松岡似乎又笑了一笑。

〈也好，我就告訴你吧！美那子一直在你的身邊〉

「什麼……？」

〈我從途中就讓64當時在『葵咖啡』裡假扮成情侶的人前往『愛愛』了，因為他們認得雨宮芳男的長相〉

「這、這麼說的話……」

〈沒錯，他就藏身在大批看熱鬧的群眾裡監視著目崎〉

原來如此，雨宮有來啊！

〈而且最早發現他的還是美那子。就在你搭追二的車前往本部之後沒多久，她就打電話來了〉

「原來如此啊……。那雨宮現在呢？」

〈只要確定他有來過就行了。我暫時還沒有事情要找他〉

剛才說自己很忙的松岡這會兒倒是滔滔不絕，是因為64的真兇終於出現在射程範圍內而感到興奮？還是為了掩飾自己的不安？三上很想知道他有多少覺悟。這跟廣報也有很大的關係。

「參事官……就算偵破了64案，搜查一課也得不到祝福。」

松岡似乎聽懂了他的言下之意。

〈你已經知道了嗎？〉

「我知道幸田手札的內容。」

〈是喔！原來你知道！〉

64的破案是把雙面刃。一旦目崎遭到逮捕並全面招供的話，打到雨宮家的恐嚇電話一共有三通的事實就會曝光，場面盛大的破案記者會同時也將成為D縣警隱藏了十四年的炸彈爆炸現場。

松岡沉思了好一會兒之後，平靜地說道：

〈以前，某個人曾經說過一句話〉

只要是刑警，沒有人不知道松岡口中的「某個人」就是指前刑事部長尾坂部道夫。

〈別想太多，只要用來讓真兇自爆即可〉

三上深感同意。

松岡肯定也曾經有過苦惱的時期。得知刑事部的祕密，感到憤慨、甚至幻滅，最後找上了已經退休的尾坂部。尾坂部告訴他：「隱瞞錄音失敗的事實也可以是逮捕真兇的利器。」

發現雨宮翔子的屍體後，隨即解除報導協定。不同於這次，警方在十四年前有確實遵守協定的義務，在記者會上鉅細靡遺地交代了案情的經過。所有的情報都透過媒體呈現在世人眼前，唯獨「第三通恐嚇電話」並沒有出現在任何一份報紙上。所以只要嫌犯在偵訊的過程中提到這件事，就等於是「自爆」，那個人肯定就是真兇。「在調查的時候只要考慮到這件事就好了。只要能逮捕64的真兇，不管是不是會把刑事部夷為平地的炸彈，能利用的就要全部拿來利用。」尾坂部是這麼囑咐他的。

松岡恐怕是當場就接下這個重擔，把刑事部的炸彈收進自己的懷裡。從那一刻起，松岡就成了「地下刑事部長」。

荒木田就沒這個本事了。從昨天起，別說是看不到他的人、聽不到他的聲音了，就連氣息也感受不到。因為松岡告訴他這其實是64的調查，所以他就完全不敢吭聲了。連續埋藏了八代的炸彈，很有可能會在自己的任內爆炸。他明年就要退休了，下一份工作也已經決定好了，所以他陣前逃亡，把調查指揮的權責全部丟給松岡，再把落合推到記者會上，打算遠離暴風圈，不再跟這件事情扯上任何關係。話說回來，因為自己一個人無法承受就對松岡洩露祕密，這個人也不是能當刑事部長的料。

〈對了對了，緒方和峰岸可以說是大受打擊！〉

「怎麼了？」

〈還不是因為你罵他們是糊塗鬼。你那一聲怒吼實在是很有威力〉

「請代我向他們道歉。那兩個人表現得十分優秀，無懈可擊。」

〈還好啦！〉

「只不過無法分辨這點倒是有點傷腦筋。」

〈嗯？〉

「閉上眼睛聽他們說話的時候，會分不出哪個是緒方？哪個是峰岸？」

松岡哈哈大笑，過了好一會兒才說：

〈三上……要不要再一起工作？〉

三上胸口一熱。

他把膝蓋靠攏，正色說道：

「如果有這麼一天，請讓我加入。」

79

家裡的燈開著。

習慣性搜尋著外賣空碗的視線突然停在一個點上。只見圍牆一角，連前院都稱不上的地方開著一簇白色的花。三上對植物雖然不甚了解，但時值十二月，所以還是有些詫異。在快要接觸到地面的地方，頭低低地向下綻放著，很像幼兒的拳頭，似乎還沒有完全盛開的樣子。

美那子一如往常地迎接他回來，害他無法馬上告訴她那不是亞由美打回來的電話。

三上坐在廚房的椅子上，請美那子給自己煮碗麵。七點二十分，記者會已經開始了。身體彷彿鉛塊般沉重，倒也不是睏，就是感覺大腦發漲、前頭葉繃得好緊。

「外面開的是什麼花？」
「啊！對喔！花已經開了！」
人在廚房的美那子回答。
「我問妳那是什麼花？」
「那個叫做耶誕玫瑰，是你爸去世之前種的。這幾年雖然都沒有開花，但其實是很長命的花喔！」
美那子看起來似乎很有精神的樣子，是因為呼吸到外面的空氣、沐浴在陽光下、幫了誰的忙的緣故嗎？
「聽說妳看到雨宮先生了？」
「啊！不過……」
三上苦笑。
「沒關係，特命一回到家，保密義務就結束了。」
「真的嗎？」
「騙妳幹嘛。雨宮先生看起來怎麼樣？」
美那子把碗端了過來，然後直接坐在三上對面的椅子上。
「雖然年紀大了些，但倒也不是垂垂老矣的感覺。」
三上把筷子伸到麵碗裡。
「他始終動也不動地盯著那個男人，臉上的表情非常恐怖。」
「是瞪著對方嗎？」
「沒錯，看起來的確是那樣。不過……」
美那子的眼神一下子飄得好遠。
「過了一會兒，他不再瞪著那個男人，而是抬頭看著天空。」
「天空？」
「他其實是在看從汽油桶裡冉冉上升的煙。」

原來如此，冉冉竄升至天際的煙……。
「我有跟雨宮先生眼神交會喔！」
拿著筷子的手停了下來。
「真的嗎？」
「真的。因為我也望著那陣煙好一陣子。收回視線的時候，發現雨宮先生正看著我，所以兩個人的眼神就對上了。雨宮先生還向我微微點頭打了個招呼。」
「他向妳打招呼？」
「看起來是那樣。但他不可能記得我啊！十四年前他衝進店裡，一下子就又衝出去了，應該不會注意到我的存在。」
「然後呢？」
「我也很自然地跟他打了個招呼。這件事我有跟參事官說，也跟他道過歉了。但他說完全沒關係，還說他反而比較想聽到這樣的事。」
三上嘆了一口氣。圍觀群眾全都注視著目崎，只有雨宮和美那子抬頭望著那縷輕煙。
「妳沒有看到那個男的把錢燒掉的過程嗎？」
「什麼？他把錢燒掉了？所以才會有那陣煙嗎？」
「他把贖金燒掉了。」
「為什麼？這是怎麼一回事？」
「因為那個人就是64的真兇。」
美那子倒抽了一口氣。
「那個人？真的嗎？可是他在哭耶！」
「他是在笑！」
三上再度把筷子伸到麵碗裡。每當他吞下一口麵，美那子就抛出一個問題。三上回答得零零落落。如果不說出雨宮是如何得知目崎就是真兇的話，就無法抵達問題的核心。要是在這裡打退堂鼓，以後還會有勇氣告訴美那子嗎？三上沒有自信。所以，就只能趁現在了。

「妳聽我說。」

還有一點麵沒吃完，三上把碗推到一邊，確定自己和美那子之間的距離是只要把手伸長就可以摸到她的手和臉。

「雨宮先生是從聲音找到真兇的。」

三上從這裡開始說起。他慢條斯理地依照時間順序，一五一十地告訴她。尤其是十一月四日的無聲電話，更是說明得鉅細靡遺。還有那通無聲電話為什麼會連打三次的理由，也都盡可能地說明到美那子可以接受為止。美那子始終把手放在胸口聆聽著，什麼也沒說、什麼也沒問，一直到最後都沒有亂了方寸，也沒有掉一滴眼淚。

「我懂了。」

美那子平靜地說道。臉一沉，看得出來她很失望，但還是直挺挺地坐在椅子上。那姿態既不是在忍耐、也不像是有所覺悟，更不是拒絕接受這個事實。她曾經那麼堅持那是亞由美打的電話，如今卻沒有表現出應有的反應。她的視線落在三上的胸口，眼神裡並沒有透露出悲涼，就只是靜靜地注視著三上的胸口。

三上認為那是因為有什麼東西在支撐著她，讓她的心志堅定。即使電話這條線索消失，也不會動搖的堅定。

〈我只是認為，亞由美真正需要的，或許不是你也不是我〉

三上想起美那子在漆黑的臥房裡說過的話。

〈我想肯定會有那麼一個人，不會要求亞由美要變成這樣或是那樣，而是願意接受亞由美原有的樣子。那個人會默默地守候她，跟她說『妳很好，只要保有妳原來的樣子就好了』。有那個人的地方，才是亞由美安身立命的地方。只要是在那個人的身邊，亞由美就能活得自由自在〉

三上還以為她是哀莫大於心死，已經累到不想再等、也不想再去思考了。然而現在回想起來，美那子當時闡述的不正是亞由美的「生存條件」嗎？

身上幾乎沒有錢，也無法與人正常地溝通，比什麼都害怕自己的臉被看見、被取笑。如果沒有「某個人」願意伸出援手，亞由美是活不下去的。如果沒遇見「某個人」，亞由美可能已經不在這個世界上了。必須有「某個人」願意供她吃、供她住，不問她的名字、也不調查她的來歷，更不打算送她去警察局或社福機構，願意耐心地等她自己把心打開為止。為了讓亞由美此時此刻還能繼續呼吸、心臟繼續跳動、眼睛還能繼續注視著這個世界……美那子是這麼想的，這就是美那子的結論。

所以她才會選擇對亞由美放手，才會在那個黑漆漆的臥房裡告訴自己，就算不再是自己的女兒也無所謂，只要亞由美還活著，那就夠了。

〈但這裡不是那個地方，我們也不是那個人，所以亞由美才會離家出走〉

三上的眼瞼自然而然地垂了下來。

感覺腳邊的沙被海浪帶走了。美那子並非哀莫大於心死、也沒有逃避現實，而是勇敢地面對生與死的這個課題，找出可以讓亞由美活下去的條件，創造出絕對可以滿足那些條件的「某個人」，在心裡建構起一個亞由美絕對還活著的世界。為了讓亞由美活下去，即使把身為母親的自己從那個世界裡抹殺掉也在所不惜。

三上呢……？

只是一味地逃避。只是在一步步不斷後退的情況下，慢慢地接受逼到眼前的現實。受制於社會的常識與刑警的經驗，就連成為一個盲目的父親也辦不到。

那並不是亞由美打回來的電話。他其實早就這麼想了，只是刻意裝出否認的樣子。美那子為了相信，至少還做過一些努力，向他證明那跟其他的無聲電話不一樣。但三上卻視而不見。因為害怕出現相反的結果，所以根本不敢深入思考這個問題。直到今天，終於確定是他最害怕的事實，他也只是以死心放棄的表情接受那通電話果然不是亞由美打來的事實。感覺所有的可能性都被推翻，只剩下「死亡的條件」被滿足了。

他也曾經像美那子那樣思考過「生存的條件」，腦海中也曾經浮現出「某個人」的存在。但認為天底下不會有那麼好的人，就算有肯定也是個罪犯，而把這些可能性趕出腦海。後來就連思考也覺得痛苦，乾脆把亞由美可以活下去的世界給整個否定掉了。三上隨自己的意，把「生存的條件」置換成「死亡的條件」。

不知不覺間，他已經做好心理準備。原來這就是不敢相信自己的孩子還活著的感覺。

他把手伸到左耳上。

暈眩呢？曾經那麼頻繁發生的暈眩毛病，消失到哪裡去了呢？是因為他已經放棄了嗎？因為已經不需要再逃避了。他早已唯唯諾諾地接受了現實，所以心靈和大腦再也不會失去平衡。

臉也是。就連跟亞由美脫離不了關係的這張臉，他也忘了。即使被鬍髭男和油頭男揶揄為虛有其表的魔鬼廣報官，他也沒有任何感覺。明明就被那麼一大群記者嘲笑著，心情卻完全不為所動，也沒有想到亞由美。

真的能斬斷嗎？真的已經斬斷了跟亞由美的關係嗎？

爸爸！爸爸！我說爸爸！

怎麼可能。他才沒有放棄。他怎麼可能放棄？

他好想念亞由美，打從心裡想再見亞由美一面。他希望亞由美活著，亞由美一定還活著，他相信亞由美絕對還活著。她總有一天會回來的。也許她就快回來了，而且是帶著「某個人」一起回來……。

「老公……」

三上把臉埋在雙手裡，用力咬緊牙關，再用力按住雙眼，死也不讓眼淚掉下來。

臉頰被輕撫著。

原本應該是三上要伸出手去，把手放在美那子的臉頰上，用大拇指拭去她的淚痕，再說一次安慰的話。

不要緊吧？

「不要緊的，老公。亞由美一定還活得好好的。」

手背被摩挲著。

就是這個人。三上的「某個人」肯定就是美那子。他是知道的，從很久很久以前就知道了，只是一直裝作沒有注意到的樣子。誰知裝著裝著，還真的變成什麼都沒有注意到了。真是個傻瓜，大錯特錯了。在工作上，他連內幕的內幕都能看得清楚透徹，卻偏偏對妻子的事一無所知，這樣的人生到底算什麼？

他想要試著相信那個由美那子所建構起來的世界，那個存在著「某個人」的世界，那個亞由美可以活下去的世界。

「你累了吧！稍微躺一下吧！」

美那子把手貼在他的額頭上，彷彿是在量體溫似地。三上感覺自己好像是被母親撫摸著，不禁讓他覺得非常害臊。三上用手指頭按住眼球，硬是不讓眼淚流出。他站了起來。

「得澆點水才行。」

「什麼？」

「那個什麼玫瑰的？」

「你是說耶誕玫瑰嗎？」

「對。」

「現在嗎？」

「呃……倒也不是……明天或後天吧！最好還是每天澆水吧！」

「這樣好嗎？現在可是冬天。」

「既然還活著，還是澆點水比較好吧！」

「說的也是。」

「要不要再多買一點回來？像是紅色的花、藍色的花，肯定會變得很熱鬧吧！」

「你這是怎麼了？」

美那子笑了，於是三上更起勁了。

「等這件事情結束以後，我們就去跟望月買花。望月那傢伙，妳認識他吧？」

「你是說把工作辭掉、跑去種花的那個嗎？」

「他很厲害喔！搞了一個很大的溫室，種一種花叫什麼來著……」

突然想不起來花的名字。

「總之去跟他買吧！買妳喜歡的就好了。」

三上的話題到此為止，看了一下時鐘。已經過了八點半，記者會應該結束了。

「我去打一下電話。」

「還是很棘手嗎？」

美那子皺起眉頭，一副很擔心的樣子。

三上心想，從今以後一定要好好地看著美那子的眼睛說話。

「還好，不是什麼棘手的事。我從來沒有碰過什麼棘手的事。」

三上在客廳拿起話筒，打到廣報室。他的心情十分平靜，甚至還有些雀躍。

〈您好，這是廣報室〉

是諏訪接的。

「廣報官在嗎？」

〈別、別開玩笑了，廣報官！你還沒睡嗎？〉

「七點的記者會怎麼樣了？」

〈真是被他們打敗了。一直吵著要知道目崎一家人在哪裡〉

「我們可沒有義務要說……二課長怎麼樣了？」

〈好得很。而且我也知道他這麼努力的原因了。是因為美雲啦！美雲〉

請不要再說這種話了！後頭傳來美雲生氣的聲音。

三上笑了。他下了幾個指示後就把電話掛斷了。然後再按下另一組號碼，打去日吉浩一郎的家……。

拜託前來接電話的母親，像上次一樣把子機拿到二樓。這段時間感覺上非常漫長，三上得嚴防睡魔的入侵。

只要做了好事，就一定會有好報。

沒這回事，才沒有這回事呢！老爸。

美那子正拿著灑花器澆水。之前像猜拳中的「石頭」已經變成「布」了，有紅有藍有黃。明明是在背光處，卻只有那裡沐浴在耀眼的光芒下。電話響了。沒事，我來接。沒關係，我來接就好了……。

三上倏地回過神來。耳邊傳來窸窸窣窣的雜音，子機被拿到房間裡去了。

「我是三上……我就不跟你客套了。」

〈…………〉

「日吉，你仔細聽我說。翔子小妹妹命案的真兇已經抓到了喔！」

〈…………〉

「怎麼樣？沒想到吧！報紙和電視暫時還不會有這則新聞，但是真的抓到了。我有看到兇手的臉。有一個跟你很像、叫做森田的傢伙，還有一個名叫白鳥、你看到他絕對會笑出來的傢伙也在。大家全都清清楚楚地看到兇手的臉了。」

〈…………〉

「雨宮先生也看到了。隔了十四年，終於看到兇手的臉。我想他應該沒有遺憾了，肯定也會感謝當時的工作人員。」

〈…………〉

「你有在聽嗎？還是想睡了？我也是。但是再陪我十分鐘，再十分鐘就可以刷新記錄了。連續三十九個小時不睡覺喔！完全打破我在二十五歲時創下的紀錄。」

〈…………〉

「我以後還是會常常打電話給你。反正你很閒吧！我也是。自從被刑事部炒魷魚之後，晚上就閒得發慌……」

80

轉眼間一個星期過去了。

記者會終於減到一天兩次，出席的記者也恢復成以「我們家的記者」為主。只不過，可能已經不適合用「我們家的……」來形容他們。秋川已經又開始生龍活虎，其他人也全都恢復了攻擊性，每次記者會結束後都會殺進廣報室來。

「人果然還是被你們藏起來了吧？不然怎麼可能找成這樣還找不到？太奇怪了吧！」

「那是你們找人的技巧太差了吧！怎麼能怪到我們頭上來呢？」

「既然如此，那就再多給我們一點被害人的線索啊！警方具有公開案情全貌的義務不是嗎？這可是協定的規定事項。」

「協定已經解除了。調查上的機密無可奉告。」

目崎一家人在D縣北部的小鎮上租了一棟透天厝，把運動用品店的經營權交給別人，原本的房子也打算賣了。如今已經不算是受到警方的保護而是受到警方的監視了。雖然連著好幾天皆以被害人的身分接受警方的偵訊，但是並沒有什麼顯著的收獲，只是讓目崎多了一個「正確的人」的封號。不是因為他的名字，而是因為他講的話從頭到尾都是無懈可擊的大道理，負責偵訊的刑警們氣不過便替他取了這個封號。

錄下來的目崎的聲音被拿來進行「聲音指證」。提供給64當時把綁匪打來的電話轉接給雨宮的那九家店舖的老闆及員工、雨宮漬物的員工吉田素子聽。但是，吉田素子沒有來。因為她現在被關在以精神科為主的綜合醫院的隔離病房裡，院長不肯在外出許可單上蓋章。還有兩個人不知去向。所以實際上只有七個人聽了目崎的聲音。有五個人回答「聽起來很像」，其中還有三個人回答「我想應該就是他」，剩下兩個人則是說「我不記得了」「我認為不像」。雖然結果很令人滿意，但是正如松岡所言，這只不過是「無數的間接證據」中的一項，沒有十四年前的物證可以確定他就是兇手。也就是說，要把「正確的人」送到法庭上，可能還需要相當長的一段時間。

「所以你的意思是說，也可以讓那些週刊雜誌和自由撰稿的記者出席記者會囉？」

這次被記者逮住的是諏訪。

「我的意思是說，不要老是俱樂部俱樂部地揮舞你們的既得權益，不妨試著跟大家一起在記者會上接收同樣的情報，站在同一個起跑點上採訪。如果是週刊雜誌先找到那一家人的話，不也是一個可以重新審視自己的採訪能力及採訪方法的好機會嗎？」

「開什麼玩笑！要是真被週刊雜誌先找到那一家人，消息也是從我們這邊流出去的。話說回來，你們老是把記者俱樂部講得跟洪水猛獸一樣，但是要怪也只能怪你們上頭的人，長久以來只把媒體當成是傳聲筒，給的從來都不是真正重要的情報。儘管如此，我們的前輩經歷過無數次的奮鬥，還是在這裡打下了前線基地。所以請不要隨隨便便就用既得權益這四個字來說我們。」

「這種事有什麼好義正辭嚴？前輩或許是那樣沒錯，但是現在又如何？只會整天泡在記者室裡，叫著『給我情報！給我情報！』這種事就連三歲小孩也辦得到吧！」

諏訪整個人脫胎換骨。不再追求表面上的和諧，把想要大事化小、小事化無的習性和小聰明全都收斂得乾乾淨淨，感覺上似乎變得強硬多了。

記者們也產生了細微的變化。不知道是不是因為遇上了「重大案件」的興奮尚未冷卻，態度變得更加咄咄逼人，而且受到東京的影響，講話愈來愈目中無人，但是似乎又瀰漫著一股「點到為止」的氣氛。雖然毫不留情地步步進逼，卻又不希望真的撕破臉。前一秒可能還在互毆，下一秒就握手言和。甚至可以看到他們包容的一面。然而……。

接下來才真正要考驗到彼此的關係。

前天，三上把三個部下叫到地下室的小會議室裡。先撂下「最高機密」的前提，再向他們說明這件事的來龍去脈。不管是跟64的關係，還是刑事部隱瞞的事實，全都毫不保留地告訴他們。「逮捕目崎的那一天，跟媒體的關係就會是死路一條。」三上是這麼說的。「希望大家都能想想，如何將死路一條的關係重新建立起來。」

諏訪的臉色彷彿被雷打到。畢竟他好不容易通過了匿名問題的考驗，並且在這次報導協定的糾紛中，自己還站在第一線奮戰。在培養出強大的自信後，一切正要開始的時候……也難怪他會掩飾不了自己所受到的打擊。不過沒什麼好擔心的，看了他昨天和今天面對記者的態度，就知道他已經心裡有數了。總有一天要當上廣報官——諏訪身為一介廣報人，已經有了很大的覺悟。

藏前始終以沉痛的表情聆聽這一切，但在聽到雨宮打的無聲電話時就連肩膀都垮了下來。說明完畢之後，三上拍了拍他的肩膀說：「銘川亮次的電話尚未經過確認。」就連三上也由衷希望那通電話真的是從故鄉打來的。

只有美雲漲紅一張臉，陳述著意見。

〈經過這件事，我徹底明白了，警方和媒體不管走到哪裡都是水跟油的關係。但是，只要把兩者倒在一起並用力攪拌，中間一定會有不那麼壁壘分明的地方。我認為把每一個不那麼壁壘分明的瞬間凝聚起來是非常重要的一件事〉

〈妳所謂的攪拌是什麼意思？〉
〈就算和媒體的關係死……死定了，就算媒體完全不聽我們解釋，我們也要鍥而不捨地主動修復關係。就算媒體把門關上，我們也要鍥而不捨地努力敲門〉
在那之後，美雲說她喉嚨痛，出去看醫生。但是拿回來的藥不小心被諏訪看到，才知道其實是膀肛炎。原來是因為在完全不休息的馬拉松記者會上，沒辦法去上廁所的關係。這真是令人同情，也令人擔心起她的身體，但是因為藏前脫口而出的一句話，三上忍不住笑了。
〈我還以為只有美雲和高倉健不會說謊……〉
如今，藏前正和美雲肩並肩地敲打著電腦。因為這次的事件增加了一台電腦。也許有一天會像赤間所說的那樣，一人一台電腦的時代終究會到來。
「我上去一下。」
語畢，三上站了起來。正和記者展開辯論的諏訪朝這裡看了一眼。是要去二樓？還是五樓？都不是，是要去更高的地方……。

81

屋頂上一陣風吹過。
三上看了看手錶，距離約定好的兩點已經過了幾分鐘，二渡還沒有來。他該不會是打算不來了吧？如果是這樣的話，那也算是證明了一件事。
二渡就是「興風作浪」的始作俑者。
這是自從他開始有時間思考，幾經反芻之後所得到的結論。
本廳計畫著要「收回」刑事部長的位子——一開始將這個情報洩露給荒木田知道的，無疑是在本廳述職、唯一有機會可以探聽到本廳情報的前島。另一方面，這件事並沒有由辻內本部長和赤間警務部長交代什麼特殊命令給二渡的跡象，然而二渡卻忽然有很多大動作。所以最合理的解釋，就是跟他同期、關係又很好的前島除了告訴荒木田以外，還把這個情報給了二渡。

那麼，前島這個從基層一路爬上來的刑警，對二渡又有什麼期待呢？不用想也知道，當然是要阻止「收回職位」這件事，要破壞前來傳達「聖旨」的小塚長官的視察。只要解開這個謎，便不難看出二渡這一連串不可解的行為都是為了要「興風作浪」。因此總是在私底下採取行動的警務課調查官，而且還是有「地下人事部長」之稱、警務部首屈一指的王牌，才會大搖大擺地拜訪刑警的家，到處撒下恐懼的種子，甚至還像連續縱火犯一樣，到處放火，點燃憎恨警務部的烈焰。這全都是為了要煽動刑事部揭竿起義。事實上，刑事部也的確受到二渡的煽動，做出變本加厲的反擊。他們拉起鐵幕，利用報導揭發了警務部的醜聞，最後還對本廳投出紙炸彈，展現出已然脫軌的示威行為。要是沒有發生這起「綁架案」的話，長官視察那天，刑事部到底還會鬧出什麼事情來呢？

二渡興起的「風浪」還不只是這些而已，就連廣報的地盤也成了他的目標。為了讓D縣成為達拉斯，他認為只有刑事部的叛亂還不夠，因此採取了兩面作戰。反正廣報的地盤已經兵荒馬亂了，為了匿名問題鬧得不可開交的記者們揚言要抵制長官的記者會。二渡的工作只要讓為了避免長官記者會受到抵制的滅火行動白忙一場即可。於是他把矛頭鎖定廣報室，以及廣報室的頭頭三上。雖說彼此都在同一個棋盤上，但是原本半年都不見得能見到一次面的二渡突然頻繁地出現在三上的視線範圍內，只怕絕非偶然。二渡是有意與他擦撞、故意撩撥他的情緒，讓他知道「收回職位」的事實。等到他對本廳那夥人的憤怒指數飆升到最高點的時候，再把手伸進他那顆刑警之心的正中央。

〈你先冷靜下來再說。這不見得是一件壞事，反而會比較有效率〉〈不用想得那麼嚴重啦！這只不過是一個符號，誰來坐都一樣〉〈不管上面的人是誰，刑警都有他該做的事，不是嗎？〉

二渡還說過這樣的話。

〈你不就是很好的例子嗎？〉〈任誰來看都會覺得你是一個稱職的秘書課員喔！〉〈不要誤會啦！我是在讚美你〉

這個作業是為了讓三上能再次確認自己的本籍。二渡是本廳那夥人的一員，這點沒有人會懷疑，所以他就反過來利用這個錯誤。更何況，在二渡眼中，三上一直是「披著警務外皮的刑警」。即使他現在的職位是秘書課的廣報官，但二渡肯定認為他最後還是會選擇對刑事部有利的行為，坐視記者會遭受抵制並完成讓D縣警變成達拉斯的前置作業。儘管他都已經預測到接下來的發展了，還是抓著三上窮追猛打。這就是二渡做事的方法吧！問題是，那些刀刀見骨、針針見血的話，真的是工作上的需要嗎？他甚至不肯承認自己的失敗。當三上成功地阻止了記者會遭到抵制時，他也只是淡淡地說了一句：

〈的確有估計錯誤的地方〉

二渡其實是想要拯救刑事部的。不只，他還打算保護整個D縣警。但三上既無意稱讚他，也不打算向他道謝。那只不過是二渡身為警務部調查官的工作，只不過是這樣而已。

〈反正結果好就好了〉

二渡是這麼說的。這齣充滿了策略與謀略的組織劇，最後竟然以「綁架案」收場。儘管如此，只要從終點的「結果好就好」往前推，肯定可以看到前島站在起點揮手微笑的身影。

三上並不感到生氣。當所有的情緒互相抵銷的結果，感情的指針就停在零的地方，動也不動。只是……。

如今還剩下一個謎團。他只有一個地方不懂，那就是二渡手中的「武器」。他到底是從哪裡得到幸田手札的情報？肯定不會是前島告訴他的。因為這件事是刑事部的最高機密，只有歷代八任部長和松岡知道。應該也不可能從漆原、幸田、柿沼、日吉這四個「自宅班」的當事人口中問出什麼。那麼到底是誰告訴他的？

要說還有誰有可能告訴他的話……。

三上看了看手錶，遲到二十三分鐘。然後把視線移向前方，只見一抹削瘦的身影正逆著風朝他走來。

「辦公室打掃乾淨了嗎？」

準備好的說詞被風吹走了。

二渡在距離他三公尺的地方停下腳步，把手放在「故鄉台」上。雖然沒有人會來看，但是在混凝土製的圓柱上方還是刻著縣內市町村的方向。

「還沒呢！有太多人搶著要弄髒了。」

二渡看似有備而來。
「找我有什麼事。」
「都不用為你的遲到解釋一下嗎？」
「你遲早會知道的。」
「原來如此。」
三上主動走向他，把一隻手放在「故鄉台」上。二渡背對著風向。
要說還有誰有可能告訴他的話，那就是尾坂部道夫了。自己親眼看到他進出尾坂部的家。這兩個人的關係看起來雖然像是住在兩個不同的世界裡，但是有一個共通點。那就是在不久的將來，二渡將會坐上刑事部長的寶座。兩位部長跨越時空見面了，然後……。
就算問了，二渡也不會回答。而且他也不是為了要問出答案才把二渡叫出來。
「明年春天的人事已經開始規畫了嗎？」
二渡沒有任何反應。三上可以說是完完全全地被漠視了。說不定這已經是他的一種習慣。只要聽到「人事」這兩個字，就會立刻築起心防。
「這次可真的是被你擺了一道呢！」
「你在說什麼？」
二渡抬起眼來。三上緊盯著他的眼睛看，白眼球和黑眼球的比例十分正常。
「我被你耍得團團轉。」
「有嗎？」
「欠我的要記得還。」
「我沒有欠任何人，也沒有任何人欠我。」
「我以前借過你電車錢。」
「我還了。」

「我指的是大家一起去看東方聯盟的巨人戰的時候！[61]」

「第二天我就還了。」

「已經開始規畫明年春天的事了嗎？」

可能是聽懂了三上的省略[62]，二渡的嘴角微微上揚。

「明年松井[63]可以打出幾支全壘打比較重要吧！」

「哈！」三上笑出聲來。

「我一直以為你是一朗[64]派的。」

「哈！」這次換二渡笑出聲來。他似乎想說些什麼，但終究還是沒有說出口。

「因為紐約太冷了嗎？」

二渡沒有回答。

兩人的對話到此告一個段落。明明有兩個人，感覺卻像是只有一個人。二渡若有所思地抬起下巴，瞇起眼睛，看起來像是在享受著被風吹的感覺，也像是在思考新問題的解決之道。

在組織中，像他這樣的人才會勝出。只有把所有的祕密全都守住的人，才有可能存活下來。不管是自己的祕密，還是別人的祕密，每多洩露一個，這個人就會往後多退一步。只要跟二渡在一起，就會被這樣的想法困住。但是……。

他並不打算離開。二渡把手放在「故鄉台」上陷入沉思。三上的目光突然掃到他的鞋尖。他穿著一雙很乾淨的鞋子，雖然不是新鞋，但是擦得晶亮的黑色皮革反射出陰天暗沉的光芒。

「二渡……既然你沒有欠我，那就讓我欠你好了。」

二渡稜角分明的臉轉向三上，似乎早就在等他主動開口了。

「我不要調職。不要把我從廣報室調走。」

64的調查會拖很久，或許會拖過人事異動的規畫時期，但「那一天」一定會來。D縣警將為這十四年的隱瞞與所有的媒體為敵，三上想要見證那一刻。以廣報官的身分，出席由松岡參事官所主持的記者會……。

二渡已經轉身離去。沒有留下任何一句話，也沒有留下任何表情，只有西裝的衣領在風中翻飛著。

望著他削瘦的背影消失在樓梯口，三上也邁步前進。兩人的鞋子不相上下。那或許就是不能退讓的底線。

三上把手伸到額頭上，從指縫中仰望著天空。

雪花隨風飛舞著。

潔白的雪花讓他不經意地想起剛記住名字的耶誕玫瑰。

（完）

61：東方聯盟是日本職棒界二軍的賽事，巨人則是一支日本球隊。

62：日本職棒界的人事異動也是春天公布。

63：松井秀喜，日本職棒選手。

64：鈴木一朗，日本職棒選手，現為紐約洋基隊的選手。

橫山秀夫

一九五七年一月十七日出生於東京。國際商科大學（現東京國際大學）畢業後，進入上毛報社，經歷十二年的記者生活後成為自由撰稿的小說家。
一九九一年以《羅蘋計畫》榮獲得第九屆「三得利推理小說大賞」佳作。
一九九八年以《影子的季節》榮獲第五屆「松本清張賞」。
二〇〇〇年以《動機》獲得第五十三屆「日本推理作家協會賞」短篇部門獎。
著作有《半自白》、《顏》、《窮追不捨》、《第三時效》、《真相》、《登山者》、《踩影子》、《看守者之眼》、《臨場》、《沒有出口的海》、《震度0》等等。

64
2013年12月1日初版第一刷發行

著　　者　橫山秀夫
譯　　者　緋華璃
主　　編　楊瑞琳
美　　編　鄭佳容
發 行 人　加藤正樹
發 行 所　台灣東販股份有限公司
＜地址＞台北市南京東路4段130號2F-1
＜電話＞(02)2577-8878
＜傳真＞(02)2577-8896
＜網址＞www.tohan.com.tw
郵撥帳號　1405049-4
新聞局登記字號　局版臺業字第4680號
法律顧問　蕭雄淋律師
總 經 銷　聯合發行股份有限公司
＜電話＞(02)2917-8022
香港總代理　萬里機構出版有限公司
＜電話＞2564-7511
＜傳真＞2565-5539

Printed in Taiwan
本書若有缺頁或裝訂錯誤，請寄回調換。

國家圖書館出版品預行編目資料

64 / 橫山秀夫著；緋華璃譯. -- 初版.
-- 臺北市：臺灣東販, 2013.11
面；　公分

譯自：64
ISBN 978-986-331-194-2(平裝)

861.57　　　102019778